敦煌文學總論（增訂本）

伏俊璉等 著

上海古籍出版社

图书在版编目(CIP)数据

敦煌文学总论 / 伏俊琏等著. —增订本. —上海：
上海古籍出版社，2023.4
ISBN 978-7-5732-0497-4

Ⅰ.①敦… Ⅱ.①伏… Ⅲ.①敦煌学—文学研究
Ⅳ.①I206.2

中国版本图书馆 CIP 数据核字(2022)第 202676 号

敦煌文学总论(增订本)

伏俊琏 等著

上海古籍出版社出版发行

(上海市闵行区号景路 159 弄 1-5 号 A 座 5F 邮政编码 201101)

(1) 网址：www.guji.com.cn

(2) E-mail：guji1@guji.com.cn

(3) 易文网网址：www.ewen.co

上海颛辉印刷厂有限公司印刷

开本 787×1092 1/16 印张 29.25 插页 8 字数 419,000

2023 年 4 月第 1 版 2023 年 4 月第 1 次印刷

印数：1—1,300

ISBN 978-7-5732-0497-4

I·3664 定价：138.00 元

如有质量问题,请与承印公司联系

P.2506《毛诗》卷十

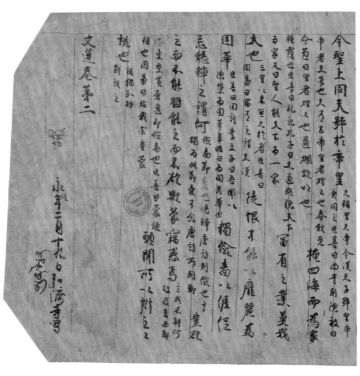

P.2528 李善《文选注》卷二（唐永隆二年写）

P.2567《唐人选唐诗》

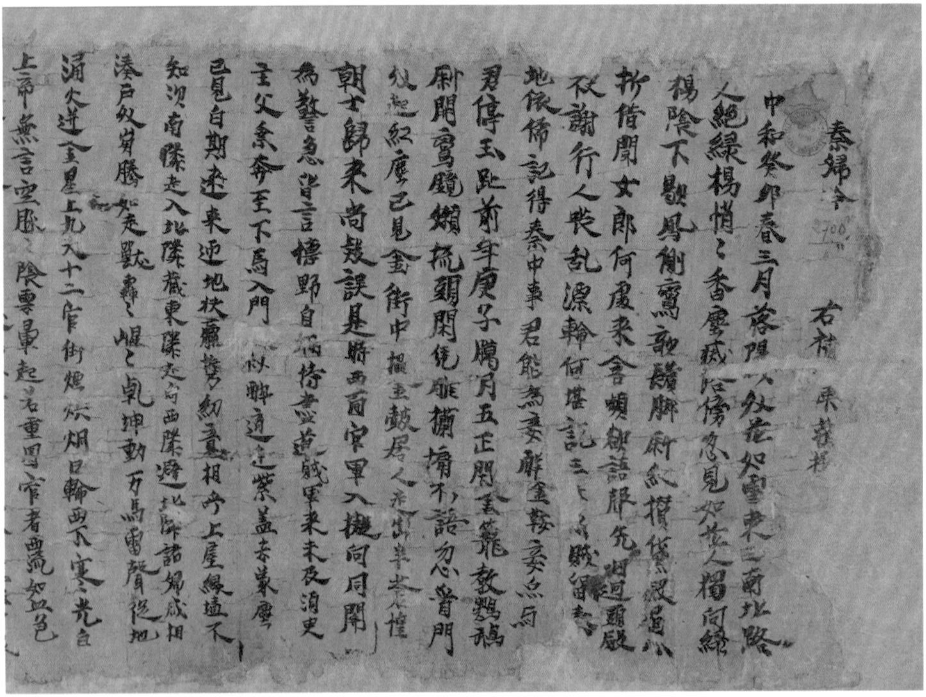

P.2700《秦妇吟》

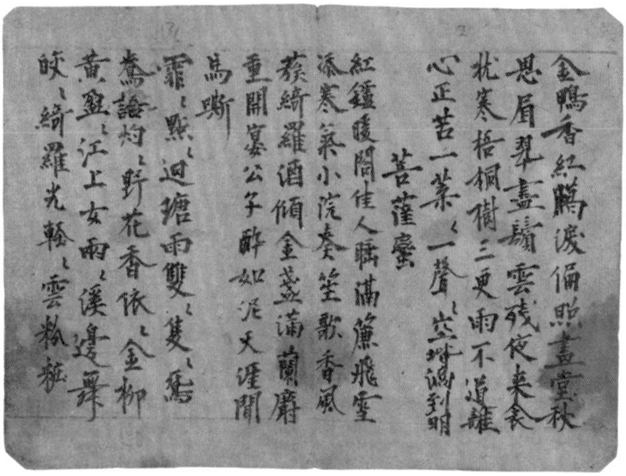

P.3994《词五首》

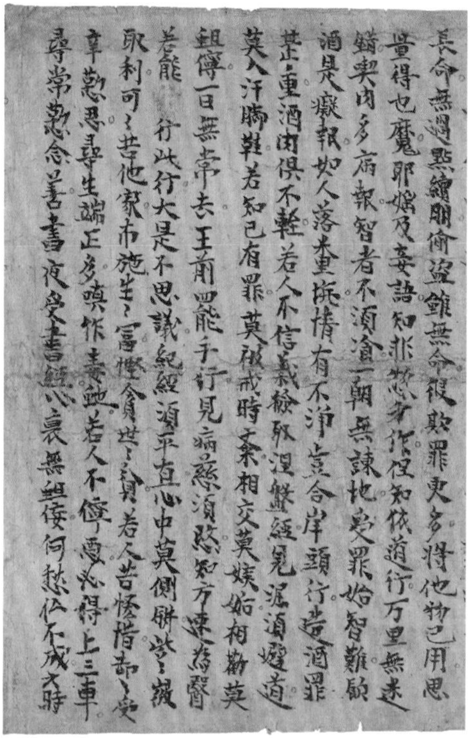

S.2710《王梵志诗》

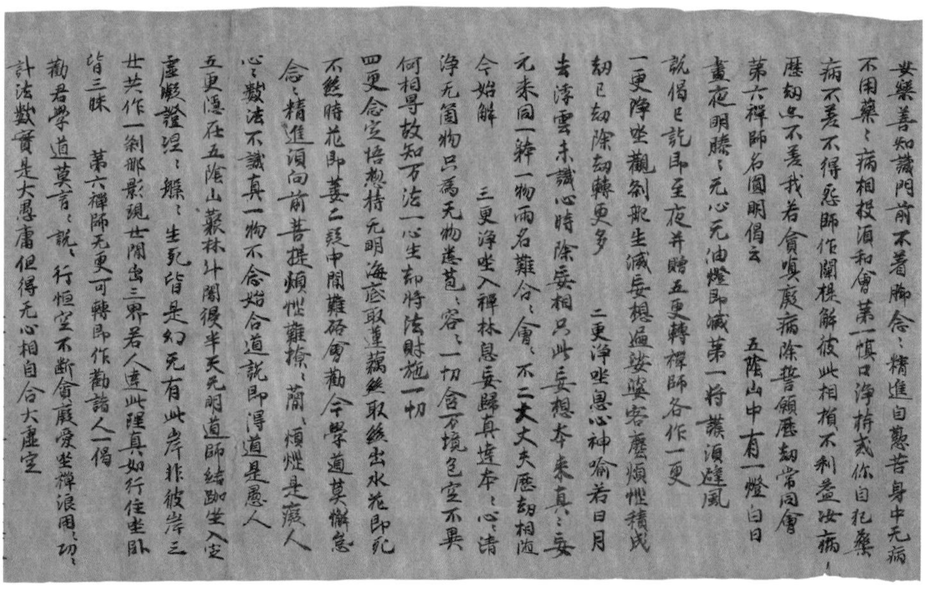

P.3409《六禅师七卫士酬答》

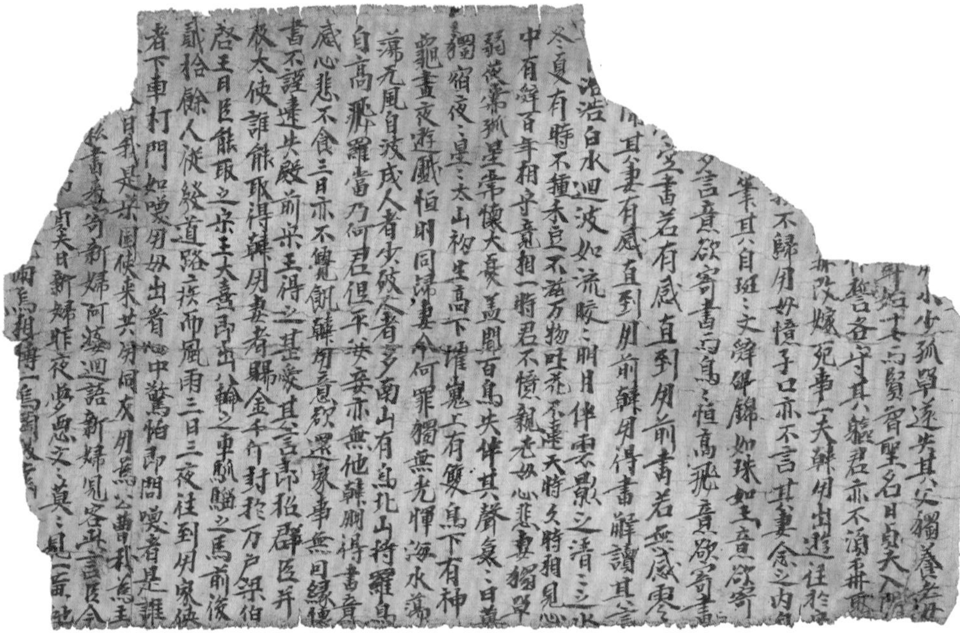

S.4901《韩朋赋》残卷

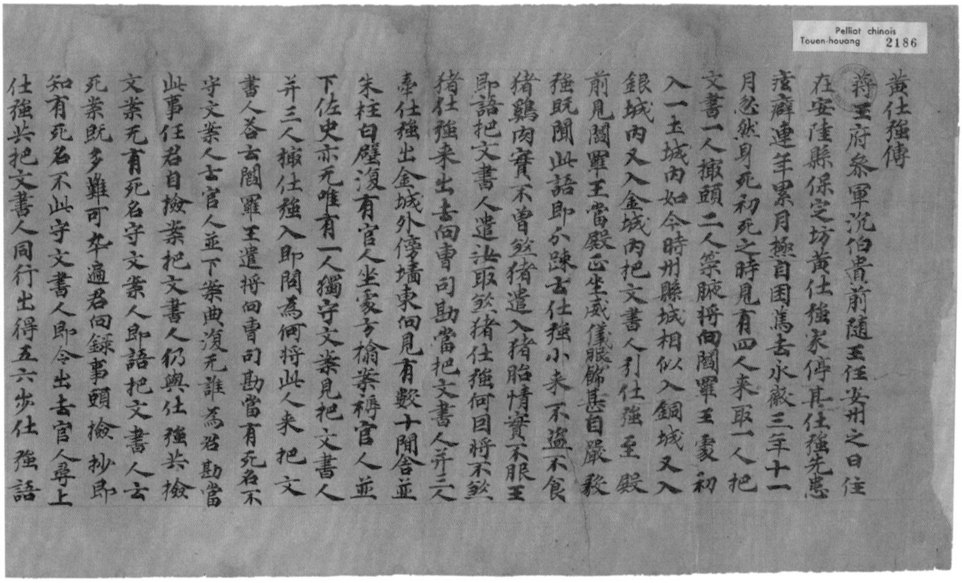

P.2186《黄仕强传》

P.3126《还冤记》（原题《冥报记》）

P.4524《降魔变图》

S.2630《唐太宗入冥记》

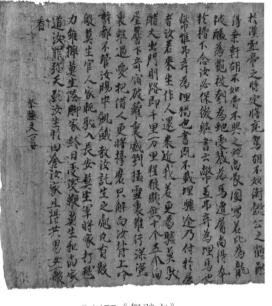

S.1477《祭驴文》

P.2940《斋琬文》一卷（并序）

目　　录

第一章　敦煌文学概说

　　学术界对敦煌文学的定义，已经有多种。本书在全面审视敦煌写本中的"文学"问题之后，提出了不同的说法：除了文学作品外，还有这些作品赖以生产的活动和仪式，以及这些作品和活动中体现的思想观念。而敦煌文学有着与正统文学不同的传播形式，这就是讲诵、演唱、传抄，这种传播方式也反映在抄本中。正是在这种认识的基础之上，本书提出了仪式文学的概念。在敦煌文学的分类方面，本书也强调这种仪式性。

第一节　敦煌文学的概念及其特点

　　敦煌文学是指敦煌写本中保存的文学活动、文学作品和文学思想。文学本身是一个模糊的概念，敦煌文学也一样，所以要从内涵和外延上给它划分一个明晰的界限，是比较困难的。本书所说的敦煌文学作品，主要有三个方面：一是敦煌写本中仅存的文学作品，二是敦煌写本中保存并见于传世文献中的文学作品，三是指敦煌写本中具有文学性的文献，如世俗应用文和宗教应用文等。本书重点论述的是敦煌写本中仅有的文学作品，包括那些具有文学性的世俗应用文和宗教应用文，也涉及敦煌写本中保存且见于传世文献中的文学作品。而讨论的方式，既要涉及这些文学作品的创作者和接受者，更要探讨这些文学作品的生成方式、存在状态、传播形式，这些文学作品的美学价值、文化价值以及它和敦煌民众生活的关联。敦煌文学中纯粹意义上的文学活动是很少的,诸多民俗活动和宗教活动中总是伴随着相类似的文学生产、文学生成、文学传播,所以这类活动也是广义上的文学活动。至于敦煌的文学思想,因为这是一个自为自然的文学生态,缺乏自觉的文学思想,我们主要是挖掘敦煌文学展示过程中体现出来的文学观念。

敦煌文学不是一般意义上的中国古代文学的一个分支,而具有相对独立性。"安史之乱"后,唐王朝由盛而衰,敦煌及整个河西地区被吐蕃占领,与中原王朝基本上处于文化隔绝状态。唐宣宗大中二年(848),敦煌人张议潮率众推翻了吐蕃的统治,收复了瓜、沙诸州,建立了以敦煌为中心,长达180多年的归义军政权。归义军政权一开始虽然得到中原王朝的认可,但由于种种原因,中原王朝的政令并未真正影响敦煌地区,敦煌地区基本上处于自治状态。这个相对独立的文化圈受印度文化、西域文化及其他文化的影响,形成了自己的特色,有自己鲜明的个性。

研究中国古代文学,文学的自觉是一个必须要明确的问题。中国文学自觉的时代,除了比较通行的"魏晋说"外,还有"先秦说""汉代说"和"六朝说"等。各家都能摆出很多文学史实和相关史料,持之有故而言之成理。我们认为,文学自觉是一个复杂的问题,不同的文学体裁自觉的时代并不相同,不同地域、不同的文学创造者和接受者对文学的自觉也不相同;对于中国最下层的老百姓来说,他们对文学的自觉更是一个漫长的过程。所以研究敦煌文学,应当清楚这么一种情况:对唐五代的敦煌民众来说,他们对文学并不是像一般文人那样的自觉;对他们来说,文学仅是某种社会文化活动的一种形式,或者说,是某种社会文化仪式的组成部分。

正是从这种认识出发,我们认为,敦煌民众心目中的文学和文人心目中的文学并不完全相同。比如,敦煌写本中保存且见于传世文献的文学,像《诗经》《文选》《玉台新咏》及部分唐代诗人的作品,以及独赖敦煌写本保存下来的一部分文人作品,如韦庄的《秦妇吟》等,这是文人心目中最正宗的文学,但它们是不是敦煌民众心目中的文学,还要做具体分析。因为敦煌民众心中的文学是某种社会文化仪式的一部分,敦煌民众并不把文学作为案头欣赏的东西看待。所以,这些中原文人的作品只能是敦煌文学的哺育者,是敦煌民众学习文学、创造文学的样板,其本身并不是他们心中的文学。然而,这当中还有一种情况要区分。从中原传来的文人文学,当敦煌人把它们运用到自己生活的各种仪式中的时候,敦煌民众已赋予它们另一种涵义,在这种情况下,它们已经变成敦煌文学了。敦煌文学写本中有诸多民间歌赋和文人作品混淆杂抄在一起,其原因也在于此。

因此,敦煌文学最典型的特点是:以讲诵、演唱、传抄为其基本传播方式,以集体移时创作为其创作的特征,以仪式讲诵为其主要生存形态,而在我们看来随意性很大的"杂选"的抄本也比较集中地体现着这种仪式文学的意义。

第二节　敦煌文学的分类

文学的口耳相传主要通过各种仪式进行。仪式是人类社会生活高度集中的体现形式。人类在长期的生产和劳动中,创造了各种各样的仪式。这些高度凝练的礼仪,是人类告别野蛮而进入文明社会的重要标志。所以,仪式是文化的贮存器,是文化(文学)产生的模式,也是文化(文学)存在的模式。从文学角度看,仪式的一次展演过程就是一个"文学事件"。敦煌民间仪式,大致可分为世俗仪式和宗教仪式。世俗仪式主要包括人生里程仪式,如冠礼、婚礼、丧礼等;岁时礼俗仪式,如辞旧迎新的驱傩仪式、元日敬亲仪式、三月三日禊洁仪式、七月七日乞巧仪式、九月九日登高避邪御寒仪式、腊祭仪式;还包括其他仪式,如各种祭祖仪式、求神祈福仪式、民间娱乐仪式等。民间宗教仪式主要指世俗化的佛教仪式,如俗讲仪式、转变仪式、化缘仪式等。在这些仪式中,唱诵是必不可少的内容,唱诵的内容,除了少量的佛经、道经外,大都是民间歌诀。

正是从这一认识出发,我们对敦煌文学作了如下分类。

一、敦煌写本中的唐前经典文学和文人创作的典雅文学

敦煌写本中的唐前经典文学主要有《诗经》《文选》《玉台新咏》、诸子散文

和史传散文以及文学批评著作《文心雕龙》等。敦煌出土的《诗经》有 30 个卷号。这些写本，皆为毛诗本，大多数为故训传，也有白文传、孔氏正义、诗音。抄写的时间，自六朝至唐代。综合序次，《诗》之《风》《雅》《颂》，经、序、传、笺、诗音、正义，皆可窥其一斑。抄写的诗篇达 218 首。以之对校今本，其胜义甚多。或能发古义之沉潜，或能正今本之讹脱，片玉零珠，弥足珍贵。同时，我们还可以由此研究六朝以来《诗》学的大概情况，并考究六朝以来儒家经典的原有形式①。

　　敦煌写本中的《文选》写本现在所能看到的有 29 种，包括白文无注本、李善注本、佚名注本、音注本等。写本涉及的作品有赋 7 篇，文 85 篇（包括 48 首《演连珠》），诗 18 首。虽然与《文选》收录 513 篇的总数相比，仅占 21.4%，但有很高的文献学价值。从抄写时间看，有陈隋间写本，有唐太宗到武则天时期的写本，白文无注本可反映萧统三十卷本的原貌；李善注本的抄写时间距李善《文选注》成书不久，最能反映李善注的本来面目；佚名注本大部分为李善注之前的《文选注》，在《文选》的研究史上，弥足珍贵。

　　敦煌本《玉台新咏》虽然只有一个写本（P.2503），保存了张华、潘岳等人的 10 首诗，但作为唐人写本，比今传《玉台新咏》的最早刻本要早数百年，其文献价值也是很珍贵的。

　　《文心雕龙》是中国古代文学批评史上空前绝后的伟大著作。S.5478《文心雕龙》写本是敦煌抄本中为数不多的蝴蝶装残卷，共 22 页，44 面，起《原道篇》赞"体龟书呈貌天文斯观民胥以效"，讫"谐隐第十五"篇题，抄写者为唐玄宗以后不久的人，用章草书写，笔势遒劲。著名学者赵万里、杨明照、铃木虎雄、饶宗颐、潘重规、郭晋稀等先生都曾对唐写本进行过研究。日本学者户田浩晓在《作为校勘资料的〈文心雕龙〉敦煌本》一文中说："敦煌残卷有六善：一曰可纠形似之讹，二曰可改音近之误，三曰可正语序之倒错，四曰可补脱文，五曰可去衍文，六曰可订正记事内容。"②

---

①　伏俊琏《敦煌〈诗经〉残卷及其文献价值》，《敦煌文学文献丛稿》（增订本），北京：中华书局，2011 年。

②　户田浩晓《作为校勘资料的〈文心雕龙〉敦煌本》，《立正大学教养部纪要》第 2 辑，1968 年，第 14 页。

这些经典文学,被敦煌人民传阅珍藏了数百年,其养育敦煌本土文学之功不可磨灭。

文人创作的典雅文学主要指保存在敦煌写本中的唐代文人的创作。敦煌写本中保存了数量甚夥的唐人诗文①。《全唐文补遗》第 9 辑(三秦出版社,2007 年)收录的敦煌文近 600 篇,徐俊《敦煌诗集残卷辑考》收录的唐人诗包括残句合计为 1925 首(不包括王梵志诗、应用性的民间歌诀、曲子词及民间俗曲、作为散文之一部分的诗歌、诗体宗教经典以及宗教经典中的诗歌作品、宗教赞颂作品),张锡厚主编的《全敦煌诗》收录敦煌出土的俗诗、歌诀、曲子词、诗偈、颂赞等 4501 首。这些作品集中有相当多的是文人创作的典雅作品,它们是哺育敦煌文学的源泉之一。

敦煌写本中的文人典雅诗歌可分为两类:一类是见于《全唐诗》及其他著作的传世诗歌,一类是历代不见记载而独赖敦煌写本保存的佚诗。前一类诗,如刘希夷诗、李白诗、王昌龄诗、孟浩然诗、白居易诗等,敦煌本具有校勘和考订的重要意义。黄永武先生著有《敦煌的唐诗》和《敦煌的唐诗续编》,集中讨论今存诗篇的文学文献价值。其文献考证与辞章辨析相结合的研究方法,充分展示了敦煌诗歌的文献价值和文学艺术价值。后一类诗则为我们提供了大量的文学资料,对我们全面了解唐诗的繁荣盛况,具有重大的学术意义。比如晚唐诗人韦庄的《秦妇吟》长达 238 句,是现存唐诗中最长的叙事诗。它以恢宏的结构,满腔的激情,借秦妇之口,生动地描写了黄巢起义军攻克长安后的情形,以及给唐王朝的沉重打击。这首散佚千年的著名诗篇借敦煌石室而得以重见天日,真是文学史上的大幸事。

---

① 张锡厚《王梵志诗校辑》,北京:中华书局,1983 年;朱凤玉《王梵志诗研究》(上下),台北:学生书局,1986 年、1987 年;项楚《王梵志诗校注》,上海:上海古籍出版社,1991 年;王重民《补全唐诗》,北京:中华书局,1982 年;陈尚君《全唐诗补编》,北京:中华书局,1992 年;徐俊《敦煌诗集残卷辑考》,北京:中华书局,2000 年;张锡厚《全敦煌诗》,北京:作家出版社,2006 年;伏俊琏《敦煌赋校注》,兰州:甘肃人民出版社,1994 年;张锡厚《敦煌赋汇》,南京:江苏古籍出版社,1996 年;陈尚君《全唐文补编》,北京:中华书局,2005 年;吴钢主编《全唐文补遗》第 9 辑,西安:三秦出版社,2007 年。

二、敦煌民俗仪式文学

敦煌的民俗形式多种多样，伴随各种民俗仪式，文学也呈现出繁荣昌盛、多姿多彩的风貌。婚礼是人生最重要的典礼，敦煌文献中的婚礼文学比较多。《崔氏夫人训女文》是新娘上马前母亲送别女儿时讲诵的训导文，叮咛女儿嫁到婆家后要做事谨慎勤快，孝敬公婆。全文 32 句，用敦煌文学中常见的七言形式的词文写成，是从先秦"成相体"发展而来的讲诵体作品。而《下女夫词》则是婚礼场合的吉庆祝颂词，其表达方式是伴郎、伴娘和傧相人员口诵对答。敦煌文学中还有不少的"祝愿新郎新娘文"，这些咒（祝）愿文或者在婚礼上朗诵，或者在其他喜庆筵会上朗诵。内容主要是盛赞主人的德才品貌，祝愿将来生活的美满。这类婚仪歌，有时以曲子词的形式讲唱。

驱傩是一种逐疫驱鬼仪式，商周时期就有记载了。到了汉代，傩仪逐渐发展成为一项隆重的活动，张衡《东京赋》对此有生动的描述，《后汉书·礼仪志》还记载了传承已久的驱傩词，汉末王延寿的《梦赋》就是根据傩词写成的。敦煌写本中保留下来为数不少的唐宋时期的傩词，生动地反映了当时敦煌的驱傩情形。敦煌驱傩词内容非常丰富，除了传统的驱除疫鬼之外，更多的则是祝愿来年国泰民安、家兴人和、五谷丰登、牛羊繁盛，侧重对社会人事的美好祝福。这说明敦煌傩仪已经变为一种民间祈福仪式和娱乐仪式。

祭祷神灵，祈福禳灾；祭奠亡灵，寄托思念之情，这种风俗及其礼仪由来已久。敦煌写本中保留了不少祭文，内容丰富，种类多样。既有作为写作范文的祭文，也有现实生活中实际使用过的祭文残件；既有分散的单篇祭文，也有合抄一起的祭文汇集。与传世祭文相比，敦煌祭文中社会下层成员使用过的占一定比例，为我们了解民间祭祀的具体形式、使用祭文的情况，以及比较上层社会与普通民众丧葬礼仪的异同，提供了丰富资料。同时，由于受宗教文化，尤其是佛教文化的影响，从祭品到祭祀方式，敦煌祭礼都有宗教的内容。人间最大的悲哀，莫过于生离死别。敦煌的部分祭文既写死者的饮恨，更写生者的销魂，所以它是至情至性的创作。而备受学者关注的

《祭驴文》，在诙谐和沉痛中写出了下层人民对驴的深厚情感，读来令人心酸。

敦煌歌辞大致包括民间俗曲和杂曲子，它们无不通过各种仪式活在当时敦煌人的生活中。如《父母恩重赞》《十恩德赞》以及《十二时》《五更转》《百岁篇》等。杂曲子，又叫曲子词，是现在所知最早的燕乐歌辞。既然是燕乐歌辞，当然最早是用于宴饮场合。《云谣集》中的许多作品都是"酒筵竞唱"之作，其演唱的地方，多在勾栏瓦舍之中，或出自妓女之口，或调侃的对象是歌妓。曲子词还可以用在其他仪式上，是实用歌辞。如俄藏《曲子还京洛》其实是一篇驱傩歌辞①，它与敦煌写本诸多以"儿郎伟"为题的驱傩文功用是一样的。S.1497所抄《喜秋天》五首，采用民间五更转的写法，是民间七月七日乞巧仪式上唱的歌。

据中唐人郭湜《高力士外传》记载，唐玄宗从蜀中回到长安，经常和高力士等"或讲经、论议、转变、说话，虽不近文律，终冀悦圣情"。这里说明了当时流行四种讲诵形式，"讲经"就是俗讲（其底本是讲经文），"转变"是讲唱变文。"说话"是讲说话本，敦煌本《庐山远公话》《韩擒虎话本》《叶净能诗（话）②》等就是这一类。"论议"则是一种由两个或两个以上的演员争辩斗智的艺术形式，相当于现代的双人相声或群口相声，对问体俗赋《晏子赋》和《茶酒论》就是当时"论议"表演的脚本。

三、敦煌宗教仪式文学

唐五代时期的敦煌，是一个佛教圣地，佛教化俗仪式对文学影响很大。其中最有影响的仪式就是"俗讲"。"俗讲"是当时流行于寺院，由俗讲僧向世俗听众通俗讲解佛经经文的一种宗教说唱形式。"俗讲"主要由两个人配合完成，一个叫都讲，专门唱诵佛经原文，另一个叫法师，对都讲所唱的经文进行讲解。"俗讲"所用的底本就是讲经文，敦煌讲经文大约有24篇。另外

---

①　参见柴剑虹《敦煌写卷中的〈曲子还京洛〉及其句式》，《敦煌吐鲁番学论稿》，杭州：浙江教育出版社，2000年。

②　本书在引用敦煌写本时，用"（ ）"改错字，"[ ]"补缺字，以下不再一一说明。

还有"俗讲"前用来安静听众的"押座文","俗讲"结束时劝听众早日回家、明天再来听讲的"解座文",这两类现存12篇。佛教中与"讲经"相对的还有"说法","讲经"必须有都讲和法师两人,"说法"则只有一人主讲。"讲经"的通俗化就是"俗讲","说法"的通俗化就是"说因缘"。敦煌本《丑女缘起》《目连缘起》《欢喜国王缘》就是这类说因缘的底本。由先秦两汉时期的看图讲诵的形式,加上佛教"俗讲"的影响,唐五代时期形成了一种"转变"的伎艺。"转变"就是转唱变文,由艺人对着图画讲唱故事,图画是故事中最精彩的部分或瞬间,体现在文体上,则是散韵相间,并用特定的语词标明图画所指示的情节。敦煌写本中保存的20多篇变文是敦煌文学中最有特色,因而也是中国文学史上最有影响的文体。

敦煌写本中为数甚多的通俗诗,以王梵志诗为代表。这些通俗诗是如何产生的呢? 首先要说明的是,它的创作者不是某一个人,也不是某一时期的一些人①,而是从初唐到宋初的一个"诗人"流派。这个流派的主体是云游和尚,它是和尚云游和化缘的产物。当然,从具体意义上的化缘诗到"王梵志诗"这样的意理诗,还有一个过程。像 P.2704、S.5572《沙门望赈济寒衣唱辞》(拟题),写寒冬腊月僧人没有御寒衣服,哀求人们施舍一些衣物以增加功德:"远辞萧寺来相谒,总把衷肠轩砌说。一回吟了一伤心,一遍言时一气咽。放辛苦,申恳切,数个师僧门傍列,萧寺寒风声切切,囊中青缃一个无,身上故衣千处结。最伤情,难申说,杖立三冬皆总阙。寒窗冷榻一无衣,如何御彼三冬雪"。与此篇相类似是《敦煌变文集》卷六收录的《秋吟一本》,周绍良先生就说是佛事之后,向施主们要求施舍的化缘疏②。经过三个月的夏安居之事,备受戒律束缚的僧侣们,终于获得"加提一月",可以自由云游四方。"久在樊笼里,复得返自然",面对一个全新的世界,那些或坚守佛律,或勉强应付的僧侣们,通过世俗生活的比较,对社会的认识更为清醒。他们用

---

① 参看项楚的有关论著,如《王梵志诗十一首辨伪》,《中华文史论丛》1986 年第 2 期;《王梵志诗中的他人作品》,《敦煌吐鲁番研究》第 1 卷,北京:北京大学出版社,1996 年;《敦煌诗歌导论》,成都:巴蜀书社,2001 年,第 273—281 页。

② 周绍良《〈敦煌变文集〉中几个卷子定名之商榷》,《敦煌吐鲁番文献研究论集》第 3 集,北京:北京大学出版社,1986 年。

调侃的态度,嬉笑怒骂的语言表达自己的情感和对世界人生的看法,就像后世的济公那样。王梵志五言诗,就是这样形成的。

第三节　敦煌写本中的仪式文学观念

敦煌文学与仪式的密切关系,还可以通过敦煌写本的杂抄性质得到说明。一些写本中不同体裁的作品杂乱地抄在一起,表明它们是在某些仪式中共同传诵使用的底本。比如 P.2633 正面抄写《夷斫新妇文》,尺牍,《酒赋》《崔氏夫人要(训)女文》《杨满山咏孝经十八章》。除了尺牍为抄手随意抄写的之外,其他 4 篇作品都是唱诵作品,而且有着共同的唱诵仪式:《崔氏夫人训女文》当然是母亲在女儿出嫁前的训导词,《咏孝经十八章》是婚仪上证婚人对新人唱诵的词章,要求新人孝敬父母,这两首是庄重之词;《夷斫新妇文》则是闹新房时对新娘的戏谑调侃之词,《酒赋》也是婚宴上酒酣之时的噱头,由类似于侏儒俳优者表演唱诵。

再比如,P.2976 首尾俱残,正面开头抄写《下女夫词》,依次抄写《咒愿新女婿》、无题诗一首(徐俊考定为高适的《封丘作》)、阙题诗四首(每首五言四句)、五更转(仅存一更、二更共二首,应缺三首;诗末另行抄"温泉赋一首,进士刘瑕"及首句"开元改为天宝年十月后兮"一行)、《自蓟北归》(无作者,经考为高适诗)、《宴别郭校书》(无作者,经考为高适诗)、《酬李别驾》(无作者,经考为高适诗)、《奉赠贺郎诗一首》(无作者,《敦煌宝藏》以为高适诗,徐俊以为不是高适所作①)、《温泉赋一首》进士刘瑕。

这个写本也是值得玩味的,它是民间仪式上的讲诵词的汇编。《下女夫词》和《祝愿新郎文》都是配合说唱的婚礼作品。以下所抄的作品除《温泉赋》外,原卷都没有作者名。这不是抄写者的疏漏,而是本卷的作品的应用性质决定的。我们知道,民间歌手或讲诵者利用流传的文人作品,多是不顾其全篇的意旨,而是看重其中的一些句子,尤其是开头的几句,断章取义,以

---

① 　徐俊《敦煌诗集残卷辑考》,北京:中华书局,2000 年,第 183 页。

便在特定的场合表达一种意味。《封丘作》是高适的名作，但此诗开头"我本渔樵孟诸野，一生自是悠悠者。乍可狂歌草泽中，宁堪作吏风尘下"几句，一个狂傲不羁的落魄文人形象跃然而前，一位文郎在欢快的节日仪式上诵读这些句子，会立即引起参加者的关注，起到镇静听众，调节气氛的效果。

以下缺题四首，都是梵志体，大致是云游和尚的诵词。"塞外芦花白，庭前奈花黄。如今寒去也，兄弟在他乡"，表明讲诵者的云游流浪性质。"积财虽是宝，用尽会应贫。不如怀道德，金玉自随身"，则是云游者请求布疏的唱词。《五更转》两首，是与此梵志诗性质相类的作品，一首歌咏"老"，一首歌咏"死"，与 S.6631《九相观》"衰老相""死相"的描述相近。

其后三首高适的诗，第一首《自蓟北归》"驱马蓟门北，北风边马哀。苍茫远山口，豁达胡天开"，也是讲诵文郎借来自塑其形象的诵词，用意相当于起兴。第二首《宴别郭校书》，是宴会上遇到多年不见的朋友，"彩服趋庭罢，贫交载酒过"，饮酒交酬，感慨时光流逝，事业无成，而青春不再，"云宵莫相待，年鬓已蹉跎"。第三首《酬李别驾》用意与第二首相同，"去乡不远逢知己，握手相欢得如此。礼乐遥传鲁伯禽，宾客争过魏公子"。这些诗作，是作为节日仪式上的诵词准备的，不需要了解作者，所以也就无需抄写下来。

《奉赠贺郎诗》徐俊怀疑不是高适所作是有道理的，这首诗其实是一首民间流传的婚礼诵词。唐五代时期敦煌有这样一种婚俗，在婚礼结束后，在婚仪上办事的乡人要嬉闹，向新郎索要酒食、赏钱。这首诗正是乡民索闹时的唱词："报驾贺驾郎，莫潜藏。障门终不免，何用漫思量。清酒浓如鸡䐁，知狐与白羊。不论空菻酢，兼要好椒姜。姑娣能无语，多言有侍娘。不知何日办，急共妇平章。如其意不决，请问阿耶娘。"大意是说，我们给你做了丰盛的酒席，姑娣侍娘皆称赞不已。你们总不能无动于衷吧？快和你的妻子商量一下，给我们赏钱；如果还犹豫不决，就请示你们的父母吧！

《温泉赋》以描绘唐玄宗驾幸华清宫温泉为内容，从四个方面进行铺叙。首先叙写天子侍卫仪仗的威武雄壮，鲜艳华美。接着描写天子田猎场景的恢奇壮盛。第三段写温泉的瑰丽景象和寻仙求药的奇思妙想。最后一段是作者的自述,包含着自嘲和乞求。这篇作品语言诙谐调侃,唱诵者抽出其中的某些段落,比如用第三段比喻新婚的美好,是贴切而富有趣味的:"于时空中即有紫云磊对,白鹤翱翔。烟花素日,水气喷香。忽受颛顼之图样,串虹霓之衣裳。共君喜遇,拱天尊傍。请长生药,得不死方。执王乔手,至子晋房。寻李瓒法,入丁令堂。驾行玉液,盛设三郎。"(P.5037)民间文学中的借用和断章取义,在这里表现得无以复加。

从唐五代时期的敦煌民间仪式入手,探讨敦煌文学,尤其是敦煌讲唱文学的生成、发展和传播,可以立体动态地展示敦煌文学的产生和传播。敦煌讲唱文学多产生于仪式,并通过一定的仪式得以生存、发展和传播。

这一结论可以帮助我们探讨文学史上一些重大的理论问题。比如,文学的起源问题,这是一个古老的题目。自古以来,许多文艺理论家对文学起源的问题发表过不同的见解,有神示说、模仿说、游戏说、劳动说、巫术说、心灵表现说等①。若干年来,艺术起源于劳动的观点在我国的文艺理论界盛行;但有时简单地寻求劳动与艺术的"直接的联系",不能完满地解释一切原始艺术的起源。研究文学起源的学者,基本上关注的是国外文艺理论界对文艺起源的论述,而对中国古代早期的文学形式讨论较少。敦煌文学是民间自生自为的文学,它虽不是原始文学,但以其特殊性而具有"考古学资料"和"现存原始部族的民族学资料"一样的价值。敦煌文学的实际情况告诉我们,文学产生于社会生活的各种仪式中,它和学术界已有的多种文学起源说并不矛盾。因为神示也好、模仿也好、游戏也好、巫术也好、心灵表现也好,都必须通过一定的仪式进行,而一定的仪式则是劳动的集中表现,没有哪种仪式与劳动没有关系。并不是一般意义上的劳动就能产生文学,必须是因为劳动而产生的仪式,比如庆祝丰收的仪式,感激或祈求神灵赐福的仪式,

----

①　荷马时代的人们认为,诗的灵感和动力的源泉是神的恩赐,见刘庆璋《欧美文学理论史》,福州:福建教育出版社,1995 年,第 14—15 页;模仿说最早见于亚里士多德《诗学》第四章;游戏说由席勒提出,见刘庆璋《西方近代文学理论史》,兰州:兰州大学出版社,1988 年,第336 页;文学起源于劳动说是马克思主义的基本观点,见《西方近代文学理论史》,第 337 页;巫术说由新马克思主义文论的代表人物卢卡契提出,见《审美特性》第 1 卷(中译本),北京:中国社会科学出版社,1986 年,第 320 页、364 页;心灵表现说以著名作家托尔斯泰的说法为代表,见《艺术论》(中译本),北京:人民文学出版社,1958 年,第 45—47 页。

才能产生文学。研究文学的起源，不仅能从发生学角度来解释文学产生之谜，而且能由此阐明文学与社会生活、与各种社会意识形态的关系，正确地认识文学的本质。敦煌文学为我们提供了鲜活的早期文学的标本，我们应当充分估量它的文学史意义。

第二章　敦煌文学的历史演进

敦煌文学是保存在敦煌写本中的文学，并不是有记载以来，尤其是西汉建立敦煌郡以来的文学，这是首先应当明确的。敦煌写本中的文学基本上是唐五代宋初大约四百年间的文学，此前在敦煌一带流传的文学是它的源头，此后在敦煌一带流行的文学是它的流变。追源溯流是文学史研究的基本方法，所以本章简单追溯敦煌文学的上源，并对宋以后的嬗变略作论述。

第一节　敦煌文学的上源

一、木简所见两汉时期敦煌地区的文学

汉武帝建立河西四郡之前，敦煌一带主要活动的是塞种胡人、乌孙人、月氏人和匈奴人，他们的文学活动和创作我们不得而知。西汉"列四郡，据两关"以后，中原文化比较快地进入河西走廊。两汉时期传世文献对敦煌地区文学的记载很少，倒是近百年来的出土文献中零星地发现了这一时期的文学，使我们得以窥见敦煌地区文学之一斑。

1913 年至 1915 年斯坦因第三次中亚考察时，在敦煌汉塞烽燧遗址中挖掘出了一批汉简，其中有一首骚体诗：

日不显目兮黑云多，月不可视兮风非(飞)沙。

从恣蒙水诚(成)江河,州(周)流灌注兮转扬波。

辟柱槙到(颠倒)忘相加,天门徕(狭)小路彭池。

无因以上如之何,兴章教诲兮诚难过。

1931年,张凤先生《汉晋西陲木简汇编》将这首诗拟题为"风雨诗",学者多从之①。但诗中虽然出现了"风"字,并没有出现"雨"字,且全诗没有写到风雨,所以李正宇先生改拟题为"教诲诗"②。诗的开头两句写乌云密布,狂风卷沙,不见日月。接着两句写洪水泛滥,大地一片汪洋。"从恣"即纵恣,无所顾忌。"蒙水",李零释为水名,在崦嵫山下。"州流"同周流,谓洪水四处流泄。"辟柱"两句写人间是非颠倒,赏罚不公,天门狭小,仕途险恶。"辟柱"是国家之柱。"槙到"即"颠倒"。"徕"为"狭"之讹。"彭池"即联绵字滂沱的另一写法。最后两句写报国无门,无可奈何,只有吟诗告诫后人:这样的时光确实难熬。"兴章"指写诗吟诵。全诗是一位失意文人的愤世嫉俗之作,诗题作"风雨"似更切全诗的旨意。

敦煌地区的汉简还残留了一些民谣,如"三四姑公六七妹,□语众多令肠溃"(《疏勒河流域出土汉简》476号,《敦煌汉简释文》2007号),可能是写新出嫁的儿媳在婆家遭遇七姑八姨闲言碎语的痛苦情形。"伯乐相马自有刑,齿十四五当下平"(《敦煌汉简释文》843号),是民间相马的法则和规矩。"膈胎已朔酒上多,丁壮相佻(逃)奈老何"(《敦煌汉简释文》774号),则是描写战乱的时代,青壮年都逃离家乡,老弱病残者只有留在家乡,听任老天的安排。

更有意思的是,敦煌文学中的一些题材,在敦煌汉简中可以找到上源。如敦煌马圈湾出土的韩朋故事简(《敦煌汉简释文》496号),虽残存字数很

---

① 张凤《汉晋西陲木简汇编》,上海:有正书局,1931年。林梅村、李均明《疏勒河流域出土汉简》(北京:文物出版社,1984年)编号为476;吴礽骧、李永良、马建华《敦煌汉简释文》(兰州:甘肃人民出版社,1991年)编号为2253。何双全《简牍》(兰州:敦煌文艺出版社,2004年)、李零《简帛古书与学术源流》(北京:三联书店,2004年),均有释文。

② 李正宇《试释敦煌汉简〈教诲诗〉》,《转型期的敦煌语言文学——纪念周绍良先生仙逝三周年学术研讨会论文集》,兰州:甘肃人民出版社,2010年。

少，但在叙述方式和风格上更接近于敦煌本《韩朋赋》，其体裁与后世的话本相近①。

出土于敦煌汉塞烽燧的"田章简"（《敦煌汉简释文》2289 号），与敦煌本句道兴《搜神记》中的田章故事相近，也与敦煌本《晏子赋》《孔子项托相问书》中的一些句子雷同，说明作为讲唱文学，它们是一脉相承的②。无独有偶，在居延烽燧中也曾发现过"田章简"③，说明田章故事在汉代的河西地区广为流传，且余波不断，一直延续到唐五代时期。居延出土的汉简中还发现了三则类似于《晏子春秋》的故事④，一则在今本《晏子春秋》中找不到相同的内容，另外两则还可以在《晏子春秋》的《内篇·杂上》和《外篇第七》中找到对应的段落，故事结构相同，内容吻合，只是个别词语不同。这为敦煌本《晏子赋》找到了上源。

在敦煌地区出土的汉代木简中，还保存下来了一些书信。这些书信的作者，可能是戍守边塞的有文化的将士，大都写得情真意切，千载之下，犹能感动人心。如出土于敦煌汉塞烽燧的《政致幼卿书》（拟题，《敦煌汉简释文》1871、1872 号），就是一个居住在成乐地方的名叫政的人写给幼卿君明的信，信中虽为客套问候语，但由于天各一方，朋友之情深仍溢于言辞之间。出土于玉门花海的七面棱形觚简上抄有一篇书信（《敦煌汉简释文》1448 号），是一个叫冯时的人写给他的朋友翁系的。信中叮咛翁系，春天到了，要注意饮食，调理好心态，多和自己联系。同址出土的木简中有"元平元年（前 74）十月"的纪年，那么这封信当抄于此年前后。

冯时其人，不仅有这封信保存至今，在同一觚简上，他还抄写了一篇《遗诏》。何双全先生综合诸家的意见，释读如下：

> 制诏皇太子：朕体不安，今将绝矣。与地合同，众（终）不复起。谨

---

①　裘锡圭《汉简中所见韩朋故事的新资料》，《复旦学报》1999 年第 3 期。

②　张凤《汉晋西陲木简汇编》，上海：有正书局，1931 年；容肇祖《西陲木简中所记的"田章"》，《岭南学报》第 2 卷第 3 期，1932 年；劳榦《汉晋西陲木简新考》，《中研院历史语言研究所单刊》甲种之二十七（台北），1985 年。

③　魏坚主编《额济纳汉简》，桂林：广西师范大学出版社，2005 年。

④　甘肃省文物考古研究所等《居延新简》，北京：文物出版社，1990 年。

视皇大(天)之笥(祀)加曾(增)。朕在善遇百姓,赋敛以理。存贤近圣,必聚谋士。表教奉先,自致天子。胡佚(亥)自次(恣),灭名绝纪。审查朕言,众(终)身毋欠。苍苍之天不可得久视,堂堂之地不可得久履。道此绝矣。告后世及其孙子,忽忽锡锡(惕惕),恐见故里,毋负天地,更亡更在,去如郤(舍)庐,下敦闾里。人固当死,慎毋敢怯①。

根据文义,这件遗诏是某皇帝临终前写给皇太子的遗言,是戍卒冯时于汉昭帝元平元年(前74)七月抄写的。根据诏书的抄写年代,学者推测可能是后元二年(前87)武帝临终时的遗诏。因为西汉前期皇帝因病危临终而遗诏托孤的,只有武帝一人②。当然也有学者认为是早于武帝的某一皇帝的遗言,甚至可能是刘邦的遗诏③。由于出土的木觚是习字之作,不是正式的公文,所以通篇错别字很多。从文意看,遗漏的字句不少,书法也欠佳。但大意还是清楚的。遗诏对自己的一生做了简单回顾,告诫太子谨慎行事,举贤任能,善待百姓,不要像胡亥那样自大放纵。诏书字里行间流露出自信和无悔,行文豪放而又带着悲凉的伤感,具有很高的史料价值,同时也是一篇情文并茂的文学作品。

敦煌悬泉遗址还出土了一批帛书,都是私人信札,其中《元致子方书》最为完整,也最为学者所关注④。内容讲元托子方为其买杪(可能是指可以包鞋子的金属片或革之类)、笔及刻印等事,信写得很认真而小心翼翼,可以看出写信者元的心境和为人。这位"元",不仅文章写得不错,而且字也写得很好。饶宗颐先生说:"行笔浑圆,体扁平,捺处拖长,作蚕头雁尾状,意在篆隶

①　何双全《简牍》,兰州:敦煌文艺出版社,2004年,第163页。
②　嘉峪关市文物保管所《玉门花海汉代烽燧遗址出土的简牍》,《汉简研究文集》,兰州:甘肃人民出版社,1984年;方诗铭《西汉武帝晚期的巫蛊之祸及其前后——兼论玉门〈汉简汉武帝遗诏〉》,《上海博物馆集刊》第4集,上海:上海古籍出版社,1987年。
③　何双全《简牍》,第164页。
④　王冠英《汉悬泉置遗址出土元与子方帛书信札考释》,《中国历史博物馆馆刊》1998年第1期;马啸《敦煌郡悬泉置汉宣帝间帛书二件》,《中国书法》1992年第2期;饶宗颐《由悬泉置汉代纸帛法书名迹谈早期敦煌书家》,《出土文献研究》第4辑,北京:中华书局,1998年;陈波《敦煌悬泉置出土西汉求刻印章帛书》,《篆刻》2000年第3期。

之间,古意盎然。"①信中说"愿子方幸为刻御史七公印一块",则子方是篆刻家。敦煌自东汉末至晋,书法家辈出,可以侔敌中原。张芝、索靖等尤为著名。张芝之后,敦煌一直有他的后人活动,而且以"墨池"作为地望,名其族为"墨池张氏"②。悬泉置出土的简册和帛书中,不仅反映早期敦煌文学的繁盛,而且是中国书法史上珍贵的资料。

二、魏晋南北朝时期敦煌地区的文学和学术

魏晋南北朝时期,中原动乱,江左板荡,河西地区相对安定,因而文学和学术得到了较好的发展。传世文献对此略有记载。下文对这一时期敦煌籍学者和文人的著述和创作作一简要钩稽。

汉末敦煌人张奂精通经典,曾"著《尚书记难》三十余万言","所著铭、颂、书、教、诫述、志、对策、章表二十四篇"(《后汉书》卷六五《张奂列传》)。其长子张芝、次子张昶,并善草书,时人谓之"草圣"。

后汉敦煌人侯瑾,覃思著述,有《矫世论》《应宾难》《皇德传》三十篇,所作杂文数十篇(《后汉书》卷八○《文苑传》)。《隋志》有《侯瑾集》二卷。

曹魏时敦煌人周生烈学精而不仕,"历注经传,颇传于世"(《三国志》卷一三《魏志·王朗传》)。

魏晋时,世居敦煌的月氏人竺法护八岁出家,他曾游学西域各国,"外国异言三十六种,书亦如之,护皆遍学,贯综诂训,音义字体,无不备识。遂大赍梵经,还归中夏。自敦煌至长安,沿路传译,写为晋文。所获《贤劫》《正法华》《光赞》等一百六十五部。孜孜所务,唯以弘通为业。终身写译,劳不告倦。经法所以广流中华者,护之力也"(《高僧传》卷一《译经上》)。竺法护"化道周洽",在他的影响下,敦煌形成了一个佛教集团,人们亲切地称他为"敦煌菩萨"。他是中国佛教史上的著名译经大师,为佛教的东传做出了重大贡献。

---

① 饶宗颐《由悬泉置汉代纸帛法书名迹谈早期敦煌书家》,《出土文献研究》第4辑,中华书局,1988年。

② 伏俊琏、张存良《草圣张芝在陇上的两处遗迹》,《敦煌学辑刊》2007年第2期。

西晋时,敦煌出现了索靖、索袭、索纮、宋纤、氾腾等一批名儒。其中索靖年少时诣太学时,已经扬名海内,与乡人氾衷、张甝、索紾、索永同在太学读书,因才艺超群,并称"敦煌五龙"。索靖后来举贤良方正,对策高第,傅玄、张华皆重之。他博览经史,精通谶纬,尤其擅长草书,笔力峻迈,自称"银钩虿尾",继承他的外祖父张芝且有发展。晋武帝时,索靖与另一位著名书法家卫瓘同在尚书台任职,时人号为"一台二妙"。他撰有《索子》《晋诗》各二十卷,已佚。又作《草书状》,多方比喻,穷极形象。有集三卷,已佚。

敦煌效谷人宋纤是著名隐士,"明究经纬,弟子受业三千余人","注《论语》,及为诗颂数万言"(《晋书》卷九四《隐逸传》)。他沉靖不与世交,不应州郡辟命。后前凉张祚征为太子友,逼喻甚切,遂至姑臧。但他却称病不见太子。不久迁为太子太傅,顷之,不食卒。临终上疏自称"受生方外,心慕太古"。其作品多佚,只有临终一表,存于《晋书》卷九四《隐逸传》。

西晋敦煌人郭瑀"精通经义,雅辩谈论,多才艺,善属文","作《春秋墨说》《孝经错纬》,弟子著录千余人"(《晋书》卷九四《隐逸传》)。

五凉时期敦煌人刘昞,《魏书》和《北史》都为他立传。《魏书》本传说他曾"隐居酒泉,不应州郡之命,弟子受业者五百余人",又说"昞以三史文繁,著《略记》百三十篇、八十四卷,《凉书》十卷,《敦煌实录》二十卷,《方言》三卷,《靖恭堂铭》一卷,注《周易》《韩子》《人物志》《黄石公三略》,并行于世"。陈寅恪《隋唐制度渊源略论》云:"刘昞之注《人物志》,乃承曹魏才性之说者,此亦当日中州绝响之谈也。若非河西保存其说,则今日亦难以窥见其一斑矣。"

西凉时,刘昞被尊为国师,同郡索敞、阴兴为国师助教,并以文学见举。索敞专心经籍,尽能传刘昞之业。魏太武帝平凉州,索敞被迫到了北魏的首都平城,以儒学见拔,为中书博士。京师大族、贵族子弟皆受业于敞,敞遂讲授十余年,著有《丧服要记》,为北魏的文化繁荣做出了贡献(《北史》卷三四《索敞传》)。

北魏灭亡北凉后,敦煌人江祖也被迁到魏都平城,他向当局进献家传书法著作与其他书籍一千多卷,因此被任命为中书博士。江祖死后,朝廷赠以敦煌太守之号。江祖的儿子江绍兴,在北魏出任秘书郎,掌国史二十多年。江祖的孙子江式更是在篆刻、书法方面成绩卓著,洛阳宫殿的题款,都由他题写。他还撰集字书,著成《古今文字》四十卷。

《隋志》著录有"《谢艾集》七卷",按谢艾为五凉时敦煌人。《文心雕龙·镕裁》:"昔谢艾、王济,西河文士。张骏以为艾繁而不可删,济略而不可益。若二子者,可谓练镕裁而晓繁略矣。"对谢艾的文学才能给予很高评价。

西凉名士张湛,敦煌人,《北史》卷三四《张湛传》说他"弱冠知名凉土,好学能属文",与金城宋钦、武威段承根三人,皆儒者,并有俊才,见称于河西。他的侄子张凤,"著《五经异同评》十卷,为儒者所称"。

五凉时敦煌人张穆"博通经史,才藻清赡",曾作《玄石神图赋》(《十六国春秋别本》卷九《北凉录》)。

敦煌人阚骃"博通经传,聪敏过人,三史群言,经目则诵,时人谓之宿读。注王朗《易传》,学者藉以通经。撰《十三州志》,行于世"。北凉时,曾领衔"典校经籍,刊定诸子三千余卷"(《魏书》卷五十二《阚骃传》)。

北凉敦煌人宋繇,"闭室读书,昼夜不倦,博通经史","家无余财,虽兵革间,讲诵不废"(《北史》卷三十四《宋繇传》)。

北齐敦煌人宋绘,少勤学,多所博览,好撰述。曾按照裴松之注《三国志》的体例,注王隐《晋书》及《晋中兴书》。又撰《中朝多士传》十卷,《姓系谱录》五十篇。又以流传的诸家年历不同,多有纰缪,乃刊正异同,撰《年谱录》,未成(《北齐书》卷二十《宋显传》)。所作书今皆散佚不存。

以上这些著述,除刘昞《人物志注》外,几乎都失传了,文学作品存下来的更是凤毛麟角。

这一时期敦煌地区的学术与文学,还应当提到西凉开国君主李暠倡导的文学活动。李暠建立西凉伊始,便在都城敦煌南门外修筑了靖恭堂,"图赞自古圣帝明王、忠臣孝子、烈士贞女,玄盛亲为序颂,以明鉴戒之义,当时文武群僚亦皆图焉。有白雀翔于靖恭堂,玄盛观之,大悦。又立泮宫,增高门学生五百人。起嘉纳堂于后园,以图赞所志"(《晋书》卷八七《凉武昭王李玄盛传》)。迁都酒泉后,又勒铭酒泉,使刘昞为文,刻石颂德。上巳节,燕于曲水,命群僚赋诗,李暠亲自作序。可惜的是,这一系列活动中的文学创作,都没能保存下来。李暠不仅是这些活动的倡导者和组织者,也创作了不少文学作品。根据《晋书》本传记载,李暠曾创作有《述志赋》《自称凉公领秦凉二州牧奉表诣阙》《复奉表》《手令诫诸子》《写诸葛亮训诫以勖诸子》《顾命长史宋繇》(以上存),《槐树赋》《大酒容赋》《上巳曲水燕诗序》《圣明帝王序颂》《忠臣孝子序颂》《烈士贞女序颂》《辛夫人诔》(以上佚)。本传还说他"自余诗赋数十篇",《隋志》还著录了《靖恭堂颂》一卷,都亡佚了。另外,《初学记》还节录了他的《贤明鲁颜回文》《麒麟颂》两篇残文。

《述志赋》是李暠的代表作品,虽不创作于敦煌,但确实是魏晋南北朝时期根植于敦煌文化的最完整最有艺术性的作品。这篇赋是作者对自己大半生志向的回顾和总结,全文先写自己幼年的志趣,希望隐居读书:"幼希颜子曲肱之荣,游心上典,玩礼敦经。蔑玄冕于朱门,羡漆园之傲生;尚渔父于沧浪,善沮、溺之耦耕。"成年后,由于家世的关系,他对前凉张氏政权产生了深厚的感情,想施展才华,做夔、益那样的贤臣,贡献国家。但前凉灭亡后,河西一片混乱:"淳风杪莽以永丧,缙绅沦胥而覆溺。吕发衅于闺墙,厥构摧以倾颠;疾风飘于高木,回汤沸于重泉。飞尘翕以蔽日,大火炎其燎原。名都幽然影绝,千邑阒而无烟。"自己为大势所趋,在艰苦的环境中建立了西凉政权。赋中极力写自己任人唯贤的用人思想和思贤若渴的心情,表明要以刘备和孙权为榜样,以宽大的度量,为国家延揽许多人才。赋的最后写自己苦心经营,等待时机,筹划着统一河西,进而配合东晋恢复中原的大业。这就是本篇所说的"志"。

这篇赋在写作上充分利用了比兴手法,使文章形象、生动。赋还运用了祁连山一带的神话传说,给西凉政权增添了神秘性,使作品显得瑰丽浪漫。尤其是大量使用历史典故,更使作品具有厚实的历史文化意蕴。

《晋书》本传还载录了李暠前后两次上东晋朝廷的表文,与《述志赋》的内容是一致的。前表说:"大禹所经,奄为戎墟;五岳神山,狄污其三;九州名都,夷秽其七;辛有所言,于兹而验。微臣所以叩心绝气,忘寝与食,雕肝焦虑,不遑宁息者也。"祖国的大好河山,为五胡所乱,李暠为此肝肠寸断。西凉与东晋,虽相隔万里,但"风云苟通,实如唇齿"。所以他热切地"冀杖宠灵,全制一方,使义诚著于所天,玄风扇于九壤,殉命灰身,陨越慷慨",为祖国的统一粉身碎骨也在所不惜。后表说"时移节迈,荏苒三年,抚剑叹愤,以日成岁",表达了"冀凭国威,席卷河陇,扬旌秦川"的急切心情。可惜此时的东晋王朝,内讧时起,自顾无暇,更无及于国家的统一大业了。

李暠长期生活在敦煌,后又以敦煌为都城建立西凉。他自己对敦煌非常有感情,他曾告诫诸子:"此郡世笃忠厚,人物敦雅,天下全盛时,海内犹称之,况复今日,实是名邦。"正是五百年中原文化的浓厚灌溉,培养了他强烈的爱国热情和民族情感。大约四百五十年后,敦煌人张议潮率众一举推翻了吐蕃的统治。归义军政权建立初期,朝廷曾派使者抵达敦煌。他们一进敦煌,就被这里的情景所吸引:"叹念敦煌虽百年阻汉,没落西戎,尚敬本朝,余留帝像。其于(余)四郡,悉莫能存。又见甘凉瓜肃,雉堞雕残,居人与蕃丑齐肩,衣着岂忘于左衽。独有沙洲一郡,人物风华,一同内地。天使两两相看,一时垂泪,左右骖从,无不惨怆。"(P.3451)可见五百年来,敦煌人民深厚的民族情感和不屈不挠的斗争精神一直没有中断。

第二节 北朝时期的敦煌文学

敦煌写本中最早的纪年题记见于甘肃省博物馆藏001号《法句经卷下》末:"咸安三年十月廿日沙弥净明诵习法句起。"字体与经文不同,当是净明诵习经文后所写,而《法句经》的抄写当在更早。咸安为东晋简文帝司马昱年号,咸安仅二年,咸安三年当为宁康元年,公元373年。当时,敦煌还在前凉张氏统治之下。北魏太平真君三年(442),北魏开始统治敦煌,敦煌的历史进入北朝时期。敦煌写本中还没有发现公元373年至442年这70年间的文学作品。已知敦煌写本中最早的有明确纪年的文学作品是P.4506《金光明经卷第二题记愿文》,开头说:"皇兴五年,岁在辛亥。"该愿文是定州中山郡卢奴县人张璪,为报答父母之恩,竭尽家产,兴造《法华》等经,"欲令流通本乡,道俗异玩"。"皇兴"为北魏献文帝年号,皇兴五年为公元471年。从这个时期直到公元 618 年唐朝建立的近 150 年间，是敦煌历史上的北朝时期。这 150 年间，敦煌先后经过北魏、西魏、北周和隋的管辖①。

敦煌写本中保存的这一时期的文学作品近百篇，主要是佛经后面的题记愿文。这些愿文，一部分是从外地传入敦煌的，如 S.996《杂阿毗昙心经冯晋国题记愿文》就是北魏孝文帝太和三年(479)洛州刺史昌黎王冯晋国抄写的《杂阿毗昙心经》的愿文。日本书道博物馆藏《大般涅槃张宝护题记愿文》则是北魏宣武帝正始二年(505)，凉州刺史、武威人张宝护出资抄写《大般涅槃经》后，为家人发愿祝福的愿文。P.2189 保存下来的梁武帝萧衍的《东都发愿文》，前面残佚，存下来的有三千多字，洋洋洒洒，一气呵成。作为一个虔诚的信士，萧衍剖心披胆，把内心对自己、对亲人、对国家社会的美好祝愿宣泄无遗。文中大量运用排比句，使文气陡增，情感充沛，是一篇比较优秀的文学作品。如其中的一段写道：

> 愿以今日一切会功德，愿过去一切尊卑眷属，愿无始以来至乎今日，种种罪鄣，皆得消灭；种种众苦，皆得解脱断除。四魔离，五怖畏；永灭三途，长生净土。四无量心，六婆罗蜜，常得现前。以此因缘，倍增修，上成佛果，还救无边一切众生。

本篇是萧氏佚文，不见于张溥编《梁武帝集》和严可均《全梁文》。原卷抄于西魏大统三年(537)，即梁武帝大同三年，当时梁武帝尚在世。此本抄写时间与创作时间(上限为萧衍称帝，即 501 年)相距也不远。它本来是广平王大觉寺涅槃法师智睿供养的愿文，后来辗转到了敦煌莫高窟。

这个时期的部分愿文则是敦煌本地产生的。中国国家图书馆藏新 1276 (BD15076)《入楞伽经卷第二》尾题后抄有一篇题记愿文，末题："大代大魏永平二年(509)八月四日比丘建晖敬写讫，流通供养。"愿文写比丘[尼]建晖"婴罹病疾，抱难当今，仰惟此苦，无由可拔"，于是节衣缩食，敬写《入楞伽》

---

① 公元 534 年，北魏孝武帝西奔长安，次年被控制长安的宇文泰鸩杀，宇文泰另立文帝，史称西魏。敦煌转为西魏管辖。557 年，宇文泰死后，其子宇文觉"受禅"，废魏自立，建立北周，敦煌又转辖于北周。581 年，杨坚篡夺北周政权，建立隋朝，敦煌遂为隋朝之瓜州，直到公元 618 年唐朝建立。

《方广》《药师》等经，希望下辈子转身为男，"法界众生，一时成佛"。全文写一个久病不愈的病人的愿望，她不仅希望自己尽快恢复健康，也希望法界众生，一时成佛。情真意切，很是感人。写成于北魏宣武帝永平五年（512）端午节的《大般涅槃经题记愿文》（P.2907），是李季翼为其去世的姐姐所作的祝愿。"有姊适王氏家，炎命早背。兄弟之情，悬心楚切，不任所感，为亡姊敬写《涅槃经》一部"，希望借此功德，让亡姊"神升无碍，形证妙极，托生紫宫，早游常乐"，是一篇真情之作。

元荣是这个时期敦煌有成就的作家。根据向达和宿白先生的研究[①]，元荣大约是在北魏孝明帝正光年间（520—525）出任瓜州刺史（治敦煌）的。西魏代北魏后（535），元荣仍为瓜州刺史、东阳王，约死于西魏文帝大统十年（544）。他统治敦煌时期，政治比较清明，社会也比较安定。他是一个信佛的人，曾出资大造佛经，也曾开凿石窟。

元荣的作品，传世文献未见，敦煌写本中有8篇，都是在其所造佛经后写的题记愿文：《仁王护国般若波罗蜜多经题记愿文》（日本书道博物馆）、《佛说仁王护国般若波罗蜜多经题记愿文》（S.4528）、《大智度论等题记愿文》（P.2143，日本都道博物馆，日本书道博物馆）、《维摩疏卷第十一题记愿文》（上海博物馆8926）、《大方等大集经题记愿文》（日本五岛美术馆）、《大般涅槃经题记愿文》（S.4415）、《无量寿经题记愿文》（上海博物馆8927）、《摩诃衍经题记愿文》（京荣50）。这些作品，有些可能是代笔文人所写，形式上也比较呆板，总体文学性不高，但确实反映了当事人真实的情感。如S.4528《佛说仁王护国般若波罗蜜多经题记愿文》：

> 大代建明二年（531）四月十五日，佛弟子元荣，既居末劫，生死是累，离乡已久，归慕常心，是以身及妻子、奴婢、六畜，悉用为比（毗）沙门天王布施三宝。以银钱千文赎：钱一千文赎身及妻子，一千文赎奴婢，一千文赎六畜。入法之钱，即用造经，愿天王成佛，弟子家眷、奴婢、六

---

① 　向达《莫高、榆林二窟杂考》，见《唐代长安和西域文明》，北京：三联书店，1957年。宿白《东阳王与建平公》，收入《向达先生纪念论文集》，乌鲁木齐：新疆人民出版社，1986年。

畜，滋益护命，乃至菩提，悉蒙还阙。所愿如是。

这一时期的文学特别要提到的是 P.2004《老子化胡经玄歌》第十。《老子化胡经》相传是西晋道士王浮所撰，元代至元二十五年(1288)禁毁以后逐渐失传。敦煌写本中保存了 7 种唐人写本，有卷一、卷二、卷八、卷十等。其中 P.2004《老子化胡经玄歌》第十全为 20 首五言诗和 18 首七言诗，共 38 首，计《化胡歌》五言 8 首，《尹喜哀叹》五言 5 首，《太上皇老君哀歌》五言 7 首，《老子十六变词》七言 18 首①。逯钦立《先秦汉魏晋南北朝诗》将这 38 首全部收入《北魏诗》卷四，前有考证说："逯按，《出三藏记集》：《老子化胡经》作于西晋王浮，以之攻击佛教。又《北凉录》云：《化胡经》晋时王浮道士所撰，一卷，后渐添成十一卷。据此，《化胡经》一书后世续有增益，正类其他道书也。而此卷《玄歌》按其所涉史实，知为北魏时代之作。"逯氏还具体考证是文成帝时代(452—465)的作品。

《化胡歌》8 首，依时间顺序当为：《其八》写老子化胡前在幽谷岩石间求觅神仙圣公，得到元气真药。《其四》写登上华岳山，俯瞰中原大地，预言千年后这里将"白骨如丘山，尸骸路草野"。《其三》，离开华岳，须臾之间到了天庭，在那里受到盛情款待，"授我仙圣道，接度天下贤"。《其五》，西登太白山，在这里和诸仙一道歌诵经文；预言化胡成佛后，口教当变成经文。《其六》，化胡经过函谷时，见到尹喜，老子被尹喜的诚心感动，为其送《五千言》，并将尹喜带到西域。《其一》《其七》内容相类，写到达胡地后，受到胡人的种种阻难；老子以非凡的法力和"视怨家如赤子，不顾仇以嫌"的仁德感化了胡王，"八万四千弟子，一时受大缘"。

《尹喜哀叹五首》是以尹喜口吻吟叹修道成仙的组诗。《史记·老子列传》裴骃《集解》引《列仙传》云："关令尹喜者，周大夫也，善内学星宿，服精华，隐德行仁，时人莫知。老子西游，喜先见其气，知真人当过，候物色而迹之，果得老子。老子亦知其奇，为著书。与老子俱之流沙之西，服巨胜实，莫

---

① 新疆博物馆藏唐人写本《老子十六变词》，起始"老子十六变词一变之时"，至"四变之时"之"合口诵经声雍雍"止，计 25 行，行楷，有脱文。

知其所终。"《列仙传》据说是西汉刘向所记,那么,尹喜随老子西行的传说西汉末就流传开了。这组诗主要写尹喜修道的艰难和成仙的快乐,而重点是写学道中经历的种种艰辛:离别父母时,"父母怪我晚,昼夜悲嗥啼","垂泪数千行","五内心摧伤";长期"登崖历长松,盘屈幽谷里",以至于"足底重茧生","徒跣身无衣",无衣无食,"不觉心肝摧"。然而,"精诚神明佑,守真仰苍天。感得天地道,遇见老君身。难我以父母,却遗五千文。秘室伏读之,三年易精神","涤荡六府中,都体解自然",最终是"服茙食玉英,受命与天并"。

《太上皇老君哀歌七首》先写得道成仙的极乐,再写作恶必有报应,并通过叙写刘仲伯精诚于道门,最终能死而复生,以说明仙道之可求。最后写人生勿勿,"死者如流水,去者如浮云","何不学仙道,人身常得存"。《老君十六变词》,写老君在南方、西岳、北方、东方、中都、西北、海隅、东北、黄泉、东南、阎浮、西南、罽宾、舍卫、蒲林以及五百岁之时、六百岁之时的种种变化,以说明得道者法力无边。

这38首诗的文学性并不强,比较来说,《化胡歌》8首中有许多形象的语言,描写了一幅幅生动的情景,还是值得一读的。如其四:"吾后千余年,白骨如丘山。尸骸路草野,流血成洪渊。"实际上是描写北魏时期关中地区的战乱给社会造成的惨状,因为从老子到北魏时期,正好是千年左右。其三:"但见西王母,严驾欲东旋。玉女数万千,姿容甚丽妍。天姿绝端严,齐执皇灵书。诵读仙圣经,养我同时姝。"写昆仑仙境的美女如云。其一写老子的神威:"麾日使东走,须弥而西颓。足踏乾坤桥,日月左右回。天地昼暗昏,星辰互差驰。"天昏地暗,天体错乱,一幅可怖的景象。

第三节　唐前期的敦煌文学

一般文学史上分唐代为初、盛、中、晚四唐,敦煌文学有其特殊性,根据敦煌历史文化进程,我们分为唐前期、吐蕃攻占期和归义军时期三个阶段。安史之乱爆发(755)后,朝廷调动陇右、河西、北庭、安西等地的军队到中原平叛,西北边防骤然空虚。吐蕃趁机进攻陇右河西。从唐代宗广德二年(764)吐蕃移师河西,凉州、肃州相继沦陷,河西地区进入吐蕃攻占时期。从李唐开国(618)到此时(764)的大约一个半世纪,我们称之为唐前期。

唐前期的敦煌,与中原联系十分密切。在文化文学上可以说完全是中原的一部分。比如,今存的30个《诗经》写本,大多数抄于这个时期。李善的《文选注》,在李氏尚健在的时候,就在敦煌传阅(P.2528 李善《文选注》是永隆二年即 681 年抄于长安弘济寺的写本)。编成于梁武帝大通年间(527—529)的诗集《玉台新咏》,就见于这个时期的敦煌写本中。作为盛唐之音代表的唐诗,在敦煌地区的流传和中原地区流传相比几乎毫不逊色。初唐王绩(约 590—644)的《东皋子集》,就见于敦煌写本 P.2819,大约抄于武则天时期(684—704)。初唐诗文运动改革先驱者陈子昂(661—702)的诗文,在敦煌写本中就有四个写本,大约都抄于盛唐时期。另外,孟浩然(689—740)、王昌龄(约 698—756)、李白(701—762)、高适(约 701—765)、常建(生卒年不详,727 年进士及第)、岑参(715—770)等著名诗人的诗作都在这个时期的敦煌写本中有部分抄录。值得一提的是,著名边塞诗人岑参,曾于天宝八载至十载(749—751)、天宝十三载至十五载(754—756)两度出塞,在河西和西域写下了数十首诗篇,敦煌写本中今存岑诗 24 首,其中就有写于敦煌的《敦煌马太守后庭歌》《苜蓿峰寄家人》《玉门关盖将军歌》等。

这一时期的敦煌文学中,还有大量的发愿文,保持着北朝以来的文化传统。同时,由于社会的相对稳定,文化生活也较前更为丰富,各种文化仪式及相关的应用性文学作品也空前增加。如碑、祭文、书仪、功德记、社邑文书等。这些文章,虽以实际应用为主,但正是在应用中体现其文学性。我们举 S.1477《祭驴文》为例。1992 年,法国学者艾丽白就把敦煌写本中的有关驴、马、牛、狗等家畜的祈祷文、颂、愿文等汇集一起进行研究,发表了《上古和中古时代中国的动物丧葬活动》①,其中对《祭驴文》的论述就主要着眼于其文学价值。《祭驴文》在敦煌祭文确实独具特色,受到很多学者的关注。它写

---

① 艾丽白文章的中译本见《法国汉学》第五辑,北京:中华书局,2000 年。

人和驴之间的真挚情感,毫无半点矫揉造作,反映了中国农民的朴实:"小童子凌晨报来,道汝昨夜身亡。汝虽殒毙,吾亦悲伤。数年南北,同受恓惶,筋疲力尽,冒雪冲霜。今则长辞木镫,永别麻缰。破笼头抛在墙边,任从风雨;鞦鞍子弃于槽下,更不形相。"作者由驴的不幸,想到自己的命运,于是借题发挥,生不逢时的怨愤之情溢于言外。《祭驴文》在体制上其实是一篇赋,所以铺采摘文的特色还是比较显著的。例如,写驴的劳作奔波的情景:"也曾骑汝而披耽,也曾徒步以空驱,也曾深泥里陷倒,也曾跳沟时扑落。"写驴生不逢时:"胡不生于王武子之时,必爱能鸣;胡不生于汉灵帝之时,定将充驾;胡不如卫懿公之鹤,犹得乘轩;胡不如曹不兴之蝇,尚蒙图写。"取事用典,诙谐而深沉。

唐代前期敦煌文学中最具特色的文学现象,是王梵志诗、天宝年间的《降魔变文》《禅师卫士遇逢因缘》等一批讲唱文学以及为数甚多的歌词。

王梵志诗见于敦煌 30 多个写本,保存了 390 首左右的诗篇。前辈学者对这 30 多个写本进行研究[①],认为可分为三个版本系统:三卷本,一卷本,一百一十首本,还有不好归类的零篇。这些"王梵志诗"并非一人一时所作,而是从初唐(或许更早)直到宋初的很长时间陆续产生的。三卷本存诗 205 首,主要产生在初唐时期,特别是武则天时期。一百一十首本存诗 69 首[②],主要是盛唐时期僧侣们的创作。一卷本收录 92 首诗,是当时民间流行的童蒙读物,当是晚唐时期的作品。零篇存诗 26 首。王梵志诗的出现,标志着中国白话通俗文学的崛起,它在敦煌本地的广泛流传充分说明敦煌与中原在文化上的一体性。

在唐前期的敦煌文学中,变文也已粉墨登场。如《降魔变文》,不仅是现存变文中艺术性最好的一篇,其产生的时代也很早。本篇开头的"说庄严"一段中,有"伏惟我大唐汉圣主开元天宝圣文神武应道皇帝陛下"一句,其中

---

① 胡适《白话文学史》,上海:新月书店,1928 年;郑振铎《中国俗文学史》,上海:商务印书馆,1938 年;法国戴密微《王梵志诗附太公家教》,巴黎科学院,1982 年;张锡厚《王梵志诗校辑》,北京:中华书局,1983 年;朱凤玉《王梵志诗研究》(上下),台北:学生书局,1986 年、1987 年;项楚《王梵志诗校注》,上海:上海古籍出版社,1991 年。

② 因 Дx.1456 尾端有"大历六年五月日抄王梵志诗一百一十首",故称一百一十首本。

所称唐玄宗的尊号,据《旧唐书·玄宗纪》的记载,当在天宝七载三月到八载闰月(六月后置闰)之间(748—749)。《降魔变文》也应当是这个时期的作品。我们知道,变文兴盛是在中晚唐时期,敦煌所出变文绝大多数是九世纪中期(归义军初期)的作品,传世文献中记载讲诵变文的几条材料,像吉师老《看蜀女转昭君变》、李远《转变人》、李贺《许公子郑姬歌》、王建《观蛮妓》及郭湜《高力士传》等,都出现在中晚唐时期。《降魔变文》应当是变文发展初期的作品。它出现在边陲敦煌,且已发现 6 个写本,说明敦煌的文化娱乐生活同长安几乎同步。

在八世纪中叶,敦煌写本中出现了一种类似于后世诸宫调的讲唱文学。目前我们已经知道此一作品有三个残卷(P.3409、S.3017、S.5996),前后题皆残。内容叙述卫士常贵贱等七人(喻"七垢")经六个禅师(喻"六念")的劝导而回心修道的故事,属于佛教劝导作品。但形式十分新颖,有说有唱。所唱之词为《偈》《五更转》《行路难》《安心难》等四调,既不同于变文唱词之不辨曲调,也不同于宋人鼓子词通篇一调一曲。《偈》为梵呗,《五更转》在《乐府诗集》中属于《相和歌辞》,《行路难》为《杂曲歌辞》,《安心难》无考。它们属于同一个宫调,和后世的诸宫调相近①。诸宫调主要流行于宋金时期,据宋王灼《碧鸡漫志》记载,熙宁、元祐间(十一世纪后期),"泽州孔三传者,首创诸宫调古传,士大夫皆能诵之"。现在我们在敦煌写本中发现了盛唐时期与此相类似的作品,对探讨诸宫调的起源,是很有意义的。

唐代前期,尤其是盛唐时期,我国的音乐文学由于注入了西域文化的新鲜血液,得到了长足的发展。曲子词的兴起,可为代表。敦煌曲子词写本抄写时间虽在中唐以后,但其中有不少词作是盛唐时期或之前的创作。《云谣集》30 首是曲子词的代表。这本词集的内容主要包括征妇怨、征夫怨、五陵儿女、女性美貌等四个方面,其中征妇怨的作品占三分之一。征妇

---

①　李正宇《试论敦煌所藏〈禅师卫士遇逢因缘〉——兼谈诸宫调的起源》,《文学遗产》1989 年第 3 期。

怨虽是一个古老的主题,但这些词中所写往往同唐代兵制的弊端密切联系。唐初于开元年间实行的府兵制,是造成这种情况的直接原因。因而可大致推知《云谣集》中部分作品的创作时间不会迟于开元时代。有的学者还认为《云谣信》中的两首《内家娇》为某位皇帝(或为唐玄宗)所作,其中的"内家"指杨太真,则这两首词产生于杨太真最得宠的天宝时期①。李白曾为杨妃写有《官中行乐词》《清平调》,诗风轻艳,与《云谣集》中两首《内家娇》相类,当为同一时期的作品。《云谣集》中有比较集中描写五陵儿女的诗句,如"五陵原上有仙娥,携歌扇"(《天仙子》),"遍引五陵思恩切,要君知""但是五陵争忍得,不疏狂"(《浣溪沙》),"五陵儿,恋娇态女""淡匀妆,周旋妙,只为五陵正渺渺"(《渔歌子》)等,写五陵年少"纨绮追欢,歌妓卖笑"的生活情景,反映的也是盛唐社会的现象。所以,本书认为,《云谣集》虽不是一人一时的创作,但作为演唱的歌词集,经过乐人的编辑,其编辑的时间,当在安史之乱前。

《云谣集》之外的其他曲子词,也有产生于唐前期的。S.4332 抄有《酒泉子》"砂多泉头伴贼寇"一首,只残存 19 字,词中出现了"裴氏",或以为是唐高宗时期的名臣裴行俭,词当作于唐高宗调露、永隆年间(679—681),为"酒泉子"的本事词。P.3718《捣练子》6 首为组词,借孟姜女故事反映了盛唐的拓边政策、边塞战争的残酷及给人民造成的苦难,也应当是盛唐时期的作品。P.2506 抄有失佚调名的残词"褰旧戎装"及《献忠心》"臣远涉山水""蓦却多少云水"两首词,据词意是西北少数民族文人写给汉族权臣的感恩之词,词中洋溢着盛唐文化的气象,所以一般认为是盛唐的作品。还有 P.3821 所抄《定风波》"攻书学剑能几何""征后偻罗未是功"、《生查子》"一树涧生松""三尽龙泉剑"、《谒金门》"长伏气"等五首,P.3333《菩萨蛮》"自从涉远为游客""数年学剑攻书苦"等,学者多断为盛唐时期的作品。

敦煌写本中还有产生于唐前期的俚曲小调,以《五更转》《十二时》《十恩

---

① (韩)车柱环《云谣集考释》,转引自潘重规《读〈云谣集〉考释》,《敦煌学》第 11 辑,第 60 页。

德》等为代表。《五更转》是以夜间五更为时间单位,分别作成一组相互关联的歌词,基本上由 5 章组成,每章一首或几首。敦煌写本中大约有 50 多个写本。《十二时》是将一天分为 12 个时段,而分别作成 12 章歌辞的民间曲调。敦煌写本中大约有 20 多个写本。《百岁篇》是把人的一生按百岁计算,以 10 年为单位加以歌咏的民间曲调。敦煌写本中有 30 多个写本。《十恩德》是把父母养育之恩分成 10 个阶段来歌唱的民间曲调。敦煌写本中也有约 30 个写本。《十二月》曲调的写本少一点,大约不超过 10 个。这些俚曲小调,始见于 8 世纪初,一直延续到 11 世纪。唐前期敦煌文学的丰富多彩,于此可见一斑。

第四节　吐蕃攻占时期的敦煌文学

唐代宗广德二年(764),吐蕃攻克凉州,两年后又攻占了甘州和肃州,从此河西地区进入吐蕃占领时期。而河西走廊的沙州,因此与中原的政治文化交流中断,孤军反抗吐蕃的侵略。贞元二年(786),沙州城沦陷,整个河西走廊进入吐蕃统治时期。吐蕃占领河西地区后,在这里实行吐蕃化的民族统治,迫使其他民族接受吐蕃的生活方式与生活习俗,使河西地区的汉族饱受异族凌辱之苦。压迫和反抗总是相辅而生的。唐宣宗大中二年(848),沙州豪强张议潮率领军民推翻了吐蕃的统治,进而收复了瓜州、肃州、甘州及西州、伊州等地,并派使者把瓜沙等十一州的图籍呈报朝廷。大中五年(851),朝廷于沙州正式设立归义军,以张议潮为节度使。从此,敦煌正式进入归义军时期。从 764 年到 848 年这 80 多年,就是本书所说的吐蕃攻占时期①。

这一时期敦煌文学作品当以 P.2555 窦昊《为肃州刺史刘臣璧答南蕃书》

---

① 敦煌的吐蕃攻占时期,学术界大多从建中二年(781)或贞元二年(786)算起。本书认为,广德二年(764)吐蕃攻占凉州,河西人民已进入反抗吐蕃侵略的历史阶段,敦煌与中原的交往也就中断。此后的敦煌文学即以此为中心内容。敦煌写本中言及敦煌沦陷,大多以百年概算,可见,在当时敦煌人民的心目中,是以吐蕃入侵河西作为敦煌沦陷开端的。因为以 84 年概说百年合于情理,以 60 年概说百年不合情理。

为其开端。这篇作品可能写于上元二年(761)①,当时吐蕃大军已攻占了陇右和凉州的部分地区,气势旺盛,凉州城危如累卵,甘州、肃州守军不足,军民惊慌。所以窦昊为肃州刺史刘臣璧发愤书写了这篇书信。窦昊其人,仅《新唐书·宰相世系表》记其为"宁远将军",窦铣之子。肃州刺史刘臣璧,不见史籍记载。

《答南蕃书》的起因是,吐蕃占领陇右诸州后,为减少军事对抗,便派使者致书河西诸州刺史,内容大概是劝各州勿聚兵相抗。而致肃州刺史刘臣璧的书来自吐蕃上赞摩(官名,相当于副相)射婆莘,由"和使论悉蔺琮"送来,同时还送来了银盘礼品。大概射婆莘和刘臣璧还有些私人交情,故他致信刘刺史,讲吐蕃以和为贵,无意入侵,请勿相拒。这实际上是吐蕃各个击破的策略。窦昊代笔的这封答书,洋洋洒洒千余言,内容是讲大唐和吐蕃,和则两国安泰,斗则两败俱伤。答书从历史讲起,说五十年前,两国缔结盟约,世代友好,公主下嫁,舅甥契合,四海寰廓,两国一心。后来吐蕃悉诺逻违天背盟,暴振干戈,横行瓜州、玉门一带,为害滋深。而朝廷派哥舒翰领军西出,开地千里,筑城五所,所到之处,杀戮吐蕃数万。"向若无悉诺逻先侵,岂见哥舒翰后患"?所以,吐蕃发动的不义之战,最终受害的还是吐蕃自己。第二段是作者给射婆莘陈述的"安两疆之长计",劝他向蕃王进谏,"罢甲兵于两疆,种柰于原野,止汉家之怨愤,通舅生(甥)之义国"。因为吐蕃"平陆牛马万川群,国富兵众,土广而境远,自然方圆数万里之国,足可以为育养,何要攻城而求小利,贪地而损人?此天道之所不容,神明之所必罚"!第三段陈述唐蕃国情。安史之乱后,唐朝虽蒙重挫,但仅仅数年,"逆党殄除,乾坤雾收,河洛云卷,百蛮稽颡而来贡,九夷匍匐而称臣"。肃州小郡,地方狭窄,境少泉泽,周围碛卤,不是兵马偃憩之所,希望蕃兵不要侵扰。文章骈散并用,写得很有气势。但对敌人骗局,竟浑然不觉,文人的盲目自信与间或流露的胆怯自卑,交织一起。

---

①　参戴密微《吐蕃僧诤记》,耿昇译,兰州:甘肃人民出版社,1984年,第420—421页;柴剑虹《研究唐代文学的珍贵资料——敦煌P.2555号唐人写卷分析》,《1983年全国敦煌学术讨论会文集·文史写本编》下,兰州:甘肃人民出版社,1987年。

　　P.5037 还抄有一首阙题的七言残诗,署名"窦皓",疑即《答南蕃书》的作者窦昊。这位窦皓,可能获罪贬官至肃州,昔日的朋友怕受连累而不与他联系,而与这位刘臣璧却一见如故。诗云:"忽然喷(愤)来开□说,拂衣独步边城月。平生不识犹见恩,昔日相知却胡越。"抚今追昔,作者感慨万端:"丈夫只今正迍坎,掷地金声谁听揽。"他又斥责那些得意的"昔日相知":"君不见感峻黄鹰初□□,能得几日陵青云。一朝力尽休禽兔,羽落毛摧四海分。"这首诗的写作时间,可能略后于《答南蕃书》。

　　这一时期最值得关注的是 P.2555 所录的 72 首"陷蕃诗"。P.2555 汇录了唐人诗文近两百多篇,其中只有 16 首诗见于《全唐诗》,一篇文见于《全唐文》。写本正面的《冬出敦煌郡入退浑国朝发马圈之作》以下 60 首,以及卷背马云奇《怀素师草书歌》以下 12 首,共 72 首,主要描写作者被吐蕃扣留后的经历和情感,学术界以"陷蕃诗"名之。这组诗产生的时代,正是吐蕃极盛,河陇被占,安西、北庭与中原音讯几乎隔绝的时期。诗中反映的思想感情,代表了沦陷区汉族知识分子的普遍心声。同时,诗中所描写的边地自然风貌、游牧地区的典型景物以及被吐蕃攻陷后的荒凉景象,与传世的边塞诗有较大差异,故在历史、文学史和民族文化交流史的研究上都有独特的价值。

　　正面 59 首记叙了作者从敦煌出发,经过墨离海、青海、赤岭、白水,直到临蕃的经过。第一首《冬出敦煌郡入退浑国朝发马圈之作》:"西行过马圈,北望近阳关。回首见城郭,黯然林树间。野烟暝村墅,初日惨寒山。步步缄愁色,迢迢惟梦还。"退浑国,即吐谷浑,当时在敦煌西南 400 里左右。马圈在敦煌西南 25 里,是去退浑国的必经之地。戈壁滩的冬天,寒风凛冽。迎着晨曦,作者从马圈出发。向北望去,阳关隐约可见。回头遥望敦煌,已消失在林树之间。乡村的晨炊青烟袅袅,刚刚升起的太阳照着远方的金山。此行前途未卜,不知何日能归。每走一步都让人愁肠百结。再看一眼故乡吧,以后只能在梦中回去了。以下《至墨离海奉怀敦煌知己》《冬日书情》《登山奉怀知己》《夏中忽见飞雪之作》《冬(夏)日野望》《夏日途中即事》都是此行途中之作。到了青海,作者大病一场,有《青海卧疾之作》二首。这次病得不轻,于是作者有"旋知命与浮云合,可叹身同朝露晞"的感叹。可能这次得病不久,作者被吐蕃拘禁,诗云:"邂逅遇迍蒙,人情讵见通。昔时曾虎步,即日似禽笼。"从此开始囚徒生活,故以下诗作不仅是一般的思乡之情,拘禁的痛苦就成为诗中屡见的主题了。顺便要提一句的是,《首秋闻雁并怀敦煌知己》,从韵律看,当是两首七言绝句,过去都误为一首诗。还有《梦到沙州奉怀殿下》一首,是作者痛定思痛之后的反省回顾之作。作者是沙州人,家乡在敦煌以西。吐蕃占领家乡后,他流落到敦煌。这位殿下对他有知遇之恩,他十分感激,每思报效。故受命出使,而无端被拘,因而更加思念殿下。诗中"殿下",学界有不同看法:王重民推测可能是信安王李祎,柴剑虹考订为敦煌王李承宷,阎文儒推想可能是周鼎、阎朝等地方大吏,陈国灿、孙其芳则认为是金山国时期的"白衣天子"张承奉①。

《晚秋至临蕃被禁之作》以下 36 首,都是囚禁在临蕃时的作品。临蕃在鄯州西平郡,今西宁市西 30 公里处湟水边上,为唐代靠近吐蕃的边疆重镇,此时已被吐蕃占领。"昔日三军雄镇地,今时百草遍城阴。隙墉穷巷无人迹,独树孤坟有鸟吟"。此情此景,更增添了诗人的悲伤之情。这种浓愁重恨贯穿在以下 36 首诗中。虽然偶尔也曾感激发愤,"触槐常有志"(《春日羁情》),像晋国的鉏麑那样触槐而死,"今时有恨同兰芝"(《久憾缧绁之作》),像《孔雀东南飞》中的刘兰芝那样以自杀捍卫自我尊严,但更多的还是像被驯的大雁那样"引颈长鸣望云路,何时刷羽接归行"(《感兴临蕃驯雁》),无可奈何地悲鸣几声。所以,最后只有忍辱负重了:"一介耻无苏子节,数回羞寄李陵书"(《晚秋》)。甚至连这点羞耻感也没有了:"不忧懦节向戎夷,只恨更长愁寂寂"(《晚秋羁愁》),只剩下无端的愁了:"斑斑泪下皆成血,片片云来尽带愁。朝朝心逐东溪水,夜夜魂随西月流。"(《晚秋》)

《春日羁情》:"乡山临海岸,别业近天垠。地接龙堆北,川连雁塞西。童年方剃削,弱冠导群迷。儒释双披玩,声名独见跻。须缘随垦请,今乃恨暌

①　王重民《敦煌唐人诗集残卷考释》,《中华文史论丛》1984 年第 2 辑;柴剑虹《敦煌唐人诗集残卷(伯 2555)初探》,《新疆师大学报》1982 年第 2 期;阎文儒《敦煌两个陷蕃人残诗集校释》,《向达先生纪念论文集》,乌鲁木齐:新疆人民出版社,1986 年;陈国灿《敦煌五十九首佚名氏诗历史背景新探》,《敦煌吐鲁番研究》第 2 卷,北京:北京大学出版社,1996 年;孙其芳《敦煌使吐蕃使及其诗作探微》,《甘肃广播电视大学学报》2000 年第 1 期。

携。寂寂空愁坐,迟迟落日低。触槐常有志,折槛为无蹊。薄暮荒城外,依稀闻远鸡。"这是 60 首陷蕃诗中的第 45 首,是自叙身世的诗。前四句写出生地,"临海岸"的海指"蒲昌海",蒲昌海,就是现在的罗布泊,《汉书》卷九六《西域传》:"蒲昌海,一名盐泽者也,去玉门、阳关三百余里,广袤三百里。其水亭居,冬夏不增减,皆以为潜行地下,南出于积石,为中国河云。"①而《水经注》卷二作"去玉门、阳关千三百里"。清代学者戴震、王念孙、王先谦、杨守敬及现代学者岑仲勉等人都认为《水经注》作"千三百里"是,《汉书》脱"千"字②。按,罗布泊距敦煌 1300 里左右是正确的。敦煌写本中保存有武则天万岁通天元年(696)编写的地方志《沙州图经》(P.5034):"蒲昌海在石城镇东北三百廿里。"石城镇为汉鄯善国都城遗址,隋代的鄯善郡,唐初的典合城,高宗上元二年(675),改典合城为石城镇,划归沙州(治今敦煌)管辖。在今新疆巴音郭楞蒙古自治州墩里克境内,距离敦煌也是 1200 里左右。这是作者的故乡距离敦煌的路程。"天堄",天然的城墙,指罗布泊东边的"龙城"。《水经注》卷二:"龙城,故姜赖之虚,胡之大国也。蒲昌海溢,荡覆其国,城基尚存而至大。晨发西门,暮达东门。浍其崖岸,余溜风吹,稍成龙形,西面向海,因名龙城。"③据今人考察,所谓龙城,是罗布泊东边一带的雅丹地貌。远望像古城堡,高低不同,错落有致,土质坚硬,呈浅红色,与青色的戈壁滩形成了强烈的对比。进入其中,如遇到风吹,鬼声森森,现在当地人叫"魔鬼城"。"地接龙堆北","龙堆"即"龙堆",就是"白龙堆",《汉书·西域传》:"楼兰国最在东垂,近汉,当白龙堆,乏水草。"④白龙堆在罗布泊东北,是一片沙漠盐碱地上的土台群,绵亘近 90 公里,汉唐丝绸之路进入罗布泊的中道就从白龙堆中穿过。斯坦因《西域考古记》曾写他亲历的龙城和白龙堆:"我们经过很长一串的大台地,风蚀得奇形怪状,使人疑心那是圮塌了的塔、住宅或

① (汉)班固《汉书》,北京:中华书局,1962 年,第 3871 页。
② (北魏)郦道元注,(清)杨守敬、熊会贞疏《水经注疏》,江苏:江苏古籍出版社,1989 年,第 120—121 页。岑仲勉《水经注卷一笺校》,广州《圣心》二卷八、十期,1934 年;又三卷一、二、七、十一期,1935 年。收入《岑仲勉著作集》,北京:中华书局,2004 年。
③ 《水经注疏》,第 119 页。
④ (汉)班固《汉书》,第 3878 页。

者寺院。这些风蚀了的土堆很容易认出就是某一中国古书所说靠近古罗布海床,一称盐泽的蒲昌海西北边沿,中国人眼中看来甚为神秘的'龙城'遗址。最后我们再向东北走了一天,经过纯粹裸露的黏土同石膏层,到达一片可怕的风蚀了的盐层台地。这显然相当于中国古书中常常道及,描绘如画,位于去楼兰古道中间的'白龙堆'。"①"川连雁塞西"一句中的"雁塞",难以确解,但联系作者的另一首诗"天涯地角一何长,雁塞龙堆万里疆"(60 首佚名陷蕃诗第 49 首,失题),则"雁塞""龙堆"是相邻的地方。又岑参《北庭作》:"雁塞通盐泽,龙堆接醋沟。孤城天北畔,绝域海西头。"诗中的"雁塞""盐泽"(蒲昌海)"龙堆"也是相连之地②。由《春日羁情》的前四句,我们可以判断作者的家乡就在白龙堆以北,雁塞以西蒲昌海边,距离沙州 1200 里左右。诗的后四句写成长经历,童年出家,弱冠就能宣扬佛法,儒释双习,声名大振。最后八句写他接受恳请出使吐蕃被俘,陷入人生的困境;心情悲凉绝望,有春秋时鉏麑不忍刺杀赵盾而撞槐自杀的志向,却没有汉代朱云直谏成帝拉断殿前栏杆的机会,只能空自忧伤而已。根据潘重规、柴剑虹先生的判断和我们的论证(详下),这组陷蕃诗的作者应当就是"落蕃人毛押牙"。

P.2555 背的 12 首陷蕃诗,则呈现出另一种风貌。作者虽然也是落蕃人,但比前 60 首的作者要达观豁朗得多。这些诗中,赠答诗几乎占了一半,这些应酬之作,多半表现一种轻松的心态,像《题周奉御》《赠邓郎将四弟》《送游大德赴甘州口号》等,很少有前 60 首诗中那样痛苦压抑窒息的情感。《白云歌》是这 12 首的代表。诗人虽然"落俗殊随蕃",但诗中写落蕃的痛苦不多,重点写白云的变化无常,引发对人生的哲理思考。"世人迁变比白云,白云无心但氛氲。白云生灭比世人,世人有心多苦辛。"白云无心,却浓厚丰盛,世人有心,却艰难苦辛。"灭复生兮生复灭,左之盈兮右之缺。从来举事

---

① (英)斯坦因著,向达译《西域考古记》,北京:商务印书馆,2015 年。

② 高嵩《敦煌唐人诗集残卷考释》认为此诗中的"海"指令之乌梁素海(在内蒙古自治区),"山"指乌拉山,"川"指黄河,"天垸"指阴山,"雁塞"即雁门关(山西北部)。可知作者的"乡山"在今内蒙古乌拉特前旗(银川:宁夏人民出版社,1982 年)。陈国灿《敦煌五十九首佚名氏诗历史背景新探》认为"海"指"寿昌海",即汉武帝时得天马的渥洼池,今敦煌市南湖。"龙堆"(龙堆)就在唐寿昌县(今甘肃敦煌市南湖乡有寿昌故城)境内。"天垸"指玉门关到阳关的汉长城。"雁塞"则指阳关。由阳关而西,一望平川数十里,所以说"川连雁塞西"。

皆尔为，何不含情自怡悦"，"因悟悠悠寄寰宇，何须扰扰徇功名"。好像作者大彻大悟，什么都想得开，什么都不在乎。虽然结尾写出塞入塞，思念帝乡长安，说明作者很难忘怀世事，做到"无心"，但整首诗表达的对人事人情的不执着却是主线。

这12首诗的作者，过去或认为是马云奇，或认为与前60首诗为同一作者，恐怕都靠不住。第一，作者的籍贯不同，前60首诗的作者是沙州人。后12首诗的作者可能是关中人。《白云歌》写道："殊方节物异长安，盛夏云光也自寒"，"既悲出塞复入塞，应亦有时还帝乡"。把殊方与长安相比，思念的还是长安，与前60首思念集中在敦煌不同。可见，作者可能是长安人。第二，作者的身份不同。前60首的作者从小出家，于佛法颇有研究，是一位僧人。后12首的作者是一位世俗官员，所以他有《途中忆儿女之作》《至淡河同前作》及赠同官之作。第三，行踪路线不同。前60首的作者从敦煌出发，向南经墨离海，再折向东南，经青海、赤岭、白水，到达临蕃。后12首的作者由敦煌出发，向西渡过淡水，到达焉耆。有《至淡河同前作》可证。又《九日同诸公殊俗之作》："不见书传清海北，只知魂断陇山西。""清海"，或以为青海，误，当即清海镇，在唐庭州西，今新疆石河子境内①。这两组诗的作者，一个向东，一个向西，方向正好相反。

敦煌写本中保留下来的吐蕃攻掠河西时期的诗作，还有一些。如P.2555抄在刘商《胡笳十八拍》后的"落蕃人毛押牙遂加一拍，因为十九拍"。P.3812正面有一组"落蕃"人的作品，《春寻花柳得情》以下七首，潘重规先生认为是"沦落敦煌女子之作"，这位女子随夫陷蕃，而又中道失偶②。潘先生虽是推测之词，但这组诗确是女子的口吻，诗中描写了落蕃的生离死别之痛。"自从沦落到天涯，一片真心恋着查。憔悴不缘思旧国，行啼只是为冤家"（《闺情为落殊蕃陈上相知人》）。另一组从《悲春》以下14首，是殷济的诗（据陈尚君《全唐诗续拾》卷一八）。殷济其人，生平不详，据这组诗推测，他在吐蕃攻

---

① 阎文儒《敦煌两个陷蕃人残诗集校释》，《向达先生纪念论文集》，乌鲁木齐：新疆人民出版社，1986年。

② 潘重规《〈补全唐诗〉新校》，《华冈文科学报》第13期，1981年。

占河西时期,曾入北庭都护府幕,但不久被吐蕃俘虏。诗写被俘后的痛苦和思念亲人的心情:"骨肉东西各一方,弟兄南北断肝肠。离情只向天边碎,壮志还随行处伤。不料此心分两国,谁知翻属二君王。"(《忆北府弟妹二首》)"切切霜风入夜寒,微微孤烛客心难。长宵独恨流离苦,直到平明泪不干。"(《冬宵感怀》)

这一时期的敦煌文学中,还有讲经文、变文等讲唱文学作品。BD14666(新0866)《李陵变文》,首残尾全,抄写时间无考,其创作时间,学术界有不同看法。本书同意《李陵变文》创作于吐蕃占领敦煌后的说法。李陵是汉武帝时期的名将,飞将军李广之孙。天汉二年(前99),李陵率步兵五千人,出居延击匈奴,至浚稽山(今在蒙古国),杀匈奴数千人。单于率匈奴八万余骑兵围陵,李陵率部奋力反击,矢尽粮绝,以残余之众投降。而武帝遂族陵家,母弟妻子皆伏诛。事见司马迁《报任安书》及《汉书·李广传》附《李陵传》。李陵的故事,当时即已流传,班固写《汉书》之前已有《李陵别传》①,大约就是记录当代流传的李陵故事。魏晋以来,李陵苏武的故事,更是流传于民间和文人之间。托名苏李之作流传至今的还有不少。萧统《文选》选录的就有《李少卿与苏武诗三首》《苏子卿诗四首》《李陵与苏武书》,《艺文类聚》卷三十也录有《李陵与苏武书》《苏武报李陵书》等。正如王重民先生所分析的:"殆西晋之季,五胡乱华,偏安江左,有志之士,力图恢复,而又不见助于江南天子,孤忠泣血,因慕李陵之武功,苏武之劲节,殆以寄其慨者所作耶?"②陇右河西地区,安史之乱后渐为吐蕃攻占,沦陷区的人民无力反抗吐蕃的掠夺和蹂躏,而内心又怨恨难已,故借李陵降敌以表达其无可奈何的心情,也在情理之中。

与《李陵变文》同类的还有《苏武李陵执别词》,主要内容是李陵表白自己苦战沙碛,不得已诈降单于,而武帝诛戮老母家小,断其归路。抄录本篇的P.3595卷有"己巳年六月五日"的题记,吐蕃占领敦煌时期只有一个己巳

---

① (清)姚振宗《汉书艺文志拾补》据《太平御览》著录,断言"当是前汉人作"。
② 王重民《敦煌古籍叙录》,北京:中华书局,1979年,第309页。

年,即唐德宗贞元五年(789),当时沙州城沦陷不久,吐蕃正进行镇压,以稳定其统治。《苏武李陵执别词》正是沦陷区的文人借以表达他们无可奈何心情的作品。遭受百般折磨的敦煌文人理解李陵不得已投降之后,所遭受的被世人遗弃的寂寞和耻辱。

《王昭君变文》也是这一时期的一篇有影响的作品。变文写昭君在蕃,心中思念汉主,想家心切饮恨而终。蕃王重情,为她举行了隆重的葬礼,表现了沦陷区人民希望蕃汉和平相处的美好愿望。这篇变文以生动的语言描写了塞上风景和昭君痛苦的心理,语言考究,文采斐然,是变文中的精品之一。

以上所述,大概都是吐蕃攻占河西时期至占领沙州初期的作品。至吐蕃占领全部河西地区,其军事统治基本稳定,政治上推行具有奴隶制特征的部落制,将汉人编入不同部落;文化上实行民族同化政策,在服饰、礼仪、发式、语言等方面实行吐蕃化改造,在此情形下,落蕃的汉族文人抒发真情实感的作品就很少见了。可以算作文学作品的,主要是一些上书、碑文、发愿文、灵验记以及一些佛事应用文。这些作品,一部分还有作者可查。

P.3201背有两篇王锡《上吐蕃赞普书》。王锡,河西人,陷蕃前官"河西观察判官"(P.4646),曾从河西节度使周鼎镇守敦煌,后被吐蕃俘虏,为"朝散大夫殿中侍御史"(P.3201)。可见他是一个破落官"贰臣"。王锡是一位深通佛法的人。吐蕃赞普曾倡导了一场汉僧与尼泊尔僧人关于大小乘佛理的论辩,王锡作为汉僧摩诃衍的助手,撰写了《顿悟大乘正理决并序》,在当时很有影响(P.4646)。

第一篇《上赞普书》正是表现其作为贰臣的艰难处境和痛苦心情。赞普的将相多次进谏:"异俗之囚何用哉?即请降丝纶以诛之!"虽然赞普没有采纳他们的谏议,让自己跟随吐蕃的大军东征西战,但临近汉界,"则扭手械足,驱驰道路",唯恐叛逃。他向赞普陈说自己的志愿:"若得陪星使,鼓唇舌,俾邻国协和,杜绝猜贰,则臣之分也。若随军旅,犯封境,作威作福,乍寒乍暑,臣必缄其口而不能言,弹其舌而不能举。此者何也?犹虎虽猛而不能捕鼠矣,岂尺所短而寸无所长哉!"如果赞普强其所志,则只有"对利剑,顾微躯,知泡幻不实,死生一致",一死了之。第二封《上赞普书》是借佛法讲述晏兵和平的"王道"。文章首先提出"王者之要,莫过于安万姓;佛法之大,莫过于利苍生。至如兵者,不得已而用之。"然后陈述将军修武之人的不可信:"若战之捷,则功收于己;若战之败,则耻归于国。"所以不能与之议天下之事。最后说明,赞普一方面"馨诚节,竭身力",修塔建寺,雕刻素像,写经设斋,大张佛事,弘菩萨之心,启慈悲之愿;另一方面又征战不歇,务资杀戮。这既乖王道,又违佛法。文章借佛法说政治,有理有据,胆识大而论证密,是一篇优秀的论说文。

《阴处士碑》(P.4640)和《吴僧统碑》(P.4640)是这一时期碑文的代表作。《阴处士碑》P.4638抄本题作《大蕃敦煌郡莫高窟阴处士公修功德纪》,后署"岁次己未四月壬子朔十五日丙寅建",说明碑建于唐开成四年(839),碑文也当写于此时。距张议潮收复沙州不足10年。碑文从阴处士(字嘉政)的祖上写起,历数其祖上三代的功业,而集中描写嘉政开凿石窟,潜心向佛的功德。这个时期,吐蕃的统治还比较稳定,所以碑文有给赞普歌功颂德之处,但也流露出对吐蕃统治的不满和对改朝换代的期望。如描写安史之乱后的情形:

> 江边乱踏于楚歌,陇上痛闻于豺叫。枭声未殄,路绝河西;燕向幕巢,人倾海外。羁维板籍,已负蕃朝;歃血盟书,义存甥舅。熊罴爱子,拆襁褓以文身;鸳鸯夫妻,解鬟钿而辫发。岂图恩移旧日,长辞万代之君;事遇此年,屈膝两朝之主。

《吴僧统碑》是为"大蕃沙州释门教授和尚洪誉"修窟所写的功德记,据考证,作于834年前后。所以文中有歌颂吐蕃赞普功德的描写:"圣神赞普,万里化均,四邻庆附,边虞不诚,势胜风清,佛日重晖,圣云布集。"但在描写吐蕃攻掠河西,侵占敦煌的情形时,又表现了强烈的不满和无可奈何之情:"复遇人经虎噬,地没于蕃。元戎从城下之盟,士卒屈死休之势。桑田一变,葵藿移心。师律否藏,屯邅若此。犹钟仪之见絷,时望南冠;类庄舄之执珪,人听越音。"

　　这两篇功德记的作者窦良骥，一作窦骥，字良器，敦煌人，扶风为其郡望。曾为"大蕃国子监博士"(S.779)，生平不详，卒年不详，862 年仍在世。敦煌写本中保存有他写的《尚乞律心儿圣光寺功德颂》(P.2765)、《吐蕃论董勃藏修伽蓝功德记》(Дх.1462＋P.3829、羽 689)、《大蕃沙州释门教授和尚洪晉修功德文》(S.779 存题)、七言纪行诗一首(P.4640)、《金光明最胜王会功德之赞》(P.3425)、《阴处士碑》(P.4640、P.4638)、《故吴和尚赞》(P.4640)、《吴僧统碑》(P.4640)、《先代小吴和尚赞》(P.4640)、《释迦牟尼如来涅槃会功德赞并序》(P.3703)。他是这一时期创作较多的文人。

　　另外，璆琳的《刘金霞和尚迁神志铭并序》(P.3677)，描写刘金霞和尚一生献身佛教，彻悟法理；文章骈散结合，富有文采。璆琳曾任沙州法曹参军，敦煌陷蕃后出家为僧。这一时期有代表性的文章还有：利涉《上赞普奏》(S.2679)、善来《敦煌三藏法师图真赞》《故李教授和尚赞》(P.4660)，李颙《沙州释门都法律大德氾和尚写真赞》《故沙州缁门三学法主李和尚写真赞》(P.4660)，智照《释门都法律杜和尚写真赞》《莫高窟素画功德赞文》(P.4660、P.2991)等。而佚名的《为宰相病患开道场文》(P.2974)、《论董勃藏造佛宇功德记》(Дх.1462＋P.3829)、《置伞文》《行军转经文》(S.2146)、《薱罗鹿舍施追荐亡妻文》(P.2449)、《临圹文》(P.2341)、《印沙佛文》(P.2237)、《忏悔设斋感应记》(S.6036)及为数不少的斋愿文等，都是值得一提的应用性文学作品。

第五节　归义军时期的敦煌文学

　　从唐宣宗大中二年(848)到北宋景祐三年(1036)，是敦煌历史上的归义军时期。在这将近 190 年的时间中，敦煌文学取得了辉煌的成就。主要表现在：文学与敦煌民众的生活更为密切，在劳动之暇的各种民俗活动和宗教活动中，作为这些活动组成部分的文学起着重要的作用；出现了一批有成就的敦煌本地作家；创作和流传着一大批体式多样的文学作品；大量中原文人的作品在敦煌传抄传播。从时间流变上讲，归义军时期的敦煌文学可分为前后两个阶段：

归义军前期文学,从大中二年(848)张议潮率众推翻吐蕃的统治,大中五年(851)朝廷任命张议潮为沙州归义军节度使开始,经张议潮、张淮深、张淮鼎、索勋、张承奉五任节度使,到后梁乾化四年(914)为止,共 67 年。归义军中后期,从 914 年曹议金开始,经曹元德、曹元深、曹元忠、曹延恭、曹延禄六任节度使,到宋真宗咸平五年(1002)共 88 年。学术界或把从曹宗寿到曹贤顺时期(1002—1036)作为敦煌归义军文学的后期。我们认为,咸平五年(1002),曹延禄和他的弟弟、瓜州防御使曹延端被逼自杀,曹宗寿继掌归义军政权。虽然归义军在此后仍存在了 30 多年,但敦煌写本中还没发现此后的相关史料,更没有发现文学作品。所以我们把公元 1002 年作为敦煌文学的下限。

归义军前期,敦煌文学逐步进入一个繁荣发展的阶段。颜廷亮先生《敦煌地区本地文学作品编年》(未刊稿)系于这一时期的作品达 370 多篇。如《敦煌廿咏》《敦煌昔日旧时人》等诗作,《菩萨蛮》"敦煌古往出神将"、《望远行》"年少将军佐圣朝"、《望江南》"天上月"、《浣溪沙》"一队风来一队尘"、《谒金门》"开于阗"等曲子词,悟真《五更转兼十二时共十七首并序》等俚曲小调,还有《张议潮变文》(拟题)、《张淮深变文》(拟题)、《孔子项托相问书》、《贰师泉赋》等重要作品,而悟真、张球、惠菀等人还创作了大量的碑记、祭文、发愿文等。这一时期流传的先前的中原作品,数量超过了敦煌本地的作品,如《燕子赋》《温泉赋》《云谣集》《秦妇吟》,中原诗文名家沈佺期、宋之问、刘知几、王勃、崔湜、高适、刘长卿、白居易、元稹、殷济、武涉、刘商等人的作品,以及《太公家教》《开蒙要训》《新集文词九经抄》等蒙训类作品。这充分说明敦煌民众在文化隔绝近百年后对中原文化的认同和渴望。

后梁开平四年(910)秋,张承奉建立敦煌西汉金山国,到后梁乾化四年(914)夏,张承奉被甘州回鹘打败,曹议金代张承奉掌瓜沙政权,去敦煌国号。910 年至 914 年,史称金山国时期。金山国时期虽然只有短短的四年,但敦煌写本中留下了大量的相关史料,据颜廷亮先生考证,这四年间留存的文学作品有 70 件之多[①]。其中代表性的作品是张永创作的《白雀歌》,张文

---

① 颜廷亮《敦煌西汉金山国文学考述》,兰州:甘肃人民出版社,2009 年,第 53 页。

彻创作的《龙泉神剑歌》和《沙州百姓一万人上回鹘天可汗状》。关于《白雀歌》，王重民先生在《金山国坠事零拾》一文中说："此歌前段多采本地故事，后段则历叙朝臣之盛，兼及武功与政事，于金山国事坠失之余，得此可作一篇开国史读矣。"①《龙泉神剑歌》的作者，李正宇先生考证为金山国宰相张文彻②。这篇作品写于金山国建国后的第二年（911），当时甘州回鹘进攻沙州，金山国正面临着严峻的考验。作者借这篇长诗，鼓舞士气，以夺取抗击侵略战争的胜利。张文彻的《沙州百姓一万人上回鹘天可汗状》写于《龙泉神剑歌》之后不久，是金山国在生死存亡的关键时候向甘州回鹘请求议和息兵的表文。虽是求和的文章，但写得逻辑严密，情感诚挚，而又不卑不亢。

　　这个时期的敦煌地区涌现出了一批作家，如惠菀、张延锷、氾唐彦、杜太初、悟真、张球、张永、张文彻等等。其中，最有代表性的作家当推悟真。关于悟真的生平，敦煌写本中有不少材料，经过诸多学者的精心钩稽研究，大致情况已经明确③。悟真俗姓唐，所以称唐和尚、唐僧统，约生于唐宪宗元和六年（811），15 岁出家于敦煌灵图寺，20 岁受比丘具足戒（P.3720）。张议潮起义时，37 岁的悟真作为沙州释门义学都法师，"随军驱使，长为耳目，修表题书"（P.3720），为张氏重要幕僚。大中五年（851），入使朝廷。同年五月廿一日，敕授京城临坛大德、赐紫（P.3720）。大中十年（856）四月廿二日敕授沙州都僧录（P.3720）。咸通三年（862）六月廿八日任河西副僧统（P.3720）。咸通十年十二月廿五日（879）敕准任河西僧统（P.3720）。广明元年（880）七月七日，前河西节度使掌书记、试太常寺协律郎苏翚为悟真撰有邈真赞，其中有"耳顺从心，色力俄衰。了蟾蜍之魄尽，觊毁箧之腾危"（P.4660）的话，知古

---

①　王重民《敦煌遗书论文集》，北京：中华书局，1984 年，第 91 页。

②　李正宇《敦煌文学杂考二题》，《敦煌语言文学研究》，北京：北京大学出版社，1988 年。

③　主要有：（日）竺沙雅章《敦煌的僧官制度》（《东方学报》，1961 年 3 月），（法）陈祚龙《悟真的生平与著作》（法国远东学院，1966 年），荣新江《关于沙州归义军都僧统年代的几个问题》（《敦煌研究》1989 年第 4 期），马世长《〈四兽因缘〉考》（《敦煌研究》1989 年第 2 期），郑炳林《都僧统唐悟真邈真赞并序校释》（《敦煌碑铭赞辑释》，兰州：甘肃教育出版社，1992 年），李正宇《敦煌文学本地作者钩稽》（《敦煌文学概论》，兰州：甘肃人民出版社，1993 年），齐陈骏、郑炳林《河西都僧统唐悟真作品和见载文献系年》（《敦煌吐鲁番文献研究》，兰州：兰州大学出版社，1995 年）等。

稀之年的悟真一度病危。后渐康复，但不久因风疾相兼，致半身不遂，自责身心，作《百岁诗》十首并序。卒于乾宁二年(895)三月(P.2856)。

唐悟真是敦煌佛教界的领袖，从45岁担任沙州都僧录起，他在沙州佛教领导集团中近四十年，对当时敦煌的宗教、政治有重要影响。敦煌写本中保存下来悟真的作品，计有诗歌约20首，邈真赞14篇，碑铭3篇，其他散文4篇。敦煌写本中还有一些未署作者的作品，今人或考证为悟真所作①。大中五年(851)他奉命出使朝廷，在长安与东西两街大德高僧吟诗作赋，极一时之盛，是敦煌与长安文化交流史上最光辉灿烂的一页②。

归义军中后期，尤其是从曹议金到曹延禄时期(914—1002)，是敦煌文学史上最繁荣的阶段。根据颜廷亮先生的初步统计，这一时期敦煌写本中保存的敦煌地区的文人、官员、僧侣及一般民众创作的文学作品的数量在550篇以上，其中诗歌、曲子词及讲唱类作品约270篇，文类作品在280篇以上。而流传在敦煌的中原作品数量不在此下。我们可以把这一时期敦煌文学的情形概括为三个方面：一是中原的文学典籍在敦煌地区传抄得更为广泛，传抄的内容更为丰富。二是敦煌地区陆续有许多作家出现，代表性的有翟奉达、灵俊、保宣、杨继恩、孔明亮、张盈润、杨洞芊、马文斌、道真、李幸思等。三是文学作品的体式多种多样，尤以通俗文学形式为盛。敦煌文学的讲唱类形式，如讲经文、变文、因缘、词文、话本、俗赋、通俗诗、曲子词、俚俗唱词、佛教歌辞等大多数传抄于这个时期。

这些体式的文学作品，包括从中原传来和敦煌本地创作的。要强调的是，最能体现敦煌文学的通俗讲唱文学，大都传抄或创作于这个时期。比如P.3808《长兴四年中兴殿应圣节讲经文》，"长兴四年"是公元933年；P.3210《佛说阿弥陀经讲经文》，卷末题记有"天成元年(926)"；P.2292《维摩诘经讲

---

① 郑炳林《都僧统唐悟真邈真赞并序校释》(《敦煌碑铭赞辑释》，兰州：甘肃教育出版社，1992年，第116—141页)，齐陈骏、郑炳林《河西都僧统唐悟真作品和见载文献系年》(《敦煌吐鲁番文献研究》，兰州：兰州大学出版社，1995年，第621—640页)、《敦煌学大辞典》(上海：上海辞书出版社，1998年，第355、558页)，徐俊《敦煌诗集残卷辑考》(北京：中华书局，2000年，第323—344页)，张锡厚主编《全敦煌诗》(北京：作家出版社，2006年，第2825—2885页)。

② 参伏俊琏《唐代敦煌高僧悟真入长安事考略》，《敦煌研究》2010年第3期。

经文》，尾题有纪年"广政十年（947）"；P.2187《破魔变文》，尾题有纪年"天福九年（944）"；S.2614《大目乾连冥间救母变文并图一卷并序》，尾题有纪年"贞明柒年（921）"；P.3051《频婆娑罗王后宫彩女功德意供养塔生天因缘变》，末题有纪年"维大周广顺叁年（953）"；S.5572《三冬雪诗》，尾题有纪年"显德叁年（956）"；P.3627《汉将王陵变》，末题有纪年"天福四年（939）"；P.2721《舜子变》，末题有纪年"天福十五年（950）"；P.3697《捉季布传文》，卷首有"显德贰年（955）"题记；P.3197《捉季布传文》，卷背有"天福伍年（940）"题记；P.3386《捉季布传文》，本写本有"维大晋天福七年（942）"题记；S.1156《大汉三年季布骂阵词文一卷》，尾题有纪年"天福肆年（939）"；S.2073《庐山远公话》，尾题有"开宝五年（972）"纪年；S.395《孔子项托相问书》，末题有"天福八年（943）"纪年；P.3716《晏子赋》，本卷题记有"天成五年（930）"纪年；P.3666《燕子赋》（甲），首题之下有"天福八年（943）"纪年；P.3757《燕子赋》（甲），卷背有"天福八年（943）"纪年；P.2718《茶酒论》，尾题有"开宝三年（970）"纪年。这些讲唱文学作品的广泛传抄，说明当时敦煌地区的俗讲、说因缘、转变、论议等形式的说唱活动很盛行，受到僧俗民众的普遍欢迎。

敦煌地区的民众文学活动，除了俗讲转变之外，还包括年岁时令仪式、人生重要阶段仪式、社会民俗仪式及其他佛事活动，如婚娶生育、丧葬仪式、节令庆典、友朋宴会、房舍兴建、洞窟营造、年终驱傩等。这些活动中产生了许多有特色的应用文学作品，也是敦煌文学贡献给中国文学史的重要资料。比如 S.6207《障车词》六首，是关于婚娶礼仪的；P.3302 王和尚《上梁文》四首，是关于建屋架梁的典仪的；P.3781《河西节度使尚书建窟功德记》，是有关洞窟营建的；P.3270、P.4011 等卷所抄《儿郎伟》驱傩词，是岁末送故迎新的；P.4995《社邑修功德记》是有关社邑活动的。至于佛事活动的发愿文、转经文、燃灯文、置伞文，数量更是可观。这些文章，大多有固定的套式，形式比较生硬。但它们活在当时敦煌民众的生活中，通过生活仪式得以流传，反映了民众的生活和情感。作为原生态文学样式，很值得关注。

这里还要提及 S.5448 的《敦煌录》。这篇文章的作者不可考，或疑为归义军时期敦煌著名文士张球（824—908）所作。内容记敦煌郡境内之效谷城、贰师泉、莫高窟、鸣沙山、甘泉水、金鞍山、李先王庙、阳关、玉女泉、张球故居、石膏山、河仓城、长城等地的佚闻遗事，合地理、民俗、传说为一体。如写莫高窟与鸣沙山的一段：

> （瓜）州南有莫高窟，去州二十五里。中过石碛，带山坡至彼斗下谷中。其东即三危山，西即鸣沙山，中有自南流水，名之宕泉。古寺僧舍绝多，亦有洪钟。其谷南北两头有天王堂及神祠，壁画吐蕃赞普部从。其山西壁南北二里，并是镌凿高大沙窟，塑画佛像。每窟动计费税百万。前设楼阁数层，有大像堂殿，其像长一百六十尺。其小龛无数，悉有虚槛通连巡礼游览之景。次南山有观音菩萨曾现之处。郡人每诣彼，必徒行来往，其恭敬如是。鸣沙山去州十里，其山东西八十里，南北四十里，高处五百尺，悉纯沙聚起。此山神异，峰如削成。其间有井，沙不能蔽，盛夏自鸣，人马践之，声振数十里。风俗：端午日，城中士女皆跻高峰，一齐蹙下，其沙声吼如雷；至晓看之，峭嶭如旧，故号鸣沙。

写法上学习干宝《搜神记》及郦道元《水经注》的形式，语言优美，描写生动形象，是一篇优美的散文，反映了归义军时期敦煌人民安居乐业的生活情景。

第三章　敦煌文学的作者队伍

敦煌文学中最有代表性的种类，像变文、曲子词、通俗诗等，除个别篇章外，大都很难考证作者，因为集体移时创作是其创作的特征。但有数量不少的其他种类的文学作品，我们仍然能够找到其作者。除了中原文人创作而流传到敦煌的作品外，一些中原文人从军河西西域，也创作了为数甚多的作品；敦煌写本中还保存了土生土长的河西人、敦煌人创作的大量作品，展示了敦煌文学的多姿多彩。

第一节　敦煌文学作者队伍的构成

敦煌文学的作者队伍，从构成上看，情况是十分复杂的。这里，只能约略地作一介绍。

关于敦煌文学作者队伍的构成，可以从不同的角度上加以分析。从作品的产生时代上看，作者分别属于吐蕃统辖之前、吐蕃统辖时期、归义军统辖时期。从作品产生的地域上看，作者有敦煌本地的（包括敦煌籍的和长期客居敦煌地区的），有中原等地的，有敦煌地区周边民族的，甚至还有印度（如《罗摩衍那》的作者）、叙利亚（如《大秦景教三威蒙度赞》的作者）、波斯（如摩尼教《下部赞》的作者）和新罗（如《慧超往五天竺国传》的作者）等地的。从作品的形成方式上看，有个人撰著和屡经改编的集体成作之分，因而作者也就有个体作者和集体作者之别。从作者的社会成分上看,有世俗作者(如韦庄、李幸思)、僧道人士(如法照、元法懿)之分,有上层官吏以至皇帝(如张文彻、唐昭宗)、普通人士(如薛彦俊、翟奉达)之别,还有宗教上层人士(如悟真)和普通僧道(如寺庙应用的大量具有文学色彩的佛事文的众多作者)的不同。从作者的署名情况看,作者有在作品中留下姓名字号者(如《怀素诗草书歌》的作者马云奇、《胡笳十八拍》增拍的作者毛押牙),有在作品中未曾留下姓名字号者(如不少变文、话本、词、俚曲小调等作品的作者)。从作者的文化素养上看,有文化水准甚高的,有文化水平不高,甚至很低的。总之,敦煌文学的作者队伍,涵盖面广而时间长,名色庞杂多样。即以敦煌籍作者以及长期旅居敦煌地区的作者而论,举凡敦煌社会教俗各个阶层、各个历史时期、各个民族和职业中,几乎都有作者包括在内。

敦煌文学作者队伍构成上的这种复杂多样的情况,是造成敦煌文学色彩斑斓、内容广泛的直接因素。这些作者,生活于不同的时代,处于不同的社会阶层,有着各自的生活圈子和生活接触面,观察和追求不一,触角和观点各异,文化素养和思想感情有别。劳者歌其事,饥者歌其食,感发者歌其情志;长于文者,出之以文;乐于诗者,表之于诗;习于曲者,歌以入曲;嗜于讲唱者,铺扬于讲唱。上则行之于衙署,下散之于闾阎;左则运之于世俗,右则施之于寺观。从而也就给我们遗留下一份类目繁多,风貌多样,广阔地展现出唐、五代、宋初敦煌以至某些其他地区社会生活的文学宝藏。

不过,在敦煌文学的作者群体中,最应当引起注意的,不是别的,而是其中那些敦煌本土(包括敦煌籍和长期客居敦煌地区)的作者,尤其是其中那些属于普通社会的讲唱艺人、诗文作者,包括下层官吏、兵士、医生、思妇、苦力、游子、一般僧道、商贩、妓女等。敦煌文学的绝大多数作品,正出于他们之手或口。他们是敦煌文学作者队伍构成的主体。

当然,非敦煌本籍或非长期客居敦煌地区的敦煌文学作者,其数量也是相当可观的。仅据徐俊《敦煌诗集残卷辑考》所见,敦煌诗歌写本中保存了64位内地诗人的见于传世本的诗歌近320首,67位内地诗人不见于传世本的佚诗150首,而王梵志诗、释道诗及作者身份存疑较大的尚不计在内。这些诗人中,包括王勃(有《幽居》《寺中观卧像》等佚诗)、刘希夷(有《北邙篇》《江上羁情》等佚诗)、宋之问(有《度大庾岭》等佚诗)、刘知几(有《读汉书作》《咏史》等佚诗)、李邕(有《度巴峡》《秋夜泊江渚》等佚诗)、王昌龄(有《题净眼师房》等佚诗)、高适(有《自武威赴临洮谒大夫不及因书即事寄河西陇右幕下诸公》等佚诗)、岑参(有《江行遇梅花之作》等佚诗)、韦庄(有《秦妇吟》等佚诗)、杜荀鹤(有《三明大师赠撤大德》等佚诗)、白居易(有《十二时行孝文》等佚诗)、王建(有《赞碎金》等佚诗)等中国文学史上的名家。他们仅存于敦煌写本中的作品,是敦煌文学中的上品。可见,他们在敦煌文学作者队伍中,是有重要地位的。

然而,总的来看,在敦煌文学的全部作者中,他们所占的比重,毕竟相对较少;敦煌文学中最具特色、最堪注意的讲唱、歌辞以及文类作品,也多非他们所创作,和他们当中的那些名家更是几乎无缘。因而,他们也就不是敦煌文学作者队伍构成中的主体。真正的主体,还是要数那些敦煌本籍和长期旅居敦煌地区的作者。敦煌文学作者队伍构成方面的突出特点,正在这里。

第二节　敦煌文学本地作者钩稽

敦煌文学作品中,出自敦煌本土人士之手和之口者究竟有多少,很难确切统计。但是,从那些作者姓名已佚的作品所反映的社会生活状况、政治斗争内容、民间风俗习惯和作品所使用的语言特点、作品应用场所等分析,从未佚作者姓名字号作品的作者生平等考察,可以看到,敦煌本地作者(包括敦煌土生的和长期客居敦煌的)自己创作和加工修改的作品,总数至少也有敦煌文学作品全数的五分之三到三分之二。这些敦煌本土作者自己创作和加工修改过的作品,最能反映敦煌当地的社会经济状况、政治斗争、民族关系、民间风习以及文学发展的水平,在整个敦煌文学作品中最应受到重视,事实上也最受文学史家的关注。正由于此,敦煌文学中的敦煌本土作者,也就被视为敦煌文学作者队伍中的中坚力量。对他们的姓名字号、生平思想、作品情况进行钩稽，可以帮助我们了解敦煌文学作者队伍的构成。

唐前期即吐蕃进占之前的敦煌文学作品，在敦煌写本中的某些类书和《沙州都督府图经》中保存有若干片断。有些重要作品，如有名的《降魔变文》《燕子赋》甲本和乙本、《禅师卫士遇逢因缘》《献忠心·蓦却多少云水》等，既然难于确定为敦煌本地所出，又难钩稽其作者为谁；其余作品，就更是如此了。因此，我们只好对唐前期敦煌本地作者的情况暂作阙如，而集中介绍吐蕃占领时期和归义军统辖时期的敦煌本土作者。

归义军时期（848—1036）是敦煌文学成绩最大，个性最突出的时期。这一时期敦煌文学之所以取得很大成绩并能在文学史上充分显示其特殊风貌，主要是敦煌作者通过自己的创作实践和有选择地引进与加工改造种种活动造成的。而吐蕃攻占时期（764—848），则是敦煌文学从一种态势向另一种态势进行转变的过渡时期。基于这种考虑，所以本节将对吐蕃占领时期和归义军时期敦煌本地有影响的作者进行考察，尽量提供一些基本资料。

1. 王锡

敦煌人，曾官朝散大夫、殿中侍御史、河西观察判官，是河西节度使周鼎的部下。吐蕃占领敦煌，他成为破落官，被赞普征至逻些（今西藏拉萨）。一些吐蕃权贵心怀忌恨，常向赞普进谗。王锡反复申辩，并主动请示充当使者调节唐蕃关系。又曾谏赞普以佛法拯济百姓，放弃杀伐。敦煌写本保存他的作品有《上吐蕃赞普书》两道（P.3021）、《顿悟大乘正理决叙》一篇（P.4646）。

2. 璿琳

敦煌僧人，俗姓名不详。吐蕃占领前，任沙洲法曹参军，吐蕃占领敦煌不久，大约公元788年以后在敦煌报恩寺出家为僧，法名璿琳，人们尊称为璿师（P.2469背及P.3677）。敦煌写本保存有所作《沙洲报恩寺故大德禅和尚金霞迁神志铭并序》及五言律诗《吊守墓弟子、承恩诸孝子》（俱见P.3677）。为吐蕃占领初期敦煌作者中有代表性的人物。所作《金霞迁神志铭》中云："迁神净方兮有若蝉蜕，彼美吾师兮尘网莫拘。"流露出对吐蕃统治现实的不满。

3. 正勤

沙州灵图寺僧人（P.3855），俗姓宋（S.2729）。吐蕃统治时期为沙州释门教授。丑年龙兴寺、安国寺、开元寺、报恩寺、金光明寺、灵修寺寺户《便麦牒》有其判（北咸59）。申年《亡尼明证念诵布施疏》末有其题名（P.2583）。乙未年（815）为师康上座写有祭文（S.3920）。

4. 利济

吐蕃占领时期敦煌僧人，俗姓兆（S.2729），或以为姓姚。出家于敦煌金光明寺（S.2729、北敦1046、S.1520），敦煌写本保存有所撰《故法和尚赞》（P.4660）、《唐三藏赞》（S.6631）、《上赞普奏》（S.2679）及五言诗一首（P.3052）。

5. 善来

吐蕃占领时期敦煌僧人，俗姓索，出家于敦煌开元寺（S.2729、P.3855、P.5587），为释门法师。敦煌写本保存有所作《故李教授和尚赞》及五言诗一首、《敦煌三藏法师（报恩寺王禅池）图真赞》（俱见P.4660）。

6. 李颙

吐蕃占领时期敦煌人，初为金光明寺写经人（S.2711、P.3205），后为吐蕃宰相判官兼州学博士。张议潮起义初期仍在世。敦煌写本存有所作《沙州释门都法律大德氾和尚写真赞》《故沙州缁门三学法主李和尚写真赞》（俱见P.4660）。李和尚即其弟，兼通蕃语汉文，吐蕃占领后期为沙州释门都教授，位在副教授洪䛒之右。此人疑即都教授荣照。

7. 窦骧

一作窦良骧，字良器，敦煌人，自称郡望扶风。吐蕃占领后期，为布衣时尝奉使往河州纳谒，有七言律诗一首纪行（P.4640背），又作《奉饯赴东衙谨上》一首（P.3676V）[1]；撰《尚乞律心儿圣光寺功德记》（P.2765背）、《吐蕃论董勃藏修伽蓝功德记》（Дx.1462＋P.3829、羽689）；继为大蕃国子监博士，撰《吴僧统碑》（P.4640）；又撰有《大蕃敦煌郡莫高窟阴处士修功德记》

---

① 朱利华《敦煌文人窦良骧生平考述》，《敦煌学辑刊》2015年第3期。

(P.4640)。大中二年(848),敦煌光复后,为当地名儒,人称窦夫子。此后撰有
《先代小吴和尚赞》(P.4640)、《故吴和尚赞》(P.4660),《金光明最胜王会功德
之赞》(P.3245)、《释迦牟尼如来涅槃会功德赞并序》(P.3703)。卒年不详,
862 年仍在世。

8. 惠菀

鄯州龙支县(今青海化隆)圣明福德寺僧人,约当吐蕃占领后期流寓敦
煌。大中二年(848)张议潮起义后,为敦煌管内释门都监察僧正,兼州学博
士。约大中五年(851),曾奉使长安,授京城临坛大德,余如故(见《全唐文》
卷七五〇杜牧《敦煌僧正惠菀除临坛大德制》)。咸通八年(867)六月,撰《敦
煌唱导法将兼毗尼藏主广平宋律伯彩真赞》(P.4660),后撰《前敦煌都毗尼藏
主始平阴律伯真仪赞》并《五言诗》一首(见 P.3720 及 P.4640),《报恩吉祥之
窟记》(P.2991)等。约卒于咸通、乾符间。

9. 洪䛒

沙州僧人,俗姓吴,亦称吴僧统、吴和尚。洪䛒幼年出家,长为僧人,有
辩才,谙蕃语,传译佛书,精研唯识。知大蕃沙州释门都法律兼摄副教授十
数年,迁释门都教授(S.1686、P.4640)。曾在莫高窟开七佛堂(今第 365 窟,
P.4640)。大中二年(848)力助张议潮起事,张议潮遣使入唐奉表,洪䛒亦派弟
子悟真一同前往。大中五年(851),唐宣宗敕为京城内外临坛供奉大德,充
河西释门都释统,摄沙州僧政、法律三学教主并敕黄牒(S.1947、P.3720)。洪
䛒秉沙州僧政三十余年。《沙州诸寺人上都僧统状》有其判文(P.3730)。撰
有《李教授阇梨写真赞》(P.4640)。约卒于咸通三年(862)。族人及弟子就廪
室为影堂(今 17 窟),内塑真容并立《告身碑》。

10. 悟真

悟真俗姓唐,所以称唐和尚、唐僧统,约生于唐宪宗元和六年(811),15
岁出家于敦煌灵图寺,20 岁受比丘具足戒(P.3720)。张议潮起义时,37 岁的
悟真作为沙州释门义学都法师,"随军驱使,长为耳目,修表题书"(P.3720),
为张氏重要幕僚。大中五年(851),入使朝廷。同年五月廿一日,敕授京城
临坛大德,赐紫(P.3720)。大中十年(856)四月廿二日敕授沙州都僧录

（P.3720）。咸通三年（862）六月廿八日任河西副僧统（P.3720）。咸通十年（869）十二月廿五日敕准任河西僧统（P.3720）。广明元年（880）七月七日，苏翚为其撰邈真赞，其中有"耳顺从心，色力俄衰。了蟾蜍之魄尽，觊毁箧之腾危"（P.4660）的话，知古稀之年的悟真一度病危。后渐康复，但不久因风疾相兼，致半身不遂，自责身心，作《百岁诗》十首并序。卒于乾宁二年（895）三月（P.2856）。

悟真所作诗文保存于敦煌写本者计有：

（1）为当地官员、处士、贵妇、名僧所作邈真赞 14 篇，见 P.4660、P.4986。

（2）碑铭 2 篇，见 P.4640。

（3）《十二时》《五更转》17 首并序。今存其序，见 P.3554，歌词 17 首已佚。

（4）《四兽恩义颂》1 首（P.2187），系四言辞赞。

（5）五、七言诗 12 首（P.3720、P.3681、P.4026）。又 P.2807 七言诗《三五年来复圣唐》1 首未题作者名，亦似悟真所作。

（6）功德文 2 篇（P.2707 背）。

（7）牒状手稿多件（P.3100）。

敦煌写本中还有一些未署作者的作品，今人或考证为悟真所作①。

11. 翟神庆

沙州敦煌县儒风坊西巷村人，生年不详，卒于咸通五年（864），归义军初期敦煌著名文士，曾任大唐河西道敦煌郡将仕郎守敦煌县尉。张球撰写的邈真赞中称其为敦煌仕子，"礼乐儒雅，洞彻典坟"，"该通博古"（P.4660、S.2041）。又 P.4640《翟家碑》所载敦煌县尉翟承庆，或以为即翟神庆。

12. 张球

晚唐文士，约生于唐穆宗长庆四年（824），至公元 911 年尚在世。张球早

---

① 郑炳林《都僧统唐悟真邈真赞并序校释》（《敦煌碑铭赞辑释》，兰州：甘肃教育出版社，1992 年，第 116—141 页），齐陈骏、郑炳林《河西都僧统唐悟真作品和见载文献系年》（《敦煌吐鲁番文献研究》，兰州：兰州大学出版社，1995 年，第 621—640 页）、《敦煌学大辞典》（上海：上海辞书出版社，1998 年，第 355 页、558 页）、徐俊《敦煌诗集残卷辑考》（北京：中华书局，2000 年，第 323—344 页），张锡厚主编《全敦煌诗》（北京：作家出版社，2006 年，第 2825—2885 页）。

年生活在越州山阴(今浙江绍兴),约大中年间(847—859)至迟咸通(860—873)初年已到敦煌,入幕刚刚成立的归义军政权,初任军事判官,后累官至节度判官掌书记,主要掌理、总揽文辞之责。约景福二年(893)其70岁时致仕,寄居于敦煌城外佛寺并兴学授徒。80余岁后则专心奉佛抄经。张球是今知唯一一位长期在唐五代时期的敦煌任职为官并留居于此的外来文士。他曾受过良好教育,于因吐蕃东侵河西西域与中原阻隔近百年、敦煌等地还遭受了六七十年吐蕃统治的特殊时期西来敦煌,遂担当起了将日新月异的中原与江南文化传布敦煌的特殊使命。张球一生中的大部分时间,尤其是年富力强最有作为的重要时光都是在敦煌度过的。在敦煌生活的五六十年中,他主动接受了敦煌本地文化的熏染浸润,增添了敦煌文人特质,其生平作品又全赖敦煌才得以为后人认知,因而,完全可以也应当视其为敦煌文士。张球在敦煌文书和敦煌古碑铭中留下了大量著述,仅署名作品即有20来件(除"张球"外,其署名还有"张俅""张景球""张景俅"等写法),包括抄写于P.4660的《大唐河西道沙州故释门法律大德凝公邈真赞》《大唐河西道沙州敦煌郡将仕郎守敦煌县尉翟公讳神庆邈真赞》《大唐沙州译经三藏大德吴和尚邈真赞》《故前河西节度押衙银青光禄大夫检校太子宾客兼敦煌郡耆寿清河张府君讳禄邈真赞》《故敦煌阴处士邈真赞并序》,抄存于P.2913V的《唐故归义军节度使检校司徒南阳张府君墓志铭》《大唐敦煌译经三藏吴和尚邈真赞》,留存于P.4615＋P.4010V的《唐故河西节度凉州左司马检校国子祭酒兼御史中丞上柱国陇西李府君墓志铭》,P.4640《故吴和尚赞文》,P.3288V/P.3555AV《河西节度马步都虞候银青光禄大夫检校太子宾客兼监察御史上柱国张怀政邈真赞并序》(仅存篇题),P.2568《南阳张延绶别传》,P.3425《金光明变相一铺铭并序》,P.3715《致大夫状》(拟名,甚残),S.2059《〈佛说摩利支天菩萨陀罗尼经〉序》,P.3863V《金刚经灵验记》(拟名,或拟为《光启三年金刚经神验记事》),BD06800《〈大佛顶如来密因修证了义诸菩萨万行首楞严咒〉题记》(拟题),以及今存敦煌市博物馆的《大唐河西道归义军节度索公纪德之碑》等。又P.2488、P.2712、P.2621三个写卷抄有《贰师泉赋》,其中P.2488留有作者名字但书写不甚规范,相关学者或识读为"张俅",

即张球之别名。另外，张球还曾于 75 岁时删定《略出籯金》(P.2537 等卷)。近年更有学者从佚失作者姓名的敦煌文书中查考张球作品，《张淮深碑》(S.6161A＋S.3329＋S.11564＋S.6161B＋S.6973＋P.2762)及其抄件卷背所存 19 首诗、《唐佚名诗集》(S.6234＋P.5007＋…＋P.2672)所存 30 余首诗、《敦煌廿咏》(P.2748 等 7 卷)、《方角书一首》(S.5644)、《印度制糖法》(拟名，P.3303V)、《敦煌录》(S.5448)、称言某老人于 81 岁时"辍笔"的记述(Дx.11051BV)，以及某老人于 82—88 岁抄写佛经后所书题记(S.5534等 20 来件)等等均在疑似之列。

13. 张延锷

晚唐敦煌人，归义军节度使张淮深第四子。大顺元年(890)二月二十二日沙州政变，与父兄等同时被害，俱葬敦煌莫高里南原(P.2913)。生前官、勋至将仕郎守左神武军长史兼御史中丞上柱国(见韦列《斯坦因敦煌所得绘画目录》431 号题记)，S.4654 保存有所作《奉和》一首云："南阳一张应天恩，石壁题名感圣君。功臣古迹居溪内，敦煌伊北已先闻。东流一带凝秋水，略尽横山地色分。从此穿涉无虏骑，五年勤苦扫风尘。"延锷以贵公子而颇习文事，于当时文坛不无推波助澜之影响。

14. 氾唐彦

又作氾塘彦。晚唐敦煌人，自云济北郡望。乾宁三年(896)前后为敦煌县尉兼管内都支计使御史中丞(S.2113)，光化二年(899)顷为常乐县令(P.4640)。约光化三年(900)为归义军节度判官(P.3573V)。敦煌写本保存有所作五言诗一首(S.4654)及《唐沙州龙兴寺上座沙门俗姓马氏香号德胜宕泉创修功德记》(S.2113)。P.3573《论语义疏》背有"判官氾塘彦寻览"一行题记。

15. 恒安

沙州灵图寺僧人，粟特人后裔，俗姓康，悟真弟子。中和年间(881—885)为河西节度门徒兼摄沙州释门法师。撰有《燃灯文》《竖幢伞文》(P.2854)、《谢司空赐匹段状》(S.6405)。P.4660 有所抄敦煌名人、名僧邈真赞 10 余件。

16. 张敖

沙州人，归义军初期为河西节度使掌书记儒林郎试太常寺协律郎。撰有《新集吉凶书仪》(P.3249、P.3246、P.2556、P.2646)、《新集诸家九族尊卑书仪》一卷(P.3502)。

17. 张永

原籍不详，自称"三楚渔人"，晚唐时流寓敦煌。天祐三年(906)作《白雀歌》(七言诗)116句，进上金山天子张承奉(P.2594、P.2864)。其诗皆以霜雪洁白为词，用叶金山国尚白之瑞。王重民先生云："此歌前段多采本地故事，后段则历叙朝臣之盛，兼及武功与政事，于金山国事坠失之余，得此可作一篇开国史读矣！"S.811《进诗状》一篇，文云"永比自江东，十六而学，……今且老矣"，似即张永所作。

18. 张文彻

晚唐五代敦煌人。有署"江东吏部尚书臣"，则亦流寓敦煌者，人称清河郡望，知与节度使张氏非出一系，同张淮深为亲戚（见韦列《斯坦因敦煌所得绘画目录》431号张廷锷题记）。光启三年(887)，奉张淮深之命至长安，为请节专使之一(S.1156)。后梁太祖开平四年(910)，归义军节度使张承奉建金山国，称"白衣天子"，文彻以懿亲长者任吏部尚书、首庭大宰相兼御史大夫（见P.3633、P.3718、S.5394）。敦煌写本保存有所作七言长诗《龙泉神剑歌》1首，又七言短诗3首，《沙州百姓一万人上回鹘可汗状》1通，《西汉金山国左神策引驾押衙兼大内支度使银青光禄大夫检校国子祭酒御史中丞上柱国清河张安左生前邈真赞并序》1篇（以上俱见P.3633）、《上金山天子启》1篇(S.5394)、《敦煌社人平谑子一十人创于宕泉建窟一所功德记》1篇(P.2991)。又P.3405《金山国诸杂斋文范》11篇，就笔迹书法考之，实为张文彻手笔，推测可能是张氏所拟金山国应用文范。约卒于后梁贞明四年。按P.3718《梁故管内释门僧政临坛供奉大德兼阐扬三教大法师赐紫沙门张和尚写真赞并序》即其中子张喜首之画像赞。此文写于"贞明己卯岁"，即贞明五年(919)，文云："父哲前贤，子接后响。"又云："颜低（顾祇）一岁，以丧二贤。"据此推测，其父文彻当死于贞明四年，即918年。文彻以宰相之尊而为文,其于一代文风自有相当影响。

19. 毛押牙

真实名字不详。P.2555 写本在抄完了 60 首"陷蕃诗"后,接抄刘商的《胡笳十八拍》,末云:"落蕃人毛押牙遂加一拍,因为十九拍。"柴剑虹、潘重规认为 60 首陷蕃诗的作者可能就是这位毛押牙①。我们认为,毛押牙不仅是"陷蕃诗"60 首的作者,还是 P.2555 写本的编集者和抄录者。毛押牙其人,不见于传世文献,敦煌文献中仅此一见。我们只知道他姓毛,押牙是官职。押牙的职责就是军中使者,能武能文。根据 60 首陷蕃诗记载,毛押牙的家乡在蒲昌海(今罗布泊)边石城镇一带,为汉鄯善国都城遗址,隋代的鄯善郡,唐初的典合城,高宗上元二年(675),改典合城为石城镇,划归沙州(治今敦煌)管辖。在今新疆巴音郭楞蒙古自治州墩里克境内,距离敦煌 1200 里左右。毛押牙童年出家,弱冠就能宣扬佛法,儒释双习,声名大振。他从家乡来到沙州(敦煌),得到了归义军节度使的赏识。敦煌归义军到了张承奉时期,国势日衰。东面有强大的甘州回鹘,与归义军矛盾日益加剧。唐朝灭亡后,各地纷纷建国,张承奉也建立西汉金山国,宣布自己是白衣天子。金山国建立的当年(910),就遭到甘州回鹘的大举进攻。面对危急的形势,金山国只能求援。当时军力足以抵抗甘州回鹘且与之有矛盾者,只有吐蕃。毛押牙就是这样严峻的形势下被派出使吐蕃求援的。但就在毛押牙出使吐蕃不久,甘州回鹘大兵压境,金山国危在旦夕,张承奉被迫和他们签订了投降协议。吐蕃得知这一情况后,自然会扣押沙州特使。经过两年多的交涉,归义军使者毛押牙才被放还。回到敦煌,这位多愁善感的诗人,把自己两年多的记事诗进行了整理,成六十首"陷蕃诗"。并把他之前抄录的作品归类,加上自己的创作,编成了这部诗集。

20. 杜太初

晚唐五代人,始为节度使张承奉麾下文吏(S.1655《白鹰诗序》自云"太初

---

① 柴剑虹《敦煌伯二五五五卷"马云奇诗"辨》,《中华文史论丛》1984 年第 2 辑。潘重规《敦煌唐人陷蕃诗集残卷作者的新探测》,《汉学研究》第 3 卷第 1 期,1985 年。

小吏,琐劣不材")。某年九月,白鹰来见,因撰《白鹰诗》,为承奉建金山国、称白衣天子进行鼓吹。曹议金主政时,为节度使都头知上司孔目官兼御史中丞上柱国。约卒于后唐至后晋间。敦煌写本保存有所作《白鹰诗》2 首并序(S.1655)、《梁故管内释门僧政临坛供奉大德兼阐扬三教大法师赐紫沙门张和尚邈真赞并序》《唐故宣德郎试太常寺协律郎行敦煌县令兼御史中丞上柱国张府君写真赞》(均见 P.3718)、《归义军应管内都僧统陈和尚邈真赞》(见 P.3556)。

21. 范海印

范海印,五代后晋、后唐时济北郡(今山东)人,幼年出家于敦煌,弱冠之初,就在释俗界有较大影响。曾游历五台山等佛教圣迹,并到西域、印度等地寻普贤神踪,询求如来圣会。曹议金时擢升为河西释门僧政京城内外临坛供奉大德兼阐扬三教大法师赐紫沙门。敦煌写本 P.3718 载录有张灵俊撰写的《唐河西释门故僧政京城内外临坛供奉大德兼阐扬三教大法师赐紫沙门范和尚写真赞并序》。S.373 抄有《题北京西山童子寺七言》《题南岳山七言》《题幽州盘山七言》《题幽州石经山》《题童子寺五言》《题中岳山七言》6 首诗,《斯坦因劫经录》认为是后唐庄宗李存勖所作,郑炳林认为是范海印所作[1]。徐俊同意该写本第一首《皇帝癸未年膺运灭梁再兴(缺)迎太后七言诗》为李存勖所作,其余"诗中涉及的地域和诗中所流露出的思想、情绪等看,与李存勖生当战乱之世,戎马一生的君王身份、生平经历等亦不相符,显非李存勖之作",但断为后唐时期的僧人范海印所作,则缺乏根据[2]。

22. 忧道

唐末五代沙州人,姓李,敦煌文士,通《诗》《书》《春秋》及诸子百家。初在张承奉幕府任职,为张氏心腹。曹议金时,出入宫闱,主管诸司筹算,任都判官。事见 P.3718。

---

① 郑炳林《敦煌文书 S.373 号李存勖唐玄奘诗证误》,《敦煌学辑刊》1991 年第 1 期;郑炳林《敦煌碑铭赞辑释》,兰州:甘肃教育出版社,1992 年,第 420 页。
② 徐俊《敦煌诗集残卷辑考》,北京:中华书局,2000 年,第 490 页。

23. 翟奉达

五代时敦煌历法家。本名再温,字奉达,后以字行(据敦煌祁氏藏《寿昌县地境》题记)。自称浔阳郡望,远祖为汉丞相翟方进。父名信,任归义军御前正兵马使、银青光禄大夫、检校太子宾客;堂叔名神德,敦煌僧人;兄温子,敦煌处士;弟温政,归义军步军队头(以上据敦煌莫高窟220窟供养人题记)。奉达生于唐中和三年(883)。天复二年(902)20岁,为州学上足子弟(见向达《记敦煌某氏藏逆刺占》卷末题记),后入沙州伎术院为礼生(P.3197V)。后唐同光三年(925)为归义军节度使押衙守随军参谋银青光禄大夫检校国子祭酒兼御史中丞上柱国(见莫高窟220窟甬道北壁翟奉达《画新样文殊功德记》)。天福十年(实为开运二年,即945年),为州学博士(《寿昌县地境》卷末天福十年翟奉达题记);后周显德三年(956)为登仕郎守州学博士(S.95);显德五年(958)加检校工部员外郎(津博175《佛说无常经》题记);是年三月,妻马氏病故。次年,为朝议郎检校尚书工部员外行沙州经学博士兼殿中侍御史赐绯鱼袋(P.2623题衔)。宋建隆二年(961)三月,亡妻马氏三周年斋满,奉达三年间与其子善□为之写经追福,计一至七七、百日、周年、三周年各写一卷,至此十卷圆满,有题记记其事(见P.2055)。奉达约卒于此后不久,享年80岁左右。敦煌写本保存有所撰具注历日4种(P.2623、P.3247V、S.95及敦煌某氏藏《天福十年乙巳岁具注历日》);诗五首,向达《记天福十年寿昌县地境》一文中已发表3首,P.2668(2)《新菩萨经》卷末题记中尚有七言诗2首;《画新样文殊功德记并颂》一首(莫高窟220窟)。又抄写有《持诵金刚经灵验功德记》及《开元皇帝赞金刚经功德记》(P.2094)。

24. 灵俊

晚唐、五代敦煌僧人。俗姓张,幼年出家于敦煌灵图寺,为马和尚(法名灵信)门人。20岁为比丘。金山国时任沙州释门都法律、福田判官,曹议金时升都僧政加紫绶,63岁(约后晋时)病故(S.2575、P.2991)。P.2991有其邈真赞,莫高窟329窟甬道南壁有其供养像与题名。敦煌写本保存有所撰启状两道(P.3466、P.3420),碑铭传赞11篇(见P.3425、P.3718、P.3720)。又有其青年时代所作七言口号1首(P.3812)。所作诗文,题年最早者为景福二年

(893)正月十五日《张崇信于本居宅西壁上建龛功德铭》(P.3425),最晚者为清泰二年(935)四月九日《梁幸德邈真赞》(P.3718),笔墨生涯40余年,为五代时期敦煌之重要作者。

25. 李绍宗

五代沙州人,又名润晟,字继祖,张议潮外孙,瓜州刺史李弘定之长子。曾参与归义军讨伐南山、甘州回鹘之战。升任节度使押衙兼知敦煌乡务,通音乐,又能作诗撰文。见P.3718。

26. 龙辩(训)

五代敦煌僧人。后梁贞明三年(917)为河西都僧录(S.6781),后唐天成四年(929)为河西副僧统(S.2575〈5〉),长兴四年(933)都僧统海晏去世后继任河西都僧统(P.4638、P.2033)。后周广顺四年(954),法嵩接任都僧统,推测龙辩约卒于此年(见S.4654)。敦煌写本保存有他所撰致节度使曹元德牒两件(P.4638),又有所撰讲经诘难文1篇,及法师答疑文(P.2935)等。《敦煌变文集》录载的讲经文8种18篇,皆缺都讲的诘难及法师针对诘难而作的答疑。龙辩此文,可补其阙,为进一步探索讲经和俗讲体制提供了宝贵资料。这类资料,除龙辩之作外尚有几篇,都是敦煌文学中尚待开发研究的宝贵史料。

27. 保宣

敦煌僧人,出家于敦煌灵图寺(P.2250),为沙州释门法律(京藏成字96)。P.3036《劝善经》卷尾有其后晋天福三年(938)题记。敦煌写本保存有所作《频婆娑罗王后宫彩女功德意供养塔生天变》(P.3051),又有斋文、讲经通难致语数通(P.3165),P.3311背有所题口号二句云“灵图大寺面南开,千罗宝盖满□来”。Дx.2167+2960有其建福文残稿。保宣是敦煌变文作者唯一留下名字的人。

28. 杨继恩

敦煌人,后晋时为归义军节度使内亲从都头知管内诸司都勾押孔目官兼御史中丞,敦煌写本保存有所撰时人邈真赞5篇(P.2482、P.2970、P.3718、S.390)。为五代后期敦煌著名能文之士。

29. 孔明亮

五代时敦煌人。天福六年（941）为归义军节度上司内外孔目官兼御史中丞，同年撰《晋故归义军都头守常乐县令银青光禄大夫检校国子祭酒兼御史大夫上柱国薛府君讳善通邈真赞并序》（P.3718）；开运二年（原作天福十年，945）为归义军上司都孔目官检校散骑常侍上骑都尉，同年撰《晋故归义军节度左班都头银青光禄大夫检校左散骑常侍兼御史大夫上柱国南阳张府君讳安信邈真赞并序》（P.3390）。盖后晋时敦煌一手笔也。

30. 张盈润

五代时敦煌神沙乡孟授庄人。父名淮庆，为归义军衙前都押衙；母即曹议金第十六妹，因与曹元德、曹元深、曹元忠三节度使为表兄弟。盈润于后唐天成二年（927）前后就读于沙州城西灵图寺学，为学仕郎（见P.5011）；清泰元年（934）为敦煌县某乡判官（见 P.3257《甲午年索义成佃种地契》）；后汉乾祐间（948—950）为归义军节度押衙。乾祐二年（949）六月，随从节度使曹元忠巡礼莫高窟，在其家窟（莫高窟今 108 窟）南壁外侧题七言古诗并序记其事。乾祐三年（950）于祖庄自建浮图一所，有《孟受上祖庄上浮图功德记》（P.3390背）记其事。P.2660 背保存其所作七言残诗一首。

31. 杨洞芊

五代时敦煌人。为归义军节度押衙孔目官兼御史中丞。著有《瓜沙两郡古事系年》（残，见 P.3721、S.5693），其中所记开元三年（715）刺史张孝嵩屠龙除害事，为当地玉女泉之历史传说，颇生动可观。藏经洞出土有其所刻印之《普贤菩萨像》，上栏刻像，下栏刻愿文，为五代时敦煌印刷品之重要遗存（见 CCXLVI，已收入《敦煌宝藏》第五十四册，美术图版编号为 709 号）。

32. 马文斌

北宋敦煌人。为归义军节度押衙知司书手。开宝三年（970）与比丘福惠及将头、乡官、押衙、都头等 16 人在莫高窟修窟 1 所（见 S.3540）。敦煌写本存其七言诗并上诗状 1 首，见 S.2973。

33. 道真

五代北宋敦煌名僧。俗姓张氏（京藏柰 88，BD05788）。出家于敦煌三界寺(S.3147、S.3452)。19 岁修习佛名经(京藏柰 88,BD05788),后唐应顺元年(934,原卷题作"长兴五年")编《三界寺藏内经论目录》(敦博 345),自称"比丘道真",时年至少已 20 岁。后汉乾祐元年(948)为三界寺观音院主,主持重修敦煌莫高窟南大像(今编第 130 窟)北一所古窟,次年竣工(P.2641)。乾祐三年(950)任沙州释门僧政,随归义军节度使曹元忠巡礼莫高窟,有题壁七言诗自记其事(见莫高窟 108 窟原窟檐南壁);次年,撰《腊八燃灯分配窟龛名数》(敦博 322),为莫高窟重要史料。北宋乾德三年(965),始见授徒施戒(S.347),敦煌写本保存其签署之授戒牒 10 余件(见 S.330、S.347、S.532、S.4915、P.2994、P.3140、P.3203、P.3207、P.3238、P.3320、P.3392、P.3414、P.3439、P.3455、P.3482、P.3483、P.4959、散 212 等号)。宋雍熙四年(987)升任沙州都僧录,犹自传道授戒(见 S.4915)。约卒于此后不久,享年 70 余岁。生平对沙州诸寺佛教典籍的置备聚集有重要贡献,所聚典籍成为敦煌写本重要来源之一。晚年在莫高窟"修禅履戒""餐苦参子以充斋,着麻莎裳而蔽体",人誉为"观音菩萨""萨诃圣人"(S.3929)。敦煌写本保存有所作书启 2 件(P.4712,已残),修功德序 1 篇,题壁记 1 篇,诗 6 首(见 P.2641 背及莫高窟 108 窟题壁)。P.2193《目连缘起》(已收入《敦煌变文集》)卷末题云:"界。道真本。记。"可能是道真讲唱之底本。王于飞《敦煌变文写卷著录》(四川大学 2004 年博士后出站报告)从书法的角度对道真的抄本进行过考察,认为敦煌写本中道真的抄本不少。

34. 李幸思

五代宋初敦煌人。后唐天成三年(928)为学郎时题诗云:"幸思比是老生儿,投师习业弃无知。父母偏怜昔(惜)爱子,日讽万幸(行)不滞迟。"(P.2498)宋乾德四年(966)为归义军都头知子弟虞候。是年五月节度使曹元忠及夫人翟氏重修莫高窟北大像殿阁,幸思以亲从而充助修,事见《曹元忠及夫人修北大像记》(松本荣一《敦煌画之研究·图录编》载有此记照片)。

上面钩稽了 34 位吐蕃占领时期和归义军统辖时期敦煌本地作者中较有影响、较为重要而生平约略可靠的人物。然而,他们只是当时敦煌本地作者当中很少的一部分。还有一些虽然留有姓名而生平已不大可考,因而这里未作介绍。当然,未作介绍而为数最多的,是那些既未留下姓名,更未留下有关其生平的任何资料的作者。这样的作者,在初盛唐时期的敦煌文学中也是有的。所有这些已佚姓名的作者,在敦煌文学的创作以及传播中发挥过更大的作用。敦煌变文、讲经文、因缘、话本、词文、歌辞等,乃是敦煌文学宝库中最耀眼的明珠。其中的许多作品,都是敦煌本地作者创作或加工修改过的,而这些作品的差不多90%以上的篇什,都未署名。据此进行估量,可知敦煌文学作者队伍中大量的作者是佚名不可考的,他们人数最多,贡献最大,成就最突出。敦煌文学作者队伍构成中的主体部分,其基础正是他们。在研究敦煌文学时,对此应当倍加注意。

同时,如果对上面钩稽介绍的作者们的生平资料加以分析,那么还大致可以看到这样两点:

第一,没有专业作家。他们各有自己所矻矻从事的职业。或为僧人,或为官吏,写作仅为余事而已。一般学问不高,又大多是土生土长。这样的作者队伍,是不大可能创作出艺术上炉火纯青的作品来的。敦煌本地作品缺乏精雕细刻,线条较粗,质直朴素,抒情、幻想之作少而写实或治实之作多。这些现象原来是同敦煌文学作者的文化素养和职业身份相合不悖的。作者如此,所以创作出来的作品亦如此。这对理解敦煌文学风貌及其成因颇有参考价值。

第二,已经有了集部的雏形。上面介绍的作者,传记材料中没有透露任何一位作者生前或死后有诗文集传世,但我们从一些写本中可以看出一般文人作品创作、记录、保存、传抄、流行的整个过程。如 P.3718 和 P.4660 两个写本是当地名人名僧的邈真赞和墓志铭的汇集;P.3821、P.3056、P.4895和周绍良自庄严龛所藏《维摩诘经》卷背《曲子词抄》集录的一些当地词曲作品①,这都是有意识的汇集;而 P.3720、P.3886、S.4654 三个写本记录了悟真早年入京受朝廷诏赐及与京城要员、两街高僧赠诗酬答的诗文,是悟真晚年

————————

① 周绍良《补敦煌曲子词》,《敦煌学论集》,兰州:甘肃人民出版社,1985 年。

汇编的,他还写有序。S.6234＋P.5007 缀合写本及 P.2672 写本,是张球诗的汇集,有的学者认为是他的手稿,他在废弃的公文纸背面抄写自己一路从河西东部的平凉堡(今武威市境)、番禾(今永昌县境),到西域天山东部的西州(今吐鲁番)、焉耆创作的诗。这些更具有别集的性质。

第四章　敦煌的经典文学

经典是一个民族的文化根基，文学经典最能体现中华民族的民族性格和民族精神。汉武帝时期建立河西四郡之后，敦煌一直浸润在华夏文化的哺育之下，敦煌写本中保存了大量的文学经典，像《诗经》《文选》《玉台新咏》、诸子散文和史传散文以及文学批评著作《文心雕龙》等。这些文学经典，被敦煌人民传阅珍藏了数百年，其养育敦煌本土文学之功不可磨灭。

第一节　敦煌《诗经》写本及其价值

敦煌出土的《诗经》写本，据统计有 45 件。伯希和编号 14：2129、2506、2514、2529、2538、2570、2660、2669、2978、3383、3737、4072、4634、4994，斯坦因编号 16：10、134、498、541、789、1442、1533、1722、2049、2729、3330、3951、5705、6196、6346、11309，俄罗斯圣彼得堡藏 11：Дx.01068、01366、01640、05588、08248、09328、11933B、11937、12697、12750、12759，日本天理图书馆藏两个残片，敦煌土地庙出土一残卷，中国国家图书馆藏 BD14636。其中 S.3951 与 P.2529，P.2538 与 S.541，S.134 与 S.1442，S.2049 与 P.4994，S.11309 与 S.5705，S.3330 与 S.6346 与 S.6196，S.2729 与 Дx.01366，Дx.11933 与 Дx.11937 与 Дx.12750 与 Дx.12759，天理藏两个残片，都是同一卷而断裂为多个编号。这 45 件写本，或仅存题目，如 P.2129；或仅存数

行,如天理残片。皆为毛诗本,大多数为故训传,也有白文传、孔氏正义、诗音。抄写的时间,在六朝至唐代。综合序次,《诗》之《风》《雅》《颂》,经、序、传、笺、诗音、正义,皆可窥其一斑。以之对校今本,其胜义甚多,或能发古义之沉潜,或能正今本之讹脱,片玉零珠,弥足珍贵。同时,我们还可以由此研究六朝以来《诗》学的大概情况,并考究六朝以来儒家经典的原有形式。今择其较完整者叙录如下:

1. P.2129 此卷存题目二行十六字:"毛诗卷第十一""鸿雁之什故训传第十八"。《敦煌遗书总目索引》未著录。姜亮夫先生《敦煌——伟大的文化宝藏》第八章《敦煌的儒家经典》有说明①。潘重规先生《巴黎伦敦所藏敦煌诗经卷子题记》(以下简称《题记》)有著录②。按:此二行在该卷背面之末,前有王仁煦《刊谬补阙切韵序》、陆法言《切韵序》、《金光明最胜王经》开端、《少年老翁问答诗》、《海中有神龟》诗等。正面抄《大乘解密严经》三卷。

2. P.2506 此卷存8纸,4界,每纸写18行,每行十二三字不等。书法精美。起《小雅·六月》序,讫"南有嘉鱼之什十篇(册)六章二百七十二句"及"毛诗卷第十"后题。罗振玉《雪堂校刊群书叙录》谓该卷不避唐讳,是六朝写本。并说:"分卷与开成石经同。考隋唐《经籍志》,《毛诗故训传》并作二十卷,合以此本,知开成本分卷,仍是六朝相承之旧矣。"③日本学者石冢晴通则认为是7世纪中后期的抄于中原的卷子④。此卷背写残日历1节,邓文宽先生拟名为《唐天复五年乙丑(905)岁具注历日》⑤,后有浓墨大体草书"讫览",当是批语;词5首,依次是:失题残词1首存29字,《献忠心》2首("臣远涉山水""蓦却多少云水"),《临江仙》1首("岸阔临江帝宅赊",重见于S.2607),《酒泉子》1首("每见惶惶")。词与残日历为同一人所抄。汤涒说:"此卷背面均内容片断,当是某寺义学生利用废弃经卷所为,批语当为老师

① 姜亮夫《敦煌——伟大的文化宝藏》,上海:上海古典文学出版社,1956年。
② 潘重规《巴黎伦敦所藏敦煌诗经卷子题记》,《新亚学术年刊》第11辑,1969年;收入《敦煌诗经卷子研究论文集》,新亚研究所,1970年,第133—173页。
③ 《罗雪堂先生全集》初编第1册,台北:大通书局,1986年,第256页。
④ (日)石冢晴通《敦煌の加点本》,《讲座敦煌·5·敦煌汉文文献》,第247页。
⑤ 邓文宽《敦煌天文历法文献辑校》,南京:江苏古籍出版社,1996年,第338页。

所加。诸词或言西北少数民族归依唐朝的感激，或言宦游无成、想要归隐的无奈，或记农民起义犯乱朝廷时的声威、嘲讽当政者的狼狈，均为西北及中原士人的作品，创作时代约在盛唐、中唐间。至于它的抄写，参之 S.2607，当亦约在晚唐五代间。"①按，卷背为五代初期的抄本。

3. P.2514　此卷存 13 纸，第 1 纸 13 行书迹甚劣，以后抄写转工。潘先生《题记》认为"似为原卷缺损后补抄"。从第 2 纸以后，每纸十六七行，行 16 字左右，共 219 行。起《小雅·鹿鸣》"（鼓瑟）吹笙"，讫《南陔》《白华》《华黍》序。卷尾有"毛诗卷第九"标题。全卷不避唐讳，罗振玉以为是六朝写本。潘先生《题记》云："此卷有朱点句，又以朱点发四声，如乐、丁、将、率、劳等字，皆以朱点其四角。"

4. P.2529　此卷存 20 纸，起《周南·汝坟》第三章"室如毁"，讫《陈风·宛丘》第二章经文止，计 581 行。《唐风·蟋蟀》以下有传笺，传笺文均夹行。《唐风》以前仅经文小序及篇末章句数而已。刘师培《敦煌新出唐写本提要》云："唐讳之字，其缺笔者仅'世'字，'民'字虽间更'人'字，然为数甚稀，其为何时所书，今弗可考。书法弗工，然确出唐人之手。"②姜亮夫先生《敦煌本毛诗传笺校录》则认为"疑在太宗之世所写"③。黄瑞云先生《敦煌古写本〈诗经〉校释札记》以为此卷与 S.3951 所写内容相接，字体相似，实为一卷之断裂者。"此卷之作，必晚于睿宗以后七世，不早于敬宗以前，盖晚唐人手书"。④S.3951 起《卷耳》末章，讫《汝坟》"鲂鱼赪尾王"，不抄传笺，存 28 行，可缀在 P.2529 前。

5. P.2538　存 6 纸 121 行，起"鄁柏舟故训传第三"，下题"毛诗国风郑氏笺"，讫《匏有苦叶》篇末章毛传"我犹待"止。卷中"治""豫"皆缺笔，罗振玉以为唐人写本。潘先生《题记》云："观《正义》引述经文，与此卷全同，知此卷同于《正义》本也。今宋以下各本皆有脱文，虽阮芸台、段玉裁、顾千里诸人

①　汤湉《敦煌曲子词地域文化研究》，上海：上海古籍出版社，2004 年，第 33 页。
②　该文写于 1911 年，收入《刘申叔先生遗书》第 63 册，宁武南氏校印，1934—1936 年。
③　该文写于 1934 年，收入《成均楼论文辑第二种·敦煌学论文集》，上海：上海古籍出版社，1987 年，第 53—150 页。
④　黄瑞云《敦煌古写本〈诗经〉校释札记》，《敦煌研究》1986 年第 2 期。

校定《诗故训传》,渐得其底本之真,然终不若此卷之确然明白也。"此卷与S.541两卷之字体、行款均一致,内容正好衔接,故当为同一卷而撕裂为二者①。S.541残存 39 行,起《邶风·匏有苦叶》末句传"而不涉以言室家之道",讫《旄丘》首章"旄丘之葛兮,何诞之节兮"笺"亦疏废也"。卷中"昏"皆作"昬","凡民有丧","民"作"人"。

6. P.2570　存 3 纸另 2 行,每纸 15 行,行约 15 字。起《小雅·出车》"不皇起居"句传,讫《南陔》《白华》《华黍》序。序后承以"毛传卷第九"5 字而全卷终。末题"寅年净土寺学生赵令全读为记"一行。纸背有细字一行"咸通拾陆年正月十五日官吏待西同打却回鹘至"。罗振玉以为六朝人写本。姜亮夫先生云:"读记非写时,而纸背作书亦当更在写后。以卷中纸质、字迹已可断其为六朝写本。卷中不为唐帝作一讳,且多古字,则为唐以前写本无疑。"按,净土寺学是敦煌存在时间最长的寺学之一,据李正宇先生考证,它至少在公元 870—973 长达一百年的时间里存在②。咸通十五年改元乾符,敦煌地僻西陲,不知唐懿宗已经去世,故仍书咸通十六年(875)。距咸通十五年最近的寅年是"庚寅"(870)和"壬寅"(882),则赵令全读此卷当在此二年中的某一年③。姜伯勤则认为净土寺建立于 840 年前后,"此种以地支纪年的方法属于吐蕃管辖时期,而 840 年后(崇恩赠地立寺)及 848 年(张议潮起义之年)前之寅年为公元 846 年丙寅"④。

7. P.2669　此卷 13 纸,第 1 纸首有缺损,起于《大雅·文王》"侯于周服",8 纸而终《文王有声》"武王烝哉"传"故言武王者乎也"。以下另粘连 5 纸,起"齐鸡鸣故训传第八卷五",讫"魏国七篇十八章百廿八句卷第十五"。前后卷每纸皆 25 行,行 25 到 28 字左右,字体相似,盖一人抄写,为后人倒合者。《大雅》卷章句题在经文前,《国风》卷章句题在经文后,潘先生《题记》以

---

① 许建平《敦煌〈诗经〉卷子研读札记二则》,《敦煌文献丛考》,北京:中华书局,2005 年,第 105—115 页。

② 李正宇《唐宋时期的敦煌学校》,《敦煌史地新论》,台北:新文丰出版公司,1996 年。

③ 高明士《唐代敦煌的教育》(《汉学研究》第 4 卷第 2 期,1986 年 12 月,第 256 页)就以为是 882 年,程喜霖《敦煌吐鲁番文书所见儒家经典及其研究》(《北京图书馆馆刊》1997 年第 4 期)则以为是 870 年。

④ 姜伯勤《敦煌社会文书导论》,台北:新文丰出版公司,1992 年,第 89 页。

为"此《大雅》八纸及《国风》五纸所据似非一本"。《国风》卷背有题记云:"大顺贰年(891)五月十九日游近□。"姜亮夫《敦煌本毛诗传笺校录》以为此卷是唐前写本,傅振伦《敦煌写本毛诗诂训传》认为是唐初武德时写本,日本学者小岛祐马《巴黎国立图书馆藏敦煌遗书所见录》以为是中晚唐之交的抄本①。许建平《敦煌经籍叙录》通过对写本避讳字的考察,认为小岛祐马的说法更接近实际。

又此卷《大雅》卷背有音注,所注之音皆书于当字之背,与 S.10 相类。《隋志》有以"隐"名书者,如《毛诗音隐》《毛诗背隐义》等。姚振宗《隋书经籍志考证》云:"按齐梁时隐士何胤注书,于卷背书之,谓之隐义,背隐义之义盖如此。由是推寻,则凡称音隐、音义隐之类,大抵皆从卷背录出,皆是前人隐而未发之义。当时别无书名,故即就本书加隐字以名之。"是所谓隐者,特以所著写于卷背,隐而不现,故名为隐。此卷殆即六朝音隐之遗制也。潘重规先生对隐字有说明和录文。

8. P.2978　《敦煌遗书总目索引》:"毛诗白文,存卷第十二至第十四,始《小旻》至《瞻彼洛矣》。"按:共存三纸半,题曰"毛诗诂训传"。起《小雅·小旻》"于道谋是用不溃于成",终《瞻彼洛矣》篇末题"瞻彼洛"。《巷伯》篇后有"卷第十二",《谷风之什》后有"毛诗卷第十三",分卷与他本同。潘先生《题记》云:"此卷实《毛诗诂训传》本,特抄者略去传笺,仅写白文,而又偶录传笺耳。"姜亮夫《敦煌本毛诗传笺校录》认为此卷抄于唐太宗朝,傅振伦《敦煌写本毛诗白文三卷》则认为是高祖时的抄本,石冢晴通《敦煌の加点本》认为是九世纪后半的写本,可能更接近实际。

9. P.3383　王重民先生《敦煌古籍叙录》定此卷为晋徐邈《毛诗音》,云:"敦煌本《毛诗音》残卷,首尾残缺,起《大雅·文王之什·旱麓》,讫《荡之什·召旻》,存98行。以余考之,盖晋徐邈所撰也。陆德明《经典释文》,自《旱麓》至《召旻》,引徐氏者31则(引者按:实为45则),持与此卷子本相校,文字同者 8 条，陆氏以今音改纽韵者 13 条，以直音改切语者 6 条，《释文》误者 1 条，余 3 条盖为徐爰音也。"①刘诗孙《敦煌唐写本晋徐邈毛诗音考》则谓《释文》所引徐音，非只徐邈一家；《释文》中此三什之音，其间引徐音切共 41 条，与残卷合者 5 条，不合者 25 条，残卷无 11 条。"音切不合者，得二十有五则，过于合者倍蓰，此乌可遽定为徐邈音耶？"②周祖谟先生《唐本毛诗音撰人考》因为《释文》引徐音与本卷不合，《释文》引徐音本卷不备，而以为"此卷绝非徐氏之书，以意推之，此殆隋代鲁世达之书矣"③。潘先生《王重民题敦煌卷子徐邈毛诗音新考》谓："王氏论据多误，断为徐邈音，尤不可轻信。""此卷当为徐邈之后，《释文》以前，六朝专家之音。"④本写本的抄写时间，王重民、刘诗孙认为是在唐初。日本学者平山久雄认为是盛唐抄本，其字迹精美，很可能是从中原地区带来的⑤。

10. P.3737　存 8 纸半。首行为"般一章"，次行题"清庙之什诂训传弟（下残）廿七闵予小子弟廿八"，三行题"駉之什诂训传第廿九，毛诗鲁颂，郑氏笺"，末行讫"那之什五篇十六章百五十四句"。卷尾有题记："毛氏学本出子夏，子夏传鲁申公，申公传魏人李克，李克传鲁人大毛公，大毛公传小毛公，小毛公"，文似未完。潘先生《题记》云："朱点句读。有朱点四声。""民""治"等字讳，盖唐人写本无疑。此卷标题完整者有二：一为"駉之什诂训传第廿九，毛诗鲁颂，郑氏笺"，二为"那之什诂训传弟卅，毛诗商颂，郑氏笺"，知所据亦为毛传郑笺本，只抄录白文。许建平《敦煌经籍叙录》根据写本的避讳的武周新字，认为可能是武则天以后的抄本。

11. P.4634　《敦煌遗书总目索引》："唐代残职官书（王国维疑是武德

①　该卷叙录写于 1935 年，收入《敦煌古籍叙录》，北京：中华书局，1979 年，第 36—38 页。
②　刘诗孙《敦煌唐写本晋徐邈毛诗音考》，刊《真知学报》第 5 卷第 1 期（1942），此据王重民《敦煌古籍叙录》第 38—42 页引。
③　周祖谟《唐本〈毛诗音〉撰人考》写于 1942 年，收入《问学集》，北京：中华书局，1966 年，第 162—167 页。
④　潘重规《王重民题敦煌卷子徐邈〈毛诗音〉新考》，《新亚学报》第 9 卷第 1 期（1969），收入《敦煌诗经卷子研究论文集》，第 39—64 页。
⑤　（日）平山久雄《敦煌〈毛诗音〉残卷反切的结构特点》，《古汉语研究》1990 年第 3 期。

令)①,背用残佛书及《毛诗正义》残卷裱托。"按:此残卷撕成三碎片,可大致拼接,起"周南关雎故训传",讫《周南·樛木》序:"樛木后妃逮下也。"另一残片讫《周南·螽斯》序"子孙众多也"。有序无传笺,亦据传笺本抄录也。《总目索引》谓为《毛诗正义》残卷,实误。此卷与 S.11446 为同一写本而撕开者②,S.11446 抄有开元年间沙州敦煌县籍账,则此卷是开元以后的抄本。

12. P.4994　存 1 纸计 16 行,起《小雅·杕杜》末章经文"为恤",讫"鹿鸣之什(此处当脱"十"字)篇五(此处当脱"十五"字)章三百十五句,毛诗卷第九"。潘先生《题记》云:"抄手甚劣,衍脱讹误满纸。"卷背记杂字及安雅王昭君诗。徐俊《敦煌诗集残卷辑考》认为此卷与 S.2049 可缀合,S.2049＋P.4994本为同一写本而撕裂者③。S.2049起《豳风·七月》第二章"流火九月授衣",讫《小雅·鹿鸣之什·杕杜》第四章"斯逝不至而多",计 231 行,章句皆在经文之后。标题有"鹿鸣之什故训传第十六,毛诗小雅,郑氏笺"。诂训作故训,与《释文》所谓"旧本多作故"者合。潘先生《题记》云:"抄写不工,文多讹脱。然胜处亦复不少,大抵《释文》别本异文,多可与此卷相证。"卷背为古诗文杂抄,徐俊拟题为《唐诗丛抄》,其中抄有署名刘长卿的《酒赋》,刘长卿大约卒于唐德宗贞元二年(786),则此卷是中唐的抄本。

13. S.10　王重民先生《叙录》云:"《毛诗传笺》残卷,《邶风·燕燕》至《静女》,共 91 行。字小颇工,唐讳不避,六朝写本也。……卷背有音,适书于所音经字之后,此种写书方式亦不多见。其音多与《释文》及斯氏 2729《诗音》卷同。"④潘重规先生《伦敦 S.10 号毛诗传笺残卷校勘记》云:"卷背注音与卷面字体同出一手,惟字形大小,墨色浓淡不一,淡者几不能目辨。"又云:"卷背音切颇与二七二九号相近,余考二七二九号乃刘炫音,则此卷音殆亦隋时

①　王国维《唐写本残职官书跋》,《观堂集林》卷二一,北京:中华书局,1959 年影印本,第 1007—1009 页。
②　高明士《试释唐永徽职员令残卷的试经规定》,饶宗颐主编《敦煌文薮》下册,台北:新文丰出版公司,1999 年,第 21 页。
③　徐俊《敦煌诗集残卷辑考》,北京:中华书局,2000 年,第 254 页。
④　王重民《敦煌古籍叙录》,北京:中华书局,1979 年,第 31—32 页。

之作矣?"①日本学者平山久雄《敦煌毛诗音残卷反切的结构特点》认为是盛唐时期的抄本②，许建平《敦煌经籍叙录》则认为是敦煌陷蕃后中晚唐时期的抄本。

14. S.134　毛诗传笺本，存3纸，首行残题"毛诗国风，郑氏笺"，次行起《豳风·七月》序"变故陈后稷"，经文起"月流火"，讫"禾麻叔麦"，共59行，罗振玉《松翁近稿》曾为之跋尾③，陈邦怀《敦煌本毛诗豳风七月残卷跋》又为之复校④，潘先生《题记》亦列其胜义。许建平《敦煌经籍叙录》考定此卷与S.1442可缀合。S.1442起《豳风·鸱鸮》"荼予所蓄租"，讫《狼跋》序"美周"。经文大字每行十四字左右，传笺夹行，行15到17字不等。章句在经文后。潘先生《题记》云:"此卷抄写甚率，脱误颇多，亦未经校正。"

15. S.498　敦煌本《毛诗正义》之仅存者。王重民先生《叙录》云:"《诗·大雅·民劳》篇正义残卷，存36行。传笺起止朱书，正义墨书，凡民字皆作人，孔氏原书应如是也。"⑤关于抄写时间，姜亮夫认为当在孔颖达卒后(648)不久⑥。

16. S.789　始《周南·汉广》序"江汉之域无思犯礼"，讫《鄘风·干旄》"何以告之干旄三章章六句"，凡174行，有序无传笺(王先生《叙录》误为有传)，而题曰郑氏笺，则经文从郑氏本抄。字体行书，不避"民""治"字，王重民先生《叙录》以为是"颜氏定本"，潘先生《题记》以为初唐写本，并谓"定本之名，非始于唐代，亦不创于颜籀。齐隋之前，六朝人亦多定本，故王氏定本之名，宜削去不用。"黄瑞云先生《札记》则以为由其避讳例"知此卷亦晚唐人所书"。

17. S.1722　此卷起"周南关雎故训传弟一毛诗国风"，讫"周南之国十有

————————

① 潘重规《伦敦 S.10 号毛诗传笺残卷校勘记》，见《敦煌诗经卷子研究论文集》，香港:新亚研究所，1970 年，第 65—76 页。

② (日)平山久雄《敦煌〈毛诗音〉残卷反切的结构特点》，《古汉语研究》1990 年第 3 期。

③ 《诗豳风残卷跋》，《罗雪堂先生全集》续编第 1 册，台北:大通书局，1989 年，第 34—35 页。

④ 陈邦怀《敦煌本毛诗豳风七月残卷跋》，刊《艺观》第 3 期，节录本收入《敦煌古籍叙录》，第 34—35 页。

⑤ 王重民《敦煌古籍叙录》，北京:中华书局，1979 年，第 45 页。

⑥ 姜亮夫《莫高窟年表》，上海:上海古籍出版社，1985 年，第 219 页。

一篇凡三千九百六十三字"，书法颇工，不讳世、民、治字，虽题故训传，然仅录序及经文，盖据故训传本而略去传笺也。潘先生《题记》云："此卷虽仅三千余字，然文字多与《释文》本合。由此观之，此卷盖出自南朝人抄本。"按，据郭长城考证，该卷与P.2538是同一卷而撕开者。本卷抄有唐太宗之子蒋王李恽的属官杜嗣先所作的《兔园册府》，则此卷为唐人抄本无疑。石冢晴通《敦煌の加点本》认为是8世纪的写本，可能更接近实际。

18. S.2729　《毛诗音》残卷，始《周南·关雎》第一，讫《唐风·蟋蟀》第十，存169行，开端稍残，末9行仅存下半截，王重民先生《叙录》以为该卷诗音当撰于徐邈之后，其音与《释文》极相近，则作者时代，当与陆氏相去不远。其作音方法，又与敦煌本《文选音》为近，故当为隋唐间撰述，"殆隋唐志著录徐、郑等《诗音》汇编本之类也"。潘重规先生《伦敦藏二七二九号暨列宁格勒藏一五一七号敦煌毛诗音残卷缀合写定题记》以为此卷不讳"民"字、"世"字，且以"民、世"作音，其时代当在初唐以前。又卷中有"炫以休求息（潘氏以'息'为衍文）韵，疑息当为思"句，此"炫"乃隋人刘炫自称之词，"是此卷即刘炫所撰之《毛诗音》，一家之音也"。此卷与俄藏1517号（Дx.01366）乃一卷而撕裂为二者①。Дx.01366为《毛诗音》残卷，存上半截17行，下半截断烂。始《齐风·猗嗟》末，讫《秦风·车邻》。前9行与S.2729末9行仅存下半截者适相吻合。盖一卷分裂为二，而又散在异域也。S.2729两面抄写，正面抄：①"辰年三月日僧尼部落净辩牒"（原尾题），②"毛诗音"。背面抄：③"悬象占"，④"太史杂占历"（首题，尾有"大蕃国庚辰年五月廿三日沙州"题记）。此文书中①②本来是两件无关的废弃文书，将它们粘到一起后在背面抄了③④。所以②"毛诗音"的抄写时间不会晚于"大蕃国庚辰年"（800），至于它的上限，当在此年之前一段时间。

19. S.3330　此卷即王重民先生《叙录》所称《毛诗定本》之乙本。起《小雅·鸿雁》二章"之子于垣"，讫《十月之交》"我不敢效我友自逸"，计64行，章

---

①　潘重规《伦敦藏二七二九号暨列宁格勒藏一五一七号敦煌毛诗音残卷缀合写定题记》，刊《新亚学报》第9卷第2期，1969年，收入《敦煌诗经卷子研究论文集》第77—132页。

句皆在经文后,标题有"节南山之(脱"什"字)诂训传第十九""毛诗国风("国风"二字衍)小雅""郑氏笺""毛诗第十二"。潘重规先生《题记》云:"抄手据诂训传本仅录其经序,而略去传笺,字体不工,又未校勘,故多脱误也。"王重民先生《叙录》谓此卷与S.6346"笔迹相同,当为同一抄本"。S.6346即王重民先生《叙录》所称《毛诗定本》之丙本,起《大雅·棫朴》,讫《公刘》,存85行。《棫朴》《旱麓》《思齐》《皇矣》《灵台》《下武》《文王有声》的章句均在经文后,《生民》《行苇》《既醉》《凫鹥》《假乐》《公刘》的章句均在经文前。潘重规先生《题记》云:"一卷之中,体例顿异,知王氏章句在经文之后者为定本,未足据也。"此卷的另一面抄《占卜书》,王卡认为"当系归义军时期抄写"。S.6196,《敦煌遗书总目索引新编》定名"阴阳书",此卷有27行,抄《诗经》,起《大雅》"天生烝民",讫《桑柔》"自西徂东"。王卡认为S.6196与S.6346为一人所抄[1]。

20. S.5705　存《周颂·臣工之什》8行(王重民先生《叙录》误记为《大雅》),《潜》6行全,《雍》开端2行。经文每行14字。注文夹行写,文侧夹音注。王重民先生《叙录》云:"书法极佳,潢染亦都,望而知为六朝或初唐写本。但经文及传笺旁每有读者所加音义,校以《释文》辄合。知原卷虽与陆氏同时代,而读者则在陆氏后,于以知陆氏《释文》在当时影响之巨!"[2]潘重规先生《题记》云:"盖所音注,即读者取自《释文》,唐时经传与《释文》别行,读者两读不便,音注字旁,此即宋人《注疏》《释文》合刻本之先河也。"此卷的抄写时间,翟理斯《英国博物馆藏敦煌汉文写本注记目录》认为是"7世纪写本",《魏晋南北朝敦煌文献编年》定为六朝写本。又S.11309残片,仅存2残行,许建平考证说,此残片正是S.5705右上角脱落之残片[3]。

21、22. 日本天理图书馆藏两个残片　这两个残片,裱存在《石室遗珠彝斋秘笈》中。第1残片是《齐风·还》《著》2篇残文,共残存7行,经文下为传笺,传笺双行,中题"还三章章四句",则本卷章句在篇后。第2残片是《齐

---

① 王卡《敦煌道教文献研究》,北京:中国社会科学出版社,2004年,第157页。
② 王重民《敦煌古籍叙录》,北京:中华书局,1979年,第35—36页。
③ 许建平《敦煌经籍叙录》,北京:中华书局,2006年,第184页。

风·还》及《东方之日》,亦有传笺,中题"章三句",恰与第 1 残片文字接续;书法相类,应为同一写本。王三庆《日本天理大学天理图书馆典藏之敦煌写本》一文有著录①。

23. 敦煌土地庙出土毛诗注残卷　此卷 1944 年 8 月出土于莫高窟中寺后园土地庙残塑中,现存北京故宫博物院。残存 13 行,187 字。内容为《小雅·巧言》卒章之三数句,及《何人斯》之首一章。注语双行,与今本郑笺微有不同,其中有一句"二人俱为卿士相随而行"与今本《正义》引王肃注相同,故苏莹辉《六朝写本毛诗注残页斠记》云:"余谓此本所写,或系王肃注本",并推测是北魏写本②。

罗振玉论述敦煌《诗经》写本的文献价值,以为撮其大要,得四事焉:一曰异文,二曰语助,三曰章句,四曰卷数。所谓异文,即写本与今本的不同文字;语助,即语助词,多在句末;章句,即篇末统计章句字数的文字;卷数,即标明分卷的文字。异文,或能发古义之潜沉,或能正今本之脱讹,有很大的校勘价值。写本之语助词比今本多,原因大约有二:一是抄手随意加者,为句末"也"字。敦煌写本中这类最多,有时连七言诗句末亦加"也"字。二是其书愈古者,其语助词愈多。盖先儒注体,每于句绝处用语助词,以明句读之长短和意义之深浅轻重。后人不察,随意删削;及刻书渐行,务略语助以省其工。章句和卷数则是体现六朝唐代传本旧式的重要标记。除了罗氏所举四事外,我们还可以通过《诗经》写本了解六朝至唐代《诗》学之风气,了解这个时期书法字体的有关情况。

敦煌《诗经》写本的经文,或与《释文》本合,或与《释文》所引或本、一本、俗本、旧本合,或与《释文》所云误本合,或与宋人所引《释文》合,或与《正义》所引定本合,或与三家《诗》合,或与《文选》注、《玉篇》、玄应《音义》、《御览》所引古本合,或与唐石经初刻合,或与宋本合。其与各本不同者,除了抄手

---

① 　王三庆《日本天理大学图书馆典藏敦煌写本》,见《第二届敦煌学国际研讨会论文集》,台湾汉学研究中心编印,1991 年,第 80—81 页。

② 　苏莹辉《六朝写本〈毛诗注〉残页斠记》,《孔孟学报》1962 年第 3 期,收入《敦煌论集》,台北:学生书局,1983 年,第 297—300 页。

明显的讹误脱衍之外,写本是而今本误者不少;但更多的则是写本或省形,或增偏旁,或易偏旁,或为古字,或为俗体别字,或系音形相近,或系古字相通。序文的情况与经文相似,传笺较今本亦多歧异。罗振玉、王重民、黄瑞云、许建平等先生皆有论述,尤其是潘重规先生的《敦煌诗经卷子研究论文集》,卓见迭出。今综合诸家之说,加上自己的一点浅见,举例说明于后。

1.《魏风·十亩之间》"行与子还兮",P.2669"还"作"旋"。《释文》:"还兮,本亦作旋。"《伐檀》三章"河水清且沦猗",P.2669"猗"作"漪"。《释文》于首章云:"猗,於宜反,本亦作漪。"当包三章言之,是写本与《释文》一本同。

2.《周南·汉广》"南有乔木",S.1722"乔"作"桥"。《释文》:"乔木,本亦作桥。"《豳风·鸱鸮》"予所蓄租",阮元《校勘记》云:"予所蓄租,唐石经、小字本、相台本同。案《释文》云:'租,子胡反,本又作祖,如字,为也。'《正义》云:'祖训始也。物之初始,必有为之,故云祖为也。'段玉裁云:'《正义》正同又作本也。今《释文》《正义》皆讹租,当正。'"S.2049"租"正作"祖"。

3.《豳风·东山》:"勿士行枚"。《释文》:"勿士行,毛音衡,郑音衔,王户刚反。"《正义》:"定本云:勿士行枚,无衔字。"《校勘记》则谓"《释文》云郑音衔者,自是陆氏之误"。按:郑音衔者,是郑以"行"为"衔"之假借,依《正义》之说,则当时或本"勿士行枚"之间更有"衔"字。S.1442、2049二写本"行"皆作"衔",知六朝以来,旧有作"衔"之本也,《校勘记》误。

4.《小雅·常棣》:"宜尔家室"。《校勘记》云:"唐石经'家室'作'室家'……案作'室家'者是也。《礼记》引同。以家、帑、图、乎为韵,唐石经可据也。《正义》云'然后宜汝之室家',亦其证。"P.2514正作"室家"。

5.《小雅·车攻》:"搏兽于敖"。《校勘记》云:"唐石经、小字本、相台本同。案《九经古义》云:'《水经注》引云:薄狩于敖。《东京赋》同。'段玉裁云:'薄狩,《后汉书·安帝纪》注及《初学记》所引皆可证。薄,辞也。笺释狩以搏兽者,上文言苗,毛谓夏猎,则不当复举冬猎之名。且上章之行狩,疏谓是猎之总名,则上狩字当为实事,以别于上章。'亦见《诗经小学》。"段氏《诗经小学》云:"经文本作'薄狩',郑训狩为搏兽。《释文》云'搏兽,音博,旧音傅',乃为郑笺作音义,非释经也。"今按:P.2506"搏"作"薄",则段氏说是矣。

6.《周南·汝坟》："惄如调饥"，S.3951"调"作"輖"。《释文》："调，张留反，又作輖，音同。"按：《毛传》："调，朝也。"郑笺："未见君子之时，如朝饥之思食。"朝，本字作"𩵋"。《说文》："𩵋，旦也。从倝，舟声。"古周、舟同声通用，故"𩵋"或作"輖"，《说文》："輖，重也。从车，周声。"然则《释文》之"輖"应为"𩵋"之借字或形误字。"𩵋"字沉霾已越千年，敦煌写本存其原貌。

7.《小雅·吉日序》："吉日，美宣王田也，能慎微接下，无不自尽以奉其上焉。"P.2506"接下"重一"下"字。按：《正义》申释序文云："以宣王能慎于微事，又以恩意接及群下，王之田猎能如是，则群下无不自尽诚心，以奉事其君上焉。"据此，则有"下"字是也。又《小宛序》："小宛，人夫刺宣王也。"《正义》云："毛以作小宛诗者，大夫刺幽王也。"《校勘记》曰："唐石经、小字本、相台本'宣'作'幽'，考文古本同。案'宣'字误也。"P.2978 亦作"刺幽王"，是也。郑笺谓"亦当为刺厉王"，则另有所传。

8.《邶风·凯风》："凯风自南，吹彼棘心"传云："兴也。南风谓之凯风，乐夏之长养者。"S.10"长养"下有"万物棘难长养"六字。《校勘记》补云："长养下当更有'棘难长养'四字，下《正义》云'又言棘难长养者'可证。"写本可证补说之正确，宋以后刻本皆脱也。

9.《豳风·七月》："一之日于貉，取彼狐狸，为公子裘。"传云："于貉，谓取狐狸皮也。狐貉之厚以居。"用"取狐狸皮"释"于貉"，文义不连，所以陈启源《毛诗稽古编》曰："传语简贵，读者多误。'于貉'二字当读（原注：音逗），'谓取'二字当句。于，往也，经言往，不言取，故传补言取。传'狐狸'二字当读，'皮也'二字当句。经言狐狸，不言皮，故传补言皮。皆以补为释也。且狐狸言皮，则貉之为皮可知，义相互相备也。"陈氏曲尽解释，用心良苦，所得亦是。然 S.134 传又作"于貉，谓取狐狸貉之皮也。狐貉之厚以居。"只因多一"貉"字，陈氏曲尽之说，始可令人相信矣。"于貉"为取貉之皮，"取彼狐狸"亦为取狐狸之皮，传文综释于此，而云"谓取狐狸貉之皮"，又引《论语·乡党》"狐貉之厚以居"说明狐狸貉之皮的用处，其义至为明白。

10.《破斧》："既破我斧，又缺我斨。"传云："隋銎曰斧。"《校勘记》曰："隋銎曰斧，小字本、相台本同。案考文古本下有'方銎曰斨'四字，非也。此与

《七月》传'斯,方銎也'互文见义。《七月》正义云:'《破斧》传云'隋銎曰斧,方銎曰斯',然则斯即斧也。'各本皆同,其实误也。当作'然则方銎曰斯,斯即斧也',因'方銎曰斯'与所引《破斧》传云'隋銎曰斧'有似对文,乃误属'然则'二字于'斯即斧也'之首耳。"按:此说非也。《七月》正义引《破斧》传"隋銎曰斧,方銎曰斯",各本皆同,不得毫无根据地说"其实误也"。S.1442、2049两写本《破斧》传皆作"隋銎曰斧,方銎曰斯"(S.1442脱"隋"字),考文古本亦同,是古本如此,今本皆脱也。传文既释"既破我斧,又缺我斯"二句,则断无释斧而略斯之例。

11.《邶风·谷风》:"中心有违。"笺云:"徘徊也,行于道路之人,至将于别。"《校勘记》曰:"小字本、相台本'云'下有'违'字,考文古本'违'字亦同。案有者是也。"S.10、541两写本"徘徊"上皆有"违"字,是也。又此二写本"于别"作"离别",文义亦长。

12.《小雅·四牡》:"四牡騑騑,周道倭迟。"传云:"文王率诸侯抚叛国而朝聘乎纣。"P.2514"文王"上有"笺云"二字,是"文王"以下乃笺文也。今本误为传文。

又《常棣》"外禦其务。"笺云:"禦,禁;务,侮也。"《校勘记》曰:"《释文》:'外禦,鱼吕反',与定本同。《正义》云:'定本经御作禦,训为禁,集注亦然。'是《正义》本经作御字。"又引段玉裁云:"此传'御禦务侮也,兄弟虽内阋而外禦侮也',本《国语》《尔雅》,各本误衍'笺云',非也。定本改'御禦'为'禦禁',不知御禦见于《谷风》传矣。《正义》疑《尔雅》有'禦禁'而无'御禦',不知《尔雅》御、禦、禁三字互训。"P.2514经文"禦"作"御",无"笺云"二字。是《传》文作"御,禦也;务,侮也。兄弟虽内阋,外御其务也。"段氏所校与写本若合符契。

13.《小雅·出车》:"执讯获丑。"笺云:"执其可言问,所获之众以归者,当献之也。"P.2570"执其"前有"执讯"二字,"所获"前有"及"字。写本文义畅顺,是也。

又《杕杜》:"征夫不远。"笺云:"不远者,言其来,喻路近",辞义晦涩,不知所云。P.2570作"不远者,言其来愈近也"。知今本"喻"乃"愈"字之误,

"路"则衍文耳。

写本与今本相校,"也"字夺衍数量最多,罗振玉云:"诸卷传笺中,句末多有语助,校以山井鼎所撰《七经孟子考》文中所载古本,十合八九。"我们知道,西汉今文、古文经的差异,也以语助词的差异最多。王正己《孝经今考》指出,古文比今文少了22个"也"字。可见古人并不认为语助词无关宏旨。日人岛田翰《古文旧书考》于卷一《春秋经传集解》下举了很多例子,如《诗·小雅·四月》"六月徂暑",毛传:"六月火星中,暑盛而往矣。"《玉烛宝典》引"矣"下有"也"字。《周礼·地官》"日至景尺有五寸,谓之地中",郑注:"今颍川阳城为然。"《玉烛宝典》引"然"下有"之者也"三字。《礼记·月令》"天子乃难以达秋气",郑注:"《王居明堂礼》曰:仲秋,九门磔禳,以发陈气,御止疾疫。"《玉烛宝典》引"疾疫"下有"之者耳也"四字。《周礼·春官》"以冬日至,致天神人鬼",郑注:"致人鬼于祖庙。"《玉烛宝典》引"庙"下有"之也矣哉也乎也"七字。岛田翰还说:"如此七字语辞,更无意义,是恐书语辞以取句末整齐,以为观美耳。但古书实多语辞,学者宜分别见之也。""其书愈古者,其语辞极多;其语辞益鲜者,其书愈下。盖先儒注体,每于句绝处,乃用语辞,以明意义之深浅轻重。汉魏传疏,莫不皆然。而浅人不察焉,视为繁芜,乃擅删落加之。及刻书渐行,务略语辞,以省其工,并不可无者而皆删之,于是荡然无复古意矣。"我的体会,这些语助词,多与句意无涉,还恐怕与"讲经"时之声气有关。

敦煌写本中以一字训一字者,句尾多有"也"字。如P.2669《大雅·文王》"殷士肤敏,裸将于京。厥作裸将,常服黼冔",传云:"殷士,殷侯也。肤,美也。敏,疾也。裸,灌鬯也,周人尚臭。将,行也。京,大也。黼,白与黑也。冔,殷冠也。"又"无遏尔躬,宣昭义问,有虞殷自天",传曰:"遏,止也。义,善也。虞,度也。"《下武》"昭兹来许,绳其祖武",传云:"许,进也。绳,戒也。武,迹也"。较今本传文多溢"也"字。陈澧《东塾读书记》卷六云:"毛传连以一字训一字者,惟于最后一训用也字,其上虽累至数十字,皆不用也字,此传例也。"看来陈氏的归例未必正确。《颜氏家训·书证》讲到当时用"也"字的情况说:

"也"是语已及助句之辞，文籍备有之矣。河北经传，悉略此字，其间字有不可得无者，至如"伯也执殳"，"于旅也语"，"回也屡空"，"风，风也，教也"，及《诗传》云："不戢，戢也。不傩，傩也。""不多，多也。"如斯之类，倘削此文，颇成废阙。《诗》言："青青子衿。"传曰："青衿，青领也，学子之服。"按：古者，斜领下连于衿，故谓领为衿。孙炎、郭璞注《尔雅》，曹大家注《列女传》，并云："衿，交领也。"邺下《诗》本，既无"也"字，群儒因谬说云："青衿、青领，是衣两处之名，皆以青为饰。"用释"青青"二字，其失大矣！又有俗学，闻经传中时须也字，辄以意加之，每不得所，益成可笑。

"河北经传，悉略此字"，而在写本中"也"字多数保存下来。其间除抄手"辄以意加之"，"益成可笑"者之外，更多的则保存了汉以来经传之原貌。曾运乾先生认为读古书，最重要的是通辞气；辞气，就是古人说话的语法、语气。辞气一通，佶屈聱牙如周诰殷盘，也会文从字顺。曾先生之《尚书正读》正因此而作。写本中大量的语助词，对我们研究中古时代语法、语气至关重要，其意义即在于此。

六朝至唐代《诗经》传本之旧式，我们也可以通过敦煌写本大致了解。阜阳《诗》简，只有经文，不见《诗序》，可见西汉初年，《诗》与《序》关系尚不密切。出土于吐鲁番阿斯塔那524号墓的《诗经·小雅》残卷，抄写时间大约在510—525年之间，《诗序》与经文用大字书写，可见其关系至为密切。敦煌写本，序文与经文每篇皆相连属，并用大字书写。郑玄笺《小雅》的《南陔》《白华》《华黍》三首笙诗序云："孔子论诗，《雅》《颂》各得其所，时俱在耳，篇第当在于此，遭战国及秦之世而亡之，其义则与众篇之义合编，故存。至毛公为故训传，乃分众篇之义，各置于其篇端云。"是置《序》于经文之前，乃毛公《故训传》之旧式。六朝以来，《序》与经的地位一样神圣而崇高，陈奂云"读诗不读序，无本之教也"。这种认识，读敦煌写本而进一步得到证实。此其一。

《汉书·艺文志》载"《毛诗故训传》三十卷"，然而《经典释文序录》《隋书·经籍志》《旧唐书·经籍志》《新唐书·艺文志》俱载为"二十卷"。敦煌写本多处标有卷次号码，如 P.2529《周南》之末注"第一"，《邶风》之末注"第二"，《鄘风》之首注"三"字，《卫风》之末亦注"第三"，《王风》之首注"四"字，《郑风》之末亦注"卷第四"，《魏风》之末注云"卷第五"，《唐风》之首注云"卷第六"，《秦风》之末亦有"卷六"，《陈风》之首别注"卷七"。据此，则写本《诗经》之分卷，盖《周南》卷一，《召南》《邶》卷二，《鄘》《卫》卷三，《王》《郑》卷四，《齐》《魏》卷五，《唐》《秦》卷六，《陈》以下卷七。与唐石经分卷完全一样。是则亦二十卷本矣。潘先生《题记》认为，"《诂训传》约为二十卷，当始于马融。《释文》又著录王肃注二十卷，盖郑王分卷，皆承马融。王肃为《毛诗义驳》《毛诗奏事》《毛诗问难》诸书，专攻郑氏，其注《诗》分卷未必肯从郑氏也。"此其二。

阜阳《诗》简，每首诗后有篇题，曰"此右某诗若干字"，此盖今本《毛诗》记章句数者之滥觞。敦煌《诗经》写本，章句数多在篇后，也有在篇前者。罗振玉云："段茂堂先生《毛诗故训传定本》因《正义》谓定本章句在篇后，遂疑《正义》本章句在篇前，乃一一移之。既移章句于前，又移篇末每篇都数于章句之前。陈硕甫先生撰《毛诗传疏》，亦遵其师说。今观诸卷章句在篇后，且不仅六朝唐朝人本然，汉石经鲁诗亦然。"写本虽有章句在前者，但终以在后者为多。对照阜阳《诗》简及出土的其他帛书、简牍，篇名皆在文后，则章句在后似为常例，在前者则为变例。此其三。

五经正义，从唐初至北宋，经注本与正义本皆各单行。S.498 为正义本，传笺起止朱书，正义墨书，使我们看到了孔氏原书的式样，诚千载难逢也。此其四。

写本《毛诗音》，如 S.2729、P.3383，其式即《释文》类，至今尚可见到。至于书写在字侧、或书写在卷背者，则至为罕见。注于字侧者，潘先生《题记》以为盖宋人注疏本与《释文》合刊之先河。注于卷背者，则六朝音隐遗制也，千古之隐，一旦而昭然矣（见前 P.2669 叙录）。此其五。

今存 40 多个《诗经》写本，有 29 个肯定为《毛诗》郑笺本。只抄录白文诸卷，为 S.789、3330、6346 等，皆标题为郑氏笺，是从郑笺本录而略去传笺者。苏莹辉疑为王肃注本的土地庙残卷，所存注语与郑笺基本相同，仅有个别异文,即或真为王肃注本,王氏亦为申毛者,也是毛公《故训传》本。可以说敦煌所存《诗经》写本,无一非《毛诗故训传》。《隋书·经籍志》列《诗经》注疏目录,通计亡书,共七十六部六百八十三卷。其中除著录《韩诗》二十二卷,《韩诗翼要》十卷、《韩诗外传》十卷外,其余皆汉以后各家疏注辩议毛诗之著作。其列于郑笺《毛诗》二十卷以后之历代著作,计:魏九部、吴三部、晋十四部、后魏二部、宋八部、南齐三部、梁十部、隋五部,而时代不可考者尚不在其列。《北史·儒林传序》曰:"江左:《周易》则王辅嗣,《尚书》则孔安国,《左传》则杜元凯。河洛:《左传》则服子慎,《尚书》《周易》则郑康成。《诗》则并主于毛公,《礼》则同遵于郑氏。"郑氏笺毛,虽亦复杂《鲁诗》并参己意,实不尽同毛义,然而毛公之传,确乎得郑笺而大行,魏晋以降,毛郑两家,实为一家矣。是《诗》主毛公,实即郑学。齐、鲁、韩三家《诗》就是在这种情况下逐渐消亡的。《隋志》曰:"《齐诗》魏代已亡,《鲁诗》亡于西晋,《韩诗》虽存,无传之者。唯《毛诗》郑笺,至今独立。"《释文·序录》亦云:"前汉鲁、齐、韩三家《诗》列于学官,平帝世,《毛诗》始立。《齐诗》久亡。《鲁诗》不过江东。《韩诗》虽在,人无传者。唯《毛诗》郑笺,独立国学,今所遵用。"正是在这种情况下,唐初孔颖达奉诏撰《五经正义》,《诗》学全据毛传郑笺。敦煌《诗经》写本无一非毛传郑笺之本,原因盖在于此。

第二节　敦煌《文选》写本及李善 《文选注》的体例

《文选》曾被誉为"总集之弁冕""文章之渊薮"。唐以后的文人,都把它作为学习文学的教科书。敦煌写本中保存的《文选》写本,现已经确定的有29件,其中白文无注本23件,注本6件。另有《文选音》2件。白文无注本是:

1. L.1452,左思《吴都赋》。

2. S.9504,江淹《恨赋》。

3. S.3663,成公绥《啸赋》。

4. P.2554,陆机乐府十七首之《短歌行》一首,谢灵运《会吟行》,鲍照乐府八首之六首。

5. S.10179,陆机乐府十七首之《吴趋行》和《塘上行》;此卷与 P.2554 为同一写本而撕裂为二者。

6. S.6150,杨修《答临淄侯笺》16 字。

7. P.4900,孔安国《尚书序》。

8. P.4884,颜延之《三月三日曲水诗序》、王融《三月三日曲水诗序》的一部分。

9. P.2707,王融《三月三日曲水诗序》的一部分。

10. P.2543,王融《三月三日曲水诗序》的一部分和任昉《王文宪集序》的一部分。

11. P.2542,任昉《王文宪集序》的一部分。按,P.2542、P.2543、P.4883、P.2707、P.3345、P.3778 六个写本为《文选》的同一抄本。

12. L.2860,任昉《王文宪集序》的部分句子。

13. P.2658,扬雄《剧秦美新》和班固《典引》。

14. S.5550,干宝《晋纪总论》。按,此卷与 P.2525 似为同一写本撕裂者。

15. P.2525,沈约《恩幸传论》、班固《汉书述高纪赞》《述成纪赞》《述韩彭英卢吴传赞》、范晔《后汉光武纪赞》。

16. P.2645,李康《运命论》。

17. 敦煌研究院藏 0356,李康《运命论》。

18. 北图新 1543(BD15343),陆机《辩亡论》。

19. P.2493,陆机《演连珠》。

20. P.5036,陆倕《石阙铭并序》。

21. P.3778,颜延之《阳给事诔并序》。

22. S.5736,颜延之《阳给事诔并序》。

23. P.3345,王俭《褚渊碑文》。

又,P.3480 有王粲《登楼赋》14 行,赋文删去"兮"字。此卷所抄非《文选》本,故附及于此。

有注的抄本是：

1. P.2528，张衡《西京赋》，为李善注本。

2. L.1452，束皙《补亡诗》六首，谢灵运《述祖德诗》二首，韦孟《讽谏诗》一首并序，张华《励志诗》一首，曹植《上责躬应诏诗表》。此卷不是李善注本，为当时另一注本。

3. Дx.1551，残存 15 字，张景阳《七命》，为李善注本；此卷与德国藏吐鲁番 Ch.3164 为同一写本撕裂者。

4. P.2527，东方朔《答客难》、扬雄《解嘲》，为李善注本。

5. 津艺 107(77·5·4446)，《文选注》，本卷只有注，没有正文，存 220 行，抄有赵至《与嵇茂齐书》、丘迟《与陈伯之书》、刘峻《重答刘秣陵诏书》、刘歆《移书让太常博士》、孔稚珪《北山移文》的注文。《天津市艺术博物馆藏敦煌文献·附录》云："其注文与李善注、五臣注、日本平安朝写本集注等均有不同。"①

6. 日本东京细川氏永青文库藏敦煌本《文选注》，本卷也只有注，没有正文，存 236 行，抄有司马相如《喻巴蜀檄》、陈琳《为袁绍檄豫州》《檄吴将校部曲文》、钟会《檄蜀文》、司马相如《难蜀父老》的注释。日本学者神田喜一郎在该影印本的《解说》中说："首尾残缺，无书写年代。然第 165 行与第 167 行中因避唐太宗讳而'民'字缺末笔，是为唐抄之明证。以书法考之，系初唐字体，其为唐抄，殆无疑义。"②此卷与天津艺术博物馆藏卷在字体、款式上完全一致，残缺处可以拼接，可以肯定为一写本而撕裂为二者。

敦煌抄本《文选》涉及韦孟、司马相如、孔安国、东方朔、扬雄、刘歆、班固、张衡、陈琳、杨修、曹植、李康、钟会、成公绥、张华、赵至、左思、张协、束皙、陆机、干宝、颜延之、谢灵运、范晔、鲍照、沈约、江淹、孔稚珪、王俭、刘峻、任昉、丘迟、王融、陆倕等 34 位作者的 58 篇作品。

敦煌本《文选音》写本有二：

---

① 蒋维崧、郭子建、刘国展、李桂英编《天津市艺术博物馆藏敦煌文献叙录》，《天津市艺术博物馆藏敦煌文献》第 7 册，上海：上海古籍出版社，1998 年，附录第 15 页。

② （日）神田喜一郎《敦煌本〈文选注〉》，东京：便利堂，1965 年，第 30 页。

P.2833,存 97 行,起于今本《文选》卷四六任昉《王文宪集序》之后半,讫卷四九干宝《晋纪总论》之前半。S.8521,仅存 6 行,起今本《文选》卷五八蔡邕《陈太丘碑文》之"重"字,至王融《褚渊碑文》之"冠"字。据《隋书·儒林传》记载,《文选》编成后不久,萧该就撰成《文选音义》,为当时所贵。《旧唐志》著录萧该《文选音》十卷(《新唐志》同)、公孙罗《文选音》十卷(《新唐志》同)、释道淹撰《文选音义》十卷(《新唐志》同),《新唐志》还著录有曹宪《文选音义》,可惜这些书都散佚了。所以,敦煌的这两种《文选音》就弥足珍贵。王重民先生认为 P.2833 是萧该的《文选音义》①,周祖谟先生则认为是许淹《文选音义》②。

《梁书·昭明太子传》著录萧统编《文选》三十卷,《隋志》也有著录《文选》三十卷。但三十卷本今已不见。敦煌本《文选》的白文无注抄本,如S.3663《啸赋》篇末原题"文选卷第九",今本《文选》在卷一九;P.2525《恩幸传论》至《后汉光武纪赞》篇末原题"文选卷第二十五",今本《文选》在卷五〇;P.3345《褚渊碑文》篇末原题"文选卷第廿九",今本《文选》在卷五八;可见敦煌本多属于萧统原编的三十卷本。

唐初《文选》学大盛,江都人曹宪是著名的《文选》研究大家,他聚徒教授,学生有数百人,当时的公卿以下,很多人跟着他学习。他的学生中许淹、李善、公孙罗等都是当时《文选》学的骨干,都有著作见于两《唐志》,但留存至今的只有李善的《文选注》。李善的《文选注》,援引赅博,经史传注,靡不兼综,又旁通仓雅训故及梵释诸书,史家称其淹贯古今,不特文人资为渊薮,抑亦后儒考证得失之林。从此以后,"选学"除了具有以《文选》所录作品为中心的文学研究内容外,还具有以李善注为中心的语言学内容。然而南宋以降,李善注与五臣注合刊,名曰《六臣注文选》,而李善注与五臣注单行之本,遂世所罕传。今所传李善注本,乃后世从六臣注本中提缀分割而出者。

---

① 王重民《巴黎敦煌残卷叙录》,节录本见《敦煌古籍叙录》,北京:中华书局,1979 年,第322—323 页。

② 周祖谟《论文选音残卷之作者及其方音》,《辅仁学志》第 8 卷第 1 期,1939 年;收入《问学集》,北京:中华书局,1966 年,第 177—191 页。

合刊之时，正文分节既已不同，注文分布亦多羼杂；则提缀辑集时，前后错乱，改旧致误者往往而是。再加上李善注中没有一篇显示其博约注文有序性的凡例，更令学者难理统绪。清儒为睹李注之本来面目，详加考证，功绩卓然，然臆说尚多，聚讼纷纭，难以折中。而其对李注凡例的搜寻，往往停留于罗列而已。

　　敦煌写本中的李善《文选注》，今所见者有 3 个残卷。Дx.1551，只残存15 字，由 6 个小字注引张晏《汉书注》，知为李善注本。P.2527 起自东方曼倩《答客难》"不可胜数"，至扬子云《解嘲》"或解缚而相，或释褐而傅"止，存 122行，每行字数 14 至 17 字不等。注文均为双行，书法工整，"虎""世""治"诸字各缺末笔，则唐高宗时写本也。P.2528 为《西京赋》残卷，起自"井干叠而百增"，至赋末李注止。末标"文选卷第二"五字，别有"永隆年二月十九日弘济寺写勘了"一行。此卷存 355 行，每行字数 15 至 27 不一。注文双行，也有单行者。永隆为唐高宗李治年号，调露二年（680）八月二十三日改元永隆，永隆年二月十九日，是永隆二年（681）二月十九日。弘济寺在长安，此卷可能为该寺僧人所抄而流入敦煌者。后两卷皆抄于初唐之时，为李善注之未经窜乱者。本文即以之对校今本进而考究《文选》李善注的体例。

一、引用旧注之体例

　　李善《西京赋注》云："旧注是者因而留之，并于篇首题其姓名。其有乖谬者，臣乃具释，并称'臣善'以别之。他皆类此。"李善注《西京赋》即引用三国时薛综的旧注。薛氏《二京赋注》二卷，见于《隋书·经籍志》，两《唐志》已不录，盖已散佚。李氏引用薛注，是有选择的。《文心雕龙·指瑕篇》云："《西京赋》称'中黄育获'之畴，而薛综谬注谓之阉尹，是不闻执雕虎之人也。"今本《文选·西京赋》薛综注无"阉尹"之说，盖薛综之误，李氏不取。以唐写本薛注校勘今本，有三种情况：一是唐写本无薛注而今本有者；一是唐写本少而今本多者；一是唐写本有而今本无者。就内容而言，今本薛注所引《古今注》及反切音注者，唐写本皆无；今本薛注不直接解释正文字句者，唐写本皆无；今本薛注征引经籍文献以释正文者，唐写本皆无；今本薛注先总括说明句意而后分开训释字词者，唐写本无分开训释部分。由此可推断李善所节引的薛注之体例：先分开训释字词，后冠以"言"字总括句意；直接训释，不引经据典、曼延引申；没有音注。刘师培《敦煌所出唐写本提要》说唐写本"所无薛注均他注窜入之词"①，未必全是，但大部分为后人窜入者，确实是可以证明的。现举数例予以说明。薛注加"（薛综曰）"以别正文。唐写本无而见于今本者②，加"〔　〕"以别之。

1. 尔乃廊开九市，通阛带阓。（薛综曰）：廊，大也，阛，市营也。阓，中隔门也。〔崔豹《古今注》曰：市墙曰阛，市门曰阓。〕

按：《古今注》三卷，晋崔豹著。薛综为三国时吴人，早于崔豹，不可能引用《古今注》。梁章钜《文选旁证》曰："'善曰'二字，当在崔豹上；今在'曰阓'下，非也。"胡绍煐《文选笺证》亦曰："薛注引崔豹《古今注》，疑是后人窜入。"饶宗颐《敦煌本〈文选〉斠证》云："或疑薛综不能引崔说，因谓崔说应在'善曰'之下。然善顺文作注，又不应在'九市'之上，殆后人混入。"凡今本薛注中所引《古今注》，唐写本或在李善注中，或缺。这既可证明今本《文选》李注为后人窜乱，又可确证《古今注》为先唐典籍，《四库全书总目》认为此书乃摘取后唐马缟《中华古今注》而成，非也。

2. 于是孟冬作阴，寒风肃杀。（薛综曰）：〔寒气急杀于万物，〕孟冬十月，阴气始盛，万物彫落。

按："寒气急杀于万物"今本俱有，然此七字与下文意思重复，疑非薛综旧注，而为后人读书旁记误入正文者，唐写本是也。

3. 纵猎徒，赴长莽。（薛综曰）：莽，草。长，谓深且远也。〔《方言》曰：草，南楚之间谓之莽。〕

按："《方言》曰"以下唐写本所无者，当为后人窜入之词。李善引薛注，皆径释字义，无有先训释而后引字书典籍以证明者。

4. 但观罝罗之所羂结，竿殳之所揰毕。（薛综曰）：羂，绕也。结，缚也。

① 《刘申叔先生遗书》第 63 册《敦煌新出唐写本提要》，宁武南氏校印，1934—1936 年。

② 今本指中华书局影印胡克家刻本李善注《文选》（简称胡本）、《四部丛刊》影印上海涵芬楼藏宋刻本《六臣注文选》（简称六臣本）。

竿,竹也。殳,杖也。〔八棱,长丈二而无刃,或以木为之,或以竹为之。〕揘毕,谓撞拟也。

按:"八棱"以下 18 字,同整个薛注行文体例不合,显系后人释薛注而窜入者。

5. 旗亭五重,俯察百隧。(薛综曰):旗亭,市楼也。隧,列肆道也。

今本无"隧,列肆道也"5 字。按:此今本窜乱者。今本在李善注文"令旗亭下"后有"隧,已见《西都赋》",查今本《西都赋》"货别隧分"李注曰:"薛综《西京赋》注曰:隧,列肆道也。音遂。"据此,则今本之误明矣。

6. 集隼归凫,沸卉砰訇。(薛综曰):奋迅声也。

六臣本无"奋迅声也"四字。《文选考异》曰:"袁本、茶陵本无此四字。按:无者最是。详袁、茶陵所载五臣济注有'沸卉砰訇,鸟奋迅声'之语,既不得于'奋'字读断,亦不得移作上句之解,尤不察所见正文奋为集之误,乃割取五臣增多薛注以实之,斯误甚矣。"按:《考异》说误甚。隼集则展翅俯冲而下,凫归则振翅击水向前,砰訇有声,此所谓"奋迅声也"。薛注"奋迅声也",注正文"沸卉砰訇"句。"奋迅"为中古成语,意为行动迅速。《文选·剧秦美新》:"会汉祖龙腾丰沛,奋迅宛叶。"《楚辞·九思》:"起奋迅兮奔走,违群小兮谋询。""奋迅"为常用语,唐宋人口语尚存,故李善注《文选》,王逸、洪兴祖注《楚辞》,皆无释。唐代变文尚用之,《降魔变文》:"眼似流星,牙如霜剑,奋迅哮吼,直入场中。"后儒不知此,因正文"集"误作"奋",则以为"迅声"释"奋"字,此大误。五臣吕延济"沸卉砰訇,鸟奋迅声",即本薛注;唐写本亦有"奋迅声也"四字,是也。

倘若旧注是集注,李善引用时于篇内列其姓名;他补充的注解,则标"臣善曰"以相别。李善《甘泉赋》注云:"旧有集注者,并篇内具列其姓名,亦称臣善以相别,他皆类此。"P.2527 残卷《答客难》《解嘲》先引用如淳、苏林、张晏、应劭、服虔、文颖的《汉书》注。李善自注,均冠"臣善曰"三字。以之与今本相校,则今本皆失"臣善曰"三字,使旧注与李氏自注混淆不分。今举数例以明之。正文与注文间加"(注)"以别之。

7. 矫翼历翮,恣意所存。故士或自盛以橐,或凿坏以遁。(注)服虔曰:范雎入秦,藏于橐中。臣善曰:《史记》曰:王稽辞魏去,过载范雎入秦,至湖,见车骑,曰:为谁?王稽曰:穰侯。范雎曰:此恐辱我,我宁匿车中。有顷,穰侯过。《淮南子》曰:颜阖,鲁君欲相之,而不肯,使人以币先焉。凿坏而遁之。

8. 徽以纠墨,制以锧铁。(注)服虔曰:刑缚束之也。应劭曰:音以绳徽弩之徽。臣善曰:《说文》曰:纠,三合绳也。又曰:墨,索也。

9. 散以礼乐,风以诗书,旷以岁月,结以倚庐。(注)应劭曰:汉律,以为亲行三年服,不得选举。臣善曰:《左氏传》曰:齐晏桓子卒,晏婴粗衰斩,居倚庐。

二、李善自注之体例

唐写本李善注标"臣善曰"以别于旧注,今本皆脱"臣"字,当为后儒所删。以唐写本李注对照今本,有唐写本无而今本有者,有唐写本少而今本多者,有唐写本有而今本无者。经过分析综合,可归纳下列几条李善注的体例。

(一)先释义后注音例。此例有两类:一是先依次释字义,后依次注音。如 P.2528"获胎拾卵,蚳蝝尽取"下:"臣善曰:《国语》曰:鸟翼鷇卵,虫舍〔蚳〕蝝。韦昭曰:蚳,蚁子也,可以为醢。蝝,復陶也,可食。未孚曰卵。蚳,直尸反。蝝,音缘也。"二是先释甲字义,接着注甲字音;然后再释乙字义,再注乙字音;依次反复,整齐有序。如"梗林为之靡拉,朴丛为之摧残"下:"臣善曰:《方言》:凡草木刺人者为梗。古杏反。毛苌《诗传》曰:朴,包木也。补木反。"

(二)释字词皆征引经史传注为据例。今本李注有无征引者,皆误脱也。如"便旋间阎"下今本李注曰:"间,里门也。阎,里中门也"。唐写本"间,里门"前有"《字林》曰"三字,则今本脱此三字。

(三)陈述己见常冠以"然"字例。如"奏《淮南》,度《阳阿》"下李注曰:"《汉书》有淮南鼓员,谓舞人也。淮南鼓员四人。然鼓员谓無(舞)人也。""然"下七字为李善自注《汉书》,今中华书局标点本《文选李注义疏》、上海古籍出版社标点本《文选》,"四人"后用逗号,误。"然"义同"然则",表示申论上文。张云璈《选学胶言》自序云:"善注称'然'则必单用'然'字,此通注中悉如此,其有'则'字者后人误增也。"所言极是。

(四) 释字词典故而不释句意例。此同晁公武《郡斋读书志》"李善初为辑注,博引经史,释事而忘其意"的记载相合。

(五) 引用字书、注书以时间先后为序。如"痏"字,《仓颉篇》《说文》皆释为"殴伤也"。"所恶成疮痏"下李注即引《仓颉篇》而不引《说文》。又如"剖析豪氂"(今本作"毫釐")下李注曰:"《声类》曰:豪,长毛也。"引《声类》则知此字《说文》不载。又如"前开唐中,弥望广潒"下"臣善曰:《字林》曰:激水潒也。"今本作"潒,水潒瀁也。"《文选考异》曰:"袁本、茶陵本瀁作潒,是也。"高步瀛《文选李注义疏》曰:"胡氏说殆非是。《说文》曰:'潒,水潒瀁也。'段氏注曰:'瀁者,古文为漾水字,隶为潒瀁字。是亦古今字也。潒瀁叠韵字。'据此知《字林》之训,即本《说文》。唐写'潒瀁'二字作'像'字,亦误。"①今按:唐写本作"潒潒",高氏未看清。胡氏之说是,《字林》未本《说文》。李善注有引《说文》者,有引《字林》者,训释皆不同,或小异;盖二书同者引《说文》,异者以意择从。

(六) 引《诗经》称《毛诗》例。唐写本李善注引《诗》,皆称《毛诗》,今本称"诗"或"诗经"者,皆非李氏之旧也。又唐写本李注所称"韩诗",皆为《韩诗外传》文,非《诗经》本文,疑《新唐书·艺文志》所载"《韩诗》二卷"亦为《外传》,称"韩诗"者,唐宋人习惯也。

(七) 引书只称书名不加篇名例。今本有加篇名者(如"陈虎旅于飞廉"下李注作"《汉书·武纪》曰","若夫翁伯浊质,张里之家"下李注作"《汉书·食货志》曰"),皆非李氏之旧也。

(八) 引书多节引例。

(九) 省略他见无定例。李善注《文选》有省文他见例,李氏自己即多次申明。如《西都赋》注云:"同卷再见者,并云已见上文,务从省也,他皆类此。"《东都赋》注云:"凡人姓名皆不重见,余皆类此。"又"其异篇再见者,并云已见某篇,他皆类此。"又"其事烦已重见及易知者,直云已见上文,他皆类

---

① 高步瀛《文选李注义疏》,北京:中华书局,1985 年,第 331 页。

此。"《西京赋》注云："凡人姓名及事易知而别卷重见者,云见某篇,亦从省也,他皆类此。"又："凡鱼鸟草木皆不重见,他皆类此。"然综观李氏全书,此例并不严密,有同卷省者,有同卷不省者;有同篇省者,有同篇不省者;有隔卷省者,有隔卷不省者;有一例数见而前省后不省者,或前不省而后省者。不免自言而自违之矣。对此,过去的研究者往往归之于五臣本与善本之合并,因今之善注,皆后人从六臣本中抄出成一家之书。然唐写本为善注之未经紊乱者,犹且如此。盖其书繁重,前后偶有不照者,难免也。

从上述诸例分析今本李注,则多于唐写本者半非李善固有之文。现举数例加以说明。薛注加"(薛综曰)"三字以别于正文。唐写本无者,加"〔 〕"以别之。

10."尔乃廓开九市,通阓带阛"下善注多《仓颉篇》曰:阛,市门"七字。按:李善引薛注已有"阓,市营也"之释,则此处不当再标异义,胡绍煐《文选笺证》即怀疑"善引《仓颉篇》亦与诸义不合",疑为后人窜入,唐写本无此句,是也。

11.五都货殖,既迁既引。(薛综曰):迁,易也。引,致也。臣善曰:〔《汉书》曰:〕王莽于五都立均官,更名雒阳、邯郸、〔临〕淄、宛、成都(今本误作"城郭")市长,皆为五均司市师。〔迁,谓迁之于彼;引,谓纳之于此。〕

按:薛注已将"迁""引"解释清楚,"迁谓"以下十二字当为后人读书笔记窜入者;唐写本无,是也。

12.伯益不能名,隶首不能纪。臣善曰:《列子》曰:北海有鱼名鲲,有鸟名鹏。大禹行而见之,伯益知而名之〔,夷坚闻而志之〕。

按:《文选考异》曰:"袁本、茶陵本无此六字",与唐写本同;又此六字同正文无涉,故知其为后儒所增。

13.林麓之饶,于何不有。(薛综曰):木丛曰林。臣善曰:《榖梁传》曰:林属于山曰麓。〔注曰:麓,山足也。〕

按:《文选考异》曰:"袁本、茶陵本无此六字。"无者是。此句与李注所引《榖梁》文义乖,查五臣注有此六字,乃五臣"良曰"混入李注者。

14.篠荡敷衍,编町成篁。臣善曰:《尚书》曰:〔瑶琨〕篠荡既勇。

按:今本《尚书·禹贡》"三江既入,震泽底定,篠荡既敷",无"瑶琨"二字,与唐写本合,是。

15. 雨雪飘飘,冰霜惨烈。(薛综曰):飘飘,雨雪貌。惨烈,寒也。〔善曰:李陵书曰:边上惨烈。〕

按:《文选·与苏武书》作"边土惨裂",李善注引《广雅》曰:裂,分也。不作"烈"。则此处李善不当引作"边上惨烈",唐写本无李注,是也。

16. 百禽悷遽,骇瞿奔触。臣善曰:《羽猎赋》曰:虎豹之凌遽。〔《白虎通》曰:禽,鸟兽之总名。为人禽制。〕

按:李善引证释词,皆前后有序。此处先释"悷遽"而后释"禽",前后倒置,故"白虎通"以下 10 字,疑为后人窜入者。又"为人禽制",义与正文不属,当为后人之注错入此者。

17. 青骹挚于韝下,韩卢噬于緤末。(薛综曰)青骹,鹰青胫者盖(善)。〔善曰:〕韩卢,犬,谓黑毛也。挚,击也。噬,齧也。緤,牵也,韝,臂衣。鹰下韝而击,犬牵末而齧,皆谓急搏,不远而获。臣善曰:《说文》曰:骹,胫也。《战国策》淳于髡曰:韩子卢者,天下之壮犬也。骹,苦交反。韝,音沟。緤,音薛。〔《礼记》曰:犬则执緤。郑玄注曰:緤、靮、靷,皆所以系制之者。守犬、田犬问名,畜养者当呼之名,谓若韩卢、宋鹊之属。〕

此段今本窜乱尤甚。唐写本"盖"当为"善"之讹,"善"后加"曰"字,是以"善"字为李氏之名,因而删掉下文"臣善曰"三字,遂使薛注、李注相混。

胡本无"韝,音沟"三字。六臣本将李善之音注全部移至正文字下,而删削"善曰"后之音注(也有删削未尽者)。从六臣本分刊的李注本即将正文字下之音注移至"善曰"之后,但也有移迁未尽者。"音沟"二字见于胡本正文"韝"字下,即属此类。唐写本正文下无一字有旁注,则旁注正文下者,非李氏旧注明矣,然六臣本正文字之注有称李氏旧注者,有后人读书旁记者;由于六臣本行而李善单行本废,遂使李氏注与读书旁记混淆难分。后之分别者,将正文字下注一律移至"善曰"之下,此即胡本李善音注多于唐写本之原因。

李善注先释义后注音,体例井然。今"《礼记》曰"以下 42 字在音注之下,且同薛注义乖,明为后人记其异于旁而混入正文者,正《古书疑义举例》"旁记之字误入正文者"之类。《文选考异》曰"袁本、茶陵本无此四十二字",更证明唐写本无此 42 字为是。

18. 威慑兕虎，莫之敢伉。（薛综曰）：兕，水牛类。伉，当也。谓兽猛兕虎且犹畏之，人无敢当之者。臣善曰：〔郑玄《毛诗笺》曰：慑，恐惧也。〕伉，古郎反。

按：李注体例，凡薛注已训释者，李善不再重复作注，此"慑"字薛注已释之。且今郑玄《诗笺》无此文，郑注《礼记·乐记》"柔气不慑"下有此文，殆后人所增而误者。善注有仅为音注者，此乃善注体例，后人不知，遂凭记忆补"郑玄"以下十字。唐写本无此十字，是也。

19. 升觞举燧，既釂鸣钟。臣善曰：〔升，进也。〕《说文》曰：釂，饮酒尽也。焦曜反。

按：善注《文选》，皆先引经典成说，有己意者附于后。据此，则"升，进也"三字为后儒窜入者，抑或"升"前脱"何休《公羊传注》曰"七字。

20. 独俭啬以偓促，忘《蟋蟀》之谓何。（薛综曰）：俭啬，节爱也。《蟋蟀》，《唐诗》，刺俭也。言独为此节爱，不念《唐诗》所刺耶？〔善曰：《汉书注》曰：龌龊，小节也。王逸《楚辞注》曰：谓，说也。何休《公羊传注》曰：谓据疑问所不知者曰何也。〕

按：唐写本无善注，今本善注所引诸家训释，皆无关紧要，如释"谓"释"何"者。当为后人依善注体例补记于旁而混入正文者。

21. 栖鸣鸢，曳云梢。臣善曰：《高唐赋》曰：建云斾也。〔栖，谓画其形于旗上。〕

高步瀛《文选李注义疏》曰："唐写无'栖谓画其形于旗上'八字，是。《考工记·梓人》：张皮侯而栖鹄。贾疏曰：缀于中央，似鸟之栖。《诗·宾之初筵》郑笺引《梓人》此文，释之曰：栖，著也。此'栖'字盖意同，非谓画于旗上。"①

以上通过唐写本与今本字句的多寡不同探究了李善注的体例。至于唐写本的校勘价值，则不止于此。以之对校今本，可发现今本的诸多舛讹衍

① 高步瀛《文选李注义疏》，北京：中华书局，1985 年，第 395 页。

误：或字不同而误者，或李注误为旧注、旧注误为李注者等。今举数例，以见一斑。

22. 缭亘绵联，四百余里。

亘，胡本作"垣"。《文选考异》："陈云：'善曰今并以亘为垣。案：据此则正文及薛注中垣皆当作亘。'案：所说是也。善但出垣字于注，其正文必同薛作亘，至五臣铣注直云垣墙，是其本乃作垣，各本所见非。"《考异》说与唐写本合，是矣。

23. 故奢泰肆情，声烈弥棼。

声，今本作"馨"。按：馨乃"声"字形近致误，"馨烈"不辞，"声烈"为中古习用语，谓显赫之功德。《文选·琴赋》："洋洋习习，声烈遐布"，韩愈《唐故相权公墓碑》："大都督长史，焯有声烈"。

24. 彼肆人之男女，丽靡奢乎许史。

靡，今本作"美"。按：唐写本是。丽靡同义为词，古时常用。《史记·司马相如传》："丽靡烂漫于前，靡曼美色于后。"《后汉书·王符传》："金银错镂，穷极丽靡，转相夸咤。"亦倒作"靡丽"，如《文选·上林赋》："恐后叶靡丽，遂往而不返。"又《七发》："此亦天下之靡丽皓侈广博之乐也。"

25. 臣善曰：《毛诗》曰：麀鹿麌麌。

今本引《毛诗》作"麀鹿攸伏"。按："麀鹿麌麌"为《诗经·吉日》诗句，"麀鹿攸伏"为《诗经·灵台》诗句。后世《文选》"麌麌"皆作"攸伏"，故清人金甡、胡绍煐皆批评李善引《灵台》而不引《吉日》成句。不知唐写本正引《吉日》，盖后来传写误为《灵台》句也。

26. 小说，医巫厌劾之术，凡有九百四十篇。

劾，今本作"祝"。按：唐写本是，"厌劾"为中古成语，禳除灾鬼之意。庾信《哀江南赋》："问诸淫昏之鬼，求诸厌劾之巫。"《新唐书·方技传》："有叶法善者，括州括苍人，世为道士，传阴阳、占繇、符架之术，能厌劾怪鬼。"后人不知厌劾乃当时成语，乃改为厌祝也。

《新唐书·李邕传》载李善始注《文选》，释事而忘义，书成以问其子邕，邕意欲有所更，善因令补益之，乃附事见义，故两书并行，今本事义兼释，似为邕所改定。此说《四库提要》据以辨正,事已明确。然《提要》遽定李善注成书于显庆三年前,则亦非是。李济翁《资暇录》谓李善注《文选》有初注成者,复注者,有三注、四注者,则虽冠以显庆三年上表,因无妨三年后复注、三注、四注者也。李邕少年天才,读《文选》重意轻事,为乃父补益,不是不可能。且李善注在唐备受冷落,至北宋苏轼提倡始复兴,其间刻书未盛,而唐人读书往往行间加批语,抄手遂将正文与批语合为一体,因此李善注有释一词并列两种不同意思者,同引一书而文字不同者。江淮间为选学故乡,曹宪弟子除李善外,公孙罗、魏模皆有《文选》注;唐人去古未远,家法之学尚盛,同为一家者流,叫同归一家代表之名下,是则后人读公孙、魏之《文选》注,归辑李善注之中,也是完全可能的。

第三节 敦煌其他经典文学写本

本节主要介绍敦煌《玉台新咏》和《文心雕龙》写本。《玉台新咏》十卷,是南朝梁陈间著名诗人徐陵所编的一部诗歌总集[①]。它收录了汉到梁代的690首诗。《四库全书总目》引《大唐新语》说:"梁简文帝为太子,好作艳诗,境内化之。晚年欲改作,追之不及,乃令徐陵为《玉台集》,以大其体。"说明本书是受皇上旨意而作。梁简文帝萧纲在《临安公主集序》中有"出玉台之尊"的句子,"玉台"指宫廷,"玉台新咏"是指宫廷诗歌的新选集。这部选集虽题编者为"陈尚书左仆射太子少傅东海徐陵撰",但实际上编成于梁大同十年到太清元年(544—547)之间,在徐陵尚未出使东魏之时。因为书内仍把梁简文帝称为"皇太子",把梁元帝称为"湘东王"。而且本书所选诗歌与徐陵早期诗歌风格大致相合,而与他晚年经受了世事沧桑后的诗歌风格有较大差异[②]。《玉台新咏》选录的诗以宫中艳歌为主,反映了南朝文学浮艳轻

---

① 近年来,有学者提出《玉台新咏》不是徐陵所编。见章培恒《〈玉台新咏〉为张丽华所"撰录"考》,《文学评论》2004年第2期。

② 也有学者不同意这种意见,认为《玉台新咏》成书于陈代。见刘跃进《〈玉台新咏〉研究》,北京:中华书局,2000年,第65—88页。

靡的一面。但此书也选录了一部分当时的民歌和文人拟作的歌诗,像《冬歌》、《青阳歌曲》、谢朓《玉阶怨》等,很有生活情趣。同时也选录了一些质朴的叙事诗,像辛延年《羽林郎》、无名氏《陌上桑》《孔雀东南飞》等,保存下来了十分珍贵的大众文学。

敦煌本《玉台新咏》只保存下来了一个写本 P.2503,存五十八行,八首诗:张华《情诗》(首残)、《杂诗》二首,潘岳《内顾》二首、《悼亡》二首,石崇《王明君辞一首并序》。这些作品,在传世本《玉台新咏》卷二之末,篇次顺序亦同。本写本的抄写时代,学者多考定为唐抄本。刘跃进《玉台新咏版本研究》说:"此本不避'隆'字,如张华《杂诗》'怀思岂不隆',潘岳《内顾诗》'隆冬不易故'。又'适'字不讳,如石崇《王明君辞》'我本汉家子,将适单于庭'。如果确定其为唐抄,至少是抄在德宗李适朝之后,殆无疑问。"①

敦煌本《玉台新咏》具有重要的版本价值。现存最早的《玉台新咏》版本都是明刻本,经过唐宋以来文人的改动,已与原貌不同。唐写本虽是残卷,亦弥足珍贵。比如,我们可以从唐写本看《玉台新咏》原编的体式。唐写本先题作者姓名及总篇数,下分注各篇篇题及篇数,每诗之前仍署本篇题目。如"潘岳诗四首",题下双行小字夹注"《内顾》二首,《悼亡》二首",而在录诗之前,又分别列题"《内顾》二首""《悼亡》二首"。传世本则直署"潘岳《内顾》诗二首""《悼亡》诗二首",削去总篇数及小注。罗振玉《玉台新咏跋》认为,削去总篇数及小注,乃"后人妄改","旧例赖此本存之,尤可喜也"②。至于唐写本与传世本的异文及校勘价值,罗振玉《玉台新咏跋》已经胪列,逯钦立《先秦汉魏晋南北朝诗·晋诗》卷三,穆克宏校点的《玉台新咏笺》及拙编《全敦煌诗·唐前诗》卷十七已逐条说明。此卷精美的书法,受到书法史家的关注。饶宗颐先生《法京所藏敦煌群书及书法题记》谓"楷法精美,苍古秀润,把玩无斁"③。据此可推断其本抄于长安,辗转流落至边陲敦煌。

---

① 刘跃进《〈玉台新咏〉研究》,北京:中华书局,2000 年,第 5 页。

② 罗振玉《玉台新咏跋》,收入王重民《敦煌古籍叙录》,北京:中华书局,1979 年,第 324 页。

③ 饶宗颐《法京所藏敦煌群书及书法题记》,《饶宗颐二十世纪学术文集》卷八《敦煌学》,北京:中国人民大学出版社,2009 年,第 329 页。

　　《文心雕龙》是中国古代文体学和文学批评的伟大著作。刘师培《文说序》云："昔《文赋》作于陆机，《诗品》始于钟嵘，论文之作，此其滥觞。彦和绍陆，始论《文心》；子由述韩，始言文气。后世以降，著述日繁，所论之旨，厥有二端：一曰文体，二曰文法。《雕龙》一书，溯各体之起源，明立言之有当，体各为篇，聚必以类，诚文学之津筏也。"①流传至今的《文心雕龙》版本，以元至正(1341—1368)刻本为最早。明清以来，研究《文心雕龙》的学者都很重视这个刊本，凡见到此本的学者莫不引为刊刻或校勘的根据。清代著名学者黄丕烈、顾广圻的《文心雕龙》合校本，所据校者就有此本。今人杨明照《文心雕龙校注拾遗》、詹瑛《文心雕龙义证》及先师郭晋稀先生《文心雕龙注译》都以之作为主要校本之一。而敦煌写本的发现，把这一巨著的存世最早版本至少提前了五百年。

　　敦煌写本《文心雕龙》残卷，藏在英国国家图书馆，编号 S.5478，为小册子形式，用草书抄写②，饶宗颐认为"虽无钩锁连环之奇，而有风行雨散之致，可与日本皇室藏相传为贺知章草书《孝经》相媲美"③。起《原道第一》"赞曰"末 13 字，迄《谐隐第十五》篇题，前后皆残，完整篇目有《征圣第二》《宗经第三》《正纬第四》《辩骚第五》《明诗第六》《乐府第七》《诠赋第八》《颂赞第九》《祝盟第十》《铭箴第十一》《诔碑第十二》《哀吊第十三》《杂文第十四》等十三篇。此卷的抄写时间，有初唐、中唐、晚唐诸说。林其锬、陈凤金认为"有很大可能殆出初唐人手"④。赵万里认为："卷中'渊'字、'世'字、'民'字均阙笔，笔势遒劲，盖出中唐学士大夫所书。"⑤日本学者铃木虎雄认为其缮写时

　　① 刘师培《文说序》，《刘师培中古文学论集》，北京：中国社会科学出版社，1997 年，第 189 页。

　　② 也有学者认为不是草书，而是行书。林其锬、陈凤金《敦煌遗书〈文心雕龙〉残卷集校前言》："其书体潘重规认为是'章草'，伦敦大英博物馆说明作'行书'，我们求教于王遽常先生，他以为当是'行书'。"

　　③ 饶宗颐《敦煌写本之书法》，《东方文化》1959—1960 年第 5 卷第 1—2 期合刊，香港大学 1965 年 2 月，第 41—44 页。

　　④ 林其锬、陈凤金《敦煌遗书〈文心雕龙〉残卷集校》，《中华文史论丛》1988 年第 1 期；后与《宋本太平御览引文心雕龙辑校》合刊，1991 年由上海书店出版。

　　⑤ 赵万里《唐写本〈文心雕龙〉残卷校记》，《清华学报》第 2 卷第 1 号，1926 年 6 月；收入王重民《敦煌古籍叙录》，北京：中华书局，1979 年，第 383—384 页。

间在唐末①。我们认为赵万里先生的说法是可信的。本卷《铭箴篇》把"张昶"误写为"张旭",则抄于张旭声誉正盛的开元、天宝时期。这个时期,中原与敦煌的文化交往频繁,抄于中原的《文心雕龙》传到敦煌的机会更大;安史乱起,吐蕃攻占陇右凉州,中原与敦煌的交流中断,文人或自身难保,恐无心情把这样高雅的文化品带到敦煌。

《文心雕龙》的版本现知以元至正本为最早,它反映的是元代《文心雕龙》的流传情况。在此之前,北宋编撰的《太平御览》引录了《文心雕龙》23 篇的主要内容,反映的是宋初《文心雕龙》的传本情况。中唐抄本使我们看到《文心雕龙》在唐代的面貌。《文心雕龙》自南朝齐问世以来,唐宋元明清的传本情况,我们大致都可以看到。这一方面说明《文心雕龙》一书经历了漫长的历史考验,具有不朽的生命力;另一方面则说明唐写本上距齐梁稍近,下启宋刻之先,具有重要的文献价值。

明代学者在《文心雕龙》的校注方面做了巨大贡献,清代黄叔琳《文心雕龙辑注》则集其大成,传世本的校勘资源被他们挖掘殆尽。若要在校勘方面有所拓展,尽可能接近《文心雕龙》原貌,新材料的发现至关重要。唐写本的发现,既可看到明清学者所不及的材料,也可验证明清学者的校勘成果。在唐写本发现之初,赵万里先生就说:"据以移校嘉靖本,其胜处殆不可胜数。又与《太平御览》所引及黄注本所改辄合,而黄本妄订臆改之处,亦得据以取正。彦和一书,传诵于人世者殆遍,然未有如此卷之完善者也。"②日本学者户田浩晓则把唐写本的校勘价值归纳为六个方面:能正形似之讹,能正音近之误,能正语序错倒,能补入脱文,能删去衍文,能订正记事内容③。自唐写本发现以来,铃木虎雄、赵万里、范文澜、刘永济、户田浩晓、杨明照、潘重规、饶宗颐、王利器、郭师晋稀及林其锬、陈凤金等先生做过精细的校勘研究,使

①　(日)铃木虎雄《敦煌本〈文心雕龙〉校勘记》,《内藤博士还历祝贺支那学论丛》,京都:弘文堂,1926 年。

②　赵万里《唐写本〈文心雕龙〉残卷校记》,王重民《敦煌古籍叙录》,北京:中华书局,1979年,第 383—384 页。

③　(日)户田浩晓《作为校勘资料的〈文心雕龙〉敦煌本》,收入作者《文心雕龙研究》第三编《文心雕龙诸本》,中译本由曹旭翻译,上海:上海古籍出版社,1992 年。

当代《文心雕龙》校勘成果超越了前人。这一切,皆缘于敦煌本的发现。我们举若干例证进行说明。

1. 元至正本《征圣篇》:"是以政论文,必征于圣,必宗于经。"明代学者杨慎评点认为有脱落,补作:"是以子政论文,必征于圣;稚圭劝学,必宗于经。"范文澜、刘永济、王利器、户田浩晓、郭晋稀先生都认为杨慎补作非是,唐写本作"是以论文必征于圣,窥圣必宗于经",是。

2. 元至正本《征圣篇》:"虽欲此言圣,弗可得已。"黄叔琳《辑注》据冯舒、何焯说改"此言"为"訾"。唐写本正作"訾",证明诸家所改是矣。

3. 元至正本《宗经篇》:"故子夏叹《书》昭昭若日月之明,离离如星辰之行。"唐写本在"明""行"前分别有"代""错"二字。范文澜、杨明照、郭晋稀先生都认为此句出《尚书大传》,有"代""错"二字是。郭先生的译文为:"《尚书》明白得像轮流照耀的太阳和月亮,清晰得像交错运行的星辰。"①

4. 元至正本《辩骚篇》:"丰隆求宓妃,鸩鸟媒娀女。"唐写本作"驾丰隆,求宓妃;凭鸩鸟,媒娀女。"多"驾""凭"两个动词,使上下文更为连贯有力。赵万里、刘永济、杨明照、郭晋稀等先生都认为应当从唐写本补上这两个字。

5. 元至正本《辩骚篇》:"《招魂》《招隐》,耀艳而深华。"黄叔琳说:"冯云:《招隐》,《楚辞》本作《大招》。下云屈宋莫追,疑《大招》为是。"黄侃《札记》也持相同意见。唐写本正作"大招"。可见冯允中的理校,至唐写本出,始有版本证据。"深华"一词也不好理解,唐写本作"采华",文采华艳的意思,则至正本作"深华"非是。

6. 元至正本《明诗篇》:"至于张衡《怨篇》,清曲可味。"黄叔琳谓应从王应麟《困学纪闻》改"曲"为"典",对此诸家颇多争议。唐写本作"清典可味",可以说一锤定音。

7. 黄叔琳《辑注》本《乐府篇》:"故陈思称李延年,闲于增损古辞。"李延年为西汉武帝时人,三国魏曹植何以"称"之? 唐写本作"左延年",令人涣然冰释。左延年,建安时人,见《三国志·魏书·杜夔传》。

---

① 郭晋稀《文心雕龙校注》,兰州:甘肃人民出版社,1984 年,第 28 页。

8. 元至正本《诠赋篇》："然赋也者,受命于诗人,招宇于楚辞也。"明徐兴公据《太平御览》《玉海》将"招宇"校为"拓宇",然黄叔琳诸人仍表示怀疑。唐写本作："然则赋也者,受命于诗人,而拓宇于楚词也。"现代学者赵万里、范文澜、杨明照、郭晋稀先生皆认为应据唐写本作"拓宇",拓宇,谓拓展境界。

9. 元至正本《诠赋篇》："迭致文契。"唐写本作"写送文势"。现在诸家皆谓唐写本是,范文澜、杨明照、王利器、户田浩晓诸先生还对"写送"的意义进行了考察,虽理解有不同,但唐写本"写送文势"四字显示了《文心雕龙》的本来面目,值得珍视。

10. 元至正本《铭箴篇》："仲尼革容于欹器,则先圣鉴戒。"后一句唐写本作"列圣鉴戒"。《太平御览》卷五九〇也引作"列圣鉴戒"。按,"列圣"为六朝成语。《文心雕龙·封禅篇》"腾休明于列圣之上",以"列圣"连文。《宋书·孝武帝纪》"列圣遗式",又《谢庄传》"示列圣之恒训",《南齐书·海陵王纪》"列圣继轨",《文选》左思《魏都赋》"列圣之遗尘"等,并作"列圣"。故赵万里、杨明照皆谓作"列圣"是。

11. 黄叔琳本《哀吊篇》："汉武封禅,而霍子侯暴亡,帝伤而作诗。""子侯",唐写本作"嬗",此处元至正本空缺,《太平御览》引作"霍嬗",明清学者或校为"霍侯",或校为"霍光"。范文澜注引《史记·封禅书》及《汉书·霍去病传》考定当作"霍嬗"为是。而唐写本出,使人明白只有作"霍嬗"才是。霍嬗是霍去病的儿子,曾随武帝泰山封禅,暴亡。武帝曾作《伤霍嬗诗》。

12. 元至正本《杂文篇》："甘意摇骨体,艳词洞魂识。"唐写本"骨体"作"骨髓"。杨慎批点《太平御览》,认为当校作"骨髓"。清代学者或以当作"骨体"。唐写本出,证明杨慎所校是。

林其锬、陈凤金《敦煌遗书文心雕龙残卷集校前言》说:"此本虽然仅存全书的百分之二十六强,但就诸家比较一致认为可据以校正今本文字者,已有四百七十余字之多。"上文所举只是很少数的荦荦大者,但从校勘的角度说,唐写本的价值已足以使人惊叹。如果没有唐写本的重大发现,今人阅读《文心雕龙》时,有的疑惑可能永远不能很好地解决;有的虽讲的是头头是道,但却存在着郢书燕说的误解。

敦煌写本中的经典文学,主要来自长安和中原地区,是安史之乱前丝绸之路畅通时期文化交流的见证。它哺育了敦煌当地的文学,说明敦煌与中原在文化上的一脉相承。同时,它保存了中国经典文学在刻本时代之前以抄本流传的主要形态。

第五章　敦　煌　的　唐　诗

　　本章所讨论的敦煌的唐诗主要指敦煌写本中保存的唐五代宋初时期中原文人创作的诗歌。自敦煌写本现世以来，这些诗歌一直受到学者的广泛关注，相关研究成果很多。本章在前辈时贤的研究基础上，从存诗和佚诗两个方面讨论敦煌唐诗的价值，然后对中原文人诗在敦煌的传播与应用进行探讨。

第一节　见于传世本的唐代文人诗作

　　敦煌唐诗写本的问世是唐诗研究者的重大福音。这些诗歌写本，或为中原人抄写而辗转流散到敦煌，或为河西本地人抄写而保存于石室；或为有文化的文士抄写，或为粗通文墨的学郎学习书写。它是当朝人抄当朝诗，其中蕴含的很多信息，是后世的刻本所无法保存的。由于离创作时间较近，见于传世本的诗歌的文献价值备受现代学者的关注。

一、见于传世本的唐代文人诗作概况

　　为了使读者对敦煌写本中见于传世本的唐代文人诗歌有一个全面清晰的认识，现以诗人生活时代为序，列表如下：

诗　　人	诗篇数	写本数	卷号及诗题
虞世南（558—638），余姚人，隋朝重臣，入唐任太子中书舍人、秘书监、著作郎等职。	1	1	P.2640：《怨歌行》。
李义府（614—666），今四川盐城人，634 年进士，曾任中书令。	1	1	S.555：《侍宴咏乌》。
武则天（624—705），655 年立后听政，690 年称圣神皇帝。	1	1	P.3322：《腊日宣诏幸上苑》。
韦承庆（640—706），今陕西长安人，弱冠举进士，武后时曾居相位。	1	1	S.555：《南中望归雁》。
李峤（644—713），今河北赞皇人，20 岁擢进士第，屡居相位，封赵国公。	17	3	P.3738 存 4 首：《羊》《兔》《凤》《鹤》。 S.555 存 7 首：《银》《钱》《锦》《罗》《绫》《素》《布》。 Дх.12098＋Дх.2999＋Дх.3058 存 6 首：《砚》《墨》《纸》《酒》《扇》《月》。
苏味道（648—705），今河北栾城人，弱冠举进士，曾两度为相。	1	1	P.3910：《正月十五夜》。
王勃（650—676），今山西河津人，初唐四杰之一，666 年应制举。	3	1	P.2687：《上巳浮江宴五言》《圣泉宴韵得泉》《秋日奉别王长史公》。
刘希夷（651？—约 680），今河南省汝州人，675 年进士。	5	7	P.2687：《望岳闻笙》。 P.3480：《白头翁》（重出）。 P.3619：《白头翁》《北邙篇》《捣衣篇》。 P.3885：《晚憩南阳旅馆》。 P.4994＋S.2049：《洛阳篇》（重出，即《白头翁》）。 P.2544 内容与 P.4994＋S.2049 同。 Дх.3871＋P.2555：《白头老翁》（重出，即《白头翁》）。
王无竞（652—705），今山东莱州人，677 年应制举，官至殿中侍御史。	3	1	S.2717：《北使长城》《铜爵妓一首五言》《凤台曲一首五言》。

续表

诗　　人	诗篇数	写本数	卷号及诗题
沈佺期（约656—约714），今河南内黄人，675年进士及第，曾任考功部员外郎、中书舍人。	10	1	S.2717 存 10 首：《驾幸香山寺应制一首七言》《古镜》《朝镜一首》《辛丑岁十月上幸长安时云卿从在西岳作一首五言》《古离别一首》《古意一首七言》《古意一首杂言》《邙山一首七言》《长门怨一首》《凤笙曲》。
郭元振（656—713），今河北大名人，673年进士登第，曾先后任凉州都尉、安西都护，后为宰相，封代国公。	1	2	P.3619：《宝剑篇》。 P.3885：《宝剑篇》（重出）。
宋之问（约656—约712），今山西汾阳人，675年进士登第，曾任考功部员外郎。	5	4	P.2687：《别之望后独宿蓝田山庄》。 P.3200：《题大庾岭》。 P.3619：《度大庾岭》《登越王台》。 S.555：《咏壁上画鹤》。
李福业（？—705），680年进士，曾任侍御史。	1	1	S.555：《守岁》。
陈子昂（659—700），今四川射洪人，684年进士及第，曾任左拾遗，曾随乔知之军至张掖一带。	1	1	P.3480：《感遇》。
元希声（662—707），洛阳人，登进士第，曾常年在长安为官，官终礼部侍郎。	1	1	P.3771：《赠皇甫侍御赴都一首四言》。
李适（663—711），今陕西西安人，武后时进士，奉召修《珠英学士集》。	2	1	S.2717：《汾阴后土祠作一首五言》《答宋之问入崖口五渡一首五言》。
上官昭容（664—710），即上官婉儿，上官仪之孙女，年14为武后掌诏令。	1	1	Дx.3871＋P.2555：《彩书怨》。
苏颋（670—727），今陕西武功人，弱冠进士登第，玄宗朝曾为相。	1	1	P.2687：《奉和春日幸望春宫》。

续表

诗　　人	诗篇数	写本数	卷号及诗题
崔湜(671—713),今河北定州人,少以文辞知名,弱冠举进士,长期在长安为官。	6	1	S.2717:《登总持寺浮图一首五言》《暮秋书怀一首五言》《酬杜麟台春思一首五言》《同李员外春怨一首》《班婕妤一首五言》《塞垣行一首五言》。
李邕(675—747),今江苏扬州人,曾任左拾遗。	1	1	P.3619:《彩云篇》。
东方虬,武后时任左史、礼部员外郎。	3	1	S.555:昭君怨四首(其中一首佚)。
乔备,今陕西大荔人,武后圣历二年(699))参与修撰《三教珠英》,长安年间终襄阳令。	3	1	P.3771:《出塞一首五言》《秋夜巫山一首五言》《长门怨一首》。
杨齐悊,699年参与修撰《三教珠英》,704年授洛阳丞。	1	1	P.3771:《晓过古函谷关一首五言》。
刘允济,今河南巩义人,曾任左史兼职弘文馆学士,武后时官修文馆学士,卒于中宗时。	1	1	S.555:《咏道边死人》。
李隆基(685—762),712年即位,在位45年。	1	1	Дx.3871+P.2555:《御制勤政楼下观灯》。
郑遂初,696年进士。	1	1	Дx.3871+P.2555:《书屏怨》。
蔡孚,开元初年任左拾遗,720年官至起居舍人。	1	1	S.555:《九日至江州问王使君》。
张镜微,玄宗开元前期任桃林尉,720—722年间为吏部侍郎王丘擢用。	1	1	P.3619:《采莲篇》。
李元纮(?—733),世居京兆万年,曾任京兆尹,726年拜中书侍郎、同平章事,后官至宰相。	1	1	Дx.3871+P.2555:《锦墀怨》。

续表

诗　人	诗篇数	写本数	卷号及诗题
王翰（687—726），今山西太原人，710 年进士，曾任秘书正字、通事舍人。	1	2	P.4994＋S.2049：《饮马长城窟行》。 P.2544：《饮马长城窟行》（重出）。
张子容，今湖北襄阳人，712 年进士及第，曾与孟浩然同隐鹿门，颇多唱和之作。	1	1	P.3619：《贬乐城尉日作》。
薛维翰，开元中登进士及第。	1	1	Дx.3871＋P.2555：《春女怨》。
孟浩然（689—740），襄阳人，终生不仕，隐居江汉一带，曾北游幽州一带。	12	4	P.2567＋P.2552 存 9 首：《夜泊庐江闻故人在东林寺以诗寄之》《寄是正字》《与张折冲游者阇寺》《梅道士水亭》《与黄侍御北津泛舟》《姚开府山池》《洞庭湖作》《奉和卢明府九日岘山宴马二使君崔员外张郎中》《寒食卧疾喜李少府见寻》。 P.3619 存 2 首：《归故园作》《闺情》。 P.3885 存 2 首：《闺情》（重出）、《春中喜王九相寻》。 Дx.3871＋P.2555 存 1 首：《闺情》（重出）。
李昂（约 690—约 742），今河南滑县人，714 年状元，曾任考功部员外郎。	1	1	P.2567＋P.2552：《戚夫人楚舞歌》。
王泠然（692—725），太原人，717 年进士，曾任校书郎。	2	3	P.2677＋S.12098：《野烧篇》（今名《夜光篇》）。 P.3608：《夜烧篇》（重出，即《野烧篇》）。 P.3480：《汴河柳》。
高适（700？—765），今河北景县人，有道科举人，曾于 752 年弃官入河西节度使哥舒翰幕府，掌书记。	97	10	P.2567＋P.2552 存 47 首：《信安王出塞》《上陈左相》《上李右相》《奉酬李太守丈夏日平阴亭见赠》《宋中即事赠李太守》《东平寓奉赠薛太守》《同吕员外范司直贺大夫再破黄河九曲之作》《饯宋判官之岭外》《睢阳酬杨判官》《东平留赠狄司户》《同朱五题卢太守义井》《塞上听吹笛》《行路难》《送兵还作》《送韦参军》《留别郑三韦九兼呈洛下诸公》《送蔡山人》《宋中遇刘书记有别》《东平留赠狄司马》（与同卷诗重复）、《遇冲和（转下页）》

诗　　人	诗篇数	写本数	卷　号　及　诗　题
			（接上页）先生《酬李别驾》《别李四少府》《别崔少府》《邯郸少年行》《三君咏并序》《送冯判官》《塞上》《送郭处士往莱芜兼寄苟山人》《使清夷军》（三首）、《自蓟北归》《古大梁行》《同陈留崔司户早春宴蓬池》《宴郭校书因之有别》《别韦兵曹》《广陵别郑处士》《别董令望》（二首）、《蓟门五首》《赠别晋处士》《送刘评事充朔方判官得征马嘶》。 P.3862 存 45 首：《答侯大少府》《封丘作》《涟上别王秀才》《别从甥万盈》《东平路三首》《闲居》《和贺兰判官望海作》《赠别沈四逸人》《过卢明府有赠》《别李景参》《送田少府贬苍梧》《单父逢邓司仓覆库因而有别》《燕歌行》《行路难》《送张瑶贬三溪尉》《哭裴明府》《卫中送蔡十二之海上》《宋中别司功叔各赋一物得商丘》《送董判官》《自淇涉河途中作》《陪马太守听九思师讲金刚经》《宋中过陈兼》《九日酬颜少府》《秋日言怀》《宋中十首》《别王澈》《别刘子英》《书马篇》《观彭少府树宓子贱祠碑作》《琴台三首并序》《别王八》《武威作二首》。 P.2748 存 1 首：《燕歌行一首》（重出）。 P.2976 存 4 首：《封丘作》（重出）、《自蓟北归》《宴别郭校书》（重出，即《宴郭校书因之有别》）、阙题《酬李别驾》（重出）。 P.3195 存 2 首：《送浑将军出塞》《燕歌行一首》（重出）。 P.3619 存 2 首：《九月九日登高》（重出，即《九日酬颜少府》）、《九曲词》。 S.788 存 2 首：《古大梁行》（重出）、《燕歌行一首》（重出）。 Дx.3871＋P.2555 存 2 首：《塞上听吹笛》（重出）、《别董令望》（重出）。 P.4994＋S.2049 存 1 首：《汉家篇》（重出，即《燕歌行》）。 P.2544 存 1 首：《汉家篇》（重出）。
王维（700—761），今山西祁县人，721 年进士，官终尚书右丞。	1	1	P.3619：《敕借岐王九成宫避暑》。

诗　人	诗篇数	写本数	卷号及诗题
李白(701—762),生于西域,长于蜀中,曾应召入京供奉翰林。	43	3	P.2567＋P.2552 存 43 首:《古意》《赠赵四》《江上之山藏秋作》《送族弟琯官赴安西作》《鲁中都有小吏逢七朗以斗酒双鱼赠余于逆旅因鲙鱼饮酒留诗而去》《梁园醉歌》《送程刘二侍御及独孤判官赴安西》《元丹丘歌》《瀑布水》《宫中三章》《山中答俗人问》《阴盘驿送贺监归越》《黄鹤楼送孟浩然下维扬》《初下荆门》《千里思》《月下对影独酌》《古乐府　战城南》《白鼻騧》《乌夜啼》《行行游猎篇》《临江王节士歌》《乌栖曲》《长相思》《古有所思》《胡无人》《阳春歌》《白纻词三首》《飞龙引二首》《前有樽酒行二首》《古蜀道难》《出自蓟北门行》《陌上桑》《紫骝马》《独不见》《怨歌行》《惜樽空》《从驾温泉宫醉后赠杨山人》。 P.4994＋S.2049 存 1 首:阙题《惜樽空》(重出)。 P.2544 存 1 首:阙题《惜樽空》(重出)。
崔颢(704? —754),今河南开封人,723 年进士及第,曾任太仆寺丞。	2	1	P.3619:《登黄鹤楼》《渡巴峡》。
崔国辅,今山东益都县人,726 年进士登第,751 年左右任礼部员外郎。	1	1	S.361:《长信草》。
王昌龄(? —756?),今陕西西安人,727 年进士。	6	2	P.2567＋P.2552:《邯郸少年行》《送单十三晁五□□》《巴陵别李十二》《送康浦之京》《长信怨》。 Дx.3871＋P.2555:《长信秋词》。
冯待徵,今山西永济人,进士及第,主要活动于开元时期。	1	2	P.3195＋P.2677＋S.12098:《虞美人怨》。 P.3480:《虞美人怨》。
冷朝光,唐玄宗时人,天宝年前在世。	1	1	Дx.3871＋P.2555:《越溪怨》。
王谞,737 年进士及第,天宝初曾任右补阙。	1	1	Дx.3871＋P.2555:《闺情怨》。

诗　人	诗篇数	写本数	卷号及诗题
屈同仙，河南洛阳人，天宝初年任千牛兵曹，后出为栎阳尉。	1	1	P.2677＋S.12098：《燕歌行》。
郭良，天宝初年任金部员外郎。	1	1	P.3619：《早行东京》。
荆冬倩，天宝初年任校书郎。	1	1	P.2567＋P.2552：《咏青》。
颜舒，今陕西西安人，天宝年间登制举，曾官长安尉。	1	1	Дx.3871＋P.2555：《珠帘怨》。
梁锽，曾入伍从军，为掌书记，天宝初年任执戟。	1	1	S.3872：《傀儡吟》。
沈宇，玄宗天宝初任太子洗马。	1	1	S.6537：《武阳送别》。
丘为，今浙江嘉兴人，742年进士登第，曾任散骑常侍，累官至太子右庶子。	1	1	P.2567＋P.2552：《田家》。
张谓（？—778？），今河南沁阳人，743年进士及第，曾入安西节度副使封常清幕，后官至礼部侍郎。	1	1	Дx.3871＋P.2555：《河上见老翁代北之作》。
岑参（约715—770），生于今湖北荆州，744年进士，749年弃官入河西任安西四镇节度使高仙芝幕府两年，754年再度出塞，入北庭都护府封常清幕府，后曾任右补阙、起居舍人等职。	15	4	P.2492＋Дx.3865 存1首：《招北客词》。P.5005＋Дx.1360＋Дx.2974 存11首：《冀州客舍酒酣贻王绮寄题南楼》《送薛弈归东举》《登总持阁》《送杜佐落地归陆浑别业》《题永乐韦少府厅》《送裴校书从大夫越淄州观省》《送杨千牛趁岁赴汝南观省便成婚》《送胡象落第归王屋别业》《玉门关盖将军歌》《敦煌马太守后庭歌》《苜蓿峰寄家人》。P.t.1208＋P.t.1221 存1首：《奉和中书贾舍人早朝》。Дx.3871＋P.2555 存2首：《寄宇文判官》《逢入京使》。

诗　人	诗篇数	写本数	卷　号　及　诗　题
刘长卿(约726—约790?)，安徽宣城人，天宝后期进士，德宗建中年间任随州刺史。	2	1	P.3812：《咏斑竹》《得遇入京》。
卢纶(约737—约799)，今山西永济人，天宝末年进士，官至检校户部郎中。	5	1	P.t.1208＋P.t.1221：《酬李端野寺病居》《至德中次圃田增李偁》《曲江春望三首》。
王烈，与崔峒有唱和，盖为大历间人。	1	1	P.3619：《塞上曲》。
朱湾，约766年前后在世，大历年间进士，江南隐士。	1	1	Дx.3871＋P.2555：《咏拗笼筹》。
白居易(772—846)，生于今河南新郑，为避乱曾屡次迁徙，曾官至左拾遗充翰林学士。	21	2	P.2492＋Дx.3865存19首：《寄元九微之》《上阳人》《百炼镜》《两珠阁》《华原磬》《道州民》《母子别》《草茫茫》《天可度》《时世粧》《司天台》《胡旋女》《昆明春》《撩绫歌》《卖炭翁》《折臂翁》《盐商妇》《叹旅雁》《红线毯》。P.3597存2首：《夜归》《柘枝妓》。
李季兰(？—784)，今浙江湖州吴兴人，唐代颇有影响的女诗人，大历末年奉诏入宫，后涉朱泚之乱被杀。	8	2	P.3216存2首：《寓兴》《八至》。Дx.3861、3872、3874存7首：《送韩揆之江西》《春闺怨》《感兴》《恩命追入留别广陵故人》《寄□校书兄》《陷贼后寄故夫》《寓兴》(重出)。
元稹(779—831)，河南洛阳人，穆宗朝曾为相。	1	1	P.2492＋Дx.3865：《和乐天韵同前》。
施肩吾(780—861)，长居吴兴、常州一带，820年进士登第。	1	1	S.2104：《乞巧词》。
张祜(约782—852以后)，今山东武城人，曾至塞北，以布衣终。	6	2	P.4878存4首：《赠秀峰上人》《陪杭州卢郎中湖亭宴》《答柳宗言秀才》《春日偶言》。S.4444存3首：《秋夜登润州慈和寺塔》《再游山阴先寄郡中友人》《赠秀峰上人》(存题)。
高丽使，晚唐高丽使者，曾与贾岛联句。	1	1	P.2622：《遇海联句》(残)。

诗　　　人	诗篇数	写本数	卷　号　及　诗　题
李商隐(812—858),郑州人,837年进士,曾短期任秘书省任校书郎、正字和太学博士。	1	1	Дx.3871＋P.2555：《清夜怨》。
薛能(817—880),今山西汾阳人,846年进士登第,曾任京兆尹、工部尚书等职。	1	1	P.2955：《白野鹊》。
韦蟾,今陕西西安人,853年进士登第,官至尚书右丞。	1	1	S.4359：《奉送盈尚书卢潘》。
罗隐(833—910),今浙江富阳人。	1	1	P.2566：《京中正月七日立春》。
荀鹤,即杜荀鹤(846—904),今安徽石台人,891年始登进士第。	1	1	P.4985：《菊》。
元淳,生卒年不详,晚唐僖宗时洛阳女道士。	6	2	P.3216存3首：《秦中春望》、《寄洛阳姊妹》《感怀》。Дx.3861、3872、3874存5首：《秦中春望》(重出)《寄洛阳姊妹》(重出)、《感兴》《闲居寄杨女冠》《送霍□□(师妹)游天台》、《寓言》。
曾庶几,五代时隐士。	1	1	P.3645：《放猿》。
总计70人			总计329首

　　本表依徐俊《敦煌诗集残卷辑考》而制,仅收录中原文人的见于传世本的诗作,佚诗、王梵志诗、释道诗、敦煌本地诗作均不收。表中 A 卷＋B 卷均表示此两卷可拼合一个写本;凡重出及同诗异名情况均在诗后标出,重出诗歌不计入总数。

　　上表共涉及 50 多个诗歌写卷,保存了 70 位诗人的见于传世本的唐诗 329 首。以下我们对有代表性的写本略作介绍。

P.2567 与 P.2552 拼合卷,该卷存高适、李白、王昌龄、孟浩然等 9 位作家的传世诗歌 109 首,书写精良、行款严整,为诗歌写本中的精品,无论从作品数量、作家知名度还是抄写质量上看,都有重要的价值。P.3862 有高适传世诗歌 45 首,存诗数量上位居第二,其书法虽非上驷,亦秀整可观,该卷所抄高适诗歌与 P.2567+P.2552 拼合卷 49 首仅见一重题而无重篇,此二卷是现存高适诗最早的传本。P.3771 与 S.2717 两卷所抄的《珠英学士集》是敦煌诗集中唯一见于历代著录的唐人选集,两卷共有沈佺期、崔湜等人的今存诗 25 首,它们对唐诗集的研究有着十分重要的意义。P.2492+Дx.3865 存白居易诗 19 首、元稹 1 首、岑参 1 首、李季兰 1 首,共 22 首。该卷抄写精良,历来为白居易研究者所重。Дx.3871+P.2555 是个存有 210 首诗的长卷。除备受关注的陷蕃诗外,该卷的 20 首今存文人诗歌也很重要,除了校勘上的价值,这些内容、风格有共同特色的诗歌在研究诗歌传播方面的价值也很大。P.3619 存有刘希夷、高适、孟浩然、王维、宋之问等 30 位初盛唐诗人的诗歌共 48 首,其中 19 首见于传世本。该卷书法纯熟,与之相同笔体的诗卷还有 P.3885 和 P.2673 两个诗卷,应为同一爱好者抄写。经徐俊研究,唯一保存至今的唐人注本唐人诗集《李峤杂咏注》在敦煌写本中有三个系统:P.3738 与 S.555 为同卷分置,存诗 11 首;Дx.10298 存诗 5 首;Дx.2999 与 Дx.3058 拼合卷仅存残诗 1 首。此外,其他今存诗歌数量在三首以上的写本还有 8 个,即:P.5005+Дx.1360+2974(岑参今存诗 11 首)、P.3885(今存诗 7 首)、S.555(今存诗 7 首)、P.2687(今存诗 6 首)、P.3195+P.2677+S.12098(今存诗 5 首)、P.4994+S.2049(今存诗 5 首)、P.2976(高适今存诗 5 首)、P.3408(今存诗 4 首)、P.4878(今存诗 4 首)。

为什么有的诗人的诗作会如此流行而有些在后世影响很大的诗人(如杜甫)的诗作却只字不见呢? 我们认为,尽管敦煌写本中的文献保存有很多偶然因素,但如果细细研究我们也能发现一些影响唐诗在敦煌传播的必然因素。

从整体情况(包括存诗和后面讨论的佚诗)来看,敦煌所存中原文人诗作呈现出两个明显的特点:作品时代上以初盛唐的诗作为主,题材上以和边疆相关的边塞、军旅、闺怨等内容为主。这两个特点出现的原因也比较明显。从作者时代来看,超过七成的诗人生活在初盛唐时期,近半数又集中在武后当政至玄宗开元天宝这段时间,这和唐诗的繁盛以及社会历史的重大变迁是直接相关的。经过唐初的酝酿发展,在"诗赋取士"等因素的影响下,唐诗在开元天宝时期达到全盛,敦煌藏经洞诗歌的存在状况,也自然有着诗歌发展史的鲜明时代烙印。安史之乱后河西地区渐为吐蕃占领,敦煌与中原的文化交流中断,盛唐时期商旅往来的盛况不再出现。从抄写人的角度来看,由于大多数诗卷是由地处边疆的敦煌人士抄写的,特别关注边疆题材也是很自然的事情。以下我们主要从诗人的生活区域、身份地位等个体因素来分析唐诗在敦煌的传播。

首先看诗人主要生活区域的影响。从这一角度来看,毫无疑问是在河西地区生活过的著名诗人的影响力最大,高适和岑参即是典例。尤其是高适,无论存诗数量还是写本个数上都远远超过了其他诗人,更重要的是我们还看到他的诗作已经在民间仪式中被应用的场景,由此可见他对敦煌地区文学发展和百姓生活的巨大影响。然而以上 64 位诗人中真正到过河西的人并不多,除高、岑以外,也只有郭元振、张谓、陈子昂三人而已。大多数诗人活动地域与唐都长安相关,都有在长安为官的经历。当然,都城是政治文化中心,不管出生地有多远,也不论为官为民,文人的科考、交游等活动都会和长安有千丝万缕的联系,所以他们的诗作在长安一带流行是很自然的事。如孟浩然虽常年隐居鹿门,但他与王维、张九龄等长安人士交往甚多,故其诗作亦享誉唐都。再如王烈,虽其生平资料甚少,但从今存《酬崔峒》一诗来看,他与长期在京为官的大历才子崔峒有过交游。其他生平和履历无考的诗人应该还有不少这样的情况。由上表众多诗人和长安密切联系的现象,联系到当时丝路的发达及敦煌的重要位置,我们可以判定,敦煌写本中的诗歌很大一部分是从长安通过丝绸之路传过来的,有些写本本身就抄于长安而被带到敦煌。可见,长安就像一个强大的辐射源,把优美的唐诗播向四面八方,使得即便地处边陲的敦煌,也略显盛唐诗国的恢宏气象。

除了活动地的因素外,诗人的身份地位也对诗歌的传播产生了重大的影响。在上表 64 位诗人中,进士出身有 40 位,在余下的 14 位中还有举人出身的高适、王勃、王无竞 3 人,其他生平无考的诗人中想必还会有一些科考的宠儿。从这一现象我们可以看到唐代诗赋取士对诗歌传播的强烈影响。从诗人的角度来看,苦学诗赋是求得功名的先决条件,因此必须苦练本领写出大量优秀作品,这是诗歌传播的先决条件;从读者的角度来看,苦读诗书的大部分人都想考取功名,科考成功的诗人是他们学习诗赋最佳的榜样,这是诗歌传播的重要推动力。其实不仅在敦煌写本中,考查为数不多的今存唐人选唐诗集即可发现,进士名位对诗歌传播的促进是一个普遍的现象。比如殷璠的《河岳英灵集》所选的 24 位诗人中,仅李白、孟浩然两人没有进士身份;姚合《极玄集》所选的 21 位诗人中也只有诗僧皎然一人例外。和我们今天的流行歌曲传播一样,在诗歌的传播过程中,名人效应是一个相当重要的因素,尤其在敦煌这样的边陲之地,诗人们通过交游唱和等其他方式传播诗歌的条件都很有限,于是循名求诗的读者期待心理就成了诗歌传播的最重要的推动力之一。在这里我们必须明确的是,我们不能用后人写定的“文学史”上给诗人的定位想象他们在当代诗歌传播中的地位,很多在今天如雷贯耳的名字,其诗作在当时不见得多么流行。比如被后人誉为“唐诗之祖”的陈子昂,在今存的 10 种唐人选唐集中仅有《搜玉小集》存其诗作一首,“诗圣”杜甫的诗也只有韦庄的《又玄集》收录,流传到敦煌的概率就又小之又小了。由此可见,在一位诗人诗作的流传初期,他的进士身份或官位等硬指标是推动诗歌传播的更重要的因素。上表 40 位进士的诗作无须再言,其实像武则天、唐玄宗、上官婉儿、虞世南这样的帝王、高官他们的诗歌在敦煌流传也一定与其尊贵的地位有关。此外,进士或高官们的诗歌得以广泛传布还与他们掌握着传播机构以及传播的话语权有关,从《珠英集》的编选过程中我们即可明显感受到官本位的指导思想。因此在一定程度上来看,政治上的优势也会很自然地转化为诗歌传播方面的优势,这也是进士、高官们的诗歌得以流传的一个重要原因。

在讨论中原文人诗歌在敦煌地区的传播时,我们还要更多地关注写本本身提供的其他信息。比如我们判定一个诗人在敦煌地区的影响力不能单纯地看其现存诗歌的数量,因为写本的存佚本身有着很大的偶然性。一个诗人的作品被传抄的次数繁多,就说明他的作品在当时敦煌影响大、传播广。如沈佺期的诗歌敦煌写本中有 10 首却只有 S.2717 一个写本,而刘希夷的诗作虽只有 5 首却有多达 7 个写本,显然刘希夷诗作在敦煌当地的传播力度要更大一些。再者,诗卷本身的不同特点所显示的唐诗传播方式上的差异也要充分关注。比如有些诗卷是当时寺学的教材,有些是学郎的杂抄,有些是民间某种仪式上讲唱的底本,有些则是较高文化程度人士的读本,应用层面的差异也能体现诗歌影响力的大小。

这里要特别提到俄藏 Дx.3861、6654、3872、3874、6722、11050 缀合卷抄录的五代人蔡省风编纂的《瑶池新咏》。《瑶池新咏》是专门选录女性诗篇的总集,《新唐书·艺文志》以下,多种公私书目都有著录,而《郡斋读书志》卷二〇著录最为详明:"《瑶池新集》一卷。右唐蔡省风集唐世能诗妇人李季兰、程长文二十三人题咏一百十五首,各为小序,以冠其首,且总为序。其略云:世叔之妇,修史属文;皇甫之妻,抱忠善隶。苏氏雅于回文,兰英擅于宫掖。晋纪道韫之辩,汉尚文姬之辞。况今文明之盛乎?"(据衢本)但此集在晚明以后不见著录,盖已散佚。今敦煌俄藏残卷有"著作郎蔡省风纂"题署,则为亡佚三百多年的《瑶池新咏》无疑。俄藏此卷残损严重,所存诗仅二十三题:女道士李季兰《送韩揆之江西》《春闺怨》《感兴》《恩命追入留别广陵故人》《寄□校书兄》《陷贼后寄故夫》《寓兴》七首,这七首诗皆见于《全唐诗》卷八〇五。女道士元淳《秦中春望》《寄洛中姊妹》《感兴》《闲居寄杨女冠》《送霍师妹游天台》《寓言》《感春》(只存诗题)七首。其中前两首见于《全唐诗》卷八〇五,后四首在《全唐诗》中有残句,得敦煌写本而成完篇(《全唐诗》卷八〇五存有李季兰诗十六首,元淳诗二首,还收有她们八首诗的残句)。张夫人《柳絮》《古意》《阙题》《咏泪》《阙题》《消喜鹊子》《拾得韦夫人钿子以诗却赠》《寄远》八首,这八首诗残损严重。其中《柳絮》《咏泪》《寄远》三首《全唐诗》卷七九九存其残句;《古意》《消喜鹊子》《拾得韦夫人钿子以诗却赠》三首见于《全唐诗》卷七九九,两首阙题诗当为佚诗。还有崔仲容《赠所思》,亦见于《全唐诗》卷七九九。又 P.3216 背抄录唐女冠诗五首,其中李季兰《寓兴》（又见上揭俄藏卷、《全唐诗》）、《八至》（见《全唐诗》）、元淳《秦中春望》（又见上揭俄藏卷、《全唐诗》）、《寄洛中姊妹》（又见上揭俄藏卷、P.3569 背、《全唐诗》）、《感怀》（即俄藏《闲居寄杨女冠》）。P.3216 为杂抄卷，卷背除诗之外，还抄有祭文、投社文书等，其中一件为《显德二年（955）正月十三日投社人何清清状》，可知本卷背面的抄写年代。

　　李季兰（？—784）是唐代颇有影响的女诗人。今可考者唐人选录唐代女诗人诗篇的总集有李康成《玉台后集》、高仲武《中兴间气集》、韦庄《又玄集》、韦縠《才调集》、蔡省风《瑶池新咏》。李康成为盛唐至大历间人，其《玉台后集》选诗止于盛唐，故不选李季兰的诗。高仲武《中兴间气集》选李季兰诗六首，其评价李氏曰："形气既雄，诗意亦荡，自鲍照以下，罕有其伦"，"上比班姬则不足，下比韩英则有余"，"不以迟暮，亦一俊妪也"。韦庄《又玄集》编于光化三年（900），在入蜀前。卷下所选女诗人中，李季兰二首，元淳二首，其他多为一首。韦縠《才调集》十卷，编于仕后蜀时期，其第十卷选录二十五位女诗人的六十五首诗，其中李季兰的诗选录了九首，是最多的。可见李季兰在唐代女诗人中的重要地位。李季兰的生平事迹，略见于《唐诗纪事》卷七八、《唐才子传》卷二。她是乌程（今浙江吴兴）人，唐女道士。始年五六岁，作《蔷薇诗》云："经时未架却，心绪乱纵横。"其父曰："此女聪黠非常，恐为失行妇人。"及长，专心翰墨，尤工格律，时人有"诗中女豪"之称。其后长期寓居江东，时往来剡溪，与茶圣陆羽、释皎然及诗人刘长卿等意甚相得。上元二年（761），赴浙东观察使杜鸿渐幕府。大历末年，奉诏入宫，优赐甚厚。建中四年（783），朱泚称帝，季兰献颂诗招祸，后被杀。《全唐诗》卷八〇五存其诗十六首。

二、见于传世本的唐代文人诗作的价值

　　见于传世本的唐代文人诗作，在版本校勘上有较高的价值。在众多研究成果中黄永武的《敦煌的唐诗》及其《续编》、徐俊的《敦煌诗集残卷辑考》等皆是整理校勘的典范之作。尤其是黄永武《敦煌的唐诗》重点讨论今存诗篇的校勘工作，包括《敦煌所见李白诗四十三首的价值》《敦煌所见王昌龄诗

七首的价值》《敦煌所见孟浩然诗十二首的价值》《敦煌伯二五六七号中李昂、荆冬倩、丘为、陶翰、常建诗的价值》《敦煌所见白居易诗二十首的价值》《敦煌伯二五五五号卷子中二十七首今存唐诗的价值》《敦煌所见刘希夷诗四首的价值》《敦煌伯三六一九号卷子中四十一首唐诗的价值》八篇论文。黄著以敦煌写本为底本，与后世传本相校勘，不仅研究文字异同的"死校"，更利用修辞学及句法习惯的观点，把文字改动后，对诗意的牵连影响，作详细的说明，其目的在于证明敦煌诗卷的出现，在唐诗研究方面的价值。该书不但在非佚诗的甄辨上颇见功力，其文献考证与辞章辨析相结合的研究方法，充分展示了敦煌诗歌的文献价值和文学艺术价值。项楚的《敦煌诗歌导论》对黄著给予了高度评价，认为论析"极为精到"，其《今存诗篇的价值》一节，主要是详引黄著而成。

以下在转述黄著的基础上讨论敦煌今存诗歌的价值。

1. 校正今本的"字义龃龉""制度不合"之处。唐人诗歌流传至今，因传抄刻印造成的文字讹误在所难免。如刘商的《胡笳十八拍》第三拍中有两句诗曰："使余刀兮剪余发，食余肉兮饮余血，诚知杀身愿如此，以余为妻不如死！"该诗中的"使余刀兮剪余发"颇为不通，经核对敦煌写本才知道其中的"刀"字为"力"字之抄写讹误！此字一改全诗就豁然贯通了：你们可以使用我的力气，可以剪取我的头发，甚至吃我的肉、饮我的血，但我宁肯死也不会做你的妻子！"刀"与"力"虽一字之差，却对表现蔡文姬强烈感情有着重大的影响。利用敦煌诗卷所勘正的这类豕亥鱼鲁之误为数甚多。有些抄错的字虽然不影响字面的意思，但如果与一些唐代典制计较起来就会发现不通之处。比如李白的《送程刘二侍郎兼独孤判官赴安西幕府》，这个题目流传了那么多年也没人怀疑过它，大概因为不太影响诗意。但细究来就会发现问题，唐代奏请幕府职位的人一般都是六品以下的小官员，去幕府工作是他们晋升的一条捷径。而"侍郎"已经是四品的官员，地位很高，一般是不可能愿意去安西幕府的。敦煌本"侍郎"作"侍御"，"侍御"正是六品以下的小官，且诗中的"绣衣貂裘"正与"侍御"的官服相合。可见这的确是后人在传抄的过程中忽略了这两种官位的差异，想当然地选择了更为常见的"侍郎"一职。

2. 勘定今本"音律失检""修辞句法不宜"的地方。除了传抄过程中一些形近致误、自然错简遗损之外,后人往往根据自己的理解更改某些字句,有时也难免画蛇添足,一些意义、音韵、词汇、修辞方面的错误便由此而生。如我们熟知的李白诗《将进酒》名句"天生我材必有用,千金散尽还复来",敦煌本题作《惜樽空》,此句作"天生吾徒有俊才,千金散尽还复来"。黄先生明确指出今传本为宋人妄改,此句原非通常理解的"乐观进取"之意,而是李白自诩有"千金散尽还复来"的本领。现存李白的古诗,换韵时的首句大多押韵,这可以看做李白的创作习惯,显然"天生吾徒有俊才"更符合这种习惯。同篇"钟鼓馔玉不足贵,但愿长醉不用醒",敦煌本"馔玉"作"玉帛"。黄先生分析说:"馔玉"是指筵席上珍美的食品,正在烹羊宰牛、劝酒作乐之时,怎么能说这些佳肴珍品不足贵呢? 况且"钟鼓"是乐器,"馔玉"是食品,又如何联成四字都不足贵呢? 后人读了千余年,没有觉得有问题,直到敦煌本出现,才发现原来读的有问题。"钟鼓"齐备是诸侯的乐器陈设,"玉帛"是诸侯相见时互赠的礼物,"钟鼓玉帛不足贵"是比喻王侯将相显赫的地位不足贵,不是说眼前的乐队食品不足贵。今本"玉帛"改为"馔玉"之后,诗义已经不通。

敦煌本还可校正今本在修辞句法方面的误差。一如大家所熟悉的李白《蜀道难》中的诗句:"上有六龙回日之高标,下有冲波逆折之回川。"第一句敦煌本作"上有横河断海之浮云",盖后人以为"横河断海"还不够险奇而改,其实从对仗的角度来看,敦煌本更为工稳。

3. 决疑辨伪。唐诗流传至今,大都有很多不同的版本。各种版本在文字上往往不尽相同,众说纷纭,让人莫衷一是。敦煌古本的出现让我们有了一把尺子,很容易测度出孰是孰非。如黄先生论证白居易《折臂翁》中"臂折来来六十年"诗句时说:

　　"臂折来来六十年",宋本、那波本、讽谏本、乐府本均同。平岗武夫据神田本时贤本删一"来"字,作"臂折来,六十年",并云:"每三字为句,是也。"其他版本或改作"来成"、"成来",《全唐诗》则作"此臂折来六十年"，均不知"来来"意旨，陈寅恪举段成式《戏高侍御七首》之一"自小来来号阿真"，知"来来"连文乃唐人常语，敦煌本得存原貌，不必改。①

除了决疑，敦煌本还有辨伪之功。黄先生在论孟浩然《寒食卧疾喜李少府见寻》一诗的价值时就曾据敦煌写本指出《全唐诗》所载孟浩然《重酬李少府见赠》一诗实乃李少府的诗作羼入孟集的，盖因宋人将"李少府见赠"的诗旁批注错当做诗题而致误的。

谈及利用敦煌本"辨伪"，李白诗最为典型。龚自珍《最录李白集》云："委巷童子，不窥见白之真，以白诗为易效。是故效杜甫、韩愈者少，效白者多。"所以他认为，李白集中十之五六伪也，"定李白真诗百二十二篇"②。用敦煌本对照今传，可以断定，诸多被前人定为伪作者，其实并不伪。如《月下独酌》有四首，其第二首云：

> 天若不爱酒，酒星不在天。地若不爱酒，地应无酒泉。天地既爱酒，爱酒不愧天。已闻清比圣，复道浊如贤。贤圣既已饮，何必求神仙。三杯通大道，一斗合自然。但得酒中趣，勿为醒者传。

王琦《李太白文集》："胡震亨曰：'此首乃马子才诗也。'胡元瑞云：'近举李墨迹为证。诗可伪，笔不可伪耶！'琦按：马子才乃宋元祐中人，而《文苑英华》已载太白此诗，胡说恐误。"③敦煌抄本中今本第一首和第二首不分开，为一首，只是没有"已闻清比圣，复道浊如贤。贤圣既已饮，何必求神仙"四句。这进一步证实该篇为李白作无疑。

当然，我们在利用敦煌本校勘古诗的时候，也不要一味迷信古本，"最早的"未必是"最好的"。我们要清楚，敦煌诗卷大多为下层抄本，抄写错讹的情况很多。且唐时诗歌本无定本，很多的诗作本就有几个版本，有些是抄手改的，有些是作者后来改的。如孟浩然的《望洞庭湖赠张丞相》一诗，原本就只有"八月湖水平，涵虚混太清。气蒸云梦泽，波撼岳阳城"四句，题作《洞庭

---

① 黄永武《敦煌的唐诗》，台北：洪范书局，1987年，第170页。
② 《龚自珍全集》，上海：上海古籍出版社，1999年，第255页。
③ 瞿蜕园、朱金城《李白集校注》，上海：上海古籍出版社，1980年，第1333页。

湖作》，后来才增为今本面目的。所以我们在校勘过程中一定要从实际出发，实事求是地把敦煌本作为重要的参照之一，只有这样才能最大程度发掘敦煌文献的价值。

第二节　敦煌写本保存的唐代文人佚诗

本节所介绍的诗歌是那些久已失传，赖敦煌写本的发现重见天日的唐代文人诗作。这些诗为唐诗的研究提供了大量的新材料。故自敦煌宝藏现世以来，这些诗歌激发着广大学人的研究热情。在众多研究中，增补《全唐诗》、考证诗歌作者是学术界的焦点所在。王重民的《补全唐诗》《补全唐诗拾遗》、陈尚君的《全唐诗续拾》以及黄永武、项楚、徐俊等对佚诗作者的考辨是这些成果的代表之作。以下在前贤研究的基础上对这些佚诗的情况及价值进行讨论。

一、文人佚诗及其写本概况

敦煌写本中的佚诗情况较为复杂，有一些诗歌经过考证作者归属基本上可以确定了，还有一些诗无法确定作者。下文分为"作者基本可定的唐代文人佚诗"和"作者难以确定的唐代文人佚诗"两类来介绍。

1. 作者可考定的唐代文人佚诗

佚诗的整理工作从敦煌写本面世之初就开始了。罗振玉的《敦煌零拾》、刘复的《敦煌掇琐》、巴宙的《敦煌韵文集》都不同程度地录入了一些敦煌佚诗。然而真正有计划地专门从事敦煌诗歌辑佚工作的是王重民，他的《补全唐诗》和《补全唐诗拾遗》至今堪为敦煌佚诗辑校的典范之作。由于当时的材料有限，《补全唐诗》及其《拾遗》还存在相当多的疏漏。1992 年，陈尚君出版了《全唐诗补编》，该书的第一编对《补全唐诗》和《补全唐诗拾遗》作了校正，第三编《全唐诗续拾》中则又辑入了大量敦煌佚诗，集补遗工作之大成。2000 年，徐俊出版《敦煌诗集残卷辑考》，该书更为全面地梳理了敦煌诗集残卷,在佚诗判定上多以原卷题署为据,较前人更为谨慎。为了使大家更清楚地了解敦煌写本中唐代文人佚诗的考订情况,现以陈尚君的《全唐诗补编》为据,参校《敦煌诗集残卷辑考》及学术界其他说法列表如下:

诗　　人	诗数	卷 号 诗 名
王绩(约 590—644)	1	P.2819:《元正赋附歌》。
王勃(650—676)	2	S.555:《幽居》《寺中观卧像》。
刘希夷(651—?)	5	P.2544、P.2673、S.2049 皆收《北邙篇》一首。P.2687:《独鹤篇》。P.2673:《江上羁情》《初度岭过韶州灵鹫广果二寺其寺院相接故同诗一首》。P.3619:《死马赋》。
王无竞(652—705)	5	S.2717:《咏汉武帝一首五言》《驾幸长安奉使先往检察一首五言》《灭胡一首五言》《君子有所思一首五言》《别润州李司马一首五言》(存题)。
李行言(中宗时在世)	1	S.555:《城南宴》。
东方虬(武后时在世)	1	S.555:《昭君怨四首》其三。
乔备(武后时在世)	1	P.3771:《杂诗一首五言》。
马吉甫(武后时在世)	3	S.2717:《秋晴过李三山池五言》《秋夜怀友一首》《同独孤九秋闱一首》。
房元阳(武后时在世)	2	P.3771:《送薛大入洛》《秋夜弹棋鼓琴歌》。
杨齐悊(武后时在世)	1	P.3771:《秋夜宴徐四山亭一首》。
元希声(622—707)	2	P.3771:《宴卢十四南园得园韵一首》《赠皇甫侍御赴都》其二。
阎朝隐(? —712)	2	S.555:《度岭二首》。
宋之问(656? —712?)	1	P.3619:《度大庾岭》。
崔湜(671—713)	4	S.2717:《责躬诗一首五言》《杂诗一首》《九龙潭作一首五言》《暮秋抒怀》。
沈佺期(? —713)	1	S.2717:《古镜》前 10 句。
刘知几(601—721)	3	S.2717:《次河神庙虞参军船先发余阳风不进寒夜旅泊一首》《读汉书作一首》《咏史一首》。

续表

诗　人	诗数	卷　号　诗　名
王泠然（692—725）	1	P.3608：《寒食篇》。
苏晋（676—734）	1	S.555：《咏萤》。
崔希逸（？—738）	2	P.3619：《燕支行营》二首。
蔡孚（开元初在世）	1	S.555：《九日至江中问王使君》。
李季兰（？—784）	1	P.2492＋Дx.3865：阙题（故朝何事谢承朝）。
严巉（开元初在世）	1	S.555：《别宋侍御》。
魏奉古（开元间在世）	1	P.2748、P.3195 皆收《长门怨一首》。
胡皓（开元间在世）	3	P.3771：《奉使松府一首》《夜行黄花川一首》《登灰坂一首》。
李休烈（开元间在世）	2	S.555：《过王濬墓》二首。
李昂（714 年状元）	4	P.2567：《睢阳送韦参军还汾上此公元昆任睢阳参军》《题雍丘崔明府丹灶》。P.2552：《驯鸽篇并序》《塞上听谈胡笳作并序》（仅存残序）。
祖咏（724 年进士）	1	P.3619：《谒河上公庙》。
畅诸（开元中登进士第）	1	P.3619：《登鹳雀楼》。
李邕（675—747）	4	P.3619：《度巴峡》《秋夜泊江渚》、阙题（我有方寸心）、阙题（水能澄不浑）。
王昌龄（698？—756？）	2	P.2567：《城旁□□》《题净眼师房》。
蔡希寂（天宝间在世）	1	P.3619：《扬子江夜宴》。
樊铸（天宝间在世）	10	P.3480：《及第后读书院咏物十首上礼部李侍郎》（实存 9 首）、阙题（铸剑本来杀仇人）。
史昂（天宝间在世）	2	P.3619：《述怀》《野外遥占浑将军》。P.3885：《史昂述怀》（重出，即《述怀》）。
萧沼（天宝间在世）	1	P.3619：阙题（生年一半在燕支）。
浑维明（天宝末在世）	2	P.3619：《谒圣容》《吐蕃党舍人临刑》。

诗　　人	诗数	卷　号　诗　名
苏瓯(开元天宝间在世)	2	P.3619、P.3885 皆收《清明日登张女郎神》一首。P.3619:《游苑》。
丘为(743 年进士)	5	P.2567:《答韩丈》《辛四卧病舟中群公招登慈和寺》《对雨闻莺》《幽渚云》《伤河叟老人》。S.2049、P.2544 两卷皆收《老人篇》(重出,即《伤河叟老人》)一首。
哥舒翰(?—757)	1	P.3619:《破阵乐》。
李隆基(685—762)	1	P.3986:《题梵书》。
高适(700—765)	10	P.2552:《自武威赴临洮谒大夫不及因书即事寄河西陇右幕下诸公》《同李司仓早春宴睢阳东亭得花》。P.3862:《遇崔二有别》《奉寄平原颜太守并序》《双六头赋送李参军》《同吕判官从大夫破洪济城回登积石军七级浮图作》(存题)。P.3812:《在哥舒大夫幕下请辞退托兴奉诗》。P.3619:《饯故人》。P.3885:《送故人》(重出,即《饯故人》)。P.3195:《送萧判官赋得黄花戍》。P.2976:《奉贺郎诗一首》。
岑参(715—770)	1	P.2555:《江行遇梅花之作》。
马云奇(大历间在世)	1	P.2555:《怀素师草书歌》。
郑愿(大历间在世)	2	S.555:《七夕卧病》《守岁》。
郑韫玉(德宗时在世)	1	S.555:《送陈先生还嵩山》。
殷济(代宗德宗时在世)	13	P.3812:《悲春》《春归怨》二首、《忆北府弟妹》二首、《奉忆北庭杨侍御留后》《岁日送王十三判官之松州幕》《冬宵感怀》《叹路旁枯骨》《言怀》《见花发有思》《梦归还》、阙题(春来有幸却承恩)。
刘长卿(?—90?)	1	P.3812:《得遇入京》。P.2488、P.2544、P.2555、P.2633、P.3812、P.4993、P.4994+S.2049 皆收《高兴歌酒赋》。
王建(766?—832?)	1	S.619、S.6204:《赞碎金》。
沈传师(777—835)	1	S.6204:《赞碎金》。

诗 人	诗数	卷 号 诗 名
白居易（772—846）	5	S.6204：《赞碎金》《寄卢协律》。P.2633：《赞崔氏夫人》（二首）。P.3821：《十二时行孝文》。
杜荀鹤（846—904）	3	P.4985：《三明大师赠彻大德》《初出长安》《同前》。
韦庄（836—910）	1	S.692、S.5476、S.5477、S.5834、P.2700、P.3381、P.3780、P.3953、P.3910、李盛铎旧藏皆收《秦妇吟》一首。
李存勖（885—926）	5	S.373：《皇帝癸未年应运灭梁再兴中缺迎太后七言诗》《题北京西山童子寺七言》《题南岳山七言》《题幽州盘山七言》《题幽州石经山》。
卢茂钦（约中唐后在世）	1	P.3197：阙题（偶游仙院睹灵台）。
侯休祥（生卒无考）	1	S.555：《□镜》。
梁去惑（生卒无考）	1	S.555：《塞外》。
房旭（生卒无考）	1	S.555：《春夜山亭》。
仲卿（生卒无考）	1	S.555：《咏萤》。
孟婴（生卒无考）	1	S.555：《咏暗》。
□嘉惠（生卒无考）	1	S.555：《咏鹤》。
李斌（生卒无考）	4	P.3619：《大同军行》《剑歌》《日南王》《夜渡颍水》。
何蠲（生卒无考）	1	P.2488、P.2621、P.2712皆收《渔父歌沧浪赋》。
武涉（生卒无考）	4	P.3812：《山行书情寄呈王十四》《游花苑词》二首。P.3328：《上焉祇王诗》。
刘廷坚（生卒无考）	2	S.76：《观岳寿寺松因课留题》《寓止观中因抒感怀》。
宋家娘子（生卒无考）	2	P.3812：《春寻花柳得情》。P.3885：《秦筝怨》。
皇甫斌（生卒无考）	1	P.3619：《登岐州城楼》。
桓颙（生卒无考）	1	P.3619：《客思·秋夜》。
合　计	152	共66位诗人，152首诗

　　表格说明：本表仅收录中原文人的诗作，今存诗、王梵志诗、释道诗、敦煌本地诗作均不收；凡作者姓名身份存疑较大的如安雅、王克茂等不收；残篇亦按一首计，重出篇目不计入总数。

　　上表中文人佚诗的主要写本有 P.3619、S.555、S.2717、P.3771 等，兹简介如下：

　　① P.3619 存有刘希夷、高适、孟浩然、王维、宋之问、李斌、哥舒翰、李邕、沙门日进等 30 位初盛唐诗人的诗歌共 48 首，其中《全唐诗》不载的佚诗 27 首。该卷时有朱笔校改之处，盖据相关诗集抄写。此卷与 P.3885、P.2673 为一人所书。卷后有和尚名字杂写，盖为僧人抄阅。

　　② S.555 正面抄《李峤杂咏注》，卷背为李义府、王勃、东方虬、樊铸等 22 位诗人（11 人不见于全唐诗）的 37 首诗（残一首），其中佚诗 24 首。此卷在抄写上很有特点，兹引《敦煌诗集残卷辑考》：

　　　　原卷从抄写形式上可分为前后两部分，前一部分从卷首单行书《侍宴咏乌》诗题、回行抄诗，其后所有诗作均空格接写，不另起行，诗之排列亦严格依照先五言、后七言的次序，卷中郑愔二诗分置前后两处，殆即因此。所据似为某通行之诗选集。后一部分即樊铸诗，此诗于前诗后不复接钞，而回行另起，内容上与前亦略有差异，或是另有所本。此卷于诗题、作者著录等均极严格，无有脱漏，非一般诗卷可比，殊可重视。①

　　③ S.2717、P.3771《珠英集》残卷。S.2717 正面抄《十地疏》；卷背依次抄《镇宅文》（拟）、《珠英集》第四、第五和《押牙为亡考百日设斋祈福文》。卷背内容笔迹各不相同，《祈福文》书法草率删改杂写痕迹明显。P.3771 正面抄《瑜伽论》之注解，卷背抄《珠英集》残卷。两卷所抄《珠英集》诗歌并无重复，也不衔接。S.2717 诗歌排列"以官班为序"，抄阙名诗人《帝京篇》及沈佺期、李适、崔湜、刘知几、王无竞、马吉甫六位诗人的诗作凡 36 篇。P.3771 亦"以

　　　① 徐俊《敦煌诗集残卷辑考》，北京：中华书局，2000 年，第 506 页。

官班为序",不过因抄手的重抄让一些诗歌的归属成了问题。据徐俊考订,该写本抄有阙名诗人及乔备、元希声、房元阳、杨齐悊、胡皓六位诗人作品,删除重复共计 18 首。S.2717 与 P.3771 共计佚诗 29 首(存目 2 首)。

2. 作者不能考定的佚诗

敦煌写本中还有大量的诗歌我们很难考定其作者。如:S.6171 有阙题诗 39 首,诸家皆拟为"宫词残卷"。这些诗歌均不见于《全唐诗》。关于这些宫词的创作年代,学界争议颇多。饶宗颐认为是朱梁时代的作品;任半塘则认为撰于大历贞元间,且在王建、花蕊夫人《宫词》之后;张锡厚认为作于中晚唐之交;董艳秋则认为 39 首宫词非一时之作,初盛唐、中唐作品均有①。董氏不仅对敦煌宫词的文本作了校勘,而且结合出土文献对其作者群、产生和流传的途径以及其对后世的影响作了较为详尽的论述,于敦煌宫词研究用力颇勤。

在 P.2544、P.3619、P.3771、P.3812、P.3885、S.555、S.2717 等典型的中原文人诗卷中皆存有 2—10 首数量不等的佚名诗歌,这些诗歌多有题目,与同卷其他文人诗歌应为同类,盖因抄手疏忽而漏抄了作者。这些诗歌中亦不乏佳作,如 P.3619、P.3885 两卷保存的《叹苏武北海》:

> 自恨嗟穷塞,长流海曲间。牧羊愁日暮,食雪厌天山。万里怀慈母,三边忆圣颜。怨啼犹未息,孤坐更思还。汉月年年照,胡风岁岁闲。客心云外断,乡树梦中攀。黄发人多乍(诈),悬云鬼亦奸。到来观此俗,绝不及南蛮。

这首诗属对精工,用语晓畅,形象鲜明,是一首技法成熟的五言律诗。唐诗中以苏武为咏叹对象的诗为数不少,如李白的《苏武》、刘湾的《李陵别苏武》、温庭筠的《苏武庙》等等。不过仔细品味便知,该诗看似书写苏武,实际上是借苏武之事表达自己漂泊边地的乡国之思和对异地生活的厌恶之

① 饶宗颐《敦煌曲》,载《饶宗颐二十世纪学术文集》卷八,台北:新文丰出版公司,2003年,第 880 页;任半塘《敦煌歌辞总编》,上海:上海古籍出版社,1987 年,第 705—706 页;张锡厚《敦煌文学源流》,北京:作家出版社,2000 年,第 121—129 页;董艳秋《敦煌宫词研究》,沈阳:辽海出版社,2007 年。

情。这样的诗作很容易和敦煌寓居者产生共鸣，被广为传抄也就在情理之中了。

P.3200 有诗 12 首，皆为阙题阙名诗，其中有一首经考为宋之问的《题大庾岭》，其余诗歌内容亦多为边塞、闺怨、羁旅伤别之作。七言的如"塞上知己不易求，客中言别泪先流。昨日望君□连夜，十六明月照人愁"，五言的如"月满明如竟（镜），轻云薄似罗。故人迷处所，空自坐劳歌"。这些诗歌在艺术上有较高的造诣，应该为有一定修养的文人所作。值得注意的是，P.3200 的抄写状况较为特殊。该卷正面为《长乐经》残卷，背面抄诗歌，显系利用道经废纸杂抄。抄手虽然书法纯熟但行款格式极不讲究，既不写题目又不注作者，甚至连句与句、诗与诗间的点断留白都没有。该卷显然不是以保存文献供人阅读为抄写目的的，从其讹误满纸的文本来看，也不似据别本照抄。我们认为这大概是一个抄手默写的卷子，目的为练字或记诵诗句，抑或为偶寄心中之情。如此说不误，那么该卷这些能被人信手写来的诗句，应多为当时家传户诵的知名作品。

P.2555 中亦有阙题七言诗 47 首，经考证其中有 5 首为高适、王昌龄等中原文人之作，其余诗作多与塞外生活相关，从内容判断颇似为一位寓居河西中原文人之作，作者待考。此外，P.2762＋S.6973＋S.6161＋S.3329＋S.11564《张公德政碑》后的唐佚名诗钞、S.6234＋P.5007＋P.2672 的佚名诗集等以敦煌本地佚作为主的诗卷中，也存在较大的混入中原文人诗歌的可能。散见于经头卷尾的杂抄中也有一些未能考证的中原文人诗歌。总之，以上这些诗歌是今后辑佚考证的宝山，有待于进一步的开掘。

二、敦煌文人佚诗的价值

提起这些仅赖敦煌写本保存的唐代文人诗作，人们首先想到的价值就是"辑佚"。自从敦煌写本问世以来，有关《全唐诗》补遗的工作一直激发着广大学人的研究热情。早在 1935 年，王重民就开始了这项工作，他筚路蓝缕，导夫先路，厥功甚伟！其后陈尚君的《全唐诗续拾》、徐俊的《敦煌诗集残卷辑考》等，踵武前贤，多所补正。经过几代学人的努力，敦煌佚诗的面貌已基本上得以呈现。然而，辑佚等文献工作只是开发佚诗价值的开始，学者们之所以费尽心血钩稽这些佚诗，是因为这些作品本身都有着较高的研究价值。以下就从这些作品的文学价值和文学史料价值来简要论述。

（一）文学研究价值

从文学研究角度来看，敦煌文人佚诗不乏佳作。提起这些诗歌，自然要首先说到韦庄的《秦妇吟》。该诗洋洋洒洒 1666 字，是现存唐诗中的第一巨制。长诗一经诞生就广为流传，作者也因此被誉为"秦妇吟秀才"。然如此佳作却因种种原因，沉睡大漠石室中近千余年。所以一旦面世，立即受到文学史家的惊叹，《秦妇吟》的研究多年来一直是学术界的热点之一。早期的研究更多地集中在该诗的思想倾向、文本校录和作品不能流传原因的探讨方面，艺术成就方面的研究相对薄弱一些。其实，《秦妇吟》一诗之所以受到广泛的关注归根结底还在于它的艺术特色，俞平伯说，《秦妇吟》"不仅超出韦庄《浣花集》中所有的诗，在三唐歌行中亦为不二之作"。结合前人的论述，我们认为该诗的艺术成就主要有以下两个方面：

首先是高超的叙事艺术。今人谈论此诗经常称之为诗体小说或小说化的诗，正是因为它引人入胜的情节安排和轻重得当的叙事节奏。全诗借一位从长安东奔洛阳的秦妇之口，追忆黄巢军攻占长安前后的所见所感。在叙述这样一个头绪繁多的故事时，作者并没有简单机械地排比材料、平铺直叙，而是借助倒叙、插叙等手段巧妙地组织了一个扣人心弦的故事，如六辔在手，有条不紊地在读者面前展现出一幅又一幅波澜起伏的历史画卷。在叙述的过程中，作者叙事的节奏颇具艺术性。在勾勒当时的社会历史背景时用笔极为简省。如写黄巢军攻占长安前的紧张气氛，仅以如下数句写来：

> 忽看门外起红尘，已见街中擂金鼓。居人走出半仓皇，朝士归来尚疑误。是时四面官军入，拟向潼关为警急。皆言博野自相持，尽道贼军来未及。须臾主父乘奔至，下马入门痴似醉。适逢紫盖去蒙尘，已见白旗来匝地。

寥寥数句就写出了黄巢军来势之猛和当时形势之急，给全诗奠定了紧张惨烈的基调。再如文章写黄巢军和官军战争形势的反复仅着四句：

> 沉沉数日无消息，必谓军前已衔璧。簸旗掉剑却来归，又道官军悉败绩。

写当时北方战火频烧、民不聊生的社会形势亦仅着四句：

> 仍闻汴路舟车绝，又道彭门自相杀。野色徒销战士魂，河津半是冤人血。

斩钉截铁、掷地有声的诗句清楚地交代了全诗的背景，又有力地推动了故事情节的进展，展示了本诗快捷雄健的一面。然而，当作者写及一些特定的场景时又有很多浓墨重彩的细节描绘。如写黄巢军在长安城的杀戮：

> 家家流血如泉沸，处处冤声声动地。舞伎歌姬尽暗捐，婴儿稚女皆生弃。东邻有女眉新画，倾国倾城不知价。长戈拥得上戎车，回首香闺泪盈把。旋抽金线学缝旗，才上雕鞍教走马。有时马上见良人，不敢回眸空泪下。西邻有女真仙子，一寸横波剪秋水。妆成只对镜中春，年幼不知门外事。一夫跳跃上金阶，斜袒半肩欲相耻。牵衣不肯出朱门，红粉香脂刀下死。南邻有女不记姓，昨日良媒新纳聘。琉璃阶上不闻行，翡翠帘间空见影。忽看庭际刀刃鸣，身首支离在俄顷。仰天掩面哭一声，女弟女兄同入井。北邻少妇行相促，旋拆云鬟拭眉绿。已闻击托坏高门，不觉攀援上重屋。须臾四面火光来，欲下回梯梯又摧。烟中大叫犹求救，梁上悬尸已作灰。

文中像这样用赋的笔法铺陈渲染的描写还有多处。通过这些工笔的描绘，长诗生动再现了黄巢军的血腥杀戮、长安城的荒凉衰败、官兵的疯狂掠夺等多个场景，这些描写让人如临其境，千载之下，仍令人惊心动魄！

再来看《秦妇吟》的语言艺术。《秦妇吟》的语言造诣颇高，王国维曾用"弦上黄莺语"来喻其语言之美。长诗在语言风格上明显受到白居易"长庆体"的影响，既能做到声谐语丽又能浅显畅达。从雅的方面看，诗中不乏精心锤炼的句子。如以"凤侧鸾欹鬓脚斜，红攒黛敛眉心折"来描摹秦妇之美，颇具花间神韵;用"长安寂寂今何有,废市荒街麦苗秀"来状长安之荒凉,遥承《黍离》之悲;当然还有那句"内库烧为锦绣灰,天街踏尽公卿骨",更是因高度凝练的笔法和震撼人心的气势而流传千古!从通俗的方面来看,长诗大量借鉴了乐府民歌的语言风格,如"小姑惯织褐绷袍,中妇能炊红黍饭""大彭小彭相顾忧,二郎四郎抱鞍泣"等等,不胜枚举。尤其在一些浓墨重彩的场景描绘时,作者运用了大量的赋笔铺陈,生动再现了当时战争的惨烈,取得了撼人心魄的艺术效果。这种畅快淋漓的语言风格在乐府民歌中经常可以看到。也正是这些浅俗流畅的诗句,让长诗更易于走出书斋、播于人口,以致在大漠黄沙中的边陲小邑广为流传。

除《秦妇吟》外,其他艺术成就高妙的名人佚诗还有很多。比如见于P.3619的高适《饯故人》一诗:

> 祈君辞丹豁(滕),负仗归海隅。离庭(亭)自萧(萧)索,别路何郁纡。天高白云断,野旷青山孤。欲知肠断处,明月照江湖。

此诗体现了高适诗深沉浑厚的一贯风格,表达了对朋友的一片真挚之情。其中"天高白云断,野旷青山孤"把空旷的意境和孤独的离别之情完美地结合在一起,可谓千古名句。此外,王勃、宋之问、刘希夷、王昌龄、刘长卿、祖咏等著名诗人的佚作也都是敦煌诗卷中的精品。

(二)文学史研究价值

敦煌佚诗本身是十分珍贵的史料,可以解决唐代文学史上一些重要的问题。比如P.3862高适的《奉寄平原颜太守》序云:

> 初颜公任兰台郎,与余有周旋之分,而于词赋特为深知。洎擢在宪司,而仆寓于梁宋。今南海太守张公之牧梁也,亦谬以仆为才,遂奏所制诗集于明主,而颜公又作四言诗数百字并序,序张公吹嘘之美,兼述小人狂简之盛,遍呈当代群英。况终不才,无以为用,龙钟蹭蹬,适负知己。夫意所感,乃形于言,凡廿韵。

这篇小序是考证高适身世、交游的重要资料。文中的颜公指颜真卿,张公指张九皋。颜真卿任平原太守的时间是天宝十二年（753），而张九皋卒于天宝十四年（755）。从诗序还知道，张九皋曾奏进高适诗集于唐玄宗，这一年高适54岁。新旧《唐书》本传皆言"适年五十始为诗"，这是误传，其实高适的多数诗篇都写于50岁前，奏进的诗集也应该主要是50岁以前的诗作，而不是50岁以后短短几年所作①。

再如，高适著名的诗歌《别董大》，因一联"莫愁前路无知己，天下谁人不识君"而广为世人传诵。诗中的董大是谁呢？学界颇有争议。刘开扬《高适诗集编年笺注》、吴汝煜等《全唐诗人名考》认为是董庭兰，因为李颀（690—751）《听董大弹胡笳声兼寄语弄房给事》一诗，又题作《听董庭兰弹琴兼寄房给事》，故认为二董大为一人。而敦煌本《别董大》诗题作《别董令望》（P.2567＋P.2552），则董庭兰为房琯所昵之琴工，高适塞上所别之董大应为董令望②。岑仲勉《唐人行第录》将"董庭兰"与高适诗中的"董大"分列，谓"惟名未之详"，真是卓见。

P.2552所载的《题净眼禅师房》亦是研究王昌龄的重要诗歌：

> 白鸽飞时日欲斜，禅房寂历饮香茶。倾人城，倾人国，斩新剃头青且黑。玉如意，金澡瓶，朱唇皓齿能诵经。吴音唤字更分明。日暮钟声相送出，袈裟挂着箔帘钉。

该诗经王重民考证为王昌龄佚诗，收入《补全唐诗》中。从内容上看这是一篇调侃僧人之作，风格上也一改律诗的幽怨精工，而运用了三七杂言的活泼诗调。该诗为我们揭示了这位一向诗风端庄、文含傲骨的"诗家夫子"的另一面。

P.2555抄有马云奇的《怀素师草书歌》。马云奇其人，史籍无载，《怀素师草书歌》也不见于唐人诗文集。这首诗不仅是一首艺术性很高的好诗，而且对考证怀素的生平和创作，具有重要的史料价值。

怀素是唐代杰出的书法家，以"狂草"名世，史称"草圣"，和张旭齐名，后世有"张颠素狂"或"颠张醉素"之称。他的传世草书不少，有《自叙帖》《小草

---

① 项楚《敦煌诗歌导论》，成都：巴蜀书社，2001年，第28页。
② 徐俊《敦煌诗集残卷辑考》，北京：中华书局，2000年，第95页。

千字文》《食鱼帖》《苦笋帖》等，其书法造诣极高，当时名流如颜真卿、李白、戴叔伦、窦冀、钱起等皆有诗赞美，描述他的草书"若惊蛇走虺，骤雨狂风"。但两《唐书》中没有怀素的片言只字，他的生平事迹，主要见于他的《自叙帖》、与他同时陆羽的《僧怀素传》及《宣和书谱》卷十九的《怀素传》。但《自叙帖》重点写当时的书法家对他的指教和他的草书受到时人的赞誉，对于自己的身世，只有开头"怀素家长沙，幼而事佛，经禅之暇，颇好笔翰"几句。陆羽《僧怀素传》只记叙了怀素和颜真卿切磋书艺，并未及其他。《宣和书谱》更是把百年前作为玄奘弟子的怀素和草圣怀素混为一人。

《怀素师草书歌》，全文如下：

　　怀素才年三十余，不出湖南学草书。大（人）夸羲献将齐德，切（窃）比钟繇也不如。畴昔阇梨名盖代，隐秀于今墨池在。贺老遥闻怯后生，张巅（颠）不敢称先辈。一昨江南投亚相，尽日花堂书草障。含毫势若斩蛟龙，挫管还同断犀象。兴来索笔踪（纵）横扫，满坐（座）词人皆道好。一点三峰巨石悬，长画万岁枯松倒。叫嗷（喊）忙忙礼不拘，万字千行意转殊。紫塞傍窥鸿雁翼，金盘乱撒水精珠。直为功成岁月多，青草湖中起墨波。醉来只爱山翁酒，书了宁论道士鹅。醒前犹自记华章，醉后无论绢与墙。眼看笔椊（掉）头还掉，只见文狂心不狂。自倚能书堪入贡，一盏一回捻笔弄。壁上飕飕风雨飞，行间屹屹龙蛇动。在身文翰两相宜，还如明镜对西施。三秋月澹青江水，二月花开绿树枝。闻道怀书西入秦，客中相送转相亲。君王必是收狂客，寄语江潭一路人。

本诗对考证怀素的生平提供了新的材料。关于怀素的生年，学术界有两说。一说生于开元十三年（725），根据是怀素《清净经帖》末云："贞元元年八月廿有三日，西太平寺沙门怀素藏真书，时年六十有一。"贞元元年为公元785年，由此推断怀素生于725年。一说生于开元二十五年（737），根据是怀素《小草千字文》帖末云："贞元十五年（799）六月十七日于零陵书，时六十有三。"对于这两帖所署时间的矛盾，陈垣《释氏疑年录》认为：《千字文帖》和《清净经帖》，"两者年岁不同，必有一赝"。李白《草书歌行》有"少年上人号怀素"的诗句,李白见怀素在乾元二年(759),当时李白近60岁,按《千字文》,怀素22岁;按《清净帖》,怀素34岁。称22岁为少年较称34岁为少年更合情理,但詹锳、郭沫若、潘重规等皆采用《清净经帖》的说法①。

《怀素师草书歌》云"怀素才年三十余,不出湖南学草书",据此,则马云奇的这首诗写于怀素三十岁过一点的时候。下文又说:"一昨江南投亚相,尽日花堂书草障。"一昨,指前些日子。"江南投亚相"之"亚相",指徐浩②。徐浩是当时著名书法家。据《旧唐书》卷十一《代宗纪》,徐浩于大历二年(767)四月至大历三年(768)十月任广州刺史,领衔岭南节度观察使兼御史大夫。唐人常称御史大夫为"亚相",故徐浩有"亚相"之称。根据马云奇的诗,则怀素已从广州回到湖南。假使怀素"江南投亚相"是大历三年(768),他返回可能是一年以后。则马云奇的诗写于大历四年(769)左右。这一年怀素刚好32岁,与"怀素才年三十余"相符③。诗的最后说:"闻到怀书西入秦,客中相送转相亲。君王必是收狂客,寄语江潭一路人。"说明马云奇作诗的时候怀素已准备动身去长安。他去长安是时任湖南潭州刺史张谓引荐的,并且与张谓同行。据傅璇琮考证,"张谓当于大历三四年间离潭州任,入朝为太子左庶子,至六年冬又为礼部侍郎"④。马云奇大历四年(769)在湖南

　　①　詹锳《李白诗文系年》,北京:作家出版社,1958年;郭沫若《李白与杜甫》,北京:人民文学出版社,1971年;潘重规《敦煌唐人陷蕃诗集残卷作者的新探测》,《汉学研究》第3卷第1期,1985年。

　　②　阎文儒先生认为"亚相"是玄宗以后至德宗兴元时执政江南的崔玄晖、卢翰等人(《敦煌两个落蕃人残诗集校释》,《向达先生纪念论文集》,乌鲁木齐:新疆人民出版社,1986年),潘重规先生则认为"亚相"是大历五年迁潭州刺史兼御史中丞的崔瓘(《敦煌唐人陷蕃诗集残卷作者的新探测》,《汉学研究》第3卷第1期,1985年),两说都不确。《全唐诗》卷二五五收有苏涣的《赠零陵僧》诗,诗的结尾说:"忽然告我游南溟,言祈亚相求大名。亚相书翰凌献之,见君绝意必深知。南中纸价当日贵,只恐贪泉成墨池。"可见这个亚相一定是个书法家。这首诗,《书苑菁华》卷十七也收录,题作《怀素上人草书歌兼送谒徐广州》。很清楚,亚相指徐广州徐浩。徐浩是当时著名书法家。他的父亲徐峤之也是著名书法家,宋人陈思《书小史》称他:"善正行书,名冠古今,无与为比。"《新唐书》卷一六〇《徐浩传》载:"浩父峤之善书,以法授浩,益工。尝书四十二幅屏,八体皆备,草隶尤工,世状其法曰'怒猊抉石,渴骥奔泉'云。"

　　③　其实,《清净经帖》末题款"贞元元年八月廿有三日,西太平寺沙门怀素藏真书,时年六十有一"是有疑点的,这条题款,最早见于明汪砢玉《珊瑚网》卷二。据《大明一统志》卷六五《永州府·寺观》:"太平寺在府治南,唐开元寺旧址,本朝洪武初改建今名。"可见太平寺是明初改建的,唐代的怀素不可能在明初建成命名的太平寺里写《清净经》。那么《清净经帖》末的署款可能是赝品,生于开元二十五年(737)就应当是可信的。

　　④　傅璇琮《唐代诗人丛考》,北京:中华书局,1980年,第197页。

潭州送别怀素，这次宴会的主人，就是潭州刺史张谓，而张谓曾于天宝十三、十四载（754、755）在北庭封常清幕府为属官，参与军中谋划，立有功勋。这次宴会以后，张渭不但带着怀素去了长安，还可能推荐马云奇去敦煌边塞，所以《怀素师草书歌》在 P.2555 中与一组敦煌人作的陷蕃诗抄在一起。

　　我们再举一个敦煌佚诗的文学史价值的例证。上节曾提及著名女道士李季兰因向朱泚献诗而招祸被杀。关于她被杀之事，唐人赵元一《奉天录》卷一有较为详细的记载。在朱泚政变中，一批大臣被杀，长安血腥。"时有风情女子李季兰上泚诗，言多悖逆，故阙而不录。皇帝再克京师，召季兰而责之曰：'汝何不学严巨川有诗云：手持礼器空垂泪，心忆明君不敢言。'遂令扑杀之。"

　　《奉天录》不录的这首"悖逆"之诗，却保存在敦煌写本中。俄藏 Дx.3865 存有李季兰的缺题七言诗一首："故朝何事谢承朝，木德□天火□消。九有徒□归夏禹，八方神气助唐尧。紫云捧入团云汉，赤雀衔书渡雁桥。闻道乾坤再含育，生灵何处不逍遥。"这首诗不见于《全唐诗》等传世文献，根据其内容，应当就是招致她被杀头的上朱泚诗。此诗首联写朱泚新朝之火德代替唐之木德乃五德相生之必然。次联歌颂朱泚。"九有"指九州。"归夏禹"指大禹继承舜帝，建立夏朝。"助唐尧"用尧以子丹朱不肖而传位于舜的典故。颈联写朱泚代唐乃天运所归，有祥瑞可证。"紫云"指祥瑞之云气。"赤雀衔书"用周代商的典故。相传周文王姬昌为西伯时，有赤色鸟衔丹书止于其户，授以天命，后其子武王姬发果然灭商建立周朝（见《史记·周本纪》"生昌，有圣瑞"下张守节《正义》引《尚书帝命验》）。后来，这个典故就成了泛指帝王受天顺命的祥瑞。尾联歌颂新朝包容化育天下万事万物，人民从此可以过上逍遥自在的日子。据《奉天录》记录，朱泚于宣政殿继承皇位时，"愚智莫不血怒"。当时有严巨川写诗道："烟尘忽起犯中原，自古临危道贵存。手持礼器空垂泪，心忆明君不敢言。落日胡笳吟上苑，通宵房将醉西园。传烽万里无师至，累代何人受汉恩。"与李季兰的诗表达的阿谀之情迥异。

　　除了补充高适、王昌龄、怀素等知名艺术家的研究材料，敦煌佚诗还扩充了唐诗的作家队伍。如马吉甫、房元阳、侯休祥、梁去惑、房旭、郑愿、皇甫斌、宋家娘子、殷济等,皆为《全唐诗》所不载,这些人的作品能远传到沙漠边陲说明他们在当时也大都是具有相当影响力的诗人,因此,他们的资料对唐诗研究来说也相当重要。

还需提及的是,这些诗作还能勘正传世文献谬误,修正文学史上的一些诗名或作者归属问题。比如《全唐诗》所录王昌龄的《城旁曲》:

> 秋风鸣桑条,草白狐兔骄。邯郸饮(一作饭,又作饱)来酒未消,城
> 北原平掣皂雕。射杀空营两腾虎,回身却月佩弓弰。

该诗尚残存于 P.2567 中,但题名为《邯郸少年行》,经黄永武考证,《城旁曲》实际上为王昌龄另一首佚诗的名字,今本在流传过程中混淆了二者的题目。其实,我们只要看看诗中"邯郸饮来酒未消"一句就可知道敦煌古抄的题名是恰当的。这方面的例子还有不少,比如 P.3619 畅诸的《登鹳雀楼》,《全唐诗》误作畅当诗;S.555 蔡孚的诗,《全唐诗》误收王勃名下,等等,皆赖敦煌本得以更正。可见这些佚诗的文学史料价值。

第三节　敦煌文人诗歌的传播与应用

敦煌宝藏给我们留下的不仅是静态的文献,而且蕴含着很多生动的传播过程。所以,我们在研究敦煌文人诗歌的时候,不仅要关注文献的校勘和辑佚等方面的价值,更要深入挖掘写本传达给我们的动态信息。我们知道,敦煌的诗歌写本是典型的下层文学写本,有着明显的随意性、实用性的特点,它的功能往往是多方面的。从传统文献研究的角度来看,写本内容的混乱无疑是个很大的障碍,但如果我们换一个思路,思考一下这些不同内容的东西为什么会抄在一起,或许会开辟新的天地。固然,很多的时候只是出于对纸张充分利用的偶然杂抄,但无论何时,发掘偶然中蕴含的必然总是一切研究工作的天职。以下从三个方面讨论文人诗歌在百姓生活中的传播方式和现实角色。

一、敦煌人阅读欣赏的对象和学习的范本

在唐代这样一个诗的国度里,读诗、写诗是个很普遍的事情。毫无疑

问,敦煌写本的文人诗歌首要的作用就是供人阅读和学习,我们要关注的只是这些诗歌所呈现的方式而已。很多人认为敦煌的文人诗卷不过是个别爱好者利用废纸书写的杂抄,这实际上低估了中原文人作品在敦煌的传播程度。我们认为敦煌文人诗卷大致可分为一般流通或保存意义上的"书籍"和个人随意的"杂抄"两种。一般来说,那些写本的内容单纯(至少诗歌所在一面较为单纯)、字迹工整、行款严整、题署较为清楚的一般为"书籍";反之,那些书写潦草,行款题署随意、内容驳杂的抄卷可相对称为"杂抄"。

唐代文教繁盛,书籍的巨大需求促使流通的渠道多样而且通畅,专门以佣书为业的抄手、贩卖书籍的书肆在各地都普遍存在,文人诗文集即是他们抄写、经营的主要内容之一。王重民、刘铭恕、黄永武等都曾将敦煌写本中的某些写本拟名为某种专集或选集,张锡厚更是专书讨论了这些唐集性质的写本和相应刻本诗文集的源流关系①,他们显然认为这些写本即为"书籍"或至少是根据通行"书籍"抄写的。一向对所谓"诗集"说持谨慎态度的徐俊在谈及 P.4994、S.2049 拼合卷与 P.2544 的高度一致现象时也说"它们的存在,说明敦煌地区确实流传有某些通行的诗歌选集"②。既然有所谓书籍的存在,我们就可以根据抄卷的内容和抄写情况来判断,哪些写本是"书籍"或在某种程度上有"书籍"的部分功能,以下看具体例证:

1. P.2492+Дx.3865,存白居易诗 17 首,元稹、李季兰诗各 1 首。《敦煌古籍叙录》云:"敦煌出《白香山诗集》,袖珍折叶装本,书法甚工,半页十行,行十八至二十二字不等。遇当代帝王均空格,又以避讳之字代本字,真唐人著作,唐人写本之原式也。"③从写本形制、字迹、题署、行款各方面看,此卷皆可称之为"书籍"。

2. P.2567+P.2552,存高适诗 49 首、李白诗 43 首、孟浩然诗 12 首、王昌龄诗 8 首,以及其他作家的诗作,共计 123 首。该卷书法工整,行款严格,同作者的诗作抄在一起,题署清楚,非一般的杂抄可比,故应为"书籍"。

---

① 张锡厚《敦煌本唐集研究》,台北:新文丰出版股份有限公司,1995 年。
② 徐俊《敦煌诗集残卷辑考》,北京:中华书局,2000 年,第 465 页。
③ 王重民《敦煌古籍叙录》,北京:中华书局,1979 年,第 295 页。

3. P.3862,该卷存高适诗歌 48 首,《敦煌古籍叙录》称其为"高适诗集",且云其书法"秀整可观;避唐讳甚谨,的是唐人所书"①。该卷所抄 48 首高适诗歌与 P.2567、P.2552 拼合卷 49 首仅见一重题而无重篇,这样认真规范有计划地抄录,就可视其为"书籍"。

4. P.3480,存刘希夷、陈子昂、樊铸、冯待徵、王泠然诗各 1 首,王粲《登楼赋》1 篇。徐俊《敦煌诗集残卷辑考》云:"原卷共存两纸,薄绢裱褙。诗文题署严格,书法纯熟,行间有丝栏界格,并间存朱墨点断之迹。"②此卷无论从装帧还是抄写状况来看,皆可称之为"书籍"。

5. P.3946,存佚名诗人作品 3 首,从其无残缺的长方形纸页的形制来看,应为册页装书籍的一页,故徐俊也认为是佚名诗册的残页。

6. P.4878,存张祜诗 4 首。该卷书法、行款极严整。两面书写,形制与 P.3946 同,故也应为张祜诗册的残页。

7. 伯希和藏文写本 1208、1221,存韩翃诗 3 首、岑参诗 1 首、卢纶诗 5 首。徐俊《敦煌诗集残卷辑考》云:"原卷题署完具,行款整严、书法俊秀,为敦煌诗卷中的上品。"③该卷背面虽用以书写吐蕃文,应为敦煌陷蕃之后的事情,不影响诗卷的纯粹性,故亦为"书籍"。

同以上抄写规范、题署严格的"书"相比,一些抄于卷背且内容驳杂、抄写随意、题署不清、行款欹侧或根本没有什么行款格式可言的诗卷即可以称其为"杂抄"。且看如下抄卷:

1. P.3200,该卷存阙题杂诗 12 首,其中 1 首经考为宋之问的《题大庾岭》。全卷抄于《长乐经》卷背,行草书写,12 首诗歌连抄,诗与诗、句与句之间均无点断或空格,诗题及作者皆无。故可定为"杂抄"。

2. P.3353,该卷存五言杂诗 4 首,书于残道经卷背纸头,且倒书,书法拙劣,行款欹侧,诗句间无点断,且后有"南无""灵图寺""法荣"等大小不一的字迹。这是很典型的卷头"杂抄"。

---

① 王重民《敦煌古籍叙录》,北京:中华书局,1979 年,第 290 页。
② 徐俊《敦煌诗集残卷辑考》,北京:中华书局,2000 年,第 264 页。
③ 徐俊《敦煌诗集残卷辑考》,第 484 页。

3. S.3835,该卷存图形结构的特体游戏诗 4 首,为押牙索不子的私人写本。正面依次抄《太公家教》《千字文》《百鸟名》,背面抄诗,其后为"为凭""为凭廿九日"等习字杂写和倒书的卖宅契草稿 1 通,卷背所有文字皆不及正面工整。该卷应以保存正面文献为目的,卷背已沦为习字废纸,故可视为"杂抄"。

4. S.4444,原卷正面为《佛经戒律疏》,卷背依次为张祜诗 3 首、习字杂写 2 行、《大乘密严经》经文 6 行、僧尼名录 14 行半、社司转帖 4 行、阙名七言诗 1 首。该卷字迹非一人书且多数文字书写潦草,字体大小、墨色浓淡均差异较大,应为多人多次书写的"杂抄"。

类似这样的写本还有不少,很明显,这些随意书写的写本很难起到供他人阅读的作用,最多不过供抄写者个人阅读或使用。但我们决不能因此而轻视这些写本的价值,因为越是能信手写来的诗作越能说明它在当时流传得广泛,且很多和其他实用文献杂抄在一起的诗歌往往有一定的实际的功用。这些"杂抄"相对包含了更多的"动态信息",和抄写者的生活密切相关,这恰是我们要着力研究的对象。

需要指出的是,这里所说的"书籍"和"杂抄"只是相对而言的,严格地区分是不可能的。我们必须知道写本时代的"书"与刻本时代的书籍有着很大的不同。在写本时代,一般流通的书卷和自己抄写存阅的写本之间没有严格的区别,一些修养较高的文人完全可能抄写出质量高于书肆贩卖之作的书卷,尽管他只是供自己阅读,而一些抄写不佳的写本有可能因内容或抄写者等各方面的原因在特定的场合流通。我们之所以关注是否有所谓"书籍"的出现,主要是从文人诗歌的传播与接受的角度来看的。一些规范严格的高质量抄本的出现,是敦煌地区的诗歌传播与接受发展到较高水平的产物,而较为随意的写本甚至涂鸦之作亦恰好能表明粗通文墨的一般人对唐诗的热爱。写本的抄写质量上的差异,形式上的多样说明了中原文人诗歌在敦煌地区有着广泛的多层次的接受群体,这些诗歌在当时的敦煌是雅俗共赏的。

二、敦煌学校的教学内容之一

在大唐帝国重视文教的大背景下,敦煌的教育发展良好。谈到敦煌各级学校的教材问题，学界多仅提及各种童蒙教材和一些经学基础书目，其实在唐代科举诗赋取士的强力引导下文人诗赋教学也是从基础抓起的。谈及诗赋教学的教材，我们认为既要有《文选》这样的古诗文经典，也应该有文人诗这样的当代篇章。元稹《白氏长庆集序》说："予尝于平水市中，见村校诸童，竞习诗，召而问之，皆对曰：'先生教我乐天、微之诗。'固亦不知予之为微之也。"①借此一例，可见唐朝文人诗被教授之一斑。除了科举入仕的终极目的外，诗歌在唐代社会不仅仅是一种喜闻乐见的文学样式，也是普通民众读书识字的教材。

在整理敦煌文人诗歌写本的时候，我们发现，文人诗歌往往同儒家经典杂抄在一起，现举例如下：

1. P.2687，正面为《论语集解》，卷背为刘希夷、王勃、宋之问、苏颋、郭良□诗歌共 11 首，从内容看似为初唐诗歌选抄。诗卷书法精良，与正面笔迹相似。

2. P.2748，正面为古文《尚书》残卷，卷背为高适、魏奉古、悟真等人诗词 37 首，内容如《沙州敦煌二十咏》《百岁诗》《古贤集》等皆为当时当地广为流传之作，《敦煌诗集残卷辑考》云："原卷行款严整，书法甚佳，为敦煌诗卷中的精品。"②

3. P.2677+S.12098，该卷经徐俊拼合，正面录《论语集解》残篇，后残存诗歌 13 行，经考为屈同仙《燕歌行》、王泠然《野烧篇》残句，卷背为"敕河西节"等习字杂写。

4. P.4994+S.2049，该卷经徐俊拼合，正面为《毛诗郑笺》，卷背为安雅《王昭君》《古贤集》、卢骖《龙门赋》、刘长卿《酒赋》及刘希夷、高适、李白等人诗歌 13 首。

如此之多的文人诗歌同儒家经典杂抄一卷的情况应该不仅仅是巧合，我们认为这是文人诗赋被作为教材的证据之一。这些儒家经典残卷，作为

---

① 《白居易集》，北京：中华书局，1979 年，第 2 页。
② 徐俊《敦煌诗集残卷辑考》，北京：中华书局，2000 年，第 145 页。

当时教授的内容,它们最可能的来源处就是各类学校,那么与其抄在一起的诗赋也应当与学校活动相关。是不是仅为废弃纸张的再利用呢? 考虑到儒家经典在教学中的主导地位,似乎不可轻易断言。有些卷子如 P.2677＋S.12098,儒典与诗歌同处一面且字迹相同,这更说明了它们在同时使用。

我们再来看看卷中诗歌的内容,以上诸卷所载诗歌多数在敦煌写本中不止一个写本,如高适《燕歌行》有 4 个写本、《酒赋》则多达 7 个写本,这些在当时当地广为流传的诗篇符合古今教材追求"名人名篇"的标准,而《百岁篇》《敦煌二十咏》等当地名篇的入选恰好体现了诗歌教材的地域特点。《古贤集》本身就是广为人知的历史知识类童蒙教材,它的存在更加说明了该写本的教学应用性质。此外,这些写本多数书写精良,不似全为一般爱好者随意抄录,从卷背偶见的习字杂写也大致能推断敦煌学童曾经学习使用过这些卷子。

还有两个写本应引起我们的特别注意,即前文所提的 P.4994＋S.2049 与 P.2544 两卷。这两卷所载诗歌及次序几乎完全相同。徐俊经过比勘认为二者并非派生,而是有共同的母体。姜亮夫认为 P.2544"字迹恶劣,讹误极多,且纸墨已朽,曼灭不能句读,当为习字杂录"①,很有道理。其实这两个写本的书写都很幼稚粗劣,应均出自敦煌学童之手,大概是学童学诗的两份抄写作业,教师大概采用了练字学诗一举两得的教学方式。饶有趣味的是 P.2544 卷背还有一幅小鸟衔花的涂鸦之作,并书有"画人邓苟苟书是"几个大字,笔体一似前文。大概这位邓苟苟同学抄完作业后心情轻松,涂鸦自娱,并大书其名,很是得意。这种典型的学郎文化,也从一个侧面证明了该卷的作业性质。

这些当代诗歌教材与规范固定的九经、《文选》等传统教材相比,随意性强,更能激发学生的自学兴趣,它们是莘莘学郎们寒窗生活很好的调剂。所以,不管是教学还是自学,这些文人诗歌都是学校教育不可或缺的组成部分。文人诗歌成为教学的重要内容,既是诗文传播到一定程度的产物,同时

① 转引自徐俊《敦煌诗集残卷辑考》,北京:中华书局,2000 年,第 466 页。

又从根本上保证并推动着文人诗歌的传播与接受,促进了敦煌这一边陲小城的诗歌繁荣。

三、敦煌地区民间仪式文学的重要内容

敦煌文学作为敦煌普通民众文化生活的档案,有着鲜明的仪式文学的特征,它是敦煌民间的婚丧嫁娶、祈福驱傩、讲唱娱乐、俗讲化缘等各种世俗仪式和宗教仪式的重要组成部分。中原的文人诗歌也不例外,它们不仅是敦煌文人学习诗歌的样板,而且被普通民众运用到生活的各种仪式中,被赋予了新的涵义。

(一)说唱文学的组成部分

唐五代宋初时期的敦煌,说唱艺术盛行。变文、小说、讲经文、缘起、俗赋、词文等说唱艺术是佛教化俗和民间娱乐的主要方式。这些形式多样的说唱艺术在中国古代有着悠久的文化传统,长期以来它们哺育了典雅文学的创作,同时民间艺人在创作时也会经常借用文人的创作成果。考虑到民间艺人的这一创作特点以及唐代文人诗歌的广泛传播,我们认为中原文人诗歌也会是说唱文学的组成部分。下面即通过相关写本来具体论证。

P.3910,该卷为对折册页,共18对页又首尾各半页,文字拙朴,有不均匀栏格。依次抄有《茶酒论一卷并序》(尾题作“茶酒论一卷”)、《新合千文皇帝感辞壹拾壹首》(尾题作“新合千文一卷”)、《新合孝经皇帝感辞一十一首》《听唱张骞一曲歌》、阙题诗21首(经徐俊考证其中一首为苏味道《正月十五夜》的前四句)(以上内容共一尾题作“新合孝经一卷”)、《秦妇吟》。该卷卷末题:“癸未年二月六日净土寺弥赵员住左手书。”多数认为此卷为赵员住抄写,但徐俊认为赵员住只是买了册页题名而已,该卷实为阴奴儿抄写,甚是①。

从内容来看,该卷几乎全与说唱有关。徐俊亦曰:“在所有敦煌诗卷中,

---

① 徐俊《敦煌诗集残卷辑考》,北京:中华书局,2000年,第431页。

P.3910 最具讲唱底本的特征。"①联系到当时讲唱艺术的盛行,将该写本确定为讲唱艺人的底本应该不会有问题。我们重点关注的是写本中的 21 首阙题诗,从内容来看,这些诗歌同《听唱张骞一曲歌》一样,显然不属于尾题所言"新合孝经一卷"的内容,它们是否与讲唱有关呢? 对此,任半塘说:

> 曰"听唱张骞一新歌"与曰"听唱金刚般若辞"(刘书载《开元皇帝赞〈金刚经〉》发端之次句),显然同一语气。惟在此乃插话,于《皇帝感》之唱词后,乃为下一节目作介绍,类似今日戏场之有"报幕"。说明当时所具之唱本内,"孝经歌"与"张骞歌"两辞或已连而未分,及传写于此本内,乃将此组包入"新合孝经一卷"中。据此推断:彼同列在"新合孝经一卷"六字前之恋情诗二十首,亦可能从唱本中抄来,作为同场之唱辞,不能视同无关系之徒诗。②

在任先生看来,这些诗歌即是民间说唱词的组成部分。特别要说的是,这组诗歌中有如下四句:"火树银花合,星桥铁锁开。暗尘随马去,明月逐人来。"这是苏味道《正月十五夜》一诗的前四句。也就是说,尽管这 21 首诗歌具体属于哪一种或几种唱本,现在已经说不清了,但有一点毫无疑问,那就是民间艺人会借文人诗歌来创作说唱词。

其实,在敦煌文献中,说唱艺术和文人相关联的情况还有不少。比如S.3872《维摩诘经讲经文》:

> 所以玄宗皇帝从蜀地回,肃宗代位,册玄宗为上皇,在于西内。是政已归于太子,凡事皆不自专,四十八年为君,一旦何曾自在。齿衰发白,面皱身羸,乃裁请(诗)自喻,甚遂:"刻木牵丝作老翁,鸡皮鹤发与真同。须臾曲罢还无事,也似人生一世中。"

讲经文中玄宗所吟之诗是唐代梁锽(天宝年间在世)的《咏木老人》(《全唐诗》二〇二),今被说唱艺人借来附会在唐明皇身上。

① 徐俊《敦煌诗集残卷辑考》,北京:中华书局,2000 年,第 432 页。
② 任半塘《敦煌歌辞总编》,上海:上海古籍出版社,1987 年,第 629—630 页。

再如,P.2955《佛说阿弥陀经讲经文》中也借用了晚唐诗人薛能的《鄜州进白野鹤》一诗:

> 白野鹤,鄜州进。轻毛沾雪翅开霜,红嘴能深练尾长。名应玉符朝北阙,体柔天性瑞西方。不忧云路阆河远,为对天颜送喜忙。从此定知栖息处,月宫琼树是家乡。

项楚说:"因为诗中有'瑞西方'之语,所以为俗讲僧采用,作为西方阿弥陀净土的瑞鸟之一了。"①

P.3645 抄有歌颂"太保"的唱文一篇,《敦煌变文集》附载在《张议潮变文》之后。这篇 32 句的唱文,其实由 8 首绝句凑合而成的。如"孤猿被禁岁年深,放出城南百尺林。渌水任君连臂饮,青山休作短长吟"一首,为晚唐曾庶几的《放猿》诗,见《全唐诗》卷七六八(误作曾麻几)。又"流沙古塞改多时,人物须存改旧仪。再遇明王恩化及,远将情恳赴丹墀"一首,在 S.4654 中题作《谨上沙州专使持表从化诗一首》,作者署"杨庭贯",杨氏生平不详,当为悟真大中五年(851)出使长安时所见之朝廷官员。又"敦煌昔日旧时人"以下 4 首,也见于 S.4654,作者也当为悟真。可见,这篇唱文完全是借用已有的文人诗歌。所以,敦煌写本中大量的文人诗抄卷未署作者,并不是抄手的疏忽,因为这些写本是民间讲唱者的底本,他们只是借用这些诗作,至于其作者是谁,对他们并不重要。

(二) 婚俗和节俗仪式的应用文学

婚俗和节俗是民俗的两个很重要的组成部分,是百姓日常生活中的重头戏。文学作品的宣唱和应用往往是这些仪式中最引人注目的部分。在敦煌写本中,有些典型的诗卷恰恰保存了这些仪式文学被应用的"动态信息",以下结合写本具体论述。

1. P.2976,该卷首尾俱残,正面开头抄写《下女夫词》,依次抄写《咒愿新女婿》,无题诗一首(徐俊考定为高适的《封丘作》),阙题诗四首(每首五言四

---

① 项楚《敦煌诗歌导论》,成都:巴蜀书社,2001 年,第 67 页。

句),五更转(仅存一更、二更共二首,应缺三首;诗末另行抄"温泉赋一首,进士刘瑕"及首句"开元改为天宝年十月后兮"一行),《自蓟北归》(无作者,经考为高适诗),《宴别郭校书》(无作者,经考为高适诗),《酬李别驾》(无作者,经考为高适诗),《奉赠贺郎诗一首》(无作者,《敦煌宝藏》以为高适诗,徐俊以为不是高适所作①)。此卷本书第一章已作推证,此处不烦再论。从该卷中我们看到了高适诗歌在敦煌婚仪中被应用情形,恰当贴切,自然而然。

2. P.3252＋P.3608,此两卷本为一卷残裂为二,两断卷不能拼合。正面均为垂拱职制户婚厩库律残卷。P.3252 背依次抄写《咒愿新女婿》(原卷无题,徐俊据他卷考定为此题)、《催妆二首》《去花一首》《去扇》《去幞头》《合发诗》《脱衣诗》《合发诗》(此3首均无题,徐俊据《下女夫词》考定为此题)、阙题(五言八句)、《咒愿文》(残存10行)。P.3608 背依次为《大唐陇西李氏莫高窟功德记》(卷首记有"节度留后使朝议大夫尚书刑部郎中兼侍御史杨绥述"题署)、《寒食篇》《夜烧篇》(此二诗原卷均无作者,《夜烧篇》经考为王泠然《夜光篇》,《寒食篇》与《夜烧篇》诗调相同,盖亦为王泠然作品)、《讽谏今上破鲜于叔明令狐峘等请试僧尼及不许交易书》、贾耽《上皇帝表》。P.3252 与 P.3608 背面诗文不能衔接,但为一人书写。

P.3252＋P.3608 有明显的婚仪诵读性质。《咒愿新女婿》即婚仪所用,此类文章在敦煌写本中存数不少。接下来的催妆、去花、去扇、去幞头、合发、脱衣等均为婚礼仪式的一部分,其诗词内容亦与婚仪用诗的典范之作《下女夫词》相类。该卷所抄的中原文人诗歌,有力地证明了仪式应用写本在敦煌写本中的存在。卷中《寒食篇》《夜烧篇》是本文研究的重点文本,兹据《敦煌诗集残卷辑考》录文如下。

《寒食篇》:

　　天运四时成一年,八节相迎尽可怜。秋贵重阳冬贵腊,不如寒食在春前。禁火初从太原起,风俗流传几千祀。算取去年冬至时,一百五日今朝是。今年寒食胜常春,总缘天子在东巡。能令气色随河洛,斗觉风

---

①　徐俊《敦煌诗集残卷辑考》,北京:中华书局,2000 年,第183页。

光竞逐人。上阳遥望青春见,洛水横流绕城殿。波上楼台列岸明,风光所吹皆流遍。画阁盈盈出半天,依稀云里见秋千。来疑神女从云下,去似恒娥到月边。金闺待看红妆早,先过陌上垂杨好。花场共斗汝南鸡,春游遍(偏)在东郊道。千金宝帐缀流苏,簸环还坐锦筵铺。莫愁光景重窗暗,自有金瓶照乘珠。心移向者游遨处,乘舟欲骋凌波步。池中弄水白鹇飞,树下抛球彩莺去。别殿前临走马台,金鞍更送彩球来。球落画楼攀柳取,枝摇香俓(径)踏花回。良辰更重宜三月,能成昼夜芳菲节。今夜无明月作灯,街衢游赏何曾歇。南有龙门对洛城,车马倾都满路行。纵使遨游今日罢,明朝上(尚)自有清明。

《夜烧篇》:

游人夜到汝阳间,夜色冥蒙不解颜。谁家暗起寒山烧,因此明中得见山。山头山下须臾满,历险缘崖无暂断。燋声散著群树鸣,炎气傍流一川暖。是时西北多海风,吹起连天光更雄。浊烟熏月黑,高焰蓺云红。初谓练(炼)丹仙灶里,还疑铸剑神溪中。划为飞电来照物,乍似流星迸入空。西山草尽看已灭,东顶荧荧犹未绝。沸伤(汤)穿谷数道冰,融尽阴崖几年雪。两京贫病若为居,四壁皆成凿照余。未得贵游同秉烛,希将半景借披书。

寒食是我国重要的传统节日之一,在唐代尤为盛行。据王重民考证,《寒食篇》一诗为王泠然所作。该诗开篇交代了节日的重要性、具体时间和禁火风俗的历史由来,继而描写了百姓踏青、荡秋千、斗鸡、宴游、抛彩球等寒食活动。那么《寒食篇》这样的诗歌会在什么样的仪式场合应用呢?抄在它前面的《大唐陇西李氏莫高窟功德记》给我们许多启示。敦煌大族李氏在寒食开始首先举行盛大的祭祖仪式,在这个仪式上诵读名篇《大唐陇西李氏莫高窟公德记》,然后高诵《寒食篇》等,转入热闹的"寒食"仪式。

《夜烧篇》也与寒食相关。寒食禁火,清明是要"改火"的,该诗即与"改火"仪式有关。"改火"是个流传更为悠久的习俗,它源于长久以来人们对"火"这种伟大的自然力的崇拜。古时候取火远不像现在这样简单,在相当长的历史时期内依靠保存长期不灭的火种。但古人认为火用久了要得病。《周礼·夏官·司爟》说改火是为了"救时疾",《管子·禁藏》说为了"去兹毒"。所以要在春天灭掉旧火,改取新火。李宗桐、裘锡圭等皆认为寒食节即源于这种古老的改火仪式,而不是因介之推而起①。改火习俗经过漫长的发展演变,到了唐代,就固定到了清明这一天。唐诗中有很多证明,比如刘长卿《清明后登城眺望》"百花如旧日,万井出新烟"、张说《清明日诏宴宁王山池赋得飞字》"承恩如改火,春去春来归"、祖咏《清明宴刘郎中别业》"霁日园林好,清明烟火新"、孟浩然《清明日宴梅道士房》"丹灶初开火,仙桃正落花"等等,如此多的诗句,可见改火在唐代的盛行。王起(760—847)的《钻燧改火赋》记载了一些改火的过程:

> 选槐檀之树,榆柳之木。斩而取也,期克顺于阴阳;钻而改之,序不愆于寒燠。既类夫求美玉而琢山石,又似乎采明珠而剖蚌腹。尔其钻也,势若旋风,声如骤雨。星彩晨出,萤光夜聚。赫戏郁攸,艳炽振怒。青烟生而阳气作,丹焰发而炎精吐。影旁射而曜威,气上腾而作苦。冠五行以斯用,审四时而是取。司方守赤,以备乎南北东西;利物济人,用配乎金木水土。②

从该赋中,我们约略可窥改火的大貌:首先要精心选择木料,然后钻木取火,最后保存火种待用。但是我们从中并没有发现《夜烧篇》所描写的烟炎张天的大火出现,只有"丹焰发而炎精吐"这样的新火初发的状态。王泠然的这两首诗在敦煌写本中出现数次③,其中《寒食篇》还被译成吐蕃文,可谓流传广泛。其原因主要是它们的实用价值。文学史上有很多文人作品是因民俗仪式而产生,又经常被借用到民俗活动之中的,如屈原的《九歌》与祭神仪式,扬雄的《逐贫赋》与送穷仪式等。唐五代时期的敦煌社会流行各种宗教仪式和世俗仪式,各种节令仪式、人生里程仪式以及祈雨、求子、出行、

---

① 裘锡圭《寒食与改火》,《中国文化》1990 年第 2 期,第 66—77 页。
② 《全唐文》卷六百四十一,北京:中华书局,1983 年影印本,第 6473 页。
③ 《寒食篇》:P.3608、P.t.1230。《夜烧篇》:P.3195＋P.2677＋S.12098、P.3252＋P.3608。

建宅,等等,很多民俗都充满了神秘色彩,与之相关的韵诵文在敦煌写本中大量存在。而改火这种古老的习俗无论从起源还是发展过程来看都充满了神圣庄严色彩。《淮南子·时则篇》中详细记载了改火对木料、侍女所穿服饰的颜色、时令等各方面的要求,可见唐以前改火仪式已经高度地仪式化了。从《钻燧改火赋》中我们也可以看到"期克顺於阴阳""用配乎金木水土"等字眼。改火仪式中有歌舞表演是很合情理的事,只不过在唐代这个诗的国度里,人们很自然地借鉴了文人诗歌的形式而已。这样,古老的改火仪式又增添了几分时尚典雅的色彩。

3. S.2104,该卷正面为《大乘百法明门论开宗义记》。背面内容较为杂乱,首先是残书札3篇,然后是《上道清法师诗二首》(原卷无题,徐俊依内容拟题)、《上清法师诗并序》(原卷无题,徐俊依内容拟题)、《又述五言》(经徐俊考证为施肩吾《乞巧词》一诗),该诗后尚有"乞巧台前有天河,双双织女在绮罗"一行,及"今日""秋风""天河"一行,似为此诗改作。

我们关注的中心内容是四首诗歌。从卷中杂乱的内容、改写的痕迹以及未完的创作来看,该卷无疑是诗歌的草稿。联系到唐代七夕的风俗和卷中的内容,我们认为该写本为七夕的宴饮仪式用诗的草稿。

唐代的七夕也是一个很重要的节日。谈到七夕,人们会很自然地想到牛郎织女,想到乞巧活动,往往会忽略七月七日还是魁星老爷的生日。魁星是主管文事的,想要在科考中"一举夺魁"的读书人自然也不能闲着,他们主要的活动是晒书、拜魁星和宴饮赋诗。七夕宴饮赋诗之风唐以前就有了。南朝陈后主就曾有《七夕宴重咏牛女各为五韵诗》一首,诗前有小序说有十多个诗人即席吟诗,可见当时的盛况。承袭六朝遗风,唐代君臣七夕宴饮更为兴盛。今存文献中保存了很多唐代君臣七夕宴饮的诗篇,比如唐高宗时陆敬、沈叔安、何仲宣等曾应制各作《七夕赋咏成篇》一篇,唐高宗有《七夕宴悬圃二首》,许敬宗亦有《奉和七夕宴悬圃应制二首》;唐中宗时刘宪、苏颋各有《奉和七夕宴两仪殿应制》等。上行下效,从《全唐诗》中大量的七夕诗来看,唐代民间的七夕宴饮赋诗活动应该也在流行,敦煌也不会例外。先看S.2104相关的两首诗:

《上清法师诗并序》：

切（窃）以某乙家乡万里，涉歧路而长赊；羡爱龙沙，收心住（驻）足。初听蛩吟于阶砌，乍闻蝉噪于高梧。是千门求富之辰，乃巧女七夕之夜。辄奉诸贤，宁无谁思，遂述七言，清法师勿令怪笑。

七月佳人喜夜情（晴），各将花果到中庭。为求织女专心座（坐），乞巧楼前直至明。

《又述五言》：

乞巧望天河，双双并绮罗。不犹（忧）针眼小，只要月明多。

从诗的内容看二诗显然都是因七夕而作的，而第一诗的小序更是说明它们是在宴会赋诗活动中用的。可以想象，在"千门求富之辰，乃巧女七夕之夜"，有"诸贤"在座，大家饮酒赋诗、共度佳节，甚合唐代风俗。故从小序来看这大概是一个以清法师为尊的七夕宴会。据徐俊研究，此诗的作者大概是一个内地到敦煌巡视的官员，清法师即是金光明寺的道清上人。该官员远到敦煌多时，或曾深受道清上人关照，该卷即有诗为证：

自到敦煌有多时，每无管领接括（话）希。寂寞如今不请说，苦乐如斯各自知。

思量乡井我心悲，未曾一日展开眉。耐得清师频管领，似逢亲识是人知。

唐人的节日宴饮也是一种沟通感情的方式，通过宴饮活动既可娱乐身心，又可表达感激之情，可谓一石二鸟。同时，节日赋诗还有一个重要的目的——展示才华，此人也不例外。不过从他平铺直叙，用语浅俗的几首诗来看，此人远非才子，大概不过粗通文墨而已。怎么才能在敦煌人面前不失大唐风仪呢？他想到了"仿写"或干脆"借用"（其《又述五言》四句即是唐人施肩吾的《乞巧词》一诗），然而"抄袭"是要冒很大风险的，作者当然知道，从诗后的"乞巧台前有天河，双双织女在绮罗"一行，及"今日""秋风""天河"诸痕迹来看，当时他也曾试图仿写一首。从这个草稿我们可以清楚地看到文人诗歌在七夕仪式上被应用的场景。

　　综上所述，中原的文人诗歌不仅是人们学习和欣赏的对象，更是实实在在地融入了敦煌民众的日常生活，成了他们自己的文学。同时，我们还要认识到，在那个曾长期与中原隔绝、外来文化不断渗透的边陲小城，敦煌文化能够和中原文化血脉相连，文人诗歌发挥了很重要的纽带作用。

第六章　敦煌的白话诗

　　王梵志的五言白话诗以及敦煌释道诗歌、敦煌民间白话诗是敦煌文学中最具有地域、宗教和民族特色的诗篇。它们生动地展示了当时的社会面貌、宗教信仰和人情世态,具有深刻的现实意义,是敦煌写本中最具代表性的白话诗。王梵志诗以及来自敦煌释道徒的白话诗,巧妙地运用嬉笑怒骂、质朴简练的语言生动地反映了自己对当时社会的清醒认识,表达了一种达观、调侃的态度;而来自敦煌民间的白话诗,如《崔氏夫人训女文》《下女夫词》《咏廿四节气诗》《咏九九诗》以及形式多样的杂体诗,生动鲜活地存在于当时敦煌人们的日常生活之中。敦煌的白话诗是姹紫嫣红的唐代诗苑中的一枝奇葩。

第一节　王梵志诗

　　关于王梵志所生活的时代及其生平、身世情况,现存的基本资料很少,目前仅见于唐人冯翊子(严子休)的《桂苑丛谈》和宋初编修的《太平广记》之中。二书"王梵志"条都引用《史遗》中的记载:

　　王梵志,卫州黎阳人也。黎阳城东十五里,有王德祖者,当隋之时,家有林檎树,生瘿大如斗。经三年,其瘿朽烂,德祖见之,乃撤其皮,遂见一孩儿抱胎而出，因收养之。至七岁，能语，问曰谁人育我，及问姓名，德祖具以实告：因林木而生，曰梵天，后改曰志。我家长育，可姓王也。作诗讽人，甚有义旨，盖菩萨示化也。

晚唐范摅《云溪友议》卷下的《蜀僧喻》中也有类似的简略记载，指出："或有愚士昧学之流，欲其开悟，别吟以王梵志诗。梵志者，生于西域林木之上，因以梵志为名。其言虽鄙，其理归真。"从这些大同小异的材料中不难看出，王梵志的生平、身世及其所处时代，毫无例外地被浓重的神话色彩所笼罩和掩盖，以至于学者们众说纷纭，难于折中。这里我们只需要形成一个初步的印象：王梵志为卫州黎阳（今河南浚县）人，生于隋代，主要活动于初唐时期，是一位著名的民间白话诗人，他的诗风与当时的诗歌主流大相径庭。

敦煌写本 P.4978 抄有《王道祭杨筠文》，可佐证前文的说法。祭文开头云："唯大唐开元二七年（739），岁在癸丑二月，东朔方黎阳故通玄学士王梵志直下孙王道，谨清酌白醪之奠，敬祭没逗留风狂子、朱沙染痴儿、洪农杨筠之灵。"1982 年，法国汉学家戴密微在《王梵志诗附太公家教引言》中对这篇文章提出质疑，认为此文是一篇滑稽的游戏文字，不能作为可靠的史料看待。项楚《敦煌遗书中有关王梵志三条材料的校订与解说》对这篇祭文的游戏性质做了深入地论证①。其后陈允吉《论敦煌写本〈王道祭杨筠文〉为一拟体俳谐文》一文在爬梳中国古代俳谐文的源流和演进轨辙的基础上，明确指出《王道祭杨筠文》为一拟体俳谐文，它在摹袭祭文体制形式的同时，又赋予作品同文体要求毫不相干的滑稽嘲讽内容，遂与所拟文体之应用目的实现了完全的隔离。故它绝不是一条史实材料，若拿来考订王梵志的生平、时代，就难免会进入误区②。诸位先生的说法，言之凿凿，令人信服。但这篇祭文所标示的时间，大致是可信的。因为本卷另一面抄有《开元兵部选格》（拟题），其中有"开元七年（719）十月廿六日敕"的内容。而"岁在癸丑"云云，是

① 项楚《敦煌遗书中有关王梵志三条材料的校订与解说》，《敦煌文学丛考》，上海：上海古籍出版社，1991 年，第 440—461 页。
② 陈允吉《论敦煌写本〈王道祭杨筠文〉为一拟体俳谐文》，《复旦学报》2006 年第 4 期，第 78—88 页。

写这篇调皮文章的人故意用当时流行的王羲之《兰亭集序》中的话,耍了一个小小的花招。王梵志的孙辈生活在开元年间,证明王梵志确实是初唐的一位诗人。

一、敦煌王梵志诗写本情况

敦煌写本中有 33 件抄有王梵志诗,全部流散在英、法、俄、日等国,分别藏于英国伦敦大英博物馆、法国巴黎国家图书馆、俄罗斯圣彼得堡东方研究所,以及日本奈良宁乐美术馆。另外,加上散见于唐宋禅宗语录以及诗话、笔记中的王梵志诗,现存的王梵志诗共有大约 390 首[①]。

(一)藏于英国的王梵志诗写本

英国藏敦煌写本《王梵志诗集》有下列 12 件:

1. S.778,卷子本,正背皆书。正面为王梵志诗,存 67 行。原卷卷端题"王梵志诗集并序上"。卷末三次题记:"大云寺学仕郎邓庆长。"末行题记:"壬戌年(956)十一月五日邓庆长。"原卷残损,序文尚全,存诗 15 首,残诗 3 首。

2. S.1399,卷子本,正背皆书。正面为"王梵志诗",有界栏,存 48 行,每行上下均有残缺,且污损漫漶。原卷前后与上下严重残损,存残诗 13 首。

3. S.2710,卷子本,正背皆书。原卷末题:"王梵志一卷,清泰四年(937)丁酉岁十二月舍书,吴儒贤书,从头自续氾富川。"存诗 65 首,残诗 1 首。

4. S.3393,卷子本,正背皆书。正面为王梵志诗一卷,有界栏,计 95 行。原卷卷端题"王梵志诗一卷",卷末题"王梵志诗一卷尽"。可辨的日期有"二月二十六""二月十八"等,余则涂抹不清。存诗 91 首,残诗 1 首。

5. S.4277,原卷前后皆残,存诗 23 首。

6. S.4669,卷子本,正背皆书。正面为"王梵志诗",有界栏。原卷前后俱残,存 25 行,存诗 22 首,残诗 5 首。

---

① 下文《王梵志诗集》写本的叙录除对照相关图版外,主要参考:朱凤玉《敦煌写本王梵志诗叙录》,《王梵志诗研究》(上册),台北:学生书局,1986 年,第 23—42 页;齐文榜《王梵志诗集叙录》,《河南大学学报》2005 年第 4 期,第 44—47 页。

7. S.5441，册子本，共 15 页，每半页 8 至 10 行不等。有界栏。原卷前为"季布骂阵词文"，词文末有题记："太平兴国三年戊寅岁（978）四月十日氾礼目学士郎阴奴儿自手写季布一卷。"次为王梵志诗，卷前三次题"王梵志诗集卷中"。卷末残，存诗 19 首，残诗 2 首。

8. S.5474，册子本，存 2 页，每半页 6 至 8 行，计 27 行。有界栏和句读。原卷前后严重残损，存诗 4 首，残诗 1 首。

9. S.5641，册子本，存 4 页，每半页 8 至 10 行，计 73 行。有界栏。原卷前后残损，存诗 25 首，残诗 2 首。

10. S.5794，残片，有界栏。原卷前后残损严重，上方亦有残损，存 11 行，残诗 12 首。

11. S.5796，册子本，存 1 页，每半页 7 行。有界栏。原卷卷端题"王梵志诗集卷上并序"。次为序之全文。次存诗 2 首，残诗 1 首。余皆残损。

12. S.6032，卷子本，有界栏，存 23 行。原卷前后严重残损，存诗 4 首，残诗 1 首。

另有 S.516 卷《历代法宝记》载无住和尚引王梵志诗 1 首。

（二）藏于法国的王梵志诗写本

法国藏《王梵志诗集》写本有下列 14 件：

1. P.2607，卷子本，正背皆书。原卷有题"王梵志诗一卷"。此卷为习字者信笔所书，仅有诗半句。卷背有"王梵志诗一卷兄弟须""岁成诫天成一月"等杂写。

2. P.2718，卷子本，有界栏。原卷前为王梵志诗，首末题"王梵志诗一卷"，存诗 91 首，残诗 1 首。次为《茶酒论》一卷，卷末有题记："开宝三年壬申岁正月十四日知术院弟子阎海真自手书记。"按"开宝三年"为庚午，公元 970 年；"壬申岁"为开宝五年，此题记有误。以字形而言，"五"误为"三"的可能性大，"壬申"误为"庚午"的可能性小，所以当以开宝五年（972）为是。

3. P.2842，卷子本，首完尾缺，存 19 行。原卷为卜筮书，已残。背面用道书补缀。补缀处其上有《太上玄一真人真锭光说无量妙道转神入定妙经》残文；接为王梵志诗，首题"王梵志诗一卷"，末有题记："己酉年二月十三日学郎□□全文。"只抄录了 14 首诗。

4. P.2914，卷子本，正背皆书。原卷前部分残损，卷末题"王梵志诗卷第三"。次行题记："大汉天福叁年庚戌岁闰四月九日金光明寺僧自手建记写毕。"次行又题记："大汉天福叁年岁次甲寅七月二十九日金光明寺僧大力自手记。"隔行题："王梵志诗卷第一。"下接书《兄弟须和顺》诗 1 首。存诗 21 首，残诗 2 首。按"庚戌岁"为后汉隐帝刘承祐乾祐三年(950)，"甲寅"为后周显德元年(954)，而"大汉天福叁年"为戊戌岁，公元 938 年，题记年号或干支有误。

5. P.3211，卷子本，正背皆书。原卷首尾俱残，存 154 行，卷首 8 行残缺严重，存诗 57 首，残诗 4 首。卷背有题记："乾宁三年(896)岁丙辰二月十九日学士郎氾贤信书记之耳。"

6. P.3266，卷子本，正背皆书。原卷前后残，存诗 41 首，残诗 1 首。

7. P.3418，卷子本，正背皆书。正面为"王梵志诗"，存 195 行，首行下半残。有丝栏。原卷前后俱残，存诗 46 首，残诗 1 首。

8. P.3558，卷子本，计 101 行。原卷卷端题"王梵志诗一卷"，卷末题"亥三年正月十七日三界寺"。存诗 91 首，残诗 1 首。

9. P.3656，卷子本，存 84 行。有界栏。原卷首末题"王梵志诗一卷"，存诗 91 首，残诗 1 首。

10. P.3716，卷子本，正背皆书且皆有界栏。原卷首末题"王梵志诗一卷"，存诗 91 首，残诗 1 首。本卷有题记："天成五年(930)庚寅岁五月十五日敦煌伎术院礼生张儒通。"

11. P.3724，卷子本，存 100 行。有界栏。原卷首末皆残，存诗 22 首，残诗 1 首。

12. P.3826，原卷前部分为佛教文字；次为王梵志诗，首题"王梵志诗集卷"，接录诗半首。

13. P.3833，册子本，存 14 页，每半页 9 至 10 行，原卷前部分残，卷末题"王梵志诗卷第三"，次行题记："丙申年二月拾九日莲台寺学郎王和通写记。"存诗 52 首，残诗 2 首。

14. P.4094，册子本，存 4 页，每半页 10 或 11 行。有界栏。写本书写整齐，句读原有。原卷前部分残，下方亦残损多处，卷末题"王梵志诗集一卷"，次行题记"王梵志诗上、中、下三卷为一部，又（下残五至七字）"；次行又题记"惟大汉乾祐二年（949）岁当己酉白藏南（下残）"。存诗 58 首，部分诗有残损。

另有 P.2125《历代法宝记》、P.3201 与 P.3876 之《佛书》三个写本，各引王梵志诗一首。

（三）藏于俄罗斯的王梵志诗写本

俄罗斯藏《王梵志诗集》写本 5 件：

1. L.1456，此写本非敦煌所出，乃得于黑水城。原卷系卷子本，三纸，存107 行，行 26 字。有界栏。原卷卷首残损，卷末题记："大历六年（771）五月□日抄王梵志诗一百一十首沙门法忍写之记。"

2. L.1487，卷子本。有界栏。原卷首末俱残，下部边缘亦残破，存 24 残行，诗 13 首，部分已残。

3. L.1488，卷子本，原卷前后俱残，存 24 行，诗 21 首，部分诗句已残。

4. L.2852，五言诗，卷子本。有界栏。原卷前后俱残，存 5 残行，诗 1 首，残诗 2 首。

5. L.2871，卷子本。有界栏。原卷前后及上部皆残，存 15 行，诗 8 首，部分已残。

（四）藏于日本的王梵志诗写本

（1）日本奈良宁乐美术馆藏一敦煌写本，为《王梵志诗集》一卷抄本，存诗 8 首。

（2）日本杏雨书屋藏抄本，编号羽 030，存 91 行，下端残损严重。首题"王梵志诗一卷"，尾题"王梵志一卷第一"，末有题记："辛巳年十月六日金光明寺学郎汜员宗写记之耳。"按，此即《敦煌遗书总目索引·敦煌遗书散录》著录的李盛铎藏"0219"号写本。

已知的这 33 个写本（不包括 S.516《历代法宝记》载无住和尚引王梵志诗 1 首，P.2125《历代法宝记》、P.3201 与 P.3876 之《佛书》3 个写本等 4 个引

用王梵志诗的佛教文献写本)中,明确题署卷次的有18个写本。这390首左右的王梵志诗的编次大致可分为四个系统①:

第一,三卷本。即标明王梵志诗集卷上、卷中、卷下,与卷第一、第二、第三之三卷本,现在已经发现的只有"卷上""卷中""卷第三",其他卷次还没有发现,现已发现的应该只是全部王梵志诗的一部分。三卷本存诗205首,主要有:

(1) 王梵志诗集卷上(并序),包括 S.778、S.5796、S.5474、S.1399 等 4 种写本。项楚《王梵志诗校注》列为卷一,整理为原序 1 篇及诗 20 首(001—020)。

(2) 王梵志诗集卷中,包括 S.5441、S.5641、P.3211 等 3 种写本。《王梵志诗校注》列为卷二,整理为诗 59 首(021—079)。

(3) 王梵志诗集卷第三,包括 P.2914、P.3833 等 2 种写本。《王梵志诗校注》列为卷三,整理为诗 51 首(080—130)。此外彼得堡藏 L.1487、L.2871 也都属于此卷。

(4) 别卷,指 P.3418、P.3724、S.6032 等 3 种写本。《王梵志诗校注》列为卷五,整理为诗 52 首(244—295)。此外彼得堡藏 L.2852 也属于此卷。

三卷本《王梵志诗集》是全部王梵志诗中最主要的部分,因为它们数量最多,内容最富有现实性,艺术形式最具特色,因而价值也最高。项楚认为,三卷本王梵志诗产生于初唐时期,特别是武则天当政的时期,编辑成集,大约是在武周晚期,最晚不会在开元以后②。

第二,一卷本。标明为一卷本的王梵志诗,有 P.2718、P.3266、P.3558、P.3716、P.3656、S.2710、S.3393、S.5794、S.4669、P.2842、P.4094、P.2607,以及日本奈良宁乐美术馆藏本和彼得堡藏 L.1488 号,共 14 种写本。《王梵志诗校注》列为卷四,整理为诗 92 首(152—243)。

---

① 相关编次、分类主要参考:项楚、张子开、谭伟、何剑平《唐代白话诗派研究》,成都:巴蜀书社,2005 年,第 118—119 页;齐文榜《王梵志诗集叙录》,《河南大学学报》2005 年第 4 期,第44—47 页。

② 项楚《王梵志诗校注(增订本)》,上海:上海古籍出版社,2010 年,"前言"第 12—13、17页。以下本书简称《王梵志诗校注》,仅注页码。

　　这 92 首诗中,前 72 首是世俗的训世格言,后 20 首是佛教的训世格言。它们形式较为单调,内容较为肤浅,与三卷本《王梵志诗集》有较大差别。项楚认为:一卷本王梵志诗实际上是唐代民间的童蒙读本,是待人处世的启蒙教科书,它的内容和另一种唐代民间童蒙读本《太公家教》十分相似,应该也是出于唐代一位民间知识分子之手,而借用了王梵志的大名,以广流传①。

　　第三,法忍本,即法忍抄"王梵志诗一百一十首"本,包括 S.4277 和彼得堡藏 L.1456 等 2 种写本,其实是同一个写本断裂的两段。L.1456 卷尾端有题记"大历六年五月日抄王梵志诗一百一十首"。《王梵志诗校注》列为卷七,整理为诗 69 首(322　390)。

　　法忍所抄 110 首本(今存 69 首),这是和三卷本等不同的另一种王梵志诗集。从内容看,它基本上是一部佛教诗集。项楚认为,三卷本《王梵志诗集》中浓重的现实色彩,被淡化到几乎看不见踪迹了。其中有许多作品,明显地表现出禅宗南宗的思想,必然产生在禅宗南宗盛行之后。这个抄写于大历六年(771 年)的王梵志诗集,其主要部分应该是盛唐时期的产物②。

　　第四,零篇,据 S.516、P.2125、P.3876,以及唐宋以来的诗话笔记:唐皎然《诗式》、范摅《云溪友议》、五代何光远《鉴诫录》,宋李遵勖《天圣广灯录》、费衮《梁溪漫志》、彭乘《续墨客挥犀》、阮阅《诗话总龟》、胡仔《苕溪渔隐丛话》、慧洪《林间录》《冷斋夜话》、晓莹《云卧纪谭》、黄庭坚《山谷题跋》、陈岩肖《庚溪诗话》、计有功《唐诗纪事》,元陶宗仪《说郛》,明杨慎《禅林钩玄》、焦竑《焦氏类林》、何孟春《余冬录》、佚名《比事摘录》,清俞樾《茶香室丛钞》等辑录。《王梵志诗校注》列为卷六,整理为诗 26 首(296—321),以及断句 2 组共 3 句。

　　这些散见的王梵志诗没有 1 首与三卷本《王梵志诗集》重复,因为它们产生在《诗集》编定之后,因而不可能被收入《诗集》。所以项楚认为,这些作品实际上是在从盛唐、中晚唐、五代以至宋初的很长时期内陆续产生,并附着

---

　　①　项楚《王梵志诗校注》,第 17—19 页。
　　②　项楚《王梵志诗校注》,第 35 页。

于王梵志名下的。在这个时期内,禅宗南宗已经风行于天下,所以散见的王梵志诗中出现了表现禅宗南宗思想的作品①。所以,三百多首王梵志诗,不是一人所作,也不是一时所作,而是在数百年间,由许多无名白话诗人陆续写就的②。

二、王梵志诗的研究情况

（一）关于王梵志其人的时代与生平

关于王梵志的时代与生平,前辈敦煌学者众说纷纭,各自提出了自己的推测:

1. 胡适说。他根据《太平广记》的记载,在《白话文学史》中推断王梵志约为公元 590—660 年间的人。

2. 任半塘说。他从王梵志诗的内证推求作者的创作年代,结合《桂苑丛谈》和《太平广记》中的记载,在《王梵志诗校辑》一书的《序》中认为王梵志诗产生于初唐时期。

3. （日本）矢吹庆辉说。他根据《历代法宝记》所载无住禅师引用的王梵志诗,在《鸣沙余韵解说》中推断王梵志的诗集至少也是大历以前撰集的。

4. （日本）入矢义高说。入矢义高认为把《太平广记》中神话式的记载作为史实来理解是一种矛盾的说法,他根据《历代法宝记》《诗式》《诗议》以及《宋史·艺文志》所载的《王梵志诗集》一卷,在《论王梵志》(王梵志について)中提出王梵志是天宝、大历年间,乃至唐末五代人③。

5. （日本）游佐升说。游佐升在《论王梵志诗集一卷》中认为,即使王梵志是初唐人,但从文献学的观点分析,《王梵志诗集一卷》的成立,应该是以唐五代时期为其成立时期的上限。

6. 赵和平、邓文宽说。他们根据王梵志诗中所反映的中男的年龄、府兵

---

① 项楚《王梵志诗校注》,第 21 页。
② 项楚《王梵志诗校注》,"前言"第 4 页。
③ （日）入矢义高《论王梵志》(王梵志について),《中国文学报》第 3、4 册,1956 年 4 月、10 月。

制的情况、"开元通宝"钱的史实,以及唐中央政权与吐蕃间的冲突等社会历史现象,在《敦煌写本王梵志诗校注》中提出王梵志活动的时间上限是唐初武德四年(621),最迟不晚于开元二十六年(738)①。

7. (法国)戴密微说。他根据王梵志诗中"唾面自干"的典故,在《王梵志诗附太公家教》的引言中提出王梵志诗集的第三卷不会早于8世纪,而王梵志可能的生存年代是8世纪。

8. (日本)菊池英夫说。他在《王梵志诗集和山上忆良〈贫穷问答歌〉之研究》中认为王梵志诗集各辑的编纂时间与写作时间不同,甚至认为"不可能找出一个特定的人作为用同一名称发行的各种诗辑中所有诗、歌谣的作者。……费尽心思来追查该文作者(王梵志)的生平将徒劳无功,也没有必要"。

9. 张锡厚说。他根据王梵志诗的内容钩稽出王梵志一生的经历事迹,在《王梵志诗校辑》一书的附编《唐初民间诗人王梵志考略》中认为王梵志是初唐时代的民间通俗诗人。

10. 潘重规说。他根据《桂苑丛谈》中的材料,在《王梵志初生时代的新观察》中认为王梵志的出生时期最迟在隋代晚年,甚至可能在隋文帝初年。

11. 朱凤玉说。她根据有关王梵志诗的13条外证和7条内证,在《王梵志诗研究》(上册)中提出王梵志生于隋代,而生活在初唐。

12. 项楚说。他在《敦煌诗歌导论》中认为:"《桂苑丛谈》中关于王梵志为卫州黎阳(今河南浚县)人、生于隋代的记载是具体的,因此,可以相信当时确有这样一位白话诗人,在民间有很大影响,因而有关他的传说流传不绝。……现存王梵志诗390首,实际上包括了从初唐(以及更早)直到宋初的很长时期内,许多无名白话诗人的作品。不过其中时代最早,数量最多,内容最深刻,形式最多样,因而价值最高,最能代表'王梵志诗'的特色与成就的,当推主要创作于初唐时期的三卷本王梵志诗集。"

---

① 赵和平、邓文宽《敦煌写本王梵志诗校注》(一)(二),《北京大学学报》1980年第5期,第65—82页;《北京大学学报》1980年第6期,第33—38页。

（二）关于王梵志诗集的整理情况

关于王梵志诗集的庋藏及编次情况，是以中国学者为主的各国学者经过近一个世纪的共同努力才查考清楚的。

1. 法国巴黎所藏王梵志诗集的整理情况

中国学者刘复最早对巴黎所藏的敦煌写本王梵志诗进行了整理，最先把王梵志及其白话诗介绍给中国读者。1925 年，刘复把从巴黎抄回的 3 个有关王梵志诗的写本编入《敦煌掇琐》中（琐三〇，P.3418；琐三一，P.3211；琐三二，P.2718）。其中只有"琐三二"根据原写本的题记明确题为"王梵志诗一卷"，其他 2 个写本由于原卷残缺无题记，只是笼统地题为"五言白话诗"。

1926 年前后，胡适在欧洲考察之机也曾阅读过《王梵志诗集》的部分敦煌原卷，1928 年在《白话文学史》中考证了 P.2718、P.2842、P.2914、P.4094 等 4 种写本，由于所见到的敦煌原卷太少，考证王梵志诗的卷次问题时不免有主观和疏略之处，入矢义高对此有较为详细的驳证①。

1935 年，郑振铎编辑校录出《王梵志诗一卷》和《王梵志拾遗》，同时发表在《世界文库》第 5 册②。其中《王梵志诗一卷》根据 P.2718、P.3266 两个写本校录，《王梵志拾遗》根据胡适《白话文学史》所引 P.2914 中的 5 首诗和散见于唐宋诗话、笔记、小说中的王梵志佚诗编辑而成，郑振铎的校本在诗歌分首和文字校勘上都比刘复的《敦煌掇琐》前进了一步。

王重民编的《伯希和劫经录》，翔实反映了巴黎藏王梵志诗敦煌写本的全貌，是研究王梵志诗的一个重要目录。其中列入了巴黎所藏王梵志诗的 10 个写本：P.2718、P.2842、P.2914、P.3211、P.3266、P.3558、P.3656、P.3716、P.3833、P.4094 等；另外，P.3418 和 P.3724 这 2 个标为"五言白话诗"的残卷，经后来考证，实际上也是王梵志诗写本。

2. 英国伦敦所藏王梵志诗集的整理情况

日本学者最先注意到伦敦所藏王梵志诗，昭和七年（1932）出版的《大正

---

① （日）入矢义高《论王梵志》，《中国文学报》第 3、4 册，1956 年 4 月、10 月。
② 郑振铎《世界文库》第 5 册，上海：生活书店，1935 年。

新修大藏经》第 85 卷编入了 S.778"王梵志诗卷上并序"。昭和八年(1933),矢吹庆辉的《鸣沙余韵解说》对《大藏经》所收的 S.778 写本作了概括说明。

1936 年,向达在极其困难的条件下,阅览了伦敦所藏 500 个左右的敦煌写本,1937 年发表《记伦敦所藏的敦煌俗文学》①,著录了 4 个有关王梵志诗的写本:S.778、S.2710、S.3993、S.5441;1939 年发表《伦敦所藏敦煌卷子经眼目录》②,补充了 2 个有关王梵志诗的写本:S.5474、S.5796。

1954 年,伦敦不列颠博物院把所藏的全部敦煌写本拍摄成缩微胶卷公开销售,人们才得以见到斯坦因劫去的敦煌写本的全部内容。1957 年,刘铭恕根据这套缩微胶卷编成了《斯坦因劫经录》,比较客观地钩稽出伦敦藏王梵志诗敦煌写本的全貌。《斯坦因劫经录》明确著录了有关王梵志诗的 10 个写本:S.778、S.1399、S.2710、S.3393、S.4669、S.5441、S.5474、S.5641、S.5794、S.5796,另外还包括题为"禅诗"实际上也是王梵志和梵志体白话诗的 2 个写本:S.4277、P.5916,并考证出 P.3211 正是 S.5441 王梵志诗集卷中的内容,从而使长期按无名氏"五言白话诗"处理的 P.3211 得以归入王梵志诗集中。

3. 俄罗斯所藏王梵志诗集的整理情况

俄罗斯所藏有关王梵志诗集的 5 个写本,只有 L.1456 的原卷题记明确标为"王梵志诗一百一十首",张锡厚在《苏藏敦煌写本王梵志诗补正》一文中考证指出,L.1487、L.2871 等 2 个写本的诗,已见于 P.3833 王梵志诗集卷第三,L.2852 中的诗已见于 P.3418、P.3724 这 2 个王梵志诗残卷,则俄罗斯所藏的 5 个写本都为王梵志诗,已经确定无疑③。

4. 敦煌王梵志诗写本编为专集,以及文字校录、注释等情况

张锡厚《王梵志诗校辑》一书,由中华书局于 1983 年出版。本书根据 28 种敦煌写本以及散见于唐宋诗话、笔记小说内的王梵志佚诗,经过点校、考释,首次编成较完整的王梵志诗集。分六卷,共收诗 336 首。前五卷为敦煌写本,卷六是从传世文献中辑得的佚诗,后有补遗,收残诗 110 首,最后附载

---

① 向达《记伦敦所藏的敦煌俗文学》,《新中华杂志》(第 5 卷第 13 号),1937 年。
② 向达《伦敦所藏敦煌卷子经眼目录》,《北平图书馆图书季刊》新 1 卷第 4 期,1939 年。
③ 张锡厚《苏藏敦煌写本王梵志诗补正》,《(甘肃)社会科学》1982 年第 2 期。

S.4277梵志体诗。作者对诗中涉及的部分俗语词、宗教术语作了简略考释。书前有任半塘撰写的《序》和作者的《前言》《凡例》《卷次编号一览表》，附编有《敦煌写本王梵志诗著录简况及解说》《敦煌写本王梵志诗原卷简况》《王梵志诗评述摘辑》《敦煌写本王梵志诗考辨》《唐初民间诗人王梵志考略》《王梵志诗语词索引》等资料或研究成果。《王梵志诗校辑》第一次向学术界提供了较完备的王梵志诗的总集，创始之功，不可泯灭；有些文字的校订和俗语的考释相当精彩。蒋冀骋说："此书虽有校勘欠精，失误较多，注释欠当的不足，但它完稿于1979年，在当时的学术状况下，能有这样的水平，是难能可贵的。"（《八十年代以来中国的敦煌语言文字研究述评》）

《校辑》出版后，引起了学术界校勘、匡补、研究王梵志诗的热潮。最先发表匡补意见的是海峡两岸两位敦煌学前辈：潘重规《简论〈王梵志诗校辑〉》（《"中央日报"·文艺评论版》第21期，1984年8月16日），周一良《王梵志诗的几条补注》（《北京大学学报》1984年第4期）。另外，比较集中的校补有项楚《〈王梵志诗校辑〉匡补》（1985年），郭在贻《敦煌写本王梵志诗汇校》（1988年）则全面汇录了学术界对王梵志诗校勘的成果。众多学者的积极参与，提高了王梵志诗整理和研究的水平，促成了后出转精的《王梵志诗研究》《王梵志诗校注》等成果的推出。

法国汉学家戴密微长期整理、研究王梵志诗，其著述在作者生前未及出版，后由其弟子整理为《王梵志诗集·附太公家教》，作为《法兰西学院高等中国学研究所丛刊》第26卷，1982年由法兰西学院高等中国学研究所出版。本书《引论》中对王梵志及其作品作了全面探讨，《校录》部分从25种敦煌写本及其他史籍中辑录王梵志诗并译成法文。作者认为王梵志诗一卷本的思想内容与《太公家教》相似，因此也对敦煌写本中的《太公家教》作了校注、翻译，并附录《武王家教》一卷。

1986、1987年，朱凤玉《王梵志诗研究》由台湾学生书局出版，分为绪论篇、研究篇（上册）、校注篇（下册）三个部分。绪论篇略述王梵志诗研究的成果，重点是30个王梵志诗写本的叙录。研究篇着重探讨王梵志的时代、生平和诗歌内容、艺术特色，兼论王梵志诗与后世文学的关系，并就敦煌写本的卷次考察王梵志诗集的系统。校注篇对 390 首王梵志诗逐一校勘注释。附录为潘重规《王梵志出生时代的新观察》和《主要参考书目》。书后还附录王梵志诗写本照片 28 件,其中日本奈良宁乐美术馆藏卷为首次公布。本书第一次将法忍抄 72 首王梵志诗收入集中,向学术界提供了一个最为完备的全辑本;校注比较精当,尤其结合佛典和唐代历史校注梵志诗,甚多精义。

项楚《王梵志诗校注》在张锡厚《王梵志诗校辑》的基础上,搜集敦煌写本中王梵志诗残卷 28 件,加上从传世文献中钩稽的王梵志诗,共得 390 首,分为 7 卷,加以校注,是辑录王梵志诗最多的一种。书后有 7 项附录:《释亡名与敦煌文学》《"但存方寸地,留与子孙耕"考》《王梵志诗十一首辩伪》《敦煌遗书中有关王梵志三条材料的校订与解说》《列一四五六号王梵志诗残卷补校后记》《王梵志诗论著目录》《王梵志诗辞词索引》。

《王梵志诗校注》正式出版之前,曾由《敦煌吐鲁番文献研究论集》第 4 辑(北京大学出版社,1987 年)作为长篇专稿发表。本书不仅收诗较《校辑》更为全面(收录了新见的俄藏法忍抄本和被确证为王梵志诗的五言白话诗),校勘的准确和注释的详赡是其最大特点,注释和附按中对王梵志诗所作的推源溯流式的阐释,揭示了王梵志诗的思想渊源和语言流变以及对后世的广泛影响,尤为难得。作者特别指出王梵志诗中存在的他人作品羼入及与他人作品相混的现象,如"前死未长别"为北周释亡名《五盛阴》(《广弘明集》卷三〇)之改写;《回波乐》"回波来(尔)时大贼"改自梁释宝志《大乘赞十首》之九(《景德传灯录》卷二九);"法性本来长存"改自《大乘赞十首》之三;"大丈夫游荡出三途"抄自禅僧法融的偈颂(《宗镜录》卷一九);"心本无双无只"出自南朝傅大士《行路难二十篇》序(《善会大士语录》卷三);"世无百年人"(《云溪友议》卷下《蜀僧喻》引等)与寒山子诗相混(《林间录》卷下);等等,说明"王梵志诗"有作为众多白话诗人作品集合体存在的可能。关于这个问题,作者后来撰有《王梵志诗中的他人作品》一文予以专门考论(《敦煌吐鲁番研究》第 1 卷,1995 年,后附入《王梵志诗校注(增订本)》)。当然《校注》在文字校勘上亦有少量的漏校误校。今天看来,一些原先未公布的写本有待补校,如卷三应补校 L.1487 和 L.2871,卷四应补校 L.1488,卷五应补校

L.2852等。2010年出版的增订本将原来未曾利用的俄藏王梵志诗卷列入校本,书末还附有《王梵志诗论著目录》。

专著之外,还有不少整理、校勘王梵志诗的论文,如:赵和平、邓文宽的《敦煌写本王梵志诗校注》、项楚的《〈敦煌写本王梵志诗校注〉补正》、何文广的《王梵志诗拾遗》、张锡厚的《苏藏敦煌写本王梵志诗补正》、郭在贻的《唐代白话诗释词》、周一良的《王梵志诗的几条补注》、陈庆浩《法忍抄本残卷王梵志诗初校》等①。

针对张锡厚《王梵志诗校辑》和项楚《王梵志诗校注》两书进行校正增补,也产生了一批有影响的论文。如就张书进行商榷的有:潘重规《简论王梵志诗校辑》、项楚《〈王梵志诗校辑〉匡补》、蒋绍愚《〈王梵志诗校辑〉商榷》、袁宾《〈王梵志诗校辑〉校释补正》、黄征《〈王梵志诗校辑〉商补》、黄征《王梵志诗校释商补》等②。就项书进行探讨补充的有:刘瑞明《〈王梵志诗校注〉置辩》、张涌泉《〈王梵志诗校注〉献疑》、朱炯远《〈王梵志诗校注〉商补》、朱炯远《〈王梵志诗校注〉商补续》、郜同麟《〈王梵志诗校注〉商兑》等③。

(三)其他研究情况

除了上述整理、勘校的论文之外,还有一些研究王梵志及其诗作的专题论文,产生了较大影响:

① 赵和平、邓文宽《敦煌写本王梵志诗校注》(一)(二),《北京大学学报》1980年第5期、第6期。项楚《〈敦煌写本王梵志诗校注〉补正》,《中华文史论丛》1981年第4辑。何文广《王梵志诗拾遗》,《唐代文学论丛》1982年第2期,第333—336页。张锡厚《苏藏敦煌写本王梵志诗补正》,《(甘肃)社会科学》1982年第2期。郭在贻《唐代白话诗释词》,《中国语文》1983年第6期。周一良《王梵志诗的几条补注》,《北京大学学报》1984年第4期。陈庆浩《法忍抄本残卷王梵志诗初校》,《敦煌学》(台)第12辑,1987年2月。

② 潘重规《简论王梵志诗校辑》,《中央日报》1984年8月16日。项楚《〈王梵志诗校辑〉匡补》,《敦煌研究》1985年第2期。蒋绍愚《〈王梵志诗校辑〉商榷》,《北京大学学报》1985年第5期。袁宾《〈王梵志诗校辑〉校释补正》,《甘肃社会科学》1985年第6期。黄征《〈王梵志诗校辑〉商补》,《敦煌研究》1988年第4期。黄征《王梵志诗校释商补》,《杭州大学学报》1988年第2期。

③ 刘瑞明《〈王梵志诗校注〉置辩》,《敦煌研究》1987年第4期。张涌泉《〈王梵志诗校注〉献疑》,《敦煌研究》1990年第2期。朱炯远《〈王梵志诗校注〉商补》,《华东师大学报》1997年第3期。朱炯远《〈王梵志诗校注〉商补续》,《上海大学学报》1999年第5期。郜同麟《〈王梵志诗校注〉商兑》,《敦煌研究》2014年第6期。

1. 关于王梵志诗思想内容

任半塘《王梵志诗校辑序》概括指出王梵志诗具有四个特点："早""多""俗""辣"，认为王梵志诗重视诗歌惩恶劝善的社会功用，形成一种泼辣犀利的诗风，起到针砭顽劣、补弊救偏的作用。张锡厚《关于王梵志思想评价的几个问题》提出王梵志的思想是以佛为主、杂糅儒释道的集合体，同时在与穷苦人们接触过程中，又扩大了某些积极因素，从王梵志的创作实践可以看出他的世界观是复杂的，充满着深刻的矛盾。张锡厚《唐初民间诗人王梵志考略》就王梵志的时代、生平、思想进行探考，分析探究出王梵志的思想混杂着佛教和儒学两种思想成分。高国藩的《谈敦煌五言白话诗》则从探讨诗歌反映出的深广的生活内容和漫长的历史背景出发，提出并分析论证P.3211、P.3418 中的 98 首五言白话诗并非王梵志的作品，而是敦煌民间文学作品。潘重规在《敦煌王梵志诗新探》一文中提出王梵志的诗是一种通俗的作品，丝毫没有诡异的风格，所歌咏的时事都是当时人切身的问题，所歌咏的道理都是当时人平实的思想，代表的正是隋唐之际影响并支配社会上大部分人的本土的儒家思想和外来的佛教思想①。

匡扶《王梵志诗社会内容浅析》、郑志明《敦煌写本王梵志诗所反映的社会庶民伦理》探讨了初唐白话诗人王梵志诗所反映的社会思想内容。而文山月的《王梵志笔下贪官谱》一文则选取王梵志诗所描摹的当时社会中统治阶级的个体及整体作为研究对象，深入探析其中所反映出的社会现实。项楚《王梵志诗论》指出王梵志诗在思想方面表现出反映现实的强烈的自觉意识和批判精神，从社会下层的内部观察生活，既反映社会真实，又反映心灵真实，许多作品都打上了佛教的印记。刘瑞明《王梵志诗歌宗旨探求——王梵志诗论之一》是一篇有新意的文章，指出敦煌写本王梵志诗集原序对王梵志诗作的评述比较具体而全面，可供人们探讨王梵志诗的宗旨和社会效果；

---

① 张锡厚《关于王梵志思想评价的几个问题》，《关陇文学论丛》（敦煌文学专集），兰州：甘肃人民出版社，1983 年 8 月。张锡厚《唐初民间诗人王梵志考略》，《王梵志诗校辑》，北京：中华书局，1983 年 10 月，第 333—362 页。高国藩《谈敦煌五言白话诗》，《关陇文学论丛》（敦煌文学专集），兰州：甘肃人民出版社，1983 年 8 月。潘重规《敦煌王梵志诗新探》，《汉学研究》（台）第 4 卷第 2 期，1986 年 12 月。

作者提出王梵志诗歌主题的两个方面是批判恶人和感化群众,王梵志是代民立言为民请命的卓有成绩的诗人,有充分的业绩进入古代著名诗人之林。陈引弛《王梵志与〈好了歌〉》一文探讨曹雪芹《红楼梦》中由跛脚道人念出的《好了歌》与王梵志诗歌的关系,着重从佛教的角度探讨,最后归结说"王梵志与曹雪芹都只是佛说的'述而不作'者而已了"[①]。邱瑞祥《王梵志诗训世化倾向的文化解析》则集中探讨王梵志诗的训世化倾向,提出佛教的缘起论、因果论、轮回论是王梵志诗歌训世的理论基础,以世俗社会的现世行为作为讽喻对象是其训世内容,而表示出对世俗生活的肯定态度是王梵志诗歌的最终指向[②]。王志鹏《从〈好了歌〉看王梵志诗歌的文化意蕴及历史传统》,将《好了歌》和王梵志讽世诗进行具体比较和深入分析,认为王梵志诗歌多是描摹世情,往往还表现出悲观绝望的人生态度以及否定现实的思想情绪。二者都含有一定的老庄思想成分[③]。

2. 关于王梵志诗艺术特色及其影响

匡扶的《王梵志诗与宋诗的散文化、议论化》一文主要探讨王梵志诗与宋诗散文化、议论化等艺术特色之间的关系,认为王梵志的诗深深影响了寒山、王维,以及杜甫、韩愈等人,提出王梵志诗是唐代杜甫、韩愈诗中散文化、议论化的本源,也是宋诗散文化、议论化的源头。张锡厚《敦煌写本王梵志诗浅论》指出王梵志是初唐时期有代表性的白话诗人,其作品素朴质直、通俗易懂,有较强的现实性,认为王梵志诗突破了初唐浮艳绮靡、歌功颂德的诗风,开创了一个以俗语、俚词入诗的白话诗派,为唐诗的发展和繁荣,特别是为诗歌的通俗化,做出了可贵的贡献。张锡厚《论王梵志诗的口语化倾向》则以王梵志诗中的典型诗歌为例,分析归纳出王梵志诗口语化的四个方面的特点:

①　陈引弛《大千世界》,昆明:云南人民出版社,2001年,第173—185页。
②　匡扶《王梵志诗社会内容浅析》,《西北师院学报》1983年第4期。郑志明《敦煌写本王梵志诗所反映的社会庶民伦理》,《古典文学》(台)第9辑,1987年4月。文山月《王梵志笔下贪官谱》,《(甘肃)社会科学》1986年第6期。项楚《王梵志诗论》,《文史》第31辑,北京:中华书局,1988年11月。刘瑞明《王梵志诗歌宗旨探求》,《敦煌学辑刊》1987年第1期。邱瑞祥《王梵志诗训世化倾向的文化解析》,《贵州师范大学学报》2003年第5期。
③　王志鹏《从〈好了歌〉看王梵志诗歌的文化意蕴及历史传统》,《中国古代小说戏剧研究丛刊》2013年第1期。

"隐",创造出一种嘲戏谐谑、深刻浅喻的"翻着袜法";"实",以直抒胸臆、叙事状物为主的表现手法;"俗",从内容到形式都有鲜明的通俗性;把口语诗的创作用于宣扬释氏佛理教义和儒家伦理道德,具有广泛的民间基础①。

　　周启成的《王梵志诗的艺术特征》着重探讨了王梵志诗强烈的说理性、明显的化俗目的;对其反映出的广阔的生活画面、塑造出的真实的人物形象也有深入探讨;王梵志诗中表现的沉痛的控诉和老辣的讽刺,平易俚俗的语言和淳朴自然的艺术风貌,都值得肯定。项楚的《王梵志诗论》提出王梵志诗主要是用白描、叙述和议论的方法去再现、评价生活,质朴明快,其运用俗语的典范性成就开创了唐代白话诗派,下启寒山、拾得等人的诗歌创作,而王梵志诗中机智幽默的理趣在宋代诗歌中得到了继承和发扬。项楚的《唐代的白话诗派》进一步提出以王梵志、寒山、庞居士为代表的唐代的白话诗派游离于主流诗歌之外而存在,与佛教保持着深刻的联系,这个诗派不仅开创了我国大规模的佛教文学运动,而且极大地推动了我国通俗文学的演进②。此外,项楚的《王梵志的一组佛教哲理诗》、张春山《论王梵志的"翻着袜法"》、高国藩《论王梵志诗的艺术性》等文章③,都在探讨王梵志的艺术特色方面有新的见解。

　　3. 关于诗歌的音韵、语法、修辞及其他

　　关于王梵志诗用韵的研究是一个热点,较有影响的论文有:刘丽川《王梵志白话诗的用韵》、都兴宙《王梵志诗用韵考》、卢顺点《王梵志诗用韵考及其与敦煌变文用韵之比较》、林炯阳《敦煌写本王梵志诗用韵研究——兼论 P.3418 号残卷的系统》、张鸿魁《王梵志诗用韵研究》、蒋冀骋《王梵志诗用韵

---

　　①　匡扶《王梵志诗与宋诗的散文化、议论化》,《西北师院学报》(敦煌学增刊)1984 年 10 月。张锡厚《敦煌写本王梵志诗浅论》,《文学评论》1980 年第 5 期。张锡厚《论王梵志诗的口语化倾向》,《文艺研究》1983 年第 1 期。
　　②　周启成《王梵志诗的艺术特征》,《文史新探》,上海:上海社会科学出版社,1988 年 2 月,第 297—373 页。项楚《王梵志诗论》,《文史》第 31 辑,北京:中华书局,1988 年 11 月。项楚《唐代的白话诗派》,《江西社会科学》2004 年第 2 期。
　　③　项楚《王梵志的一组佛教哲理诗》,《敦煌研究》1988 年第 1 期。张春山《论王梵志诗的"翻着袜法"》,《安顺师专学报》1993 年第 4 期。高国藩《论王梵志诗的艺术性》,《江苏社会科学》1995 年第 5 期。

考》等①。

考察王梵志诗的词法、修辞及语法特征的论文主要有：袁宾《王梵志诗词语札记》，黄家全《〈王梵志诗一卷〉中的否定副词》，彭嘉强、张春山《王梵志白话诗的民俗修辞色彩》，王三庆《〈王梵志诗〉的记号系统试论及其否定词的内涵意义》，曹小云的《王梵志诗语法成分初探》和《王梵志诗词法特点初探》，邓文宽的《王梵志诗中的活俚语》，曹翔《敦煌写本王梵志诗在汉语词汇史上的研究价值》等②。

4. 关于王梵志与其他诗人的对比研究

将王梵志及其诗作与其他诗人及诗作进行比较研究的论文有：张锡厚《论王绩的诗文及其成就》、（日）菊池英夫《王梵志诗集和山上亿良〈贫穷问答歌〉》、许总《王梵志及其影响下的僧人诗》、（俄）孟列夫《论王梵志与惠能的共同点》、孙昌武《王梵志诗与寒山诗》、陆永峰《王梵志诗、寒山诗比较研究》、（韩）金英镇《试论王梵志诗与寒山诗之异同》、朱炯远《王梵志、寒山佛理劝善诗的异同》、张无尽《唐代的诗僧王梵志、寒山和贯休》③。

①　刘丽川《王梵志白话诗的用韵》，《中国人民大学中国语言文学系语言论集》第2辑，北京：中国人民大学出版社，1984年8月，第122—153页。都兴宙《王梵志诗用韵考》，《兰州大学学报》1986年第1期。卢顺点《王梵志诗用韵考及其与敦煌变文用韵之比较》，台中：东海大学中文研究所硕士论文，1990年。林炯阳《敦煌写本王梵志诗用韵研究——兼论P.3418号残卷的系统》，《东吴文史学报》1991年，总第9期。张鸿魁《王梵志诗用韵研究》，《隋唐五代汉语研究》，济南：山东教育出版社，1992年3月，第510—553页。蒋冀骋《王梵志诗用韵考》，《敦煌吐鲁番学研究论集》，北京：书目文献出版社，1996年6月，第491—508页。

②　袁宾《王梵志诗语札记》，《镇江师专学报》1985年第4期。黄家全《〈王梵志诗一卷〉中的否定副词》，《敦煌研究》1985年第2期。彭嘉强、张春山《王梵志白话诗的民俗修辞色彩》，《修辞学习》1992年第5期。王三庆《〈王梵志诗〉的记号系统试论及其否定词的内涵意义》，《周一良先生八十生日纪念论文集》，北京：中国社会科学出版社，1993年1月，第178—179页。曹小云《王梵志诗语法成分初探》，《安徽师范大学学报》1994年第3期。曹小云《〈王梵志诗〉词法特点初探》，《社会科学战线》1999年第6期。邓文宽《王梵志诗中的活俚语》，《敦煌吐鲁番研究》2016年第1期。曹翔《敦煌写本王梵志诗在汉语词汇史上的研究价值》，《新疆大学学报》2016年第1期。

③　张锡厚《论王绩的诗文及其成就》，《文学遗产》1984年第2期。（日）菊池英夫《王梵志诗集和山上亿良〈贫穷问答歌〉》，朱凤玉译，《敦煌学》（台）1988年总第13辑。许总《王梵志及其影响下的僧人诗》，《古典文学知识》1994年第2期。（俄）孟列夫《论王梵志与惠能的共同点》，《全国敦煌学研讨会论文集》，中正大学，1995年。孙昌武《王梵志诗与寒山诗》，《禅思与诗情》，北京：中华书局，1997年8月。陆永峰《王梵志诗、寒山诗比较研究》，《四川大学学报》1999年第1期。（韩）金英镇《试论王梵志诗与寒山诗之异同》，《宗教学研究》2000年第3期。朱炯远《王梵志、寒山佛理劝善诗的异同》，《上海大学学报》2005年第1期。张无尽《唐代的诗僧王梵志、寒山和贯休》，《文教资料》2016年第1期。

许总《王梵志及其影响下的僧人诗》指出在唐初时期,以宫廷为中心的诗坛,弥漫着雕饰藻绘的艺术氛围。王梵志诗丝毫未受到时代的影响,完全以通俗口语直书情事,成为唐代通俗诗歌的最早实践者。较他略后的寒山、拾得、丰干,以及中晚唐的顾况、罗隐、杜荀鹤,甚至大诗人王维、白居易,都或多或少曾受到王梵志诗的影响。由于王梵志中年后皈依佛门,所作诗亦多据佛理教义以劝世,所以对寒山、拾得、丰干等僧人的影响更为直接。朱炯远《王梵志、寒山佛理劝善诗的异同》一文认为王梵志与寒山的佛理劝善诗是唐代诗僧中写得最成功的,两人的诗作在内容、艺术上有同有异,自成特色。相同点在于两人身份相同,时代环境相近,均为首先站在"佛理"之上作诗,创作的根本目的是弘扬佛法,内容上有较多一致。不同点在于王梵志诗重事少理,以叙述为主,泼辣鲜活,较多地具备平民化的特征,而寒山诗则重理少事,以议论为主,讲佛理言得失,较多地具备文人化特征。

此外,还有对王梵志研究状况进行总结与概述的论文,如张锡厚《王梵志诗评述摘辑》,黄征的《王梵志诗校释研究综述》,李君伟《敦煌文书中的王梵志诗研究述评》,徐俊波《王梵志研究的百年回顾》等①。

三、王梵志诗的思想内容

敦煌写本三卷本《王梵志诗集》卷上的开头,有不知名编者所撰写的序,对王梵志诗的思想内容和艺术形式的基本特色作出了总体概括与揭示,现将该序全文录于此:

> 但以佛教道法,无我苦空。知先薄之福缘,悉后微之因果。撰修劝善,诚勖非违。目录虽则数条,制诗三百余首。具言实事,不浪虚谈。王梵志之遗文,习丁郭之要义。不守经典,皆陈俗语。非但智士回意,

---

① 张锡厚《王梵志诗评述摘辑》,《王梵志诗校辑》,北京:中华书局,1983 年 10 月,第248—300 页。黄征《王梵志诗校释研究综述》,《敦煌语文丛说》,台北:新文丰出版公司,1997年 1 月,第 147—154 页。李君伟《敦煌文书中的王梵志诗研究述评》,《中国社会科学院研究生院学报》(增刊)2002 年第 1 期。徐俊波《王梵志研究的百年回顾》,《湖北师范大学学报》2002年第 2 期。

实亦愚夫改容。远近传闻，劝惩令善。贪婪之史，稍息侵渔；尸禄之官，自当廉谨。各虽愚昧，情极怆然。一遍略寻，三思无忘。纵使大德讲说，不及读此善文。

　　逆子定省翻成孝，懒妇晨夕事姑嫜。查郎荡子生惭愧，诸州游客忆家乡。慵夫夜起□□□，懒妇彻明对缉筐。悉皆咸臻知罪福，勤耕恳苦足糇粮。一志五情不改易，东州西郡并称扬。但令读此篇章熟，愚顽暗蠢悉贤良。

王梵志诗从其思想内容来看，大致上可以分为世俗诗歌和佛教诗歌两大部分。在杜甫之前，唐代的文人诗很少触及普通民众，特别是下层民众的生活，而王梵志诗中最闪光最有价值的部分，却正是源自当时社会下层，深入表现下层民众生活的那些世俗诗歌。王梵志诗对社会下层民众生活的描写比许多文人诗要更加真实、具体而深刻。关于王梵志诗在世俗诗歌思想内容方面特色的总结，一些学者已经提出了真知灼见。

项楚在《敦煌诗歌导论》中认为："虽然王梵志诗中确有大量佛教题材的诗篇，可是王梵志诗的精华却是那些为数不少的世俗作品。这些诗篇尖锐地揭示了当时的种种社会矛盾，描绘了一幅幅人情世态的风俗画面，特别是表现了下层人民的困苦生活和思想情绪。这些出色的描写不但都有历史的根据，而且补充和丰富了历史的记载，加深了人们对那个社会的认识。可以说，王梵志诗反映现实矛盾的广泛和具体超过了任何一位文人诗人，而和远离现实的初唐文人诗坛的强烈反差尤为引人注目。"①他的《王梵志诗校注》同样提出："产生在这个时期的王梵志诗，不但第一次集中地、大量地表现了社会下层的生活图景，而且它观察生活的角度也和后来关心民瘼的进步文人不同。后者通常是自上而下地俯视劳动人民的生活，并给予深厚的同情。王梵志诗则是从社会底层的内部观察人民的生活，并作为人民的一员来唱出自己的痛苦。"②

---

① 项楚《敦煌诗歌导论》，成都：巴蜀书社，2000 年，第 282—283 页。
② 项楚《王梵志诗校注》，"前言"第 24 页。

（一）反映社会现实的世俗诗歌

1. 反映租庸调以及贫富不均，抨击兵役徭役

前面说到王梵志诗的特色之一在于从社会底层的内部观察人民的生活，把自己作为其中的一员来展现底层人民的痛苦。《贫穷田舍汉》（270）：

> 贫穷田舍汉，庵子极孤恓。两共前生种，今世作夫妻。妇即客春捣，夫即客扶犁。黄昏到家里，无米复无柴。男女空饿肚，状似一食斋。里正追庸调，村头共相催。幞头巾子露，衫破肚皮开。体上无裈裤，足下复无鞋。丑妇来恶骂，啾唧搦头灰。里正被脚蹴，村头被拳搓。驱将见明府，打脊趁回来。租调无处出，还须里正倍。门前见债主，入户见贫妻。舍陋儿啼哭，重重逢苦灾。如此硬穷汉，村村一两枚。

《富饶田舍儿》（269）一诗写道：

> 富饶田舍儿，论情实好事。广种如屯田，宅舍青烟起。槽上饲肥马，仍更买奴婢。牛羊共成群，满圈养豚子。窖内多埋谷，寻常愿米贵。里正追役来，坐着南厅里。广设好饮食，多酒劝遣醉。追车即与车，须马即与马。须钱便与钱，和市亦不避。索面驴驮送，续后更有雉。官人应须物，当家皆具备。县官与恩泽，曹司一家事。纵有重差科，有钱不怕你。

贫苦老百姓被租庸调制度压迫、无衣无食的苦况，与富人利用钱财轻易逃脱兵役徭役、过着富裕奢华生活的情景两相对比，句句读来，当时兵役徭役带给老百姓的痛苦，以及当时社会的两极分化情形，一切就都尽在不言中了。而在有些诗中，更是直指府兵制度之害："天下恶官职，不过是府兵。"（048）"你道生胜死，我道死胜生。生即苦战死，死即无人征。十六作夫役，二十充府兵。……长头饥欲死，肚似破穷坑。遭儿我受苦，慈母不须生。"（262）

王梵志诗中第一次大量、集中地表现了社会底层人民的生活景况，包括"田舍汉""工匠""懒妇""浮逃人""慵懒人"等人的日常生活，王梵志诗都进

行了恰如其分的描绘与刻画。

2. 劝世救俗，表达自己与世无争、随遇而安的处世态度

王梵志诗不时表露出作者安贫乐道、隐居乡里、与世无争、随遇而安的处世态度。《我家在何处》(124)展示了作者隐居乡里的闲适生活："我家在何处？结宇对山阿。院侧狐狸窟，门前乌鸦窠。闻莺便下种，听雁即收禾。闷遣奴吹笛，闲令婢唱歌。儿即教颂赋，女即学调梭。寄语天公道：宁能那我何？"《吾有十亩田》(133)："吾有十亩田，种在南山坡。青松四五树，绿豆两三窠。热即池中浴，凉便岸上歌。遨游自取足，谁能奈我何？"《家贫无好衣》(064)、《草屋足风尘》(145)表现了以清贫为乐的生活态度。《鸿鹄昼游扬》(132)："不羡荣华好，不羞贫贱恶。随缘适世间，自得恣情乐。"更是直白地表露了其随遇而安与自得其乐。

3. 宣讲父母恩情，歌颂孝子行为

王梵志诗讲父母之恩，着重展现父母养育爱护子女的恩德，如《一种同翁儿》(041)："一种同翁儿，一种同母女。无爱亦无憎，非关后父母。若个与好言，若个与恶语。爷娘无偏颇，何须怨父母。男女孝心我，我亦无别肚。"《父母生男女》(044)："父母生男女，没娑可怜许。逢着好饮食，纸裹将来与。心恒忆不忘，入家觅男女。养大长成人，角睛难共语。五逆前后事，我死即到汝。"《孝是前生缘》(045)："孝是前身缘，不由相放习。儿行不忆母，母恒行坐泣。儿行母亦征，项腿连脑急。闻道贼出来，母愁空有骨。儿回见母面，颜色肥没忽。"

有的诗歌则歌颂孝行，积极劝人行孝，如《你若是好儿》(042)："你若是好儿，孝心看父母。五更床前立，即问安稳不。天明汝好心，钱财横入户。王祥敬母恩，冬竹抽笋与。孝是韩伯瑜，董永孤养母。你孝我亦孝，不绝孝门户。"并对子女应该如何表孝心、施孝行做出了要求，如《立身行孝道》(162)："立身行孝道，省事莫为愆。但使长无过，爷娘高枕眠。"《爷娘行不正》(163)："爷娘行不正，万事任依从。打骂但知默，无应即是能。"还有一些诗歌直接斥责了不孝的逆子，劝诫子女不可置父母于不顾，如《只见母怜儿》(043)："只见母怜儿，不见儿怜母。长大取得妻，却嫌父母丑。爷娘不采括，

专心听妇语。生时不恭养,死后祭泥土。如此倒见贼,打煞无人护。"《夫妇生五男》(264):"夫妇生五男,并有一双女。儿大须娶妻,女大须嫁处。户役差科来,牵挽我夫妇。妻即无褐被,夫体无裈裤。父母俱八十,儿年五十五。当头忧妻儿,不勤养父母。浑家少粮食,寻常空饿肚。粗饭众厨餐,美味当房养。男女一出生,恰似饿狼虎。努眼看尊亲,只觅乳食处。少年生夜叉,老头自受苦。"

4. 歌颂清官好官,鞭挞庸官贪官,反映法制问题

王梵志诗中还有一些谈论为官之道的诗,如《仕人作官职》(273)、《当官自慵懒》(274)、《官职莫贪财》(146)等。前两首诗,一首歌颂了作者心目中的好官:"仕人作官职,人中第一好。……每日勤判案,曹司无阒闹。差科能均平,欲似车上道。依数向前行,运转处处到。既能强了官,百姓省烦恼……"表达了对清官政治的向往。另一首则鞭挞了庸官贪官形象:"当官自慵懒,不勤判文案。寻常打酒醉,每日出逐伴。衙日唱稽逋,佐史打脊烂。更兼受取钱,差科放却半。枉棒百姓死,荒忙怕走散。赋敛既不均,曹司即潦乱……"《官职莫贪财》(146)则进一步告诫为官不可贪财:"官职莫贪财,贪财向死亲。有即浑家用,遭罗唯一身。法律刑名重,不许浪推人。一朝图圄里,方始忆清贫。"

还有些诗表达了作者对当时社会法律紊乱、酷吏横行、是非颠倒的批判。《百姓被欺屈》(127):"断榆翻作柳,判鬼却为人。天子抱冤曲,他扬陌上尘。"就揭露了酷吏暴行之下的黑暗与颠倒黑白。《代天理百姓》(128):"代天理百姓,格式亦须遵。官喜律即喜,官嗔律即嗔。总由官断法,何须法断人。一时截却头,有理若为申?"该诗则鞭笞了法律紊乱,法治被人治所破坏而导致的一系列恶果。

5. 反映宗教问题,批判某些僧道的寄生生活

王梵志诗中还有一些反映宗教问题,以旁观者的身份批判某些僧道寄生生活的诗歌。如《道士头侧方》(023首)描写道士:"道士头侧方,浑身总着黄。无心礼拜佛,恒贵天尊堂。三教同一体,徒自浪褒扬。……同尊佛道教,凡俗送衣裳。粮食逢医药,垂死续命汤。救取一生活,应报上天堂。"《观

内有妇人》(024)描写道姑,表现出了对道姑贫苦生活的同情:"朝朝步虚赞,道声数千般。贫无巡门乞,得谷相共餐。常住无贮积,铛釜当房安。眷属王役苦,衣食远求难。"《道人头兀雷》(025)描写和尚,隐约批评了其寄生生活:"道人头兀雷,例头肥特肚。本是俗家人,出身胜地立。饮食哺盂中,衣裳架上出。每日趁斋家,即礼七拜佛。饱吃更索钱,低头着门出。手把数珠行,开肚元无物。生平未必识,独养肥没忽。虫蛇能报恩,人子何处出?"《寺内数个尼》(026)描写尼姑,对其亦有所讽刺:"只求多财富,余事且随宜。富者相过重,贫者往还希。但知一日乐,忘却百年饥。"此外还有《童子得出家》(275)中的直言批评:"生佛不拜礼,财色偏染着。白日趁身名,兼能夜逐乐。"

(二)关于佛教诗歌

王梵志诗中的主要内容还是有关佛教的,但这些诗歌的重点并不在于宣讲阐发高深的佛教义理,而在于借助宗教的形式表现当时民间流行的一些宗教观念。

比如王梵志诗中表现得最为突出的佛教思想就是天堂地狱的来世观,以及因果报应等思想,在一定程度上展示出当时民间佛教信仰的实际的形态,甚至可以视作当时宗教仪式文学的代表。如《沉沦三恶道》(008)一诗写道:"沉沦三恶道,负特愚痴鬼。荒忙身卒死,即属伺命使。反缚棒驱走,先渡奈河水。倒拽至厅前,枷棒遍身起。死经一七日,刑名受罪鬼。牛头铁叉抝,狱卒把刀掇。碓捣碾磨身,覆生还覆死。"再如《双盲不识鬼》(014):"双盲不识鬼,伺命急来追。赤绳串着项,反缚棒脊皮。露头赤脚走,身上无衣被。独自心中骤,四面被兵围。向前十道挽,背后铁锤锤。伺命张弓射,苦痛剧刀锥。"两首诗从不同的角度展示了"罪人"被"伺命"追入冥间,成为"鬼",经受棒打、叉抝、碓捣、碾磨身、铁锤锤、张弓射等种种酷刑的详细过程,这样一幅幅"地狱酷刑图",完整而全面地表现了民间对地狱经历的丰富想象。

对善恶、因果报应的探讨与说教,亦常见于王梵志诗中。如《人生一代间》(032):"人生一代间,贫富不觉老。王役逼驱驱,走多缓行少。他家马上坐,我身步擎草。种得果报缘,不须自烦恼。"该诗用"马上坐"代表富贵生活,用"步擎草"代表贫贱生活,而将这贫富生活的差距全部归结于"果报缘",即因果报应,并提出不必为此烦恼。再如《审看世上人》(249):"审看世上人,有贱亦有贵。贱者由悭贪,吝财不布施。贵贱既有殊,业报前生植。"更是认定了人的贫富贵贱都是由前生的因果报应注定好的。

因果报应之说在《家口总死尽》(003)中表现得更为极端:"家口总死尽,吾死无亲表。急首卖资产,与设逆修斋。托生得好处,身死雇人埋。钱遣邻保出,任你自相差。"时人深深相信因果报应之说,所以早已计划好在自己身死之后竭尽所有的财力来逆修来生的福缘。诗中提到的"逆修斋",见于《灌顶经》卷十一:"普广菩萨复白佛言:'若四辈男女,善解法戒,知身如幻,精勤修习,行菩提道,未终之时,逆修三七,然灯续明,悬缯旛盖,请召众僧,转读尊经,修诸福业,得福多不?'佛言:'普广,其福无量,不可度量,随心所愿,获其果实。'"①佛教以为人命终后,转生之前,即为"中有"阶段,以七日为一期,寻求生缘,最多至七七四十九日止,必得转生。所以在人死后的七七四十九天之中,每到整七日的时候,要营斋修福,以祈求死者得以尽快托生到更好的地方去,这就是"逆修斋",也即"七七斋"的由来。再来看王梵志诗中的其他例子,如《沉沦三恶道》(008):"死经一七日,刑名受罪鬼。"《撩乱失精神》(009):"设却百日斋,浑家忘却你。"(即死后百日请僧设斋,和七七斋的日期不同,用意类似)《吾家多有田》(021):"承闻七七斋,暂施鬼来吃。"上举这些诗作是王梵志诗对于"七七斋""百日斋"等宗教仪式的展示与表达,可见在初唐时,"七七斋""百日斋"在民间比较流行。

此外,对生死问题的讨论也是王梵志诗中的一个常见主题,乐死恶生,人生虚幻而生死无常在王梵志诗中有着不厌其烦的反复表达。《你道生时乐》(060):"你道生时乐,吾道死时好。死即长夜眠,生即缘长道。生时愁衣食,死鬼无釜灶。愿作擎拨鬼,入家偷吃饱。"指出死比生更快乐,可以去除生时的种种烦怨哀愁。《世间何物平》(062):"世间何物平? 不过死一色。老小终须去,信前业道力。纵使公王侯,用钱遮不得。各身改头皮,相逢定

---

① 《大正藏》第21册,东京:大正一切经刊行会,1926年,第530页。

不识。"在死亡面前,不管是王侯贵族,还是平民百姓,都是众生平等的。《来如尘暂起》(076):"来如尘暂起,去如一队风。来去无形影,变见极匆匆。不见无常急,业道自迎君。何处有真实,还凑入冥空。"反映了生死变化的不可抗拒和匆促。《无常元不避》(094):"无常元不避,业到即须行。纵你七尺影,俱坟一丈坑。妻儿啼哭送,鬼子唱歌迎。古来皆有死,何必得如生。"有生必有死,死亡本是很自然、很正常的事情,不必恐慌,也是避不开的。《玉髓长生术》(098):"玉髓长生术,金刚不坏身。俱伤生死苦,谁免涅槃因。精魂归寂灭,骨肉化灰尘。释老犹自去,何况迷愚人。"说的仍是生死的自然而然,有生必有死是客观事实存在,破除了道教长生不老、佛教不生不灭之说。《人生能几时》(138):"人生能几时,朝夕不可保。死亡今古传,何须愁此道。有酒但当饮,立即相看老。兀兀信因缘,终归有一倒。"自然淡定地看待生死,得乐且乐。《我身若是我》(328):"我身若是我,死活应自由。死既不由我,自外更何求。死生人本分,古来有去留。如能晓此者,知复更何忧。"生死本来就是人自身分内应有之事,不必强求,更不必为之担忧。

四、王梵志诗的艺术特色

(一)"不守经典,皆陈俗语"

王梵志诗在艺术形式上所表现出的最为显著的特色便是通俗、直白。敦煌写本《王梵志诗集原序》在提到王梵志的这一创作特点时就指出:"王梵志之遗文,习丁、郭之要义,不守经典,皆陈俗语。"其中的"不守经典,皆陈俗语",就是指王梵志根据实际需要来演说佛理,训世、化人,其诗歌的语言则以通俗直白的"俗语"为最大的特色。

王梵志诗具有典型的口语化特征,语言通俗,口语俚词皆可入诗。选用的口语,虽然包含有很强的通俗性,但并非是俗不可耐,难以卒读,而是语直意切、明白如话,化引经据典为通俗说理,把相应的典故融合在通俗的口语之中,自然平易,比喻新鲜贴切;明白如话,却又往往出人意料。

(二)"翻着袜"法

《梵志翻着袜》(319):"梵志翻着袜,人皆道是错。乍可刺你眼,不可隐我脚。"王梵志诗常常使用违拗常情、异于传统表达方式的新的语言手段,寄深沉哲理于隐喻之中,以深沉、戏谑的语言来抒发心中的愤懑不平,通过自解自嘲,甚至诙谐讥讽的艺术手法,表达出一定的生活哲理。

五、王梵志诗的地位及其所产生的深远影响

在唐代诗苑内,王梵志及其五言白话诗虽然仅仅是一朵质朴的小花,但是它所撒下的种子,不仅使通俗诗这种文学样式得到繁衍,而且说明唐代诗歌确有一条通俗诗的发展线索可寻。尽管这些通俗诗作还不够成熟,甚至精华与糟粕杂陈,素朴与粗陋忽见,但它在语言、音韵、题材、章法以及创作方法、文学思想等方面,仍然为唐诗的发展提供一定的养料,直接或间接地影响过诗人文士的创作①。

王梵志的诗歌在唐代得到广泛流传,深受僧俗人士的欢迎,影响深远。唐代王梵志诗还曾远传国外,日本平安时代(784—897)藤原佐世所编《日本国见在书目录》三九《别集家》著录"王梵志集二,王梵志诗二卷"。唐宋人笔记中也有不少赞扬王梵志的记载,范摅的《云溪友议》、何光远的《鉴诫录》、黄庭坚的《山谷题跋》等近20种著述均有称引。《通志·艺文略》《宋史·艺文志》都著录有《王梵志诗一卷》。但是,宋代以后,王梵志诗的大部分似乎已经失传了,敦煌写本中的王梵志诗,宋人都没有提到过。明代以后,王梵志诗歌的传者渐少,他的名字几乎被人们遗忘了。至清代编《全唐诗》,因为唐末《桂苑丛谈》记载王梵志是隋代人,所以就不收辑王梵志的诗,王梵志诗就这样渐渐湮没了。

第二节　敦煌佛徒道众的
声音:释道诗歌

敦煌写本中保存了不少释道诗歌,这些诗歌大多数不见于传世文献,或可弥补中国文学史上的某些空白。

---

① 　张弓主编《敦煌典籍与唐五代历史文化》,北京:中国社科文献出版社,2006 年,第 590 页。

一、佛教诗歌

敦煌佛教诗歌的整理研究取得了长足的发展,张锡厚《全敦煌诗》、徐俊《敦煌诗集残卷辑考》、汪泛舟《敦煌石窟僧诗校释》等书对佛教诗歌有系统的整理。还有不少论文探讨敦煌佛教诗歌的价值,如汪泛舟《敦煌僧诗补论》、张锡厚《敦煌释氏诗歌创作论》、汪泛舟《圣地僧人礼赞——以僧诗为例》、汪泛舟《论敦煌僧诗的功利性》①。集中对佛教白话诗歌进行探讨的论文有:张子开《初唐后 50 年间的禅宗白话诗》《敦煌文献中的白话禅诗》《敦煌佛教文献中的白话诗》②。《敦煌文献中的白话禅诗》一文对敦煌白话禅诗做了全面介绍,指出敦煌佛教歌辞语言文白掺杂,内容丰富,其中中国化特征最为明显的是歌咏父母恩德的诗偈和山歌性质的《山僧歌》等,提出应该把这些诗歌纳入中国俗文学特别是中国佛教俗文学的研究范围之中。

（一）以《九想观诗》为代表的佛教义理诗

佛教义理诗主要用于阐发佛教义理,当然它们也具备了诗的形式和文学趣味。敦煌写本中所发现的佛教义理诗,以三种《九想观诗》为代表。此外,较为重要的还有卫元嵩的《十二因缘六字歌词》、梁朝傅大士的《颂金刚经》等。探讨、考辨卫元嵩这首诗的比较重要的论文有陈祚龙《考证卫元嵩的十二因缘六字歌词——〈云楼散记〉上之一》③。

1. 佛教义理诗的写本和研究情况

《九想观诗》,有 S.6631、P.3892、P.4597、P.3022、上海博物馆 48（41379）号及俄藏 Дx.3018 等写本。P.3892《九想观诗》9 首,每首七言 4 句;S.6631

---

① 汪泛舟《敦煌僧诗补论》,《敦煌研究》1994 年第 3 期。张锡厚《敦煌释氏诗歌创作论》,《庆祝潘石禅先生九秩华诞敦煌学特刊》,北京:文津出版社,1996 年,第 195—214 页。汪泛舟《圣地僧人礼赞——以僧诗为例》,《敦煌研究》1998 年第 1 期;汪泛舟《论敦煌僧诗的功利性》,《敦煌研究》2000 年第 4 期。

② 张子开《初唐后 50 年间的禅宗白话诗》,《五台山研究》2002 年第 3 期;张子开《敦煌文献中的白话禅诗》,《敦煌学辑刊》2003 年第 1 期;张子开《敦煌佛教文献中的白话诗》,《宗教学研究》2003 年第 4 期。

③ 陈祚龙《考证卫元嵩的十二因缘六字歌词——〈云楼散记〉上之一》,《民主潮》1975 年第 25 卷第 6 期,第 182—190 页。

《九想观诗》9首,每首五言12句,前有小序;上海博物馆敦煌文献48号《九想观》9首,通篇以七言为主,夹杂一些三字句。P.3022《九想观诗》为1首,五言16句。

《九想观诗》的校录本有:陈祚龙《关于敦煌古抄〈九想观诗〉两种》(《敦煌简策订存》,台湾商务印书馆)、林聪明《敦煌俗文学研究》、汪泛舟《敦煌石窟僧诗校释》第170—175页。S.6631《九相观诗》见徐俊《敦煌诗集残卷辑考》第902—904页;P.3892《九想观诗》见《敦煌诗集残卷辑考》第823—826页;P.3022《九想观诗》见《敦煌诗集残卷辑考》第787—788页;张锡厚主编的《全敦煌诗》第3577—3578页、第3926—3934页、第4474—4483页、第4550页、第4641—4651页有校录。

研究《九想观诗》的论文主要有:川口久雄《敦煌本叹百岁诗——九想观诗と日本文学について》、陈祚龙《关于敦煌古抄〈九想观诗〉两种——学佛零简之一》、汪泛舟《敦煌〈九相观诗〉地域时代及其他》、郑阿财《敦煌本佛教诗歌〈九想观〉探论》、郑阿财《敦煌写本〈九想观〉诗歌初探》、陈自力《从陆机〈百年歌〉到敦煌〈九想观〉诗》、郑阿财《敦煌写本〈九想观〉诗歌新探》①。其中汪泛舟的《敦煌〈九相观诗〉地域时代及其他》一文认为敦煌《九相观诗》S.6631、P.3022、P.3892等三个写本保存了敦煌僧诗中难得的释门九相禅观的诗篇,并为敦煌僧诗增添了多样化的禅诗门类。作者通过从内容、写本、用字诸方面进行考证,得出结论:S.6631、P.3022《九相观诗》是由中原传入敦煌的,约成诗于盛、中唐;P.3892《九想观诗》产生于边陲,是归义军曹氏时期出自敦煌僧人之手的作品。陈自力的《从陆机〈百年歌〉到敦煌〈九想观〉诗》一文对陆机的《百年歌》与敦煌写本中的《百岁篇》《九想观》等诗的内容

① 川口久雄《敦煌本叹百岁诗——九想观诗と日本文学について》,《内野博士还历纪念东洋学论文集》,东京:汉魏文化研究会,1964年。陈祚龙《关于敦煌古抄〈九想观诗〉两种——学佛零简之一》,《海潮音》1979年第9期。汪泛舟《敦煌〈九相观诗〉地域时代及其他》,《社科纵横》1994年第4期。郑阿财《敦煌本佛教诗歌〈九想观〉探论》,《中正大学学报》1997年第7卷第1期。郑阿财《敦煌写本〈九想观〉诗歌初探》,《敦煌文学论集》,成都:四川人民出版社,1997年,第21—42页。陈自力《从陆机〈百年歌〉到敦煌〈九想观〉诗》,《敦煌研究》2001年第3期。郑阿财《敦煌写本〈九想观〉诗歌新探》,《敦煌佛教艺术文化国际学术讨论会论文集》,兰州:兰州大学出版社,2002年,第512—538页。

进行了对比分析，指出敦煌的《九想观》将"百岁篇""四相"和"九想观"贯穿连缀起来，旨在通过对佛教义理的阐释，引导世俗民众由乐入苦，进而破除对人生的执着和贪恋。郑阿财的《敦煌写本〈九想观〉诗歌新探》疑问，对S.6631、P.3892、P.4597、P.3022、上海博物馆48（41379）号及俄藏 Дх.3018等 6 个写本中的九想观诗作了概述与校录，并与传世唐诗、流传至日本的九想观诗进行比对，探讨佛教九想观诗歌的源流、内容以及名目变异等问题。提出自原始佛教到大乘佛教的倡导，佛教的"九想观"一直是修行的主要禅观。自隋唐天台宗的智顗法师提倡后乃成为"止观"的主要部分，加以天台兼弘净土，净土念佛亦重"观想"，遂使唐以后九想观渐由实践的教理转趋世俗化，内容也由人死的九种尸相转变为生老病死等五生相与四死相的结合。

2. 佛教义理诗的内容特点与艺术特色

P.3892《九想观诗》9 首，每首七言四句，题目作"九想"，是指佛家从人的尸相所引发的九种观想，包括：初生想、童子想、盛年想、衰老想、病苦想、死想、胞胀想、烂坏想、白骨想等 9 首。S.6631《九相观诗》9 首，每首五言十二句，题目作"九相"，也即"九想"，包括婴孩相、童子相、盛年相、衰老相、病患相、死相、脝胀相、烂坏相、白骨相等 9 首。两组诗除个别名目有差别，"想""相"的写法不同外，内容及叙述过程非常相似，几乎包括了人从生到死的全部变化过程，歌咏了"生老病死"等"四相"，描写了佛教中的"尸相"。S.6631组诗前有《九相观序》："……往来生死，长沉没于爱河；胞胎受形，永漂沦于苦海。何有智者，不返斯源。伤哉痛哉，为害兹甚。普劝有识，归心解脱之门；凭此胜因，同证涅槃之路。"表明了创作这些诗的目的，以及面对"九相"所应持有的人生态度——即皈依佛法，从中寻求解脱与重生。上海博物馆48 号《九想观》9 首，通篇以七言为主，夹杂一些三字句，虽然没有像前两组诗一样标明细目，但 9 首诗的内容与前两组"九想观诗"也是完全对应的。

"九想观诗"所说的"九想"，和佛教的"九想观"大不相同。"九想观"本是佛教"不净观"法门之一，其细目佛经所载也不尽相同。丁福保编《佛学大辞典》"九想"条举其差异："《智度论》二十一举经文曰：'九想：胀想、坏想、血涂想、脓烂想、青想、啖想、散想、骨想、烧想。'同四十四之经文曰：'九相：胀相、血相、坏相、脓烂相、青相、啖相、散相、骨相、烧相。'《大乘义章》十三曰：'死相、胀相、青淤相、脓烂相、坏相、血涂相、虫食相、骨锁相、分散相。'"尽管具体名目及次序略有不同，佛书"九想观"的要义是完全一致的，即极力渲染尸相之种种秽恶可怖之状，引起人们生理上之厌恶反应，以破除对人身的种种欲望和贪念。

《九想观诗》具有世俗情趣和文学意味，毫无疑问已进入通俗文学的范畴。三种《九想观诗》没有将佛书中关于尸相的种种秽恶恐怖的描写生硬地搬入诗歌中，而是糅合"百岁诗""四相""九想"创作而成，句型整齐，音韵和谐，叙事状物非常贴切形象。作者在通过佛教义理诗来阐发宣扬佛教义理时，进行了合理的艺术加工和改造，进行了适度的取舍。

（二）以《秀和尚劝善文》为代表的佛教劝善诗

敦煌写本中的劝善诗应是较早的劝善诗，以《秀和尚劝善文》为代表，是佛教诗歌中最为通俗的一种，直接以一般民众为宣传对象，这样的生成和传播特点决定了它要适应一般老百姓的接受水平和喜好，语言要生动而通俗易懂，内容方面也主要宣传日常生活中可以实现的行善、修福等，不能有太高深的玄理。此外还有一部分劝善诗涉及诫杀生、食肉。

1. 佛教劝善诗的写本和研究情况

①《秀和尚劝善诗》，见于 P.3521。②《劝善文》，见于国图海字 51 号（BD06251），题署利涉法师，又见于 S.3287，题署《李涉法师劝善文》，李涉即利涉（S.2679 载利涉《奏请僧徒及寺舍依定》，利涉为同一人）。③《劝善文》，见于国图皇字 76 号（BD07676）、S.2985。国图皇字 76 号前题"劝善文"，后题"劝善文赞一本"；S.2985前题"道安法师《念佛赞文》"，与国图本相较，缺少"终须一度无常去，阿那甘心入死门。死门且向总须知，一死不还再生时"至"轮回六道受诸苦，改头换面不相知"等 12 句。④《青峰山祖诫肉偈》，见于 S.2165。⑤《上皇劝善断肉文》，佛教劝善诗，见于国图海字 51 号。⑥《太上皇帝赞文》和《开元皇帝赞文》都是佛教劝善诗，见于国图日字 23 号（BD00623），夹抄于《佛说七阶礼佛名经》中。

这些劝善诗的校录本主要有：陈祚龙《敦煌学海探珠》、项楚《敦煌诗歌导论》、徐俊《敦煌诗集残卷辑考》、汪泛舟《敦煌石窟僧诗校释》、张锡厚主编《全敦煌诗》等。探讨这些佛教劝善诗的相关论文有陈祚龙《关于先后两青峰和尚的行谊及其偈子》、朱凤玉《敦煌劝善类白话诗歌初探》《敦煌文献中的佛教劝善诗》等①。

2. 佛教劝善诗的内容特点

《秀和尚劝善诗》(P.3521)主要用于僧徒内部，目的是劝诫僧徒"善护菩萨戒"，故内容多涉佛典，释门的色彩较浓："努力善护菩萨戒，此身无常速败坏。狂象趁急投枯林，鼠咬藤根命转细……菩萨慈悲巧方便，不离众生说真谛。含珠衣里勤磨拂，明月心中照世界。"

《劝善文》(国图海字 51 号、S.3287)是针对世俗民众的佛教劝善，托言亡父母以告诫儿女，以亡后所受恶报来现身说法，借以警醒世俗民众。"先亡父母报男女，我今受罪知不知？ 都为生前养汝等，畏汝不活造诸非。大斗小秤求他利，虚言诳语觅便宜"。"缘此将身入地狱，镬汤炉炭岂暂离。……或作猪羊常被煞，或作驴马被乘骑。或作豺狼生旷野，或作鱼鳖在坡池。或作虫蚁生衢路，或作虮虱在人衣。"这些都是下层世俗民众之事，世俗的色彩比较浓。

《劝善文》(国图皇字 76 号、S.2985)是专门劝诫杀生食肉的佛教劝善诗，承袭了梁武帝《断酒肉文》(载《广弘明集》卷二六)以来的诫杀生食肉的传统："只恐众生造诸恶，经律法教遣修身。食肉众生短命报，诸佛慈悲劝谏君。莫道杀生无人见，善恶童子每知闻。"

《上皇劝善断肉文》(国图海字 51 号)提出食肉者只要试着割取自身的肉来吃，就知道杀生食肉的罪孽是何等深重了："持刀因下割，将肉口中餐。苦痛知何说，荒迷尔许难。寄言食肉者，自割始尝看。"本诗题署"上皇"，项楚

---

① 陈祚龙《关于先后两青峰和尚的行谊及其偈子》，《中华佛教文化史散策初集》，台北：新文丰出版公司，1978 年，第 391—394 页。朱凤玉《敦煌劝善类白话诗歌初探》，《敦煌学》2005 年第 26 辑。朱凤玉《敦煌文献中的佛教劝善诗》，《周绍良先生纪念文集》，北京：北京图书馆出版社，2006 年，第 509—514 页。

提出有唐一代的太上皇共有四位，这里不能确指，而这个"上皇"显然是伪托的①。陈祚龙于本诗下增署"佚名"，是符合实际情况的。

《太上皇帝赞文》（国图日字 23 号）是托名皇帝所作的一般性的佛教劝善诗。写在下一首《开元皇帝赞文》之前，则本诗中的太上皇帝很可能是指唐玄宗的父亲唐睿宗李旦。不过本诗和下一首两篇赞文都应该是不知名作者托名帝王之作，所以陈祚龙都题署"佚名"。《开元皇帝赞文》（国图日字 23 号）是托名唐玄宗李隆基所作的一般性的佛教劝善诗。

佛教劝善诗语言通俗易懂，内容贴近老百姓的日常生活，在各地的民间流传广泛。敦煌写本中的佛教劝善诗在内容与形式上与后世流行的佛教劝善诗并没有太大的差异。

（三）以《鹿儿赞文》为代表的佛教寓言诗

佛教寓言诗主要包括：根据佛经故事改写而成的《鹿儿赞文》和《神龟》；我国僧徒自行创作的《六禅师七卫士酬答》《禅师与少女问答》等穿插于寓言故事中的诗。其简单的情节主要用来串联诗歌，故事性并不强。

1. 佛教寓言诗的写本情况

敦煌写本中的佛教寓言诗主要包括：《鹿儿赞文》，见于 S.1441、S.1973背。《神龟》，见于 P.2129，原接抄于《老人相问嗟叹诗》的后面。"海中有神龟，雨（两）鸟共想（相）随。游依世间故，老众人不知。道鸟衔牛粪，口称我且归。不能谨口舌，雹（扑）杀老死尸"。诗后有"敢上《神龟》一首"的题记。《六禅师七卫士酬答》，见于 P.3409（首残）、S.5996（前后残阙）、S.3017（前后残阙）。周绍良的《敦煌变文集补编》提出 S.5996 和 S.3017 实为一个卷子中前后相连的两张，连接处无阙字，此二卷应视为一个残卷。《禅师与少女问答》，见于 S.2672、国图海字 51 号。《赞梵本多心经》，见于 P.2704。前为序文，后为诗赞。这些作品已经学者校录整理，主要校录本有项楚《敦煌诗歌导论》、汪泛舟《敦煌石窟僧诗校释》、徐俊《敦煌诗集残卷辑考》、张锡厚主编《全敦煌诗》等，个别篇章亦见于刘铭恕《斯坦因劫经录》、周绍良《敦煌变文

---

① 项楚《敦煌诗歌导论》，成都：巴蜀书社，2001 年，第 112 页。

集补编》、任半塘《敦煌歌辞总编》等。

2. 佛教寓言诗的内容特点与艺术特色

《鹿儿赞文》歌咏的是一则佛本生故事，见于吴支谦译《佛说九色鹿经》，表现了一般民众对忘恩负义的谴责，与我国民间的道德观念息息相通，并不具有特别浓厚的宗教色彩。本诗的创作时间，《斯坦因劫经录》S.1441 号下有说明："铭恕向只谓此文系演绎吴支谦译《佛说九色鹿经》之文，而不知作者。后承王重民示知，此系法照《净土五会念佛略法事仪赞》中之《鹿儿赞文》。"项楚《敦煌诗歌导论》也说："《净土五会念佛略法事仪赞》题署法照'述'，则并非全都出于法照个人创作，九色鹿寓言诗当是先在民间流传，然后被法照采入《法事仪赞》，并加上适应法事仪式的和声等。法照为中唐时人，活动在大历前后，见《宋高僧传》卷二十《唐五台山竹林寺法照传》。民间九色鹿寓言诗的产生，当更早于此也。"①陈开勇《法照〈鹿儿赞文〉考》一文提出作为用韵语形式转述佛教经典里关于九色鹿的本生故事，S.1441 的《鹿儿赞文》突出的是忍辱，而 S.1973 突出的是报恩背恩的佛教伦理②。

《神龟》是佛教寓言故事的改写。据周一良考证，这则故事见于三国康僧会译《旧杂譬喻经》下，刘宋佛陀什、竺道生译《弥沙塞部和醯伍分律》第二五第二分初破僧法一段中，以及唐义净译《根本说一切有部毗奈耶》卷二八违恼言教学处第一三③。项楚认为："这个故事在佛典中虽自有其宗教意义，但和儒家'慎言'的传统教训不谋而合。诗后有'敢上《神龟》一首'的题记，献诗者意图，大约是取其'慎言'之义，而不是着眼在宗教意义吧。"④

《六禅师七卫士酬答》，这一组诗偈，早就被学者关注。王重民在《伯希和劫经录》P.3409 下指出："此卷当是记一文字游戏，应予重视。记一人在五阴山中逢六个禅师，每禅师各作一《偈》，又各作一《五更转》，于是逢者作《行

①　项楚《敦煌诗歌导论》，成都：巴蜀书社，2001 年，第 115—116 页。
②　陈开勇《法照〈鹿儿赞文〉考》，《敦煌学辑刊》2006 年第 3 期。
③　周一良《跋敦煌写本〈海中有神龟〉》，《魏晋南北朝史论集》，北京：中华书局，1963 年，第 360—365 页。
④　项楚《敦煌诗歌导论》，成都：巴蜀书社，2001 年，第 117—118 页。

路难》。"白化文则认为这篇文字是以故事形式贯穿僧偈佛曲,颇具唐人传奇的意味,但故事性并不强,是规模传奇的雏形作品,可戏称之为"和尚传奇"①。李正宇《试论敦煌所藏〈禅师卫士遇逢因缘〉——兼谈诸宫调的起源》则认为,全篇由散文和韵文两种文体组成,散文讲述,韵文吟唱。写作方法上,多用双关、譬喻,使深奥、枯涩的禅学义理借助双关和譬喻变得通俗化、形象化。作品当创作于盛唐时期,其抄写时间当在吐蕃占领敦煌的建中二年(781)之前。本作品奇特之处主要在于韵文部分由若干个固定调名的唱词组成,形式结构同后来的诸宫调几乎没有什么区别。可视为北宋后期"诞生"的诸宫调的滥觞②。按,本篇充满了双关隐喻的含义,六位禅师的名字都具有宗教意义。每偈皆以"五阴山中"发端,"五阴"即色阴、受阴、想阴、行阴、识阴,色阴指躯体,余四阴是心之作用。佛教认为人身是由五阴集合而成的,因此各首的"五阴山"其实是暗喻人身。禅宗主张即身是佛,不假外求。这一组诗偈的主旨,总的说来,就是向自身觅佛的意思。

《禅师与少女问答》全篇写禅师与少女之间的问答,禅师误解了少女,少女进行辩白,宣传了佛教"一切皆空"的般若学说。如禅师"以诗问曰:'床头安纸笔,欲拟乐追寻。壁上悬明镜,那能不照心。'女子答曰:'纸笔题般若,将为答人书。时观镜里像,万色皆归虚。'禅师又答曰:'般若无文字,何须纸笔题。离缚还被缚,除迷却被迷。'女子答曰:'文字本解脱,无非是般若。心外见迷人,知君是迷者。'"

《赞梵本多心经》极力渲染了《多心经》(《般若波罗蜜多心经》)护佑玄奘去西天取经的神异传说,所歌咏玄奘之人物事迹虽然实有,但加入了许多想象的成分,具有神异色彩,所以可归入佛教寓言诗一类。

(四)以《山僧歌》为代表的禅宗歌偈

敦煌写本中保存的禅宗歌偈为数不少,大体上可以分作两类:除敦煌写本之外还有流传本,这类大多数都是禅宗诗偈中的名篇;久已亡佚,仅靠敦

---

① 白化文《对可补入〈敦煌变文集〉中的几则录文的讨论》,《敦煌学辑刊》1986年第1期。
② 李正宇《试论敦煌所藏〈禅师卫士遇逢因缘〉——兼谈诸宫调的起源》,《文学遗产》1989年第3期。

煌写本得以保存至今的作品。

　　1. 敦煌禅宗歌偈的写本校录情况

　　《丹遐和尚玩珠吟》(P.3591)、《洞山和尚神剑歌》(P.3591)、《香岩和尚嗟世三伤吟》(S.5558)等禅宗歌偈除敦煌写本外还见于传世大藏经。

　　仅靠敦煌写本得以保存的禅宗歌偈主要有：《山僧歌》，见于 S.5692，没有作者署名，原卷篇幅很长，结构复杂，既有三、七言的歌行体段落，又夹杂一些四言诗偈和五言诗偈的段落，不像是一篇具有严谨结构的单独作品，更像是一些具有独立性的诗偈的组合。《念珠歌》，见于 S.4243，原无标题署名，题目《念珠歌》是拟加的。《定后吟》，见于 P.2279(题为"命禅师"所作)、S.2944(题为"融禅师"所作)。《辞亲偈》，禅宗歌偈，见于 S.2165，即首题为"先洞山和上辞亲偈"(洞山和尚良价《辞亲偈》)和首题为"先青峰和上辞亲偈"(青峰和尚《辞亲偈》)的两首《辞亲偈》。《心海集》，见于 S.3016、S.2295。S.3016 背有《心海集·迷执篇》7 首(每首七言四句)、《解悟篇》51 首(每首七言四句)、《勤苦篇》7 首(每首七言四句)、《至道篇》11 首(每首七言四句)、《菩提篇》42 首(每首五言四句)，合计 118 首。S.2295 背有"心海集"《菩提篇》15 首(每首五言四句)、《至道篇》29 首(每首五言四句)。《四威仪》，见于 S.6631、S.5809。S.6631 清楚完整，既有"四威仪"总题，又有《行威仪》《住威仪》《坐威仪》《卧威仪》等分题，共 4 首诗；S.5809 存有 3 首，题为《坐禅师赞》《卧禅师赞》《行禅师赞》。

　　这些作品的发现，丰富了释门诗歌的宝库，有重要的辑佚价值和研究价值。

　　巴宙《敦煌韵文集》、陈祚龙《敦煌古抄中世诗歌》、任半塘《敦煌歌辞总编》对《山僧歌》(S.5692)有校录，不过《敦煌歌辞总编》将其割裂为四部分收录，恐不确。《念珠歌》(S.4243)亦有《敦煌歌辞总编》的校录本，分为 10 首，拟词牌为《无相珠》。《辞亲偈》(S.2165)有陈祚龙《敦煌学海探珠》的校录，《定后吟》(P.2279、S.2944)有林聪明《敦煌俗文学研究》的校录。《心海集》(S.3016、S.2295)的校录本较多：幻生《介绍〈心海集〉——读敦煌胶卷笔记之五》、巴宙《敦煌韵文集》、陈祚龙《关于敦煌古抄〈心海集〉》对 S.3016 残卷进行校录研究①。任半塘《敦煌歌辞总编》卷四据《解悟篇》收录九首，拟题《易易歌》。陈祚龙《敦煌学海探珠》还对《四威仪》(S.6631、S.5809)有校录和研究。比较系统地校录研究这些禅宗歌偈的主要有张锡厚《敦煌文学源流》、项楚《敦煌诗歌导论》、汪泛舟《敦煌石窟僧诗校释》、徐俊《敦煌诗集残卷辑考》、张锡厚主编《全敦煌诗》等。

2. 敦煌禅宗歌偈的内容特点与艺术特色

《丹遐和尚玩珠吟》(P.3591)，项楚《敦煌诗歌导论》说："'遐'应作'霞'，丹霞和尚即邓州丹霞山天然禅师，乃石头希迁禅师法嗣，他早年曾习举业，后来弃选官之路而走选佛之路，曾焚烧木佛取暖，又曾声言'佛之一字，永不愿闻'，堪称禅林怪杰。事迹见《景德传灯录》卷十四，又卷三十载有他的《玩珠吟》二首，第二首就是 P.3591 的《玩珠吟》。"②

《洞山和尚神剑歌》(P.3591)，洞山和尚即洞山良价禅师，是禅宗曹洞宗的初祖。项楚考证："此歌亦载于南唐招庆寺静、筠二禅德所编的《祖堂集》卷九。……与《祖堂集》本比较，敦煌本可称为'足本'了。"③

《香岩和尚嗟世三伤吟》(S.5558)，《斯坦因劫经录》著录题为《龙兴寺香严和尚嗟世三伤吟》，题下说明："《三伤吟》，《鉴诫录》十'高僧谕'条谓为伏牛上人撰。上人生当王蜀，与香严和尚似非一人。但《三伤吟》，《鉴诫录》作《三伤颂》，而本目录 1635 号之《泉州千佛诸祖师颂》，谓香严尤长厥颂，或以此而讹传为香严所著。文后残存《女人百岁篇》一行。"按，"龙兴寺"在原卷中另一行抄写，字体不同，当与题目无关。龙兴寺位于沙州城内，与香严和尚无关。香严和尚，法名智闲，青州人，嗣沩山，主持邓州香严寺，卒于五代后梁乾化中(911—914)，《祖堂集》卷十九、《宋高僧传》卷十三有传。据《鉴诫录》卷十，此《三伤吟》不是香严和尚撰，而是伏牛上人撰。童养年《全唐诗续补遗》亦据《鉴诫录》收为伏牛上人的诗，但与刘铭恕一样，误读《宋高僧

---

① 幻生《介绍〈心海集〉——读敦煌胶卷笔记之五》，《敦煌佛经卷子巡礼》，台中：菩萨树杂志社，1981 年；巴宙《敦煌韵文集》，高雄：佛教文化服务处印行，1965 年；陈祚龙《关于敦煌古抄〈心海集〉》，《敦煌学园零拾》，台北：台湾商务印书馆，1986 年 5 月，第 178—214 页。

② 项楚《敦煌诗歌导论》，成都：巴蜀书社，2001 年，第 126 页。

③ 项楚《敦煌诗歌导论》，第 128 页。

传》卷十一《唐洛京伏牛山自在传》，将伏牛上人定为王蜀时高僧[1]。按，伏牛上人，即释自在（741—821），俗姓李，吴兴人。生有奇瑞。稍长，坐则加趺，亲党异之。辞所爱，投径山出家，于新定受戒。后赴临川之南康山马祖道一处受教。自在受马祖教诲，禅业精进。元和（806—820）中居洛下香山，与天然禅师为莫逆之交。所游必好古，思得前贤遗迹以快逸观。后驻锡伏牛山，遂称伏牛上人。长庆元年（821）示灭于随州开元寺。世称伏牛和尚。"所著《三伤歌》辞理俱美，警发迷蒙，有益于代"[2]。把伏牛上人所作的《三伤歌》归于百年后的香严和尚名下，说明香严和尚也很喜欢这组《三伤歌》，其在敦煌地区传抄，当是香严和尚成名或去世之后。诗题作《三伤颂》，是包括三篇诗歌的组诗，起句分别为"伤嗟垒巢燕""伤嗟鷚刀鸟""伤嗟造蜜蜂"。敦煌本只有两首，先写"伤嗟鷚刀鸟"，接着写"伤嗟垒巢燕"。根据《鉴诫录》的记载，第三首应是"伤嗟造蜜蜂，忙忙采花蕊……"作者在"三伤吟"中以劝诫垒巢燕、鷚刀鸟、造蜜蜂的语气，生动形象地告诫世人不要营营役役、空自忙碌于日常生活的财富积累和为子女后人辛苦之中，而更应该留心观照自己的内心世界——"有人会意解推寻，不历僧祇便成道"。

《山僧歌》（S.5692），由三、七言两种句式组成，全诗共325字。"闲日居山何似好，起时日高睡时早。山中软草以为衣，斋餐松柏随时饱。卧崖龛，石枕脑，一抱乱草为衣袄。面前若有狼藉生，一阵风来自扫了。独隐山，实畅道，更无诸事乱相扰"。"业者多，无业少，所以佛说三乘教……最上乘，无可造，不施工力自然了"。语言通俗上口，对山中的禅修生活娓娓道来，自在散淡、与世无争的山居生活，使作者乐在其中。作者还试图通过这首诗来唤醒僧人们"遁迹山林"，与鸟兽为伍，最终"得证菩提"的愿望，因此用这首富于艺术魅力的诗来形象地描绘了禅修生活。可能在现在的人看来，这样的日子还是枯燥、寂寞的，但是在作者眼里，能这样闲散地生活在山里，终有一天是能够"识心见性又知时，无心便是释迦老"。

---

① 陈尚君《全唐诗补编》，北京：中华书局，1992年，第386—387页。
② （宋）释赞宁《宋高僧传》，北京：中华书局，1987年，第245页。

《念珠歌》(S.4243)，念珠是佛教信徒所用的串珠，掐珠以计算念佛次数："念珠出自王宫宅，旷劫年来人不识。有人识得离凡夫，隐在中山舍卫国……奉劝缘人勤念珠，念珠非有亦非无。非空非实非来去，来去中间一物无……智为珠，慧为线，穿连悟常纵横遍。遮莫三千及大千，总在如来第一念。"

《定后吟》(P.2279、S.2944)主要描写"入定"后的境界，玄妙幽微，难以了解："入定观空有，出定空有吟。还将出入息，反观空有心……此中无物空欲求，求之不息终离悟。镜里像，梦中心；无定质，绝言音。徒劳还借问，不用苦推寻。推寻终不见，借问何由遍……谁复肯知音。"

《辞亲偈》(S.2165)两首，作者分别为洞山和尚即禅宗曹洞宗始祖洞山良价禅师和青峰和尚即青峰传楚禅师。释良价(810—869)，俗姓俞，会稽(今浙江绍兴)人。年21，往嵩山受具足戒。后游学四方。大中末(860)，于新丰山大行禅法。后往豫章高安洞山。咸通十年(869)坐化，世称洞山和尚。生平事迹见《宋高僧传》卷十二、《景德传灯录》卷十七、《释氏稽古录》。《辞亲偈》抒发了作者远离红尘，遁入空门的愿望。《洞山辞亲书》云："良价自离甘旨，杖锡南游，星霜已换于十秋，岐路俄经于万里。伏维娘子收心慕道，摄意归空，休怀离别之情，莫作倚门之望。家中家事，但且随时转有转多，日增烦恼。阿兄勤行孝顺，须求冰里之鱼；小弟竭力奉承，亦泣霜中之笋。夫人居世上，修己行孝，以合天心；僧在空门，慕道参禅，而报慈德。今则千山万水，杳隔二途，一纸八行，聊伸寸意。"可和诗对照读，体会出家人的世俗尘缘。释传楚(？—937)，陈仓人。后唐同光(923—925)前辞亲出家，后十余载求法南至岭外，东至江表。明宗长兴三年(932)，时任凤翔节度使之后唐潞王李从珂为建寺，即青峰山建寺之始。传楚圆寂于天福二年(937)八月。生平事迹见《景德传灯录》卷二三、《金石萃编》卷一二六。传楚的《辞亲偈》较良价的同名作内容上更为果断，作品表达了作者抛却尘世苦恼、皈依佛家的强烈愿望："愚夫迷乱镇随妖，渴爱缠心不肯抛。恰似群猪恋青厕，亦如众鸟遇稀胶。广营资产为亲眷，罪累须当独自招。欲得不愤无物苦，速须出离得逍遥。"

《心海集》(S.3016、S.2295)是唐代流传于敦煌地区的禅诗集,也是敦煌禅宗歌偈中篇幅最为浩繁的集子。S.3016 与 S.2295 二者共保存 154 首诗,诗的主旨为劝人修道成佛。通篇语言质朴无华,写的都是如何参禅,如何精修,如何成佛:"迷子常学修禅戒,昼夜披寻圣教文。勤苦虔诚求至道,自心不肯断贪嗔"(《迷执篇》),"解悟成佛绝不难,安心无处离中边。了见涅槃生死际,似有实无若水天"(《解悟篇》),"教君修道觅菩提,菩提犹如脚底泥。从他践踏如尘土,不辞逐吹往东西"(《勤苦篇》),"众生诸佛履无端,起灭犹若水中天。身心往来无去住,生死聚散若云烟"(《至道篇》),"菩提百炼钢,为剑利如霜。剖宰迷疑网,割断百思量"《菩提篇》。

《心海集》是一部已经散佚的唐代佛教诗歌集,唐宋以来的公私书目均未著录,其作者和编纂者,都不可考。关于《心海集》的抄写、创作时间,学术界有以下看法:陈祚龙《关于敦煌古抄〈心海集〉》认为:"就其命题遣词、用意述怀看去,无疑的,就不外乎是属于过去讲求习禅、修禅、安心、调心、无想、无念、无为、无净的中华禅门人士","其制作时代,总不可能迟于八世纪初期"。据 S.2295 正面题记,推测 S.2295 的抄写时间在大业八年八月十四日(612)以后,S.3016 的抄写时间在 8 世纪早期①。任半塘《敦煌歌辞总编》据《心海集·解悟篇》收录 9 首,拟题《易易歌》,并谓"右辞九首见初唐僧所著《心海集》",判为初唐作品②。项楚则谓任氏的时代判断恐不准确:"歌中'不劳持诵外求他'及'何须净土觅弥陀'等语,显然是批判净土宗的修持方法。'观身自见心中佛'、'是心是佛没弥陀'等语,显然是发挥禅宗'即心即佛'之义。至于'易易歌'者,'易易'语出《礼记·乡饮酒义》:'孔子曰:吾观于乡,而知王道之易易也。'孔颖达疏:'不直云易,而云易易者,取其简易之义,故重言易易。'是故'解悟成佛易易歌'者,谓成佛并不难,一旦解悟,立地成佛,此即禅宗顿悟成佛之义。所以《心海集》作者

---

① 陈祚龙《关于敦煌古抄〈心海集〉》,《敦煌学园零拾》,台北:台湾商务印书馆,1986年,第 710 页。

② 任半塘《敦煌歌辞总编》,上海:上海古籍出版社,1987 年,第 1220 页。

虽不知为谁何,但一定是禅宗大行之后,即盛唐以后之人。"①徐俊认为《心海集》抄写时间应在建中二年(781)吐蕃占领敦煌之后②。按徐氏所论甚是。两写本正面均为道经,其中一件为隋大业年间玄都观抄本。目前可知的敦煌道观均消失于建中二年(781)敦煌陷蕃之后。S.2295 和 S.3016 所载道经抄写规整,必为敦煌道观所藏道经。盖敦煌陷蕃后,道观被废,两道经卷被重复利用,卷背被用以抄写《心海集》,故《心海集》的抄写年代当在敦煌陷蕃之后。

二、道教诗歌

敦煌写本中的道教诗歌作品要比佛教诗歌少得多,其中最著名的是李翔《涉道诗》和《老子化胡经玄歌》卷第十。李翔《涉道诗》见于 P.3866,《全唐诗》未收,唐人诗选集也没有相关的记载,两《唐书》、宋代书目均未著录,它的发现为探讨唐代诗人歌咏道教古迹、人物提供了宝贵的资料。《老子化胡经》相传是西晋道士王浮所撰,自元代被禁毁后久已失传,敦煌写本中保存了卷一、卷二、卷八、卷十等几种唐人写本。其中《老子化胡经玄歌》卷第十见于 P.2004,共存 38 首诗。另外,在新疆发现的唐人抄本中,也保存了《老子十六变词》,现藏于新疆博物馆。

王重民早年曾校录《涉道诗》,后收入《补全唐诗拾遗》卷一;徐俊《敦煌诗集残卷辑考》、张锡厚主编的《全敦煌诗》有新校本。《老子化胡经玄歌》卷第十(P.2004)38 首,逯钦立收入《先秦汉魏晋南北朝诗·北魏诗》卷四,并对其时代进行了考证;张锡厚主编的《全敦煌诗》有校本。学术界对敦煌道教诗歌做过深入的研究,比较系统地研究论著有项楚《敦煌诗歌导论》、龙晦《论敦煌道教文学》、汪泛舟《敦煌道教诗歌补论》以及吴其昱《李翔及其涉道诗》、林聪明《敦煌本李翔涉道诗考释》、荒见泰史《论敦煌本〈涉道诗〉的作者问题》等。

---

① 项楚《敦煌诗歌导论》,成都:巴蜀书社,2001 年,第 139—140 页。
② 徐俊《敦煌诗集残卷辑考》,北京:中华书局,2000 年,第 592 页。

李翔《涉道诗》共存七言律诗 28 首,按其内容可以分为 3 类:(1) 游览道教名胜古迹之作,共有 15 首,分别为:《看缙云山图》《百步桥》《投龙池》《顶湖》《石鹤》《谢公石樽》《童子山》《许真君铁柱》《题麻姑山庙》《军山前马退石》《登临川仙台观南亭》《寄题寻真观》《宿西山凌云观》《秋日过龙兴观墨池》《舞凤石》。(2) 吟咏道教人物之作,共有 7 首,分别为:《马明生遇王婉罗》《魏夫人归大霍山》《冯双礼珠弹云璈以答歌》《魏夫人受大洞真经》《卫叔卿不宾汉武帝》《小有王君别西域总真》《题金泉山谢自然传后》。(3) 道友寄赠酬答、唱和之作,共有 6 首,分别为:《严尚书重浚横泉井》《谢梁尊师见访不遇》《献龙虎山张天师》《寄麻姑山喻供奉》《览炼师张殷儒诗》《西林寺与樵炼师赋得阶下泉》。

《老子化胡经玄歌》卷第十共计 38 首,有《化胡歌》8 首,《尹喜哀歌》5 首,《太上皇老君哀歌》7 首,均以五言为主;《老子十六变词》18 首,以七言为主。《玄歌》虽然是道教作品,但摆脱了抽象的说教,更有诗味,情节描写富有传奇色彩。

第三节　普通民众的心语:敦煌的民间诗歌

敦煌的民间诗歌主要指流行于敦煌地区,带有民间风味,反映民间习俗、家教世训以及一般民间生活的作品。它们通常采用民众喜闻乐见的形式,用接近口语的通俗语言创作而成。

敦煌通俗诗歌中的许多作品都是地方人士所作,除个别留下作者姓名之外,绝大多数为佚名之作,或抄写在写本背面,或夹写于字行缝间,也有的留题于卷尾。研究敦煌民间诗歌的论著比较零散,从整体上系统研究的论著有金贤珠《唐五代敦煌民歌》等[1]。

敦煌民间诗歌,根据内容分为以下几类。

---

[1]　金贤珠《唐五代敦煌民歌》,台北:文史哲出版社,1994 年 10 月。

一、咏经典、史事，导俗训世之作

敦煌民间诗歌中的这一类诗，是通过吟咏经典、史事，达到导俗训世的目的，反映当时民间的教育思想和教育方式，是民间生动通俗的启蒙教材。这些作品包括：《新合千文皇帝感辞》18 首（P.2721、P.3910、S.5780、S.289），演绎《孝经》的《杨满川咏孝经一十八章》（P.2633、P.3386、P.3582、P.3910）。吟咏史事的有七言长诗《古贤集》，共有 9 种写本（S.2049、S.6208、P.2748、P.3113、P.3174、P.3929、P.3960、P.4972、L.2872），长达 80 句。敦煌民间还广泛流传着一些以导俗训世、进行家教为目的的作品。如《新集严父教》（S.3904、S.4307、S.4901、P.3797）；《崔氏夫人训女文》（S.4129、P.2633），虽题为"文"，事实上是一首七言通俗诗；《夫子劝世词》（P.4094）等。

《新合千文皇帝感辞》有任半塘《敦煌歌辞总编》的校录本。《杨满川咏孝经一十八章》有陈祚龙《敦煌学海探珠》、徐俊《敦煌诗集残卷辑考》、张锡厚《全敦煌诗》的校录本。《古贤集》有林聪明校录本，见《敦煌俗文学研究》第 192—204 页；徐俊校录本，见《敦煌诗集残卷辑考》第 147—153 页；张锡厚主编的《全敦煌诗》第 3474—3488 页有校录。研究《古贤集》的主要论文有：陈祚龙《敦煌学杂记》根据巴黎所藏的 6 个《古贤集》写本首次发布校录，但没有出校记。陈庆浩《〈古贤集〉校注》，分"卷子及其抄写年代""注释及按语""《古贤集》人名索引"三个部分，以巴黎、伦敦所藏的 8 个抄本为基础对《古贤集》作了比较详细的校注。韩建瓴《敦煌写本〈古贤集〉研究》在陈庆浩的基础上进行校注，认为作为一首略受律诗影响又基本上仿古的七言古风，《古贤集》可能创作于盛唐后期至中唐前期，该文还探讨了《古贤集》与《董永变文》《孔子项托相问书》等敦煌文学作品以及唐代蒙学的关系，指出《古贤集》是在当时的科举制度、蒙学教育和文学创作共同影响下产生的杰作①。

《新集严父教》有项楚《敦煌诗歌导论》、徐俊《敦煌诗集残卷辑考》等校

---

①　陈祚龙《敦煌学杂记》，《幼狮学刊》第 40 卷第 5 期，1974 年。陈庆浩《〈古贤集〉校注》，《敦煌学》第 3 辑，台北：石门图书公司，1976 年 12 月，第 63—102 页。韩建瓴《敦煌写本〈古贤集〉研究》，《敦煌语言文学研究》，北京：北京大学出版社，1988 年，第 150—176 页。

录。陈祚龙《敦煌写本〈新集严父教〉校释》、朱凤玉《敦煌通俗读物〈新集严父教〉研究》则是专题研究论文①。《崔氏夫人训女文》校录本较多，项楚《敦煌诗歌导论》、徐俊《敦煌诗集残卷辑考》等可为代表。陈祚龙《关于敦煌古抄李唐〈崔氏夫人训女文〉——云楼杂简之一》、郑阿财《敦煌写本〈崔氏夫人训女文〉研究》、高国藩《敦煌本〈崔氏夫人训女文〉及其由来》、郑阿财《敦煌写本中的新娘教材〈崔氏夫人训女文〉》等论文亦有深入的研究②。《夫子劝世词》亦有项楚《敦煌诗歌导论》（第 191 页）、徐俊《敦煌诗集残卷辑考》（第 830 页）的校录本。

《新合千文皇帝感辞》将演绎《千字文》的歌辞和演绎《孝经》的歌辞混合写在一起，作为启蒙教材。根据内容，本组诗作于开元天宝年间。杨满川《咏孝经一十八章》依据《孝经》章节分为开宗明义、天子、诸侯、卿大夫、士人、庶人、三才、孝治、圣治、记孝行、五刑、广要道、广至德、广扬名、谏净、感应、事君、丧亲等十八题，每首五言八句，对以上题目一一进行了歌咏。如《开宗明义章》第一："欲得成人子，先须读孝经。义章恩最重，莫若发肤轻。"《圣治章》第九："圣德高难问，明王以配天。周公安社稷，孝义乃为先。"全诗丝毫没有雕缛夸饰的痕迹，而是用通俗易懂、自然流畅的诗句，深入浅出地宣扬父慈子孝思想，充分反映出唐末五代时期的敦煌地区是如何推崇孝义和以孝治天下的伦理观念。其中《圣治章》第九云"从来邦有道，不及大中年"，说明此篇作于唐宣宗大中年间（847—860）。

七言歌行体长诗《古贤集》其末尾两句"集合古贤作聚韵，故令今世使人知"，很好地总结了全诗，写这首长诗的目的就在于介绍、歌咏先秦以来包括范雎、孔丘、匡衡、苏秦、车胤、曹植、许由、苏武等古代贤人的孝友、勤学、诚

---

① 陈祚龙《敦煌写本〈新集严父教〉校释》，《中国中世文学研究》第 3 期，1963 年 12 月，第 33—44 页。朱凤玉《敦煌通俗读物〈新集严父教〉研究》，《木铎》第 11 期 1987 年 2 月，第 307—320 页。

② 陈祚龙《关于敦煌古抄李唐〈崔氏夫人训女文〉——云楼杂简之一》，《东方杂志》（复刊）第 9 卷第 2 期，1975 年 8 月，第 68—74 页。郑阿财《敦煌写本〈崔氏夫人训女文〉研究》，《敦煌文献与文学》，台北：新文丰出版公司，1993 年 7 月，第 277—301 页。高国藩《敦煌本〈崔氏夫人训女文〉及其由来》，《古典文学知识》1995 年第 6 期。郑阿财《敦煌写本中的新娘教材〈崔氏夫人训女文〉》，《嘉义青年》1999 年第 1 期。

信、忠贞等事迹，形象地反映"世之所重，唯学为先，立身之道，莫过忠孝"，同时谴责了统治者枉杀无辜的暴行，其中还有不少劝学故事。既普及了历史知识，又生动形象地传达了君明臣贤、尽忠尽孝的封建伦理观念，是敦煌蒙书中极具特色的一种，也可以看作体现普通百姓是非观念、道德标准的通俗历史教科书。

《新集严父教》是10世纪后期在敦煌地区非常通俗的家学教材，内容简短，由54句五言韵文编撰而成，可以看作是当时的"儿童守则"。诗中的"但依严父教""寻思也大好"等词句循环往复出现，采用了严父教训子弟的方式，教育子弟遵循"礼则"、远离是非、退让远祸，"养子切须教，逢人先作小"，"路上逢尊人，抽身以下道"，"处分莫相违"，充分体现了我国封建社会传统的处世哲学和方式。

《崔氏夫人训女文》语言通俗浅近，谐和流畅："香车宝马竞争辉，少女堂前哭正悲。吾今劝汝不须哭，三月拜堂还得归。教汝前头行妇礼，但依吾语莫相违。……若能一一依吾语，何得翁婆不爱怜。故留此法相教尔，千古万秋共流传。"全篇篇幅简短，从内容上来看，通篇是"崔氏夫人"教导女儿到了婆家之后如何立身行事、待人接物的经验之谈，可以看做是适龄女子出嫁之前的"必修课"，应该颇受普通民众的广泛欢迎。而通过《崔氏夫人训女文》的产生与流行，也可以看出唐五代民间对女子临嫁之前的教育是非常重视的。

作为导俗训世诗的《夫子劝世词》，语言直白，通篇充满了宿命论的观点："资财谁不爱，富贵是人羡。先业自如斯，争肯依人愿。生死天曹注，衣食冥司判。祸福不由人，并是神官断。有禄端然受，无缘虚使唤。"

二、介绍节令礼俗，反映民间风习之作

敦煌文学中涉及节令、礼俗的诗歌主要有：《咏廿四气诗》(P.2624、S.3880)五言24首，其作者P.2624题"卢相公"，S.3880题"元相公"，均为托名。《咏九九诗》(P.4017)七言9首。涉及婚俗的诗包括《下女夫词》(S.3227、S.5949、P.2976、P.3893、北京大学图书馆藏卷)、《新婚诗》

（P.3252）、《咏新嫁娘》（P.2633）等。

《咏廿四气诗》有巴宙《敦煌韵文集》（甲篇诗词集，第 1—5 页）、林聪明《敦煌俗文学研究》（第 211—214 页）、徐俊《敦煌诗集残卷辑考》（第 99—109 页）、张锡厚《全敦煌诗》（第 2631—2653 页）等校录本。《咏九九诗》有陈祚龙《敦煌学海探珠》（第 142—144 页）、徐俊《敦煌诗集残卷辑考》（第 828—829 页）、张锡厚《全敦煌诗》（第 3970—3977 页）等校录本。《下女夫词》有《敦煌变文集》卷三、张锡厚《全敦煌诗》（第 3685—3718 页）的校录本。《新婚诗》有林聪明《敦煌俗文学研究》（第 243 页）、徐俊《敦煌诗集残卷辑考》（第 218—219 页）校录本。《咏新嫁娘》有陈祚龙《敦煌学海探珠》（第 45 页）校录本等。相关研究论文主要集中在《下女夫词》上，计有张鸿勋《敦煌写本〈下女夫词〉新探》、李正宇《〈下女夫词〉研究》、杨宝玉《〈敦煌变文集〉未入校的两个〈下女夫词〉残卷校录》、谭蝉雪《敦煌婚嫁诗词》、芦兰花《从敦煌写本〈下女夫词〉看敦煌地区的婚俗》①。张鸿勋《敦煌写本〈下女夫词〉新探》指出《下女夫词》是唐代敦煌的民间婚礼仪式歌，其中下半部分的独立咏唱的五言七言诗基本上是戏弄新娘时所唱。李正宇《〈下女夫词〉研究》认为它是归义军某一位沙州刺史迎亲时礼宾人员编辑的亲迎礼辞手册，供伴郎伴娘以及傧相人员熟读背诵。谭蝉雪《敦煌婚嫁诗词》按婚礼过程的地点不同分入门、行礼、帐内、途中四类来探讨敦煌的婚嫁诗词，提出敦煌婚嫁诗词是唐至五代期间已经形成的流传于民间的作品，以咏唱的表达方式为主，直接服务于婚礼。

敦煌本《咏廿四气诗》按照唐代的实际历法写作，共 24 首，每首皆为五言八句。它的文学价值并不高，但其中丰富的物候学描写，在民间普及历法以及时令节候知识方面能够起到重要作用。它继承的是《诗经·七月》以及《礼记·月令》以来的传统。如《咏立春正月节》："春冬移律吕，天地换星霜。冰泮游鱼跃，和风待柳芳。"《咏惊蛰二月节》："阳气初惊蛰，韶光大地周。桃

① 张鸿勋《敦煌写本〈下女夫词〉新探》，《1983 年全国敦煌学术讨论会文集·文史遗书编》下，兰州：甘肃人民出版社，1987 年。李正宇《〈下女夫词〉研究》，《敦煌研究》1987 年第 2 期。杨宝玉《〈敦煌变文集〉未入校的两个〈下女夫词〉残卷校录》，《敦煌语言文学研究》，北京：北京大学出版社，1988 年，第 267—279 页。谭蝉雪《敦煌婚嫁诗词》，《社科纵横》1994 年第 4 期。芦兰花《从敦煌写本〈下女夫词〉看敦煌地区的婚俗》，《甘肃民族研究》2000 年第 4 期。

花开蜀锦,鹰老化春鸠。"《咏清明三月节》:"清明来向晚,山渌正光华。杨柳先飞絮,梧桐续放花。"《咏小满四月中》:"小满气全时,如何靡草衰。田家私黍稷,方伯问蚕丝。"《咏大暑六月中》:"大暑三秋近,林钟九夏移。桂轮开子夜,萤火照空时。"《咏寒露九月节》:"寒露惊秋晚,朝看菊渐黄。千家风扫叶,万里雁随阳。"《咏冬至十一月中》:"二气俱生处,周家正立年。岁星瞻北极,舜日照南天。"

"咏九九"的歌诀诗源远流,在不同的地域有不同的歌咏。敦煌本《咏九九诗》每九天为一个阶段,一直从"一九"咏到"九九":"一九冰头万叶枯,北天鸿雁过南湖。霜结草头敷碎玉,露凝条上撒珍珠。二九严凌切骨寒,探人乡外觉衣单。群鸟夜投高树宿,鲤鱼深向水中攒……九九东皋自合兴,农家在此乐轰轰。楼中透下黄金籽,平原陇上玉苗生。"全诗以平实质朴的语言客观地描述了九九八十一天中发生的物候变化过程及现象,富于敦煌地区特有的塞外风情,叙事状物贴近现实。

《下女夫词》中可以独立成章的五七言诗作贯穿于婚礼的全过程,是描述婚仪过程的诗歌代表作,其中标明了题目的有:《论女家大门词》《至中门咏》《至堆诗》《至堂基诗》《逢锁诗》《至堂门咏》《论开撒合帐诗》《去童男童女去行座障诗》《去扇诗》《咏同牢盘》《去帽惑诗》《去花诗》《脱衣诗》《合发诗》《梳头诗》《系指头诗》《咏系去离心人去情诗》《咏下帘诗》等。这些都是习用的流传已广的诗作,在婚礼过程中只要依照程式顺序念诵就可以了。诗作的内容大多是调侃新娘、增强欢乐气氛的,往往语意双关,富有生活情趣,语言往往比较直白浅显。

《新婚诗》内容与《下女夫词》中的诗歌全然不同,但更富有诗味,语言更加凝练、隽永,如《催妆二首》:"今霄(宵)仙女降人间,对镜匀妆计已闲。自前夭桃花菡颜(萏),不须脂粉污容颜。""两心他自早相知,一过遮阑故作迟。更转只愁奔兔月,情来不要画娥眉。"《去花一首》:"神仙本身好荣华,多事傍(旁)人更插花。天汉坐看星月晓,纷纷只恐入云霞。"其中有的诗作题目与《下女夫词》中的题目相同,但内容却不同,说明在当时的婚礼仪式中,同一个题目有不同的歌咏,人们可以根据实际情况和自己的喜好进行选用。

《咏新嫁娘》二首表现了新嫁娘的美貌,以及离开娘家嫁到夫家的复杂心情,具有普遍意义,也十分适合在婚礼仪式上广泛使用:"亭亭独步一枝花,红脸青蛾不是夸。作将喜貌为愁貌,未惯离家往婚家。""拜别高堂日欲斜,红巾拭泪贵新花。从来生处却为客,今日随夫始是家。"

三、内容丰富的学郎诗

学郎诗是敦煌民间诗歌中极富特色的一类,它们是官学、私学及寺学中的儿童、少年、青年学郎们,在书写的过程中,随心所欲写下的一些心声和感悟,自然天成,内容丰富多彩,书写了当时敦煌地区的学童们的快乐与忧愁,轻松与调皮,懒散与稚气,形式活泼自然,是我国古代少年儿童诗歌中的珍宝。

敦煌本学郎诗主要有:P.2498《李陵苏武往还书》卷末附诗1首,P.2622《吉凶书仪》卷末附诗5首,P.2746《孝经一卷》附五言诗1首,P.2995学郎抄写的姓氏蒙书后附诗1首,P.3305《论语序》卷后题诗4首,P.3322卜筮书卷后附诗3首,P.3486附诗1首,S.614《兔园册第一》卷末附诗1首(不完整),S.692《秦妇吟》卷末附诗1首,S.728卷背《社司转帖》后附诗1首,S.1084有嘲沙弥诗1首,S.1824卷背附诗1首,S.3287《千字文》卷末附诗1首,S.4654卷后附学郎诗1首,S.6204有学郎薛彦俊的诗。北京玉字25号(BD04225)背面有诗1首,北京玉字59号(BD04259)背有沙弥索惠惠书诗5首,北京宿字99号附诗1首,向达《记敦煌石室出晋天福十年写本寿昌县地境》注二引用了学郎翟奉达20岁求学诗的3首诗。

以上所举的学郎诗在项楚《敦煌诗歌导论》(第200—210页)、徐俊《敦煌诗集残卷辑考》(第854—856页、877页、918页)中有录文。研究学郎诗的主要论文有:李正宇《敦煌学郎题记辑注》对学郎题记收集得最为完备,从敦煌写本、敦煌遗画和莫高窟题记中搜集了144条唐宋时期的学郎题记,但未遑论及诗作。徐俊《敦煌学郎诗作者问题考略》提出敦煌学郎诗包括以下几类:(1)童谣儿歌式的语体诗,即学郎集体创作;(2)民间流传之通俗诗,即学郎日常吟诵的作品;(3)民间俗诗的改作,含学郎即兴创作的成分;(4)文人诗作。郑阿财《敦煌写本中有趣的学童打油诗》、杨秀清《浅谈唐、宋时期敦煌地区的学生生活——以学郎诗和学郎题记为中心》则以学郎诗和学郎题记为依据分析了唐宋敦煌学生的价值取向、兴趣爱好和快乐烦恼。柴剑虹《敦煌学郎诗抄与唐五代诗歌的传播》从诗抄的形式、作者的身份及内容分类出发，将学郎诗置于唐五代文化教育的大背景之中，分析它们的抄写目的与功能，进而以唐五代时期敦煌地区的寺学教学为例，来说明唐五代诗歌的传播与创作繁荣的重要原因。此外，柴剑虹《读敦煌学士郎张宗之诗抄札记》、谢慧逻《敦煌汉文文书题记中之学郎诗研究》等论文都值得一读①。

敦煌学郎诗使我们看到了千年前读书学郎的生活和心理。P.2498《李陵苏武往还书》卷末附诗1首，表达出作者李幸思刻苦学习的愿望："幸思比是老生儿，投师习业弃无知。父母偏怜惜爱子，日讽万幸（行）不滞迟。"P.2622《吉凶书仪》卷末附诗5首，其中"竹林青郁郁，伯鸟取天飞。今照（朝）是我日，且放学生郎归"，表达了学生盼望放假的迫切心情，非常真实。又"寸步难相见，同街似隔山。苑（怨）天作河（何）罪，交（教）见不交连（教怜）"，可能是一个年龄比较大的，"情窦已开"的学郎所写的情诗，表达对同街女生的爱怜。P.2746《孝经一卷》附五言诗1首："读诵须勤苦，成就如似虎。不词（辞）杖捶体，愿赐荣躯路。"表现出勤苦学习的愿望。P.2995学郎抄写的姓氏蒙书后附诗1首，有残缺："沙弥天生道理多，人名不得那（奈）人何。从头至尾没闲姓，忽若学字不得者，杆（打）你沙弥头恼（脑）破。"这是身为"沙弥"的学郎的即兴之作，指出了姓氏蒙书中"没闲姓"，强调要认真学习。

P.3305《论语序》卷后题诗4首，其中有些诗句展现了青年学郎们的饮酒喜好，展现了他们日常生活的一个侧面："今朝闷会会，更将愁来对。好酒沽五升，送愁千里外。""写书不饮酒，恒日笔头干。且德（得）随宜过，有错后人

① 李正宇《敦煌学郎题记辑注》，《敦煌学辑刊》1987年第1期。徐俊《敦煌学郎诗作者问题考略》，《文献》1994年第2期。郑阿财《敦煌写本中有趣的学童打油诗》，《嘉义青年》1998年第11期。杨秀清《浅谈唐、宋时期敦煌地区的学生生活——以学郎诗和学郎题记为中心》，《敦煌研究》1999年第4期。柴剑虹《敦煌学郎诗抄与五代诗歌的传播》，《敦煌学与敦煌文化》，上海：上海古籍出版社，2007年，第147—156页。柴剑虹《读敦煌学士郎张宗之诗抄札记》，《敦煌吐鲁番学论稿》，杭州：浙江教育出版社，2000年，第247—251页。谢慧逻《敦煌汉文文书题记中之学郎诗研究》，《光武学报》（台）第25期2002年3月，第313—323页。

看。"没有酒就学不成,满腹忧愁。同卷"可连(怜)学生郎,(其)骑马上天唐(堂)。谁家有好女,嫁以(与)学生郎",几乎可以看作一则生动的"征婚广告"了。P.3486附诗1首:"须人读自书,奉上百匹罗。来人读不得,回头便唱歌。"学童打赌让人读自己的书,别人读不懂,自己就高高兴兴地唱着歌儿跑开了,一个自鸣得意又稚气十足的学童跃然纸上,活灵活现。

S.614《兔园册第一》卷末附诗1首:"高门出贵子,好木出良才,男儿不(下缺)。"展示了学郎渴望成才的志向。S.692《秦妇吟》卷末附诗1首:"今日写书了,合有五升来。高代(贷)不可得,还是自身灾。"诗前有题记:"贞明伍年(919)己卯岁四月十一日敦煌郡金光明寺学仕郎安友盛写记。"可见这首诗记述了金光明寺学仕郎安友盛替别人抄书取得报酬的情况,而所抄的书可能就是本卷的长诗《秦妇吟》。S.728《社司转帖》后附诗1首:"学郎大歌(哥)张富千,一下趁到《孝经》边。《太公家教》多不残,喽啰儿〔□〕实乡偏。"诗后有学郎"李再昌"题字,这首诗就是李再昌与同学张富千开玩笑而写的。

S.1824背附诗1首:"日日常相望,苑(宛)转不离心。见君行坐处,一似火烧身。"表达了多情学郎炽烈的相思与守望。S.3287《千字文》卷末附诗1首:"今日书他智,他来定是嗔。我今归舍去,将作是何人?"一个顽皮的学郎在别人的书上写下这首顽皮的打油诗,不经意间就把自己偶一为之的恶作剧流传千古,生动而富有童趣。

敦煌的"学郎诗"和"学郎诗抄"是敦煌文学研究中很有趣的一种现象,它不仅反映了当时学校(官学、私学、寺学)教学活动中诗歌所具有的地位,诗歌与学郎生活的密切关系,而且对我们认识敦煌文学写本的产生,敦煌文学作品的流传,尤其认识唐代文人诗作在敦煌传播的原因,具有重要的意义。

第七章 敦煌歌辞

　　敦煌歌辞指敦煌文献中的唱词,总数 1300 余首,60 余种调名。根据歌辞调名所从属的音乐范畴的不同,可以把这些歌辞分为三大类:一、附着于隋唐燕乐曲律的曲子词;二、附着于宗教音乐曲式的佛道歌曲(主要是佛教歌曲);三、附着于民间音乐曲式的民间俗曲。其中第一类曲子词约有 200 首①,佛教歌曲约有 780 首②,其余为民间俗曲。这些歌辞见于 200 多个写本,书法不一,音误、形误、脱字、增字现象严重。经过中外学者近一个世纪的努力,敦煌歌辞的整理和校勘工作取得了巨大的成就,基本上达到了文从字顺、流畅谐美。但不可否认,前辈学者的校录工作,大都围绕着文字、词语、意象、用韵和分片进行,而对于抄写歌辞具体写本的整体情况、歌辞的运用场合、歌辞与同抄其他作品的关系等不够重视,以致忽略了写本所透露出来的多方面的情境背景和学术信息。鉴于此,本章从敦煌歌辞写本状况、敦煌歌辞的用途以及敦煌歌辞的戏剧性特征等方面分别展开讨论。

---

　　① 王重民《敦煌曲子词集》收录包括大曲子在内的曲子词 162 首;林玫仪《敦煌曲子词斠正初编》摒弃了王《集》所收的 20 余首大曲词,又新增曲子词约 35 首,全编共计 176 首;新编《全唐五代词》"正编"部分共收录性质较为明确的曲子词 199 首。从音乐上看,大曲其实也属于燕乐,其曲词自然也属于敦煌词。

　　② 此数目以任半塘《敦煌歌辞总编》为准,其中包括借用燕乐或民歌来表现佛曲内容的作品。

第一节 敦煌歌辞写本形貌概述

敦煌歌辞在敦煌写本中的情况是复杂多样的。其中既有汇编成集者，又有散篇只曲者。前者如 S.1441、P.2838 之曲子词集《云谣集杂曲子三十首》；S.2947 和 S.5549 之《百岁篇》专集；P.2066 之《净土五会念佛诵经观行仪》卷中，以及 P.2250 和 P.2963（去除重复部分两卷可相接成集）之《净土五会念佛诵经观行仪》卷下（这也是目前可见最明显编订成集的佛教歌曲集）。后者散篇只曲的歌辞更是居多，如 P.3319 背面存曲子词《捣练子·孟姜女》一首；P.2641 背面曲子词仅《定西番·事从星车入塞》一首。这些歌辞不管是汇编成集者，还是散篇只曲者，其在写本中大多是和其他文联抄在一起的。这里的"其他文"既包括佛教经、律、论文献，讲经、礼忏文等宗教活动文献，儒家、道家、摩尼教文献，还包括大量的民间法事应用文献（如临圹文、亡斋文、印沙佛文等），地契、账簿、帖状等社会经济类文献，以及诗赋、铭文、功德文、童蒙书、要诀心法等杂文献。如前举歌辞专集 S.1441，背面除抄曲子词《云谣集杂曲子共三十首》外，还依次杂抄《二月八日文》《安伞文》《二月八日文》《患难月文》《维摩押座文》《鹿儿赞文》《印沙佛文》《燃灯文》《安伞文》《三周》《庆杨文第一》《赞功德文第二》《患文第四》《亡文第五》《优婆夷舍家学道文》等；P.3319 背面除写《捣练子》（孟姜女）一首之外，依次抄有杂写、社司转帖、杂写；P.2641 卷背面除抄《定西番》（事从星车入塞）一首之外，还依次抄有《修龛添福短句并序》《莫高窟再修功德记》。这些歌辞，除了少数写本题有作者、抄写时间等较明显的线索之外，大都没有留下作者以及抄者等相关资料。对敦煌歌辞与其他文同卷之考察不仅能帮助我们了解作者、抄者的相关学术信息，还能更好地探讨敦煌歌辞产生的背景和功用。为便于下文讨论，兹拣有代表性的歌辞写本叙述之。

敦煌歌辞中汇聚成集者，备受关注影响最大的当属 S.1441、P.2838 之《云谣集杂曲子共三十首》。S.1441，正背面皆抄写，内容丰富。正面首尾皆残，抄《励忠节抄卷第一、第二》（《斯坦因劫经录》拟名），楷书，工整。背面抄：①《二月八日文》（首题）10 行，系二月八日佛诞祝颂辞。②《安伞文》（首题），仅存 1 行。③《二月八日文》（失题，据内容拟题）6 行。④《患难月文》（首题）14 行。⑤《维摩押座文》（首题），起于"顶礼上方香积世"，讫于"经题名字唱将来"，共 17 行。与 S.2440 所录《维摩押座文》相校，此篇不分念佛菩萨佛子、佛子等节目，一直写下，字句亦少有增减。⑥《鹿儿赞文》（《斯坦因劫经录》拟名），刘铭恕云："铭恕向只谓此文系演绎吴支谦译《佛说九色鹿经》之文而不知作者。后承王重民示知，此系法照《净土五会念佛略法事仪赞》中之《鹿儿赞文》。"⑦《印沙佛文》（首题）14 行。⑧《燃灯文》（首题）19 行。⑨《安伞文》（失题，仅存开头 6 字，据内容拟题）1 行。⑩《三周》（失题，据 S.2832《三周》拟题）。⑪《云谣集杂曲子共三十首》（首题）75 行，存 18 首（《凤归云》4 首、《天仙子》2 首、《竹枝子》2 首、《洞仙歌》2 首、《破阵子》4 首、《浣沙溪》2 首、《柳青娘》2 首）。⑫ 从卷末起倒抄有《庆杨文第一》《赞功德文第二》《亡文第五》等，皆为首题。

P.2838，也是两面抄写，正面抄录：①《中和四年（884）安国寺上座比丘尼体圆等诸色斛斗入破历算会牒》，后有悟真判语。②《光启二年（886）安国寺上座胜净等诸色斛斗入破历算会牒》。背面抄录：《庆经文》（首残，据内容拟题）18 行，《庆幡文》（首题）13 行，《开经文》（首题）20 行，《散经文》（首题）20 行，《转经文》（首题）23 行，《愿文》（失题，据内容拟题）24 行，《回门转经文》（首题）21 行，《入宅文》（首题）31 行，《云谣集杂曲子共三十首》（首题）64 行。其中《云谣集》存 14 首（《凤归云》2 首、《倾杯乐》2 首、《内家娇》2 首、《拜新月》2 首、《抛球乐》2 首、《鱼歌子》2 首、《喜秋天》2 首）。《凤归云》2 首与 S.1441 所抄重复，两卷合计正好是 30 首。这两个写本中《云谣集》字体相近，所以汤涒认为，"两卷曲子词当是为同一人抄于同时同地"①。P.2838《转经文》内有"我金山圣文神武天子"，敦煌"西汉金山国"存在的时间是 910—914，则本卷抄于这个时期。

该词集最先由董康旅居伦敦时据 S.1441 手录 18 首，后由朱孝臧刻入

① 汤涒《敦煌曲子词地域文化研究》，上海：上海古籍出版社，2004 年，第 17 页。

《彊村丛书》。其后，刘复在巴黎录得 P.2838 中实存之 14 首，刻入《敦煌掇琐》。随后，朱孝臧将其与董康所录本对校，发现除开头二首重复外，其余皆为董康本所缺。1932 年，龙沐勋合校二本，去其重复，得 30 首，刻入《彊村写本》，并出《云谣集校记》一卷，至此，《云谣集》全貌乃现。在此基础上，郑振铎、冒广生、唐圭璋等学者先后加以校录①。以后的校录本主要有王重民《敦煌曲子词集》、任二北《敦煌曲校录》和《敦煌歌辞总编》、饶宗颐《敦煌曲》、潘重规《敦煌云谣集新书》、孙其芳《云谣集杂曲子校注》、林玫仪《敦煌曲子词斠正初编》等②。

　　该词集名之"云谣"，任二北认为源自《列子》中所载西王母于瑶池宴会上为周穆王所唱之歌谣③。有学者据此以为"云谣"是后人用来指称天子所作的诗歌或宫廷演奏的歌谣，并从《云谣集》中收录至少一首由某位皇帝所作的"内家娇"，推知集中的 30 首词本是在宫廷演唱的杂曲子台本④。潘重规认为这一说法没有足够的证据，他列举了晚唐和唐末宋初一些文人在诗中运用云谣典故的情况，认为只是诗歌唱和，与王侯文会无关⑤。题中的"杂曲子""曲子"，为唐代燕乐的歌词⑥。饶宗颐认为"云谣"当从原卷，不作"雲谣"。云是语词，谣是徒歌。"云谣"也者，言其可以供歌唱耳。故知《云谣

---

　　① 郑振铎《云谣集杂曲子》，原载《世界文库》第 6 册，1936 年；收入《中国敦煌学百年文库·文学卷》（三），第 39—46 页。冒广生《新校云谣集杂曲子》，原载《同声月刊》第 1 卷第 9 期，1941 年；收入《中国敦煌学百年文库·文学卷》（三），第 46—54 页。唐圭璋《云谣集杂曲子校释》，原载《中央大学文史哲季刊》第 1 卷第 1 期；收入《中国敦煌学百年文库·文学卷》（三），第 58—73 页。

　　② 王重民《敦煌曲子词集》，上海：商务印书馆 1950 年。任二北《敦煌曲校录》，上海：上海文艺联合出版社，1955 年。任半塘《敦煌歌辞总编》，上海：上海古籍出版社，1987 年。饶宗颐《敦煌曲》，巴黎：法国国家科学研究中心，1971 年。潘重规《敦煌云谣集新书》，台北：石门图书公司，1977 年。孙其芳《云谣集杂曲子校注》，《社会科学》（甘肃）1981 年第 1 期。林枚仪《敦煌曲子词斠正初编》，台北：东大图书公司，1986 年。

　　③ 任二北《敦煌曲初探》，上海：上海文艺联合出版社，1955 年，第 404 页。

　　④ （韩）车柱环《云谣集考释》，转引自潘重规《读〈云谣集考释〉》，《敦煌学》第 11 辑，第 60 页。

　　⑤ 潘重规《读〈云谣集考释〉》，《敦煌学》第 11 辑，第 60 页。

　　⑥ 阴法鲁《敦煌曲子词集序》，上海：商务印书馆，1956 年，第 3 页；孙其芳《鸣沙遗音——敦煌词选评·前言》，兰州：甘肃人民出版社，2000 年；汤涅《曲子词辨》，《成都大学学报》2003 年第 1 期。

集》原属歌曲集,与琵琶谱之属于乐曲集,性质不同①。"杂曲"一词源于乐府中的"杂曲歌辞",加"子"于"杂曲"之后,有时虽无义,而隐有小调之意,与"大曲"对应,《云谣集》总题为"杂曲子",仍是作乐府看②。

《云谣集》创作于盛唐时期,是学术界的主流意见。其作者,有学者据一些曲子用语俚俗等特点,认为其中大多出于乐工歌伎之手③。车柱环在《云谣集考释》中认为似为天宝五年(746)以后安史之乱以前禁中乐官所编。潘重规不同意该观点,他认为其仅凭作品抽象的描写和普通史事的典故,来作为判断时代的证据很难令人信服④。从多数曲词较为典雅的特色来看,学者们认为该集经过了文人的编选和润色。从该集表现的人物多为闺中思妇,以及词中多处提及的征人久戍不归、思妇为征人送寒衣等细节来看,多数作品写于盛唐中原地区。我们认为,车柱环的意见值得考虑,"云谣"是宫廷演奏的歌谣,《云谣集》本是在宫廷演唱的杂曲子集,其中还有某位皇帝所作的《内家娇》两首,学者或考证"内家"当指杨太真,则这两首词当产生于杨太真最得宠的时期。所以《云谣集》虽不是一人一时的创作,但作为演唱的歌词集,经过乐人的编辑,其编辑的时间,当在安史之乱前。天宝二年(743)前后,明皇与杨贵妃的爱情最为炽热,李白曾为杨妃写有《宫中行乐词》《清平调》,诗风轻艳,与《云谣集》中两首《内家娇》相类。所以,《云谣集》当是这个时候的作品。

与上述 S.1441、P.2838 抄写目的类似的是 P.3821。然而此卷曲子词不是和佛事应用文献杂抄在一起,而是夹杂于有关"时序"形式的文献之中。此卷是小册子,依次抄录《缁门百岁篇》(原失题)、《丈夫百岁篇》《百岁诗十首》《十二时行孝文一本》(咏史)、《白侍郎作十二时行孝文》《十二时行孝文一本》(礼禅)、《干支表》《十二时行孝文》(劝学)、曲子词、《晏子赋一首》(未

①　饶宗颐《〈云谣集〉的性质及其与歌筵乐舞的联系》,《明报月刊》,1989 年 10 月号。
②　饶宗颐《敦煌曲》,巴黎:法国国家科学研究中心,1971 年,第 223 页。
③　王国维《唐写本〈云谣集〉跋》,《中国敦煌学百年文库·文学卷》(三),第 1 页;龙沐勋《词体之演进》,《中国敦煌学百年文库·文学卷》(三),第 29 页。
④　潘重规《读〈云谣集考释〉》,《敦煌学》第 11 辑。

完)等。其曲子词依次为:《感皇恩》2首("四海清平遇有年""万邦无事灭戈鋋")、《苏幕遮》2首("聪明儿禀天性""聪明儿无不会")、《浣溪沙》4首("玉云(露)初垂草木凋""云掩茅庭书满床""山后开园种药葵""海燕喧呼别渌波")、《谒金门》3首("长伏气","云水客","仙境美")、《生查子》2首("一树间(涧)生松""三尺龙泉剑")、《定风波》2首("功(攻)书学剑能几何""征后偻偡未是功"),计15首。全卷书法较好,格式规范,当为同一书手所写。从杂抄的"百岁篇""十二时""干支表"以及故事赋来看,此卷应亦是敦煌教学或学习之用的小册子。

S.2607是除《云谣集》外抄词最多的曲子词卷。此卷共抄词30首,其中残词5首。两面抄,首尾皆残,中部有脱落。背面为《法器杂物交割账》,污损严重,书法差。账目中有"都判官""教授""管内法律""都官""石寺""乌道政""法真"等字样。据考《法器杂物交割账》为十世纪二十年代后期金光明寺之公文,法真其时为寺主①。正面抄曲子词,依次为失题残词6首、《西江月》2首、《浪淘沙》2首、《菩萨蛮》6首、《浣溪沙》4首、《西江月》1首、《献忠心》1首、《宫怨春》1首、御制失题曲子2首、《临江仙》2首、失题残词"仕女鸾凤"、《伤蛇曲子》约1首、失题曲子1首。上述曲子词当为寺学教师之物。其中的6首《菩萨蛮》据考为晚唐乾宁四年(897)七月唐昭宗李晔及其大臣李嗣用、韩建等的和作②,故其他诸词的创作应不迟于晚唐五代的这20多年间。

P.3836、P.3994均是册页装的散页,P.3836存32行,行12字。依次录《南歌子》6首("夜夜长相忆""杨柳连堤绿""雪消冰解冻""斜影朱帘立""自从君去后""争不交人忆")、曲子《更漏子》(无词)。P.3994存27行,行11字左右,依次录《更漏长》(即《更漏子》)2首("三十六宫秋夜""金鸭香红蜡泪")、《菩萨蛮》2首("红炉暖阁佳人睡""霏霏点点回塘雨")、《虞美人》1首

---

①　汤涒《敦煌曲子词地域文化研究》,上海:上海古籍出版社,2004年,第20页。
②　饶宗颐《唐末的皇帝、军阀与曲子词——关于唐昭宗御制〈杨柳枝〉及敦煌所出他所写〈菩萨蛮〉与他人的和作》,《敦煌曲续论》,台北:新文丰出版公司,1999年,第131—147页。

（"东风吹绽海棠开"），计5首。从二卷的装册大小、书写格式、各词的顺序连接来看，P.3994当为P.3836的续抄，均为标准的词集专卷。

P.3128是两面抄的写本，正面为《大佛名忏悔文》，首尾俱残。背面依次抄有《社斋文》、曲子词、《太子成道经》（倒书）等。其中曲子词依次为《菩萨蛮》3首（"敦煌古往出神将""再安社稷垂衣理""千年凤阙争离弃"）、《浣溪沙》6首（"倦却诗书上钓船""喜睹华筵献大贤""好是身沾圣主恩""却挂绿兰（襴）用笔章""五里竿头风欲平""结草城楼不忘恩"）、《望江南》4首（"曹公德""敦煌县""龙沙塞""边塞苦"）、《感皇恩》2首（"四海天下及诸州""当今圣寿被（比）南山"），共计15首。其中《菩萨蛮》第3首、《浣溪沙》第1首、第5首重见于S.2607，《浣溪沙》第2首重见于P.4692，《望江南》第1首、第4首重见于S.5556，第2首重见于P.3911、P.2809，第3首重见于P.3911、P.2809、S.5556。本卷诸词历史线索明晰：《菩萨蛮》第1、2首、《浣溪沙》第2、3、4、6首当是唐大中五年（851）前后的作品，《菩萨蛮》第3首当是乾宁四年（897）七月的作品，《望江南》"敦煌县"词当是咸通八年（867）年至十三年（872）前后的作品，同调"边塞苦""龙沙塞""曹公德"词分别是后晋开运四年（947）三月、天福五年（940）二月至开运四年（947）三月之间、清泰元年（934）前后至清泰二年（935）二月的作品，所以本卷的抄写必当在后晋开运四年（947）之后。从以上诸词的重见情况来看，表现敦煌将士及中原士人的爱国情怀等作品深受敦煌人喜爱，并广泛流传。

除了以上集中收录曲子词的卷子之外，其他的曲子词大都是散篇只曲，下文论述敦煌歌辞之功用的时候还要涉及，暂不赘述。敦煌歌辞中除了曲子词之外，还有大量的附着于宗教、民间音乐曲式的佛教歌曲和俗曲，兹亦拣代表性写本一并述之。

P.2066的《净土五会念佛诵经观行仪》卷中，以及由P.2250和P.2963，去除重复部分，可相接成集的《净土五会念佛诵经观行仪》卷下，这也是目前可见最明显编订成集，且已表明特定用途的一部佛教歌曲集（详见后文）。

S.2947是一"百岁篇"集，该写本单面抄。首行题"宝积经第一帙第一卷三律仪会",下空格抄《缁门百岁篇》("壹拾辞亲愿出家")、《丈夫百岁篇》("一十花香□□□")、《女人百岁篇》("一十花枝两斯□")。其中《缁门百岁篇》为完篇,《丈夫百岁篇》2—4 行上部残损 4—8 字,倒数 1—3 行及《女人百岁篇》的 1—2 行下部阙 2—9 字。三文为一人抄,楷书,无丝栏,无点断,标题前有空格。从抄写情况判断,该卷原计划抄"宝积经第一帙第一卷三律仪会",后改抄当时流行的《百岁篇》。

　　S.5549 亦是一"百岁篇"集,顺序同 S.2947,单面抄,前残后完。首抄《缁门百岁篇》,起于"(四十之末)五乘八藏更无疑",讫于"聚玉如山总是空",后空格抄《丈夫百岁篇》("一十香风绽藕花")全篇、《女人百岁篇》("一十花枝两斯兼")全篇。全文为一人抄,楷书,无界栏,每节有空格。其卷末有题记:"曹义成、陈阇梨、周药奴、□□甥□阿柳、阿録信手写百岁篇一卷。"一人抄卷书多人名字,可见当时人认为抄《百岁篇》亦有抄经的功德同享性质。另册子本 P.3821 亦收有此三篇《百岁篇》。从重见情况来看,《百岁篇》是敦煌地区人们喜闻乐见的一种音乐文学形式。

　　P.3409 是《禅师与卫士逢遇》的歌曲集。卷首阐述禅师与卫士逢遇之事,前六行残破,至第七行行首,书"意一偈"三字,下留空,后写"第一禅师名远尘偈",另行始写偈文。第一禅师偈文写毕,后依次为第二禅师(离垢)、第三禅师(广照)、第四禅师(净影)、第五禅师(智积)、第六禅师(圆明)偈文,每偈长短不一(多为八句),首句均为填字型套语。"六禅师偈"后,另行题"说偈已迄,即至夜,并赠《五更转》,禅师各作一更"。后依次题五位禅师联成的《五更转》。《五更转》抄毕,卷题"第六禅师五更可转,即作《劝诸人》一偈"一句,后抄偈文。第六禅师《劝诸人》抄竟,另行题"弟子蒙禅师等说偈并《五更转》及《劝善文》,弟子等恋慕禅师,不知为计,留得禅师共住修道,各自思惟,各作《行路难》一首",后抄七位卫士各作之《行路难》一首。《行路难》抄毕,另行题:"六师捻得寻思一遍,却爱慕弟子,即自回心共往修道。总共十三人,尊一个有德为师,两个亲近承事,十个诸方乞食。和上即叹《安心难》。"后抄和上所叹之《安心难》。此卷所抄歌曲均为故事中人所"说",全篇呈现"人言"为主的形式,可视为"代言体"演出的雏形。这种歌曲连缀的情形,在中国讲唱文学发展为代言戏剧的历程上是值得好好关注的。

　　敦煌佛教歌曲在写本中除了上述以某一主题、形式出现的歌曲集之外，还有不少写本是以某一主题、形式的佛教歌曲为主，杂抄其他赞歌及曲子，甚至还有不分主题、形式而杂写的情形。随着佛教世俗化的盛行，净土思想广播民间并大量融入其他佛教观念，甚至孝道观念等，体现在敦煌写本中就是净土类歌曲经常和他类佛教歌曲等杂抄在一起，如 S.370 为杂有《五台山赞》的净土赞歌丛抄，P.3156 杂抄《上都章敬寺西方念佛赞文》《太子逾城念佛赞文》《西方净土念佛赞文》《佛母赞》《道场乐赞》。所以，考察这些深具民间性、实用性的赞歌与佛曲写本，对我们探讨丰富多样的民间佛教活动情况有不小的帮助①。

　　当然，敦煌写本中还有数量众多的单独存在的散篇佛教歌曲，这些散篇歌曲有的是夹在某些佛教典籍中（如经论、礼忏、讲经文及寺院账册），有的可能是某些歌曲或丛抄的残段，还有一些是抄在单张卷上，以方便随时用于法事之中。对此类写本的考察，对我们掌握这些歌曲的实际运用价值有非常大的帮助。如 S.5572 为册子本佛曲丛抄，有《三冬雪诗》《散花乐赞文》《出家赞文》《辞道场赞》《向山赞》《高声念佛赞》等，《法身礼》写于《辞道场赞》与《向山赞》之间。P.3645、P.3892 等亦有歌曲夹杂《法身礼》或《无相礼》的情形，这样的现象可能说明歌曲与礼忏实际搭配运用于同一场合，也可能是抄者经常参加宗教活动，如讲经、礼忏或赞诵法事等，故此类均杂抄在一起，以备平时所用。

第二节　敦煌歌辞传抄原因及功用

　　敦煌写本中共留存有 60 余种调名，计 1300 余首歌辞，而有些歌辞重出复见甚夥。为何佛窟中抄存如此众多的歌辞写本？这恐怕与敦煌歌辞的实

---

　　①　详参林仁昱《敦煌佛教歌曲之研究》，台北：佛光山文教基金会，2003 年，第 68—98 页，是书对敦煌写本"泛净土类丛抄"的情况进行了详尽的描述。

际用途是分不开的。而这一点可从写本形貌及歌辞本身形成和发展的特点中得到解释。

一、敦煌寺学教育的重要内容

从上一节对敦煌歌辞写本形貌的概述来看,我们会注意到这样一个事实:歌辞的抄写无论是歌辞专集,还是散篇只曲大都夹于佛教材料(如经论、礼忏、讲经文)、儒家经典、童蒙读物、文人诗歌和佛事应用文献之中,或书于写本正面,或抄于其背。因此我们可以推测这些看似杂乱而又有一定抄写目的的写本或是敦煌学校的教学内容之一,抄者亦应大多出于寺院僧徒或寺中学郎、书手,抄写目的当为教学之用。

五代时期敦煌寺院办学十分发达,净土、莲台、金光明、乾明、永安、三界、灵图、大云、显德等敦煌僧寺均有寺学[①]。如敦煌文献中保存了一些龙兴寺学郎的题记:P.2712《渔父歌沧浪赋》尾有题记"贞明六年(920)庚辰岁次二月十九日龙兴寺学郎张安人写记之耳",Дx.277 背面题有"己卯六月十六日龙兴寺学侍郎鉴惠",Дx.796＋Дx.1343＋Дx.1347＋Дx.1395 背《杂写》云"……龙兴寺学郎石庆通、周家儿、朱再子……王变"。S.5556 卷有曲子《望江南》3 首,书于《妙法莲华经普门品》小册子,上题"《观音经》一卷",有题记"戊申年七月十三日,弟子令狐幸深写书耳。读诵愿深读诵"等句,可见此3 首曲子为供讽诵学习之用。上博 48 号文献为一方册本,抄经文、佛赞、《十二时普劝四众依教修行》等 43 件文书,多处文书末题"与敬念"字样。因此此卷当为一信徒日常持诵的本子。P.3113 抄《法体十二时一本》(原题)、七言诗《十恨》与《古贤集一卷》(尾缺),笔迹统一,为一人书写。《十恨》诗后,附有四行题记云:"时后唐清泰贰年(935)在丙申三月一日僧弟子禅师索祐住发心敬写《法体十二时》一本,日常念诵,愿一切众生莫闻怨往(枉)之声,早达佛日,令出苦海。"可见此套《十二时》为索祐住所抄用以日常念诵,从其所抄《十二时》卷面来看,有非常明显的圈点断句之处,而余《十恨》诗、《古贤

---

① 陈大为《唐后期五代宋初敦煌僧寺研究》,上海:上海古籍出版社,2014 年,第 127 页。

集》未有标注。《十二时》显然是其用心学习之重点。

饶宗颐指出："敦煌曲子词多保存于佛窟，如 S.4332 之《菩萨蛮》《酒泉子》乃钞于龙兴寺，此寺名之可考者也。钞手之可确知出于寺院者，有僧法琳（钞《萧关地涌出铭词》）、灵图寺僧比丘龙□、净土寺僧愿宗、僧索祐住。寺中学郎、书手，则有净土寺薛安俊、报恩寺书手马幸员、永安寺学郎。天成四年写五台山《苏幕遮》之孙冰，戊申年钞《望江南》之令狐幸深，似亦僧徒弟子。"①

寺学初为佛寺教习佛教经、律、论而设，课目为修习、读诵、礼忏三类，但随着佛教世俗化的深入，俗人开始进入寺院学习。吐蕃和归义军时期，敦煌寺学大为兴盛，而学习的内容除释家典籍仪轨之外，兼及儒道经典、诗词歌赋等。敦煌文献中我们经常见到不少大德高僧兼通传统经典，如 P.2481《副僧统和尚邈真赞》云："早岁而寻师槐市，周揽（览）于八索九丘；幼年而就业杏坛，遍晓于三坟五典。羲芝（之）笔势，手下而鸾鹊争飞；蔡邕雄文，口际而珠花竞吐。"再如 P.2255 背《设坛发愿文》称吐蕃二教授"学该内外，道贯古今。谈般若则不谢于诜唐，锐诗书乃有齐于周孔"。而敦煌文献中诗词歌赋与儒家经典杂抄一起的现象更是向我们解释了诗词歌赋的教学或学习的应用性质。如 P.2748 正面抄古文《尚书》残卷，背面抄高适、悟真等诗词 37 首，内容如《敦煌廿咏》《百岁篇》《古贤集》等。其中古文《尚书》写本有 47 号之多②，《敦煌廿咏》有 6 卷，《古贤集》是广为人知的历史类童蒙教材，咏"百岁"形式的民间歌曲亦是敦煌广为流传的音乐文学样式。《百岁篇》与儒家经典、童蒙教材以及地方名篇（《敦煌廿咏》）杂抄一起的情形显然有明显的教学应用性质。

作为五代宋初沙州地区官学和私学教育的补充，敦煌寺学在童蒙教育中起着重要的作用。姜伯勤指出："寺学的意义在于，通过这种形式，使一部分庶民有可能受到私学的教育，从而使寺学有助于打破贵族对学校和教育

---

① 饶宗颐《敦煌曲》，巴黎：法国国家科学研究中心，1971 年，第 34 页。
② 许建平《敦煌出土〈尚书〉写本研究的过去与未来》，《敦煌吐鲁番研究》第 7 卷，北京：中华书局，2004 年。

的垄断。因此,敦煌文书中所见到的活跃的寺学,是早期贵族家学及学校制度向宋代书院制度转变中的一个重要的中间环节。"①

二、敦煌民众娱乐的见证

　　数量众多的歌辞杂抄于佛经典籍及佛事应用文献之中,这不得不使我们联想到曲子词或俗曲歌舞与寺院佛教徒的密切关系。实际上,敦煌寺院不仅是宗教空间,亦为敦煌民众的娱乐活动场所。佛教乐舞,源于印度的"无遮大会"。无遮,即所谓佛法平等,不分贵贱,众民皆能参与其中。南北朝时传入中国,梁武帝不仅举办"无遮大会",还举行"盂兰盆会"。据记载,梁代三朝设乐,计百戏、歌舞49项。佛教的空前兴盛,使得伎艺开始走向寺院。凡遇神节或佛庆,许多寺院除了奏赞佛、礼佛之乐外,还举行丰富的音乐伎艺,如百戏、女伎歌舞、梵乐法音等。敦煌 P.2854《行城文》记载二月八日行像活动时的乐舞表演场景:"幡花隘路而前引,梵呗盈空而沸腾。鸣钟鼓而龙吟,吹笙歌而凤舞。群寮并集,缁素咸臻。"S.381《龙兴寺毗沙门天王灵验记》专门记载了寒食节期间,龙兴寺设乐,沙州城官民齐聚龙兴寺赏乐之事:

> 龙兴寺毗沙门天王灵验记,本寺大德僧日进附口抄:
>
> 大蕃岁次辛巳润(闰)二月十五日,因寒食在城官寮百姓就龙兴寺设乐。寺卿张闰子家人圆满,至其日暮间,至寺看设乐。

设乐,即陈设音乐,亦即备置音乐,举行音乐的演奏。隋唐时代,唐代民间娱乐活动多在寺院进行。段成式《酉阳杂俎·怪术》中记载:"虞部郎中陆绍,元和中,尝看表兄于定水寺,因为院僧具蜜饵、时果,邻院僧亦陆所熟也,遂令左右邀之。良久,僧与一李秀才偕至,乃环坐,笑语颇剧。院僧顾弟子煮新茗,巡将匝而不及李秀才。陆不平曰:'茶初未及李秀才,何也?'僧笑曰:'如此秀才,亦要知茶味?且以余茶饮之。'邻院僧曰:'秀才乃术士,座主不

---

① 姜伯勤《敦煌社会文书导论》,台北:新文丰出版公司,1992年,第94—95页。

可轻言。'其僧又言：'不逞之子弟，何所惮！'秀才忽怒曰：'我与上人素未相识，焉知予不逞徒也？'僧复大言：'望酒旗玩变场者，岂有佳者乎？'"①又钱易《南部新书·戊》云："长安戏场多集于慈恩，小者在青龙，其次荐福、永寿。"②唐五代时期寺院普遍设置乐场、戏场，为官民开筵俗讲或延请世俗音声表演杂技、乐舞，敦煌大寺亦是群众娱乐之场所，有"戏场"可供人们讴唱。P.2721《新集孝经十八章》云："新歌旧曲遍州乡，未闻典籍入歌场。"再如 S.2440 背就详记对仗说白及不同的吟咏方式，被人们公认为戏剧的雏形，可见寺院内有演戏的情形存在。因此前叙《云谣集杂曲子三十首》亦有可能是供人们讴唱演出之用的歌词专集③。敦煌写本中其他曲子词、俗曲等抄写情形当与此类似。

　　敦煌写本所见寺院音声人和归义军节度使乐营、乐营使、乐行及其所属音声人的记载也进一步证明了敦煌灿烂的音乐文化。寺院歌舞作乐的表演者主要是寺院音声人，P.4542《某寺破历》中记载：

　　（一月）十五日出粟□斗充［与］音声。

　　廿三日出麦贰斗、粟三斗充与音声。

　　廿九日出粟肆斗充与音声。

　　卅日出粟伍斗充与音声。

　　二月一日出麦五斗、粟五斗充［与］音声。

从上件残卷中，得知某寺自一月十五日至二月一日半月中，五次出麦、粟供音声人，由此可知元宵节即上元节后寺院音乐活动之频繁。据姜伯勤推测敦煌音声人主要参加诸如寺院节庆、祭祀、行像及宴饮等活动的任务④。S.4705《某寺诸色斛斗破用历》载："寒食踏歌羊价麦九斗，麻四斗……又音声麦、粟二斗"。此为寒食节寺院设乐踏歌时的羊价花费及支给音声人麦、粟

---

① （唐）段成式撰，方南生点校：《酉阳杂俎》，北京：中华书局，1981 年，第 55 页。
② （宋）钱易撰，黄寿成点校：《南部新书》，北京：中华书局，2002 年，第 67 页。
③ 王小盾、张长彬通过考察同类斋文集的文书构成情况，认为《云谣集》这种包含艳情的娱乐性歌辞之被抄入斋文集，实属特例。可以判断，这是出于抄写者之喜好的个人行为。详参王小盾、张长彬《云谣集〉写本斯 1441、伯 2838 新议》，《西北师大学报》2014 年第 3 期。
④ 姜伯勤《敦煌音声人略论》，《敦煌研究》1988 年第 4 期。

的记录。而踏歌的曲词中可能包括《悉磨遮》,S.1053 背《丁卯至戊辰年某寺诸色斛斗破历》有"粟三斗,二月八日郎君踏《悉磨遮》用"的记录。二月八日为行像日,踏《悉磨遮》当为寺院行像设乐的一项内容。

当然敦煌新燕乐曲子词的歌舞演出并非主要由寺院音声人主持,因为依照唐律,寺院僧尼不得参与世俗乐舞娱乐,吴支谦《佛开解梵志阿飀经》谓:"沙门不得吟咏歌曲,弄舞调戏及论倡优。"敦煌世俗曲词演出主要是由乐营和乐行承担。敦煌归义军时期,得见一种称为乐营的机构,乐营的官员称为乐营使。P.4640《唐己未年——辛酉年(899—901)归义军衙内破用布、纸历》载:

> (八月廿九日)又支与乐营使张怀惠助葬粗布两匹。
>
> (九月七日)支与音声张保升造胡滕(腾)衣布贰丈肆尺。
>
> (辛酉年二月)十四日,支与王建铎队舞额子粗纸壹帖。

从上引归义军衙内破用布、纸历得知,乐营音声人在归义军衙内属下曾有各种表演。其中一种是胡腾舞,从"音声张保升"支用"造胡腾衣布贰丈肆尺"可知是用于胡腾舞舞服的开支。另一种是队舞。上引有"支与王建铎队舞额子粗纸一帖"语,《宋史》卷一四二《乐志十七》谓"队舞之制,其名各十",小儿队凡七十二人,有柘枝队、剑器队、婆罗门队、醉胡腾队等十种;女弟子队凡一百五十三人,有菩萨蛮队等十种。S.3929 有《节度押衙知画行都料董保德等建造兰若功德颂》,云:"门开慧日,窗豁慈云。清风鸣金铎之音,白鹤沐玉毫之儁。菓唇疑笑,演花勾于花台;莲脸将然,披叶文于叶座。""演花勾于花台"盖当时兼演花舞勾队,敦煌佛窟作功德时即表演花舞、柘枝舞①。敦煌歌辞 S.6171《水鼓子·宫辞》云:"花开欲幸教方(坊)时。桃□□令隔宿知。闻出内家新舞女,翰林别进柘枝词。"

《菩萨蛮》亦为舞队,唐懿宗时李可及与数百人于安国寺作"四方菩萨蛮舞队",唱《百岁诗》。敦煌亦出《菩萨蛮》《百岁篇》甚多,或与之有关。S.2440 背有太子修道之歌舞剧,明确记载了敦煌演奏佛曲时歌舞兼行的情形(用

---

① 史浩《鄮峰真隐大曲》中花舞云:"两人对厅立自勾念。念了,后行吹《折花三台》,舞取花瓶;又舞上,对客放瓶,念各种花诗,又唱《蝶恋花》。"

"〔〕"扩出舞台指示）：

〔队扙白说〕：白月才沉形,红日初生。拟(仪)扙才行形,天下宴静。烂满(漫)绮衣花璨璨,无边神女貌萤萤(莹莹)。〔青一队,黄一队,熊踏。〕

大王吟：拨棹乘船过大江,神前倾酒五三缸。倾杯不为诸余事,男女相兼乞一双。

夫人吟：拨棹乘船过大池,尽情歌舞乐神祇,歌舞不缘别余事,伏愿大王乞一个儿。

〔回鸾驾却〕吟生：圣主摩耶往后园,频(嫔)妃彩女走(奏)乐喧(喧)。鱼透碧波堪赏玩,无忧花色最宜观。无忧花树叶敷荣,夫人彼中缓步行。举手或攀枝余(与)叶,释迦圣主袖中生。释迦慈父降生来,还从右胁出身胎。九龙洒水早是衼,千轮足下瑞莲开。

相吟别：阿斯陁仙启大王,太子瑞应极贞祥,不是寻常等闲事,必作菩提大法王。

妇吟别：前生与殿下结良缘,贱妾如今岂敢专。是日耶输再三请,太子当时脱指环。

老相吟：眼暗都缘不弁(辨)色,耳聋高语不闻声。欲行三里五里时,虽(须)是四回五回歇。少年莫笑老人频(贫),老人不夺少年春。此老老人不将去,此老还留与后人。

四(死)〔相〕吟：国王之位大尊高,煞鬼临头无处逃,四(死)相之身皆若此,还漂苦海浪滔滔。

临险吟：可笑危中耶(也)大危,灵山会上亦合知,贱妾一身犹乍可,莫交辜负阿孩儿。

修行吟：夫人据解别扬台,此事如莲火里开。晓镜罢看桃利(李)面,绀云休插凤凰钗。无明海水从资(兹)竭,烦恼丛林任意摧。努力鹫峰修圣道,新妇,莫慵诐不掣却回来。

首云"队扙白说",又注"青一队,黄一队,熊踏",当是舞队颜色之说明。"熊踏"指舞蹈之状。"白说"盖同戏剧之道白。"吟"即指"唱词"。"吟"之人物有大王、夫人、吟生，"吟"之题目有"老相吟""死相吟""临险吟""修行吟"等，"回鸾驾却"颇似后来剧本的"科"。"尽情歌舞乐神祇"，"歌舞不缘别余事"可见敦煌演奏佛曲时歌舞兼备之情形。P.3501、S.5643 存《遐方远》《南歌子》《南乡子》《双燕子》《浣溪沙》《凤归云》《蓦山溪》等舞谱为证。"神前倾酒五三缸""倾杯不为诸余事"，"倾杯乐"于敦煌颇为盛行，P.4640 窦骥《往河州使纳鲁酒回赋》云："驿骑骖趋谒相回，笙歌烂漫奏《倾杯》。食客三千蹑珠履，美人二八舞金台。"P.2838 有《倾杯乐》2 首（"忆昔笄年""窈窕逶迤"），P.3808背面还抄有《倾杯乐》曲谱。

虽然世俗乐舞屡被禁止，但仍然无法完全禁止有僧人吟诗唱词。佛教师徒中悄悄传习、创作世俗燕乐歌辞者大有人在，P.3808 所录《长兴四年（933）中兴殿应圣节讲经文》卷背抄乐谱 25 首，为敦煌僧侣梁幸德师徒从京都洛阳辗转抄回。此足证明燕乐曲子词对佛教人士不可抵御的诱惑和冲击。饶宗颐指出，僧人诵习乐府小曲，六朝以来已蔚然成风，如宋之惠休，齐之宝月，梁之法云，皆其著者①。五代之敦煌佛窟既为宗教重心，又为沙洲之最高学府。因此释子为了"宣唱法理，开导众心"，做好"唱导"工作，有必要接受唱诵念经，撰拟韵文的练习，以备说偈之用。很多文士名臣出身僧人，其文学根柢亦基于为僧之时。中唐以后释子好为诗偈及曲子，亦能吟诗唱词。孟郊《教坊歌儿》云："去年西京寺，众伶集讲筵。能嘶竹枝词，供养绳床禅。能诗不如歌，怅望三百篇。"S.5613 录有"上酒曲子"《南歌子》的词及舞谱。饶宗颐指出："敦煌斯 5613 的上酒《南歌子》舞谱，只存前词。抄写者名叫德深，好像是一个和尚，他自记道：'开平己巳岁七月七日闷题。'他在烦闷的时候，抄写上酒曲子的舞谱来消遣。可见和尚亦懂得'打令'。"②

三、曲子词的实用特性

任何艺术形式的出现都是由于实际运用的需要，新的文学样式的产生

---

① 饶宗颐《敦煌曲》，巴黎：法国国家科学研究中心，1971 年，第 37—38 页。
② 关于敦煌"戏场"的存在，详参饶宗颐《〈云谣集〉的性质及其与歌筵乐舞的联系》，《敦煌曲续论》，台北：新文丰出版公司，1996 年，第 124 页。

和发展与它的实际用途是分不开的,曲子词也不例外。饶宗颐指出:"曲子词的兴起,在五代至北宋,不是纯为抒情的,而是兼以施用于说理的,这样的作品,有它大量的数字,单以《望江南》一体而论,论兵要的有七百首之多,其他失传的亦有相当篇幅。至于用之宗教场合和应用技术方面,都作为便于记诵的韵语。"①饶先生所言甚是。敦煌曲子词除了表现爱情闺怨这一常见主题外,有数量众多的政治军事词、边塞词、民情风俗词,还有咏物词、药名词等;从描写手段来讲,不仅有状物、抒情,还有叙事、说理、对话,语言也是直白朴素。可见早期的曲子词是有实际应用上的价值。

曲子词是现在所知最早的燕乐歌辞,当然最初是用在一些宴饮娱乐场合的。这些以艳情怨情见长的宴娱之词大多出自妓女之口,或调侃的对象是歌伎。《云谣集杂曲子》中的许多作品都是"酒筵竞唱"之作,《倾杯乐》属于配合送酒应令的曲调,《云谣集》有同调之"忆昔笄年""窈窕逶迤",亦是筵会上所唱的歌词。《浣溪沙》(髻绾湘云淡淡妆)吟道:"玉腕慢从罗袖出,捧杯筋。纤手令行匀翠柳,素咽歌发绕雕梁。"显然是上酒的歌词。P.2809、P.3911《望江南》"莫攀我,攀我太心偏。我是曲江临池柳,者人折了那人攀。恩爱一时间",更是唱出了妓女的怨愤之情。当然早期的曲子词不仅有艳情怨情之作,亦有相当多的实用性歌辞。如 P.3128、S.5556 两首《望江南》("曹公德""边塞苦"),是歌颂戍边将士、表达渴望统一之情的爱国词,是有实际用途的。还有些曲子词,简单明快,便于人们讽诵记忆,所以有时作为应用技术的口诀。如 P.3093 正面写《佛说观弥勒菩萨上生兜率陀天经讲经文》,背面依次写《长生涌泉方》《朱砂法疾风方》《地黄丸方》,以及《定风波·伤寒》三首:

> 阴毒伤[寒]脉又微,四支厥冷最难依(医)。更遇盲依(医)与宣泻,休也。头面大汗永分离。　　时当五六日,头如针刺汗微微。吐逆粘滑全沉细,胃脉溃。思(斯)须儿女独孤悽。

---

① 饶宗颐《从敦煌所出〈望江南〉〈定风波〉申论曲子词之实用性》,《敦煌曲续论》,第158 页。

颊（夹）食伤寒脉沉迟，时时寒热汗微微。只为脏中有结物，虚汗出。心脾连胃睡不得。　　时当八九日，上气喘粗人不识。鼻颤舌摧（焦）容颜黑，明医识。堕积千金依（医）不得。

风湿伤寒脉紧沉，遍身虚汗似汤淋。此是三伤谁识别，情切。有风有气有食结。　　时当五六日，言语惺惺精身（神）出。勾当如同强健日，明医识。喘粗如睡遭沉溺。

这三首词主要写了阴毒伤寒、夹食伤寒、风湿伤寒三种疾病发展的不同症状，词中从脉象变化、身体反应及精神面貌各方面，对病情的描述，不仅准确，而且很专业。再比如 P.3821《浣溪沙》描述了药草的种植："山后开园种药葵，同（洞）前穿作养生池。一架嫩藤花蔟蔟，雨微微。"《普劝四众依教修行》与《南宗定邪正五更转》则主要从佛理的角度讲述了得病的原因及去病的法门。"或腰疼，或冷痹。只道偶然乖摄理。寻求处士访灵丹，嘱他往还回药饵。"（《普劝四众依教修行》）"施法药，大张门。去障膜，豁浮云。顿与众生开佛眼，皆令见性免沉沦。"（《南宗定邪正五更转》）

S.4508 抄有一首调寄《连理枝》，词曰：

莨菪不归乡，经今半夏姜。去他乌头了，血滂滂。他家附子豪强，父母依意美□。长短（肠断）桂心，日夜思量。

这首药名词中，共提到莨菪、半夏、姜、乌头、附子、薏米、桂心七种药草名称。根据项楚的考订，"莨菪"双关"浪荡"，"半夏"和"姜"双关"半夏强"，"姜"字也双关"僵"，"乌头"双关黑发之头，黑发人即指上文之浪荡子。"附子"双关"父子"，"意美"相对应的药名是"薏米"，"桂心"双关女子之名[①]。整首词，若以其中所嵌药名的双关义来理解，则文意通畅，顺理成章。

曲子词还可以用在其他仪式上，是民间婚丧嫁娶、祈愿求福等仪式的重要组成部分。如《云谣集》中就有不少曲子词是求偶或婚仪上讲唱的底本。比如《浣溪沙》：

---

① 项楚《敦煌歌词总编匡补》，成都：巴蜀书社，2000 年，第 27—28 页。

　　　　丽景红颜越众希，素胸连（莲）脸柳眉低。拟笑千花羞不坼，懒芳菲。　　　□□□□□□，□□□□□□□。偏引五陵思恳切，要君知。

　　　　髻绾湘云淡淡妆，早春花向脸边芳。玉腕慢从罗袖出，捧杯觞。

　　　　纤手令分匀翠柳，素咽歌发绕雕梁。但是五陵争忍得，不疏狂。

　　任半塘指出，此辞可能为讲唱辞，其中的"五陵"为人物之代词。两首辞颇似演游女央媒，向"五陵"介绍。前辞偏重色，后辞偏重艺，实际是介绍一人。"要君知"乃因双方当面对白，不免作代言口气，则二辞应属讲唱中所有，原本于歌辞前后带有白语，亦未可知①。任先生所说不无道理。再如《凤归云》：

　　　　幸因今日，得睹娇娥。眉如初月，目引横波。素胸未消残雪，透轻罗。□□□□□，朱含碎玉，云髻婆娑。　　东邻有女，相料实难过。罗衣掩袂，行步逶迤，逢人问语羞无力，态娇多。锦衣公子见，垂鞭立马，肠断知磨（么）？

　　　　儿家本是，累代簪缨。父兄皆事（是），佐国良臣。幼年生于闺阁，洞房深。训习礼仪足，三从四德，针指分明。　　娉得良人，为国远长征。争名定难，未有归程。徒劳公子肝肠断，谩生心。妾身如松柏，守志强过，曾父（鲁女）坚贞。

　　两首词是一组对歌，前首是闹新房时一男子对新娘的赞美与戏谑挑逗之词，下一首写这位新娘毫不示弱，针锋相对。新娘义正辞严，夸耀她的夫君。即使夫君为国长征，归程遥遥，我也要和鲁女秋胡一样坚贞不渝。我们由此想起了汉乐府《陌上桑》中罗敷和使君的对话。

　　有些曲子词是古人拜月仪式或乞巧仪式上咏唱的祷告之词，前者如《云谣集》之《拜新月》"荡子他州去""国泰时清晏"二首。前一首是空守闺房的女子对月"遥指祝神明"，祈盼负心男子回归；后一首是天下太平，举国欢庆，

----

　　①　任半塘《敦煌歌辞总编》，上海：上海古籍出版社，1987年，第185页。

对月遥祝"皇寿千千，岁登宝位"。后者如 S.1497、Дx.2147 所抄《曲子喜秋天》五首：

> 每年七月七，此时受富日。在处敷尘（铺陈）乞巧盘，献供数千般。今晨连天露，一心待织女。忽若今夜降凡间，乞取一教言。

> 二更仰面碧霄天，参以切交言。月明黄昏遍州元，星里宾（屏）心算。回心看北斗，吾得更深究。日落西下睡浑（昏）沉，将谓是牵牛。

> 三更女伴近彩楼，顶礼不曾休。佛前灯暗更添油，礼拜再三求。女贫（频）彩楼畔，小（烧）尽玉炉烟。不知牵牛在那边，望得眼睛穿。

> 四更缓步出门听，织女到街庭。今夜斗末见流星，奔逐向前迎。此时难得见，发却千般愿。无福之人莫怨天，皆是少因缘。

> 五更铺设了，处分总交（教）收。五个恒（姮）娥结交（高）楼，那边见牵牛。看看东方动，来把秦筝弄。黄丁拨镜再梳头，看看到来秋。①

这组词采用的是民间《五更转》的写法，用五更的形式来表现少女求夫祈愿的情形，是民间七月七日乞巧仪式上唱的歌。

还有些曲子可能是将士出征之前的誓师之词，如 P.3821 之《定风波》：

> 功（攻）书学剑能几何？争如沙塞骋偻罗。手执六寻枪似铁，明月。龙泉三尺斩（剑）新磨。　堪羡昔时军伍，满（漫）夸儒仕（士）德能康。四塞忽闻狼烟起，问儒仕（士），谁人敢去定风波？

> 征后偻伢未是功，儒士偻伢转更加。三尺（策）张良飞（非）恶弱，谋略。汉兴楚灭本由他。　项羽翘据无路，灭（酒）后难消一曲歌。霸王虞矩（姬）皆自别（刿），当本。便知儒仕（士）[定]风波。

此两首《定风波》也应当是对歌，前一首是疆场之武士问难儒士之辞，下一首则是儒士对答之言。在一问一答间展现文官武将争相为国效力之

---

① 饶宗颐《敦煌曲》和任半塘《敦煌歌辞总编》都据 S.1497 作了录文，但因未能见到 Дx.2147《曲子秒收天》，臆测之处在所难免。柴剑虹《俄藏敦煌诗词写本经眼录（一）》对 Дx.2147进行了披露和移录。柴先生指出："此卷虽未抄完'五更'部分，也有一些讹误衍夺，但比较清晰，故可补充斯卷不足，解决任、饶纷争矣。"由于柴先生的录文对两个写本的相异之处未作详细解释，因此笔者在柴先生校录的基础上，结合任校、饶校分歧较大的地方作了一些修补。

情形。

以上重点谈了曲子词在敦煌的传播及功用，其实在敦煌歌辞中占绝大多数的是佛教歌曲。关于佛教歌曲的功用，前面提到的歌曲集 P.2066 的《净土五会念佛诵经观行仪》就专门涉及了这个问题。如抄至《往生西方记验》时题记下有说明："此传作法事时不在诵限知之"；此《往生西方记验》抄竟，次行即写《宝鸟赞》，首为标题"宝鸟赞"及其下小字附注"依《阿弥陀经》"，换行书写赞文，每行二句，上句句尾以小字注和声"弥陀佛"，下字则以叠词符号象征复叠"弥""陀""佛"。赞歌抄竟，另行说明"众等诵《弥陀经》了，即诵《宝鸟赞》，诵诸赞了，发愿具在赞后即散"，次行标出"第八赞佛得益门"，其下铺述赞佛功德，终可超弥勒九劫，速得成佛的说明文，并引《佛本行经》七言四句赞，再强调赞佛功德之殊胜可贵，然后概括说明本卷所列各赞，是配合诵念何部经典而唱，并指出"众等已后每诵一赞竟，即念佛三五十口"，表明经、赞、念佛搭配进行的安排状况。之后，即写各篇赞歌歌辞。其实在念佛、诵经、礼拜、诵赞、供养等修行净土法门的过程中，都是必须要仰赖佛教歌曲的。林仁昱在《敦煌佛教歌曲之研究》中对敦煌佛教歌曲的应用情况进行了详细探讨。从佛曲所在敦煌写本的形貌和内容来看，敦煌佛曲大多是世俗化的佛教仪式，如俗讲仪式、转变仪式、化缘等仪式上宣唱的文本。林仁昱指出："佛教流传在民间，除了阐扬义理、勉励人们生起信仰心，修道成佛或求生净土之外，免不了要与民间的婚丧习俗相配合，并兼作为人祈福消灾之典仪，以真正深入人民生活，扩大教团的力量。所以，敦煌写本中经常可见为亡人追福文、临圹文、印沙佛文、愿文等复杂多样的法事应用文献。而这些普及于民间的法事应用文献，多有联抄敦煌佛教歌曲的情形，这有可能具有实际运用上的意义。"①

S.4654 抄《南宗赞五更转》《大乘五更转》，与它同抄一卷的还有《萨诃上人寄锡雁阁留题并序》《结坛文（文样）》《罗通达邈真赞并序》《大乘净土赞》《舜子变一卷》《三危极目条（眺）丹霄诗三首》《百缘经略要》《亡孩子文（文样）》《亡夫

---

① 林仁昱《敦煌佛教歌曲之研究》，台北：佛光山文教基金会，2003 年，第 140 页。

文(文样)《赠悟真等法师诗抄》《夜卧涅般木庄诗二首》《悉达太子雪山修道赞文一本》《丈夫百岁篇》等几十种。全卷为一人抄写。从卷子抄写的内容看,所有者当是一僧侣,而且是一个比较喜欢诗文的僧侣。作为僧侣,他抄写这样多的歌辞、文样究竟有何用途呢? 林仁昱的观点是正确的。我们认为作为一名宗教人士,有时需要到民间主持一些宗教的、世俗的仪式,为人撰写或者现场吟诵一些应用文章,如祭文、愿文、结坛文等等,因此,手头必备一些应用文式样。P.2054《十二时普劝四众依教修行》文末就明确标识"弟子李吉顺专持念诵劝善"字样,显然也是在说明本卷歌辞的个人修行及劝人向善归佛之意旨。"现在在河西民间,就有这样一些'阴阳'先生,他们除了为别人看'风水'、主持丧事外,手头备有各种婚、丧及其他仪式上用的应用文范本,如祭文、殃状、檄文等,随时为主家撰写。这种情况和 S.4654 很相像"①。

第三节　敦煌歌辞的戏剧性特征

诗歌与音乐相合形成了中国古代的诗乐传统,但在不同的时期辞与乐的性质及其配合方式又有所不同。先秦时期,《诗经》配合雅乐,音乐体系决定着诗辞形式。汉魏六朝乐府,一般是先有歌辞,后以清商乐相配。唐五代词是先有音乐,后有歌辞,所配音乐便是隋唐新起的燕乐。敦煌歌辞正是在唐代音乐、诗词蓬勃发展的条件下形成的新的文学形式,它既渊源于汉魏六朝乐府,又与隋唐燕乐密切相关。在具体的创作过程中,诗与乐合的传统被敦煌歌辞所继承,敦煌歌辞所蕴含的音乐性和表演性,使得其中的部分作品在演唱体制和歌辞内容等方面,显现出清晰的戏剧性特征。

一、敦煌戏剧化歌辞的内容与结构

歌辞与戏剧是两种完全不同的艺术形式。前者托于曲调,倚声定辞,对于体式、平仄、音韵具有严格的要求,适于被之管弦,放声歌唱;后者则不论

---

① 高启安《敦煌五更词与甘肃五更词比较研究》,《敦煌研究》1997 年第 3 期。

是原始简单的戏剧,还是成熟复杂的戏剧,其基本要求都需要由演员来扮演人物,在特定的场合当众表演故事。但是,作为中国古代戏剧中一类特有的要素,歌辞与戏剧又存在天然的亲缘关系。在诸多艺术要素的合力催发下,戏剧最终走向聚合,其中歌辞的参与和融入举足轻重。

敦煌联章体歌辞题材广泛,内容丰富,形式多样,相对于只曲,联章更有利于叙事的深入与拓展。其中部分联章歌辞,故事叙事完整,表演特征清晰,对后世戏剧中剧曲的形成具有重要影响。敦煌所见《捣练子》联章二组(P.2809、P.3911、P.3319 与 P.3718),虽然其来源分属两个写本系统,但其共用同一曲调,主题同涉孟姜女故事,具体情节又有彼此关联之处,所以在此作为一个整体来看待。

联章一(P.2809、P.3911、P.3319):

　　其一:孟姜女,杞梁妻。一去燕山更不归。造得寒衣无人送,不免自家送征衣。

　　　　长城路,实难行。乳酪山下雪霏霏。吃酒则为隔饭病,愿身强健早还归。

　　其二:堂前立,拜辞娘。不觉眼中泪千行。劝你耶娘少怅望,为吃他官家重衣粮。

　　　　辞父娘了,入妻房。莫将生分向耶娘。君去前程但努力,不敢放慢向公婆。

联章二(P.3718):

　　其三:云疑盖,月疑生。蒙蒙大绵疑三更。面上褐绫红分散,号啕大哭呼三星。

　　其四:对白绵,二丈长。裁衣长来尺上量。夜来梦见秋郊水,自怕宾身上裁□。

　　其五:孟姜女,陈杞梁。生生激恼小秦王。秦王喊俺三边滞,千乡万里筑长城。

　　其六:长城下,哭声哀。喊俺长城一堕摧。里半髑髅千万个,十方收骨不空回。

其七：刃掩亮，雨蒙蒙。十个指头血沾根。青竹干投上玄被子，从
今以后信和藩。

其八：娘子好，体一言。离别耶娘十数年。早晚到家乡，勒㤅㤅。
月尽日交管黄纸钱。少长无月尽日交管黄纸钱。

联章一主要讲述丈夫杞梁被征从役，临行前辞亲别妻。丈夫走后，久无消息，孟姜女千里迢迢，远赴他乡为其亲送寒衣。两支曲子应该是男女二角对唱，第一首上片当为孟姜女声口，上场后即自报家门"孟姜女，杞梁妻"，继而叙说因丈夫远赴燕山服役而"自送征衣"一事，下片则是公婆对即将远行的孟姜女的叮嘱，期盼夫妇二人能安然早归。第二首上片则为杞梁口吻，追忆当初，自身挂名在籍，官命难违，如今不得已而离家，劝慰父母切勿牵挂。下片则转为夫妇话别，杞梁叮咛安当，孟姜女则劝勉夫君努力前程。联章第二组六首当系全剧尾声剧曲，其三可视为此段落故事背景，先讲孟姜女梦感不祥，接着在其四中从梦境过渡到现实，孟姜女为丈夫制作寒衣，而此过程又与梦境相交织。从其五开始，原本模糊的故事开始变得清晰起来，人物交代明确，长城意象显现，杞梁修长城成为故事重要转折点。其六、其七两首讲述孟姜女得知杞梁死讯后，为求亡夫尸首而哭城，终致城崩骨现，并于万千枯骨中觅得尸骨。其八是一幻化场景，作为剧曲结尾部分：亡夫杞梁现身，嘱托孟姜女负骨返乡，以使自己能魂归故里。联章中其三、其四、其六和其七，均为孟姜女唱词，其八则为杞梁亡魂所唱，完全已是代言体形式。统观全辞，两组联章均表现出歌辞语言的表演性和戏剧性。虽然限于所见材料和歌辞篇幅，杞梁与孟姜女人物角色的设置还不够分明，需要听者和观众辨别，但人物语言却极富动作性。当歌辞具备了戏剧性，在实际表演时表演者会借助自身的动作将言行结合起来，最终塑造出歌辞中所描绘的人物形象。

在敦煌联章套曲中还有一组两首的简短问答歌辞《南歌子》（P.3836、P.3137、桥川时雄摄影本、Дx2430V）。P.3836因原卷为册子本，后来线朽而散断，所载诸辞便失缺顺序而首尾不接，故所存歌辞原调失名，且无撰者。

任半塘《敦煌曲校录》将其拟作今名。《南歌子》本有声诗和长短句两体,在唐代时是用于催酒时的舞曲,敦煌乐谱中有此调舞谱①。

其一:

斜影朱帘立,情事共谁亲? 分明面上指痕新。罗带同心谁绾? 甚人踏破裙?

蝉鬓因何乱? 金钗为甚分? 红妆垂泪忆何君? 分明殿前实说,莫沉吟。

其二:

自从君去后,无心恋别人。梦中面上指痕新。罗带同心自绾,被猻儿踏破裙。

蝉鬓朱帘乱,金钗旧股分。红妆垂泪哭郎君。妾是南山松柏,无心恋别人。

两首歌辞男问女答,全程代言,前者处处生疑,屡屡追问,后者内心虚怯,依问作答。这类风情问答所反映的故事情节,已经突破了单一的讲唱伎艺,而进入戏剧扮演②。在男女主人公问答式的对唱中,人物矛盾冲突激烈,内心情感波澜起伏,人物神态口吻角色化,行动明显戏剧化,歌辞兼具形象性与虚拟性,在实际的表演过程中,完全可以将其纳入歌舞戏或参军戏的体系中,佐以说白,或其他辞体,作为剧辞来使用。事实上,此类男女互答体,在先秦时期的《诗经》中就已出现了成熟的形式,比如,《诗经·国风·郑风》中《女曰鸡鸣》篇就是通过夫妇之间对话,来描摹新婚燕尔之间的爱慕体贴与温暖和谐。而《郑风》中的《东门之墠》和《出其东门》两篇同咏一事,亦属于男女互答的组诗③。东汉时期的作品《上山采蘼芜》,也是通过夫妇之间的对话来展开戏剧性的故事,弃妇和故夫的一次邂逅却无意间打开了彼此内心痛苦的心结,久别重逢,互诉衷肠,故事简单却情节饱满。可以说,敦煌所见《南歌子》一类歌辞,

---

① S.5643 有《南歌子》舞谱两种,P.3501 及日本杏雨屋藏羽 49 号写本各有《南歌子》舞谱一种。

② 任半塘《敦煌歌辞总编》,上海:上海古籍出版社,1987 年,第 640 页

③ 郭晋稀《剪韭轩述学》,兰州:甘肃人民出版社,1993 年,第 28—31 页。

不同程度地继承和吸收了早期问答体民歌中的表演传统。一方面是从民歌到歌辞，又到戏剧，另一方面则是从咏事到述事，再到演事，这是艺术形式和思维同步递进的过程，两个方面的三个层次都是相通相应、相辅相成的。

此外，在敦煌佛教写本中，也存有诸多应世实用，且能通过演说或演唱等仪式性表演手段呈现的赞歌和曲辞。这些作品具有大众化的"弘法"特质，针对布教"演示"施行，及仪式"行仪"展开，它们不仅是大多数佛教活动得以举行的灵魂，更是佛教传播的重要媒介。其中有"演示性"和"行仪性"兼具的作品，在仪式活动中可以灵活运用①。《小小黄宫养赞》（S.1497、S.6923、P.4785）就是这样一组作品，若以其文本样式来归类，亦可将其纳入歌辞联章之中。《小小黄宫养赞》是以须大拏太子本生故事为内核，配合特定的音乐，利用歌辞的形式外观，设置不同的角色进行对唱，歌辞前列有诸如"父言""妹答""儿言"等出场人物身份提示语。全篇问答完全代言，虽名为佛教赞歌，究其实质当是佛教戏剧演出过程中所使用的对唱剧辞。从赞歌体式可知，不同人物在演唱时会用到不同曲调，与后世戏剧演唱形制相类。赞文全篇如下：

　　其一：（父言）小小黄宫养，万事未曾知。饥不曾受，渴亦未知。
　　　　　（佛子）

　　其二：（妹答）我今随顺哥哥意，只恨娘娘犹未知。放儿暂见娘娘
　　　　　面，须臾还却亦何之。（佛子）

　　其三：（父言）罗睺一心成圣果，莫学五逆堕阿鼻。生生莫做怨家
　　　　　子，世世长为绕膝儿。（佛子）

　　其四：（父言）我今为宿持，不用见夫人。夫人心体软，母子最为亲。
　　　　　（佛子）

　　其五：（儿答）我今作何罪？今日更受苦。我是公王种，须知作奴
　　　　　婢。（佛子）

　　其六：（父言）来日见男女，啼哭苦申陈。我心不喜见，退却菩提因。

---

① 林仁昱《论敦煌佛教歌曲特质与"弘法"的关系》，敦煌学会编印《敦煌学》，台北：乐学书局有限公司，2002 年，第 55—56 页。

（佛子）

其七：（父言）世间恩爱相缠缚，父女妻儿皆暂时。一似路傍相逢
着，须臾不免楒分离。（佛子）

其八：（儿言）身体黑如漆，目伤青面皱。面上三殊泪，唇疮耳尸陋。
（佛子）

其九：（父言）一岁二岁耶娘养，三岁四岁弄婴孩，五岁六岁能言语，
七岁八岁辨东西。（佛子）

其十：（父言）一切恩爱有离别，一切江河有枯竭。拿如拿延急布施
婆罗门，莫交婆罗门一日嗔。（佛子）

其十一：（儿言）乌鹊群飞为失伴，男女恩爱暂时间。拿如拿延急布
施婆罗门，早晚却见父娘面。（佛子）

　　这种故事类佛教歌辞通过佛教仪式性表演的方式，在演唱情境的营造下，以渲染夸饰的方法，提升歌辞戏剧效果，从而增强其演出的真实性和现场感。另外，《小小黄宫养赞》中所涉内容大致可与《太子须大拏经》对应，这种源自佛经的改编已具有"转变"性质，可以看作是一种从文本到剧本的艺术尝试。虽然囿于篇幅，其中的故事内容只是佛经中的一小部分，或是出于歌辞用于表演的考虑，情节与经文亦无法完全对应，但从内容来看，其中情节的发展全部都是通过父亲儿女三人的对话来推动的，这种构成充分体现出其用于演出的属性。由此可见，《小小黄宫养赞》虽然是佛教歌辞，但鉴于它在实际应用中的演艺功能，可以基本推定：在唐五代时期，存在佛经故事被佛教徒改编为佛教戏剧进行演出的史实。

二、敦煌歌辞的"演"和"唱"

　　敦煌歌辞最初来自民间，其前身是民间小调，从一开始它就与音乐关系极为密切。以调系辞是歌辞生成的重要方式，敦煌歌辞中所见曲调众多，一调多辞是普遍现象。如 S.6208 和 P.3812 分别载述两组《十二月》，二十四首分时组合的说唱歌辞，是当时民间说唱表演时的两套乐歌，这些歌曲都属于

同一曲调重复多次的民歌形式。随着内容的变化,其中诸如节奏调整、旋律应用和音色安排等音乐的艺术性都会得到相应的变化;而极具特殊性的则是 S.6208《十二月》中"也也也也"和声辞的使用,这与汉代乐府中"贺贺贺""何何何"和声几无二致。和歌的使用说明了当时音乐创作艺术已经达到了较为复杂的程度。从其内容和结构方面来看,《十二月》中所凸显的音乐性和动作性已初步具备了表演的特征。在敦煌歌辞中,除联章套曲里存有为数不少的戏剧化歌辞外,其中还有部分只曲带有明显的表演特征,戏剧化倾向也很明显。具体如《浣溪沙》(P.3128):

其一:

却挂绿襕用笔章,不藉你马上弄银枪。罢却龙泉身擐甲,学文章。
捻取砚筒浓捻笔,叠纸将来书两行。将向殿前报消息,也是为君王。

其二:

结草城楼不忘恩,些些言语莫生嗔。比死共君缘外客,悉安存。
百鸟相依投林宿,道逢枯草再迎春。路上共君先下拜,如若伤蛇口含真。

两首歌辞中都有各自独立的叙事人物,其一是一位弃武从文的书生,其二则是一位受人之恩的远行之客,两位主人公都有明显的代言陈述,前者为君王,后者报君恩。在歌辞极为有限的篇幅之间,可以清晰地看到人物所处的戏剧性场景:书生义气横生,提笔蘸墨,向朝廷撰文报信;行客申述再三,以拳拳之心劝人积德报恩。两首只曲可以分别作为表演时扮唱的歌辞。再如其中一首《鹊踏枝》(《敦煌零拾》本):

叵耐灵鹊多瞒语,送喜何曾有凭据。几度飞来活捉取,锁上金笼休共语。
比拟好心来送喜,谁知锁我在金笼里。欲他征夫早归来,腾身却放我向青云里。

歌辞中戏剧化场景颇具生趣,故事人物是一人一鸟,以代言形式展开对话。闺中思妇见喜鹊飞来,误以为良人归来,岂料只是空欢喜,于是迁怒于鹊,捕而关之。鹊本好心报喜,反遭金笼误锁,自陈苦楚,唯盼征夫早归,重获自由。角色之间既有对白,又有心理活动,虚拟性场景,拟人化角色,全辞内容充满戏剧性。敦煌歌辞中,类似这种内容演故事,结构又作问答体者,为数颇多,而当将这些"辞"的内容匹配以"曲",作为演艺外观的表现形式时,这些原本看似普通的歌辞会与其他辞体相联合,或表演故事,或与戏弄结合,即成为变文之插曲,或戏剧之剧曲①。

　　这里的"曲"是和"谣"相对的一种基本音乐体裁。从先秦时开始,它就配合乐器,有一定章曲结构的特点。"曲"在长期使用中,一直与三种音乐现象密切相关,即乐工、乐器和乐律,易言之,凡是"曲"就意味着入器乐、成定调的音乐,而这些要素的结合是同职业乐工、歌手的出现相关联的。从本质上看,"曲"就是节制歌唱、准度词句的固定乐调。因此,曲子音乐具有规范性和稳定性,若要对其进行改进,则直接表现为对曲体结构的改造,然后才反映到填辞的具体内容方面,这样的结果就是曲子在一调之中可以容纳不同的传辞②。从上举《浣溪沙》《踏鹊枝》二调即可看出,歌辞的曲调是规范而稳定的,歌唱时语气按照曲调有着一定的规则。无论其歌辞内容如何变化,即便是其中在歌辞外观上出现些许增删微调,其音乐样式都依然保持着固有体制。这一方面说明,敦煌歌辞的格律更富于变化,更强调对曲子演唱声情的符合,另一方面则说明敦煌歌辞创作的直接目的在于歌唱。

　　敦煌歌辞的体式不仅取决于曲拍,而且取决于表演者演唱时声情表达的需要。歌辞是曲子演唱时的物质外观,不仅反映出曲体的稳定性和统一性,而且反映出曲调随歌唱方法的变化而呈现丰富的多样性③。敦煌歌辞的这种属性其实源于它自身对中国古代抒情传统的主动追求。声情表达是个体抒情的有机组成部分,而"唱"则是它最直接的一种表达形式。由于抒情

---

①　任中敏《敦煌曲研究》,南京:凤凰出版社,2013 年,第 392—396 页。

②　王小盾《隋唐五代燕乐杂言歌辞研究》,北京:中华书局,1996 年,第 53—56 页。

③　王小盾《隋唐五代燕乐杂言歌辞研究》,第 100—106 页。

这一民族原型文化的较早介入,在很大程度上影响了中国古代戏剧的表现方式,于是使尚处于萌芽状态的戏剧形式倾向于仪式性和礼赞性,所以,中国古代戏剧在本质上是一种重于抒情也长于抒情的艺术形式。在与戏剧早期艺术形式中的表演要素产生关系之后,抒情主体用情感将诸多意象相互贯穿、彼此渗透,形成一个有机的、完整的、情景交融的艺术统一体,并建构出一个内涵丰富、韵味无穷的审美想象空间,而这一想象空间的指向正是音乐性的。在通过音乐性的想象空间抒情的过程中,"唱"的功能被逐渐凸显出来而成为古代戏剧的主体,它通过一种高低、快慢、升降、清浊等对立因素的有规律组合形式,模仿自然流行的节奏和韵律,以严整的平仄、铿锵的声韵表现出情感运动的轨迹。如此一来,在中国古代戏剧的表演过程中,抒情性的演唱从一开始就占到了相当的比重,这种配以音乐和格律化韵文的表演形式,对于吟咏事件而非叙述事件是非常适宜的。由于在唐以前的古代文学中,叙事文学长期受到抒情文学的抑制而没有得到充分的发展,当文学被引入戏剧中时,同样的现象在戏剧领域里也开始呈现,并最终定型成为中国古代戏剧的一个本质特征:长于抒情,短于叙事。于是,中国古代戏剧自发生之日起就形成一种传统,即以"唱"这种特殊的方式来叙述戏剧本身所蕴含的故事。因此,在敦煌歌辞中我们可以看到众多富于叙事性和戏剧性的只曲,比如 P.2838《云谣集》中的《拜新月》一首:

> 荡子他州去,已经新岁未还归。堪恨情如水,到处辄狂迷。不思家国,花下遥指祝神明。直至于今,抛妾独守空闺。

> 上有穹苍在,三光也合遥知。倚屏怦坐,泪流点滴,金粟罗衣。自嗟薄命,缘业至于斯。乞求待见面,誓不辜伊。

浪荡游子,抛家舍业,久出不归,妻子独守空房,只能待其归来。歌辞中女主人公祈求上苍,用语直白,感情真挚,"妾""自嗟""伊"等语词的使用,具有明显的代言意味和戏剧倾向。再如同卷同集所见《抛球乐》一首:

> 珠泪纷纷湿绮罗,少年公子负恩多。当初姊妹分明道,莫把真心过与他。子细思量着,淡薄知闻解好么?

通篇以女主口吻叙述了自己在情感上的遭遇和彼时的心境，自叹自悔之余，力劝同行姐妹切勿重蹈自己覆辙，身陷泥淖。全辞口语，言真意切，寥寥数语之中陈述了自己跟同"少年公子"之间的情感纠葛，女主痴情，男子寡恩，故事简单却有波澜，歌辞中的用语具有清晰的动作性①。戏剧之中的歌唱即演唱，这种"唱"是穿插在故事之中，需要角色扮演某一人物，以歌辞来代此人物发言，同时与声情、举动、容态等相合，以此来呈现剧情②。辞文从第三句始，即有代言意味，与《拜新月》"荡子他州去"颇为相似。演唱者以假定的倾诉对象作为想象的听众，整个过程体现出表演时的虚拟性和戏剧性。

由于唐五代戏剧发展的内在要求和艺术变革的时代风潮，这些在当时风靡一时的流行歌辞，在实际的演出中，会被人为地在剧情发展的过程中加入大量的非叙事的唱段，不时地穿插抒情甚至议论的段落，使原本的剧情进展不断出现停顿，甚至一度使戏剧故事本身失却了一个完整、流畅的叙事外形。于是，在当时的戏剧进行演出时，每到可以抒情的地方，戏剧表演者就会尽情发挥自己所长的抒情能力，冗长的抒情唱段则会不时出现。也正是在这一过程中，戏剧本身所涵括的故事顺势借助抒情得到了最充分的叙述。在这里，戏剧故事本身已经不再重要，其中更重要的已然成为叙事过程中抒情手段"唱"的应用和升华。

三、敦煌歌辞的"乐"与"舞"

敦煌歌辞是在中外文化交流频繁的唐代社会中产生的艺术新形式，这些歌辞大多来自当时社会流行的乐曲音调，而唐代的音调大多来自胡夷之乐，唐中期以后这种外来乐舞文化已经深入到了社会的各个阶层。中原地区的乐舞获得全面发展，西域诸多民族的乐舞也达到鼎盛时期。随着西域胡乐的传入，在融合了汉魏六朝清乐和北朝新民歌的基础上，至唐开元、天

---

① 陶文鹏、赵雪沛《论唐宋词的戏剧性》，《文学评论》2008 年第 1 期。
② 任半塘《唐戏弄》，上海：上海古籍出版社，2006 年，第 916 页。

宝年间,由歌、舞、乐三体合一的大曲便在中原内地兴起。大曲是由数支曲段编组的复杂乐曲,用于器乐、声乐、舞乐的联合表演。敦煌大曲,多为初盛唐时期民间作品,现存《阿曹婆词》(P.3271、S.6537)、《剑器词》(S.6537)、《苏幕遮》(S.467、S.2080、S.2985、S.4012、P.3360)等颇具表演特色,对同时期歌舞戏的生成与发展当有过较大影响。

按照唐代大曲普通形制,凡在各遍曲辞之前明确标有"第一""第二"等以示其次序者,即为大曲。在敦煌歌辞中,《阿曹婆词》即有此形制,此调共三首,据其内容,可知为盛唐作品。

第一:

昨夜春风来入户,动如开。只见庭前花欲发,半含哈。

直为辞君容貌改,征夫镇在陇西杯。正见前庭双鹊喜,君王塞外远征回,梦先来。

第二:

独坐幽闺思转多,意如何? 秋夜更长难可度,慢怜他。

每恨狂夫薄行迹,一从征出镇蹉跎。直与辞君容貌改,疆场还道□□□,□□□。

第三:

当本只言三载归,灼灼期。朝暮啼多淹损眼,信音稀。

妾守空闺恒独寝,君在塞北亦应知。恼懊无知呈肝胆,留心会合待明时,□□□。

阿曹婆当为曹国从事专业歌舞的妇女,此处以人名曲。《阿曹婆词》应是曹国传入的乐曲①。全辞事涉闺怨主题,丈夫征守陇西,数载未归,妻子独坐幽闺,终日牵念,苦待夫归。三首合看,情节简单,人物不多,整个叙事以女主视角演绎推进,故事片段相对完整。歌辞中女主以"君""他""狂夫"三个称谓来指称丈夫,已有代言属性,可以作为独唱歌辞用于实际表演。

---

① 汤涴《敦煌曲子词地域文化研究》,上海:上海古籍出版社,2004 年,第 51—52 页。

唐代以《剑器》为名的曲调,有《西河剑器》《剑器子》《剑器浑脱》。"剑器"是唐代有名之舞,分有两种:初期仅为女舞,雄装独演,手中持有发光体,于激烈之金鼓声中出场,舞姿妍妙,舞势酣畅。后期则于女伎之外,兼为军舞。列队表演,变化甚多;演员于武器之外,盛张旗帜、火炬,鼓角齐鸣,应节相和①。敦煌所存《剑器词》共有三首,原辞初无分首标示,后两首前方标"第二""第三"序号,显系大曲无疑。

第一:

> 皇帝持刀强,一一上秦王。闻贼勇勇勇,拟欲向前汤。
>
> 应手五三个,刀人谁敢当。宅家缘业重,终日事三郎。

第二:

> 丈夫气力全,一个拟当千。猛气冲心出,视死亦如眠。
>
> 弯弓不离手,恒日在阵前。譬如鹘打雁,左右悉皆穿。

第三:

> 排备白旗舞,先自有由来。合如花焰秀,散若电光开。
>
> 喊声天地裂,腾踏山岳摧。剑器呈多少,浑脱向前来。

三首歌辞主题统一,旨在表现兵忠将勇,第一首突出刀剑,第二首强调弓矢,第三首摹写剑器舞容,三者环环相扣,各有侧重。歌辞几无情节展现,但场景搬演真实,角色设置清楚,人物动作性很强。前两首重表演,后一首重观演,有声有辞,配以健舞,可作为歌舞戏的一个演出段落。

《苏莫遮》原出高昌、康国泼水乞寒之戏,因舞者着"苏莫遮"帽而得名。北周宣帝时传入,盛行于初唐。《苏莫遮》改为大曲时,融合了清乐大曲体制和音乐②。敦煌所见《苏莫遮》共六首,除首篇不标序号外,其余每首按次标明,确属大曲。唐代歌舞戏《苏莫遮》产生于同名大曲之前,无论曲、戏,皆为胡戏、胡乐,始于北朝。其曲调的演变,与各类伎艺的配合情形比较复杂,非他戏所有。戏中所演故事比较模糊,其职能是攘除和驱逐罗刹恶鬼食啖百

---

① 任中敏《敦煌曲研究》,南京:凤凰出版社,2013年,第311—312页。
② 王小盾《隋唐五代燕乐杂言歌辞研究》,北京:中华书局,1996年,第152页。

姓之灾,与唐代大傩职能相似,这应该是从歌舞阶段向歌舞戏进阶初期的样貌。由于《苏莫遮》属于胡戏,所以起初当是由留在唐朝的胡人出演,之后才有胡汉合流的演出形式。敦煌所见《苏莫遮五台山曲子六首》(S.467、S.2080等)从全辞构成来看,人物构成单一,故事情节苟简,戏剧性并不清晰。但从音乐体制来看,敦煌所见《苏莫遮》基本沿袭了唐代大曲的体式。除此之外,在敦煌本 S.1053 卷背《己巳年(909)某寺诸色入破历算会残卷》中有"粟三斗,二月八日郎君踏悉磨遮用"的字样,经姜伯勤先生考证,此处之"踏"即"踏舞","悉磨遮"即"苏莫遮",是传自西域波斯的一种乐舞。此乐舞是一种配有面具、有宝帕头冠的化妆踏舞或传踏。踏舞时由一众士女踏歌为队,踏地以节,连袂而歌。踏歌依曲填词,并将新词递相传唱,其主旨在感戴皇恩①。鉴于其戏、曲二体兼备,踏歌又可作为它的配套舞势,如此一来,歌、乐、舞三者依然可以进行演出。

有唐一代,舞蹈极为繁兴,各种不同风格不同内容的舞蹈作品运用在不同场合,具有更高欣赏价值的表演性舞蹈更是众彩纷呈。在一般宴会或其他场合表演的小型舞蹈,分别有"健舞"和"软舞"两大类。"健舞"动作敏捷,雄健刚劲,节奏明快,包括《剑器》《胡旋》《柘枝》等;"软舞"抒情性强,优美柔婉,节奏比较舒缓,其间有部分快节奏的舞段,以《绿腰》《凉州》《兰陵王》为代表。当然,它们只是对某类舞蹈的泛称,其中的舞蹈节目并不固定,而是随着舞蹈的发展和创新,其包含的节目也在不断增加和更新。此外,尚有大曲配舞和带有一定故事情节的歌舞戏。唐代舞蹈大多是表现某种情绪和风格的,表现故事情节及不同人物的歌舞虽然不多,但已取得了前所未有的发展,这种以歌舞演故事和人物,进而反映现实生活的艺术形式,在当时取得了很好的社会效果。

在唐代,乐歌和舞蹈是可以形诸文字的,记录表演性舞蹈的舞谱,其中就包括舞曲(曲谱)、舞图(图谱)和文字(字谱)三部分。曲谱是用来说明舞

---

①　姜伯勤《敦煌悉磨遮为苏摩遮乐舞考》,《敦煌艺术宗教与礼乐文明:敦煌心史散论》,北京:中国社会科学出版社,1996 年,第 527—535 页。

蹈节拍、节奏、起止转换的文字谱;图谱是排练舞蹈的图画或者舞姿图,可能包括队形和场面图;字谱则是用来说明舞蹈动作的术语,以及有关音乐、舞蹈具体"合成"的一些提示①。P.3501、S.5643 和 S.5613 中,就存有《遐方远》《南歌子》《南乡子》《双燕子》《浣溪沙》《凤归云》等九调二十四谱。在各谱开端所标曲名均为唐五代流行曲舞名称,曲名之后接有说明性字谱。这些敦煌舞谱,从所载表象谱字的规模来看,可能性最大的当是官宴中的乐舞表演,其形式当是边歌边舞,参与者除舞伎之外,各色人等皆可表演。有时场面较大,人数众多,自然难于整齐划一,势必就会依靠舞谱来作统一的动作规定与节奏规范,使舞乐在最大程度上能够严丝合缝②。在这样成熟的演艺格局中,歌、舞、乐三者再度结合,各自以不同的艺术要素而托于新体,戏剧作为一种新兴艺术形式便成为必然的结果,而《踏谣娘》《钵头》《大面》则成为唐代最著名的歌舞戏。这些歌舞戏中的舞蹈与歌曲密切相关,加之已经具备了简单的人物和情节,其中的矛盾冲突又较明显,歌舞就成为戏中表情达意的重要手段,歌唱既有独唱,又有和歌,少量的说白,加上必要的动作,可以说这些歌舞戏已经具备了后世戏剧艺术的雏形。而在多种艺术元素走向综合的过程中,敦煌歌辞作为一种演唱套曲,它自身就具有配套完整的音乐体系和成熟的舞蹈体系。这种乐舞体系的形成决定了它的演唱形式,使它与同时期的其他演艺形式形成了良好的共振与互融,并最终合力走向戏剧艺术。

四、小结

敦煌歌辞中的精华是近 200 首曲子词,曲子词是敦煌文学贡献给中国文学的精品。这些附着于隋唐燕乐曲律的曲子词,是词的早期形态,对于研究词的起源、演变有重要意义。同时,就艺术成就来说,曲子词是中国文学百花园的绚丽奇葩,在此基础上形成的宋词,集中展现了中国文学的情感之

---

① 王克芬《中国舞蹈发展史》,上海:上海人民出版社,2014 年,第 184—243 页。
② 席臻贯《古丝路音乐暨敦煌舞谱研究》,兰州:甘肃敦煌文艺出版社,1992 年,第 36—46 页。

美、绘画之美、音乐之美、静态之美和流动之美。与宋代文人词相比,敦煌曲子词有自己鲜明的特点。首先,作者面广,题材广泛,内容丰富。王重民《敦煌曲子词集叙录》说:"今兹所获,有边客游子之呻吟,忠臣义士之壮语,隐君子之怡情悦志,少年学士之热望与失望,以及佛子之赞颂,医生之歌诀,莫不入调。其言闺情与花柳者,尚不及半。然其善者足以抗衡飞卿,比肩端己。至于'生死大唐好''只恨隔蕃部,情恳难申吐。早晚灭狼蕃,一齐拜圣颜'等句,则真已唱出外族统治下敦煌人民的爱国壮烈歌声,绝非温飞卿、韦端己辈文人学士所能领会,所能道出者矣。"①

第二,敦煌曲子词为探讨词的起源问题提供了珍贵的材料。我们还是用王重民《敦煌曲子词集叙录》的话作说明:"词之起源,由五七言变为长短句,人人知之,然尚未能真明其故。朱熹以'泛声'释之,后人多信其说。今兹所获,其字句较旧有者参差为尤甚,可为泛声说增例证不少。古者五七言莫不可歌可舞,长短句亦莫不可歌可舞,泛声之故,与歌舞尤有密切之关系。敦煌残卷中别有《工尺谱》一卷(P.3808),载《倾杯乐》《西江月》《心事子》《伊州》《水鼓子》《长沙女引》《撒金沙》《营富》等八谱②;舞谱较长者两卷(P.3501、S.5634),载《遐方远》《南歌子》《南乡子》《双燕子》《浣溪沙》《凤归云》等六谱③。将来此三谱者,能被诸管弦,施于步伐,则不但古乐大明,倚声之事,亦可迎刃而解矣。"七十几年过去了,P.3808 琵琶谱,P.3501、S.5634 舞谱等已经得到深入研究,敦煌曲子词在词调、格律、音乐等方面的特点及它们间的关系已经比较清楚。由此可以断定,敦煌曲子词是成熟的律词,它奠定了后世词体的基本格局,其后的《花间集》和宋代文人词直接由此发展而来。

但学术界几乎都强调敦煌曲子词的民间性,认为曲子词的发现,更确凿地印证了词源于民间的观点,是对"文学源于民间"这一神圣观念的补证,近六十年大学教科书基本都是这种观点。但是,如果对敦煌曲子词有代表性的写本进行认真分析,就觉得强调其"民间性"有以偏概全的不足。词实际

---

① 王重民《敦煌曲子词集》,上海:商务印书馆,1950 年,第 2 页。
② 经过后来学者的研究,P.3808 所抄不是工尺谱,而是琵琶谱,包括 25 首曲子。
③ P.3501 存舞谱 14 首,S.5634 存三调 10 谱。

上是从酒筵歌唱那里来的。敦煌曲子词大致分为两类，一类是从中原、巴蜀传来的歌辞，一类是产生于敦煌当地的歌辞，第一类的作者有皇帝、大臣、宫廷乐工，然后由宫廷乐工汇编而成。敦煌曲子词的代表《云谣集》杂曲子共30首，有 S.1441 和 P.2838 两个写本。这30首曲子词，明确是"酒筵竞唱"的歌辞，虽然其中可能有民间的歌辞，但由其中后唐庄宗李存勖的两首《内家娇》和宫中妇女的两首《拜新月》可知，《云谣集》是典型的宫廷歌辞。宫廷乐工演唱的歌辞，除了皇帝或大臣创作的之外，改造民间歌谣是重要来源。所以，把《云谣集》与《花间集》作为截然不同的民间歌辞与文人歌辞，是欠妥当的。S.2607＋S.9931写本抄了近30首曲子词，据考证，是唐昭宗逃难于华州时，带的部分乐工所编。《旧唐书》卷二十《昭宗纪》记载乾宁四年（897）七月，皇帝与学士、亲王登齐云楼，西望长安，令乐工唱皇上的新作《菩萨蛮》词，演唱结束，现场君臣皆泣下沾襟，随从大臣多有和词。随昭宗流遇华州的这一批乐工，后来也部分流落宫外，昭宗的《菩萨蛮》、诸王以下的和作以及乐工所唱曲子词，也是这样传播出宫廷，流散到社会上的。S.2607＋S.9931缀合卷所抄的曲子词，其主体是这些乐工传播出来的歌辞，有皇上的御制，有大臣的和作，也有乐工的创造①。所以曲子词本质上是贵族阶层的文化，不管是文人词还是民间词，它们都经过"酒筵竞唱"的陶冶，甚至经过王公大臣审美过滤和改造，其民间性或者消失，或已经变味。

---

① 伏俊琏《一部家国血泪简史：敦煌 S.2607＋S.9931 写本研究》，《学术研究》2020 年第4 期。

第八章　敦煌的俗赋

赋是中国文学的特有文体，因其深覆典雅，铺采摛文，古代文人借以显示其学识和才华，因而是最雅的文学。然而敦煌写本中的赋类作品，却用通俗的语言讲诵故事，诙谐风趣，展现了赋在初创时期的面貌。敦煌俗赋的发现，不仅让我们对赋体文学重新进行审视，对古代文学作品中大量的俗赋作品进行文体认定，而且对研究古代讲诵文学意义重大。宋元以来，讲诵文学成为中国文学之大宗，但讲诵文学怎么发展来的，在敦煌俗赋发现之前，我们对这个问题的认识有较大的局限性。通过敦煌俗赋的研究，尤其通过敦煌俗赋进而对先秦汉魏六朝的俗赋发展脉络进行清理，我们才知道，"不歌而诵"的赋才是中国讲诵文学的共同祖先。

第一节　敦煌赋的类型及范围

敦煌石室出土的文学作品中，原卷篇题中标名为"赋"的有28篇：1. 张衡（78—139）《西京赋》，2. 王粲（177—217）《登楼赋》，3. 左思（约252—约306）《吴都赋》，4. 成公绥（231—273）《啸赋》，5. 江淹（444—505）《恨赋》，6. 魏澹（约540—约604）《鹰赋》。以上6篇中前5篇皆见于《文选》，《鹰赋》见于《初学记》。7. 王绩（589—644）《游北山赋》，8. 王绩《元正赋》，9. 王绩《三月三日赋》，10. 杨炯（650—693）《浑天赋》，11. 李邕（678—747）《鹘赋》，

12. 释延寿(五代末宋初)《观音证验赋》。以上 6 篇见于唐宋诗文集。见于《文选》和唐宋诗文集的赋作,属于传统的文人赋作,因其写本时代较早,具有很高的校勘价值。13. 刘希夷(651—680)《死马赋》,14. 高适(700—765)《双六头赋送李参军》,15. 刘瑕(天宝时人)《温泉赋》,16. 刘长卿(? —约790)《酒赋》,17. 白行简(776—826)《天地阴阳交欢大乐赋》,18. 张侠(生平不详)《贰师泉赋》,19. 何蠲(生平不详)《渔父歌沧浪赋》,20. 卢竧(生平不详)《龙门赋》,21. 赵洽(生平不详)《丑妇赋》,22. 无名氏《月赋》,23. 无名氏《秦将赋》,24. 无名氏《子灵赋》,25. 无名氏《晏子赋》,26. 无名氏《韩朋赋》,27. 无名氏《燕子赋》(甲),28. 无名氏《燕子赋》(乙)。以上 16 篇不见于传世文献。

这 28 篇赋,可分为两大类,一类是文人赋,一类是俗赋①。前述 1—14 篇为文人赋,其余 14 篇为俗赋。这 14 篇赋与文人赋相比,呈现着另一面貌:或者用通俗的语言讲故事,如《韩朋赋》叙述韩朋和妻子贞夫之间沉痛的爱情悲剧;《燕子赋》(甲)叙述了黄雀强夺燕巢,燕子向凤凰告状,凤凰判案。或者作品中的主人公相互辩论,争奇斗智,如《晏子赋》写晏子出使梁国,梁王想用语言侮辱晏子的丑陋短小,而晏子反唇相讥,梁王反而自取其辱;《燕子赋》(乙)写燕子和雀儿像一对天真调皮的孩子一样互相吹嘘自己的长相、家境及亲戚的官位权势等。或者用诙谐的语言描写人和事,如《丑妇赋》描写了一位外貌极端丑陋,而又蛮横、粗野、狠毒的丑妇;《驾幸温泉赋》从天子仪仗、田猎场景、温泉的奇景等方面描绘唐玄宗驾幸温泉,其中穿插作者的自嘲和乞求。至于《酒赋》写酩酊大醉,《秦将赋》写极端杀戮,《天地阴阳交欢大乐赋》写不同年龄、不同时节、不同情境下的性生活,也与传统赋体大相径庭。主题无关政治教化、题材大多琐细卑俗、语言大量用口语、句式多用民间歌诀形式,是这类赋的共同特点。中国文学的百花园中从此就有了"俗

---

① 张锡厚在《敦煌文学·赋》中把敦煌赋分为诗人文士之作和流传民间的俗赋两类(颜廷亮主编《敦煌文学》,兰州:甘肃人民出版社,1989 年,第 131—150 页),而在《敦煌文学概论》中,张先生把敦煌赋分为"故事赋"和"文赋"两类,前者属于讲唱文学,后者属于传统的诗赋类,具体作品的划分上与前书略有不同,如《丑妇赋》前书归文赋,本书又归故事赋(颜廷亮主编《敦煌文学概论》,兰州:甘肃人民出版社,1993 年,第 294—302 页、第 393—404 页)。

赋"这朵奇葩①。

敦煌俗赋从体制上可分为故事类俗赋、论辩体俗赋、歌谣体俗赋三类。第一类是故事体。文人创作的对问体赋虽然也有故事的框架，但没有故事的内容，"述客主以首引"，仅仅是个样子而已。敦煌故事俗赋不仅有完整的故事框架，更有曲折的故事情节和细节。如《韩朋赋》长达两千字左右，叙述宋王强占韩朋妻贞夫，韩朋和贞夫夫妇双双自杀殉情，是一个非常生动而沉痛的爱情悲剧。其主要情节是：韩朋少小丧父，与母亲相依为命，年长娶妻名贞夫，美丽无比，夫妻二人恩爱如鱼水；韩朋出仕宋国，六年未归；妻子思夫心切，遂寄情书于丈夫；韩朋得书，三日不食，神情恍惚，情书遗失殿前；宋王得书，甚爱其言，与群臣商定骗取韩妻；梁伯诱骗韩妻贞夫到宋国，宋王即封为王后；贞夫闷闷不乐，宋王以为是韩朋年轻英俊所致，于是残害朋身，以为囚徒。贞夫看望韩朋，写诀别之诗，韩朋得书，即自杀；宋王以三公之礼葬韩朋，贞夫在葬礼中跳进墓穴而死；贞夫韩朋墓上生有梧桐和桂树，根相连，枝相交，宋王派人砍伐，血流汪汪，两个木札变成双飞的鸳鸯，一根羽毛变成利剑，割下了宋王的头颅。《韩朋赋》用四言韵语写成，语言通俗，节奏感强，郑振铎《中国俗文学史》就认为是一篇沉痛的叙事诗。

《燕子赋》（甲）是一篇写禽鸟故事的寓言赋。故事写老实的燕子夫妇辛辛苦苦地建造了一所新巢，但它们外出觅食时，黄雀一家却强占了新巢。燕子夫妇回来，据理索要，却遭到一顿殴打。无奈之下，燕子只好向凤凰告状。凤凰立即派鹞鹑把雀儿捉拿归案。在法庭上，黄雀百般抵赖，凤凰施之以重刑，打入牢中。黄雀一面装出悔改的样子，一面又派家人四处活动，贿赂求情，最后由于它有跟随唐太宗征讨高丽的立功证书，被无罪释放。本赋最突

---

① 郑振铎在《敦煌的俗文学》称这类赋为"小品赋"（原载《小说月报》第20卷第3号，1929年，后收入《中国文学史》中世卷，为第三篇第三章。又1938年商务印书馆出版的《中国俗文学史》第五章《唐代的民间歌赋》也论及），容肇祖则称之为"白话赋"（《敦煌本韩朋赋考》，原载1935年出版的《庆祝蔡元培先生六十五岁论文集》，后收入上海古籍出版社，1982年出版的《敦煌变文论文录》），傅芸子称为"民间赋"（《敦煌俗文学之发现及其展开》，原载《中央亚细亚》第1卷第2期，后收入《敦煌变文论文录》），程毅中称为"俗赋"（《关于变文的几点探索》，《文学遗产增刊》第10辑，北京：中华书局，1962年）。1963年，游国恩等主编的《中国文学史》出版，其中专设"俗赋"一节。于是俗赋之名约定俗成。

出的成就是通过一系列言行和故事情节塑造了几个生动的形象。赋中的雀儿，是一个卑劣恶棍的典型。他霸占了燕子的屋舍，当燕子夫妇据理力争时，便"不问好恶，拔拳即搓。左推右耸，剜耳捆腮。儿捻拽脚，妇下口觫"，表现得十分凶狠。当捉拿他的公差鹞鹞到来时，他立即变了嘴脸，卑躬屈膝，甜言蜜语，极尽拍马讨好，然后又露骨地进行贿赂。在凤凰面前，又是摇唇鼓舌，大玩其骗术：明明鹞鹞到来时千方百计地迁延推脱，这里却又自夸殷勤，说是"匍匐奔走，不敢来迟"；明明是自己"睹燕不在，见他宅舍鲜净，便即穴白占着"，这时却一口咬定燕子说的是假话，反诬燕子欺上瞒下，自己才是"被燕谤枉夺宅"的受害者，义愤填膺地要求"请王对推"，并且以受害人自居，赌咒发誓。燕子夫妇拘谨、老实，做事谨慎。筑巢前，他们反复商量，动土前又仔细步度、占卜，以避免招灾惹祸。可是结果仍大出意外，他们"铺置才了，暂住坻塘"的时候，辛勤垒造的新巢就被恃强凌弱的雀儿霸占，还遭到雀儿一顿毒打，以至于"伤毛堕翻，起止不能，命垂朝夕"。凤凰这个形象也有一定的典型意义。它忠于自己的职守，基本上能够主持正义。当雀儿狡辩抵赖时，它又能够明辨是非，驳斥雀儿的花言巧语。在它的管辖之下，甚至连狱卒也不敢接受犯人的贿赂。全篇故事非常完整。

　　第二类是论辩体。敦煌俗赋中的一些作品，虽然也用对话体，但对话不是为了推动故事情节的发展，而是为了展示对话者的才智、能力。如《晏子赋》写晏子出使梁国，梁王想用语言侮辱晏子的丑陋短小，而晏子反唇相讥，梁王反而自取其辱。赋的开头就把晏子形容为"面目青黑，且唇不附齿，发不附耳，腰不附胯"的怪物形象，接着以"人门""狗门""齐国无人""短小""黑色""先祖"等论题，一一进行辩驳。最后，利用晏子巧妙地回答天地、阴阳、公母、夫妇、表里、风雨、霜露、君子、小人等问题，表现出晏子聪颖机敏、巧于应对的本领。

　　《燕子赋》（甲）中，燕子忠厚老实，受人欺侮，雀儿则是一个泼皮无赖。而在五言体《燕子赋》（乙）中，燕雀的身份和性格却有着本质的区别。燕子伶牙俐齿，能争善辩。雀儿尽管侵占燕巢，但它只是一个有过失的孩子。它们是一对机灵鬼，"燕子实难及，能语复喽啰"，"雀儿实嚜唚，变弄别浮沉"。

它们的争巢，正像孩子们之间争吵一样，先是辩理，雀儿说："徒劳来索窟，放你且收心。"而燕子语雀儿："好得辄行非……计你合惭愧，却被怨辩之。"它们尽管没有讲出什么道理来，但这还算正题。接下去却走了题：或是揭发对方的短处，或是炫耀自己的能耐。雀儿语燕子："不由君事觜头。问君行坐处，元本住何州？宅家今括客，特敕捉浮逃；黠儿别设诮，转急且抽头。"又讥讽燕子："头似独春鸟，身如大櫄形，缘身豆汁染，脚手似针钉。"在这走了题的争辩中既有诅咒："养虾蟆得痄病，报你定无疑。"又有征引："此言并是实，天下亦知闻，是君不信语，乞问读书人。"还有本领和家世的自我标榜。燕子说："昔本吾王殿，燕子作窟巢……真诚无比较，曾娉海龙宫。海龙王第三女，发长七尺强。衔来腹底卧，燕岂在称扬？请读《论语》验，问取公冶长。当时在缧绁，缘燕免无常。"雀儿也毫不示弱："赤雀由称瑞，兄弟在天庭。公王共执手，朝野悉知名。"当它们谁也不能说服谁的时候，便只得找凤凰评理。凤凰把窟判给燕子，"燕子理得舍，欢喜复欢忻；雀儿羞欲死，无处可安身"。最后二者和好，但争辩却并没结束。它们的言行举动，无不带着儿童的天真和稚气，它们的心理状态和争辩方式是只有儿童才具有和使用的，而正是这种儿童的天真和稚气使它的听众和读者感到愉悦。

敦煌俗赋第三种类型是歌谣体。比如《酒赋》用七言歌行的形式，极力写近乎疯狂的痛饮：希望有酒如海，有肉如山，天天狂饮，夜夜烂醉。管什么千贯家产，隋珠赵璧；管什么孔子郑玄，刘伶毕卓；管什么酒令章程，礼教法规；管什么道德文章，功名利禄。"一言道合即知音，酒如泉水肉如林。有胆浑论天许大，太山团著小于心"，酒使人有天一样大的拳拳之胆，团团泰山怎么能与之相比。"壶觞百杯图浪饮，章程未许李稍云。彻晓连明坐不起，酖酬酪酊芳园里。回头吐出莲花杯，浮萍草盖泛香水"。醉就醉个彻底，一个个面红耳赤，眼睛瞪大凸出，疯狂地呕吐，草地上到处是吐出的酒味。"醉眠更有何所忧，衣冠身外复何求。但得清酒消日月，莫愁红粉老春秋"，借酒消忧，醉生梦死。《秦将赋》也用了民间歌谣最常见的三三七句式，以写实的手法，精细入微地描写了秦将白起坑杀四十万赵卒这一惨绝人寰事件的全过程。《龙门赋》用七言句式铺写洛阳士女欣逢清明佳节，涌向龙门恣意郊游的情景。《月赋》全篇 24 句,四句一换韵,使用三三七七七句式,节奏分明,音韵朗朗。《子灵赋》也是一篇诗体赋,全篇可分为两部分,第一部分五言诗体,是一位久困洛阳的年轻学子抒写自己仕途挫折、前途渺茫的无可奈何的心情。后部分为七言诗体,采用敦煌词文常见的圣贤劝世的题材,是用于某一说唱节目开篇和终场的诵辞或唱辞。

这类歌谣体赋,学者对其体制的归属尚有不同意见。比如任半塘和项楚就认为"酒赋"是"赋酒"的意思,并不表示它是赋体①。我们认为,说这类作品是诗体还是赋体,都是有道理的,但首先应当弄清楚这类文体是怎么来的。我们的看法是:敦煌写本中的《酒赋》《月赋》《龙门赋》《子灵赋》等歌谣体作品,是由汉代民间歌谣体俗赋演变而来,其文体渊源为赋而非诗。它是汉代赋体分化的结果:不是赋向诗靠拢,而是诗从赋中分化出来。当文人把七言歌谣体从汉代"赋"的范围提取出来进行创作而蔚然成风的同时,民间仍然保留着对它原始文体特性的认知——不歌而诵谓之赋。下面进行简单的论证。

先秦到汉代的歌谣,形式上以四言、七言为主。影响最大的歌谣形式,当数"成相体"。《汉书·艺文志·诗赋略》"杂赋"中有"成相杂辞"11 篇,虽然没有一篇留存到现在,但荀子有《成相篇》,唐代以来的学者都认为它就是按照民间"成相杂辞"的形式撰写的②。《成相篇》通篇以三三七四七句式为一节,而两个三言句,实际还是七言的节奏,四言句在每节只有一句,起一个转换和调节缓冲的作用,所以"成相体"还是七言的节奏。先秦西汉流传至今的"成相体",除了荀子《成相篇》外,还有《逸周书·周祝解》《文子·符言》、云梦秦简《为吏之道》以及淮南王刘安《成相》等,汉乐府中也有诸多成相体的句式。

《汉书·艺文志》把《成相杂辞》归入"杂赋",使我们得以明确汉朝人对

---

① 任半塘《敦煌歌辞总编》,上海:上海古籍出版社,1987 年,第 1764 页。项楚《敦煌诗歌导论》,台北:新文丰出版公司,1993 年,第 47 页。

② "杂赋"中《成相杂辞》十一篇,唐杨倞(元和时人)以为就是《荀子》中的《成相篇》,"盖亦赋之流也"。朱熹《楚辞后语》也说《荀子·成相篇》"在《汉志》号《成相杂辞》"。

"赋"的内涵和外延的认识。《汉志叙》说:"不歌而诵谓之赋",因为要用"诵"的方式进行传播,就决定了它以民间常用的歌诀体韵语造句、语言通俗的文体特征。西汉人的"诗",除了《诗经》之外,便是"歌诗",即与"曲折"配合、谐诸管弦的歌词。除此之外的其他韵文,都归到赋的范围①。而七言一直是民间最盛行的歌诀和俗赋句式。直到东汉,"七言"仍被排除在诗之外②,因为它太"俗"了,士大夫阶层是很少运用它的③。所以汉朝人"赋"的范畴比后世宽泛得多:在文体特征上或设客主,或用对话,或用口诀形式,无严格之形式限制,容易接受或包含其他文体形式;内容上或叙事,或辩智,或纪行,或颂德,或招魂,或自嘲,或调侃,或劝化,或励俗,或启智传播知识,应用性文学占有相当比重;风格多诙谐嘲戏,而政治色彩浅淡。所以,除了故事俗赋和论辩俗赋之外,还有大量的歌谣体俗赋。魏晋以来,文体的分辨越来越细,尤其是七言逐渐被文人所接受,成了和五言并列的诗体句式。但在民间,以七言为主的歌谣体俗赋仍然被民间艺人广泛运用,尤其是在各种仪式上讲诵。其影响到文人的创作,自然是题中应有之意。诗和赋的区别,实际上是音乐文学与讲诵文学的区别,由于音乐和讲诵的难于判然分离,就决定了诗和赋体制上千丝万缕的瓜葛。

另一方面,文人虽然从民间早期俗赋体中提取出来了的七言,作为诗之一体,但由于受赋的影响,七言仍然保留着赋的某些特性。比如就《酒赋》来说,此篇所夸饰的重点不是泛泛的"高兴",而是极言饮酒之乐。它虽然基本七言化,但赋的体物铺陈的特点仍然得到了充分的保留。《酒赋》和乐府歌行相较,其区别是显而易见的:就写作目的来看,《酒赋》是状物的,描写事件的;乐府歌行是抒情的,描写感受的。就表现方法来看,《酒赋》是铺排的,夸

---

① 章太炎《国故论衡·辨诗》说:"其他有韵诸文,汉世未具,亦容附于赋录。"
② 七言是两汉时期民间应用很广的歌诀性应用文体,但是在正统文人眼中,"七言"不能称为诗,《后汉书·东平宪王苍传》《张衡传》《崔瑗传》《崔寔传》《杜笃传》《马融传》等皆诗、赋、七言并列,可见七言不在诗歌之列。参看吴承仕《七言不名诗》,刊《国学丛编》第1期第3册《检斋读书记》;余冠英《七言诗起源新论》,收入《汉魏六朝诗论丛》,上海:上海古典文学出版社,1956年。
③ 西晋傅玄(217—278)在《拟张衡四愁诗序》中说:"张平子作《四愁诗》,体小而俗,七言类也。"可见直到晋代,人们对七言的认识还是如此。

饰的;而乐府歌行是咏叹的,感慨的,缠绵往复,具有所谓"长歌当哭"的意味。就写作态度来看,《酒赋》相对客观冷静,而乐府歌行更多主观投入①。事实上,在敦煌出土的 7 个写本中,有三个写本题名"酒赋",二个写本题名"高兴歌",一个写本题名"高兴歌酒赋",另一个写本首尾残缺,题目没有保留下来。我们应当充分尊重当时人对其文体的体认,因此它的全称应当是《高兴歌酒赋》,就如同敦煌写本中的《渔父歌沧浪赋》。《高兴歌》是省称,省掉了后面的"酒赋"二字,就像 P.2621《渔父歌沧浪赋》尾题"渔父"一样。魏晋以来,一些诗人往往将诗题与乐府旧题合为一体作为全题,如曹操有《北上篇苦寒行》、曹丕有《歌魏德秋胡行》、曹植有《蒲生行浮萍篇》、傅玄有《苦相篇豫章行》等,"行"表示其体裁。我们虽然还不能找出乐府旧题中的《高兴歌》,但《乐府诗集》卷八三《杂歌谣辞一》载有《渔夫歌》古辞,敦煌本《渔父歌沧浪赋》本意当是指以《渔夫歌》那样的调子讲诵《沧浪赋》,或者以《渔夫歌》的形式来表现《沧浪赋》。而《高兴歌》应当是即题名篇的新乐府,因此,《高兴歌酒赋》的文体应是"赋"而不是"诗"。宋以来的通俗小说中有"诗赋"一体,如《醒世恒言·钱秀才错占凤凰俦》:"傧相披红插花,忙到轿前作揖,念了诗赋,请出轿来。"同书《乔太守乱点鸳鸯谱》:"宾相念起诗赋,请新人上轿。"可能就是民间对这种源于汉代杂赋而体制同诗相近的俗赋的命名。因此,敦煌俗赋同文人赋的区别,更多是反映了中国文学本源同流变的区别。

根据以上对俗赋类型及特征分析,我们可以在敦煌写本找到一些不以"赋"为名,但确实有俗赋特质的作品。比如《孔子项托相问书》《茶酒论》《㝧䣁新妇文》三篇,因其对话体、故事性和大体押韵的特征,与《燕子赋》《晏子赋》等俗赋体制相同,所以学者也认为是俗赋。这三篇俗赋中,《孔子项托相问书》和《㝧䣁新妇文》有其特殊性,这里要做些说明。

《孔子项托相问书》前部分叙述孔子出游,路逢闻多识广的小儿项托,二人唇枪舌剑,展开一场相互论难辩说,最后孔子理屈辞穷。后部分是一首 56

---

① 周裕锴《敦煌赋与初唐歌行》,《敦煌文学论集》,成都:四川人民出版社,1997 年,第 65—79 页。

句的七言长诗,内容叙述项托问难孔子后,孔子不服,访得其处,杀死项托。项托身死,精灵不散,化作森森之竹。孔子惶怕,乃于各州县设置庙堂,祭拜小儿项托。可以看出,前部分是当时流行的论辩体俗赋("论议")形式,后部分则是当时流行的歌谣体俗赋("词文")形式。

《㕙䂄新妇文》包括四部分:第一部分以四言六言为主,叙述一位生性好斗、言语尖刻的泼妇,属于故事俗赋;第二部分以"自从塞北起烟尘"开头的七言诗 10 句,是词文体;第三部分是以《十二时》为题的劝学之词,鼓励男儿发愤读书,用三七七句式,是当时最常见的歌诀体,是"成相体"的流变;第四段以四言韵语写一入舍女婿,不甘听从岳父使唤,遂领新妇离去,也是一则俗赋,是用于讲诵前的"致语"(相当于"话本"中的"入话")或结束时的散座文。这一组作品,或以为是各自独立,互不相干。潘重规《敦煌变文集新书》就说第二、三部分是"抄者杂录写在㕙䂄文中",项楚《敦煌变文选注》和黄征、张涌泉《敦煌变文校注》则只选录了第一部分。但敦煌写本中有三个写本抄写此文,这三个写本有尾题,尾题都写在第四段之后,说明在当时人看来,这是一篇完整的作品,或者在演出时是作为一组来唱诵的。

《敦煌变文集》卷三为俗赋类,其中收有《下女夫词》,本篇是婚礼场合的仪式歌和吉庆祝颂词,其表达方式是伴郎、伴娘和傧相人员口诵对答。全篇以四言韵语为主,具有戏曲脚本的性质[1],是宋以来的通俗文学中的"诗赋"。《快嘴李翠莲记》也记载:"合家大小俱相见毕,先生念诗赋,请新人入房,坐床撒帐。"《下女夫词》还保存有《坐床撒帐》诗赋。所以,把《下女夫词》当做俗赋(诗赋)是当时人的意见。

敦煌本《崔氏夫人训女文》,由 32 句七言通俗韵文构成,是母亲对女儿的训诫,要女儿遵守妇道,孝敬公婆,希望女儿在婆家生活美满。这当然是人之常情,其俗当由来久远。但在现实生活的婚礼仪式中,母亲是不可能用这种词文的形式训示女儿的。所以,它用于特定场合的表演,是显而易见的。

---

[1]　任光伟《敦煌石室古剧钩沉》就认为《下女夫词》是"供民间艺人排练演出的戏曲剧本",见《艺野知见录》,沈阳:春风文艺出版社,1989 年。

敦煌写本中有三个写本抄有《崔氏夫人训女文》，都同《㜷䥥新妇文》《酒赋》等抄在一起，在当时人心目中，它们是同类的作品。与《下女夫词》体制相近的还有《悉达太子修道因缘词》，全篇有"大王吟""夫人吟""某相吟别""某妇吟别"等提示语，吟词以七言韵语为主。就文本体制特征来说，是一篇用词文形式写太子成道的故事俗赋①。

《舜子变》写舜子至孝感天的故事，用六言韵语写成，没有标准"变文"散韵相间、有套语标志的体制特点，是一篇和《韩朋赋》同类的故事俗赋。但这篇作品原卷叫"变文"，这是什么原因呢？我认为，变文和赋，在体制上前者是散韵相间，后者以韵语为主；除此之外，还有一个区别，就是变文是配合"变相"（图画）讲唱的，而俗赋只是一般的讲诵。但当一篇俗赋被演唱艺人配上图画以后，在传播形式上与变文完全一样，于是人们习惯上用"变文"称呼这类作品。舜子至孝的故事从汉代以来即广泛流传民间，汉代画像石、画像砖上就屡见这一题材的图画。所以，唐代讲诵舜子的故事而配以图画，是完全可能的。

敦煌写本中的"词文"，从渊源上讲和俗赋也有着千丝万缕的关系。像《季布诗咏》《董永》《百鸟名》《苏武李陵执别词》《季布骂阵词文》等，从"不歌而诵"的意义上讲，也可以作为俗赋。

《季布诗咏》开头小序云："汉高祖诏得韩信于彭城，垓下作一阵，楚灭汉兴。张良见韩信杀人较多，张良奏曰：臣且唱楚歌，散却楚军。歌曰"，以下51句全是七言歌词。与《燕子赋》（乙）开头"雀儿和燕子，合作开元歌"的提示是一样的，可以说是一篇讲张良故事的俗赋。《董永》原卷无题，《敦煌变文集》拟题为"董永变文"，或改拟"董永词文"。全文写董永卖身葬父的故事，由134句七言韵语构成，开头说："人生在世审思量，暂时吵闹有何妨。大众志心须静听，先须孝顺阿爷娘。好事恶事皆抄录，善恶童子每抄将。孝感先贤说董永，年登十五二亲亡。"可见是以"诵说"方式传播的，其体制属于故

---

① 饶宗颐《敦煌曲》认为此篇是"表演太子修道之歌舞剧"，任半塘《唐戏弄》以此为唐戏之萌芽，李正宇《晚唐敦煌本〈释迦因缘剧本〉试探》认为其体制是剧本，黄征、张涌泉《敦煌变文校注》则认为是抄撮《太子成道经变文》或《八相变》中吟词而成，故拟题为"太子成道吟词"。

事俗赋。

《百鸟名》讲以凤凰为首的百鸟的故事，全篇借着讲故事，介绍了40多种飞鸟的习性、毛色、物候、名命等。体制上，开篇是几句四六骈句的提示语，中间又有几句散说过渡语，其余全由六言（三、三言）、七言韵语组成。本篇是一种科普性质的作品，实际上是一篇"不歌而诵"的民间俗赋，是秦汉时期"杂禽兽六畜昆虫赋"的嫡传。

《苏武李陵执别词》写李陵为苏武送别，二人对酒酣饮，倾诉心中的怨恨。全篇以四言句子为主，押韵自然，节奏感很强。语言也比较文雅，可能出自失意文人之手，是接近书面化的俗赋。《季布骂阵词文》最为著名。这篇作品，篇幅宏伟，情节生动曲折，以季布骂刘邦为中心，揭露他的微贱出身和小时的泼皮为人，数落他"百战百输天不佑"的战败史，骂得刘邦拔马仓皇而逃。全篇完全用七言韵语，共646句，有323个韵脚字，用"文""真"韵一押到底，是明代以前最长的叙述诗，也是一篇著名的用于讲诵的故事俗赋。

通俗文学文体的差别主要是由其传播方式或表演形式决定的。词文的传播方式以"歌唱"为主，俗赋的传播方式以"讲诵"为主。而词文的"歌唱"又不是完全意义上协诸管弦的音乐形式，它远于"协唱"而近于"讲诵"。但在中国历史上，这种"歌"和"诵"历来最难区分。早在先秦时期，"诵"就要专门的师傅用"乐语"进行训练，它强调音乐感和节奏感，与歌很相近①。而《汉书》中记载朱买臣"诵书"，一会儿又说"歌讴道中"，可见当时"歌""诵"难以区分。宋元以来，有一种以半歌半诵为表演方式的戏剧就叫做"赋"，陶宗仪《南村辍耕录》中就记录有《大口赋》《风魔赋》《方头赋》等。近年来，在山西发现了不少明清以来的戏文，其中名"赋"者不少，像上党发现的《百寿赋》就是词文体，而《百花赋》则是论辩体②。因此，"词文"和"俗赋"本质上难以区分，我们把二者合为一体，既是尊重敦煌写本的抄写情况和当时表演的实际形式，也是对其文本体制细致研究的结果。

---

① 伏俊琏《谈先秦时期的"诵"》，《孔子研究》2002年第3期。
② 如杨孟衡《上党古赛写卷十四种笺注》，台北：台湾财团法人施合郑民俗文化基金会，2000年。

还有 S.1477 所抄《祭驴文》一文，《敦煌学大辞典》"祭驴文"条(李正宇撰写)认为是"唐代俗赋中的奇文佳作"，朱凤玉也认为"《祭驴文》称之为白话赋应是当之无愧"①。综上所述，敦煌赋的数量就达到 40 多篇，而俗赋也接近 30 篇了。

第二节　敦煌赋的作者及抄本时代

先谈敦煌赋的作者。张衡的《西京赋》、王粲的《登楼赋》、成公绥的《啸赋》见于《文选》；江淹的《恨赋》见于《文选》《江文通集》；魏澹的《鹰赋》见于《全隋文》；王绩的《游北山赋》《三月三日赋》见于三卷本《东皋子集》《全唐文》(其中《游北山赋》还见于《文苑英华》)，《元正赋》见于五卷本《王无功集》；杨炯的《浑天赋》见于《盈川集》《唐文粹》《文苑英华》《全唐文》；李邕的《鹘赋》见于《全唐文》；释延寿的《观音证验赋》见于《感通赋》《全宋文》。张衡、王粲、成公绥、江淹、王绩、杨炯、李邕都是文化史上的名家，其事易知。这里只说一下魏澹和释延寿。

魏澹，字彦渊(诸书避唐高祖讳作"彦深")，历仕北齐、北周，入隋为散骑侍郎、太子舍人，迁著作郎。《隋书》卷五八本传说他"专精好学，博涉经史，善属文，词采赡逸"，曾注《庾信集》，复撰《笑苑》《词林集》，所著《魏书》，甚简要。本传还说有《文集》三十卷行于世，但《隋书·经籍志》作三卷，《旧唐书·经籍志》和《新唐书·艺文志》作四卷。后大量散佚，严可均《全上古三代秦汉三国六朝文·全隋文》卷二〇辑其残文 5 题，逯钦立《先秦汉魏晋南北朝诗·隋诗》辑其诗 5 首。

释延寿是五代禅门很重要的人物，他兼祧禅净二宗，是青原山行思禅师十世法嗣，又是净土莲社第六祖②。清世宗称之为"曹溪(按指惠能)后第一

---

① 《敦煌学大辞典》，上海：上海辞书出版社，1998 年，第 586 页。朱凤玉《敦煌写本祭驴文及其文体考辨》，见颜廷亮主编《转型期的敦煌语言文学》，兰州：甘肃人民出版社，2010 年，第 119 页。

② 延寿的法统宗流，参宋道原《景德传灯录》卷二六《吉州青原山行思禅师第十世天台山德韶国师法嗣延寿传》及宋志磐《佛祖统纪》卷二六《净土立教志莲社六祖永明智觉法师延寿传》。

人,超出历代大善知识者"①。他著述丰富,据说有"数千万言",共 61 种,合
197 卷②。其中《宗镜录》一百卷,吴越忠懿王钱弘俶曾为之作序③。此外有
《万善同归集》三卷,《注心赋》四卷,当时甚有名。敦煌本《观音证验赋》最早
著录于《李木斋旧藏敦煌名迹目录》(《敦煌遗书总目索引·敦煌遗书散录》
著录为 0592 号),从其著录的情况看,该卷后来归上海图书馆。但是李盛铎
的敦煌藏卷,向来真伪难明。荣新江曾著有《李盛铎藏卷的真与伪》,经过深
入细致的考证指出,除了《李木斋鉴藏敦煌写本目录》所登录者外,其余"都
难被视作李盛铎旧藏的真敦煌写本"④。而《观音证验赋》著录于《李木斋旧
藏敦煌名迹目录》第一部分,自然使人怀疑其真了。然而,收录《观音证验
赋》的《感通赋》,宋人书目中仅见于《崇文总目》卷十,经查流传下来的仅有
明嘉靖十八年(1539)重刻正统本,此本只见于北京大学图书馆(一卷,另《附
录》一卷),而未见于其他图书馆收藏。李盛铎的藏书目录中(《木樨轩收藏
旧本目录》《木樨轩藏书目录》及赵万里编《北京大学图书馆藏李氏书
目》),没有发现《感通赋》。所以,李氏伪造宋写本《观音证验赋》的可能性
不大,敦煌本的真实性应得到充分肯定。此赋嘉靖本题目作《观音应现
赋》,陈万成已考定,敦煌本作《观音证验赋》是正确的,作《观音应现赋》则
题不对文⑤。

独赖敦煌写本保存的赋中,10 篇有作者姓名。《死马赋》的作者刘希夷、
《双六头赋》的作者高适,两《唐书》有传,其事易知。

《温泉赋》的作者刘瑕,记载他的材料很少。唐郑綮《开天传信记》云:

> 天宝初,上游华清宫。有刘朝霞者,献《驾幸温泉赋》,词调俏傥,杂
> 以俳谐,文多不载。今略其词曰:"若夫天宝二年,十月后今腊月前。办
> 有司之供具,命驾幸于温泉。天门乾开,露神仙之辐辏;銮舆划出,驱甲

---

① 清世宗《御选语录》,收于《佛光大藏经》,台北:大乘文化出版社,1994 年,第 321 页。
② 见《智觉禅师自行录》(《续藏经》第 111 册),宋赞宁《宋高僧传》卷二八《钱塘永明延
寿传》。
③ 《宗镜录》一百卷,1994 年三秦出版社曾据光绪二十五年江北刻经处刻本影印。
④ 荣新江《李盛铎藏卷的真与伪》,《敦煌学辑刊》1997 年第 2 期。
⑤ 陈万成《沪藏〈观音证验赋〉残卷考辨》,2000 年 7 月香港"敦煌学国际研讨会"论文。

仗以骈阗。青一队兮黄一队,熊踏胸兮豹挐背。朱一团兮绣一团,玉镂珂兮金钑鞍。"述德曰:"直攫得盘古髓,囟得女娲瓢。遮莫你古时千帝,岂如我今日三郎。"其自叙云:"别有穷奇蹭蹬,失路猖狂。骨懂虽短,伎艺能长。梦里几回富贵,觉来依旧凄惶。今日是千年一遇,叩头莫五角六张。"帝览而奇之。将加殊赏,上命朝霞改去"五角六张"字。奏云:"臣草此赋时有神功,自谓文不加点,笔不停辍,不愿从天而改。"上顾曰:"真穷薄人也!"授以宫卫佐而止焉。

郑綮《开天传信记》引述《驾幸温泉赋》的内容,与敦煌本《温泉赋》大体相同。这就表明"文多不载"的《驾幸温泉赋》,适又在敦煌写本内发现了完本。另一方面,由于赋的内容相同,又可证明,刘瑕、刘朝霞实即一个人。但因史传失载,作者生平不详,仅知其为开元天宝前后人,进士及第,曾官春宫卫上佐。该赋写于天宝初①。

《酒赋》有7个写本,五卷皆题作者名为"江州刺史刘长卿"。但根据傅璇琮《刘长卿事迹考辨》,刘长卿并未任过江州刺史,查《江西通志》及《九江府志》,也未见江州刺史任上有刘长卿之名者。所以柴剑虹、任半塘、徐俊等先生都认为本篇不是"五言长城"刘随州所作②。柴先生还找出了《元和姓纂》记载的另一个刘长卿,"元遂子,工部员外",其意或以为此人是《酒赋》的作者。而王小盾则认为《酒赋》的作者为P.2555号写本的抄手③。

按《元和姓纂》卷五载有弘农刘氏一族,说"(刘)元遂生长卿,工部员外。长卿生敞,巫州刺史。"王勋成考定刘敞曾在758—770年之间做过巫州刺史,

---

① 张锡厚《敦煌赋校理》,《敦煌研究》1987年第4期。

② 柴剑虹说:"此刘长卿恐非那位被称为'五言长城'的诗人刘随州,因为诗人刘长卿从未任过'江州刺史'。"(《研究唐代文学的珍贵资料——敦煌P.2555号唐人写卷分析》,《1983年全国敦煌学术讨论会文集》文史·写本编下,兰州:甘肃人民出版社,1987年,第85页)任半塘也同意此说:认为"此辞与《全唐诗》所载刘长卿诗相较,从题材到文字,皆大不类。况此辞具河西、塞北地区之风格特征,而刘长卿事迹记载中,绝无游西北边境之表示。故可判断:此辞非诗人刘长卿所作。"(《敦煌歌辞总编》,上海:上海古籍出版社,1987年,第1787页)徐俊也说"刘长卿官终随州刺史,'江州刺史'与刘长卿经历不符,乃托名传误"(《敦煌诗集残卷辑考》,北京:中华书局,2000年,第733页)。

③ 王小盾《〈高兴歌〉及其文化意蕴》,《上海师大学报》1987年第3期。

那么其父刘长卿只能是开元(713—741)时期的人,而《酒赋》中提到的李稍云则是开元以后以酒令出名的,那么生活于开元年间的工部员外刘长卿就不可能是《酒赋》的作者。王文进而推测刘长卿在罢睦州司马到任随州刺史的不足半年时间中(780左右)曾任过江州刺史,由于任职时间太短,故史籍没有记载,《酒赋》当作于此时①。毕庶春则认为《酒赋》的作者就是大诗人刘长卿,"高兴"为郡名(今属广东),刘长卿曾被贬南巴尉,南巴属原高兴郡所辖地,故刘长卿身居"高兴"之地而作《高兴歌酒赋》,其时当在公元760年左右②。

其实,《酒赋》本身也提供了其创作时间的信息。《酒赋》云:"壶觞百杯徒浪饮,章程不许李稍云。"李稍云何许人也？李肇《国史补》卷下云:"国朝麟德中,壁州刺史邓宏庆始创平、索、看、精四字,令至李稍云而大备,自上及下,以为宜然。"可见李稍云是麟德(664—665)以后的人。另外,《太平广记》卷二七九引《广异记》云:"陇西李捎(稍)云,范阳卢若虚女婿也。性诞率轻肆,好纵酒聚饮。……明年上巳,与李蒙、裴士南、梁褒等十余人,泛舟曲江中,盛选长安名娼,大纵歌妓。酒正酣,舟覆,尽皆溺死。"这里有4个人名,其中卢若虚为武后长安年间(701—704)左拾遗卢藏用之弟。裴士南兄裴士淹,乃开元末(742)郎官。李蒙于开元元年(713)博学宏词科及第,见《登科记考》卷五;《全唐文》卷三六一又说李蒙是开元五年(717)进士,《太平广记》引《独异志》同,并谓此年及第进士30人,泛舟曲江,与声妓篙工尽溺。按尽溺死之说未必可靠(见《登科记考》按语),进士30人之数也与《通考·选举考》所云"二十五人"不合。可以肯定的是:他们是开元时人。

周绍良辑《唐代墓志汇编》所收开元221号墓记载,卢若虚的母亲于开元十三年(725)去世,享年73岁,则她当生于永徽三年(652)。其长子卢藏用,据两《唐书》本传(《旧唐书》卷九四,《新唐书》卷一二三),开元初卒,年五十余。假如他小母亲18岁,则当生于670年,卒于720年左右。假如其弟卢若

---

① 王勋成《敦煌写本〈高兴歌〉作者考》,《敦煌学辑刊》2002年第2期。
② 毕庶春《〈高兴歌酒赋〉管窥》,《南京大学学报》2007年第4期。

虚小他两岁,则生于 672 年。卢若虚的女儿小父亲 20 岁,其女婿李稍云与她年龄相当。那么开元初,他正是 20 多岁。李稍云这个人物,曾活跃于妓女群中,其创制的酒令对当时影响很大。《变文集》所收《佛说观弥勒菩萨上生兜率天经讲经文》也提到他,云:"京罗缦里合今时,丽句高吟抛古调,诗赋却嫌刘禹锡,令章争笑李稍云。"元稹《寄吴士矩端公五十韵》也说:"予时最年少,专务酒中职。……曲庇桃银盏,横讲捎云式。"

又考中唐前曾有两次江州之置,一次在武德四年(621),一次在乾元元年(758)(见《旧唐书·地理志》)。天宝元年(742)至乾元初,江州称浔阳郡。《酒赋》题署"江州刺史"作,则乾元元年可以拟定为《酒赋》产生的上限。

《天地阴阳交欢大乐赋》的作者是否为白行简,也颇多怀疑。最早校录这篇作品的叶德辉是坚信其为白行简所作,他的《双楳景闇丛书·大乐赋》跋语云:"右赋出自敦煌县鸣沙山石室,确是唐人文字。而原抄讹脱甚多,无别本可据以校改。又末一段,文亦未完,读之令人怏怏不乐也。作者白行简,为白居易兄弟,事载《唐书·居易传》。赋中采用当时俗语,如'含妳''醋气''姐姐哥哥'等字,至今尚有流传。亦足见千余年来风俗语言之大同,固未有所改变也。至注引《洞玄子》《素女经》,皆唐以前古书,余已于《医心方》中辑出,校刻行世,于此益证两书之异出同原,信非后人所能伪造。而在唐宋时,此等房中书,流传士大夫之口之文,殊不足怪。使道学家见之,必以为海淫之书,将拉杂烧之,惟恐其不绝于世矣。此类书终以古籍之故,吾辈见之,即当为之刊传。以视杨升庵伪造之《杂事秘辛》、袁随园假托之《控鹤监记》,不诚有猪龙之别耶!"

日本学者盐谷温在《中国文学概论》中曾这样论述:"近顷从敦煌石窟所发现的古字本内,有题为白行简撰的《天地阴阳交欢大乐赋》,这传奇(按指《李娃传》)与那赋固然都是假托,但文笔非老手到底不能。"茅盾不但说"昔杨慎伪造《杂事秘辛》、袁枚假托《控鹤监记》,则《大乐赋》正同此类",而且连该赋是否存于敦煌石室也表示怀疑①。按白居易祭弟文,于极哀痛中仍不忘

---

① 茅盾《中国文学内的性欲描写》,《小说月报》十七卷号外《中国文学研究》(7),1927 年。

告以"骨兜、石竹、香钿等三人，久经驱使，昨大祥斋日，各放从良"云云，盖行简生前颇多姬妾。《太平广记》卷二八三有《灵异记》一则，记行简生魂为崇，且称之为"小魍魉"。"魍魉"即非美称，则其生平亦当有轻佻不检之处。其兄白居易任杭州刺史时，终日携妓游玩，迁任时又携妓还洛。他在裴侍中府中夜宴，曾有"九烛台前十二姝，主人留醉任欢娱"（《夜宴醉后留献裴侍中》）的诗句，可谓风流至极。其兄如此，有"乃兄之风"的白行简不会差得太远。唐代社会风气开放，文人学士狎娼妓擅房中且记之以诗赋，是相当普遍的。韩渥、皇甫湜皆有忠节孝廉之称，但韩渥的《香奁集》中多淫艳之词，而皇甫湜之《出世篇》，更是穷极形相，可与《大乐赋》平分秋色。所以在没有新的材料之前，我们仍将《大乐赋》的著作权归于白行简。

关于《贰师泉赋》的作者，王重民《伯希和劫经录》录作"乡贡进士张俠"，郑炳林、颜廷亮则以为原卷当为张俅，即张球①。按张俠生平无考。张球其人，大约生于长庆四年（824），卒年可能是后梁开平二年（908），为归义军时期敦煌著名文士。据颜廷亮《张球著作系年与生平管窥》考证，张球郡望为清河，可能是长期客居敦煌者。张议潮时期（848—872），为沙州军事判官将仕郎守、监察御史（P.4660）；张淮深时期（872—890），为归义军诸事判官宣义郎守监察御史（P.4660）、节度判官宣德郎兼御史中丞上柱国（P.3288）、节度判官朝议郎检校尚书主客员外郎柱国赐绯鱼袋（P.2913）；大约890年以后，退出政治舞台，到郡城西北某寺教授生徒（S.5448《敦煌录》），并以老迈之躯到过西州（见P.3715《致大夫状》）。其著述存于敦煌写本中的有：《凝公邈真赞》《翟神庆邈真赞》《唐故河西管内都僧统邈真赞并序》《张禄邈真赞》《故敦煌阴处士邈真赞》《沙州释门故张僧政赞》《张兴信邈真赞》（以上均见P.4660）、《吴和尚邈真赞》（P.4660、P.2913）、《金光明变相一铺铭并序》（P.3425）、《张怀政邈真赞》（P.3288，仅存题）、《〈楞严经〉题记》（京藏潜字100，BD06800）、《光启三年九月十九夜起持念金刚经纪异》（P.3863）、《陇西

①　郑炳林《敦煌碑铭赞辑释》，兰州：甘肃教育出版社，1992年，第294页。颜廷亮《关于张球生平和著述几个问题的辨析》，《中国敦煌吐鲁番学会研究通讯》1993年第2期。

李府君墓志铭》(P.4615)、《致大夫状》(P.3715，拟名，残甚)。疑为其所作的有：《敦煌录》(S.5448)、《敦煌廿咏》(P.2748 等卷)。其所删定之作有《略出籯金》(P.2537)。这些作品，包括《贰师泉赋》，都不见于传世的唐人诗文集。

《龙门赋》的作者是"河南县尉卢竫"，但卢竫其人无考。唐河南县治所，在今洛阳东南。《丑妇赋》的作者赵洽，生平亦无考。

《渔父歌沧浪赋》的作者何蠋，不见于史籍记载，生平不详，但写本称其为"前进士"，则其已进士而尚未受官。《称谓录》卷二四："唐代有举人进士之名，特为不第者之通称。已及第者乃称前进士。"《全唐诗》卷七九五辑有何涓两句诗："雁影数行秋半逢，渔歌一声夜深发"，写意与此赋相近。《广韵》"蠋""涓"皆古玄切，同音字。何蠋、何涓是否一人，也留以待考。

《茶酒论》的作者王敷，生平也不可考。有两个写本署其为"乡贡进士"，据《新唐书·选举志》，唐代科举，由州县选拔入京考试者称"乡贡进士"，并不论其中举与否。乡贡进士和出自弘文馆、崇文馆、国子监、太学等权贵学校的进士考生不同，由于出身下层，了解民情，个性更为张扬。王定保《唐摭言》卷一记载的乡贡进士中就有"负倜傥之才，变通之术，苏张之辩说，荆聂之胆气，仲由之武勇，子房之筹画，弘羊之书计，方朔之诙谐"之类的人才。王敷大约就是具有"方朔之诙谐"的下层知识分子。

敦煌佚名的赋中，《秦将赋》《子灵赋》《月赋》《不知名赋》四篇，按其章法文气，行文用事，可以肯定是有相当造诣的文人所作。但原卷不写作者之名，作者待考。《去三害赋》残缺严重，兹不论。《变文集》所收的俗赋，因为是民间讲唱文学，即演出的脚本，在演出过程中不断加工改进，所以也不可能有固定的作者。

再谈敦煌赋的时代问题。这个问题包含两层意思：一是创作时代，一是抄写时代。当然，二者也有一定的联系，比如抄写时代一定是该作品产生的下限。

在 20 篇有作者姓名的赋中，15 篇的作者生平可考或大致可考。那么，这 15 篇赋的大体创作时间是没有问题的，托名者除外。而抄写时代可考者有：

　　P.2528所抄《西京赋》，末有"永隆年二月十九日弘济寺写"一行。永隆为唐高宗李治年号，调露二年(680)八月廿三改元永隆，永隆年二月十九日，是永隆二年(681)二月十九日。弘济寺在长安，此卷或为长安弘济寺僧人所抄而带到敦煌的。

　　S.3663所抄《啸赋》，也没有署年，但它后题有"文选卷第九"，今本在卷十八。按《文选》三十卷为昭明旧本，六十卷为李善所分。写本既云卷九，则明为昭明旧本。再加上抄写中"世"字"虎"字不避讳，所以王重民认为是"唐以前写本"[①]。

　　抄写魏澹《鹰赋》的俄藏Дx.6176号残卷有题记二行："天福十一年(946)□月十七日□乡百姓□愿成□"，知为五代后晋敦煌当地人抄。Дx.10257残片背面存社司转帖二件，帖文云："依(于)金光明寺门取齐"，知为晚唐五代敦煌写本[②]。

　　抄写王绩三篇赋的P.2819中，多用武则天时代所制造的新字，王重民认为是唐武后时的写本。但是，王先生对P.2819和S.3663年代的推断，尚需进一步考证。《旧唐书·太宗纪》：武德九年(626)六月，太宗诏令："依礼，二名不偏讳，近代已来，两字兼避，废阙已多，率意而行，有违经典。其官号、人名、公私文籍，有'世民'两字不连续者，并不须讳。"太宗诏令甚明，当时虽有讳"世""民"字者，但官方文书讳者甚少，民间因之。及至太宗崩，高宗即位，于贞观二十三年(649)六月诏："改民部尚书为户部尚书"，七月，又应有司所请，"改治书待御史为御史中丞，诸州治中为司马，别驾为长史，治礼郎为奉礼郎，以避上名"(《旧唐书·高宗纪》)。但到显庆五年(660)，高宗又下诏："自今以后，缮写旧典文字，并宜使成，不须随义改易。"(《唐会要》卷二十三)S.3663不避"世""虎"，完全可能是武德九年六月到贞观二十三年六月间的写本。

　　以字之避讳来断定写本之年代，应有其他佐证。罗振玉《雪堂校刊群书

_____

①　王重民《敦煌古籍叙录》，北京：中华书局，1979年，第322页。
②　徐俊《隋魏澹鹰赋校订》，《文献》2003年第2期。

叙录·周易王弼注第三第四两卷跋》据 P.2530"虎"字缺笔、"民"字不缺笔，断定此卷是唐高祖时写本。实际上 P.2530 原卷即有"显庆五年"题记，此卷写于高宗时无疑，罗氏所见复印件未摄入。至于武则天时期所造的一些字，敦煌中晚唐写本中仍有使用的，更不能仅据此断定 P.2819 的抄写时代，如 S.1177 号《金光明最胜王经》卷第一中有武后新体"正"字，然卷末题记云："大唐光化三年庚申岁二月九日写记"，可确定抄于晚唐昭宗光化三年（900），去武后之时，已有二百年之久。盖当时抄者依据前代写本，而未将新字回改为旧体。

抄写高适《双六头赋》的 P.3862，没有题记，难以推知抄写年代，但该卷避唐讳甚严，可以肯定是中晚唐写本。

《温泉赋》的两个写本中，P.2976 背"二娘子爱容□无事……"杂写后，有"河西陇有（右）被吐蕃"七字，与正面诗抄同一笔迹。本卷还抄有《下女夫词》，据李正宇考证，《下女夫词》产生时间在归义军时期①，则此卷为晚唐写本。

P.5037 卷内同抄有窦昊撰《肃州刺史答南蕃书》。由此可以推知该卷抄写时代的上限，当在肃宗时代。因为窦昊其人，两《唐书》无传，仅《新唐书》卷一七《宰相世系表》一下记载他曾为"宁远将军"，查其世系，为窦铣之子。柴剑虹考证他是玄宗后期肃宗时人②。法国学者戴密微（1894—1979）认为，窦昊此书的写作年代为代宗宝应元年（762）③，而抄写该书当在此同时或更后一些时间。

另外，在日本大谷大学所藏的吐鲁番文书中，亦存有近十件《驾幸温泉赋》的残片，对校勘敦煌本《驾幸温泉赋》有一定的参考价值。据刘安志研究，这批吐鲁番写本残片，为唐朝统治西州时期的写本④。唐朝势力最终退

---

① 李正宇《下女夫词研究》，《敦煌研究》1987 年第 2 期。收入《敦煌史地新论》，台北：新文丰出版公司，1996 年。
② 柴剑虹《研究唐代文学的珍贵资料——敦煌 P.2555 号唐人写卷分析》，《1983 年全国敦煌学学术讨论会论文集》，兰州：甘肃人民出版社，1987 年。
③ （法）戴密微《吐蕃僧净记》，兰州：甘肃人民出版社，1984 年。
④ 刘安志《吐鲁番出土〈驾幸温泉赋〉残卷考释》，《吐鲁番学研究》2004 年第 1 期。

出西州并为回鹘所取代,是在唐德宗贞元十九年(803),因此,诸写本的下限可大致断在八世纪末叶。大谷文书 3170+3504+3506 号 1—7 行所抄为《驾幸温泉赋》,第 8 行存"枌子赋一首"数字,说明其后所抄为《枌子赋》,惜后部残缺,不知其内容为何。有关《枌子赋》,还没有传世文献记载,荣新江在《德国"吐鲁番收集品"中的汉文典籍与文书》一文中,曾披露一件德国柏林所藏吐鲁番汉文写本,编号 Ch 2378,题为"枌子赋"。"五行,字体不佳"①。但不清楚这五行的内容。按《说文》:"枌,木貌。"段玉裁注:"大木貌,……木大则多空穴。"《庄子·齐物论》有一段文字,描写"大块噫气"即大地之风吹拂大树上的各种窍穴:"似鼻,似口,似耳,似枅,似圈,似臼,似洼者,似污者;激者,謞者,叱者,吸者,叫者,譹者,宎者,咬者,前者唱于而随者唱喁。泠风则小和,飘风则大和,厉风济则众窍为虚。"绘声绘色,极尽夸张之能事。吐鲁番本《枌子赋》可能也是这类铺采摘文而风格诙谐的俗赋。

抄写《观音证验赋》的上图 105(812555),《敦煌遗书总目索引·敦煌遗书散录》定为唐写本,张锡厚《敦煌本唐集研究》因之②。吴织、胡群耕《上海图书馆藏敦煌遗书目录》(续)判定为"宋写本"③,是可信的。

《酒赋》现存 7 个写本。P.2633,此卷正面抄写《㓜䶂新妇文》、尺牍(正月孟春犹寒,后有"书手判官氾员昌记"题记)、《酒赋》、《崔氏夫人要(训)女文》、《杨满山咏孝经十八章》,最后有题记:"辛巳年正月五日氾员昌韩宾上。"背面是杂写若干行,中有题记"壬午年正月九日净土寺南院学仕郎"。任半塘《敦煌歌辞总编》认为,P.2633 所存"自从塞北起烟尘"诗作于安史之乱中,卷末"辛巳年正月五日"题记即此卷写本时代,为"安史之乱后第一辛巳,德宗贞元十七年(801),因沙州此时已陷蕃十余年,例不用中朝年号。"现在就写本的其他内容和书写款式等方面考察,应当是五代时期的写本,大约写于后梁贞明七年辛巳(921)。本卷中阙题的八句诗"自从塞北起烟尘,礼

① 荣新江《德国"吐鲁番收集品"中的汉文典籍与文书》,《华学》第三辑,北京:紫禁城出版社,1998 年,第 318 页;《再谈德藏吐鲁番出土汉文典籍与文书》,2006 年 12 月"饶宗颐教授九十华诞国际学术研讨会"发表论文。
② 张锡厚《敦煌本唐集研究》,台北:新文丰出版公司,1995 年,第 409—430 页。
③ 吴织、胡群耕《上海图书馆藏敦煌遗书目录》,《敦煌研究》1986 年第 3 期。

乐诗书总不存。不见父兮子不子，不见君兮臣不臣。暮闻战鼓雷天动，晓看带甲似鱼鳞。只是偷生时暂过，谁知久后不成身"，又抄于 P.2119《法门名义集》（首题"东宫学士李师政奉阳城公教撰"）卷背，诗末另行题记："曹义通法门名义集。"按，《新唐书·艺文志》著录有李师政的《内德论》一卷，注曰："上党人，贞观门下典仪。"是否即此"李师政"，不可知。诗末题记中的"曹义通"，疑是曹议金家族之人，这句话表明这卷《法门名义集》最初是曹义通所有的。如果这个推测有一定道理，则此卷当抄于 10 世纪。此卷题记中出现的"净土寺"是敦煌有名的僧寺，据 P.3638 记载，此寺规模宏大，分为南院、中院、北院。根据李正宇的考证，"净土寺学"存在的时间是归义军统治敦煌的庚申年（870）到北宋太平兴国四年（979）①。这其间只有一个"壬午"（922），一个"辛巳"（921），这正是曹氏政权最兴盛的时期，所以 921 年、922 年当为此卷的抄写年代。而徐俊则考证认为："P.3231《癸酉年至丙子年（973—976）平康乡官斋籍》在'馎饼'目下屡见'氾员昌'名，可证前引辛巳年应为 981 年。"②

　　P.2555 汇录了吐蕃侵占敦煌时期的诗文。从卷中所抄窦昊《为肃州刺史刘臣璧答南蕃书》、孔璋《代李邕死表》及写本中一些署名诗作的写作年代、《全唐诗》已收诗作的写作年代判断，该卷的抄写年代约在唐肃宗上元元年（760）到德宗建中二年（781）之间③。柴剑虹还对卷中的"落蕃人毛押牙"作了考证，认为毛押牙可能就是本卷的抄写者。陈国灿《敦煌五十九首佚名氏诗历史背景新探》一文，认为佚名诗的作者为敦煌金山国官员，他于 910 年冬被派往吐蕃求援，在鄯州临蕃城遭羁縻两年以上，诗即作于陷蕃期间④。P.2555 中 59 首佚名氏诗与《酒赋》为同一人抄写，据此，则本卷抄于 913 年以后，与 P.2633 抄于 921 年的时间接近。

　　P.2488 背写有题记："辛卯年正月八日吴狗奴自手书"，但"辛卯"为何

　　① 李正宇《敦煌史地新论》，台北：新文丰出版公司，1996 年，第 173—192 页。
　　② 徐俊《敦煌诗集残卷辑考》，北京：中华书局，2000 年，第 254 页。
　　③ 柴剑虹《研究唐代文学的珍贵资料——敦煌 P.2555 号唐人写卷分析》，《1983 年全国敦煌学术讨论会论文集》，兰州：甘肃人民出版社，1987 年。
　　④ 陈国灿《敦煌五十九首佚名氏诗历史背景新探》，《敦煌吐鲁番研究》第二卷，北京：北京大学出版社，1997 年。

年,各家的看法并不一致。日本学者池田温定为长兴二年(931),郑炳林则以为此卷当抄于咸通十二年(871)。拙著《敦煌赋校注》和张锡厚的《敦煌赋汇》都定为元和六年(811)。颜廷亮力主长兴二年说。我认真阅读了颜先生的论文,认为他的证据是较为充分的,结论也可信①。

　　P.3812 开头抄《十二月诗》,前空约六行的位置,有行书"维大唐乾宁二年"七字。卷背有"正月孟春春渐暄,一别强夫经数年"一行及阙题七言韵语四句:"灵俊言出永着十(实),好个郎君不须嗔。好个郎君莫永(求)人,言语出来句句真。""维大唐乾宁二年"标明了此卷的写作时间,乾宁为唐昭宗李晔年号,乾宁二年即公元895年。饶宗颐《敦煌曲》:"前有一行,存'维大唐乾宁二年'(895)七字,背又一行云:'正月孟春春渐暄,一别强夫经数年',字体与'正月孟春'相似,知此《十二月诗》应作于唐昭宗之前。"②任半塘则认为:"从位置在后而论,此套《十二月》辞之书写时期尚应在昭宗乾宁二年之后。"③徐俊说:"经审视原卷胶片,卷首'乾宁二年'等七字笔迹稚拙,与其下诗抄笔迹的工整纯熟大异,与卷背'独孤播状'等杂写相较,则可确定为同一人手笔。那么卷背抄写时间当在乾宁二年或以后,正面诗抄的抄写时间则应在乾宁二年之前。"④

　　另外卷背的七言韵语中出现了"灵俊"其人,也为我们确定写本的年代提供了证据。据 S.2575 和 P.2991 记载,灵俊是晚唐、五代时期的敦煌僧人。俗姓张,幼年出家到敦煌灵图寺。金山国时任沙州释门都法律、福田判官,曹议金时升都僧政加紫绶,约后晋时去世,享年63岁。P.2991 有其邈真赞,莫高窟329窟甬道南壁有其供养像与题名。敦煌写本中保存有他撰写的启状两道(P.3466),碑铭传赞11篇(P.3425、P.3718、P.3720),又有其青年时期所作七言口号1首(P.3312)。所作诗文,题年最早者为景福二年(893),最晚

　　①　池田温《中国古代写本识语集录》,东京:日本东洋大学东洋文化研究所,1990年,第678页。郑炳林《敦煌碑铭赞辑释》,兰州:甘肃教育出版社,1990年,第294页。颜廷亮《关于〈贰师泉赋〉的作者及写本年代问题》,《甘肃社会科学》1997年第5期。
　　②　饶宗颐《敦煌曲》,巴黎:法国国家科学研究中心,1971年,第311页。
　　③　任半塘《敦煌歌辞总编》,上海:上海古籍出版社,1987年,第1276页。
　　④　徐俊《敦煌诗集残卷辑考》,北京:中华书局,2000年,第378页。

者为清泰二年(935)①。P.3812 卷背七言韵语称赞灵俊的年轻有为,则其写于乾宁二年(895)或其后不久。

P.4993 中,"恒"字缺末笔,乃避穆宗李恒讳,张锡厚《关于〈敦煌赋集〉整理的几个问题》疑其抄于长庆年间(821—824)或其后不久②。

抄写《天地阴阳交欢大乐赋》的 P.2539 没有提供抄写时间的信息,但该卷背面抄有后唐时朔方节度使有关书启底稿,与正面字体不一,非一人所抄。由此大致可考此卷抄于后唐时期(923—936)或此前不久。

《贰师泉赋》和《渔父歌沧浪赋》抄在 P.2488、P.2712 和 P.2621 三个写本上。P.2488 的抄写时间大致是后唐明宗长兴二年(931)。P.2712 末题"贞明六年庚辰岁次二月十九日龙兴寺学郎张安人写记之耳",贞明为五代后梁末帝年号,贞明六年即公元 920 年。

P.2621 较为复杂,正面为民间类书《事森》的抄本,首残尾全,尾题"事森",有题记:"戊子年四月十日学郎员义写书故记。写书不饮酒,恒日笔头干。且作随疑过,即与后人看。"《贰师泉赋》和《渔父歌沧浪赋》抄在背面,背面有杂写"甲辰年五月十三",尾题"长兴伍年岁次癸巳八月五日敦煌净土寺学士郎翟写"。"长兴"是后唐明宗李亶的年号,长兴只有四年,此"五年"应是"四年"之误,长兴四年为癸巳岁,公元 933 年。这是本卷背面的抄写时间。正面的"戊子年"应当是此前五年,公元 928 年。背面的抄手翟某不可考,但正面的抄写者"员义"又见于 P.2049 背《长兴三年(932)净土寺直岁愿达算会历》,知员义为净土寺学郎。而那首"写书不饮酒"的打油诗,却并不是员义的创作,这是一首在当时敦煌学郎中流行的诗作,还见于三个敦煌写本(DB08668、P.2937、P.3305),其中 P.2937 背抄于"大唐中和四年(884)"。而 P.2621 背面的"甲辰年五月十三"或为此后读本卷的人所题,时间为公元 944 年。

《秦将赋》抄在 P.2488、P.5037、S.173 三个写本上。P.5037 的抄写时间

①　颜廷亮主编《敦煌文学概论》,兰州:甘肃人民出版社,1993 年,第 101 页。
②　张锡厚《关于〈敦煌赋集〉整理的几个问题》,《敦煌学辑刊》1987 年第 1 期。

比较早,据研究是在唐代宗宝应元年(762)或以后一段时间(见前)。S.173正面抄有《李陵与苏武书》《穷囚苏武与李陵书》等,有"乙亥年六月八日三界寺学士郎张英俊书记之也"的题记。李正宇根据 S.173、S.707、P.3528、P.3393、P.3386、P.3189 等写本考定,敦煌三界寺学存在的时间是 925—975年①。这期间只有一个乙亥年,即宋太祖开宝八年(975)。那么,S.173 号的抄写时间就在这一年。

《龙门赋》的四个写本均无题记,也没有其他考察年代的标记,所以难以考知抄写年月。P.2544 末题有"永和九年"数字,乃偶写王羲之《兰亭集序》,非抄者记年。因为同卷还抄有唐人诗文,明为中唐以后写本。姜亮夫著《莫高窟年表》,误以为"南县尉卢竧撰《龙门赋》,永和九年作"。日本金冈照光《文学目录》遂沿其误。

《丑妇赋》的两个写本中,P.3716 卷中有题记:"天成五年庚寅岁五月十五日敦煌伎术院礼生张儒通。""天成"为后唐明宗李亶年号,天成五年是公元 930 年。S.5752 背末有"乙未年六月十五日立契莫高窑(窟)百姓□□定为"字样。"乙未年"当为后唐末帝清泰二年,公元 935 年,此卷当抄于此年之后不久②。

《月赋》的写本只有 P.2555,本卷抄于 913 年以后(见前)。《子灵赋》见P.2621,抄于 933 年(见前)。《去三害赋》写于 S.3393 背,赋前还杂写"戊午年五月刺史""丁巳年八月九日僧政大云寺""丁巳年九月八日""乙酉年九月十五日"等字样,其中明确写有年号题记的为:"乾祐三年二月十八日社司转帖。"乾祐为后汉高祖刘暠年号,乾祐三年即公元 950 年。

《韩朋赋》今存七个写本,S.4901 与 S.3904 字体完全相同,为同一人所抄,S.10291 实系 S.3904 开端第四行至第八行残去之文字,所以这三卷都是一个人所抄,自然为同一抄写时间。S.4901 背面抄有《新集严父教》和《太公家教》,《新集严父教》在敦煌写本中有四个写本,其中两个写本都有纪年,分

---

① 李正宇《唐宋时代的敦煌学校》,《敦煌研究》1986 年第 1 期。
② 颜廷亮《关于〈晏子赋〉写本的抄写年代问题》,《敦煌研究》1997 年第 2 期。

别抄于公元 976 年和公元 986 年;《太公家教》在敦煌写本保存有 42 个写本，其中 9 个写本有纪年题记，抄写在九到十世纪。据此，我们认为，S.4901、S.3904、S.10291 也当抄于 10 世纪，姑定为 976 年左右。

S.2922 卷末行题"癸巳年三月八日张庆道书了"，日本学者金冈照光《文学目录》推测癸巳应为 933 年。

P.2653，王利器说其中的"臣"字多作武后造字，因而断定"这本是武则天时代抄写的了"①。按，同卷还抄有《燕子赋》(乙)，开头云"雀儿和燕子，合作开元歌"，可见该卷不可能抄于武则天时期，肯定是开元以后的抄本，具体时间不可考。

《晏子赋》有八个写本，多数残损严重。P.3716 有题记"天成五年"表明抄写时间为 930 年。P.2564 背面有"乙酉年五月八日""辛巳年二月十日"杂写，根据本卷所抄其他文件以及这些文件的其他抄卷所提供的时代信息，推测此"乙酉""辛巳"可能为公元 985 年和 981 年。用同样的方式推考，P.3821 的抄写时间当在十世纪中叶，S.5752 很可能也是公元 935 年之后不久，P.2647 从行格及字体看，当为吐蕃时期写本②。俄藏 00925(新号 1483)的抄写时间无考，孟列夫《俄藏敦煌汉文写卷叙录》判定为 9—11 世纪写本③。

《燕子赋》(甲)已知有 8 个写本，俄罗斯藏卷中还有 10 个碎片。P.2491 背面中有题记"净土寺苑僧保真之足流迁善文二仪文连夫之有恩"按，"净土寺苑僧保真"与《燕子赋》有关，必当在"净土寺学"盛行之时，而敦煌净土寺学存在的时间是在公元 870—973 年间。

P.3666 开头"燕子赋一卷"标题下有"咸通八年(943)□月家学生□□"题字，则此卷当抄 943 年。

P.3757 正面有"金光明学士郎就□□孔目氾员宗"题字一行，字劣，与抄书人字迹不同;背面有"天福八年岁次癸卯(943)七月一日"题记一行。按，

① 王利器《敦煌文学中的〈韩朋赋〉》，《文学遗产增刊》第 1 辑，北京：中华书局，1955 年。引文见周绍良、白化文《敦煌变文论文录》，上海：上海古籍出版社，1982 年，第 683 页。
② 李文洁《敦煌写本〈晏子赋〉的同卷书写情况》，《文献》2006 年第 1 期。
③ 孟列夫主编《俄藏敦煌汉文写卷叙录》，袁席箴、陈华平译，上海：上海古籍出版社，1999 年，第 593 页。

敦煌金光明寺学的存在时间,据研究是在 905—943 年之间①。而这位"氾员宗"的名字,还见于 S.395,该卷题记也说"天福八年"。那么 P.3757 抄于天福八年(943)当无问题。

　　S.214 正面题"癸未年十二月廿一日永安寺学士郎杜友遂书记之耳",又题"甲申三月廿三日永安寺学郎杜友遂书记之耳",背面也有"学郎杜友遂书卷"题记。敦煌的永安寺学,据敦煌写本中的相关资料,当存在于 923—979 年。这期间只有一个"癸未"(923)和一个"甲申"(924)。那么,该卷当抄于公元 924 年(癸未年十二月廿一日已进入公元 924 年)。

　　P.4019 正面有"燕子赋一卷曹光晟写记""使节沙州军事左散骑尚书兼御史大夫检校郎曹□"题字,卷背抄有"乙巳年"社司转帖。颜廷亮推测,曹光晟可能与归义军时的曹光进、曹光嗣是兄弟;"曹□"应是归义军曹氏时期的要员,从其官衔考察,或许是曹议金②。那么,卷背的"乙巳年"就应当是公元 945 年,此卷正面当抄于此之前。

　　俄罗斯藏卷的 10 个碎片中,Дx.796＋Дx.1343＋Дx.1347＋Дx.1395是四个碎片,经俄罗斯亚洲民族研究所列宁格勒分所专家的整理,确认为同一书手所抄,故连缀成两个残片。孟列夫主编《俄藏敦煌汉文写卷叙录》第 1484 号即著录这两处碎片。其中第二碎片卷背有"廿日龙兴寺学郎石庆通"等题记。敦煌龙兴寺学的存在时间在 917—920 年,那么本卷的抄写也当在这个时间。

　　《俄藏敦煌文献》出版后,黄征在其中找到了抄写《燕子赋》的残片,其中Дx.5415 与上述两个碎片为同一人所抄,应当接在上述两个残片中间③。而Дx.10741 碎片与上面所说碎片书写风格及行款极相似,为同一抄手的另一抄本。

---

　　①　李正宇《唐宋时代的敦煌学校》(《敦煌史地新论》,台北:新文丰出版公司 1996 年,第 173—192 页)考证金光明寺学存在的时间在 905—922 年,用了 4 个敦煌写本的材料,没有提及 P.3757号。如补充此卷,则金光明寺学存在的时间将要延长到 943 年。
　　②　颜廷亮《关于〈燕子赋〉(甲)的写本年代问题》,《北京图书馆馆刊》1998 年第 2 期。
　　③　黄征《燕子赋研究》,见《浙江大学古籍研究所建所二十周年纪念文集》,北京:中华书局,2003 年,第 54—66 页。

Дх.4803 残片只残存 7 行,据黄征研究,此写本与 P.2653、P.2491、P.3666、S.214 等卷的底本相似,那么它也应当是十世纪中叶的抄本。

其他写本的抄写时间无考。

今所知《孔子项托相问书》的抄卷有 19 个之多,16 个是汉文写本,3 个为藏文写本。汉文写本中,大致可考定抄写年代的有 6 卷。P.3833 有题记"丙申年二月拾九日莲台寺学郎王和通写记"。按莲台寺在沙州城内,其名初见于吐蕃占领敦煌的辰年(788,据 S.2729),至宋天禧三年(1019)犹存(《天禧塔记》)。公元 893—936 年间设有寺学,兼授僧俗生徒。P.3833 的"丙申"当即 936 年。

P.3882 正面《孔子项托相问书一卷》后,接着抄《府君元清邈真赞并序》。按,《府君元清邈真赞并序》残文中称元清是"前河西一十一州节度使承天托西大王曹公之亲外甥",曹氏称王的三任节度使中,只有曹议金称"托西大王",因此,此文当写于 935 年曹议金去世以后不久,但具体年份无法考订①。

S.395 有题记"天福八年癸卯十一月十日净土寺学郎张延保记",这是公元 943 年的抄本。

P.3826 两面书写,背面写有"庚寅年十月十八日"一行,"戊子年闰五月六日□法律自手写和戒文壹本□"二行,"孔子共项托相问书一卷,孔子项托永兴□写"二行,"丁亥年敦煌乡百姓邓憨多契一纸"。按,此卷题记的庚寅当为后唐明宗天成五年(930),戊子当为天成三年(928),丁亥当为天成二年(927)。因为卷中"永兴□"疑为永兴寺,即永兴禅院,在瓜州境内。据P.2374末题记记载,该寺禅师惠光于后周显德六年(959)写有四十九卷的佛经,故疑此禅院也有寺学。

《孔子项托相问书》最流行的时代是在 10 世纪上半叶,此卷没有抄写全文,仅是题目下抄写了几个字,可见是抄写者随意凭记忆抄写,所以定在 10 世纪上半叶是比较合情理的。

---

① 郑炳林《敦煌碑铭赞辑释》,兰州:甘肃教育出版社,1992 年,第 532 页。姜伯勤、项楚、荣新江《敦煌邈真赞校录并研究》,台北:新文丰出版社公司,1994 年,第 366 页。

《敦煌遗书总目索引·敦煌遗书散录》据《李氏鉴藏敦煌写本目录》著录有"李木斋藏卷",其中有 0222 号为《孔子见项橐》一卷。按,李木斋盛铎所藏敦煌写本,据说有 400 卷左右,并编有简目,后大多售予日本人。又清末甘肃藩司何彦升旧藏有《孔子项托问答文》,此卷有"天福"纪年,何氏旧藏今多归日本京都藤井氏有邻馆。然饶宗颐《京都藤井氏有邻馆藏敦煌残卷纪略》说:"何氏原目中,尚有《太公家教》一、《祭文》一、《孔子项托问答文》一(有天福年号),藤井氏藏均无之。"何彦升之子何震彝,为李盛铎的女婿,据叶遐庵云:"何早卒,除其生前赠友者外,闻亦归李氏。"那么,何彦升旧藏的《孔子项托相问书》,可能就是《李氏鉴藏敦煌写本目录》所著录的那一件。此卷情况不明,但既有"天福"年号,则其当抄于公元 936—944 年间。

P.3883 背为辛酉年杂写,根据敦煌写本中《孔子项托相问书》有纪年者都抄于十世纪上半叶的情况,初步确定此辛酉当为公元 961 年。

俄罗斯藏的三个写本中,Дx.1356(孟目 1481),孟列夫主编《俄藏敦煌汉文写卷叙录》定为 10 世纪写本;Дx.2451(孟目 2861),孟目云:"该残卷与本书 1481 为同一手卷的一部分。"Дx.2352(孟目 2862),孟目定为 9—11 世纪写本。

敦煌藏文写本中也有这个故事的三个写本:S.724、P.t.992、P.t.1284。冯蒸《敦煌藏文本〈孔子相托相问书〉考》对三个藏文写本的内容做了拉丁转写和汉译[①]。据冯文介绍,这三个藏文写本,文字有差异,P.t.992 是一个来源,S.724 和 P.t.1284 是另一个来源。P.t.1284 卷末有一个署名"石华筵(Zig Hua yan)写",很像汉族人姓名。冯文还考定这个写本是十世纪左右的写本。藏文中孔子项托故事虽是从汉文本翻译来的,但在故事情节上还是有很大差异。

《茶酒论》的六个写本中,P.2718 正面末有题记"开宝叁年壬申岁正月十四日知术院弟子阎海真自手书记。""开宝"是宋太祖年号,开宝三年是公元970 年。但开宝三年是"庚午",开宝五年才是"壬申",据理推测,"五"误为"三"的可能大,"壬申"误为"庚午"的可能小,所以当是"开宝五年壬申岁"

---

① 冯蒸《敦煌藏文本〈孔子项托相问书〉考》,《青海民族学院学报》1981 年第 2 期。

(972)所抄。"阎海真"又见于莫高窟第五窟(五代时期)南壁供养人像第五身,题"孙子阎海真一心供养"。又本卷题记中"知术院弟子阎海真自手书记",游国恩(1899—1978)等主编的《中国文学史》据此认为这些作品是"在行院里演唱的"①,姜亮夫《莫高窟年表》附录《敦煌寺名录》以为"知术院"是寺名:"释道两家皆有院称,又私寺亦多用院字。"②李正宇、张鸿勋等先生对"知术院"进行过考证,认为"知术院"是"伎术院"的音误字,敦煌伎术院是张承奉建立金山国时期成立的机构,它掌管归义军的典礼祭祀、占卜阴阳、天文历法等。它不仅是个职能部门,同时也是归义军培养礼仪、阴阳、历法、占卜等方面专门人才的教学部门③。"知(伎)术院弟子"就是伎术院学生。P.3716《新集吉凶书仪一卷》末有天成五年(930)"伎术院礼生张儒通写"的题记,P.3192《论语集解卷第六》背面有未署年代的题记"伎术院礼生翟奉达","伎术院礼生"就是伎术院中学习礼仪的学生。

P.3910 首行题"己卯年正月十八日阴奴儿买策(册)子",末行题"癸未年二月六日净土寺(沙)弥赵员住左手书"。"阴奴儿"之名又见 S.5441《捉季布传文一卷》题记:"太平兴国三年(978)戊寅岁四月十日,孔目学士郎阴奴儿自手写季布一卷。"据此,则 P.3910 的"己卯年"即太平兴国四年(979),"癸未年"即太平兴国八年(983)。本卷的抄写者,《伯希和劫经录》以为即"净土寺(沙)弥赵员住"。按,此判断有误。第一,"癸未年二月六日净土寺(沙)弥赵员住左手书"一行,字体与前文不同,明显是另一个人所抄写。第二,P.3910首行"己卯年正月十八日阴奴儿买策(册)子"题记,表明该册子是阴奴儿买来抄写的。考 S.5477《秦妇吟》写本为对折册页抄本,共 10 页,在第 6 页"六军门外倚僵尸,七架营"句后,有淡墨写"阴奴儿"三字,与 P.3910 笔迹相同,可确为一人所抄。而阴奴儿"手写"的 S.5441《捉季布传文》《王梵志诗》(此卷亦为册页,有界栏),笔迹与 P.3910、S.5477 相同。又 S.5256《新菩萨经》题

---

①　游国恩等主编《中国文学史》第二册,北京:人民文学出版社,2002 年修订本,第247 页。

②　姜亮夫《莫高窟年表》,上海:上海古籍出版社,1985 年,第 649 页。

③　李正宇《敦煌史地新论》,台北:新文丰出版公司 1996 年,第 185 页;张鸿勋《敦煌俗文学研究》,兰州:甘肃教育出版社,2002 年,第 196—197 页。

记："丁卯年(967)七月廿三日写此经流传记。"卷背阴奴儿题记："戊寅年(978)四月五日阴奴儿写经一卷。百鸟名壹卷。百行章一卷。"笔迹亦与P.3910、S.5477相同。由此可以确定，P.3910为阴奴儿所抄无疑。它们抄写时间是己卯年(979)，四年之后的癸未年(983)，赵员住得到此卷，在末页写下了题记。所谓"左手书"，只是左手题名而已①。

P.2972正面抄写《茶酒论》，背面抄有《丁丑年六月十日图李僧正迁化纳□历》(首题)，还有"金光明寺"涂鸦。"金光明寺"涂鸦，是判断该写本抄写时代的重要根据。金光明寺在敦煌城西北(据P.2586及S.3905)，吐蕃占领敦煌的辰年(788)初见其名(S.2729)，到北宋天禧三年(1019)犹存(据《天禧塔记》)。据P.3381、P.3692、S.692、S.1568记载，公元905—922年在金光明寺设有寺学，归义军中的诸多要人曾就读于此②。P.2972背面的涂鸦，完全可能是寺学中的学郎所为。这段时间只有一个丁丑年，即后梁末帝贞明三年(917)。敦煌写本抄于贞明年间的卷子不少，那么P.2972可定为抄于917年或此前不久。其余写本则无时间可考。

《齖䶗新妇文》有三个写本。P.2564号抄写于公元985年和981年，P.2633抄于921年(见前)。

S.4129背面开头有"乙酉年正月"五字，杂抄有"学郎身姓阴，财艺精，今不求人，直是适奉，尊卑好儿郎"字样，此阴姓学郎，可能就是阴奴儿，考P.3910、S.5256、S.5441、S.5477中有阴奴儿抄写的内容，字体与此卷相近，则此卷也应当是阴奴儿所抄，其抄写时间当是乙酉年正月(985)。

第三节 敦煌俗赋的文学史意义

中国传统"赋"最具有文人特色，是文人彰显才学的一种文体，王充所谓"深覆典雅，指意难睹，唯赋颂耳"(《论衡·自纪篇》)，北齐魏收"会须作赋，

① 徐俊《敦煌诗集残卷辑考》，北京：中华书局，2000年，第434页。

② 李正宇《敦煌地区古代祠庙观简志》，收入《敦煌史地新论》，台北：新文丰出版公司，1996年。如按P.2491号的记载，则金光明寺学存在的时间将要延长至943年。

始成大才士"(《北齐书·魏收传》),都是在这个意义上说的。所以,在一般学人的心目中,赋从来和"俗"不沾边。现在敦煌出土的俗赋不仅语言俗,而且意境俗,情调俗,它们是赋中的"另一类"。于是,这类俗赋一面世,很快引起了文学史家的关注。根据郑阿财、朱凤玉《敦煌学研究论著目录》(1908—1997,1998—2005)的统计,有关俗赋的研究论著有一百多篇。关于敦煌赋研究的情况,伏俊琏《敦煌赋八十年》和朱凤玉《敦煌赋的范畴与研究发展》有比较系统的总结①。本节主要讨论敦煌俗赋的发现,促使人们对有关赋文学的一些重大问题的思考和认识。

第一,在中国文学史上,"述土客以首引,极声貌以穷义"的大赋和东汉以来清丽婉转的抒情小赋并不是赋的全部,还有大量的俗赋活在民间。中国赋文学史上存在着雅和俗两个世界,我们过去对俗赋的世界认识不够,敦煌俗赋的出土使这种情况有所改变。在"不歌而诵"的传播方式之下,俗赋和下层人民的生活有着更为密切的关系。

1935 年,容肇祖在《敦煌本韩朋赋考》一文中通过研究《韩朋赋》的体制特征和故事渊源,推断西汉时可能已经有民间故事赋。郑振铎《中国俗文学史》认为西汉王褒的《僮约》就一篇白话赋。实际上,西汉后期,在京苑田猎等大赋蔚为大国的同时,俗赋也得到了长足的发展,而且为一部分文人所关注和模仿。王褒的《僮约》是俗赋,他的《责须髯奴辞》和《碧鸡颂》也是俗赋。《责须髯奴辞》把贵族"因风披靡,随身飘飘""附以丰颐,表以蛾眉,发以素颜,呈以妍姿"的胡须与须髯奴进行比较,表面好像是描写须髯奴的"丑陋肮脏",实际上采用的是说反话的形式,是一篇自嘲性质的作品,体制上也是一篇俗赋。《碧鸡颂》以招魂辞的形式写成的,以揶揄调侃的口吻微讽宣帝求碧神的荒唐。扬雄的《都酒赋》以拟人的手法,用代言体的形式,让"瓶"(汲水用)与"鸱夷"(盛酒用)相争辩难,各自夸耀自己的神

---

① 伏俊琏《敦煌赋八十年》,原刊《文学遗产》1997 年第 1 期,后补充修改后收入《敦煌文学文献丛稿》,北京:中华书局,2004 年,2011 年增订本。朱凤玉《敦煌赋的范畴与研究发展》原载《敦煌吐鲁番研究》第 10 卷,上海:上海古籍出版社,2007 年,后收入《百年来敦煌文学研究之考察》,北京:民族出版社,2012 年。

通广大,揭发对方的缺点和无能。体制上和敦煌俗赋《晏子赋》《茶酒论》完全相同。只是因为残缺,没有第三者出来平章其事的情节。扬雄的另一篇《逐贫赋》也是对问体俗赋。全赋用四言句式,将"贫"拟人化,假设作者与"贫"的对话,以轻松诙谐的笔调批判现实。作品以逐贫起首,以迎贫结尾。主人意在责骂贫穷,使之离去,却被"贫"义正词严地教训了一顿,使得主人俯首帖耳,引"贫"为挚友。作品以生动活泼的语言,表现无可奈何的自嘲之意。

更可喜的是,近年的出土文献也证明了西汉中后期俗赋存在的事实。1993 年,江苏连云港尹湾西汉后期墓葬中就出土了一篇《神乌赋》,其文体特征同敦煌《燕子赋》基本一样,以鸟类为故事的主人,以代言体展开故事情节,语言以四言韵文为主,根据内容的需要灵活换韵。它们属于同一个系统,是没有疑义的。1979 年,敦煌马圈湾汉代烽燧遗址中发现了西汉晚期的残简,其中有韩朋故事的片断。裘锡圭认为,汉简中的韩朋故事内容极少,但从其叙述方式仍可看出,其风格更接近于《韩朋赋》[①]。而汉简韩朋故事的体裁,由于存字太少,还难以断定,但不能完全排除这一韩朋故事采用有韵的赋体的可能性。即使是无韵的文体,也应该具有类似后世"话本"的性质,用作讲故事的底本。敦煌俗赋《晏子赋》《孔子项托相问书》的片断也在汉简有发现:1914 年 3 月英国人斯坦因在敦煌以北的长城烽燧中掘获的"田章简",其内容就和敦煌本《搜神纪》《晏子赋》《孔子项托相问书》相关[②];2002 年,内蒙古文物考古所在额济纳发掘的汉简中又发现了田章简的内容[③]。这样,我们不仅知道汉代就有讲故事、节奏铿锵、大致押韵的

①　裘锡圭《汉简中所见韩朋故事的新资料》,《复旦学报》1999 年第 3 期。
②　张凤《汉晋西陲木简汇编》,上海:有正书局,1931 年,11 号;林梅村、李均明《疏勒河流域出土汉简》,北京:文物出版社,1984 年,730 号;甘肃省文物考古研究所《敦煌汉简》,北京:中华书局,1991 年,2289 号;劳榦《汉晋西陲木简新考》,收入《中研院历史语言研究所单刊》甲种之二十七,1985 年;裘锡圭《田章简补释》,《简帛研究》第 3 辑,南宁:广西教育出版社,1998 年。
③　内蒙古自治区文物考古研究所《额济纳汉简》,桂林:广西师范大学出版社,2005 年。郝树声、张德芳《谈河西汉简和敦煌变文的源渊关系》,收入二位所著《悬泉汉简研究》,兰州:甘肃文化出版社,2009 年。

俗赋,而且唐代一些俗赋的题材可以在汉代找到源头。

《汉书·艺文志》"杂赋"类著录有 233 篇赋,虽没有一篇保存至今,但学者已做过研究,认为杂赋中包括着俗赋,这类杂赋是秦汉时期先民娱乐的艺术形式①。《汉志》"杂赋"类著录的作品,主要是西汉时期的。它反映了西汉时期俗赋的流传已经比较广泛,一些作品已传到"中秘",著录于皇家的书目。

东汉到唐前,虽然目前没有新出土俗赋资料,但我们不时在文人的作品中能找到类似于俗赋的作品,说明下层流行的俗赋对文人的影响。东汉初年的崔骃写有一篇《博徒论》,今已残缺不全,从残句看,全义是博徒与农夫的对话体。博徒,指放荡不检且夸夸其谈之士。博徒嘲笑农夫的劳苦憔悴,自吹自己生活的悠闲自得。而农夫则戏谑博徒的奴颜媚骨,无所事事。题目"论"是争辩之义,敦煌本《茶酒论》亦用此义。本篇体制上是一篇对问体俗赋。赵壹的《穷鸟赋》,基本手法、句式与《神乌赋》大体相当。通篇四言,浅近平易,不事雕饰,风格与其另一名篇《刺世疾邪赋》迥然有别,是一篇仿效民间俗赋而创作的含有故事因素的寓言赋。当时有所谓"鸿都门学"。《后汉书·杨赐传》说:"鸿都门下,招会群小,造作赋说,以虫篆小技见宠于时。"他们的作品没有流传下来,但许多学者推断,鸿都门学造作的赋说,主要是这类反映游乐生活、充满市井气味的轻巧浅薄的小赋、俗赋,王利器更明确地说:"余谓敦煌写本的杂赋,当即鸿都文学所献之赋之流余韵也。"②王延寿有《王孙赋》、蔡邕《短人赋》,可以说是"鸿都门学"赋作的样板。《王孙赋》描写王孙(猴子的一种)的各种情状、习性、活动,生动传神,奇谲可喜,是一篇俗赋。但有的学者主认为用词较为深奥,其实赋中为数不少的难字形

---

① 关于《汉书艺文志》中的"杂赋",章学诚、姚振宗以来,诸多学者做过探讨。本人曾在前人研究的基础上,进行过较为系统的研究,主要论文有:《〈汉书·艺文志〉"杂赋"臆说》,《文学遗产》2002 年第 6 期;《〈汉书·艺文志〉"杂赋"考》,《文献》2003 年第 2 期;《〈汉书·艺文志〉"杂行出及颂德""杂四夷及兵赋"考》,《西北师大学报》2001 年第 3 期;《〈汉书·艺文志〉"成相杂辞""隐书"说》,《西北师大学报》2002 年第 5 期;《〈汉书·艺文志〉"杂禽兽六畜昆虫赋"考》,《文献》2001 年第 4 期;《〈汉书·艺文志〉"杂中贤失意赋"考略》,《新疆大学学报》2005 年第 5 期;《俗赋研究》(北京:中华书局,2008 年)中的若干章节。
② 王利器《王利器学述》,杭州:浙江人民出版社,1999 年,第 85 页。

容词,用的是当时的口语。如"齰齰""喔咿"等词,在敦煌通俗变文中都还保留着,可见是俗语无疑。《短人赋》用通俗的语言和诙谐的手法嘲弄胡人,也是一篇"鸿都"类俗赋。而稍后繁钦有《明(胡)□赋》和《三胡赋》,虽残缺不全,但一斑窥豹,当是嘲丑女胡人者,也是《短人赋》的嫡传。

　　三国以降,这类俗赋时见诸史籍。阮籍《猕猴赋》用骚体的形式,通俗的语言,借"猕猴"斥责揭露那些不择手段追逐势利的"礼法之士"的丑恶嘴脸。曹植有一篇《鹞雀赋》,虽残缺不全,却是一篇典型的寓言故事赋。马积高《赋史》说:"此赋当据民间寓言写成,语言全是口语,非常生动形象,完全摆脱了文人赋的窠臼。"曹植的《蝙蝠赋》,也用通俗四言写成,赋中蝙蝠可憎的嘴脸,正是现实生活中阴险奸诈、反复无常的两面派人物的写照。

　　晋代是俗赋兴盛的时代,现在残存的俗赋不少。傅玄是一个写作通俗文学作品比较多的作家,他不仅创作了《大言赋》《鹰兔赋》这样的对问体俗赋,而且也留下一些讲诵体咏物俗赋,如《斗鸡赋》《走狗赋》《猿猴赋》等。《鹰兔赋》,《初学记》存五残句:"兔谓鹰曰:汝害于物,我益于世。华髦被札,彤管以制。"《玉烛宝典》残存五句:"我之二兄,长曰元鹗,次曰仲雕。吾曰叔鹰,亦好斯武。"可以看出,是四言句式写成的代言体寓言故事赋,同敦煌俗赋中那篇五言体《燕子赋》很相似。《斗鸡赋》把斗鸡的紧张横逸姿态刻画得工巧逼真,惟妙惟肖。《猿猴赋》写猴戏,也非常有趣。与傅玄同时的著名赋家成公绥也写过这类通俗小赋。他的《蜘蛛赋》《螳螂赋》两篇各不足百字,但语言通俗,描写工细,神态毕肖,是难得的小制区畛。石崇有一篇《奴券》,今已不完整了,残存的这部分,从形式到语言都是摹仿王褒《僮约》的俗赋。王沈的《释时论》通过"东野丈人"(隐者)和"冰氏之子"(进趋之士)的对话论辩,对西晋元康时期选官择吏"计门资之高卑,论势位之轻重"的门阀制度进行了形象而淋漓尽致地揭露。全篇语言通俗,不像别的赋一样大量用典,是文人创作的近似俗赋的作品。与王沈同时代的鲁褒,有一篇《钱神论》,假托司空公子与綦毋先生的对话,对金钱之神通广大极尽铺陈之能事。文笔谐谑辛辣,挥洒自如,可谓借咏钱以嘲世的千古不朽的奇文。《钱神论》有论辩的双方,有平章其事的第三方,同敦煌本《茶酒论》中"茶""酒"双方争辩而最后由"水"出面调停其事的方式完全相同,所以是一篇比较典型的客主论辩俗赋。仲长敖的《核性赋》,借荀子与其弟子的对话,宣扬人性之恶。全篇情绪之愤激,表述之激烈,在我国文学史上实属少见。由于愤世太甚,未免把人说得太坏,立论不免有偏激之弊。全文主要用四言,语言通俗,是一篇比较典型的对问体俗赋。左思《白发赋》假托白发与主人对话的形式,以诙谐而愤激的笔触抒写在门阀制度压抑下的愤懑痛苦之情。马积高《赋史》说:"文字生动活泼,毫无生涩艰深之句,在崇尚华丽文风的西晋,也是别开生面的。"张敏的《头责子羽文》用子羽之头与子羽的对话形式,也是一篇颇具匠心的自嘲性对问体俗赋。作者借用汉代以来民间俗赋常用的四言句式,并大量使用当时鲜活的口语形容词汇,使本篇亦俗亦雅,而以俗为主。《全晋文》卷一〇三录有陆云的《牛责季友》,卷一三八录有祖台之的《荀子耳赋》,都是与《白发赋》《头责子羽文》同类的赋作。

《全晋文》卷一四三辑有刘谧之的《庞郎赋》,根据残句,赋中主人公是一个杂乱而丑陋的人。开头云:"坐上诸君子,各各明君耳。听我作文章,说此河南事",则明确告诉我们:本赋是用来"诵说"的俗赋。严可均《先唐文》辑有朱彦时《黑儿赋》残文,文中"黑儿",是当时的奴隶。《先唐文》中列于朱彦时之后的有刘思真的《丑妇赋》,为五言诗体赋,此赋纵笔恣肆地描写丑妇从头到脚的丑陋,极尽嘲弄戏谑之能事,在中国文学史上显得非常特别。《文心雕龙·谐隐》说:"潘岳《丑妇》之属,束晳《卖饼》之类,尤而效之,盖以百数。"说明晋代以来,写丑妇的作品为数不少,可惜都失传了。

南北朝时期,俗赋也时有所见。宋齐时期的卞彬,是个玩世不恭的人。《全齐文》卷二一辑录了他的3篇赋:《虾蟆赋》《蚤虱赋》《禽兽决录目》,皆残缺不全,但从这些残句中还可以看出其诙谐幽默的风格。《虾蟆赋》的残句有"纡青拖紫,名为蛤鱼""科斗唯唯,群浮暗水,维朝继夕,聿役如鬼"。《禽兽决录目》的残句有"羊性淫而狠,猪性卑而率,鹅性顽而傲,狗性险而出"。《蚤虱赋》只存有序,这段序文已经够得上是一篇俗赋了,它以诙谐调侃的语言刻画了作者的落魄潦倒、玩世不恭和与物多忤。梁张缵有《妒妇赋》,集中写让男人恐惧的妒妇,此妇妒病一发,无所顾忌,甚至杀人放火的事也干得出来。这位"妒妇"对男人的伤害,除了视觉的虐待外,精神的禁锢与凌虐更为厉害。

北魏时期的元顺有《蝇赋》,卢元明有《剧鼠赋》,前者以通俗的四言为主,充满着对奸佞之徒的厌恶之情,对现实政治的针对性是颇强的,但太浅露而欠蕴藉。《剧鼠赋》刻画的是猖獗危害人类的老鼠,在诙谐的笔调中,流露了憎恶之情,其特色是肖物工巧。

我们以前对上述文章的文体特性认识不明,大多学者以诙谐文概括之。敦煌俗赋的出土,尤其是经过深入研究,我们知道敦煌俗赋在体制上包括故事俗赋、论辩俗赋和歌谣体俗赋三种之后,我们对中国文学史上的这种文体的性质和产生及流变就有了更为明确的认识。

第二,敦煌俗赋的发现,对我们探讨赋的起源问题提供了新的思路和材料。它证明,赋同其他文艺形式一样,最初都是由下层劳动人民创造并在人民中间口耳相传的。

关于赋的起源,历史上的学者有不同的看法。班固《两都赋序》说:"或曰:赋者,古诗之流也。"这是班固引用当时有影响的学者的看法,他自己也是同意这种看法的。刘勰《文心雕龙·诠赋》说:"赋也者,受命于《诗》人,拓宇于《楚辞》也。"章学诚《校雠通义·汉志诗赋第十五》说:"古之赋家者流,原本《诗》《骚》,出入战国诸子。假设对问,《庄》《列》寓言之遗也;恢廓声势,苏张纵横之体也;排比谐隐,韩非《储说》之属也;征材聚事,《吕览》类辑之义也。"近代国学大师章太炎、刘师培更强调赋源于行人纵横之官(见章氏《国故论衡》和刘氏《论文杂记》)。以上探讨赋的起源,虽观点有不同,但都认为赋是先圣前贤所创造的。王闿运《湘绮楼论诗文体法》:"赋者,诗之一体,即今谜也,变隐语,而使人谕谏。"冯沅君、任半塘则认为赋源于"优语""俳词"①。谜语和优语、俳词都属于下层文化的范畴,说赋源于谜语和俳词,离它们真正的源头已经不远了。胡士莹认为赋源于民间说唱艺术,"赋是在民

---

① 冯沅君的说法见她所著《古优解》和《汉赋与古优》二文,收入《冯沅君古典文学论文集》,济南:山东人民出版社,1980年。任半塘的说法见其所著《优语集》(上海:上海文艺出版社,1981年)录《史记·滑稽列传》"楚优孟爱马之对"条下的按语。

间语言艺术（包括说话艺术）的基础上，由口头文学发展而成的书面文学"①。他虽然没有展开论证，但敦煌俗赋的面世，证明胡先生的说法是可信的。

我们知道，俗赋有三种类型：故事俗赋、对问体俗赋和歌谣体俗赋。这三种类型都源远流长，在先秦时期的文献中，我们都可以找到它们的足迹，发现它们早期的身影，这种考察会使我们对赋的起源有一个更为明晰的认识。西晋时期汲冢出土的《古文周书》中有一则"玄鸟换太子"的故事，和宋代以后流传的"狸猫换太子"很类似，文中有散文，有韵文，而且还使用了隐语，民间讲诵的特征很明显，具备了俗赋的雏形。《庄子·外物》记载了"儒以诗礼发冢"一则寓言，具备了民间故事赋对话体、叙事性、语言大体押韵的特点，是早期流行的故事赋。《庄子·说剑》一文，故事情节富有传奇色彩，说天子、诸侯、庶人之剑的三部分，都是形式上并列、内容上同类的几个段落，与宋玉的《风赋》等早期赋在结构安排上很相似，是一篇讲诵性质的作品，带有故事赋因素。至于最早的以赋名家的宋玉，他的《高唐》《神女》等赋，就是故事赋。而《高唐赋》源自《山海经·中山经》中的民间传说，可见其受民间传说的影响。《史记·龟策列传》载有宋元王与神龟的故事，近三千言，用四言韵语写成，是战国以来流传的寓言故事赋。所以，故事俗赋是在早期民间讲诵寓言故事的基础上发展而来的。

对问体俗赋，也可以在先秦时期找到作品。《逸周书·太子晋》记载晋国师旷和周太子晋的论难，使用了"五称而三穷"的方法，这是当时流行的一种五打三胜制的问答比赛，也是当时的论辩游戏规则。五称指提了五个问题，三穷指回答时三次答不出。文中对话部分韵散间出，以四言韵语为主，排偶句式较多，所以是一篇口诵性质的对问体俗赋，我们可以明显看出它与敦煌俗赋《孔子项托相问书》的源流关系。战国时期，这类记载更多。淳于髡的《谏饮长夜》，就是一篇结构完整的对问体俗赋，刘勰《文心雕龙·谐隐篇》就把它和宋玉《登徒子好色赋》并列，作为赋类作品。《谏饮长夜》最早见于《史记·滑稽列传》，《滑稽列传》还记载了淳于髡的另外两个故事，也用的

---

① 胡士莹《话本小说概论》，北京：中华书局，1980年，第8页。

是俗赋体。一件是用"大鸟"的隐语谏齐威王,另一件是到赵国请救兵。这两件故事,在当时广泛流传,淳于髡的对句用通俗的韵语形式,讲诵的痕迹很显著。所以,称淳于髡为早期的俗赋大家是很合适的。现代学者研究证明,淳于髡还是《晏子春秋》的编者①。《晏子春秋》是一部故事集,或认为是"是我国最早的一部短篇小说集"②,正是就它的故事性、讲诵性说的。本篇中有很多故事具有讲诵俗赋的性质,如《内篇杂上》的《景公饮酒》(拟题),写齐景公在同一个晚上饮酒三移其地,而三位接待者态度迥然不同。作品中同一情节重复三次,同一句话反复三遍,每次都以微小的变动以示故事的进展,这是典型民间故事技巧。故事的叙事和对话押了很自然的韵,表明了它的讲诵性质,是一篇带有杂赋因素的作品。《外篇》中的《景公问天下有极大极细晏子对》一则,也是一篇对问体的俗赋作品,它和宋玉的《大言赋》《小言赋》相类似,反映的是战国时期"语大,天下莫能载;语小,天下莫能破"(《礼记·中庸》)的文化现象③。

通过两个人之间的对话、争辩或互相问答和唱诵来表情达意,是民间文学中经常采用的艺术形式,这正是对问体俗赋的源头。后来,那些俳优侏儒为了取乐权贵,就学习摹仿这种争奇斗胜的娱乐形式,把它们引到宫廷;影响施及智识阶层,文人也采用这种形式进行写作。于是赋由民间走进上层,由口传走向书面。

歌谣是最早的文艺形式。节奏感、韵律感强,便于记忆,于是人们便用这种形式记述事情,总结生产和生活中的经验、知识,在各种仪式中进行唱诵。先秦时期的歌谣,形式上以四言、七言为主。汉代流传的字书、镜铭、民间歌谣、生产技艺、医方、道教歌诀等,用七言者居多。根据章太炎和余冠英的研究,汉代人把七言不是当做诗,而是当做赋,因为它的传播方式是"不歌

---

① 日本学者武内义雄提出这个说法,见孙以楷《稷下学宫考述》(北京:中华书局,《文史》第 23 辑)引述,后吕斌《淳于髡著晏子春秋》(《齐鲁学刊》1985 年第 1 期)、赵逵夫《晏子春秋为齐人淳于髡编成考》,《光明日报·文学遗产》2005 年 1 月 28 日)著文进行论证。

② 吴则虞《晏子春秋集释前言》,北京:中华书局,1962 年。

③ 两汉以来,文人受此影响,不断有摹仿之作,如东方朔有《大言赋》,晋代傅玄有《大言赋》,傅咸有《小语赋》,宋代苏易简有《大言赋》,而历代文人的大小言诗,更是代不乏作,形成了一种风气和传统。

而诵"。七言为赋这种观念，在民间根深蒂固。汉代以来，民间的七言赋最为盛行，直到近现代，各种民俗仪式中的"赋"以七言为主，其根源就在此。

先秦时期的七言体，以"成相体"最为典型，成相这种形式，《汉志》明确列入《杂赋》。汉代人认为它们是赋，这是没有疑义的。先秦时期的成相，除了荀子《成相篇》外，还有《逸周书》中的《周祝解》。《周祝解》是周祝"告""号"的记录。祝之语调，与"诵"相近，而远于"唱"。周祝借用民间的成相体，是民间俗赋走向贵族的证明。《文子·符言篇》也多用成相体，《老子》中也有近于成相体的章节。1975 年，湖北云梦睡虎地秦墓中发现的战国后期的文书中，有一篇《为吏之道》，其中后半部附有八首韵义，其格式与《荀子·成相》完全一样。说明当时这种民谣形式十分流行，已被用来编写培训官吏的歌诀，以利于理解和记诵。早期教育童蒙的字书，也具有讲诵性质。周宣王时史籀作有《史籀篇》，刘师培《论文杂记》认为书虽失传，但以后世字书的体例推测，也应当是用韵语写成。这是有道理的。秦汉间字书，现在大多散佚了。从残存部分看，司马相如作《凡将篇》，为七言韵语。扬雄收集古文奇字，作《训纂篇》，为四言韵语。史游作《急就篇》，是七言、三言、四言不等的韵语。2008 年，甘肃永昌水泉子出土的西汉末年的字书，是在《仓颉篇》的四言后再加三个字，成为七言韵语①。这些都是属于通俗的教童蒙识字的"杂字书"，古今并收，以韵语编排，用不歌而诵的方式传播，汉代人是把它们作为杂赋的。

早期歌谣类俗赋还包括各种仪式上的讲诵文。比如祭祀仪式、驱傩仪式、冠礼、婚礼、丧礼，以及结盟仪式、出师仪式、献俘仪式等。屈原的《九歌》是根据民间祭祀之词创作的，那么原始民间祭词，自然是讲诵体俗赋了。屈原的《橘颂》，是屈原行冠礼时诵的冠词，其形制则纯为赋体②。《招魂》《大招》也是根据民间招魂仪式创作的讲诵体杂赋。驱傩是从西周以来一直流行的一种从民间到朝廷都盛行的驱疫形式。西周的傩辞现已失传，但《后汉

---

① 张存良《水泉子汉简七言本〈苍颉篇〉蠡测》，中国文化遗产研究院编《出土文献研究》第 9 辑，北京：中华书局，2009 年。

② 刘熙载《艺概·赋概》："《橘颂》品精藻至，在《九章》中纯乎赋体。"

书·礼仪志》记载的驱傩辞则是四言体。它虽然是汉代的作品，但应当是口头流传很久的韵诵词。

上述作品，汉代人统统归入"杂赋"。到了后世，随着人们对文体的认识越来越明确，从汉朝人的"赋"中分析出了其他多种文体。但在民间，由于民间文艺主要是通过"不歌而诵"的形式传播的，人们也主要从传播方式上认识文体，因而歌谣体俗赋仍然不绝如缕，后世文人也学习歌谣体俗赋创作了大量诗体赋。这种情况，文学史家叫做"诗赋合流"，实际上是汉代赋观念的延续。

总之，赋的源头在民间，民间故事、寓言、歌谣以及民间争奇斗胜等伎艺相融合，人们把这种文体谓之赋。它们在形制上其实是有差别的，有以叙事为主的故事俗赋，有以辩理为主的对问体俗赋（有时只重视辩的过程，并不太关注辩的结果），也有以描写事物为主的歌谣体俗赋。生动而富有戏剧性的"叙事"本来是"小说"的职责，所以六朝以后，故事俗赋逐渐让位并依附于小说。论辩俗赋不是以讲"理"为目的，而是通过争辩造成一种艺术效果，所以，它往往是正理反说，是嬉笑怒骂，寓庄于谐。俗赋在产生流变过程中，与其他各种文体依附、渗透、交叉，形成了比较复杂的关系。早期的俗赋以娱乐为目的，所以风格上追求诙谐调侃。优人利用这种体裁，取乐人主，把它引入宫廷，逐渐为文人所接受。文人借用俗赋的形式把它逐渐贵族化的同时，民间俗赋继续发展着，并且影响着文人赋的创作，从而形成了文学史上赋的"雅""俗"两个世界。

第九章　敦煌的小说

　　明代学者胡应麟在《少室山房笔丛》中说，小说从六朝到唐代有一个大的变化，"作意好奇，假小说以寄笔端"。清代学者章学诚《文史通义》亦指出中国小说历经汉魏六朝、唐代、宋元而三变，虽然他的"历三变而尽失古人之源流"的复古观我们不能同意，但确实讲出了中国小说演变的事实。敦煌的小说，既保留有六朝志怪的格局，也有唐传奇铺陈叙事的规模。鲁迅《中国小说史略》所说"小说亦如诗，于唐代而一变，虽尚不离于搜奇记逸，然叙述宛转，文辞华艳，与六朝之粗陈梗概者较，演进之迹甚明，而尤显者乃在是时则始有意为小说"的观点，在敦煌小说中可以得到充分印证。

第一节　敦煌写本中的小说

　　敦煌小说，指敦煌写本中保存的小说类作品。但是哪些作品才算得上小说呢？当然我们不能用现在小说的概念衡量敦煌小说。学者们一提起"小说"，大约都会想到《庄子·外物》中"饰小说以干县令"的说法，但是几乎都否认《庄子》的"小说"与后代小说的关系。当然，这种否认不是完全没有道理，但它们之间的联系是千真万确的。因为《庄子》所谓"小说"，其实是对春秋战国时代各家学说蔑视的看法，与《荀子·正名》篇中所说"小家珍说"（珍，异也）相类似。而春秋战国时期的诸子百家，为了游说诸侯，在骋其学说时，往往用大量的历史传说和寓言故事。我们看先秦诸子及《战国策》、刘向辑录的《说苑》等书，就会明白：《庄子》所谓的"小说"，其实是包括许多小故事的。源于刘向、刘歆父子的班固《汉书·艺文志》对"小说"的解释，正是因循着《庄子》的说法而来。

《汉书·艺文志·诸子略》说："小说家者流，盖出于稗官，街谈巷语，道听途说者之所造也。孔子曰：'虽小道，必有可观者焉，致远恐泥，是以君子弗为也。'然亦弗灭也。闾里小知者之所及，亦使缀而不忘。如或一言可采，此亦刍荛狂夫之议也。"《汉书》是班固撰写的，但班固明确说《艺文志》是依据刘歆《七略》删其要而成，《七略》又是依据刘向《别录》而成。班固对各略的书目排列非常谨慎，偶尔增加或减少几种，都要加注说明，可见各略的《序》也应当是刘向、刘歆的观点①。《汉志》的观点应该说是代表了西汉中后期学术界的普遍看法。略早于班固的桓谭也讲过："若其小说家，合丛残小语，近取譬论，以作短书，治身治家，有可观之辞。"②汉代学者认为小说家出于"稗官"，"稗官"据余嘉锡考证，是一种官职，专门搜集庶人之言传达给天子③。我们再看《汉志》中著录的小说家著作，这些著作共 15 家 1380 篇（实际上是 1390 篇，可能是班固算错了，或传抄有误），但到了梁代仅存《青史子》一卷（见《隋书·经籍志》），到了隋代，连这一卷也亡佚了，今天仅存一些佚文。《汉志》著录的小说，多数是先秦时期的作品。鲁迅根据《汉志》所列 15 家小说的班固自注，认为这些书大都介于"子""史"之间，"诸书大抵或托古人，或记古事，托人者似子而浅薄，记事者近史而悠缪者也"④。

综合汉人的说法、著录和残存作品，当时所说的"小说"至少包含这样几层意思：第一，指一些琐碎浅薄的小言论，这些小言论虽不合于政教得失的大道理，但有关治身理家，对普通百姓还有些用处。第二，以记人记事为主，

---

① 即《七略·辑略》的内容。目前一些流行的学术著作把《汉志》作为班氏的创作，从中探讨他的思想，以《汉志》中的思想与《汉书》其他篇章的扞格作为分析班固思想矛盾的根据，有失允当。

② 《文选》卷三一江淹《杂诗》李善注引《新论》，北京：中华书局，1977 年影印本，第444 页。

③ 《小说家出于稗官说》作于 1937 年，收入《余嘉锡论学杂著》，北京：中华书局，1963 年。

④ 《中国小说史略》，见《鲁迅全集》第 9 卷，北京：人民文学出版社，1982 年，第 7 页。

带有叙述故事的性质。第三，小说来自民间，主要在民间流传。我们认为，关于唐前"小说"的特征和范围，应作如是观。

这样说来，敦煌古体小说就应当包括那些散说的志怪、传奇以及笑话等。敦煌的志怪小说包括：中国传统的史传故事，佛传、僧传故事，如《前汉刘家太子传》《孝子传》《祇园因由记》《佛图澄和尚因缘记》等；神话传说故事，如《西王母东方朔故事》《壶公传》；叙述人间珍闻、奇事、灵异、祥瑞、灾变等的故事，如句道兴的《搜神记》；数量最多的冥报、感应、灵验故事。传奇类指残存的唐人传奇小说，这类作品数量不多，今知仅有《周秦行记》。笑话类作品有《启颜录》①。

敦煌古体小说的多数属于志怪类作品，即使那些志人小说，怪异的成分也很浓。鲁迅说："中国本信巫，秦汉以来，神仙之说盛行，汉末又大畅巫风，而鬼道愈炽，会小乘佛教亦入中土，渐见流传。凡此皆张皇鬼神，称道灵异，故自晋讫唐，特多鬼神志怪之书。"②感应记，也叫灵验记，是进行宗教宣传的重要辅教工具。感应记以佛教因果报应思想为主，利用世人趋利避害的心理，以神异故事的形式，宣扬神佛灵验，诱导、胁迫世人信佛诵经。其故事生动形象，较之深奥义理更易为普通百姓接受。敦煌写本中有数量可观的佛教感应故事，据初步统计，大约有几十则感应故事散见于 60 多个写本中。有些仅三言两语，道明主旨即止，宣传宗教的目的很明显。有些则文句繁富，故事情节曲折，具有很强的文学色彩。抄写形式上，有些独立成篇，特意抄录。有些则附抄于佛经之前，宣扬诵写该经的好处，与此经本文一道流传。从集录故事多少上看，有些汇集几则或十几则，有点像感应记专书，有些则仅录一则。就内容而言，有持诵佛经而感应的，有抄经造经而感应的，有造塔感应的，有鸣钟感应的，亦有念佛而感应的。如《持诵金刚经灵验功德记》《阿弥陀经感应记》《忏悔灭罪金光明经冥报传》《法华经感应记》《释智兴鸣钟感应记》《龙兴寺毗沙门天王灵验记》《黄仕强传》等。还有冤魂索报的故

---

① 参见柴剑虹《敦煌古小说浅谈》，《敦煌学国际学术研讨会文集》，沈阳：辽宁美术出版社，1995 年。

② 《中国小说史略》，见《鲁迅全集》第 9 卷，北京：人民文学出版社，1982 年，第 43 页。

事，如颜之推的《还冤记》。这些作品在艺术上最明显的特色是叙事力求具体、确切，力争给人以真实无疑的感觉。几乎每一篇作品都交代清楚具体的时间、地点、人物，并对故事发生、发展、终结的过程作完整叙述。这些作品不仅具有重要的辑佚、校勘价值，其本身也是研究唐五代我国西北地区宗教信仰、社会风俗、通俗文学的有用资料。

与六朝志怪相比较，敦煌志怪小说有两个特点值得我们注意：第一，由短小简朴的提要式向生活细节化的铺叙描写过渡。如句道兴《搜神记》中的有些故事，篇幅加长，情节曲折生动，描写细腻，人物形象栩栩如生。《王子珍》中的李玄，虽为鬼身，但好学坦诚，帮助朋友不遗余力。故事跌宕有致，戏剧性的情节扣人心弦。《田昆仑》的故事洋洋洒洒几二千言，叙事娓娓，野趣盎然，与六朝以来志怪的短小简古相比，真是另辟天地，视为传奇或早期话本，亦无不可。像《唐太宗入冥记》《黄仕强传》这样的还魂故事，它们将魏晋志怪中反复提到却从未具体描写的鬼神世界写得精彩而丰富，人们不觉得荒诞，反而觉得合乎情理，达到了康德在《判断力批判》一书中论述审美意象和艺术想象力时提出的可以乱真的"第二自然"的境地。作为"话本"，亦无不可。

第二，有的片断几乎是用白话写的，有的则在行文中夹杂了许多当时的俗语，这既是受当时已经产生了的话本小说的影响，也反过来影响了文人话本小说的创作。如《搜神记·田昆仑》一节，写田昆仑和天女结婚后，生有儿子田章。但天女见到天衣后，即思念天上生活，遂趁机穿天衣飞上天空。在天上，天女因为私嫁凡人而受到家人的谩骂，于是和两个姐姐合计下凡看儿子田章。下面有这样一段记载：

> 其田章年始五岁，乃于家啼哭，唤歌歌孃孃，乃于野田悲哭不休。其时乃有董仲先生来闲行，知是天女之男，又知天女欲来下界。即语小儿曰："恰日中时，你即向池边看，有妇着白练裙，三个来，两个举头看你，一个低头伴不看你者，即是你母也。"田章即用董仲之言，恰日中时，遂见池内相有三个天女，并着白练裙衫，于池边割菜。田章向前看之，

其天女等遥见,知是儿来,两个阿姊语小妹曰:"你儿来也。"即啼哭唤言阿孃,其妹虽然惭耻不看,不那腹而出,遂即悲啼泣泪。三个姊妹遂将天衣,共乘此小儿上天而去。

又如《持诵金刚经灵验功德记》第8节:

> 隋朝有一僧灵寂,有两个弟子。僧主忽一日唤此弟子等向前:"我闻五台山中有大文殊师利,每有人礼谒者,现其相貌,接引苍生。我等三人往彼礼谒,岂不善意?"将两头驴,一驮生绢二百匹,遣弟子等驱,一头僧自乘骑,便即进发。……行经数月,因歇息草泽中,放驴畜,僧即于一树下歇息,铺之毡,睡着。其弟子二人平章:"我等拟煞和尚,各取绢一百匹,取驴一头,入京游纵,岂不是一生乐矣!"兴心既了,一个弟子把刀一口,当腰即斫,已下三刀,至于血下,第四刀便乃各着空中,取刀不得,手亦不离刀上,停在空中。

不仅叙述的语言非常接近口语,而且用了大量的俚语俗词,如"歌歌孃孃"(爹妈)、"平章"(商量)、"不那"(无奈)、"放"(放牧)。像这样的段落,在敦煌志怪小说中信手可举。

至于《启颜录》之类的笑话,《旧唐书·经籍志》即列入"小说"类。小说文体在语言风格上的谐谑特征,古代史籍每每提到。《三国志·王粲传》裴注引《魏略》说:"太祖(曹操)遣(邯郸)淳诣(曹)植,植初得淳甚喜,延入坐,不先与谈。时天暑热,植因呼常从取水自澡讫,傅粉,遂科头拍袒,胡舞五椎锻,跳丸击剑,诵俳优小说千言讫,谓淳曰:'邯郸生何如耶?'"讲小说与胡舞五椎锻、跳丸击剑等成为并行的伎艺,可见当时的"俳优小说"已属于百戏的范围之内。而曹植所诵的"俳优小说"达千言,邯郸淳也写过一部笑话《笑林》,都是戏谑的风格。《文心雕龙·谐隐》有"魏文因俳说以著笑书"的话,《世说新语》也有《排调》一门,专记幽默的辞令或带讽刺意味的俳谐资料,足见当时诙谐调谑,已风靡一时。

《魏书·蒋少游传》载,孝文帝时,青州刺史侯文和"尤善浅俗委巷之语,至可玩笑"。《北史·李崇传》记载,李若"性滑稽,善讽诵。数奉旨咏诗,并说外间世事可笑乐者,凡所话谈,每多会旨。……帝每狎弄之"。《南史·始兴王传》记载:"夜常不卧,执烛达晓,呼召宾客,说人间细事,戏谑无所不为。"《隋史·陆爽传》附《侯白传》:"(白)好学有捷才,性滑稽,尤辩俊。举秀才,为儒林郎。……好为诽谐杂说,人多爱狎之。所在处,观者如市。"

所以在学者心目中,所谓小说,即以谐谑为本色。兹以《四库全书简明目录》为例说明如下:

> (《大唐新语》)《唐志》列诸杂史中,然其中谐谑一门,殊为猥杂,其义例亦全为小说,非史体也。

> (《大唐传载》)记武德至元和杂事,其间及诙嘲琐语,则小说之本色也。

> (《因话录》)五卷徵部为事,多记典故,而附以谐戏。

> (《鉴戒录》)名为"鉴戒",实则杂记唐及五代杂事,多诙嘲神怪之谈,不尽有关于美刺。(按,"戒"当作"诫",《四库全书总目》及《简明目录》皆误。)

总之,传统目录文献学家心目中的"小说体",风格谐谑是其重要特征。《启颜录》正集中代表了这种特殊的小说体。

敦煌写本中还保存了数量可观的通俗小说,这些作品,学术界把它叫"话本"。话本就是"说话"的底本,"说话"是唐宋以来盛行的一种民间说书艺术。唐代早有"说话"这一文娱活动,中唐郭湜《高力士外传》已有记载。当时讲李娃故事的就叫作《一枝花话》,见于元稹诗的自注。《庐山远公话》是现存最早的以"话"为题名的作品,讲的是梁朝高僧慧远的故事,但铺叙了许多神奇的事情,与《高僧传》中所记慧远的事迹有很大差别。元代僧人普度在《庐山莲宗宝鉴》中指出,《庐山成道记》有七处荒谬而不合事实的地方,正和《庐山远公话》相同。可见二者是同一故事系统,周绍良甚至认为《庐山成道记》就是《庐山远公话》①,直到元代仍在民间流传不衰。《韩擒虎话本》

---

① 周绍良《读变文札记》,《文史》第 17 辑,收入《绍良丛稿》,济南:齐鲁书社,1984 年,第 99—111 页。

原卷结尾有"画本既终，并无抄略"八字，有的学者认为"画本"就是"话本"的音误字，这是正确的，因为只有文字的东西才能"抄略"。《叶净能诗》的"诗"字，有的学者以为是"话"字之误，我觉得完全可信。《秋胡故事》《唐太宗入冥记》都是"话本"体裁的作品。关于敦煌"话本"的体制特点、文学成就及在中国文学史上的地位，郑振铎开其端以来，已有诸多学者，如程毅中、张锡厚、张鸿勋等都进行过精辟的论述。

这里还有一个问题，就是那些有说有唱、韵散相间的变文算不算小说。的确，变文有情节故事、有人物形象，也有虚构成分，作为一种白话短篇小说也未尝不可，有人论述中国传统短篇小说的形式，就分为笔记、传奇、变文、话本和公案五种①。鲁迅在《中国小说史略·宋之话本》中，也曾提到敦煌出土的变文。近年出版的丁锡根的《中国历代小说序跋》将变文看做通俗小说②，李时人编校的《全唐五代小说》也选录了敦煌变文中的一些作品③。但是变文虽与话本小说有千丝万缕的关系，而其不同也是显而易见的。程毅中在《唐代小说史话》中也说："从广义上说，词文、变文以至俗讲经文，都可以说是韵文体的话本小说，但以唱为主，属于讲唱文学的范围，与后世的词话、弹词、宝卷相衔接，可以自成体系。"④第一，就其产生的渊源而言，话本孕育于初民的讲故事活动，而变文主要来源于六朝以来兴起的佛教僧徒的"讲经""唱导"。第二，就其体制和流变而言，话本只说不唱，为纯粹的散文体；变文则韵散相间，有说有唱。话本到宋元以后发展为平话、演义小说，变文则发展为宝卷、诸宫调、弹词、鼓词等。应当把变文归入中国说唱文学的大体系中，而不应再归入小说。

第二节　敦煌小说研究一百年

1909 年 8 月，法国学者伯希和来到北京，出示他从敦煌王圆箓处劫得的

---

　　① 马幼垣、刘绍铭《笔记、传奇、变文、话本、公案——综论中国传统短篇小说的形式》，刊《中国古典小说研究专集 1》，台北：联经出版事业公司，1979 年。

　　② 丁锡根《中国历代小说序跋》，北京：人民文学出版社，1996 年。

　　③ 李时人《全唐五代小说》，西安：陕西人民出版社，1998 年。

　　④ 程毅中《唐代小说史话》，北京：文化艺术出版社，1990 年，第 70 页。

石室写本数十种。著名学者罗振玉看完写本后即写出了《敦煌石室书目及发现之原始》,记录了所见敦煌写本 12 种、书目 31 种,其中介绍了《冥报记》《秦妇吟》及《陈子昂集》等文学作品。中国敦煌文学研究的序幕正在徐徐拉开。1920 年,王国维在《东方文库》第 71 种《考古学零简》上发表了《敦煌发见唐朝之通俗诗及通俗小说》一文,其中对《唐太宗入冥记》这篇前后皆残缺的作品进行了考证,指出"此小说记唐太宗入冥事",并从《太平广记》引唐张鷟《朝野佥载》以及清代郑烺撰《崔府君祠录》中引《滏阳神异录》考证出冥中判官崔子玉,见其由来。文中首先提出了敦煌出土的"通俗小说"的概念,并说"全用俗语,为宋以后通俗小说之祖",对其特点及在文学史上的意义进行了概括。

1929 年,郑振铎在《小说月报》第 20 卷第 3 号刊出了《敦煌的俗文学》一文(后收入作者的《中国文学史》,为中世卷第三篇第三章),其中论述到"散文的俗文学",并说"这是一件极大的消息,这个发现可使中国小说的研究,其观念为之一变"。从他分析的《唐太宗入冥记》《秋胡》等作品来看,"散文的俗文学"就是敦煌的通俗小说。郑先生还由此论述了"中国小说的起源",认为中国的通俗小说源于外来的佛经传讲。这里要说明的是,郑先生的"俗文小说"是不包括"变文"在内的。20 世纪 30 年代末至 40 年代,学术界对"俗讲""变文"等问题进行了热烈的讨论,是敦煌文学研究蓬勃发展的时期。但由于当时的讨论基本上把"小说"归入"变文"之中,所以没有单独研究敦煌小说的成果。

1957 年,向达、王重民等六位先生校辑的《敦煌变文集》由人民文学出版社出版,本书收录了在我们今天看来是小说的许多作品,由于所用校勘的写本较为完备,因而,可以说是敦煌话本小说的第一次高质量的结集。但是,本书的《引言》说:"唐代寺院中所盛行的说唱体作品,乃是俗讲的话本。变文云云,只是话本的一种名称而已。"既然将"变文"判为"话本",因而不论是散文体有说无唱的,还是韵散相间的有说有唱的,都一律归之于"话本"。正是在这种观点的影响下,李骞的《唐"话本"初探》一文①,便将"变文"一律看

---

① 李骞《唐"话本"初探》,《辽宁大学学报》1959 年第 3 期。

做"唐话本",但是在具体论述过程中,仍然是把一般意义上"话本"与"变文"分开的。如他认为在敦煌发现的民间文学材料中可以判定为话本的主要有:《不知名变文》《庐山远公话》《叶净能诗》《唐太宗人冥记》《韩擒虎话本》《搜神记》《孝子传》,其内容接近话本的有:《舜子变》《秋胡变文》《前汉刘家太子传》《晏子赋》《韩朋赋》《茶酒论》等。

1963 年,周绍良在读了当时出版的中国科学院文学研究所编著的《中国文学史》中"变文"一节后,写了《谈唐代民间文学》一文①,对"变文"进行了分类,他把过去笼统叫作"变文"的作品分为俗讲文、变文、诗话、话本、赋五类,并分别辨明体裁特点。这是首次明确地把"话本"作为与"变文"并列的文体加以研究。他认为《庐山远公话》《韩擒虎话本》《唐太宗人冥记》《叶净能诗》《秋胡故事》等,是民间文学中的短篇小说,应一律归之为"话本"。从这之后,研究敦煌文学的学人,基本上接受了"话本"是与"变文"并列的文学样式的观点。

1978 年以来,对敦煌话本的研究着力最多且最有成就者当推张锡厚、张鸿勋二位先生。1980 年,上海古籍出版社推出了张锡厚的《敦煌文学》一书,对 70 年来我国敦煌文学的研究作了精要的总结,并把敦煌文学分为歌辞、变文、诗歌、话本小说、俗赋等样式。第五章专门讨论了唐代说话和话本小说的关系,论述了敦煌话本小说的思想内容并分析了其艺术特色。之后,他又发表了《试论敦煌话本小说及其成就》《敦煌话本研究三题》等论文②,并为中国社会科学院文学研究所总纂的国家哲学社会科学"六五"规划项目"中国文学通史系列"《唐代文学史》撰写了《敦煌话本小说》专节(人民文学出版社,1995 年),对他早年的观点进行了补充和完善。

张鸿勋自 1980 年在《(甘肃)社会科学》第 4 期发表了《敦煌话本一瞥》后,又在《敦煌话本、俗赋、词文导论》专著中撰写了《敦煌话本》专章③,专章

---

① 周绍良《谈唐代民间文学》,《新建设》1963 年 1 月号。
② 张锡厚《试论敦煌话本小说及其成就》,《河北师院学报》1981 年第 2 期;《敦煌话本研究三题》,《(甘肃)社会科学》1983 年第 2 期。
③ 张鸿勋《敦煌话本、俗赋、词文导论》,台北:新文丰出版股份有限公司,1993 年。

论述了敦煌话本的体制特点,对现存敦煌话本进行了逐篇叙录,考察其写本情况、创作背景及内容特点等,并就其思想内容与艺术特色进行了阐述,对敦煌话本在中国小说史上的地位和影响进行了说明。

1988 年,周绍良发表了影响深远的《敦煌文学刍议》①,在这篇论文中,周先生把敦煌文学的文体分为三十二类,其中有"小说"类和"话本"类。周先生认为,在唐代(包括唐代)以前,小说主要不外"志神怪、明因果","所以今天归纳敦煌文学中的小说,就当审视它的内容是否符合这个标准,从而判别哪些是小说"。至于"话本",那是由它民间口传文学的特性决定的。由颜廷亮主编的《敦煌文学》和《敦煌文学概论》②,对敦煌小说和话本的论述基本上就是按照周绍良的观点进行的。《敦煌文学》分《小说》和《话本》两节,《小说》一节由周绍良撰写,而张先堂撰写的《话本》一节,对话本与小说的区别作了说明,认为话本是由民间艺人和文人创作的,这与由文人创作的文言小说在思想和形式上都有差异;同时,话本是"说话"伎艺的底本,因此它保留了艺人用口语讲故事的特点。而《敦煌文学概论》对"话本"和"小说"的论述(由张先堂撰写),既有宏观理论的分析和把握,也有具体作品的解剖和探讨,是对敦煌小说较为全面系统的研究成果之一。

1990 年敦煌学国际研讨会上,柴剑虹发表了《敦煌古小说浅谈》的学术论文,文章从分析中国古代小说概念入手,对敦煌小说的范围、类别作了新的规定与划分。他说:"敦煌古小说的范畴,应该是敦煌写本中所有散说历史传闻、人物故事、鬼神灵异的文学作品。"他的分类是:(一)志人类:1. 史传故事,2. 佛传、僧传故事;(二)志怪类:1. 神话传说故事,2. 灵怪异闻故事,3. 冥报、感应、灵验故事;(三)传奇类;(四)幽默类。文章还具体论述了各类作品的特点,这是敦煌小说发现以来系统综论的第一篇论文③。

---

① 周绍良《敦煌文学刍议》,《(甘肃)社会科学》1988 年第 1 期。
② 颜廷亮主编《敦煌文学》,兰州:甘肃人民出版社,1989 年;《敦煌文学概论》,兰州:甘肃人民出版社,1993 年。
③ 柴剑虹《敦煌古小说浅谈》,《敦煌学国际研讨会文集》,沈阳:辽宁美术出版社,1995 年。

2005 年,王昊的《敦煌小说及其叙事艺术》由安徽人民出版社出版,本书在前人研究的基础上对敦煌小说的范围、类别、思想内容进行了总结。作者对敦煌小说的界定投入了相当力量,占据了较大篇幅,对变文非小说进行了详细的考辨。值得提及的是本书借助叙事学理论研究敦煌小说,认为处于发轫期的敦煌小说已表现出较高的叙事水平,具体表现在以下几个方面:在叙事时序上,主要采用以顺叙为主的连续叙事;在叙事形式上,大量运用场景形式,以增强小说的生动性、形象性和现场感;在叙事类型上,开创了第三人称全知讲述式,丝毫不掩饰叙述者的存在;在人物刻画上,采用"同向合成""正衬""夸诞"等多样化的方法创造形象;在情节建构上,既有戏剧性的、预设观念整合情节的单体式布局,也有利于主人公贯穿松散情节的连合式布局。因此,张锡厚《序》中说:"全书对敦煌小说特别是敦煌通俗小说的叙事艺术及其表现手法的分析已达到一个新的理论高度,加深了我们对敦煌小说在中国小说史中重要地位的认识,为敦煌小说研究作出了重要贡献。"

下面我们就敦煌小说的具体篇目研究情况作一概述。

高国藩《敦煌本秋胡故事研究》是系统研究敦煌本《秋胡故事》的第一篇论文。这篇长文首先考查了秋胡民间传说的由来,然后对敦煌本《秋胡故事》的情节进行了具体剖析,并考证了秋胡故事流传的区域①。朱恒夫《敦煌本〈秋胡变文〉在秋胡故事流变中之地位》在高国藩文的基础上,把敦煌本秋胡故事放在唐以前的秋胡故事和唐之后的秋胡故事的中间,通过具体情节的对比,来说明敦煌本秋胡故事在整个秋胡故事发展过程中所起的上承下启的作用②。叶爱国的《秋胡有意戏妻吗》主要针对前揭高国藩文"秋胡有意戏妻"的说法考辨其非,并对高文中一些失误进行了纠正③。

《前汉刘家太子传》的专题研究论文有金荣华《前汉刘家太子传情节试

---

① 高国藩《敦煌本秋胡故事研究》,《敦煌研究》1986 年第 1 期。
② 朱恒夫《敦煌本〈秋胡变文〉在秋胡故事流变中之地位》,南京大学古文献研究所编《古典文献研究》1991—1992,南京:南京大学出版社,1994 年。
③ 叶爱国《秋胡有意戏妻吗》,《敦煌研究》1991 年第 3 期。

探》，作者把《刘家太子传》的情节分为三个单元，然后依次考证其来源及其在后世的流变①。刘铭恕在《敦煌文学四篇札记》中也谈到《刘家太子传》，他从历史的角度考查，认为刘家太子是西汉末年的安众侯刘崇，故事中的张老就是他的宰相张绍②。朱凤玉《敦煌本〈前汉刘家太子传〉情节在平话与演义之运用》一文，重点是考索《前汉刘家太子传》与明代历史演义的同题异写，并就其中"五行秘术避追捕"情节在变文和后世的运用作了考察③。关于本篇的创作时间，朱雷通过对《传》中"南阳白水张，见王不下床"的考证，认为作品是在推崇"南阳白水张"一族，其写作时间当在归义军张氏统治沙州地区时期，由当地民间作家，根据民间传说创作的，目的是歌颂张氏家族④。

　　这里值得一提的是日本学者金文京的《敦煌本前汉刘家太子传（变）考》。本文的学术价值主要体现在以下几个方面：第一，《敦煌变文集》所校录的《前汉刘家太子传》，实际上包含着 5 个故事，《变文集校记》说："西王母故事和后面三个故事，都与刘家太子故事没有关系。因原卷有之，亦照原文移录。"金文对这 5 个故事的源流进行了详细的考证，认为："以上所论，相信足以证明这五个故事之间绝非互不相干，而恰如其反，以南阳张氏为线索，相为衔接，丝丝入扣，乃成为连环式的故事群，而开头刘家太子的故事自是全篇的关键且重点所在。"第二，对本篇作品与敦煌西汉金山国的关系进行论证，认为此一作品写定于张承奉西汉金山国时期，可视为金山国的"王构神话"。第三，结合地方志、民间传说、地方戏曲、下层宗教等相关资料，集中对刘家太子故事的嬗变情况及其原因进行了探讨，重点对其在近代广东及

　　①　金荣华《前汉刘家太子传情节试探》，《全国敦煌学研讨会论文集》，台北：中正大学中文系所，1995 年。

　　②　刘铭恕《敦煌文学四篇札记》，《敦煌语言文学研究》，北京：北京大学出版社，1988 年。

　　③　朱凤玉《敦煌本〈前汉刘家太子传〉情节在平话与演义之运用》，《第三届中国俗文化国际学术研讨会暨项楚教授七十华诞学术讨论会论文集》，成都：四川大学中国俗文化研究所，2009 年。

　　④　朱雷《舜子变、前汉刘家太子传、唐太宗入冥记诸篇辨疑——读敦煌变文集札记三》，《魏晋南北朝隋唐史资料》第 9—10 辑合刊，武汉：武汉大学出版社，1988 年。

香港的流传进行了文化深层的分析，富有启发性①。在这样深广的文化背景下分析一篇小故事，显示了作者深厚的学养功力。

《庐山远公话》是敦煌写本中唯一的以"话"名篇的作品，因而学术界对本篇尤为关注。罗宗涛《敦煌变文〈庐山远公话〉成立之时代》、韩建瓴《敦煌写本〈庐山远公话〉初探》两文尤具功力②。韩文考查了慧远本事与南朝时期的远公故事，中唐以来形成的莲社系统的远公故事，分析了《庐山远公话》的内容及其产生的时代，探讨了唐代远公故事兴盛的原因与《庐山远公话》的体制。周绍良考证认为，《庐山远公话》所记惠远故事，与元释优昙《庐山莲宗宝鉴》中记载的《庐山成道记》中诸多情节可相印证，足以证明敦煌本《庐山远公话》就是失传已久的《庐山成道记》③。徐俊《〈庐山远公话〉的篇尾结诗》从 S.2165 中发现了《庐山远公话》中的三篇诗，其中一首经研究应为本篇的篇尾结诗④。以前人们曾根据《庐山远公话》《韩擒虎话本》等探讨唐代话本的结构形态，但《庐山远公话》尾缺，《韩擒虎话本》篇末的短诗恰被漏抄。这首结诗的发现，对我们更准确地认识唐代话本的结构特点，是非常难得的根据。

此外，郑朝通《敦煌写本〈庐山远公话〉析论》、小南一郎《有关敦煌本〈庐山远公话〉的几个问题》、钟明立《敦煌话本〈庐山远公话〉故事源流初探》、周维平《英藏斯 2073 号卷子敦煌话本故事探源》（此文与钟明立《敦煌话本〈庐山远公话〉故事源流初探》一文内容相同）、李昊《试论〈庐山远公话〉的艺术手法与构思》、牟华林《〈庐山远公话〉中的别字异文所反映的语音现象》、项楚《〈庐山远公话〉与变文早期形态》、郭树芹《〈庐山远公话〉中的医学思想探析》、萧欣桥《论敦煌宗教话本〈庐山远公话〉和〈叶净能诗〉》、梁银林《〈庐山远公话〉的虚构及其意义》、伍晓蔓《从〈庐山远公话〉看早期的文学渊源》、朱

---

① 金文京《敦煌本前汉刘家太子传（变）考》，《饶宗颐学术研讨会论文集》，香港：翰墨轩出版有限公司，1997 年。

② 罗宗涛《敦煌变文〈庐山远公话〉成立之时代》，《中华学苑》第 16 期，1975 年。韩建瓴《敦煌写本〈庐山远公话〉初探》，《敦煌学辑刊》创刊号，1983 年。

③ 周绍良《读变文札记》，《文史》第七辑，北京：中华书局，1979 年。

④ 徐俊《〈庐山远公话〉的篇尾结诗》，《文学遗产》1995 年第 6 期。

雷《敦煌写本〈庐山远公话〉中之惠远缘起及涅槃经之信仰》等论文,从文学、医学、宗教、语言等方面对本篇小说的相关问题多有探讨①。

《韩擒虎话本》是敦煌话本小说中艺术成就最高的作品,韩建瓴《敦煌写本〈韩擒虎画本〉初探(一)》认为原卷"画本"不是"话本"的同音借用或误写,原卷《画本》也不是足本。据文中所涉职官"殿头高品"之设置时间推断,话本创作时间在宋太宗太平兴国八年(983)到宋真宗大中祥符二年(1009),所以《画本》不是唐话本,而应是宋话本②。这篇论文原题标写"一",说明它是韩氏研究《韩擒虎话本》的第一篇文章,应该还有第二篇,可惜一直未见发表。刘铭恕通过考查所记事迹的来源,也认为本篇当是五代末或宋初人作③。王宗祥《敦煌变文断代札记二则》通过对文中"北蕃大下婵于"之"大下"即吐蕃大夏考证,也认为是宋话本④。王昊《韩擒虎话本——历史演义、英雄传奇的先声》则重点分析本篇的小说史意义⑤。

王国维的《唐写本残小说跋》(收入《观堂集林》卷二一)是专门考证《唐太宗入冥记》的第一篇文章,其基本观点已见于作者所写《敦煌发现唐朝之通俗诗及通俗小说》一文。陈志良《唐太宗入冥故事的演变》也把整个故事分为不同的单元情节,然后翔实梳理它们的演变过程⑥。萧登福《敦煌写本

① 郑朝通《敦煌写本〈庐山远公话〉析论》,《文学前瞻》1994年第6期。小南一郎《有关敦煌本〈庐山远公话〉的几个问题》,《1993年中国古代小说国际研讨会论文集》,北京:开明出版社,1996年。钟明立《敦煌话本〈庐山远公话〉故事源流初探》,《九江师专学报》1996年第1期。周维平《英藏斯2073号卷子敦煌话本故事探源》,《敦煌学辑刊》1996年第2期。李昊《试论〈庐山远公话〉的艺术手法与构思》,《新国学》第2卷,成都:巴蜀书社,2000年。牟华林《〈庐山远公话〉中的别字异文所反映的语音现象》,《宜宾师专学报》2001年第1期。项楚《〈庐山远公话〉与变文早期形态》,《纪念徐朔方先生从教五十周年国际研讨会论文集》,杭州:浙江大学出版社,2002年。郭树芹《〈庐山远公话〉中的医学思想探析》,《佛学研究》2004年。萧欣桥《论敦煌宗教话本〈庐山远公话〉和〈叶净能诗〉》,《浙江大学学报》2004年第1期。梁银林《〈庐山远公话〉的虚构及其意义》,《西南民族大学学报》2004年第11期。伍晓蔓《从〈庐山远公话〉看早期的文学渊源》,《宗教学研究》2005年第2期。朱雷《敦煌写本〈庐山远公话〉中之惠远缘起及涅槃经之信仰》,《转型期的敦煌学》,上海:上海古籍出版社,2007年。
② 韩建瓴《敦煌写本〈韩擒虎画本〉初探(一)》,《敦煌学辑刊》1986年第1期。
③ 刘铭恕《敦煌文学四篇札记》,《敦煌语言文学研究》,北京:北京大学出版社,1988年。
④ 王宗祥《敦煌变文断代札记二则》,《敦煌研究》2001年第1期。
⑤ 王昊《韩擒虎话本——历史演义、英雄传奇的先声》,《明清小说研究》2003年第4期。
⑥ 陈志良《唐太宗入冥故事的演变》,《新垒月刊》第5卷第1期,1935年;收入《敦煌变文论文录》,上海:上海古籍出版社,1982年。

〈唐太宗入冥记〉之撰写年代及其影响》、方步和《唐王所游地狱的由来和现实性》，也是两篇应该提到的文章。前者侧重于从史学角度考查这篇入冥故事的创作于武周代唐之初，后者则通过文学，尤其是通过通俗文学（主要是宝卷）探索唐太宗入冥故事的由来和发展①。另外，还有陈毓罴《〈唐太宗入冥记〉校补》、卓美惠《敦煌变文〈唐太宗入冥记〉研究》、卞孝萱《〈唐太宗入冥记〉与"玄武门之变"》、谢玉玲《敦煌入冥故事——〈唐太宗入冥记〉、〈黄仕强传〉之比较研究》、王祥颖《敦煌入冥故事文学特色与宗教功能之考察》、王昊《敦煌本〈唐太宗入冥记〉的拟题、年代及其叙事艺术》等论文②。陈毓罴的文章不仅是校勘，还谈《入冥记》的时代。卞孝萱文认为《入冥记》作于武周代唐之初，是一篇在佛教果报的掩护下，谴责唐太宗的政治小说。

　　《叶净能诗》的研究成果也很多，应当提到的有以下几篇文章：金荣华《读〈叶净能诗〉札记》③，这篇文章重点考证《叶净能诗》所记叶净能 10 则故事的来历，因为这些故事流传民间已久，各家笔记已有所录，由此认为《叶净能诗》是口传文学转变为书面文学的重要资料，口传文学在流传过程中的一些现象，如"张冠李戴""傅会旧说""任意离合"等，都历历可考。文章还考证了《叶净能诗》产生的时代，认为当在五代甚至是宋初。张鸿勋在《叶净能诗》的研究中也卓有贡献，他先后发表了《敦煌话本〈叶净能诗〉考辨》和《敦煌话本〈叶净能诗〉再探》两篇论文④，考证了叶净能其人其事，《叶净能诗》的成立年代与流传地域，认为把本篇编成年代的下限置于晚唐五代之时，较为符合实际，它的编者，可能是五代的一位蜀地人士，本篇可能是由四川传入

---

① 萧登福《敦煌写本〈唐太宗入冥记〉之撰写年代及其影响》，《敦煌俗文学论丛》，台北：商务印书馆，1988 年。方步和《唐王所游地狱的由来和现实性》，《河西宝卷珍本调查研究》，兰州：兰州大学出版社，1993 年。

② 陈毓罴《〈唐太宗入冥记〉校补》，《文学遗产》1994 年第 1 期。卓美惠《敦煌变文〈唐太宗入冥记〉研究》，《元培学报》第 6 辑，1999 年 12 月。卞孝萱《〈唐太宗入冥记〉与"玄武门之变"》，《敦煌学辑刊》2002 年第 2 期。谢玉玲《敦煌入冥故事——〈唐太宗入冥记〉、〈黄仕强传〉之比较研究》，《育达教育丛刊》第 2 期，2001 年 6 月。王祥颖《敦煌入冥故事文学特色与宗教功能之考察》，《中正大学中国文学研究所研究生论文集刊》第 4 期，2002 年 12 月。王昊《敦煌本〈唐太宗入冥记〉的拟题、年代及其叙事艺术》，《广州大学学报》2005 年第 9 期。

③ 金荣华《读〈叶净能诗〉札记》，《敦煌学》第 8 辑，1984 年。

④ 张鸿勋《敦煌话本〈叶净能诗〉考辨》，《敦煌学论集》，兰州：甘肃人民出版社，1985 年；《敦煌话本〈叶净能诗〉再探》，《第三届国际唐代学术会议论文集》，台北：文津出版社，1992 年。

敦煌的。文章还认为,《叶净能诗》是中国诗话体小说的源头。对于《叶净能诗》中所反映的唐代神仙道教信仰,作者也进行了分析。还有张锡厚《敦煌话本研究三题》、萧登福《敦煌变文〈叶净能诗〉一文之探讨》、陈祚龙《从敦煌古抄〈叶净能诗〉谈到凌濛初的〈唐明皇好道集奇人〉与〈武惠妃崇禅斗异法〉》、颜廷亮《敦煌话本〈叶净能诗〉随笔》、陈炳良《〈叶净能诗〉探研》、罗宁《读〈叶净能诗〉》等论文①,详细考索《叶净能诗》中故事情节的来源及相关问题。

张锡厚的《敦煌写本〈搜神记〉考辨——兼论二十卷本、八卷本〈搜神记〉》是系统研究敦煌本《搜神记》较早的论文,文章对敦煌写本中的《搜神记》写本进行了排比整理,考辨了它与今传二十卷本、八卷本《搜神记》的关系,认为敦煌本《搜神记》残卷,即是从干宝《搜神记》节选而成;其中今本未载的佚文,可以补入干氏书②。王国良《敦煌本〈搜神记〉考辨》针对敦煌本《搜神记》的流传状况、实际内容、著成年代等问题进行了研究;对于敦煌本、八卷本、二十卷本《搜神记》的关系,重点进行了辨析:认为敦煌本与八卷本《搜神记》可能有一个共同的祖本,或者是八卷本采用了句氏本的材料入书。至于敦煌本与干宝原书的关系,相信没有多少牵连才对③。项楚《敦煌本句道兴〈搜神记〉本事考》一文,则详尽考证了敦煌本《搜神记》35则故事的本事④。另外,崔达送《从三种〈搜神记〉的语言比较看敦煌本的语料价值》、王青《句道兴〈搜神记〉与天鹅处女型故事》等论文也值得一读⑤。

敦煌本《孝子传》的研究,首先当提到王三庆的《〈敦煌变文集〉中的〈孝子传〉新探》一文,这篇文章认为《敦煌变文集》根据五个写本整理而成的《孝子传》,在编

---

①　张锡厚《敦煌话本研究三题》,《甘肃社会科学》1983年第2期。萧登福《敦煌变文〈叶净能诗〉一文之探讨》,《敦煌俗文学论丛》,台北:商务印书馆1988年。陈祚龙《从敦煌古抄〈叶净能诗〉谈到凌濛初的〈唐明皇好道集奇人〉与〈武惠妃崇禅斗异法〉》,《敦煌学》第13辑,1988年。颜廷亮《敦煌话本〈叶净能诗〉随笔》,《阳关》1989年4期。陈炳良《〈叶净能诗〉探研》,《汉学研究》1990年第8卷第1期。罗宁《读〈叶净能诗〉》,《新国学》第4卷,成都:巴蜀书社,2002年。

②　张锡厚《敦煌写本〈搜神记〉考辨——兼论二十卷本、八卷本〈搜神记〉》,《文学评论丛刊》第16辑,1982年。

③　王国良《敦煌本〈搜神记〉考辨》,《汉学研究》第4卷第2期,1986年。

④　项楚《敦煌本句道兴〈搜神记〉本事考》,《敦煌学辑刊》1990年第2期;收入作者《敦煌文学丛考》,上海:上海古籍出版社,1991年。

⑤　崔达送《从三种〈搜神记〉的语言比较看敦煌本的语料价值》,《敦煌研究》2004年第4期。王青《句道兴〈搜神记〉与天鹅处女型故事》,《敦煌研究》2005年第2期。

排体例上是有问题的。这些问题主要是：有一人两见者，有一人三见者，说明不是来自同一底本；行文体例不一，有以人名冠首者，有以书名冠首者；各条结尾有用书名作结者，有用七言诗四句作结者；有些故事与孝子没有关系。所以他认为原来根据的五个写本应分为两部分，一部分是类书，一部分才是近似话本小说的东西①。程毅中《敦煌本〈孝子传〉与睒子故事》也认为P.2621.、S.5776 是类书残卷，将二者与其他写本拼成《孝子传》实无根据。本文还重点探讨《孝子传》中的"睒子"故事在佛经及中土典籍中的衍变②。谢明勋《敦煌本〈孝子传〉"睒子"故事考索》、曲金良《敦煌写本〈孝子传〉及其相关问题》、魏文斌《甘肃宋金墓二十四孝图与敦煌写本〈孝子传〉》等文就相关问题进行了讨论③。

早在 20 世纪三四十年代，王重民、关德栋就发表过敦煌本《还冤记》的研究论文④，王文首先考证出敦煌原卷 P.3126 的题名"冥报记"，就是颜之推的《还冤记》。此外，周法高、林聪明、高国藩都曾著文研究过⑤，其中林聪明的《敦煌本〈还冤记〉考校》，有考证，有录文，有校注，可称此类研究中的集大成之作。《还冤记》(本名《冤魂志》)自宋末陈仁子有辑校本(见清末陆心源《皕宋楼藏书志》著录)以来，流传本多未超过 36 事，近年来，始有王国良、罗国威等辑集完整的本子⑥。

敦煌本《启颜录》自从王利器辑录《历代笑话集》后⑦，研究成果时有所见。主要论文有张鸿勋的《谈敦煌本〈启颜录〉》《敦煌本〈启颜录〉发现的意义及其文学价值》，后一篇文章是对前文的补充和完善。其基本观点是：《启

---

① 王三庆《〈敦煌变文集〉中的〈孝子传〉新探》，《敦煌学》第 14 辑，1989 年。
② 程毅中《敦煌本〈孝子传〉与睒子故事》，《中国文化》第 5 期，1991 年。
③ 谢明勋《敦煌本〈孝子传〉"睒子"故事考索》，《敦煌学》第 17 辑，1991 年。曲金良《敦煌写本〈孝子传〉及其相关问题》，《敦煌研究》1998 年第 1 期。魏文斌《甘肃宋金墓二十四孝图与敦煌写本〈孝子传〉》，《敦煌研究》1998 年第 3 期。
④ 王重民《敦煌本〈还冤记〉跋》，写于 1935 年，收入《敦煌古籍叙录》，北京：中华书局，1979 年；关德栋《敦煌本的〈还冤记〉》，《中央日报》第 77 期，1948 年。
⑤ 周法高《颜之推〈还冤记〉考证》，《大陆杂志》第 22 卷，第 5—7 期，1961 年；高国藩《论〈还冤记〉》，《固原师专学报》1988 年第 4 期；林聪明《敦煌本〈还冤记〉考校》，《书目季刊》第 15 卷第 1 期，1981 年。
⑥ 王国良《颜之推冤魂志研究》，台北：文史哲出版社，1995 年；罗国威《冤魂志校注》，成都：巴蜀书社，2001 年。
⑦ 王利器辑录《历代笑话集》，上海古籍出版社，1981 年。

颜录》中的大部分故事，最初应是口头创作，然后才由文人整理写定。集结成书的时间，当在唐高宗显庆元年至唐玄宗开元十一年（656—724）。最初可能并无作者署名，后来才逐渐附会为侯白所著。文章还分析论述了《启颜录》的版本、编排、校勘价值、文学特色等①。王国良《敦煌本〈启颜录〉考论》也是全面研究的《启颜录》的力作②。日本学者小林博臣有《敦煌文学口语资料：〈启颜录〉敦煌卷考察》一文，集中讨论《启颜录》的语料价值，也值得一读③。

对敦煌本佛教感应灵验故事的研究，最早者当推陈寅恪发表于 1928 年的《〈忏悔灭罪金光明经冥报传〉跋》，跋文简述了《忏悔灭罪金光明经传》与《金光明经》的关系，重点阐述了《灭罪冥报传》在中国小说史上所具有的研究价值④。1936 年，王重民发表了《〈持诵金刚经灵验功德记〉跋》，"将书中所载灵验事十八则，考之他书"，以为"有九则与初唐人撰述相同，盖为作于初唐或中唐之世者"⑤。二位先生的研究，筚路蓝缕，厥功甚伟。

在这之后的相当长时间，敦煌佛教感应灵验故事的研究领域一片萧条。70 年代，法国学者陈祚龙利用法国藏敦煌写本移录整理研究传奇、感应记、灵验记等作品，发表了《辑录敦煌古抄〈周秦行记〉》《新校重订释增忍的答李"难"》《新集中世敦煌三宝感通录》等论文。尤其是《新集中世敦煌三宝感通录》一文，汇辑了《白龙庙灵异记》《道明还魂记》《龙兴寺毗沙门天王灵验记》等 6 篇佛家感应记、灵验记，并对相关问题进行了考证⑥。这里还要提到法国学者戴密微《唐代的入冥故事：〈黄仕强传〉》，本文由敦煌本《黄仕强传》而

①　张鸿勋《谈敦煌本〈启颜录〉》，《学林漫录》第 11 辑，北京：中华书局，1985 年；《敦煌本〈启颜录〉发现的意义及其文学价值》，《1990 敦煌学国际研讨会文集》，沈阳：辽宁美术出版社，1995 年。

②　王国良《敦煌本〈启颜录〉考论》，《第五届唐代文化学术研讨会论文集》，台北：丽文文化事业股份有限公司，2001 年。

③　小林博臣《敦煌文学口语资料：〈启颜录〉敦煌卷考察》，《中国研究》1958 年第 6 期。

④　陈寅恪《〈忏悔灭罪金光明经冥报传〉跋》，《北京图书馆月刊》第 1 卷第 2 号 1928 年；收入《金明馆丛稿二编》，上海：上海古籍出版社，1980 年。

⑤　王重民《〈持诵金刚经灵验功德记〉跋》，收入《敦煌古籍叙录》，北京：中华书局，1979 年。

⑥　陈祚龙《辑录敦煌古抄〈周秦行记〉》，《华学月刊》第 49 期，1970 年；《新校重订释增忍的答李"难"》，《海潮音》第 56 卷第 2 期，1975 年；《新集中世敦煌三宝感通录》，《觉世旬刊》第 702 期，1976 年；三篇文章皆收入《敦煌学海探珠》，台北：商务印书馆，1979 年。

论及其他国家的相类故事，并强调这类"主题在文学创作中十分活跃"①。柴
剑虹《读敦煌写本〈黄仕强传〉札记》一文，用五个卷子对《黄仕强传》进行了
精细校录，并对本篇的时代背景、文化渊源等问题进行了深入细致的研究②。
2007 年，兰州大学娄新庆硕士学位论文《敦煌佛教灵验记及相关问题研究》
做了较好的文献综述、梳理工作。

　　近 20 年来，对敦煌灵验记研究着力最多且最有成就者当推郑阿财。他
先后发表了《敦煌写本〈持诵金刚经灵验功德记〉研究》《敦煌本〈持诵金刚经
灵验功德记〉综论》(本文是前文的补充修订稿)、《敦煌写本〈释智兴鸣钟感
应记〉研究》《〈龙兴寺毗沙门天王灵验记〉与敦煌地区的毗沙门信仰》《敦煌
写卷〈忏悔灭罪金光明经传〉初探》《敦煌写本〈道明和尚还魂故事〉研究》《敦
煌佛教灵验故事综论》《敦煌写本〈佛顶心观世音菩萨大陀罗尼经〉研究》《敦
煌疑伪经与灵验记关系之考察》《敦煌灵验记与唐代入冥小说》《唐代入冥故
事中的衙役书写》等论文③。他的研究的显著特点是：从文献学角度对原卷
进行叙录，考辨其性质、时代，移录并仔细校勘文字；然后对故事的形成及流
变进行考证，最后分析它的史学价值和文学价值。比如他的《敦煌写本〈持
诵金刚经灵验功德记〉研究》一文先是对 P.2094 的概述，接着是录文，第三步

　　①　戴密微《唐代的入冥故事：〈黄仕强传〉》，原文 1977 年发表在荷兰出版的《中国历史文
学论文集》，后由耿升翻译，收入《敦煌译丛》，兰州：甘肃人民出版社，1985 年。
　　②　柴剑虹《读敦煌写本〈黄仕强传〉札记》，《敦煌语言文学研究》，北京：北京大学出版社，
1988 年。
　　③　郑阿财《敦煌写本〈持诵金刚经灵验功德记〉研究》，《全国敦煌学研讨会论文集》，中正
大学中文系，1995 年。《敦煌本〈持诵金刚经灵验功德记〉综论》，《敦煌学》第 20 辑，1995 年。
《敦煌写本〈释智兴鸣钟感应记〉研究》，《第二届唐代文化研讨会论文集》，台北：中国唐代学会
印行，1995 年。《〈龙兴寺毗沙门天王灵验记〉与敦煌地区的毗沙门信仰》，《周绍良先生欣开九
秩庆寿文集》，北京：中华书局，1997 年。《敦煌写卷〈忏悔灭罪金光明经传〉研究》，《第三十四
届亚洲及北非研究国际学术会议论文》，1993 年，后收入《庆祝潘石禅先生九秩华诞敦煌学特
刊》，台北：文津出版社，1996 年。《敦煌写本〈道明和尚还魂故事〉研究》，《唐代文学论丛》，中
正大学中国文学系，1998 年。《敦煌佛教灵应故事综论》，《佛学与文学——佛教文学与艺术研
讨会论文集》，台北：法鼓文化事业股份有限公司，1998 年。《敦煌写本〈佛顶心观世音菩萨大
陀罗尼经〉研究》，《敦煌学》第 23 辑，2002 年。《敦煌疑伪经与灵验记关系之考察》，《姜亮夫、蒋
礼鸿、郭在贻先生纪念文集》(《汉语史学报专辑》总第 3 辑)，上海：上海教育出版社，2003 年。
《敦煌灵验记与唐代入冥小说》，《唐代文学与宗教》，香港：中华书局，2004 年。《唐代入冥故事
中的衙役书写》，《六朝隋唐学术研究研讨会论文集》，台北：文史哲出版社，2004 年。

论及唐代《金刚经》的流行与《金刚经灵验记》，包括《金刚经》的普及，敦煌文献中的《金刚经》《金刚经灵验记》的产生，第四步对《金刚经灵验记》的内容进行考证，——考查 P.2094 所录 19 则故事的出处及相关记载，最后论述了唐以后《金刚经灵验记》的流行。他的《敦煌佛教灵应故事综论》则是一篇总括性的文章，他对敦煌文献中的佛教灵应故事进行了总体清查：（一）灵应故事的集录：1.《集神州三宝感通录》，残存两个写本，15 则故事；2.《持诵金刚经灵验功德记》，存 4 个写本，有 20 则故事；3.《佛顶心观世音菩萨救难神验经》，存 2 个写本，有 4 则故事；4.《金刚坛广大清净陀罗经感应记》（拟题），存 1 个写本，有数则灵验故事；5.《阿弥陀经感应记》（拟题），存 1 个写本，有数则灵验故事；6.《侵损常住僧物恶报感应记》（拟题），存 1 个写本，有 4 则故事。（二）单则感应故事：1.《黄仕强》，存 8 个写本；2.《忏悔灭罪金光明经冥报传》，存 26 个写本；3.《龙兴寺毗沙门天王灵验记》，存 1 个写本；4.《刘萨诃和尚因缘记》，计有 3 个写本；5.《道明和尚入冥故事》（拟题），存 1 个写本；6.《唐京师大庄严寺僧释智兴鸣钟感应记》，存 2 个写本；7.《法华寺感应记》（拟题），存 1 个写本；8.《羯谛真言感应记》（拟题），存 1 个写本；9.《忏悔设斋感应记》（拟题），存 1 个写本；10.《普劝事佛文灵验记》（拟题），存 1 个写本。然后对敦煌佛教灵应故事的特质进行了总结：（一）每多冠经首流通，（二）中原与敦煌并行，（三）故事与经变相应，（四）内容深具史传意义。最后阐述敦煌佛教灵应故事研究的意义：（一）可丰富唐五代佛教小说的内容，（二）可觇灵验故事并经流传的原貌，（三）可资考查佛教疑伪经形成的原因，（四）可借以考察民间佛经流行的情况，（五）可资寻绎民间信仰发展的脉络。2010 年，郑阿财把他有关灵验记的论文结集出版（《见证与宣传——敦煌佛教灵验记研究》，台北：新文丰出版公司），包括绪论、分论、专论三部分。绪论为《敦煌佛教灵应故事综论》，分论包括《敦煌写本〈持诵金刚经灵验功德记〉研究》《〈忏悔灭罪金光明经传〉研究》《〈佛顶心观世音菩萨大陀罗尼经〉研究》《〈龙兴寺毗沙门天王灵验记〉研究》《〈释智兴鸣钟感应记〉研究》《〈道明和尚还魂记〉研究》等 6 篇论文，专论包括《敦煌疑伪经与灵验记关系之考察》《敦煌灵验记与唐代入冥小说》《唐代入冥故事中的衙役书写》等 3 篇论文。

　　杨宝玉也是研究敦煌灵验记用功甚勤的学者,早在1991年就撰写有《敦煌本感应记资料及研究综述》一文,本文虽标题为"综述",但由于文章对敦煌文献中的佛教感应故事进行了总体清查,对其特点进行了阐述,并就重点作品进行了分析,实际上是一篇系统研究敦煌感应故事的论文①。文中还提到她对敦煌本感应记故事进行了系统地校注和考证。已经发表的有《上海图书馆藏敦煌卷子812531号〈黄仕强传〉录文校注》(与白化文合作)、《P.2094〈持诵金刚经灵验功德记〉校考》《〈龙兴寺毗沙门天王灵验记〉校注》《S.6036〈贫女因子落蕃设供斋僧感应记〉校理》《S.4037〈佛家灵验记〉校议》《〈忏悔灭罪金光明经冥报传〉校考》《佛家灵验记与〈智兴判〉》《敦煌文书〈龙兴寺毗沙门天王灵验记〉校考》《P.2094〈持诵金刚经灵验功德记〉题记的史料价值》《敦煌文书中保存的〈忏悔灭罪金光明经冥报传〉校注》②。杨宝玉的研究既注重写本的说明和词语的训释,也关注写本提供的历史信息,稳妥而仔细,审慎又周密。2009年,甘肃人民出版社推出了杨宝玉的《敦煌本佛教灵验记校注并研究》,是对她20年来灵验记研究的总结。全书分绪论和上下两编。绪论是敦煌本佛教灵验记综论,包括佛教灵验记略说、敦煌文书中保存的佛教灵验记原题及佚题作品的拟名、敦煌本佛教灵验记的数量和抄写形式、产生与流传地域、宣扬的灵验因由及其反映的佛家观念、研究价值、研究现状述评等。上编《研究编》是利用敦煌灵验记材料进行个案性专题研究的论文,如借助P.2094《持诵金刚经灵验功德记》纪年题记考证敦煌西汉金山国建立于公元909年的观点;根据S.2059《摩利支天菩萨灵验记》梳理了学界一直存疑的晚唐敦煌著名文士张球的主要事迹并辨析了相关归义军史中的

①　杨宝玉《敦煌本感应记资料及研究综述》,《中国敦煌吐鲁番学会研究通讯》1991年第2期。
②　杨宝玉《上海图书馆藏敦煌卷子812531号〈黄仕强传〉录文校注》(与白化文先生合作),《敦煌学》第20辑,1995年。《P.2094〈持诵金刚经灵验功德记〉校考》,《周绍良先生欣开九秩庆寿文集》,北京:中华书局,1997年。《〈龙兴寺毗沙门天王灵验记〉校注》,《闽南佛学院学报》1996年第2期。《S.6036〈贫女因子落蕃设供斋僧感应记〉校理》《S.4037〈佛家灵验记〉校议》《〈忏悔灭罪金光明经冥报传〉校考》《佛家灵验记与〈智兴判〉》,四文均收入《英国收藏敦煌汉藏文献研究》,北京:中国社会科学出版社,2000年。《敦煌文书〈龙兴寺毗沙门天王灵验记〉校考》,《文献》2000年第2期。《P.2094〈持诵金刚经灵验功德记〉题记的史料价值》,《甘肃社会科学》2009年第2期。《敦煌文书中保存的〈忏悔灭罪金光明经冥报传〉校注》,《西域历史语言集刊》第2辑,北京:科学出版社,2009年。

几个问题;利用 S.381 阐释了文学史公案"夜半钟声"一语的真实性及其与幽冥钟的关系,等等。下编《校注编》对抄写在 60 多个卷子上的 17 种灵验记作品进行归类和校注,既对每一种文本进行了细致深入的文献学整理,又勾勒出了敦煌灵验记的全貌。本书是对敦煌佛教验记的首次全面校理和研究。

　　1921 年,商务印书馆排印本《涵芬楼秘籍》中收有唐临的《冥报记》(实为颜之推的《还冤记》),这是敦煌小说最早的校录本。1924 年,罗福苌辑《沙州文录补遗》铅印本问世,其中收录了《唐太宗入冥残小说》《残小说》(有秋胡故事残句)。1927 年,许国霖在《敦煌杂录》中据北京图书馆藏阳字 21 号写本校录了《黄仕强传》。周绍良编《敦煌变文汇录》,由于编辑体例所限,其中只收了《秋胡变文》一篇在我们看来是小说的作品①。1957 年,向达、王重民等六位先生校辑的《敦煌变文集》由人民文学出版社出版发行,本书收录了在我们今天看来是小说的许多作品:《秋胡变文》《前汉刘家太子传》《庐山远公话》《韩擒虎话本》《唐太宗入冥记》《叶净能诗》《搜神记》《孝子传》等,由于所用校勘的写本较为完备,因而,可以说是敦煌话本小说的第一次高质量的结集。由于《敦煌变文集》巨大的学术影响,从徐震堮、蒋礼鸿开始,便有许多学者对它进行补正。徐氏有《〈敦煌变文集〉校记补正》和《再补》,蒋氏也写过《〈敦煌变文集〉校记录略》,在充实材料的基础上,他又写成了专著《敦煌变文字义通释》,以后出版的潘重规《敦煌变文集新书》、张鸿勋《敦煌讲唱文学作品选注》、郭在贻、张涌泉、黄征《敦煌变文集校议》、项楚《敦煌变文选注》、蒋骥骋《敦煌文学校读研究》、黄征、张涌泉《敦煌变文校注》,这些论著都涉及敦煌话本小说的校订和诠释②。此外还有散见的单篇论文,这里就不

---

①　周绍良编《敦煌变文汇录》,上海:上海出版公司,1954 年。
②　徐震堮《〈敦煌变文集〉校记补正》和《再补》,《华东师范大学学报》1958 年第 1 期、第 2 期。蒋礼鸿《〈敦煌变文集〉校记录略》,《杭州大学学报》1962 年第 1 期。蒋礼鸿《敦煌变文字义通释》,1959 年中华书局第一版,1960 年第二版,1962 年第三版,1981 年改由上海古籍出版社出版增订本新版,蒋先生去世后,他的学生黄征又对他的遗稿进行了整理修订并再版。潘重规《敦煌变文集新书》,台北:文津出版社,1994 年。张鸿勋《敦煌讲唱文学作品选注》,兰州:甘肃人民出版社,1987 年。郭在贻、张涌泉、黄征《敦煌变文集校议》,长沙:岳麓书社,1990 年。项楚《敦煌变文选注》,成都:巴蜀书社,1990 年。蒋骥骋《敦煌文学校读研究》,台北:文津出版社,1993 年。黄征、张涌泉《敦煌变文校注》,北京:中华书局,1997 年。

一一列举了。

除话本之外，对敦煌其他小说的校录主要有：王利器对《启颜录》的移录①，林聪明的《还冤记》录文②，林聪明、邝庆欢的《周秦行记》录文③，柴剑虹等《黄仕强传》的录文④，郑阿财、杨宝玉《持诵金刚经灵验功德记》的录文⑤，刘铭恕、郑阿财对《道明和尚还魂故事》的录文⑥，刘铭恕《落番贫女忏悔感应记》录文，刘铭恕、郑阿财对《龙兴寺毗沙门天王灵验记》的校录⑦，周绍良、郑阿财对《释智兴鸣钟感应记》录文⑧，郑阿财的《忏悔灭罪金光明经传》录文⑨，还有杨宝玉的多种校注（见前）等。

敦煌小说的结集目前看到的有两种：2000 年，甘肃人民出版社推出的《敦煌文化丛书》中收录了伏俊琏、伏麒鹏合编的《石室齐谐——敦煌小说选析》一书，收录的敦煌小说有《秋胡故事》《庐山远公话》《韩擒虎话本》《唐太宗入冥记》《叶净能诗》、句道兴《搜神记》、《孝子传》《启颜录》、颜之推《还冤记》、《黄仕强传》《持诵〈金刚经〉灵验功德》等 11 篇，20 万字，敦煌小说的精华，大概都收录其中。我们的初稿中还有 10 多篇《灵验记》之类的小说，限于篇幅，未能收入。在该书的前言中，我们还对敦煌小说进行了界定和分

①　王利器《历代笑话集》，上海：上海古籍出版社，1981 年。

②　林聪明《敦煌本〈还冤记〉考校》，《书目季刊》第 15 卷第 1 期，1981 年。

③　林聪明《敦煌写本〈周秦行记〉校记》，《大陆杂志》第 57 卷第 5 期，1968 年；邝庆欢《敦煌抄本〈周秦行记〉残卷集校及版本系统》，《中国古典小说研究专集》第 5 集，台北：联经出版事业公司，1982 年。

④　柴剑虹《读敦煌写本〈黄仕强传〉札记》，《敦煌语言文学研究》，北京：北京大学出版社，1988 年；白化文、杨宝玉《上海图书馆藏敦煌卷子 812531 号〈黄仕强传〉录文校注》，《敦煌学》第 20 辑，1995 年。

⑤　郑阿财《敦煌本〈持诵金刚经灵验功德记〉综论》，《敦煌学》第 20 辑，1995 年；杨宝玉《P.2094〈持诵金刚经灵验功德记〉校考》，《周绍良先生欣开九秩庆寿文集》，北京：中华书局，1997 年。

⑥　刘铭恕《斯坦因劫经录》，《敦煌遗书总目索引》，北京：商务印书馆，1962 年；郑阿财《敦煌写本〈道明和尚还魂故事〉研究》，《唐代文学论丛》，嘉义：中正大学中国文学系，1998 年。

⑦　刘铭恕《斯坦因劫经录》；郑阿财《〈龙兴寺毗沙门天王灵验记〉与敦煌地区的毗沙门信仰》，《周绍良先生欣开九秩庆寿文集》，北京：中华书局，1997 年。

⑧　周绍良录文见《敦煌文学·小说》，兰州：甘肃人民出版社，1989 年；郑阿财校录见《敦煌写本〈释智兴鸣钟感应记〉研究》，《第二届唐代文化研讨会论文集》，台北：中国唐代学会，1995 年。

⑨　郑阿财《敦煌写本〈忏悔灭罪金光明经传〉初探》，《庆祝潘石禅先生九秩华诞敦煌学特刊》，台北：文津出版社，1996 年，第 589—591 页。

类。王昊说:"《石室齐谐》对唐前小说观念的嬗变进行了一番梳理,在借鉴前辈时贤研究成果的基础上,将敦煌小说分为敦煌古体小说和通俗小说两大部分,第一次比较系统、明确地界定了敦煌小说的研究范围。""在敦煌小说专题研究方面,其开创之功仍然不能抹杀。"①张涌泉、窦怀永《敦煌小说整理研究百年:回顾与思考》:"《石室齐谐》收录了11篇具有代表性的敦煌小说,是第一次以'小说'之名汇集敦煌写本的著作。在序文中,作者对敦煌小说的内涵、特点及其在中国小说史上的地位作客观讨论的基础上,提出敦煌小说可以分为'散说的志怪、笑话以及传奇'和'通俗小说'两大部分,前者或即柴剑虹《敦煌古小说浅谈》所言'古小说',后者则是指'话本'。从小说内容来看,《石室齐谐》对敦煌小说范围的归纳相对较为全面,有利于敦煌小说研究的进一步深入。"后来王昊《敦煌小说及其叙事艺术》"基本上继承了《石室齐谐》的分类思路,但在具体称谓上提出了自己的看法"②。

　　窦怀永、张涌泉汇集校注的《敦煌小说合集》是近年来敦煌小说整理的标志性成果③。本书是目前收辑敦煌小说最多的专集。全书把敦煌小说分为古体小说和通俗小说两大类,古体小说又分为志人类和志怪类,通俗小说又分为传奇类和话本类。志人类包括《启颜录》和《孝子传》2篇;志怪类包括:《搜神记》(一)(二)(三)、《冥报记》《黄仕强传》(一)(二)、《道明还魂记》《白龙庙灵异记》《贫女因子落番设供斋僧感应记》《龙兴寺毗沙门天王灵验记》《往生西方记验》《妙法莲华经感应记》《历代众经应感兴敬录》《忏悔减罪金光明经传》《持诵金刚经灵验功德记》《唐京师大庄严寺僧释智兴鸣钟感应记》《佛顶心观世音菩萨救难神验记》《道俗侵损常住僧物现报灵验记》《佛说金刚坛广大清净陀罗尼经感应记》19篇;传奇类包括《周秦行记》《秋胡小说》《唐太宗入冥记》《刘季游学乞食故事》《佛图澄和尚因缘记》《刘萨诃和尚因缘记》《隋净影寺沙门慧远和尚因比缘记》7篇;话本类包括《叶净能小说》《韩擒虎话本》《庐山远公话》3篇。共31篇。另有附录两篇:《事森》《灵州龙兴

---

① 王昊《敦煌小说及其叙事艺术》,合肥:安徽人民出版社,2005年,第36页、第39页。
② 张涌泉、窦怀永《敦煌小说整理研究百年:回顾与思考》《文学遗产》2010年第1期。
③ 窦怀永、张涌泉《敦煌小说合集》,杭州:浙江文艺出版社,2010年。

寺白草院史和尚因缘记》。每篇作品下都有题解、录文、校勘、注释等项内
容。本书在已有研究成果的基础上，不但增加了敦煌小说的篇章，而且又搜
罗增补了已有部分作品的写本，而录文之准确，校勘之精良，都达到了一个
新的高度。当然有些作品是否该收入小说类，学术界还有不同意见。如《往
生西方记验》(P.2066)是唐法照撰《净土五会念佛诵经观行仪》卷中的内容，
不是单独的题记或说明，不应当看作独立的佛教灵验记①。《妙法莲华经感
应记》(P.3023)是仅作为赞颂《法华经》的宣传例证而出现于序文中，不是独
立的佛教灵验记。

第三节　敦煌小说叙录

本节按通俗小说和古体小说的次序对敦煌写本中的代表性小说进行
叙录。

1.《秋胡小说》(拟题)

本篇只有一个写本，编号为 S.133，前后皆残，存 177 行，约 2800 余字。
罗福苌、罗福葆《沙州文录补》收录此篇，拟名《秋胡小说》；周绍良《敦煌变文
汇录》、王重民等《敦煌变文集》收录此篇，拟名为《秋胡变文》。通篇为散文
叙事，实际上为话本小说。本篇叙秋胡新婚不久，辞别妻子和母亲，出外游
学。行至胜山，得千年老仙真传，通达九经。往投魏国，拜为左相，赐户三
千。秋胡在魏国数年不归，其妻在家辛勤养母，胡母愧对新妇，劝其改嫁，其
妻不从。九年后，秋胡还家，行至桑林，遇其妻而不识，遂出语调戏，其妻大
义谢绝。其妻归家，见秋胡即桑林间男子，于是向阿婆诉其不忠不孝。抄本
至此下残，不知结局。S.133 正面抄《春秋左传杜注》，背面抄《秋胡小说》。
王重民以为正面杜注不避唐讳，是"六朝写本"②。张鸿勋认为其语言风格与

---

① 施萍婷《敦煌遗书〈阿弥陀经〉校勘记》，《敦煌研究》1989 年第 3 期。杨宝玉《敦煌本佛
教灵验记校注并研究》，兰州：甘肃人民出版 2009 年，第 20—24 页。
② 王重民《敦煌古籍叙录》，北京：中华书局，1979 年，第 56 页。

《庐山远公话》等稍异,书面文言气甚浓,故推测它可能是"较早期的话本"①。而窦怀永、张涌泉《敦煌小说合集》则"据避讳初步推测抄于唐代中期,则本篇小说大概抄写于唐代中期"。

秋胡故事最早见于西汉刘向编辑的《列女传》卷五《鲁秋洁妇》,情节虽比较简单,但相当完整。在汉代的一些画像砖上,就有秋胡的故事,可见当时民间流传很广泛。汉魏间,这个故事屡见于载籍,《西京杂记》卷六亦载此故事,乐府诗中有《秋胡行》,曹操父子曾用《秋胡行》为题写过诗歌。晋傅玄、北朝颜延之、南朝王筠、谢惠莲都曾写诗歌咏此事。唐代大诗人李白、高适诗中也对秋胡故事有述及。元代石君宝有杂剧《秋胡戏妻》,近代皮黄戏有《桑园会》,可见秋胡故事源远流长,经久不衰。

我们认为,《秋胡小说》可能创作于唐代中期,是秋胡故事流传到河西后由敦煌人创作的。《秋胡小说》写秋胡在家时"终日披寻三史,洞达九经","辞妻了首,服得十秩文书,并是《孝经》《论语》《尚书》《左传》《公羊》《穀梁》《毛诗》《礼记》《庄子》《文选》",在胜山遇见"千年老仙,洞达九经,明解《七略》,秋胡即谢,便乃祗承三年,得九经通达"。这为我们探讨本篇的创作时间,提供了一些线索。

首先,在秋胡读的书中除了儒家经典之外,有《文选》和《庄子》。《文选》成书于梁武帝普通三年到七年之间(522—526)②,至唐初《文选》甚为流行,以曹宪(卒于贞观中)、李善(689 年卒)等为代表,形成了《文选》学派。开元时,《文选》成了赏赐外蕃的秘籍,《旧唐书》卷一九六《吐蕃传》载,开元十八(730)年十月,"吐蕃使奏云:(金城)公主请《毛诗》《礼记》《左传》《文选》各一部。制令秘书省写与之"。《唐会要》卷三六也记载开元十九年赐金城公主的书中有《文选》。钱钟书说:"正史载远夷遗使所求,野语称游子随身所挟,皆有此书,俨然与儒家经籍并列。"③敦煌保存的《文选》写本,现在已经查明的有 29 件,其中白文无注本 23,注本 6 件,另有《文选音》2 件。大约都是盛

① 张鸿勋《敦煌话本词文俗赋导论》,台北:新文丰出版公司,1993 年,第 35 页。
② 王利群《〈文选〉成书研究》,北京:商务印书馆,2005 年,第 153 页。
③ 钱钟书《管锥编》第四册,北京:中华书局,1979 年,第 1400 页。

唐中唐时期的抄本。《秋胡小说》可能是这个时期的创作。

又《庄子》一书,在唐代很受重视,而玄宗以后更为重视。《旧唐书》卷二四《仪礼志四》载:"开元二十九年(741)正月己丑,诏两京及诸州各置玄元皇帝庙一所,并置崇玄学。其生徒令习《道德经》及《庄子》《列子》《文子》等,每年准明经例举送。"又于天宝元年二月发诏:"庄子号南华真人,文子号通玄真人,列子号冲虚真人,庚桑子号洞虚真人。改《庄子》为《南华真经》,《文子》为《通玄真经》,《列子》为《冲虚真经》,《庚桑子》为《洞虚真经》。"秋胡所带的书中有《庄子》,则此故事当写成于开元以后。

第二,"九经"之名,始见于《旧唐书》卷一八九《儒学上·谷那律传》,"谷那律,魏州昌乐人也。贞观中,累补国子博士。黄门侍郎褚遂良称为'九经库'"。而唐代的"九经"具体所指,各家之说不同。而《秋胡小说》以《孝经》居九经之首,也说明它成书于《孝经》最受重视的玄宗时期。《旧唐书》卷八《玄宗本纪上》:"(开元十年)六月辛丑,上训注《孝经》,颁于天下。"敦煌写本P.2721有《新集孝经十八章》,其中前三首云:"新歌旧曲遍州乡,未闻典籍入歌场。新合《孝经》皇帝感,聊谈圣德奉贤良。开元天宝亲自注,词中句句有龙光。白鹤青鸾相间错,连珠贯玉合成章。历代已来无此帝,三教内外总宣扬。先注《孝经》教天下,又注《老子》及《金刚》。"据此,我们推测《秋胡小说》写成于开元天宝以后。

第三,《秋胡小说》提到的"三史"(《史记》《汉书》《后汉书》)之名虽屡见于六朝以来的史籍,但穆宗长庆二年(822)置"三史科"后,更受文人重视。《旧唐书》卷四四《职官志三》:"长庆二年二月,始置'三传三史'科。"所以《秋胡小说》作于长庆年以后的可能性更大。

第四,《秋胡变文》写秋胡遇见千年老仙,向他学习《九经》的地方名叫"石堂"。在敦煌文学作品里,有关"石堂"的描写还有一处,见于《孔子项托相问书》:"夫子乘马入山去,登山蓦领(岭)甚分方。树树每量无百尺,葛蔓交脚甚能长。夫子使人把锹镠,墩着地下有石堂:一重门里石狮子,两重门外石金刚。入到中门侧耳听,两伴读书似雁行。"这里的"石堂",其实就是当时设于敦煌石窟的寺院学校的写照。据李正宇研究,从吐蕃占领敦煌开始,寺学才屡见于当时的公私文书。在此之前,敦煌有州学、县学、医学等,却没有关于寺学的记载。"敦煌被吐蕃占领后,唐朝的一部分'破落官'纷纷遁入空门当了和尚,他们把世俗学问也带进了寺院三学,从而加强了寺学内世俗学问的教学。社会上由于官私学停办而无处求师问业的世俗子弟,也涌进寺学。这样一来,原来的寺院三学便发展成为并收僧俗弟子、兼授佛学俗学的新型寺院学校"①。而在归义军时期,由于在吐蕃管辖时期已经积聚了数十年的办学经验,具有优良的师资和现成的设备,更有像张议潮那样出身于寺学的归义军要人的热心支持,敦煌的寺学有了更大的发展以臻极盛。反映在文献中,就是归义军时期的寺学学郎题记大量出现。我们将所见敦煌寺学年代可考的 50 条学郎题记略做归纳,结果发现几乎全是归义军时期的,从 893 年开始,到 979(或 983)年为止。这说明,这一时期的寺学相当兴盛,寺学里的学生也大量增加。据此,我们推定,《秋胡小说》的最后写定,极有可能在归义军前期(即张氏归义军时期,848—936)。

2.《前汉刘家太子传》

本篇有 4 个写本：P.3645,首尾完整,首题《前汉刘家太子传》,尾题《刘家太子变一卷》。本卷在此篇之后还抄有《季布诗咏》《佛母赞》《金刚经赞文》《请宾头卢疏》,卷背抄有《萨埵太子赞》《大乘净土赞》《金刚五礼赞》《佛母赞》《五台山赞文》等。S.5547,小册子形式,残存开端。P.4692,抄《前汉刘家太子传》19 行,后缺,接抄曲子《望远行》《浣溪沙》等。P.4051,前后均残缺。

按 P.3645 在《萨埵太子赞》《大乘净土赞》之间抄有七言绝句 8 首,《敦煌变文集》在《张议潮变文》后作为歌颂太保的诗附录。其中后 5 首又见于 S.4654 卷背(本卷背抄录悟真于大中五年即公元 851 年出使长安与东西两街高僧大德咏唱之作,抄于广顺四年即公元 954 年之前一段时间②)。8 首诗

①　李正宇《唐宋时代的敦煌学校》,《敦煌研究》1986 年第 1 期。
②　伏俊琏《唐代敦煌高僧悟真入长安事考略》,《敦煌研究》2010 年第 3 期。

中,《放猿》一首为五代曾庶几所作①;"流沙古塞没多时"一首 S.4654 注明为杨庭贯(生平无考)所作,题目是《谨上沙州专使持表从化诗一首》。这 8 首诗中,除"红鳞紫尾不须愁"和《放猿》二首外,其余 6 首内容均涉及奉诏入朝,而谒龙颜,与大中年悟真赴长安献款有关。徐俊认为除已署名"杨庭贯"作之外,其余 5 首疑为悟真所作②。把这不同时期不同作者的诗组合成一组联章体而用于歌功颂德,这是晚唐五代文士向当权者献诗赞颂的格式,是他们学习民间讲唱艺人借用文人作品随意组合的方式,敦煌本《长兴四年(933)中兴殿应圣节讲经文》后面也附有七言绝句 19 首。据此,我们认为,本卷抄于五代时期。本卷还有杂写,为我们判断抄写时间提供了证据。在《金刚经赞文》后有"谨请西南方鸡足山宾头卢玻罗堕上座和尚""今于大汉国沙州修仁芳巷就居,奉为故父修七追念"等杂写。晚唐五代,敦煌的宾头卢信仰很盛行③。"大汉国"或是五代后汉(947—950),或指张承奉建立的西汉金山国,而以后者可能性大。"修仁芳(坊)巷"为敦煌城中地名,也见 P.3501《张清兄契》。据此,可以把本卷的抄写时间判定在西汉金山国时期(910—914)。

《前汉刘家太子传》包括 5 个故事:第一个即前汉刘家太子的故事。前汉末年,汉帝驾崩,其丈人王莽见其外孙年少,遂设计谋,夺得帝位。太子逃到南阳郡,被张老收养。其时朝廷追捕峻急,南阳郡各处高悬布鼓,让过往行人击之声响,以辨凡圣。太子被逼击鼓,叩击三声,天昏地暗。太子借机逃出城外,遇见耕夫,细说缘由,耕夫遂埋太子于土中,口里含七粒粳米以济残命,并衔竹管,以能气息。而太史占卜说:刘家太子今已身死,在三尺土中,口中蛆出,眼里竹生。于是收兵停止追捕。太子在耕夫的指点下,见到

---

① 曾庶几的生卒不详,此诗亦见《全唐诗》卷七六八,小传云:"吉州人,诗一首。"宋吴曾《能改斋漫录》卷一一:"吉水与敝邑接境,有曾庶几者,隐士也。五代时,中朝累有聘召,不赴。故老有能记其《放猿》诗绝句云。"

② 徐俊《敦煌诗集残卷辑考》,北京:中华书局,2000 年,第 340 页。

③ 古正美《于阗与敦煌的毗沙门天王信仰》,《2000 年敦煌学国际学术讨论会文集·历史文化卷》上卷,兰州:甘肃人民出版社,2003 年,第 34—66 页;郑阿财《〈龙兴寺毗沙门天王灵验记〉与敦煌地区的毗沙门信仰》,《周绍良先生欣开九秩庆寿文集》,北京:中华书局,1997 年。

昆仑山上的太白金星，得其言教，兴兵恢复父业。故云"南阳白水张，见王不下床"。

第二个是汉武帝与张骞、西王母、东方朔的故事。汉武帝让张骞寻盟津河上源，半路遇西王母，她以为凡人一辈子也不能到河源，遂交给张骞支机石，让他回去。武帝得此石，将信将疑，陈于殿前，募能识之者，东方朔识之，武帝龙颜大悦，封张骞为定远侯。至七月七夕，西王母见武帝，以仙桃五枚奉帝。帝食桃后，手把其核不弃，欲种之后园，却被西王母讥笑。适东方朔经过殿前，西王母看见说："此小孩三度偷吃我桃，我捉之系于织机脚下，后放而去之，今已长大了。"武帝对东方朔说："你命太短。许负《相书》说：上唇一寸，享年一百。你上唇太短。"东方朔伏地大笑，说："我不敢笑陛下，笑彭祖太丑。《周书》说彭祖享年七百，按《相书》的说法，他的上唇将七寸，岂不丑陋！"

第三个是宋玉向孟尝君推荐朋友的故事。楚大夫宋玉有一良友，托玉求仕，玉便推荐到孟尝君家。其友至，三年不被重用，乃责玉之过。宋玉对曰："姜因地而生，不因地而辛；女因媒而嫁，不因媒而亲；先生亦因我而生，不因我而贤。三年不得仕者，子自不才，何怨我也？"其友不服，便援用鹡鸰安巢于长条弱枝上被风所破，鼠作窟于社树之下得以长生，以及疾狗韩卢指兔杀兔、指虎杀虎，而若指空则无以所得等为例，加以反驳，遂致宋玉无言以对。

第四个即郢书燕说的故事，不过变成了郑简公致信燕昭王。第五个是汉哀帝宠臣董贤的故事，包括断袖和禅让大位两件事，强调哀帝崩，皇后遣安汉公王莽禁贤狱中，董贤夫妇自杀。

第一个故事中虽然没有讲明汉帝和太子的名字，不过汉帝既然称王莽为丈人，那就是汉平帝了，而太子最后复兴帝业，则非刘秀莫属，不过刘秀又不是平帝的太子。其中的故事情节也很难进行历史考证。民间文学张冠李戴者多有之，完全考实很难。第二个故事中张骞至河源得支机石回来被东方朔识破的故事，见于《岁时广记》卷二七所引《荆楚岁时记》（《太平御览》卷五一内容相同，文字简略）。下一西王母会见武帝并送仙桃一事，更是脍炙人口,见于《汉武故事》诸书。而东方朔鼻下短因而短命一说,不见史籍。第三个宋玉荐友的故事,见于《韩诗外传》及《新序》卷五,敦煌所出《语对》中也有引用。第四个郢书燕说的故事见于《韩非子·外储说左上》。第五个董贤受宠于哀帝事,见于《汉书》卷九二,内容几无差别。

写本在第五个故事的末尾,题《刘家太子变一卷》,可见五个故事是作为一组的。朱雷通过对第一个故事中"南阳白水张,见王不下床"的考证,认为作品是在推崇"南阳白水张"一族;其写作时间当在归义军张氏统治沙州地区时期,由当地民间作家,根据民间传说创作的,目的是歌颂张氏家族①。第二个故事中的张骞,是丝绸之路的开辟者,其凿空西域,功莫大焉。张骞从西归来,封为博望侯。博望其地,张守节《史记·大宛列传》正义就说在南阳郡。宋初乐史《太平寰宇记》亦持此说。至明清两代的南阳地方志中,张骞博望城更是必举之地。第三个故事中的宋玉,据《襄阳耆旧传》的记载,宋玉是楚之鄢人,宜城县有宋玉冢。《大明一统志》卷二七一《襄阳府》云:"宋玉墓,在宜城县东南二十里。汉光武宅,在襄阳县东南,宅南有白水。"宋玉故事出现在此,也与南阳白水有关。第四个郢书燕说的故事中郢与鄢相近,都是楚之故都,由宋玉故事连及。第五个故事中出现了王莽,与第一个故事中王莽追捕汉太子相关联。所以借歌颂南阳张氏家族以歌功归义军张氏政权,是这组作品的主题。不仅如此,我怀疑同卷抄写的《佛母赞》《金刚经赞文》《请宾头卢疏》《萨埵太子赞》《大乘净土赞》《金刚五礼赞》《佛母赞》等都和张氏家族的大规模佛事活动有关。而P.4692卷在《前汉刘家太子传》后接抄曲子《望远行》《浣溪沙》,其中《望远行》云:"年少将军佐圣朝,为国扫荡狂妖。弯弓如月射双雕。马蹄到处尽云消。休寰海,罢枪刀。银鸾驾走上超宵。行人南北尽歌谣。莫把尧舜比今朝。"这首词,也应当是歌颂金山国当权者的。另一首《浣溪沙》:"喜睹华筵喜大贤,歌欢共过百千年。长命杯中倾渌醑,满金船。　　把酒愿同

---

① 朱雷《〈舜子变〉〈前汉刘家太子传〉〈唐太宗入冥记〉诸篇辨疑——读〈敦煌变文集〉札记三》,《魏晋南北朝隋唐史资料》第9—10辑合刊,武汉:武汉大学出版社,1988年。

山岳固,昔人彭祖等齐年。深谢慈怜兼奖饰,献羌言。"这么盛大的宴会,可能是金山国开国的庆祝宴会。这一组作品,是金山国开国之初由当时文人精心准备的演出脚本。

3.《庐山远公话》

本篇存一个写本,编号为 S.2073,原卷首全尾残,篇题原有,存 611 行,篇末有题记"开宝伍年张长继书记",说明该卷抄于宋太祖赵匡胤开宝五年(972)。本篇写雁门惠远出家,拜旃檀为师,数年之后,拟寻一名山,访道参僧,以畅平生。经旃檀指点,惠远到了庐山,在香炉峰结草为庐,念《涅槃经》,感得大石摇动,山神为之造寺。惠远以杖掘地出泉,号"锡杖泉",寺名"化成寺",寺下有"白莲池"。惠远在此说《涅槃经》,千尺潭龙听经一年,却不解经义,惠远于是作《涅槃经疏抄》,书成置于水火之中均不受损,掷笔化为"掷笔峰"。寿州盗贼白庄劫持惠远为奴,相随数年。阿閦如来托梦惠远,阐明其与白庄、崔相公之间的前世因果。惠远又卖身崔相公家为奴,以偿宿债。此时,惠远徒孙道安携《涅槃经疏抄》,至东都福光寺开启讲筵,感得天花乱坠。一日深夜,惠远念《涅槃经》,相公乃知其不俗,赐名善庆。相公常听道安讲经,回家为夫人及家人转说"八苦交煎",善庆给相公说道安说法不能平等,并为相公说"四生十类"。次日,善庆论议难倒道安,并亮出左腕肉环,放大光明,以明身份,被皇帝请入大内供养。数年后,惠远重返庐山,再度讲经。不久,便将自性心王,造一法船,归依上界。

惠远(334—416),俗姓贾,雁门楼烦(今山西宁武县)人。初学儒,后师事名僧道安学佛,精于"般若性空"之学。东晋孝武帝太元年间,与弟子数十人入庐山住东林寺讲经。惠远在此三十余年,影不出山,迹不入俗,内通佛理,外善群书。净土宗推尊为初祖。《高僧传》卷六有传。东晋以来,惠远声名越来越大,享誉经久不衰。《高僧传》中就记载了远公的神异故事。比如说远公在庐山的住处离水较远,于是以杖叩地,清流涌出。有一年,浔阳大旱,惠远诣地读《海龙王经》,须臾大雨。这种神奇传说,愈演愈烈,于是就有了《庐山成道记》。《庐山成道记》何时何人所撰,已不可考。此记已佚,考元代高僧优昙《庐山莲宗宝鉴》中驳斥的七种荒诞不经的事情,和《庐山远公话》所载相合。所以周绍良认为《庐山远公话》就是《庐山成道记》①。

《庐山远公话》作于何时,不能确考。王重民认为写本末尾题记"开宝伍(五)年(972)张长继书记",既是写本的抄写时间,也是作品的创作时间。他认为话本是由变文转化而来的,10世纪上半叶是变文衰微转化的时期,所以话本也在这时才产生。《庐山远公话》就是"变文衰而话本兴的时期的话本代表作品"②。韩建瓴则推测《庐山远公话》最晚也当作于晚唐③。我们认为,这篇作品的创作时间可能还要早,它应当是安史之乱前后从中原传到敦煌的作品。首先,据现有材料来看,说话艺术在盛唐早已出现,它与"转变"是并行的两种说唱伎艺,话本和变文也是并行的两种文体;它们之间互相影响是可能的,但并不是母子关系。第二,汤用彤说:"唐代关于惠公的神话甚多,可分为两类:一为远公上生兜率天,一为立社期生净土。中唐以前,弥勒似犹见奉行,故弥勒派著论尝辟之。"④《庐山远公话》记叙的就是流行于中唐以前的远公上生兜率天的故事。第三,20世纪70年代长沙望城县唐窑出土的酒器上有题诗:"君生我未生,我生君已老。君恨我生迟,我恨君生早。"⑤这首诗与《庐山远公话》中"身生智未生"一偈相比,只是将"身""智"改为"君""我",显然是对《庐山远公话》的改作,应当是在《庐山远公话》流传较长时间后改作的。按,望城同一遗址出土器物二千余件,有绝句21首,其中有刘长卿(?—790)和韦承庆(640—706)诗各一首,同时所出器物有"元和三年(808)""大中玖年(855)""大中拾年(856)"纪年⑥。这既说明《庐山远公话》至少是八世纪的作品,也说明它是从内地流传到敦煌边陲的。

S.2165背抄有首题作《别》的三首诗,前两首均见于《庐山远公话》中:第一首为远公被劫,卖给崔相公为奴改名善庆之后,为崔相公讲"身智二足"时所作的诗偈。第二首为远公被晋文帝请入大内,见诸宫浪费字纸,甚为不满

① 周绍良《读变文札记》,《文史》第7辑,北京:中华书局,1979年。
② 王重民《敦煌变文研究》,《敦煌遗书论文集》,北京:中华书局,1984年,第208页。
③ 韩建瓴《敦煌写本〈庐山远公话〉初探》,《敦煌学辑刊》创刊号,1983年。
④ 汤用彤《隋唐佛教史稿》,北京:中华书局,1984年,第193页。
⑤ 陈尚君《全唐诗补编》下册,北京:中华书局,1992年,第1642页。
⑥ 长沙市文化局文物组《唐代长沙铜官窑址调查》,《考古学报》1980年第1期。

时所作的诗偈。依常例,第三首也应是《庐山远公话》中的诗。诗云:"诸幡动也室铎鸣,空界唯闻浩浩声。队队香云空里过,双双宝盖满空行。高低迥与弥勒等,广阔周圆耀日明。这日人人皆总见,此时个个发心坚。"诗中所描写的正是远公乘船升天的情景,所以它应当是《庐山远公话》结尾残缺的诗①。《庐山远公话》中原有诗偈七首,都是作为作品中惠远代言体的形式出现的,但这首诗却是说故事人的口吻,这正符合话本中结尾诗的特征。前人曾根据《庐山远公话》《韩擒虎话本》等来讨论唐人话本的形态,认为这些话本不仅具有"入话"的形式,且篇末也有了后来话本常见的短诗结尾。但《庐山远公话》尾缺,《韩擒虎话本》篇末"皇帝一见,满目流泪,遂执盏酹酒祭而言曰"下可能有的短诗恰恰漏抄。《庐山远公话》结尾诗的发现,对我们更准确地认识唐代话本的结构特点,却是非常难得的依据。本篇是敦煌通俗文学作品中唯一明确标题为"话"的话本,它无可争辩地宣告了唐话本的存在,使我们知道盛行于宋元时期的"话本"并不是突然出现的,它们的源头就在此。程毅中《唐代小说史话》指出:"《庐山远公话》的出现,明确宣告了宋代之前就有话本的流传,而且它已达到了相当成熟的水平。"②还需指出的是,《庐山远公话》中对当时佛教"讲经""论议"的仪式和过程有具体生动的描写,具有重要的史料价值。

4.《韩擒虎话本》(拟题)

本篇存一个写本,编号 S.2144,原卷首尾完整,但没有标题,因开头有"说其中一僧名号法华和尚"一句,显系"说话"的口吻,末尾有"画本既终,并无抄略","画"当是"话"的音误字,故《敦煌变文集》拟名《韩擒虎话本》(《斯坦因劫经录》拟名为《韩擒虎小说》)。韩擒虎(538—592),字子通,河南东垣(今属新安)人。性好读书,容貌魁伟,慷慨任气,以胆略见称。北周时,袭父爵为新义郡公,屡建战功。开皇初,拜为庐州总管,委以平陈之任。开皇九年(589),大举伐陈,韩擒虎以精骑五百,直入金陵朱雀门,执陈后主,灭陈。事迹见《隋书》卷五二与《北史》卷六八。

---

① 徐俊《敦煌诗集残卷辑考》,北京:中华书局,2000 年,第 539 页。
② 程毅中《唐代小说史话》,北京:文化艺术出版社,1990 年,第 94 页。

这是一篇描写大将韩擒虎追随杨坚建立隋朝的话本小说,主要情节是:杨坚称帝,韩擒虎灭陈,韩擒虎威服大夏单于,韩擒虎作阴司之主。第一节是"入话",后三节是正文。大致是根据《隋书·韩擒传》(避唐讳省"虎"字)的线索,加以想象和虚构创作而成。例如威服大夏事,本传仅载擒虎曾以威容慑服突厥使者。与使者赌射,本贺若弼事(见《隋书·贺若弼传》),由作者移花接木到韩擒虎名下。而一箭双雕,则又是长孙晟事(见《隋书·长孙晟传》)。而韩擒虎作阴司之主的故事,已见于《隋书》本传。作者通过这类艺术创造,精心塑造了韩擒虎少年英雄、智勇双全、赤胆忠心的栩栩如生的形象,成为敦煌小说中写得最成功的一篇作品。可以说是一篇思想内容健康向上,艺术手法上达到较高水平的英雄传奇。

《韩擒虎话本》的创作时间,张鸿勋根据话本中"隋文皇帝有一百二十指扐射燕都,尽总好手",认为"射燕都"系假借后梁朱温"落燕都"事而演绎者,又据朱温与朱瑾交恶的时间考定,认为此话本编写年代当在唐僖宗光启三年到后梁太祖乾化二年(887—912)之间,是晚唐五代初的作品①。韩建瓴从误用会昌年号、不避唐讳、职官制度三个方面考证,尤其是据文中所涉职官"殿头高品"之设置的时间推断小说创作不会早于宋太宗太平兴国八年(983),也不会晚于宋真宗大中祥符二年(1009)②。王宗祥考证文中"北蕃大下婵于"之"大下"实即吐蕃大夏,本篇应当是宋话本③。

5.《叶净能诗》

本篇存 S.6836 号写本,开头稍有残缺,结尾完整。尾题"叶净能诗",《斯坦因劫经录》拟名为《叶净能小说》。这个"诗"字,或以为是"话"字之误,或以为是"传"字之误,或以为是"书"的音误字④。张鸿勋认为原题不误,题名

① 张鸿勋《敦煌话本词文俗赋导论》,台北:新文丰出版公司,1993 年,第 28 页。
② 韩建瓴《敦煌写本〈韩擒虎画本〉初探(一):"画本""足本"、创作与抄写时间考辨》,《敦煌学辑刊》1986 年第 1 期。
③ 王宗祥《敦煌变文断代研究札记》,《敦煌研究》2001 年第 1 期。
④ 李骞《唐话本初探》(《敦煌变文论录》,上海:上海古籍出版社,1982 年,第 782 页)引张震泽的说法,认为"诗"为"话"的笔误;胡士莹《话本小说概论》(北京:中华书局,1980 年,第 31 页)认为"诗"为"传"之草书形近而误者;李正宇《敦煌文学杂考二题》(《敦煌语言文学》,北京:北京大学出版社,1988 年)认为"诗"字实为敦煌方音"书"字之误写。

类似《大唐三藏取经诗话》。叶净能，又作叶静能、叶靖能、叶静等，初唐著名道士，主要活动在武后、中宗时期，两《唐书》、《通鉴》等史籍及唐人杂记小说中时有记载。中宗神龙二年（706）升任金紫光禄大夫。景龙四年（710），在李隆基诛杀韦后的宫廷斗争中被杀。根据唐人的记载，叶净能以符箓闻名，擅长兴云致雨、驱邪治病等奇术。

　　本篇是敦煌写本中现存的唯一一篇道教话本，它集中神仙道家中的以符咒制约鬼神、祈福禳灾的符箓派，和以炼丹求长生为目的的丹鼎派重要法术为一体，目的在于宣扬道法无边，威灵显赫，以自炫其术，自神其教。话本中的叶净能精修符箓，神通广大，"移山覆海，变动乾坤，制约宇宙"，世间万物没有他控制不了的。全文叙述了 10 余则故事：岳神娶妇、斩狐除病、术止鼓乐、酒瓮道士、神送龙腿、天旱求雨、剑南观灯、奏寻子嗣、遨游月宫、劫美生变等。这些都可以在唐人史籍、传奇及杂著中找到记载，有的故事在唐代便有了十几种不同的记载。其中流传最广的有岳神娶妇、酒瓮道士、剑南观灯及明皇游月宫等。这些故事有很多情节和内容与叶净能无关，而见于叶法善、罗思远、张果、明崇俨、仇嘉福等道士的相关记载。如根据《朝野佥载》及《新唐书》中的记载，高宗曾命人在地道中击鼓以试明崇俨，由此可知《叶净能诗》中与此相同的故事，是由明崇俨的传说讹移为叶净能的。根据《开天传信记》的记载，化酒瓮为道士是叶法善的传说，玄宗所要杀的道士为罗思远。作者采用张冠李戴，附会旧说，任意离合等民间惯用的手法，将众多术士的故事传说荟萃集合于叶净能一身，使他成为"箭垛式"人物，也使《叶净能诗》成为集当时术士传说之大成的作品。

　　《叶净能诗》产生时间，学术界有不同的看法。张鸿勋从相近文体的共生关系，抄卷的示敬程度，作品故事原型的出处等方面考察，认为《叶净能诗》是晚唐五代时期的作品①。金荣华则认为《叶净能诗》的产生可能还要迟

---

①　张鸿勋《敦煌话本〈叶净能诗〉再探》，《敦煌学国际研讨会论文集》，兰州：甘肃民族出版社，2000 年，第 276 页。此前，张鸿勋在《敦煌话本〈叶净能诗〉考辨》（《敦煌学论集》，兰州：甘肃人民出版社，1985 年）中推断："《叶净能诗》直称唐明皇为玄宗，自应在代宗广德元年（763）定庙号后，这是它编成的上限"，"唐人诗文中，李杨爱情为大关目创始于《长恨歌》及《长恨歌传》，它们皆成于宪宗元和元年（806）冬十二月，这可能是《叶净能诗》编成时间的下限。"

一些:"民间传说中的人物姓名,一经转辗流传,往往张冠李戴,有时很难分别谁先谁后。但是次要人物常常在起初并无姓名,渐渐或因重心转移,次要人物也成重点所在而有了名字。从这一点看第十则'劫美生变'的故事,由于九世纪末成书的《开天传信记》中这故事的道士尚无名字,在《叶净能诗》中已成故事中心人物而被称为叶净能,可知《叶净能诗》较为后出,那么其产生时间当在五代(907—959)甚至是宋初了"①。我们认为宋初说的根据仅是间接孤证,晚唐五代说更合理一些。

6.《唐太宗入冥记》(拟题)

本篇见 S.2630,原写本撕裂为三段,缺义甚多,先后次序已被淆乱,王庆菽《敦煌变文集》和窦怀永、张涌泉《敦煌小说合集》作了次序调整。标题原缺,鲁迅《中国小说史略》拟题为《唐太宗入冥记》,刘铭恕《斯坦因劫经录》拟题为《唐太宗入冥小说》,以鲁迅的拟题最为流行。文后另有小断片二,其中一片有"天复六年(906)丙寅岁润(闰)十二月廿六日氾善赟书记"题记,天复为唐昭宗年号,只有四年,敦煌地处边陲,不知改元,仍书旧号,此题记可作为推断本卷抄写时间的参考。

唐高祖武德九年(626)六月四日,高祖李渊想通过朝会,讨论次子李世民与长子李建成、四子李元吉之间愈来愈烈的矛盾冲突。当建成、元吉进了玄武门行至临湖殿时,被事先埋伏在此的李世民及尉迟恭的将士包围,世民射死太子李建成,尉迟恭杀死齐王李元吉,击败东宫和齐王府的卫队,并杀死建成和元吉的十个儿子。高祖遂立世民为太子,两个月后传位世民。玄武门政变是一次非常残酷的宫廷斗争,有人认为是弑兄逼父的阋墙之争,是不孝不悌的败德行为。所以当时民间就有太宗入冥受阎罗王审判的传说。唐高宗时张文成撰写的《朝野金载》卷六即载有此事,可见当时就流传颇广。但是李世民本人则认为他的做法是"周公诛管、蔡以安周,季友鸩叔牙以存鲁,朕之所为,亦类是耳"(《通鉴》卷一九七),要求史官消去浮词,直书其事。对于民间的相关传闻也就不加禁止。

---

① 　金荣华《读〈叶净能诗〉札记》,《敦煌学》第 8 辑,1984 年,第 46 页。

《唐太宗入冥记》叙唐太宗生魂被拘入冥界,阎罗王命判官崔子玉审判其杀太子建成、齐王元吉之事。崔子玉本为辅阳县尉,与太宗有君臣之分,其友李乾风为太宗请托说情。太宗以太子年幼,国事重大为由,盼能还阳延寿,并许以厚重钱物。崔子玉自觉官卑,也期望早日升迁,经过一番讨价还价,崔子玉勾改生死簿为太宗延寿十年,太宗封其蒲州刺史兼河北廿四州采访使,官至御史大夫。崔子玉告诚太宗还阳后,大赦天下,令人讲诵和抄写《大云经》。此时太宗腹饥,崔子玉为其取饭。写本至此下缺。

《唐太宗入冥记》大约是武则天时期的作品。篇中记崔子玉要唐太宗还阳后"出己分钱,抄写《大云经》"。《大云经》是附会武则天以革唐命的重要经典。《旧唐书》卷六《则天皇后本纪》记载,载初元年(689)秋七月,"有沙门十人伪撰《大云经》,表上之,盛言神皇受命之事。制颁于天下,令诸州各置大云寺"。又卷一八三《武承嗣传》附《薛怀义传》云:"怀义与法明等造《大云经》,陈符命,言则天是弥勒下生,作阎浮提主,唐氏合微。故则天革命称周,怀义与法明等九人并封县公,赐物有差,皆赐紫袈裟、银龟袋。其伪《大云经》颁于天下,寺各藏一本,令升高座讲说。"按现存《大云经》即《大方等无想经》,别名《大方等大云经》,共六卷,北凉昙无谶译。陈寅恪《武曌与佛教》考证,薛怀义等当时即取旧译之本,附以新疏,巧为附会。其于昙无谶本原文,是全部袭用,绝无改易。《大云经》既非伪造,亦非重译,其中有以女身受记为转轮圣王成佛之教义①。学者多据此认为《唐太宗入冥记》是武则天时期的作品②。也有学者不同意这种意见,比如张鸿勋就认为:"故事中太宗封崔子玉为'采访使',而此官之设乃开元二十一年分全国为十五道后事,则其上限不得早于此年;而故事中又言及'街西边寺录',则为元和、长庆间事,那么

① 陈寅恪《武曌与佛教》,《金明馆丛稿二编》,北京:三联书店,2001年。
② 萧登福《敦煌写本〈唐太宗入冥记〉之撰写年代及其影响》(《敦煌俗文学论丛》,台北:商务印书馆,1988年)、陈毓罴《〈唐太宗入冥记〉校补》(《文学遗产》1994年第1期)、卞孝萱《〈唐太宗入冥记〉与"玄武门之变"》(《敦煌学辑刊》2002年2期)、程毅中《唐代小说史话》(北京:文化艺术出版社,1990年)等皆持此说。

它的下限当在此后,确为唐人述唐事的一篇话本。"①朱雷也持此说②。王昊则认为,采访使之设并非始于开元年间,据《通鉴》卷二〇七年载,长安二年(702)年已有河东采访使之设。另外,推断年代的依据还有"赐紫金鱼袋",根据《通鉴》卷二一〇胡三省注的记载,天后垂拱二年(686),诸州都督并准京官带鱼③。那么,《唐太宗入冥记》作于武后时期的说法是可信的。

　　7.《周秦行记》

　　《周秦行记》见 P.3741,首残尾全,无书题,存 61 行,行约 17 字左右,末有题记"清泰二年(935)十月十一日",当即本卷的抄写时间。《周秦行记》世有传本,主要版本有三:一为《太平广记》卷四八几收录;二为明顾元庆《顾氏文房小说》本,末有"长洲顾氏家藏宋本校行"题识;三为明刊《李文饶外集》卷四《周秦行记论》后所附本④。

　　《周秦行记》以牛僧孺的口吻自述旅途中的奇遇。贞元中僧孺落第,归途中夜行至伊阙南鸣皋山下,入一大宅,遇见汉文帝的母亲薄太后,太后令汉戚夫人、王昭君出来相见,接着有唐杨玉环、南齐潘淑妃、晋代绿珠等绝世美人出来相见,张乐设宴,交酬赋诗。宴会结束后,太后问何人伴宿,戚、潘、杨、绿皆推辞,于是让王昭君侍寝。次日早晨分别,问当地人,说这里有薄太后庙,已荒毁多年了。

　　宴会上薄太后问僧孺:"今天子为谁?"牛僧孺回答:"今皇帝先帝长子。"太真笑曰:"沈婆儿作天子,大奇!"杨贵妃说的"沈婆",就是唐代宗李豫的沈后。沈后在安史之乱中两度被胡人掳去,最后尸骨也没有找回来。"沈婆儿"就是当时的皇帝德宗李适。《李文饶外集》卷四《周秦行记论》就针对这篇小说对牛僧孺进行攻击:"余得太牢(指牛僧孺)《周秦行记》,反复睹其太牢以身与帝王后妃冥遇,欲证其身非人臣相也,将有意于狂癫。及至戏德宗

---

　　① 张鸿勋《敦煌讲唱文学作品选注》,兰州:甘肃人民出版社,1987 年,第 341 页。
　　② 朱雷《〈舜子变〉、〈前汉刘家太子传〉、〈唐太宗入冥记〉诸篇辨疑——读〈敦煌变文集〉札记三》,《魏晋南北朝隋唐史资料》第 9—10 辑合刊,武汉:武汉大学出版社,1988 年。
　　③ 王昊《敦煌小说及其叙事艺术》,合肥:安徽人民出版社,2005 年,第 96 页。
　　④ 其余诸本大多出顾本,见李剑国《唐五代志怪传奇叙录》,天津:南开大学出版社,1993 年,第 535—536 页。

为'沈婆儿',以代宗皇后为'沈婆',令人骨战。可谓无礼于其君甚矣!"最后说:"为人臣怀有逆志,不独人得诛之,鬼得诛矣!""所恨未暇族之,而余又罢。"想要族灭牛僧孺而后快。

《周秦行记》的作者,《太平广记》本和《顾氏文房小说》本皆署名牛僧孺。但北宋初年贾黄中已辨其非是,并考其为韦瓘所作,后人多从之①。岑仲勉《隋唐史》认为韦瓘并非李德裕门人,行辈还在德裕先,不会伪造这篇《周秦行记》。傅璇琮《李德裕年谱》同意岑氏的说法,还认为:"《周秦行记》为晚唐五代人所作,为了诬蔑李德裕,托名牛僧孺所撰,因韦瓘与李德裕亲善,就又说此篇实际为德裕门生韦瓘所作,以显示李德裕的阴险,同时又伪撰《周秦行记论》,作为《穷愁志》中的一篇,以坐实此事。"②按皇甫松《续牛羊日历》已引《周秦行记》。皇甫松生卒无考,但其父皇甫湜卒于835年左右,享年约60岁;他父亲去世时,皇甫松至是少年英才。唐昭宗光化三年(900),65岁的韦庄上疏皇帝,请赐"已赴冥路之尘"的14人为进士及第。《乞追赐李贺、皇甫松等进士及第奏》(《全唐文》卷八九九)中的14人大致按年资排序,前四人是李贺(790—816)、皇甫松、李群玉(?—862)、陆龟蒙(?—887)。可见,光化三年(900),皇甫松至少已去世20年左右。据此,则《周秦行记》不可能为晚唐五代人所作。程毅中也同意岑仲勉的说法,并引用了皇甫松《续牛羊日历》中的一段文字,竭力攻击牛僧孺,和《周秦行记论》的口吻完全一样。所以认为"如果说伪造《周秦行记》的不是韦瓘的话,那么皇甫松倒有很大嫌疑"③。李剑国《唐五代志怪传奇叙录》考定本篇产生于牛李党争时,大约是唐文宗大和八九年(834—835)的作品。宋初人贾黄中认为作者为韦瓘,当是有根据的。

韦瓘(789—873),字茂弘,京兆万年(今西安)人。元和四年(809)登进士第,为状元,授左拾遗,是李德裕的得意门生。累迁司勋郎中,中书舍人。大和八年(834)贬唐州,移明州长史。会昌末(846)任楚州刺史,大中二年

---

① 李剑国《唐五代志怪传奇叙录》,天津:南开大学出版社,1993年,第529—537页。
② 傅璇琮《李德裕年谱》,济南:齐鲁书社,2001年,第532页。
③ 程毅中《唐代小说史话》,北京:文化艺术出版社,1990年,第186页。

(848)任桂管观察使,寻除太子宾客分司东都,咸通二年(861)后去世。《新唐书》卷一六二有传。《全唐诗》卷五〇七存其诗 1 首,《全唐文》卷六九五存其文 3 篇。

8.《孝子传》(拟题)

《敦煌变文集》收录的《孝子传》为 5 个写本合成。这 5 个写本是:P.2621 存 23 则故事,P.3536 存有 3 则故事,P.3680 存 3 则故事,S.389 存有 5 则故事,S.5776 存有 6 则故事。去其重复,共得 31 人、34 则故事(舜、郭巨、王褒各两则)。其实,《敦煌变文集》的归类校录是有问题的。P.2621、S.5776 两卷就其整体内容和性质来说,应当是类书。其余 3 个写本有一个共同的特征,就是在叙述故事之后,都有一首(或两首)诗作结,体制上近似于话本。

P.3536 背抄有闪子、舜子、向生、王褒 4 人的孝道故事,内容皆完整,没有题目。孝道故事之前,还抄有《开宝十年丁丑岁(977)祭文》《丙子年(976)二月廿日神沙乡令狐员昌便黄麻麦等帐三行》,且字迹与本篇相同,可据以推知抄写时间。

P.3680 首尾皆残,卷背抄存丁兰、王褒、王武子、闪子四孝道故事。正面抄佛经,王重民《伯希和劫经录》云:"背为孝子传,末系以七言俗诗。内王武子妇传,言及开元二十三年事,当是晚唐著作。"

S.389 首尾俱残,抄存明达、郭巨、舜子、文让、向生五人孝道故事。刘铭恕《斯坦因劫经录》拟题为《孝子传》。该写本正面为《肃州防戍都状》,学者认为此内容与 S.2589《中和四年十一月一日肃州防戍都状》均记甘州与回鹘和断事,在时间上相互衔接。从笔迹上看,两件文书似出同一人之手。S.2589 明记为中和四年(884)的文书,S.389 也当抄于同一年①。那么背面的《孝子传》当抄于此后不久。

三本相校,共得明达、郭巨、舜子、文让、向生、闪子、王褒、丁兰、王武子

---

① 唐长孺《关于归义军节度的几种资料跋》,《中华文史论丛》1962 年第 1 辑。荣新江《归义军史研究》,上海:上海古籍出版社,1996 年,第 305 页。

等9个孝子的故事。

"孝"是中国古代人伦思想的核心。孔子曾为曾子说孝,因有《孝经》之作。《大戴礼记》中有《曾子本孝》《曾子立孝》《曾子大孝》等篇章,于孝道理论多所阐发。二十四史中,多专为"孝"立传。有名之曰"孝友"者,如《晋书》、两《唐书》、《金史》《元史》等;有名之曰"孝义"者,如《宋书》《齐书》《周书》《南史》《隋书》《宋史》《明史》等;有名之曰"孝行"者,如《梁书》《陈书》《北史》;有名之曰"孝感"者,如《魏书》。现在所知最早的《孝子传》为西汉刘向所撰,已散佚,后世有辑本。六朝时,以《孝子传》为名的著作不少,《隋书·经籍志》就著录有晋辅国将军萧广济撰《孝子传》十五卷、宋员外郎郑缉之撰《孝子传》十卷、师觉授撰《孝子传》八卷、宋躬撰《孝子传》二十卷,还有无名氏著《孝子传略》二卷。《旧唐书·经籍志》著录有萧广济撰《孝子传》十五卷、师觉授撰《孝子传》八卷、王韶之撰《孝子传赞》十五卷、宋躬撰《孝子传》十卷、无名氏撰《杂孝子传》二卷、虞盘佐撰《孝子传》一卷、徐广撰《孝子传》三卷、郑缉之撰《孝子传赞》十卷、梁元帝撰《孝德传》三十卷和《孝友传》八卷。清代茆泮林所辑《古孝子传》(见《丛书集成初编》),即汇集了9种《孝子传》佚文,后黄奭《黄氏逸书考》、王仁俊《玉函山房辑佚书续编》等有增补,然断简残篇,难窥全貌。

唐宋以来流传不断的二十四孝故事,集中代表了中国民间的孝道思想。《敦煌变文集》卷七收录了《故圆鉴大师二十四孝押座文》,是圆鉴大师云辩讲述的。云辩其人,卒于广顺元年(951),是五代末期人。他讲的二十四孝正文没有留存下来,无从知道二十四个孝子的名单,只在押座文中提到了舜、王祥、郭巨、老莱子、孟宗、黄香、释迦、目连的故事,包括历史人物和佛经人物。1958年河南孟津县出土的北宋崇宁五年(1106)张君墓石棺刻有二十四孝画像,据石棺上的榜题,其人名为:赵孝宗、郭巨、丁兰、刘明达、舜子、曹娥、孟宗、蔡顺、王祥、董永、鲁义姑、刘殷、元觉、睒子、鲍山、曾参、姜诗、王武子妻、杨昌、田真兄弟、韩伯俞、闵损、陆绩、老莱子[1]。山西长子县石哲出土

---

[1]　黄明兰、宫大中《洛阳北宋张君墓画像石》,《文物》1984年第7期。

的金代正隆三年(1158)墓壁画二十四孝图,名单与此相同①。这些宋金二十四孝画像没有向生、王褒、文让,所以它和敦煌本《孝子传》不是同一传承。但历代二十四孝的骨干名单,都可以在敦煌小说《孝子传》和敦煌类书《事森》(即《敦煌变文集》作为《孝子传》校录本的 P.2621、S.5776)中找到。所以说敦煌本孝子故事是二十四孝的源头之一,应该是没有问题的。

9.《启颜录》

敦煌本《启颜录》为一长写本,编号为 S.610,共计抄 327 行,每行 23 至 25 字不等,首尾完备,书法清朗秀逸。写本首行书"启颜录　辩捷　论难","启颜录"是书名,"辩捷　论难"乃是篇名(类名)。全卷包括"论难"7 则,"辩捷"6 则,"昏忘"14 则,"嘲诮"13 则,共 40 则故事。卷末有"开元十一年(723)捌月五日写了刘丘子于二舅家",这是本卷的抄写时间。

本写本未署作者姓名。《旧唐书·经籍志》和《新唐书·艺文志》都载有《启颜录》十卷,侯白撰。据《隋书·陆爽传》附《侯白传》,白字君素,隋魏郡临漳人,举秀才为儒林郎,以滑稽善辩著称,博闻多知,谐谑辩论,应对不穷,所在之处,观者如云。隋高祖(文帝杨坚)闻其名,令于秘书修国史,月余而死。侯白死于隋代,而《启颜录》里却有唐人故事,显然已不是他的原著。大概这本书由侯白首创,后人又把类似的故事增加进去,这种情况古书中很常见。张鸿勋认为,《启颜录》中的大部分故事,最初应是流传于民间,口耳相传的集体创作,然后才由文人收集整理写定。结集的时间下限,至迟在开元十一年(723)以前。不过此时尚未附会到侯白名下。而把《启颜录》的著作权归于侯白,至迟在后晋石敬瑭命张昭远等人撰修唐史之前②。

《启颜录》原书已佚,《太平广记》收录 69 条,敦煌本 40 条中 17 条《太平广记》载录,其中 16 条《太平广记》注明出自《启颜录》,1 条注明出自《谭薮》。

---

① 山西省考古研究所晋东南工作站《山西长子县石哲金代壁画墓》,《文物》1985 年第 6 期。

② 张鸿勋《谈敦煌本〈启颜录〉》,《学林漫录》第 11 辑,北京:中华书局,1985 年;《敦煌本〈启颜录〉发现的意义及其文学价值》,《1990 敦煌学国际研讨会文集》,沈阳:辽宁美术出版社,1995 年。

这样,现存的《启颜录》就可达 92 条。鲁迅说:"《启颜录》今亦佚,然《太平广记》引用甚多,盖上取子史之旧文,近记一己之言行,事多浮浅,又好以鄙言调谑人,诽谐太过,时复流于轻薄矣。"①程毅中也认为,《启颜录》的故事内容比较充实,情节兼备,既有出自成书的古代笑谈,也有采自当时流传的民间创作。有些故事,曾见于邯郸淳的《笑林》、刘义庆的《世说新语》、阳玠松的《谈薮》等,可以看作古代笑话的选编。更值得重视的是,《启颜录》保存了不少民间故事,反映了隋唐时期的社会生活和风土人情,又比较接近口语,可以作为研究隋唐社会习俗和中古汉语的文献资料。《启颜录》的书名也可能是后人所题,最初只是沿用了《笑林》的书名②。

10.《搜神记》句道兴撰

本篇在敦煌写本中共有 8 件:

① 日本中村不折藏本,篇题《搜神记一卷》,下注"句道兴撰",共 433 行,每行 30 字左右,抄有 33 则故事;

② P.5545,首尾俱残,存 95 行,抄录 11 则故事;

③ P.3156,首尾俱残,存 21 行,残存 4 则故事;

④ S.3877,此卷为杂写,与《搜神记》有关者仅 4 行,但此卷卷背文书有"乾宁四年(897)""天复九年(909)"的纪年,由此可见正面的"甲寅年"或系乾宁元年(894),即《搜神记》等的抄写时间;

⑤ P.2656,首残尾全,无题记,存 35 行,每行 18 字左右,保存了 4 个故事;

⑥ S.525,首全尾残,有篇题《搜神记一卷》,共存 169 行,行约 25 字,共抄存 10 则故事;

⑦ P.5588+S.6022,这是两个写本残片,可以缀合,残存 6 则故事。

又有 S.2072,过去或以为是《搜神记》写本,其实是节录《珠玉集》而成,不是《搜神记》。孟列夫《亚洲人民学院敦煌汉文写本目录》著录的 Дx.970

---

① 鲁迅《中国小说史略》,上海:上海古籍出版社,1998 年,第 42 页。
② 程毅中《唐代小说史话》,北京:文化艺术出版社,1990 年,第 73 页。

残卷《搜神记》，实际上是《类林》残卷，不是《搜神记》。但 S.2072 中《左慈》条注云"出《搜神记》"，则应当补入敦煌本《搜神记》。当然这些写本是否都是句道兴本，也很难说。

这些写本中最重要的是中村不折本，此本载录的故事最多，除 S.6022 之《隋侯珠》故事外，其余写本的故事均见于此本。

窦怀永、张涌泉《敦煌小说合集》把这 8 个写本分为三个系统，1—5 号卷为第一系统，这一系写本应当是句道兴本；6 号卷为第二系统；7 号缀合卷为第三系统。至于写本的抄写时代，各家说法大异，比如《敦煌变文集》认为：中村不折卷"刘泉"，S.525 作"刘渊"，作"渊"是，作"泉"者乃避唐高祖讳，所以此卷当抄于唐初。但也有学者认为该卷中的"王景伯"，是《晋书》中的"王敬伯"，作"王景伯"是避宋太祖赵匡胤祖父讳所改，并据以推定此卷为宋初写本①。我们认为，根据敦煌写本中的通俗文学写本大部分抄于晚唐五代宋初的惯例，本卷抄于宋初的可能性要大一些。

句道兴，史无记载，生平无法考证。吴承仕《茧斋读书记》说："敦煌所出句道兴《搜神记》残卷，说焦华得瓜、辛道度遇秦女数条，首称《史记》曰，语多不经，大类唐人小说。"李剑国《唐五代志怪传奇叙录》说："本书文辞朴俚，乱举引书，多违史实，大类唐世俗文，则句道兴者下层文人耳。"②至于其生活的时代，从其引书载事都是唐前事来看，应当是唐以前的人。

敦煌本《搜神记》共辑录故事 37 则，它们是：

（1）樊寮孝事后母吮痈卧冰求鲤而感动天帝事。也见于二十卷本《搜神记》卷一一，八卷本《搜神记》卷五，主人公俱作"楚寮"。本事出《东观汉纪》卷一一，作"樊鯈"。

（2）陇西张嵩孝母感天得堇菜并母亡后复生事。末云"事出《织绦传》"，此书不可考。P.2656 载此条有注"事出《搜神记》也"。本事出《太平御览》卷五五七及卷四一一引崔鸿《十六国春秋·前凉录》载张嵩及刘殷事。

---

① 项楚《敦煌本句道兴〈搜神记〉补校》，《文史》第 26 辑，北京：中华书局，1986 年。

② 李剑国《唐五代志怪传奇叙录》，天津：南开大学出版社，1993 年，第 178 页。

（3）汉末长安焦华孝父感天得瓜事。末云"事出史记"，此史记当是史书之泛称，非指太史公书。本事出《太平御览》卷四一一引《齐春秋》。

（4）良医榆附扁鹊华佗事。这条极简略，本事见《史记·扁鹊仓公列传》。

（5）扁鹊医活虢太子事。亦见八卷本《搜神记》卷一，文字有差异。本事见《史记·扁鹊仓公列传》及《韩诗外传》卷一〇。

（6）管辂预知赵颜子当死授以法使其延寿事。末云"出《异物志》"。东汉杨孚撰有《异物志》，此后以《异物志》为书名者不少，《隋书·经籍志》著录有《南州异物志》《交州异物志》《凉州异物志》等。此"出《异物志》"不知何书。本则故事亦见二十卷本《搜神记》卷三，作"颜超"，事简；八卷本《搜神记》卷一，作"赵颜"，文字略同。

（7）齐景公梦病鬼化二童子事。末云"事出《史记》"。八卷本《搜神记》卷一亦载，为晋侯、秦医缓事，情节相同。本事出《左传·成公十年》，为晋侯事。

（8）河间刘安为赵广占吉凶事。末云"出《地理志》"，此书无考。八卷本《搜神记》卷一亦载，略同。本事未详。

（9）陇西辛道度雍州遇秦文王亡女冥婚事。末云"事出《史记》"。也见于二十卷本《搜神记》卷十六，八卷本《搜神记》卷一，作秦闵王女。汪绍楹校注《搜神记》此条，以为"国婿拜驸马都尉"非晋制，故此条不是干宝书，乃后人辑者袭取八卷本，而八卷本又本于句《记》。

（10）白马县侯霍救鬼得妇事。末云"出史记"。本事未详，《太平广记》卷三二二《王志都》条引《幽明录》，情节与此部分类似，或为此条所本。

（11）郭欢为侯光复仇事。末云"出史记"。本事未详。此故事亦见《太平广记》卷三二〇《任怀仁》条引《幽明录》，姓名虽异，事迹略同。

（12）会稽王景伯遇刘惠明亡女冥合事。本事见《太平御览》卷五七七引《晋书》佚文，又见吴均《续齐谐记》。

（13）秦时韩陵太守（S.525作晋愍帝时零陵太守）赵子元雇女鬼作衣事。末云"出《晋传》"，不详。八卷本《搜神记》卷一亦载，作"晋愍帝时零陵太守"。

（14）刘泉（渊）时梁元皓、段子京为鬼事。末云"事出《妖言传》"，此书不详。故事与东汉范式、张劭之事相类，当是从范、张故事演变而来。范、张之事见《后汉书·范式传》，亦见二十卷本《搜神记》卷一一。

（15）汉景帝时长安县令段孝真被雍州刺史梁元纬冤杀复仇事。末云"出《博物志》"，张华《博物志》无此条。八卷本《搜神记》卷二亦载，作段孝直、梁纬。本事见《拾遗记》（清褚人获《坚瓠秘集》卷二引，不见今本王嘉《拾遗记》）。

（16）秦始皇时王道凭未婚妻唐文榆复生事。亦见二十卷本《搜神记》卷十五，八卷本卷二。汪绍楹校注《搜神记》此条云："句《记》即据本卷次条'晋武帝世，河间郡男女私悦'条为蓝本，变其姓名而演绎之。如云'落堕南蕃'，必非晋人用语，故《稗海》本已改作'南国'。又句《记》女名'文榆'，《稗海》本误为'父喻'。此两处本条均同《稗海》本，足证其自《稗海》本录入无疑。"

（17）冯翊人刘寄被杀报冤事。末云"事出《南妖皇记》"，不可考。

（18）周宣王枉杀杜伯后为杜伯鬼魂射杀事。末云"事出《太史》"。八卷本《搜神记》卷三亦载，文略同。本事见《墨子·明鬼下》、《国语·周语上》注引《周春秋》。

（19）青州刘玄石饮千日酒醉死三年事。二十卷本《搜神记》卷一九，八卷本卷三亦载之，略同。本事见《博物志》卷一〇《杂说下》。

（20）孙权时襄阳李纯爱犬大火中救主事。八卷本《搜神记》卷五，二十卷本卷二〇亦载录，作李信纯、黑龙，襄阳太守刘遐作邓瑕（二十卷本作郑瑕）。汪绍楹校注《搜神记》云此条必非干宝原书："本事见句道兴《搜神记》。句《记》似取《搜神后记》九《广陵杨生》条演绎为之。"

（21）汉陈留李信因孝母被召入冥府后放还事。八卷本《搜神记》卷三载之，文句略同。《幽明录》载有梦中换头、换面、换胡脚之事（《太平广记》卷三六〇、二七六、三七六引《幽明录》），"故知句《记》李信条，殆即综合此类故事加以再创作而成者"①。

---

① 项楚《敦煌本句道兴〈搜神记〉本事考》，《敦煌学辑刊》1990 年第 2 期；又收入作者《敦煌文学丛考》，上海：上海古籍出版社，1991 年，第 61 页。

（22）汉景帝时太原王子珍与鬼友李玄事。末云"出《幽名录》"，当是《幽明录》，但今传《幽明录》佚文无此条。八卷本《搜神记》卷二亦载录，李玄作李玄石，边孝作边孝先。《魏书·段承根传》也载有同类故事，虽属不经之谈，而载入正史，知当时一定流行很多此类传说。

（23）田昆仑娶天女为妻生田章及田章觅母事。亦见二十卷本《搜神记》卷十四，极简略，或许就是《句记》此条的蓝本。《句记》此故事洋洋洒洒二千言，叙事娓娓，野趣盎然，与初唐志怪的短小简古相比，真是另辟天地。只是重叙事而轻摹写，结构也不见匠心作意，视为早期话本，亦无不可。《太平御览》卷九二七引郭璞《玄中记》的后部分与《句记》此条几乎相同，卷三七八引张华《博物志》是《句记》此条后半田章对答天子之事所本。董仲教田章寻母事，又曾参照酌取民间流行的董永故事情节（《敦煌变文集》有《董永变文》）。斯坦因第三次中亚考察（1911—1913）所获的汉简中，有一枚"田章简"，其内容见于敦煌写本中的《晏子赋》和《孔子项托相问书》两篇俗赋[1]。容肇祖认为"田章"可能就是《晏子春秋》中"弦章"的讹传[2]。弦章与晏子同时，他曾以死谏齐景公饮酒。那么田章的故事的源头可以一直追溯到先秦时期。

（24）陈留孙元觉感父孝祖事。此条首云"《史记》曰"。《太平御览》卷九二七引《孝子传》原谷事为此事所本，但改"原谷"为"孙元觉"耳。此故事又是自佛经改写者，原谷或孙元觉谏父之语，与《杂宝藏经》卷二弟谏兄语，同一机杼。

（25）郑弘以车马衣物让弟事。本条连抄在上条之后，《变文集》遂附在上条后。按此条所记事与上条无关，当另为一条。开头有"《英才论》云"，此书无考，本事亦无考。

（26）后汉河内郭巨养母埋子得金事。郭巨之事，历代流传甚广，《法苑珠林》卷六二引刘向《孝子传》、二十卷本《搜神记》卷十一、《初学记》卷二七

---

　　① 这枚简最早著录于张凤《汉晋西陲木简汇编》（上海：有正书局，1931年）第51页第11号，张氏名之为"田章简"。林梅村、李均明《疏勒河流域出土汉简》（北京：文物出版社，1984年）编为730号。甘肃省文物考古研究所编《敦煌汉简释文》（北京：中华书局，1991年）编号为第2289号。

　　② 容肇祖《冯梦龙生平及著作》，见《岭南学报》第2卷第3期。

引宗躬《孝子传》、敦煌本《孝子传》等皆载录。巨事初载于刘向书,则郭巨当为西汉人,此云后汉人,非是。

(27)河内丁兰刻母供养事。丁兰之事,见于《法苑珠林》卷六二引刘向《孝子传》及郑缉之《孝子传》、曹植《灵芝篇》、《太平御览》卷四八二引《搜神记》佚文、《初学记》卷一引《逸人传》、敦煌本《孝子传》等。

(28)前汉董永卖身葬父孝感天女下凡事。首云"昔刘向《孝子图》云",则据刘向书改写者。此故事见《法苑珠林》卷六二引刘向《孝子传》、曹植《灵芝篇》、二十卷本《搜神记》卷一,敦煌本《孝子传》和《董永变文》亦有记载。

(29)楚国郑袖谮妾事。本事见《韩非子·内储说下·六微》《战国策·楚策四》。

(30)山阳孔嵩、范巨卿交友得金事。此条首云"史记曰"。《水经注》卷三一《淯水注》载孔、范断金契事,不及上详。

(31)楚庄王臣戏宫女被断缨,后救王报其不罪之恩事。此条首云"史记曰"。本事见《说苑》卷六《复恩》及《韩诗外传》卷七。

(32)孔子与老人问对事。本事未详。

(33)齐人鲁人互相救助事。本事见《太平御览》卷四二一引《风俗通》佚文。

(34)楚惠王食水蛭病愈事。本事出贾谊《新书·春秋》及刘向《新序·杂事四》。

(35)隋侯救蛇得珠事。八卷本《搜神记》卷三、二十卷本《搜神记》卷二〇亦载之。隋侯珠事见《淮南子·览冥篇》高诱注、《太平御览》卷四七九引盛弘之《荆州记》、《水经注》卷三一、《世说新语·言语》刘孝标注、《庄子·让王》成玄英疏等。

(36)羊角哀杀身救左伯桃。本事出《后汉书》卷二九《申屠刚列传》李贤注引《列士传》(《太平御览》卷四〇九亦引),唐李冗《独异志》卷下亦载之。敦煌文学中,羊角哀与左伯桃的故事屡被引及。《燕子赋》(乙):"并粮坐守死,万代得称传。伯桃忆朝廷,哽咽泪交连。""朝廷"是朋友的意思,这里活着的是左伯桃,饿死的是羊角哀。《齖䶗新妇文》:"每忆贤人羊角,求学山中并粮死。"也以并粮而死者为羊角哀。

（37）左慈被曹操杀变为茅草事。此条见 S.2072，此卷是节录《珦玉集》而成，不是《搜神记》。但其中《左慈》条注云"出《搜神记》"，故补入《搜神记》。本事见《太平广记》卷十一引《神仙传》、《后汉书·方术列传·左慈》。二十卷本《搜神记》卷一亦载之。

晋干宝曾著有《搜神记》三十卷，见《晋书·干宝传》。这个三〇卷本的《搜神记》在唐五代仍然很流行，但到宋代以后已经散佚。现在流行的干宝《搜神记》有两种：一为二十卷本，是明朝人胡应麟辑补本；一为八卷本，有明万历年间何允中《广汉魏丛书》本、商浚《稗海》本。敦煌本《搜神记》与八卷本《搜神记》所载故事，其文字大同小异的有 15 则，二者的共同点最多。敦煌本与二十卷本相校，有 8 则故事大体相同，但文字繁简相差很大，所以应当是两个系统的本子。敦煌本《搜神记》有 19 则注明出处，它所引用的《织终传》《异物志》《晋传》《妖言传》《博物传》《南妖皇纪》《太史》等书，都无从查考，可能是当时流传于民间的通俗读物。项楚、李剑国的研究表明，句道兴所依据的大致是唐以前的材料，包括民间传说①。从它注明出处看，是一部辑录古书而成的志怪小说集。

本篇文字比较粗糙通俗，运用了一些当时的口语，而故事情节较之六朝志怪又有所变化，所以可能是唐代说话初期的话本。程毅中认为："它和敦煌本《庐山远公话》等风格相近，可以说是说话人用以参考的底本，然而它的口语化程度稍低，艺术加工不多，基本上还是志怪小说的辑录。它和后来的《绿窗新话》《醉翁谈录》等书的性质相似，大概是说话人摘抄的资料。我们可以从中看到一些不见于别的书的民间故事，也可以大致了解唐代说话的艺术水平。"②

11.《还冤记》（拟名）

P.3126 前半部分残缺，后抄有冤魂索报故事 15 则，计 159 行，每行 17

---

① 项楚《敦煌本句道兴〈搜神记〉本事考》，《敦煌学辑刊》1990 年 2 期；收入作者《敦煌文学丛考》，上海：上海古籍出版社，1991 年。李剑国《唐五代志怪小说叙录》，天津：南开大学出版社，1993 年，第 176—182 页。

② 程毅中《唐代小说史话》，北京：文化艺术出版社，1990 年，第 76 页。

字左右,卷末题有"冥报记"三字。王重民《敦煌古籍叙录》已考订其为颜之推的《还冤记》,而非唐临的《冥报记》。这个写本事先画好线格,上下都留有空白,以雅秀的楷书抄写,兼杂行书,抄后详为点勘删补,堪称精抄校本。本卷第4则故事上部天头,有小字19行:"中和二年(882)四月八日下手镌碑,五月十二日毕手。索中丞以下二女夫作设于西牙碑毕之会。尚书其日大悦,兼赏设,僧俗已下四人,皆沾鞍马缣绢,故纪于纸。"此记中"尚书"当指淮深,"索中丞"指索勋,"二女夫"指张议潮的两人女婿索勋和李明振。碑文从四月八日开雕,到五月十二日竣工,历时一月有余,内容一定比较长。研究者推测所镌内容即《还冤记》,所以木写本抄写那么认真且认真校勘。据此,则本卷抄于中和二年(882)。又 S.5915 在末尾抄有《还冤记》中的邓琬故事,无标题,没有抄完。

颜之推(531—约591),字介,琅邪临沂(今属山东)人。早传家学,博览群书。初仕梁为湘东王参军,后投北齐,领中书舍人。齐亡入周,为御史上士。隋开皇中,太子召为文学,深见礼重。著有《颜氏家训》二十卷,今存。《北齐书》卷四五和《北史》卷八三有传。《还冤记》见于《隋志》和两《唐志》,名曰《冤魂志》。颜之推后人颜真卿《赠秘书少卿国子祭酒太子少保颜君庙碑》中说:"著有《家训》二十篇,《冤魂志》三卷。"唐宋以降,《冤魂志》渐亡。宋末元初陈仁子有辑校本(见清末陆心源《皕宋楼藏书志》著录),辑录 36 事,敦煌本 15 条皆在其中。近年来,始有周法高《颜之推〈还冤记〉考证》据明清人辑本和《法苑珠林》《太平广记》辑得 60 事[①]。王国良《颜之推〈冤魂志〉研究》也辑得 60 条,附录 5 条[②]。罗国威等《冤魂志校注》也辑录 60 条,附辑佚文 6 条[③]。《四库全书总目》云:"自梁武以后,佛教弥昌,士大夫率皈礼能仁,盛谈因果。之推《家训》有《归心篇》,于罪福尤为笃信。故此书所述,皆释家报应之说。然齐有彭生,晋有申生,郑有伯有,卫有浑良夫,其事并载《春秋传》;赵氏之大厉,赵王如意之苍犬,以及魏其、武安之事,亦未尝不载于正史。强魂毅魄,凭厉气而为变,理固有之,尚非天堂地狱,幻杳不可稽者比

---

① 周法高《颜之推〈还冤记〉考证》,《大陆杂志》第 22 卷,第 5—11 期,1961 年。
② 王国良《颜之推〈冤魂志〉研究》,台北:文史哲出版社,1995 年。
③ 罗国威《〈冤魂志〉校注》,成都:巴蜀书社,2001 年。

也。其文词亦颇古雅,殊异小说之冗滥,存为鉴戒,固亦无害于义矣。"

敦煌本《还冤记》残卷只存 15 则故事,其次序与今本相差很大,可能更接近于原本编次。这 15 个故事中,所写的人物都是历史上真实存在的,但与历史著作所写又有差异,明显地渗进了当时民间传说的内容。基本情节多是"甲杀乙,乙变鬼,鬼杀甲",其目的显然是要宣扬恶有恶报的因果报应思想。值得一提的是,有《支法存》《张稗》《铁臼》等故事,其中权豪势要及富人强取豪夺、为非作歹的恶劣行径,千载之下,犹让人切齿不已。后妻不善待前妻之子的故事,更是我国民间一个古老传统话题。自古以来,不知有多少人曾为铁臼这样备受折磨而死的孩童洒下了同情之泪。故事里交织着作者的同情和愤慨,劝世的意图相当明显。在南北朝骈文兴盛的时代,《还冤记》纯用散体,文字朴素自然,明白易懂,生动简洁,尤显难能可贵。

12.《黄仕强传》

本篇存 12 个写本,缀合后得 10 件:1. 浙敦 26、2. 日本大谷大学藏本、3. P.2186、4. Дx.4792+北 8290、5. P.2297、6. 上图 84、7. 日本中村不折藏本、8. Дx.1672+Дx.1680、9. 北 8290(阳 21,BD02921)、10. P.2136。各卷残存差异较大,共存的部分文字也有差异。其中 6 个写本有篇题《黄仕强传》。窦怀永、张涌泉《敦煌小说合集》根据文字上的差异把这 10 件抄本分为四个系统,1—5 为第一系统,6—8 为第二系统,9 为第三系统,10 为第四系统。我们认为,这些差异,正是本篇作为近似于话本的作品,因其讲说的不同造成的。

本篇讲述黄仕强因与一屠夫同名,而被冥使误抓去,在阎罗王前自诉冤屈,阎罗王同意重新审查勘案。在贿赂"守文案人"30 文钱后,守文案人说出了长命法:发愿敬写《普贤菩萨说此证明经》,然后得还阳复生。本篇的几个写本都抄在伪经《普贤菩萨说此证明经》前,是专为此经编写的灵验记。但和其他灵验记相比,篇幅较长,有生动的对话和戏剧性的故事情节,人物的性格也颇具个性,所以作为一篇话本小说也未尝不可。本篇开头说故事发生的时间是唐高宗永徽三年(652),其背景是:"蒋王府参军沈伯贵,前随王任安州之日,住在安陆县保定坊黄仕强家停。"任安州都督的蒋王李恽,以横征暴敛出名。黄仕强入冥的故事发生在此时的安州,可见其贫窘状与蒋王这种扰民政策是分不开的。

《证明经》本身是中国化的经典，所以柴剑虹认为这部伪经可能是为武则天上台造舆论的，《黄仕强传》的创作时间当在高宗显庆五年（660）冬高宗病重而将权利交给武则天以后①。杜琪则根据篇中所记"永徽三年"一语及《普贤菩萨说此证明经》中授记比附推考，其上限应在显庆五年（660）高宗病重，武后开始篡权之后，下限应在光宅元年（684）武则天未立之前②。

13.《道明还魂记》（拟题）

本篇存于 S.3092，首尾俱全，正背两面书写，共 24 行（正面 17 行，背面 7 行），行约 21 字左右。本篇首行书"谨案还魂记"，故刘铭恕《斯坦因劫经录》拟题为《道明还魂记》。篇中交代故事发生时间为"大历十三年（778）二月八日"，此为本篇创作的上限。罗世平《地藏十王图像的遗存及其信仰》一文指出："据现存绘刻有道明和尚的地藏图本判断，道明故事在八九世纪之间当已流行。"③而本卷的抄写时间，窦怀永、张涌泉《敦煌小说合集》"初步推测为晚唐五代写本"④。

本篇讲述唐襄州开元寺僧道明误被冥使当作龙兴寺道明而抓到冥府，阎罗王独具慧眼，仅观相貌即断明有误，经过对勘终得昭雪，并因此得以亲眼目睹地藏菩萨及文殊菩萨真容，"目比青莲，面如满月，宝莲承足，缨络装严，锡振金环，衲裁云水"。又以对话形式直接由地藏批评阳间传写中的讹误。道明回阳世后图写地藏真容，流传后世。本篇的故事情节虽然简单，但它在佛教史上却有着重要的意义。刘铭恕对此有精辟的分析："今考道明《还魂记》的出现，是标志着地藏菩萨画像的一次改革创新而产生的。首先，对地藏增加了一番装饰，如不再露顶，头戴风帽，比旧形式庄严得多。其次，文殊菩萨本来是和地藏身份相等的人物，现在把他化现为金毛狮子，驯服地立在地藏身边，大大地提高了地藏的地位。其三，把世俗的道明和尚作为侍者，这是企图把神样的地

---

① 柴剑虹《读敦煌写本〈黄仕强传〉札记》，《敦煌语言文学研究》，北京：北京大学出版社，1988 年。

② 杜琪《敦煌小说作品题注》，《甘肃社会科学》2004 年第 6 期。

③ 罗世平《地藏十王图像的遗存及其信仰》，《唐研究》第 4 卷，北京：北京大学出版社，1998 年，第 413 页。

④ 窦怀永、张涌泉《敦煌小说合集》，杭州：浙江文艺出版社，2010 年，第 264 页。

藏，和世俗的人间结合得更为亲密，充分地显示地藏菩萨能深入人世，保护人类，为人类造幸福。旧式地藏画像，经过这样的必须革新的宣传和必须创新的舆论，一种新样式的地藏菩萨画像便出现于世。但是若没有《还魂记》作证，那将是不易理解的。"①被帽地藏菩萨是晚唐以来大量流行的一种造像，其造像的特征是地藏菩萨不是原来的声闻形象，而是在其头上带有丝织品围成的帽子，两侧下垂至肩。道明和尚作为得睹地藏菩萨真容的重要见证人，出现在晚唐以后的造像中，从而更增加了所绘图像的真实性和可信性②。

　　法国巴黎吉美博物馆藏编号为 MG17659 的敦煌《千手千眼观世音菩萨图》绢画，绘于北宋太平兴国六年(981)，其中右下方的《地藏菩萨图》和《道明还魂记》的关系尤为密切。图中地藏半结跏坐于莲花座上，头被风帽，右手捧托摩尼宝珠，左手执持锡杖，其仪态可以和《道明还魂记》中的描绘相仿佛。画中的几则榜题更值得注意：画面右侧上方题"地藏菩萨来会鉴物时"；菩萨右前方画有一僧人合十面立，上题"道明和尚却返时"；左前方有一狮子，题"金毛狮子助圣时"。"……时"是敦煌变文讲唱时配合图画的标志，表示画面的情节。上述三处榜题所言正是《道明还魂故事》的内容：第一处榜题谓地藏菩萨来冥府主持冥判，说明了道明得以亲眼目睹地藏的具体处所和此行的目的；第二处榜题点明了事情发生的具体时间；第三处榜题说明了画面中出现金毛狮子的原因。三处榜题与《道明还魂记》所记的情形一一对应，人物也相吻合，图画与人物情节交相辉映，说明不仅变文可以配合图像讲诵，凡讲诵故事的文体皆可以配合图画。

　　14.《白龙庙灵异记》(拟题)

　　本篇存于 P.3142，首尾俱全，内容完整，无篇题，共 18 行，行约 20 字。王重民《伯希和劫经录》拟题为《白龙庙灵验记》，郑阿财《敦煌佛教灵验故事综论》拟题为《羯谛真言感应记》。本篇写唐代大历年间(766—779)峡内暮

---

　　①　刘铭恕《敦煌遗书杂记四篇·道明〈还魂记〉与地藏菩萨的新样画像》，《敦煌学论集》，兰州：甘肃人民出版社，1985 年，第 58 页。
　　②　参看罗华庆《敦煌地藏图像和"地藏十王厅"研究》，《敦煌研究》1993 年第 1 期；王惠民《中唐以后敦煌地区地藏图像考察》，《敦煌研究》2007 年第 1 期。

山县属河旁一口古井边有一座庙,名曰"白龙庙"。该庙神明非常灵验,于是周边村人遂于春秋时节按时祭祀,祭品有酒馔、钱财、白马、室女。如果祭品丰足,则年丰人安,如果缺少一物,便会伤苗害众。祭品中最难置办的是室女,只得轮流奉献。这一年轮到乡人丁会家,他家有一个年刚 12 岁的小姑娘春娘,性情婉约贤和,被父母视为心肝宝贝,但事出无奈,只得奉献给神魅。乡人和丁会等亲属将春娘、白马、酒馔、钱财等一并送到庙里,祭拜之后就回村了。庙里的春娘哀怨愤懑,泪流满面。傍晚时分,春娘身心悟开,想起佛祖慈悲为怀,遂发意祷告。此时,忽见一位老者说:"汝但念羯谛真言,必脱灾难。"于是春娘跟着老人念诵,才 10 多遍,忽听一声巨响,犹如雷霆。而老人变身为神,对着庙喝之。有一大白蛇从井中出,身长数丈,泣血而死。次日早上,乡人到庙里欲葬其遗骨,见春娘、白马并在。这段故事情节完整,描写生动,是敦煌灵验记中文学性最强的片断之一。

羯谛,也写作"揭谛",意谓超脱妄执,即超越和灭除错误的认识。《羯谛真言》,出自《般若波罗蜜多心经》:"般若波罗蜜多是大神咒,是大明咒,是无上咒,是无等等咒,能除一切苦,真实不虚。故说般若波罗蜜多咒,即说咒曰:'揭谛,揭谛,波罗揭谛,波罗僧揭谛,菩提萨婆诃。'"这 18 个字就是《羯谛真言》。它的意思,各家的理解有异,翻译成现代汉语也差异较大,或译为"度!度!度到彼岸!大众速度,连疾成就正觉",或译为"揭去无明见本体,揭去无明见本体,须揭去无明见本体!大家到彼岸,揭去无明见本体,菩萨速成大菩提",或译为"觉悟,觉悟,正在觉悟,已经觉悟,就这样成就了佛道",或译为"同行同行,与我一起同行,与我一起同行到彼岸去"。总之,各人根据自己的体悟得出不同的解释。本来,佛家讲究咒语不可译,根本在于诚心念诵。

15.《贫女忏悔感应记》(拟题)

存于 S.6036,首尾俱残,存 11 行,行约 17 字左右。刘铭恕《斯坦因劫经录》拟题为《落蕃贫女忏悔感应记》,陈祚龙拟题为《贫女忏悔感应记》[①],杨宝

---

① 陈祚龙《新集中世敦煌三宝感通录》,《敦煌学海探珠》,台北:商务印书馆,1979 年,第340—341 页。

玉拟题为《贫女因子落蕃设供斋僧感应记》①，后又拟题为《宾头卢圣僧灵验记》②。本篇讲贫女的儿子落蕃，不是贫女落蕃，故刘铭恕的拟题在"贫女"前加"落番"二字，易造成误解。杨宝玉前一个拟题能准确概括全文故事大意，后一拟题能说明灵验记的主体，且符合敦煌写本此类灵验记的命题习惯。今取陈祚龙的拟题《贫女忏悔感应记》，是因为此题简明易懂，更有小说的风味。

本篇讲贫女的儿子流落蕃地，不知所在，遂设小供，愿见儿子。因为家贫，富者不肯赴斋。贫女于是去佛寺求哀忏悔。忽有一老僧问其原由，遂跟随贫女至其家，受其供斋。食讫，又索取了一份斋饭，一双鞋袜，说是要带给儿子。僧人走后一顿饭的时间，忽然看见（以下残缺）。残缺的部分，当是看见了儿子回来了。根据杨宝玉的考证，这位僧人应当是宾头卢圣僧，他是佛陀的弟子之一。在敦煌地区，宾头卢信仰很流行，请圣僧的法会种类繁多，举凡为亡者追福、为生者祛病、燃灯、转经、结坛发愿等佛事活动，都要祈请宾头卢降驾应供。唐临《冥报记》中有一则《北齐冀州人》故事，与 S.6036《贫女忏悔感应记》很相似，我们可以据以推测《贫女忏悔感应记》残缺的内容：

> 北齐时，有冀州人从军伐梁，战败，见擒为奴。其父母在乡，不知音问，谓已死。为追福，造砖浮图。砖浮图成，设斋会，道俗数百人方坐食，闻叩门声。主人父出视，见一僧，形容甚雅，谓主人曰："乞斋食，黍糜可以布手巾裹之，并乞鞋一量。"主人请留住食，僧不肯，曰："欲早去，不暇坐食也。"主人如其言，以新布裹糜，并鞋一量奉之，僧受而去。是日斋时，主人子在江南泽中，为其主牧牛，忽见一僧手持糜一裹及新鞋一量，至奴所，问曰："亦思觐见父母乎？"奴泣曰："无敢望也。"僧以与糜，令坐食，食毕，又与鞋令着之。而敷袈裟于地，令坐袈裟上，僧取袈

裟四角，总把擎举而挥去。可移二丈许，着地，奴开视，不见僧及袈裟，而身已在其宅门外。入门，见大众方食。父母惊喜就问，具说由缘，视其巾内余糜及鞋，乃向奉僧者也。乡邑惊骇，竞为笃信。是日，月六日也，因名所造浮图为"六日浮图"。浮图今尚在，邑里犹传之矣。①

16.《龙兴寺毗沙门天王灵验记》

本卷存于 S.381。该卷正面抄《唐京师大庄严寺僧智兴鸣钟感应记》《鸠摩罗什传》《龙兴寺毗沙门天王灵验记》《鸣钟偈》，背面抄《僧威信等祭姊文》《己卯年十二月廿四日僧惠绎等祭表姊什二娘文》《丁亥年五月十五日僧常惠等祭姊文》《丁亥年五月十五日十二娘祭婆婆文二通》。正面和背面笔迹不同，不是一人所抄。其中《龙兴寺毗沙门天王灵验记》抄 22 行，行 15 字左右，首尾俱全，篇题原有，内容完整。该卷正面的《僧智兴鸣钟感应记》后有题记"庚辰年四月廿七日抄记"，《鸣钟偈》后有题记"咸通十四年（873）四月廿六日提（题）记耳也"。《龙兴寺毗沙门天王灵验记》开头有"大蕃岁次辛巳润（闰）二月十五日"，说明此灵验故事发生在吐蕃占领敦煌的辛巳年（801），一件事情从发生到演绎并神化，一定有一个较长的过程，所以写本正面的庚辰年当为 860 年，此为正面的抄写时间。卷背的抄写时间就是咸通十四年（873）。而本篇的创作时间当在公元 860 年之前一段时间。

龙兴寺，敦煌著名佛寺，宝应二年（763）初见其名（S.2436），位于沙州城里，邻近州衙，至宋初天禧三年（1019）仍见于记载（《天禧塔记》）。龙兴寺为敦煌大寺，办有寺学，寺有藏经，寺中经常举办各种佛事活动和民俗活动。毗沙门天王，佛经中四大天王之一，为镇守北方的护法神。唐宋时期，我国的毗沙门天王信仰盛极一时，敦煌地区的毗沙门天王信仰也很盛行②。

---

① 李时人编校《全唐五代小说》卷二，北京：中华书局，2014 年，第 38—39 页。
② 吕建福《西北战事与毗沙门天王的信仰》，《中国密教史》，北京：中国社会科学出版社，1995 年，第 363—369 页。古正美《于阗与敦煌的毗沙门天王信仰》，《2000 年敦煌学国际学术讨论会文集·历史文化卷》上卷，兰州：甘肃人民出版社，2003 年，第 34—66 页。郑阿财《〈龙兴寺毗沙门天王灵验记〉与敦煌地区的毗沙门信仰》，《周绍良先生欣开九秩庆寿文集》，北京：中华书局，1997 年。

本篇写大蕃岁次辛巳（801）闰二月十五日，龙兴寺张灯设乐，有一百姓圆满在晚上看灯的时候，发现天王头像上有一个小鸽，于是投一石子，打鸽不着，反把天王的额头打了个指甲大小的伤痕。当晚回到家躺下欲睡，忽见一条金龙，吓得遍体流汗，两眼急痛，双目失明。次日，其妹牵其手至神前，志心忏悔，昼夜念佛诵咒。经六日六夜，两目豁然，和以前一样明亮。本篇末尾说："自尔已（以）来，道俗倍加祈赛，幡盖不绝，故录灵验如前记。""祈赛"是一种谢神佑助的祭典，包含求福与酬报两方面内容；"祈"为向神祈祷以求福佑，"赛"为祭祀酬神。唐五代时期，敦煌地区经常举行祈赛活动，"赛天王"为其中隆重的典仪之一。根据谭蝉雪的研究，当时敦煌一般每月初一和十五祈赛两次①。本灵验记的故事发生在闰二月十五日，这天正是毗沙门天王与诸天神的集会日。

17.《唐京师大庄严寺僧释智兴鸣钟感应记》（拟题）

存于 S.381 和 S.1625 两个写本中。S.381 卷抄本篇 13 行，首残尾全。本卷还抄有《龙兴寺毗沙门天王灵验记》，抄写时间当为咸通元年（860，说见前）。S.1625 正面抄《天福三年（938）大乘寺诸色斛斗油面破历》，背面抄《佛图澄和尚因缘》（首题）、《唐京师大庄严寺僧释智兴鸣钟感应记》（拟题），本卷背面的抄写时间当在天福三年（938）后不久。

本篇第一句是"唐京师大庄严寺僧释智兴判（释）智兴者"云云，故刘铭恕《斯坦因劫经录》拟题为《唐京师大庄严寺僧释智兴判》。陈祚龙《新集中世敦煌三宝感通录》拟题为《唐京师大庄严寺僧智兴答鸣钟曰》，而郑阿财拟题为《唐京师大庄严寺僧释智兴鸣钟感应记》②，杨宝玉则拟题为《唐京师大庄严寺僧释智兴鸣钟灵验记》③。按原卷"判"与前文之间有空格，故判当属下读，为"释"形误（郑阿财说）。

大庄严寺，唐代长安著名佛寺，建于隋仁寿三年（603），初名禅定寺，唐

---

① 谭蝉雪《敦煌祈赛风俗》，《敦煌研究》1993 年第 3 期。

② 郑阿财《敦煌写本〈释智兴鸣钟感应记〉研究》，《第二届唐代文化研讨会论文集》，台北：中国唐代学会印行，1995 年。

③ 杨宝玉《敦煌本佛教灵验记校注研究》，兰州：甘肃人民出版社，2009 年，第 190—206 页。

武德元年(618)改为庄严寺,大中六年(852)改圣寿寺。韦述《两京新记》卷三有记载,《增订唐两京城坊考》卷四:"武德元年,改为庄严寺,天下伽蓝之盛,莫与之比。"①智兴(588—632),俗姓宋,曾与道宣、道世等名僧同师事智首大师(567—635),于三藏之律学有精深研究。生平事迹见道宣《续高僧传》卷二九及道世《法苑珠林》卷三二。佛教中的钟是一种重要法器,其用途很多,有召集众僧、举办法会、迎来送往、报时等常见用处,佛寺鸣钟还有一个重要目的就是祈福禳灾与救拔沉沦于黑暗中的幽冥鬼魂。S.381、S.1625背所载《鸣钟偈》:"洪钟振响觉群迷,声振十方无量土。一切含识并知闻,救拔众生长夜苦。"释智兴所鸣之钟就是这类性质。

　　《唐京师大庄严寺僧释智兴鸣钟感应记》记载智兴平日为人谦慎,意志坚强,严格遵守各种戒律,在严冬出任本寺维那,负责鸣钟。那时大庄严寺附近有一个人刚刚去世,给其妻托梦说在地狱受种种苦难,后来听到智兴鸣钟,一时解脱,投生乐处。为报答智兴的恩德,让妻子送给智兴十匹绢。如此反复托梦,妻子就相信了。死者妻子拿着绢奉送智兴,智兴认为自己德行不够而施舍给大众。有人问智兴,你是怎么获得这种感应的呢? 智兴说:我按照佛经的记载鸣钟,登上钟楼时感到寒风彻骨,我裸露着手肘,任凭冻得肉裂血凝,而励志无怠,内心发愿,愿贤明者入道场修习,在地狱受苦者能得到解脱。这是一则高僧鸣钟拯救倒悬的故事。

　　释智兴鸣钟感应故事,早在唐道宣(596—667)《续高僧传》卷二九《兴福篇·唐京师大庄严寺僧智兴传六》中就有记载,又《兴福篇·唐京师弘福寺释慧云传第十二》亦提及。道世(? —683)《法苑珠林》卷三二《眠梦篇第二十六·感应缘》中也有"唐沙门释智兴"记载此事。开元年间,韦述撰述的《两京新记》卷三《大庄严寺》下亦有记载。北宋《太平广记》卷一一二《报应十一·释智兴》也据《异苑》记载此故事②。各家所记略有差异,而《两京新

---

① (清)徐松撰、李健超增订《增订唐两京城坊考》,西安:三秦出版社,2006年,第257页。

② 释智兴鸣钟故事发生在大业五年(609),《异苑》为南朝宋刘敬叔编撰,不可能记载此事。明抄本《太平广记》此条作"出《高僧传》",是矣。

记》有一情节为诸家所无：死者托梦让妻奉送绢，"妻辞以家贫无所得绢。答曰：'有吏枉得绢卅匹，不合得用，今吾将来，置于后床。与是足矣。'妻惊觉，持火照床，果有绢卅匹。遂发哀，持绢送寺。"把官吏的赃物偷来作为报恩的礼物，此情节尤具讽刺意味。

第十章　敦煌讲经文和变文

　　"变文"一词,除了宋人笔记中偶尔提及外,在其他古代文献中还没有发现过。而佛典中"变文易体"的说法,显然不是作为文体的变文概念。所以,当敦煌变文以零篇残简逐渐面世的时期,学者并不知道它们应当称变文,而有"唐人小说""佛曲""因缘曲""演义""传""俗文"等不同的称名。胡适在1928年出版的《白话文学史》中称其为"俗文"或"变文"。1929年,郑振铎发表《敦煌的俗文学》一文,从存有原题的作品中拈出"变文"一名,并将敦煌写本中那些"采取古来相传的一则故事,拿时人所闻见的新式文体——诗与散文合组而成的文体——而重加以敷演,使之变为通俗易解,故谓之曰'变文'。"①从此以后,学者便把敦煌发现的讲唱文学以"变文"之名概括,周绍良《敦煌变文汇录》(1954年)和王重民等《敦煌变文集》(1957年)的出版,更使这类作品有了总集。

第一节　佛教传播中国化的路径
——通俗讲经活动

　　两汉之际,佛教通过丝绸之路上的西域诸国传入中国,当时汉地第一座

---

① 郑振铎《敦煌的俗文学》,《小说月报》第20卷3号,1929年;后收入其《中国文学史·中世纪卷》第3章,上海:商务印书馆,1930年。

寺院便是汉明帝永平十八年(75)在洛阳兴建的白马寺。佛教初传的首要任务便是经典翻译,但当时中土并无出家僧尼,这些以梵文及西域诸国语言抄写的佛经,最开始都是由来华的印度或西域僧人及中土好佛居士翻译。东汉时期,佛典翻译后,最初是在出家沙门或居士间传抄讲习,且以僧团内部传播为主。众所周知,佛教传播的主要途径有译经、讲经、诵经等。随着中国本土的出家僧侣的日益增多,佛教讲经逐渐分化成两种形式:1. 针对出家僧尼的专业讲经,唐代普遍称作"僧讲";2. 针对普通民众及好佛人士的通俗讲经,唐代称作"俗讲"。寺院僧讲主要由高僧大德准备或制作义疏讲说佛教经律论三藏,这是佛教义学发展的关键因素,俗讲则由化俗法师与都讲以韵散相间的形式对佛经、佛经故事等进行演绎。俗讲活动演变到后来,题材还由佛教故事扩展到中国历史故事,如《汉将王陵变》等。我们现在看到的敦煌遗书中保存的讲经文、变文、因缘故事都是俗讲过程中产生的文学作品,它们对中国佛教文学、俗文学、音乐文学,乃至整个中国文学的发展,都产生了巨大影响。

中国佛教通俗讲经活动,至少在三国吴主孙皓统治时期(264—280)便已开始。梁慧皎《高僧传》卷一《魏吴建业建初寺康僧会传》载:僧会至江左建业传法,吴主孙皓凶残嗜杀,不懂佛法妙理,僧会入宫为他讲说因果报应故事,开导其心①。两晋时期通俗讲经活动的参与者主体为帝王、官员、世家大族、文人,讲说者有高僧也有士族好佛文人。《高僧传》卷四《晋剡东仰山竺法潜》载:竺法潜,俗姓王,时晋丞相武昌郡公王敦之弟,十八岁出家,善讲经论,东晋哀帝时应邀入宫为帝与大臣讲《大品》②。

南北朝佛教斋会上唱导的出现,促使通俗讲经活动更加普及。梁慧皎《高僧传》在译经、义解、习禅等八科的基础上,增加经师、唱导两科,皆因此二者"虽于道为末,而悟俗可崇"③,慧皎认为唱导师须具备声、辩、才、博四种

---

① 《高僧传》卷一《魏吴建业建初寺康僧会传》"会在吴朝,亟说正法,以皓性凶粗,不及妙义,唯叙报应近事,以开其心。"(慧皎撰,汤用彤校注《高僧传》卷一,北京:中华书局,1992 年,第 18 页。以下简称卷数与页码)

② 《高僧传》卷四,第 156 页。

③ 《高僧传》卷十三,第 521 页。

能力，才能更好地为不同社会群体的人说法，"如为出家五众，则须切语无常，苦陈忏悔。若为君王长者，则须兼引俗典，绮综成辞。若为悠悠凡庶，则须指事造形，直谈闻见。若为山民野处，则须近局言辞，陈斥罪目。凡此变态，与事而兴。可谓知时知众，又能善说"①，慧皎记录当时僧人为在家信众举办八关斋会时的情景：

> 至如八关初夕，旋绕行周，烟盖停氛，灯惟靖耀，四众专心，又指缄默。尔时导师则擎炉慷慨，含吐抑扬，辩出不穷，言应无尽。谈无常，则令心形战栗；语地狱，则使怖泪交零。征昔因，则如见往业；核当果，则已示来报。谈怡乐，则情抱畅悦；叙哀戚，则洒泪含酸。于是阖众倾心，举堂恻怆。五体输席，碎首陈哀。各各弹指，人人唱佛。爰及中宵后夜，钟漏将罢。则言星河易转，胜集难留。又使人迫怀抱，载盈恋慕。当尔之时，导师之为用也。②

南北朝唱导师经常在八关斋等法会开始时宣唱无常、地狱、因果报应、欢乐悲伤都难永驻等主题，听众闻后心惊胆战、涕泪长流，皆离席长跪忏悔，无比哀伤。法会后半夜，唱导师开始宣唱时间飞逝，今日盛会即将解散，使听众心生留恋之情。音声出众是唱导师必备条件之一，而人生无常等也是齐梁唱导师法会宣唱的主题之一，如梁慧皎《高僧传》卷十三载十位唱导师，如宋京师祇洹寺释道照常在宋武帝内殿斋会上，讲说人生无常，百年转瞬即逝，所受苦乐皆因前世之因等故事；宋孝武帝殷淑仪薨，释昙宗为孝武帝讲说人生在世所见为虚，恩爱终将别离的道理。南北朝的唱导师以因缘譬喻等故事唱说法理，旨在开化俗众。《广弘明集》收录的梁简文帝萧纲的《唱导文》、王僧孺《礼佛唱导发愿文》《初夜文》等都是散文，可见这一时期佛教唱导文应以散文为主。

大约隋初才出现了韵散相间的讲唱体作品。罗宗涛指出，《敦煌变文集新书》收录的6篇《维摩诘经讲经文》标注"吟上下""古吟上下""上下吟"的韵

---

① 《高僧传》卷十三，第521页。
② 《高僧传》卷十三，第521—522页。

文,每四句构成——"平、仄、仄、平"的韵律,往复交替,以高低抑扬的腔调来吟咏,这一现象不见于魏晋各家诗集与唐诗,却在隋阇那崛多译《佛本行集经》的偈颂中比较常见,据他统计该经共有452首偈颂,完全符合"平、仄、仄、平"交错规律者共310首。此外,他还注意到早期翻译的佛典偈颂,符合这种规律者甚少。阇那崛多精通华梵音义,通晓殊方俗语,译经时保留了梵文偈颂的声律特色。现存敦煌变文、讲经文中平仄交错的韵文非常普及,创作时应受到《佛本行集经》的偈颂影响①。

早在南北朝时,六经等儒家经典常被高僧、居士视为"济俗之书",梁慧皎《高僧传》卷七《宋京师东安寺释慧严传》:"范泰、谢灵运常言:'六经典文,本在济俗为治,必求灵性真奥,岂得不以佛经为指南耶。'"②"俗讲"一词最早出现在唐初,当时佛教徒用它专指儒家经典的讲说,道宣《续高僧传》卷二十一《唐衡岳沙门释善伏传》载,释善伏五岁出家,贞观三年(629)被充州学后,"日听俗讲,夕思佛义"。此处"俗讲"就是指佛教徒眼中州郡县乡学堂讲说儒家经典一事③。与"俗"字相类的语义,还见于《续高僧传》卷一《梁扬都庄严寺金陵沙门释宝唱传》:"(宝唱)乃从处士顾道旷、吕僧智等,习听经史《庄》《易》,略通大义。时以其游涉世务,谓有俗志,为访家室,执固不回。"④"俗志"与"俗讲"中的"俗"字,皆为"世俗"之义。"俗讲"一词从何时起专指佛教通俗讲经,现已无法考知。

高宗显庆元年(656)玄奘上《庆佛光周王满月并进法服等表》,提到的《报恩经变》一部,被学界看作现存最早的一部俗讲文本⑤,潘重规将这部《报恩经变》视为俗讲经文可称为变文的主要依据⑥。郑阿财从"变""部"二字用

---

①　罗宗涛《敦煌讲经变文"古吟上下"探原》,《汉学研究》第4卷第2期,1986年,第129—140页。

②　《高僧传》卷七,第261页。

③　(唐)释道宣撰《续高僧传》卷二十,《大正藏》第50册,第602页。

④　《续高僧传》卷一,《大正藏》第50册,第426页。

⑤　(唐)慧立本,彦琮笺《大唐大慈恩寺三藏法师传》卷九,《大正藏》第50册,第272页。

⑥　潘重规《敦煌变文新论》,《幼学月刊》49卷第1期,1979年,第18—41页。

法等方面进行考察,提出早在七世纪初便有讲唱《报恩经》的俗讲经文①。玄奘表中将《心经》与《报恩经变》对举,可知后者应是演绎《报恩经》的俗讲变文。这则材料至少已证明:以佛经为依据创作的变文在七世纪初已经存在。唐玄宗开元天宝年间,民间讲唱活动已风靡一时,撰于玄宗天宝七年至十三年(748—754)年的敦煌本《降魔变文》可为实证②。

成书于大中七年(853)之后的段成式的《酉阳杂俎续集》卷五《寺塔记》上"平康坊菩萨寺"条记载:"佛殿内槽东壁维摩变,舍利弗角而转睐,元和末,俗讲僧文淑装之,笔迹尽矣。"③"文淑",应作"文溆"④,宪宗元和末年(818—820),佛教俗讲已盛行于长安,主讲法师文溆被称作"俗讲僧"。这是我们见到的"俗讲"一词专指佛教徒对世俗信众的弘法。宋司马光《资治通鉴》卷二四三《唐纪》五十九"敬宗"载:宝历二年(826)六月,敬宗幸兴福寺观文溆法师俗讲⑤。可见元和末至宝历二年,俗讲师文溆活跃于各大讲席,向达等前辈学者据此推知俗讲应产生于此前。

唐文宗大和九年(835)"可能因为国家多故,社会动荡不安,所以从这一年起就没有再敕开俗讲"⑥。武宗开成六年(841)正月九日改年号为"会昌",并于当日颁布敕命,令长安左右两街寺观重启俗讲法会。会昌元年至二年(842)五月间,长安两街俗讲尤为兴盛,现根据日本求法僧圆仁《入唐求法巡礼行记》卷三的记载整理如下⑦:

---

① 郑阿财《敦煌讲经文是否为变文争议之平议》,《敦煌吐鲁番研究》第 12 卷,2011 年,第303—321 页。

② 黄征、张涌泉《敦煌变文校注》卷七,北京:中华书局,1997 年,第 1192 页。

③ (唐)段成式撰,方南生点校:《酉阳杂俎》之《续集》卷五,北京:中华书局,1981 年,第252 页。

④ 向达《唐代俗讲考》,《燕京学报》1934 年第 16 期,第 4 页。

⑤ (北宋)司马光撰,(元)胡三省注《资治通鉴》卷二四三《唐纪》五十九,北京:中华书局,1956 年,第 7850 页。

⑥ (日)圆仁撰,白化文、李鼎霞、许德楠校注《入唐求法巡礼行记》卷三,石家庄:花山文艺出版社,2007 年,第 373 页。

⑦ 日本求法僧圆仁于开成五年(840)八月二十日到达长安,寻访密教高僧并学习密教经典,其初入长安被安置在崇仁坊资圣寺听学,又依次至青龙寺、大兴善寺、玄法寺等,跟随密宗高僧法润等学习。圆仁在长安求法期间恰逢武宗灭佛,被迫还俗并滞留长安,直至会昌五年(845)五月十五日才得以返回日本。

表一　圆仁《入唐求法巡礼行记》所载会昌初年长安左右两街的俗讲活动①

次数	敕令开讲时间	佛教俗讲活动	道教俗讲活动
1	会昌元年正月十五日	左右街七寺：左街四处：此资圣寺令云花寺赐紫大德海岸法师讲《花严经》；保寿寺令左街僧录三教讲论赐紫引驾大德体虚法师讲《法花经》；菩提寺令招福寺内供奉三教讲论大德齐高法师讲《涅槃经》；景公寺令光影法师讲。 右街三处：会昌寺令由供奉三教讲论赐紫引驾起居文溆法师讲《法花经》；惠日寺、崇福寺讲法师未得其名。	太清宫内供奉矩令费于玄真观讲《南花》等经；右街一处，未得其名。
2	五月一日	两街十寺讲佛教，两观讲道教，当寺内供奉讲论大德嗣标法师于当寺讲《金刚经》，青龙寺圆镜法师于菩提寺讲《涅槃经》，自外不能具书。	未载
3	九月一日	敕两街诸寺开俗讲。	未载
4	会昌二年正月一日	正月一日，家家立竹竿，悬幡子。新岁祈长命。诸寺开俗讲。	未载
5	五月□日	奉敕开俗讲，两街各五座。	未载

　　会昌元年至二年(841—842)五月，武宗敕令长安左右两街举办了5次俗讲，圆仁对会昌元年正月九日敕令举办，实于正月十五日至二月十五日举办的俗讲活动叙述比较详细：左街有四个寺院举办俗讲法会，海岸法师在资圣寺讲《华严经》、体虚法师在保寿寺讲《法华经》、齐高法师在菩提寺讲《涅槃经》、光影法师在景公寺所讲经典未载。右街有三个寺院负责此次俗讲活动，会昌寺由文溆法师讲《法华经》，惠日寺、崇福寺讲经法师及主讲经典圆仁不知其名，故于日记中略载。长安诸寺的讲经法师多为赐紫三教讲论大德，如体虚、齐高、文溆法师等，文溆法师当时是长安俗讲第一人，《法华经》分别在左右两街开讲，足证此经在当时深受民众喜欢。相较而言，道教俗讲

---

　　①　（日）圆仁撰，白化文、李鼎霞、许德楠校注《入唐求法巡礼行记》卷三，石家庄：花山文艺出版社，2007年，第369、389、393、395、403页。

规模较小,左右两街分别只有一处道观开展俗讲活动,左街玄真观矩令费道士讲《南华真经》等,而未载右街开讲道观、主讲道士等具体信息。圆仁《入唐求法巡礼行记》共记载 5 次俗讲,最详尽的当属唐武宗会昌元年正月九日敕令举办的俗讲,其余四次比较简略,如会昌元年五月,唐武宗敕令长安左右两街十寺开讲,此次开讲寺院比上次(正月九日)增加三寺,可见佛教俗讲规模逐渐扩大。此次俗讲法会,嗣标法师在他修行的寺院讲《金刚经》、青龙寺的圆镜法师在菩提寺讲《涅槃经》,其它七寺俗讲法师及主讲佛经并未详载,但应与上次两街俗讲情形相类。圆仁虽未详载上表所列后三次两街俗讲的详细信息,但由所载开讲寺院的数目,如"诸寺""左右两街各五座"等信息可知:这三次俗讲规模、开讲寺观、主讲经典与前两次基本相同,圆仁是佛教徒,主修密宗,他省略当时道观的俗讲信息也在情理之中。

上述官方敕令举办的五次俗讲,都在正月、五月、九月举办,这三个月是佛教的三长斋月,又称神变月、神通月、神足月、三斋月、善月,持斋者须在这三个月内吃素修福,帝释天及四天王等会巡查人间考察众生之善恶,详参《梵网经》。唐代三长斋法比较流行,在此期间国家避免刑杀,不杀畜类,以求灭罪祈福,官方的俗讲法会也多在这一时期举办。上揭材料显示:元和至大和九年(806—835)之间、会昌元年至二年(841—842)之间,佛道二教的俗讲非常兴盛,尤其是会昌初长安两街寺观俗讲兴盛的吉光片羽被圆仁记录在《入唐求法巡礼行记》中,为我们了解当时俗讲概况提供最关键的史料。然而,现存史料鲜有记载文溆、体虚法师等俗讲活动中使用的底本,现已无法窥知此类俗讲与敦煌现存晚唐五代的变文、讲经文之间的关联。

现有题记的讲经文,如 P.3808《长兴四年中兴殿应圣节讲经文》、S.6551V《佛说阿弥陀经讲经文》、P.2133V《金刚般若波罗蜜经讲经文》、Φ101《维摩碎金》(图 1)等,多抄于晚唐五代。荒见泰史考察了现存 24 种讲经文、变文的成立年代,指出它们大多集中在十世纪前期与中期[1],足证民间的俗讲依然流行于这一时期。

---

① (日)荒见泰史《敦煌变文写本的研究》,北京:中华书局,2010 年,第 196—197 页。

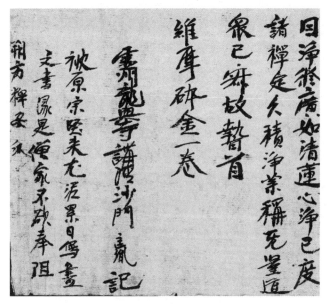

图1　Φ101《维摩碎金一卷》卷末题记

综上所述,两汉之际佛教传入中国,最先在知识分子阶层传播,至少在三国吴主孙皓时,便已展开了通俗讲经活动。南北朝斋戒礼忏活动的发达,促使唱导师杂引因缘譬喻宣唱佛理,此举促进了佛教通俗讲经的技艺、内容、仪式等不断丰富与完善。唐高宗时便有演绎《大方便佛报恩经》的《报恩经变》一部。从中唐元和至五代末,朝廷虽偶有敕令罢讲习,或中断俗讲活动,但一般很快都会恢复。晚唐五代是俗讲活动最为发达的时期,敦煌遗书中保留的俗讲仪式抄本、俗讲经文的底本和记录本,为我们了解敦煌讲经文这一类讲唱文学作品提供了第一手材料。

第二节　佛教通俗讲经的底本
——敦煌讲经文

敦煌莫高窟出土的近七万多件文书中,收录了大量的文学作品,包括变文、讲经文、押座文、解座文、因缘(缘起)、话本、词文、诗、曲子词、故事赋、邈真赞、书、启、状、牒、碑、铭等数十种文体，内容雅俗并存，以俗为主。这些文学作品中，讲经文和变文是最早引起文学史家关注的文类，其文学史价值也最大。敦煌讲经文和变文都是唐五代民间流传甚盛的俗讲文学作品，现能考知创作时间、地点、著者的作品，大多都在敦煌以外的地方，例如四川、江浙、河南甚至西州回鹘等地区。这些文学作品通俗易懂，在民众间传播速度较快，如 P.3808 号《长兴四年中兴殿应圣节讲经文》主讲不空《仁王护国般若波罗蜜经》卷一《序品》，它就是为了后唐明宗降诞日所讲，后唐都城在洛阳，这篇讲经文从洛阳一路往西北传抄至敦煌，实属不易。因此，我们将在丝绸之路上佛教传播世俗化的视域下，依次讨论讲经文的内容及其传播场地、中印文化交融背景下的变文发展等相关问题。

一、敦煌讲经文的主要内容

敦煌讲经文是中国佛教俗讲的底本或记录本，主要以韵散结合的形式，为民众讲唱当时流行的佛教经典，它是传世文献未载，却在唐五代盛极一时的新兴文体，更是宋元以来多种说唱文学的源头。敦煌讲经文既是佛教传播通俗化历程中的阶段性成果，是古印度佛教说法讲论传统在中国接受与变迁的具体呈现，更是中土民间讲经文化繁荣的见证。

敦煌佛教讲经文属于讲唱文学的体类，主要有三种类型。一是由"经文＋散文＋韵文"三部分构成的讲经文，即由都讲唱诵经文，法师以散文说白的形式进行宣讲，接着由都讲以韵文形式唱诵强调法师主讲内容，如此循环往复，直到结束，如 P.2305《法华经讲经文》、P.2418《父母恩重经讲经文》等。二是由"讲说内容＋散文＋韵文"三部分构成，此类讲经文一般不全部敷演经文，而是摘取经文中最有意义的内容进行讲说，如首都博物馆藏 32.536V《佛说如来八相成道经讲经文》径直敷演如来成道所历之八相。三是敷演本生、因缘譬喻类佛经的讲经文，由"散文＋韵文"构成，以散文解说为主，韵文唱诵为辅。敦煌讲经文大都被今人收录在变文集里，截至目前，学界共出版了七八种变文集整理本，影响较大者有周绍良《敦煌变文汇录》，王重民等《敦煌变文集》，潘重规《敦煌变文集新书》，黄征、张涌泉《敦

煌变文校注》,项楚《敦煌变文选注》等①。以上这些"变文集"共收录 23 篇讲经文,依次列举讲经文篇目如下:

　　1 P.3808《长兴四年中兴殿应圣节讲经文·序品》

　　2 P.2133V《金刚般若波罗蜜经讲经文》

　　3 P.2931《阿弥陀经讲经文》

　　4 S.6551V《阿弥陀经讲经文》

　　5 P.2955《阿弥陀经讲经文》

　　6 P.2122、P.3210、BD07883(制 83)、BD09541(殷 62)《阿弥陀经押座文》(新定为《阿弥陀经讲经文》)

　　7 P.2305《妙法莲华经讲经文·提婆达多品》

　　8 Φ365《妙法莲华经讲经文·药王菩萨本事品》

　　9 P.2133《妙法莲华经讲经文·观世音普门品》

　　10 Φ365V《妙法莲华经讲经文·观世音普门品》

　　11 S.4571＋S.8167(残片)《维摩诘经讲经文·佛国品》

　　12 Φ101《维摩诘经讲经文·佛国品》

　　13 S.3872《维摩诘经讲经文·佛国品与方便品》

　　14 P.2292《维摩诘经讲经文·菩萨品》

　　15 BD05394(光 94)、P.3079《维摩诘经讲经文·菩萨品》

　　16 Φ252《维摩诘经讲经文·菩萨品》

　　17 罗振玉贞松堂藏本《维摩诘经讲经文·文殊问疾品》

　　18 Φ96《双恩记》

　　19 P.3093《佛说观弥勒菩萨上升兜率天经讲经文》

　　20 P.2148《父母恩重经讲经文》

　　21 BD06412(河 12)《父母恩重经讲经文》

　　22 台图 32《盂兰盆经讲经文》

---

　　① 2014 年,项楚主持的"敦煌变文全集"项目正式立项,由张涌泉、何剑平等整理汇校敦煌遗书中所有变文、讲经文等俗文学作品,其中,新收入近 20 余年陆续影印出版的敦煌文献中的变文。这套《敦煌变文全集汇校》的出版,能更大地推动敦煌文学研究的进步。

23 Ф223《十吉祥》(新拟《阿弥陀经讲经文》)

二十一世纪以来,随着世界各地所藏敦煌遗书影印图版及彩色照片的公布,又发现了一些新的讲经文篇目,此外,还证实了一些新的讲经文篇目,讲经文篇目已增至 32 篇,新增 9 篇,具体篇目如下:

1. BD15245《维摩诘经讲经文·文殊问疾品》

2. Дх.12642+Дх.12010+Дх.11862···+Дх.10734《盂兰盆经讲经文》

3. P.3944《法华经讲经文·序品》

4. 羽 153V《法华经讲经文·观世音普门品》

5. BD07849(制 49)《法华经讲经文》

6. 首藏 32.536V《佛说如来八相成道经讲经文》

7. P.2459V《佛本行集经讲经文》

8. S.4194《佛本行集经讲经文》

9. Дх.285 等六个残片、BD08006(字 6)《太子须大挐经讲经文》

敦煌佛教讲经文现存 32 篇,主讲经典共有两类:一是翻译的佛经,主要包括大乘经典和佛传经典;二是中土撰述的佛典。详参下表:

表二 敦煌佛教讲经文主讲各部佛经篇数汇总表

		主 讲 经 典	篇数	总数	占比
大乘经典	1	唐 不空译《仁王护国般若波罗蜜多经》	1	25	58%
	2	姚秦 鸠摩罗什译《金刚般若波罗蜜经》	1		
	3	姚秦 鸠摩罗什译《妙法莲华经》	7		
	4	姚秦 鸠摩罗什译《维摩诘所说经》	8		
	5	姚秦 鸠摩罗什译《佛说阿弥陀经》	5		
	6	刘宋 沮渠京声《佛说观弥勒菩萨上生兜率天经》	1		
	7	西晋 佚名译《佛说盂兰盆经》	2		
佛本生、本行经	8	三国吴 支谦译《太子须大挐经》	1	3	17%
	9	隋 阇那崛多译《佛本行集经》	2		

续表

中土撰述佛典	10	《佛说如来八相成道经》	1	4	25%
	11	《佛说大方便佛报恩经》	1		
	12	《佛说父母恩重经》	2		

　　敦煌现存 32 篇佛教讲经文演绎的佛经共 12 部，其中大乘经典共计 7 部，占 58%；佛本生、本行经典共 2 部，占 17%；中土撰述佛典 3 部，占 25%。我们发现讲经文中演绎中土翻译的佛经的共有 28 篇，其中就有 21 篇演绎的是姚秦鸠摩罗什翻译的《金刚般若波罗蜜经》《妙法莲华经》《维摩诘所说经》《佛说阿弥陀经》，足证鸠摩罗什翻译之佛典在后世传播之广，影响之巨。释迦牟尼成道故事是唐五代民间俗讲活动常见主题之一，与之相关的讲经文虽只有 4 篇，但敦煌遗书中还有 23 种佛传押座文、变文、因缘、唱词等讲唱文本，11 种佛传赞歌，以及 6 件俗讲常用的《佛本行集经抄》；此外，克孜尔石窟、敦煌莫高窟等石窟中佛传变相、榜题等，无不证明佛陀本生、本行在民间受众甚广。敦煌遗书中还有 13 件中土撰述的《佛说如来成道经》，与之性质相类的《太子成道经》《佛说如来八相成道经》虽已散佚，但从某种程度上讲，这些中土撰述的佛传经典是古印度佛本行、本生及佛传因缘类原典走向中土民间通俗宣演的桥梁，如《降魔变文》叙述释迦成道故事的 72 句中"有 64 句是从《佛说如来成道经》直接取用或稍加改写或调整而来"①。《佛说盂兰盆经》《佛说大方便佛报恩经》《佛说父母恩重经》等主要宣扬佛教的孝道思想，后两部是佛教徒为融入中土社会以取得更有力的发展而编撰，尤其是《父母恩重经》汲取了儒释二家的孝道观，在民间传抄最为广泛，正体现了唐五代官方及民间对孝道的推崇。

　　我们通过全面的调查而发现：讲经文演绎的经典大多是敦煌写经中传抄较广的佛经，如下表所示：

---

　　①　李文洁、林世田《〈佛说如来成道经〉与〈降魔变文〉关系之研究》，《敦煌学辑刊》2005 年第 4 期，第 51—52 页。

表三　敦煌遗书中保留的讲经文主讲佛经的件数信息

数　量	经　　名	敦煌写经中件数
1	姚秦 鸠摩罗什译《佛说护国般若波罗蜜经》	63
2	姚秦 鸠摩罗什译《金刚般若波罗蜜经》	3450
3	姚秦 鸠摩罗什译《妙法莲华经》	5300
4	姚秦 鸠摩罗什译《维摩诘所说经》	1280
5	姚秦 鸠摩罗什译《佛说阿弥陀经》	295
6	刘宋 沮渠京声《佛说观弥勒菩萨上生兜率天经》	18
7	西晋 佚名译《佛说盂兰盆经》	11
8	西秦　圣坚译《太子须大拏经》	10
9	隋 阇那崛多译《佛本行集经》	104
10	佚名撰《佛说大方便佛报恩经》	68
11	佚名撰《佛说父母恩重经》	114

　　敦煌遗书中姚秦鸠摩罗什译《仁王护国般若波罗蜜经》现存63件,但却无唐不空译本之抄本。《仁王经》《法华经》《金光明经》并称护国三部经,有退兵息灾护国之功,自南北朝起,官方、民间讲说《仁王经》的风气较盛,如释彦琮在武平初年(570—573)到晋阳大开讲席,又被齐后请入宣德殿升高座为太后皇帝百官等讲说《仁王经》①。南朝陈时便有一年两次讲说《仁王经》的集会,智者大师曾在太极殿为陈后主讲《仁王经》,后迁居光宅寺讲说此经时,陈后主还亲临法会听讲②。唐太宗时玄奘西行求法至高昌国时为高昌王讲《仁王经》③。唐代宗永泰元年(765),不空奉敕译《仁王经》,此年八月代宗令长安资圣寺、西明寺共设一百个高座,又邀请百位法师讲《仁王经》④。不空在代宗朝备受推崇,又是佛经翻译四大家之一,其所译《仁王护国般若波罗蜜多经》在唐五代亦颇具影响力,P.3808《长兴四年中兴殿应圣节讲经文》演绎的便是不空的译

---

　　① 《续高僧传》卷二,《大正藏》第50册,第436页。
　　② 《续高僧传》卷十七,《大正藏》第50册,第565—566页。
　　③ (唐)冥祥撰《大唐故三藏玄奘法师行状》卷一,《大正藏》第50册,第215页。
　　④ (唐)圆照集《大唐贞元续开元释教录》卷一,《大正藏》第50册,第751页。

本。随唐宋求法僧流传至日本、朝鲜的《仁王经》大多为不空所译，而寺院的"仁王会"至今还是日本诸多寺院常办法会之一。那么，为何不空译本《仁王经》在敦煌遗书中并无抄本，或与其翻译时间较晚有关。

敦煌俗讲经文的主讲经典一定程度上反映了这些经典在当时的流传概况。《金刚经》现存六种译本，据罗慕君统计：敦煌汉文本《金刚经》现存3718件，已确定为罗什译本的有3459件，流支译本157件，真谛译本6件，玄奘译本7件，存文见于多个《金刚经》译本的共41号，未见图版不明译本的43件，非写本5件[①]，足证传播最广的当属姚秦鸠摩罗什译本。仅存73条抄经题记中，唐代抄本占比最多，这从侧面反映出罗什译本在唐代也深受欢迎。《妙法莲华经》现存三种译本，据秦龙泉调查敦煌汉文本《法华经》共7600余号，《正法华经》约30号，罗什译《妙法莲华经》共5300号左右，隋阇那崛多译《添品妙法莲华经》共40余号，还有2300号不能确定为《妙法莲华经》或《添品妙法莲华经》，其中《妙法莲华经》的唐抄本数量最多[②]。据张磊和周思宇统计，敦煌本《维摩诘经》现存1477号以上[③]，鸠摩罗什译本有1280余号[④]，支谦译《佛说维摩诘经》7件，玄奘译《说无垢称经》4件。《阿弥陀经》的同本异译共有三种，刘宋求那跋陀罗译《佛说小无量寿经》早已散佚，现仅存咒语和利益文，据陈琳调查敦煌遗书中现存鸠摩罗什译《阿弥陀经》现存295件，玄奘译《称赞净土佛摄受经》5件[⑤]。综上所述，敦煌遗书中保存的罗什译《金刚经》《法华经》《维摩诘经》《阿弥陀经》的抄本数量已达10325件以上，约占现存敦煌写经的六分之一，数量远超这些经典的其它同本异译之抄本。这四种大乘佛典中唐写本最多，这既与唐五代以前寺院讲经主讲经典的趋势相符，又与唐五代民间俗讲敷演佛典的概况基本一致，说明罗什所译这四部经典在中国佛教经典传播史上有着举足轻重的作用，因此，不管僧

---

① 罗慕君《敦煌汉文本〈金刚经〉整理研究》，浙江大学2018届博士论文，第575—690页。
② 秦龙泉《敦煌〈妙法莲华经〉汉文写本研究》，浙江师范大学2018届硕士论文，第4页。
③ 张磊、周思宇《从国图敦煌本〈维摩诘经〉系列残卷的缀合还原李盛铎等人窃取写卷的真相》，《文献》2019年第6期，第24页。
④ 张瑞兰《敦煌本〈维摩诘经〉异文研究》，浙江师范大学2013年硕士论文，第4页。
⑤ 陈琳《敦煌本〈阿弥陀经〉写本考》，浙江师范大学2015届硕士论文，第1页。

讲、俗讲抑或传世抄诵等所据多为其译本。王重民《记敦煌写本的佛经》指出,敦煌莫高窟出土的汉文卷子中佛经约有两万件,最多不超过两万二千件,其中汉文写本佛经中数量最多的是"隋唐时代最通行的五部大经,即《大般若波罗蜜多经》《金刚般若波罗蜜经》《金光明最胜王经》《妙法莲华经》和《维摩诘所说经》。到了唐代末年《妙法莲华经》中的第二十五品——《观世音经》和一部疑伪经《佛说无量寿宗要经》(亦称《大乘无量寿经》),在敦煌特别流行,写本也就特别多"①。可见隋唐流行的五部大乘经典之中罗什译本已占据了半壁江山。再者,敦煌遗书中罗什所译这三部经典以及《佛说阿弥陀经》共保留了 10325 件,多为唐五代抄本,说明罗什译本在唐五代亦颇具影响力。敦煌现存 7 篇《法华经讲经文》、8 篇《维摩诘经讲经文》、4 篇《阿弥陀经讲经文》、1 篇《金刚般若波罗蜜经讲经文》等,敷陈的都是罗什译本,共计20 篇,几乎占讲经文篇目总数的三分之二,这一现象恰也与其演绎的佛经在敦煌遗书保留的件数成正比。

二、敦煌讲经文的传播场所

敦煌佛教讲经文大多为残卷,只有个别写卷尾题或文中提到讲说或抄写的时间、地点等信息,现可考知的讲经场合有以下四类:

1. 晚唐五代皇帝降诞日在皇宫内讲经。唐五代帝王降诞日宫廷讲经论议风气比较兴盛,圆仁《入唐求法巡礼行记》卷四云:"国风:每年至皇帝降诞日,请两街供奉讲论大德及道士于内里设斋行香。请僧谈经,释教道教对论义。"②唐德宗贞元八年(792),沙门静居曾上《皇帝降诞日于麟德殿讲大方广佛华严经玄义》一部,主讲华严九会的涵义③,这部讲稿曾流传至代州五台山大华严寺,圆仁巡礼五台山时在该寺抄写并带回日本④。P.3808《长兴四年中兴殿应圣节讲经文》就是在后唐明宗降诞日请高僧讲不空译《仁王护国般

---

① 王重民《记敦煌写本的佛经》,《敦煌遗书论文集》,北京:中华书局,第 293 页。
② 《入唐求法巡礼行记》卷四,第 440 页。
③ (唐)沙门静居撰《皇帝降诞日于麟德殿讲大方广佛华严经玄义一部》,《大正藏》第 36 册,第 1064—1066 页。
④ (日)圆仁撰《入唐新求圣教目录》,《大正藏》第 55 册,第 1085 页。

若波罗蜜多经》。中兴殿是后唐明宗听政之处,时间是长兴四年(933)九月九日明宗诞辰,此次开讲的目的是为明宗祝寿,文本中与这一主题相关的段落较多,主要体现在三个地方:第一,法师开篇的庄严文中有宣唱的祝寿韵文——"以此开赞,大乘所生功德。谨奉上(庄)严尊号皇帝陛下。伏愿圣枝万叶,圣寿千春;等渤澥之深沉,并须弥之坚固"。第二,法师讲完不空译《仁王经》卷一《序品》第一句"如是我闻,一时佛住王舍城鹫峰山中"后,便分别以两次"臣闻"、七次"我皇帝"为词头,以韵散交错的形式,从七个方面颂扬明帝功德。第三,法师赞扬完明宗后,又叙述了降诞日宫外的诸种庆祝活动,"此日是人庆贺,是处欢呼。上应将相王侯,下至士农工贾,皆瞻舜日,尽祝尧天。有人烟处,罗烈(列)香花;有僧道处,修持斋戒醮。荫麻道广,虔祷心同;唯希国土永清平,只愿圣人长寿命"。可知长兴四年的降诞日,官方民间一起为后唐明宗庆祝,凡是有人的地方都摆满香花,寺院道观主办各种法会,以求国土安宁,帝王长寿。

2. 五代盂兰盆斋会期间寺院或民间常讲经论议,《盂兰盆经》与目连救母变文是常讲主题。南北朝至隋代盂兰盆斋会的相关史料比较简略且零散,唐代传世文献及敦煌遗书中对其记载相对较多,但也比较分散,唯有杨炯《盂兰盆赋》详述武周如意元年(692)洛阳北门外举行的送盆活动,据现存文献可知唐五代的盂兰盆斋会由三部分构成:送盆仪式——盂兰盆斋会——破盆仪式,其中斋会期间究竟有无讲经的环节? 传世文献鲜有记载。道宣《续高僧传》卷十五《唐襄州光福寺释慧璿传》载慧璿贞观二十三年(649)七月十四日讲完《盂兰盆经》后便往生西方①,敦煌遗书现存两篇《盂兰盆经讲经文》都是残卷,讲说场合未知。所幸台图137《为二太子中元盂兰盆荐福文》记载盂兰盆斋当日有讲经论义活动,著者提到听讲后的诸多疑惑,如目连证得六通一事的真伪、六通名目及含义、目连母堕饿鬼地狱受苦的缘由等②。可见此次超度法会定然讲到了以目连救母为主题的相关经典,如《盂兰盆经》《净土盂兰盆经》等。此外,唐五代举办盂兰盆斋会时常讲以目

---

① 《续高僧传》卷十五,《大正藏》第 50 册,第 539 页。
② 潘重规编《敦煌卷子》第六册,台北:石门图书公司,1976 年,第 1245 页。

连救母故事为主题的变文,详参敦煌本《大目乾连冥间救母变文》卷首云:
"夫为七月十五日者,天堂启户,地狱门开,三涂业消,[十善增长]。为众僧
咨下,此日会福,之(诸)神八部龙天,尽来教福。[承供养者],现世福资,为
亡者转生于胜处。于是盂兰百味,[饰贡于]三尊。仰大众之恩光,救倒悬之
窘急。"可见组织法师讲说论辩《盂兰盆经》《净土盂兰盆经》《目连救母变文》
等,应是盂兰盆斋会仪式的主要环节之一。因此,除民间俗讲活动外,敦煌
遗书中的四篇目连变文、一篇《目连经》、一篇《盂兰盆经押座文》、两篇《盂兰
盆经讲经文》等也是盂兰盆斋常用抄本。

3. 举行受三皈五戒仪式时讲经。S.6551 号写卷,正背两书:正面抄《根本
说一切有部别解脱戒经疏释》,背抄《十诵戒疏》《佛说阿弥陀经讲经文》。张广
达、荣新江通过史料考知,这篇讲经文的完成地点在以吐鲁番盆地为中心的西
州回鹘王国,讲经文的完稿时间大概是五代后唐、后晋交替之际,即 930 年前
后①。这篇讲经文就是为回鹘可汗及王公贵族大臣等举办忏悔受戒仪式而撰,
除回鹘可汗及臣民外,参与者还有诸都统、毗尼、法师、三藏等,此次法会堪为
西州回鹘国最高级别的俗讲法会,集齐僧俗两界最高级别的统治者。这篇讲
经文的宣讲地点应是回鹘圣天可汗的宫内道场,目的则是为圣天可汗等皇亲
国戚及大臣受戒,使其死后往生西方净土世界。此次忏悔受戒法会的主要流
程包括押座、庄严、忏悔、受戒、讲经等五个环节,其中讲经又可分成开题、正式
解说两个层次。法师要求听众先忏悔十恶五逆之罪,然后依次受三归和五
戒:三归者皈依佛法僧三宝,即"皈依佛者,不堕地狱;皈依法者,不受鬼身;
皈依僧者,不作畜生";接着再受五戒,即不得杀、不得偷盗、不得邪淫、不得
妄语、不得饮酒食肉;最后才开始讲《佛说阿弥陀经》。那么,为何法师此次
受戒法会讲说的是《佛说阿弥陀经》? 盖因西州回鹘国及其周边当时流行弥
陀净土信仰,国王诸臣子等希望在法师的带领下忏悔受戒,死后能不堕三涂
往生西方弥陀净土,如文中所言"来世往生西方净土,连(莲)花化生,永抛三

① 张广达、荣新江《有关西州回鹘的一篇敦煌汉文文献——S6551 号讲经文的历史学研
究》,《北京大学学报》1989 年第 2 期,第 24—27 页。

恶道,长得见弥陀"。

此外,S.6551V《佛说阿弥陀经讲经文》还是佛教俗讲文化西传至西州回鹘国及其周边的实证之一,是目前可考知的唯一一篇撰述于敦煌以西西州回鹘的讲经文,在丝路文明传播史上有着举足轻重的作用。此次法会的讲说者虽以"小僧"自称,却为后唐朝廷亲封的赐紫大德,足证其义学水平高超。法师可能生活在洛阳以西的某地,故其法会上自述曾往东游历至后唐都城洛阳,承蒙君主赐紫并加封号后,到五台山朝拜于文殊殿献花,又为了普化众人杖锡西游,数载后到达西州回鹘即于阗国,巡礼当地佛教名山牛头山,准备穿越雪山到巡礼佛陀说法圣地灵山,却因身体不适停留此地应邀为可汗等受戒说法①。晚唐五代俗讲比较兴盛,《金刚般若波罗蜜经讲经文》《长兴四年中兴殿应圣节讲经文》、P.2418《父母恩重经讲经文》等讲经文都抄于五代,与这篇讲经文差不多同时。由此推知,这位"小僧"曾东游唐国后,将洛阳等地的佛教俗讲文化传播至西州回鹘等地。

4. 寺院俗讲。P.2292《维摩诘经讲经文》主讲姚秦鸠摩罗什译《维摩诘所说经·菩萨品》世尊派弥勒、光严前往毗耶离维摩方丈问疾一事,卷末题记载"广政十年八月九日在西川静真禅院写此弟廿卷文书,恰遇抵黑书了,不知如何得到乡地去。年至四十八岁,于州中应明寺开讲,极是温热"(图2),广政是五代后蜀孟昶的年号,这篇讲经文的撰写时间当是后蜀广政十年(947)、地点是西川(今成都)静真禅院,讲说地点是州中应明寺。由题记知,法师共创作二十卷文书,而《维摩诘经讲经文》为第二十卷,他撰述完后还感慨这二十卷文书何时才能传到外地,惠及民众。西川,唐方镇名"剑南西川"之简称,治所在今四川成都,唐肃宗至德二年(757)将剑南节度使分为剑南东川节度使与剑南西川节度使,西川节度使的辖地一般包括彭、蜀、汉、眉、嘉、邛、简、资、茂、黎、雅以西诸州。题记中的静真禅院、应明寺现无法考知具体位置,

---

① 《佛说阿弥陀经讲经文》中俗讲僧自述谓"但小僧生逢浊世,滥处僧伦,全无学解之能,虚受人天信施。东游唐国幸(华)都,圣君赏紫,承恩特加师号。拟五台山上,攀松竹以经行;文殊殿前,献香花而度日。欲思普化,爰别中幸(华),负一锡以西来,途经数载;制三衣于沙碛,远达昆岗。亲牛头山,巡于阗国。更欲西登雪岭,亲诣灵山。自嗟业郭尤深,身逢病疾,遂乃远持微德,来达此方"。

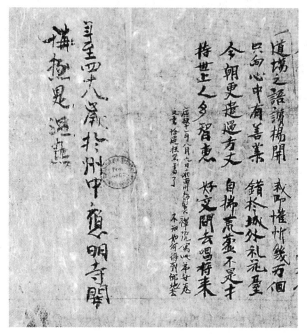

图2　P.2292《维摩诘经讲经文》卷末题记

但毋庸置疑这篇讲经文创作于五代剑南道管辖之西川，随后流传至敦煌并保存于莫高窟。

综上所述，现可考知的讲说地点有蜀地之西川、西州回鹘国的王庭、洛阳的中兴殿。现存的讲经文记载的抄写之地还有灵州（今宁夏武灵）的龙兴寺，如Φ101《维摩诘经讲经文》。S.6551V《佛说阿弥陀经讲经文》是由僧人东游至唐国后，参访完五台山并西行到西州回鹘而创作，它的文本既受到中原文化的影响，也保留了西州回鹘的一些文化特色，如官职名称、寺院僧侣体系等，可视为佛教俗讲文化沿着丝绸之路往西播迁的典范。

第三节　敦煌变文之得名和体制

一、变文之得名

唐五代时期，流行一种说唱技艺，用有说有唱的形式并配合图像讲诵故事,当时把这种艺术形式叫做"转变",即转唱变文,变文就是"转变"的底本。《大唐大慈恩寺三藏法师传》记载,显庆元年(656)十二月五日,玄奘法师给唐高宗"进金字《般若心经》一卷并函,《报恩经变》一部"。潘重规说:"玄奘献给唐高宗的《般若心经》一卷,是《心经》原本;而《报恩经》独称为'报恩经变一部',当然不是《报恩经》原本,而应该是《报恩经》的俗讲经文。"①讲《报恩经》的故事而称"变"。这是现存史料有关变文的最早记载。敦煌本《降魔变文》开头有"伏惟我大唐汉圣主开元天宝圣文神武应道皇帝陛下"一句,其中所称唐玄宗的尊号,据《旧唐书·玄宗纪》的记载,当在天宝七载三月到八载闰月(六月后置闰)之间(748—749)。《降魔变文》也应当是这个时期的作品。所以变文产生于唐初,至盛唐已经流传。

此后,"转变"的史料也时见于记载。《太平广记》卷二六九引《谭宾录》云:

> 杨国忠为剑南召募使,远赴泸南,粮少路险,常无回者。其剑南行人,每岁令宋昱、韦儇为御史,迫促郡县征之。人知必死,郡县无以应命。乃设诡计。诈令僧设斋,或于要路转变,其众中有单贫者,即缚之。②

通过"转变"的变场作为诱饵抓壮丁,可见安史之乱以前"转变"就已成为蜀地民众喜好的娱乐活动。又据《高力士外传》记载:

> 上元元年七月,太上皇移仗西内安置……每日上皇与高公亲看扫除庭院、芟薙草木,或讲经、论议、转变、说话,虽不近文律,终冀悦圣情。③

唐肃宗上元元年(760)七月,玄宗作为太上皇过着闲居生活,只能用"转变""讲经""论议""说话"等讲唱活动解闷。"转变"就是转唱变文,其底本是变文,像敦煌本《伍子胥变文》《王昭君变文》等;"讲经"就是通俗讲经,其底本是讲经文,像敦煌本《阿弥陀经讲经文》等;"论议"相当于现代的对口相声,

---

① 潘重规:《敦煌变文新论》,《幼学月刊》49 卷第 1 期,1979 年,第 18—41 页。
② (宋)李昉等编:《太平广记》,北京:中华书局,1961 年,第 2109 页。
③ (五代)王仁裕等撰,丁如明辑校《开元天宝遗事十种》,上海:上海古籍出版社,1985 年,第 120 页。

其底本是对问体俗赋，像敦煌本《晏子赋》《孔子项托相问书》等；"说话"就是讲说故事，其底本是话本，像敦煌本《庐山远公话》等。但变文的大量流行，大约到中唐以后。孟棨《本事诗》记载，张祜曾戏称白居易《长恨歌》中"上穷碧落下黄泉，两处茫茫皆不见"为《目连变》。此事发生在白居易初任杭州刺史的宝历元年（825），说明九世纪初，目连故事已广为流传。

唐诗中"转变"的材料，都是在中晚唐时期。如：

> 妖姬未着石榴裙，自道家连锦水渍。檀口解知千载事，清词堪叹九秋文。翠眉颦处楚边月，画卷开时塞外云。说尽绮罗当日恨，昭君传意向文君。（吉师老《看蜀女转昭君变》）

> 绮城春雨洒轻埃，同看萧娘抱变来。时世险妆偏窈窕，风流新画独徘徊。场边公子车舆合，帐里明妃锦绣开。休向巫山觅云雨，石幢陂下是阳台。（李远《转变人》）

吉师老生平不可考，大致生活在中晚唐之际。这首《看蜀女转昭君变》见于五代后蜀人韦縠编的《才调集》卷八，其中"翠眉颦处楚边月，画卷开时塞外云"一联写蜀女讲唱变文时的神态和展开图画的情景，是真实的"转变"场景的再现。李远《转变人》一首，是传到高丽而保存下来的诗篇①。诗中描写了讲唱变文的时节，"转变人（演员）"的出场和亮相，转变人的化妆和神态，观众的热烈，演员表演时的气氛，等等，展示的是讲唱变文的真实情景。

唐代虽然有变文的记载，但传世文献中没有留下变文的文本。以至于敦煌藏经洞出土了这类文学作品后，学者并不知道它们应当称变文，而有"唐人小说""佛曲""因缘曲""演义""传""俗文"等不同的称名②。胡适在 1928 年出

---

① 查屏球《新补全唐诗 102 首——高丽"十抄诗"中所存唐人佚诗》，《文史》2003 年第 1 期。

② 王国维《敦煌发见唐朝之通俗诗及通俗小说》称为"唐人小说"（《东方杂志》第 17 卷第 8 号，1920 年）。罗振玉和徐嘉瑞称之为"佛曲""俗文"（罗振玉《敦煌零拾》，上虞罗氏 1924 年铅印本；徐嘉瑞《敦煌发见佛曲俗文时代之推定》，《文学周报》第 199 期，1925 年）。陈寅恪称之为"因缘曲""演义"（《敦煌本维摩诘经文殊师利问疾品演义跋》，《中研院历史语言研究所集刊》第 2 本第 1 分，1930 年；《有相夫人生天因缘曲跋》，《国学论丛》第 1 卷第 2 号，1928 年）。容肇祖称之为"传"（《唐写本明妃传残卷跋》，《民俗周刊》第 27、28 合刊，1928 年）。

版的《白话文学史》中称其为"俗文"或"变文"。1929 年,郑振铎发表《敦煌的俗文学》一文,从存有原题的作品中拈出"变文"一名,并将敦煌写本中那些"采取古来相传的一则故事,拿时人所闻见的新式文体——诗与散文合组而成的文体——而重加以敷演,使之变为通俗易解,故谓之曰'变文'。"①从此以后,学者便把敦煌发现的讲唱文学以"变文"之名概括,周绍良《敦煌变文汇录》(1954)和王重民等《敦煌变文集》(1957)的出版,更使这类作品有了总集。

那么,古人为什么要把这类作品称之为变文呢?

"变"字作为绘画或文章的名称,最早都是指有关佛教内容的。今据《历代名画记》等书所列唐以前画人的作品,题目是"变"或"经变"的有:

晋张墨(317—420)《维摩诘变相图一卷》,见《贞观公私画史》。

晋顾恺之(345—411)《维摩诘变》,见《历代名画记》。

宋袁倩(420—478)《维摩诘变一卷》,见《历代名画记》。

梁张僧繇《诸经变》,见《梁书·扶南传》。

梁张儒童《宝积变》,见《贞观公私画史》。

隋郑法士《灭度变相》见《历代名画记》。

隋杨契丹《涅槃变相》,见《历代名画记》。

又《维摩诘变》,见《历代名画记》。

隋尉迟跋质那《降魔变》《净土经变》,见《历代名画记》。

隋董伯仁《道经变相》,见《宣和画谱》。

又《弥勒变相》,见《贞观公私画史》。

关德栋在《谈变文》中列举名称有"变"字的唐代绘画,几乎都集中在寺院,其内容完全取材于佛经②。还有一条更早的材料,东晋法显《佛国记·师子国》"佛齿清舍"条云:"王庄校大象,使一辩说人着王衣服,骑象上击鼓,唱

① 郑振铎《敦煌的俗文学》,《小说月报》第 20 卷 3 号,1929 年;后收入其《中国文学史·中世纪卷》第 3 章,上海:商务印书馆,1930 年。
② 关德栋《谈变文》,连载 1964 年《觉群周报》一卷一期至十一期,后收入《敦煌变文论文录》185—234 页。

言……如是唱已，王便夹道两边，作菩萨五百身已来种种变现，或作须大挐，或作睒变，或作象王，或作鹿马，如是形象，皆彩画庄校，状若生人。"①"变现""睒变"都说的是图画。前揭玄奘献给唐高宗的《报恩经变》，其时间在显庆元年(656)。这说明变文之得名，确与佛教讲经有关。

至于"变"字的含义及语源，诸家解释也不同。

周一良在《读〈唐代俗讲考〉》云："我觉得这个变字似非中华固有，当是翻译梵语。梵文有 citra 一字，作画解，我疑心'变'字的原语，也许就是 citra。"②关德栋《略说'变'字的来源》认为"变"字系音译，"(1) 变文的变字就是变相的变字；(2) 变相的渊源是'曼荼罗'；(3) 变相的变字就是翻译梵语 mandala 一字的略语，变相的变字就是'曼'字的一音之转。"③饶宗颐《从"睒变"论变文与图绘之关系》认为是梵语 mana 的音译④。施蛰存《"变文"的"变"》："这是一个外来语的音译，义为图画或图像。这个字可能来自印度古文，因为最先见于佛教文学。印度古文的原字尚未考得。但在英语中，画作 Paint(动词)，Painting(名词)，亦作 Picture(名词)。在法语中，画作 peindre(动词)，Peintare(名词)，其它如德语、西班牙语或意大利语，也都差不多，其特征都是以 P 发音，我们的'变'字，也以 P 为声母。这样，不能说没有关系。我推测，这个印度的古字，经过阿拉伯而传入欧洲，成为 Paint，经过西藏和新疆，传入中国，成为'变'。"⑤金克木《"变文"的"变"的来源》云："'变'作为音译外来语，可能是印度古文的varṇana(雅语拼法)/baṇṇana(俗语拼法)，意义是描绘，描述，是名词。……'变相'即所描绘的形象。'变文'即描述某一故事的文辞。"⑥

---

① (东晋)法显《佛国记·师子国》，长春：长春出版社，1995 年，第 192 页。
② 周一良《读〈唐代俗讲考〉》，1947 年 2 月 8 日《大公报·图书周刊》，收入《周一良集》第 3 卷，沈阳：辽宁教育出版社，1998 年。
③ 关德栋《略说"变"字的来源》，1947 年 4 月 14 日《大晚报·通俗文学》，收入《曲艺论集》，北京：中华书局，1958 年。
④ 饶宗颐《从"睒变"论变文与图绘之关系》，日本《池田末利博士古稀纪念东洋学论集》，1980 年 9 月，又收入《饶宗颐史学论著选》，上海：上海古籍出版社，1993 年。
⑤ 施蛰存《"变文"的"变"》，《古典文学知识》1983 年第 1 期。
⑥ 金克木《"变文"的"变"的来源》，《读书》1988 年第 4 期。

以上诸说,虽有意译与音译之分,但都认为变文之得名源于印度,随着佛教的传入而为中国人所接受。

也有不少学者认为,"变"是在中国传统文艺基础上发展而来的讲唱文学。向达《唐代俗讲考》认为南朝旧乐有所谓"变歌",这是变文的源头。① 程毅中更明确认为变文源自中国固有的赋体:"现在所看到的变相图往往与佛经故事有关,然而能不能说变文就是受佛教影响而产生发展的呢? 这个问题还需要具体分析。变文和变相有关,但我们不能说变文这种文体也是在僧人演唱佛经故事以后才产生的,正如不能说在画家画了变相之后,才产生了人物故事的图画一样。古代的画家早就画过许多人物故事画以及佛像,不过没有称之为变而已。""变文这种文学形式,主要由汉语特点所规定的四六文和七言诗所构成的。难道这种最地道的民族形式可能是从印度传来的吗? 变文作为一种说唱文学,远可以从古代的赋找到来源。"程先生接着在对自汉魏六朝以来俗赋与敦煌发现的说唱体作品体制方面作了深入比较分析以后说:"我们有理由设想,变文是在我国民族固有的赋和诗歌骈文的基础上演进而来的。"②周绍良《谈唐代民间文学》也说:"要弄清'变文'的涵义,并不需要多绕圈子去考证它,因为当初创造这一名词的人,未必经过考古证今地考虑后才提出的,相反的却是要创立一个名词,一定要使群众易于了解和接受的才好,故'变'之一字,也只不过是'变易''改变'的意思而已,其中并没有若何深文奥义。如所谓'变相',意即根据文字改变成图像,'变文'意即把一种记载改变成另一种体裁的文字。"③王重民《敦煌变文研究》也说:"'变文'命名的释义有两说:一谓从梵文转译,一谓汉名所固有,并且为'变'字作了释义。主张从梵文转译的至今还没有找出译文或对音的梵文。我个人的意见,即便找出相适应的梵文,而'变'字在汉语内应首先具有相适应的意义。

---

① 向达《唐代俗讲考》最初刊于 1934 年 12 月出刊的《燕京学报》第 16 期,其后不断补充修改,于 1944 年表于《文史杂志》三卷九·十合期,1950 年又刊于《国文季刊》三卷四号,后收入《唐代长安与西域文明》(北京:三联书店,1957 年)。

② 程毅中《关于变文的几点探索》,收于《文学遗产增刊》第 10 辑,北京:作家出版社,1963 年。

③ 周绍良、白化文《敦煌变文论文录》,上海:上海古籍出版社,1982 年,第 407—408 页。

如果再进一步探求'变文'(特别是讲经文)的体制,是在我国人民大众的文学创作中发展起来的,完全来自广大人民中间,那就不必从国外找根源了。"①

本书认为,敦煌文献中所有的文体名都保持着它在汉语中的基本意义,变文之"变"也不当例外。所以,我们不同意"变"字是梵文某个词的音译或对应的说法。长期从事翻译工作的傅雷曾说过:两种语言的有关词语出现在同一作品的相同位置上时,要将它们完全等同起来是相当危险的。美国研究变文的著名学者梅维恒也说:"在汉文的佛教译经和它们的梵文原本之间,几乎从来没有存在过一种精确的对应关系。……当中国人接触到这些神秘的转变时,创造了自己独特的表达方式。……变文便是这样一种文化交流的象征:它不单纯是印度的或中国的。而是印度文化和中国文化综合的产物。"②

"俗讲"包括"转变"是中国文化中某些实用艺术受到佛教文化和印度梵剧的影响而形成的一种新的艺术形式。由于"俗讲"本身所存在的局限性及俗讲者的德行问题,这种艺术形式逐渐衰落了(甚至宋人都已经不知道俗讲为何物,王灼《碧鸡漫志》卷五:"至所讲俗讲,则不可晓")。它的精华则在一定意义上导致了宋元以后说唱艺术的兴盛。宋代几种对戏曲有重要影响的说唱和歌舞形式如鼓子词、唱赚、转踏、大曲、诸宫调等,都明显遗留有俗讲底本的结构痕迹,明清以来的宝卷,则更是俗讲的嫡传了。

二、变文的体制

敦煌写本中明确标名"变文"或"变"的作品有 8 种,它们是:《破魔变》、《降魔变文》(又题《降魔变》)、《大目乾连冥间救母变文并图一卷并序》、《八相变》、《频婆娑罗王后宫彩女功德意供养塔生天因缘变》、《汉将王陵变》、

---

① 王先生此次演讲大约在 20 世纪 60 年代的某年,但其公开发表却是 1981 年 5 月出版之《中华文史论丛》第 2 期。此据其《敦煌遗书论文集》,北京:中华书局,1984 年,第 187 页。

② 梅维恒《唐代变文》(Tang Transformation Texts)哈佛—燕京社专论第 28 册,哈佛大学东亚研究出版委员会 1988 年出版。引文见王元化主编《学术集林》(上海远东出版社,1995 年)一书所刊杨继东、陈引弛的选译《释"变文"的底蕴》。

《舜子变》、《前汉刘家太子变一卷》（又题《前汉刘家太子传》）。

　　其中有讲佛教故事的《破魔变》《八相变》《大目乾连冥间救母变文并图一卷并序》等，也有讲历史故事的《舜子变》《汉将王陵变》等。以上作品，能考知其创作时间的很少，我们只能从某些作品的题记和涉及的事件、人物、官制、地理沿革、文物制度等方面，推断其大致年代。如《降魔变文》开头说庄严一段中，有"伏惟我大唐汉圣主开元天宝圣文神武应道皇帝陛下"一句，其中所称唐玄宗的尊号，据《旧唐书·玄宗纪》的记载，当在天宝七载三月到八载闰月（六月后置闰）之间（748—749）。《降魔变文》也应当是这个时期的作品，是现存变文中可考知年代最早的一种。有些作品有抄写时间可考，如 P.2721《舜子变》为五代后晋"天福十五年（950）"抄本，P.3051《频婆娑罗王后宫彩女功德意供养塔生天因缘变》为"大周广顺叁年癸丑岁（953）肆月廿日"的抄本，京藏盈 76（BD00876）《大目乾连冥间救母变文》为太平兴国二年（977）的抄本。

　　这些以写本形式存在的变文，有大量的讹脱误衍、俗书别字等情况，可见它们大多是编成后的传抄，或辗转易手的再重抄。抄写者有的是寺院学郎，如 S.2614《大目乾连冥间救母变文并图一卷》题记"贞明柒年（921）辛巳岁四月十六日净土寺学郎薛安俊写，张保达文书"，这位薛安俊又抄有《十二时普劝四众依教修行》（见 P.2054）和"劝戒文"（见京藏位 68，BD08668）。有的抄写者是归义军的小官吏，如 P.3627《汉八年楚灭汉兴王陵变一铺》题记"天福四年（939）八月十六日孔目官阎物成写记"，孔目官为掌文书档案的小吏；P.3272 又有《丁卯年正月二十四甘州使头阎物成去时书一本》，这两个"阎物成"当系一人。还有的抄写人是寺院和尚，如 P.2187《破魔变一卷》题记"天福九年（944）甲辰祀黄钟之月冀生十叶冷凝呵笔而写记，居净土寺释门法律沙门愿荣写"，P.3051《频婆娑罗王后宫彩女功德意供养塔生天因缘变》为"大周广顺叁年癸丑岁（953）肆月廿日三界寺禅僧法保自手写记"，还有的抄卷人身份不大清楚。总的说来，传写者的社会层次都不太高。他们或者因爱好说唱文学，或为艺人自用与师徒间传授所以才抄写这些作品。但宗教性题材的变文，却有为"发愿作福"而抄写的，如京藏盈 76（BD00876）《大目乾连冥间救母变文》题记所示：

太平兴国二年,岁在丁丑润(闰)六月五日,显德寺学仕郎杨愿受一人恩微,发愿作福,写尽此《目连变》一卷。后同释迦牟尼佛壹会弥勒生作佛为定。后有众生同发信心,写尽《目连变》者,同池(持)愿力,莫堕三涂。

这和旧日某些善男信女以施财刊刻宝卷为善事是相似的。杨愿受之名又见S.5631《庚辰年正月十四日社司转帖》,内有“社官杨愿受”,二者或为一人。至于现存敦煌变文是否是演唱的原始实录,我们从 P.3051《频婆娑罗王后宫彩女功德意供养塔生天因缘变》抄写者“法保”,连篇末演唱者“保宣”的结束自谦语“但保宣空门薄艺,梵宇荒才”云云都原封抄录下来看,可见他对原作毫无改动。不过,以情理论,在实际演唱中,艺人须有相当的发挥创造,才能娓娓动听地吸引听众,感动听众。

统观上述 8 种变文作品的体制,可以发现它们有下列一些共同的特点:

第一,散韵组合,说唱相间,演述故事。说,即表白宣讲,是散文或浅显骈体文;唱,即行腔咏唱,是韵文,多为七言押偶句韵的诗歌。变文或先用散文讲说一段,再用韵文将其内容重复咏唱一遍,如《八相变》:

尔时金团天子,奉遣下界,历遍凡间,数选奇方,并不堪世尊托质。唯有迦毗卫国似膺堪居,却往天中具由咨说云云:

当日金团天子,潜身来下人间。
今朝菩萨降生,福报合生何处。
遍看十六大国,从头皆道不堪。
唯有迦毗罗城,天子闻名第一。
社稷万年国主,祖宗千代轮王。
我观过去世尊,示现皆生佛国。
看了却归天界,随于菩萨下生。
时当七月中旬,托荫摩耶腹内。
百千天子排空下,同向迦毗罗国生。

或散文与韵文连接使用,讲说与咏唱衔接,一气连贯,互不重复,如《大目乾连冥间救母变文》:

目连良久而言："识一青提夫人已否？"诸人答言："尽皆不识。"目连又
问："阎罗大王住在何处？"诸人答言："和尚，向北更行数步，遥见三重门
楼，有千万个壮士皆持刀棒，即是阎罗大王门。"目连闻语，向北更行数步，
即见三重门楼，有壮士驱无量罪人入来。目连向前寻问阿娘不见，路旁大
哭，哭了前行，被所由得见于王。门官引入见大王，问目连事由之处：

大王既见目连入，合掌逡巡而欲立。

和尚有没事由来，连忙案后相祇揖。

惭愧阇梨至此间，弟子处在冥途间。

拷定罪人生死，虽然不识和尚，

早个知其名字，为当佛使至此间，别有家私事意。

太山定罪卒难移，总是天曹地笔批。

罪人业报随缘起，造此何人救得伊。

腥血凝脂长夜臭，恶染阇梨清净衣。

冥途不可多时住，伏愿阇梨早去归。

目连启言不得说，大王照知否？

贫道生年有父母，日夜持斋常短午，

据其行事在人间，亡过合生于净土。

天堂独有阿耶居，慈母诸天觅总无。

计亦不应过地狱，只恐黄天横被诛。

追放纵由天地边，悲嗟悔恨乃长嘘。

业报若来过此界，大王曾亦得知否？

实际上这两种方式往往并未绝对地截然分开，它们常常是混合使用。

变文中，只有《舜子变》通篇大体为六言韵语，体近故事赋。《刘家太子
变》通篇为纯散说，体近话本，与上述体制不合。有人认为，这表明故事赋、
话本均可称之变文。是否如此，尚待进一步研究。但另有一种解释是，它们
同属说唱文学，在发展演变过程中，难免要相互借鉴、影响，以至相互渗透，
体制上开始转化，出现了中间状态，而在题名上却仍旧保持了原有类称，遂

出现了这种"名"与"实"间的矛盾。

第二,变文由散文说白转入韵文唱辞时,往往有习用的提示语,如《汉八年楚灭汉兴王陵变》有 8 例:

> 二将斫营处,谨为陈说……
>
> 说其本情处,若为陈说……
>
> 其时天地失瑕之光,而为转说……
>
> ……

又如《降魔变文》有 17 例:

> 舍利弗共长者商度处,若为……
>
> 解太子之嗔心,免善事之留难处,若为……
>
> 且看诘问事由,若为陈说……
>
> 合国人民咸皆瞻仰处,若为……
>
> ……

又如《大目乾连冥间救母变文》有 21 例:

> 看目连深山坐禅之处,若为……
>
> 目连向前问其事由之处……
>
> 即至五道将军坐所,问阿娘消息处……
>
> 政(整)衣裳,腾空往至世尊处……
>
> ……

又如《频婆娑罗王后宫彩女功德意供养塔生天因缘变》见一例,即:

> 作是说已,绕佛三匝,还归天宫处,若为陈……

还有一些变文,说唱交替时具有下列套语,如《八相变》总共有 16 例:

> 于此之时,有何言语? ……
>
> 当此之时,有何言语? ……
>
> 当尔之时,道何言语? ……

   ……

又如《破魔变文》也有 5 例：

   魔王当尔之时，道何言语？……

   姊妹三个，道何言语？……

   当去之时，道何言语？……

   ……

  这些"……处""有何言语""道何言语"的提示语，是讲唱者展示图画的标志，我们还可以从相关变文中找到证据。如《大目乾连冥间救母变文并图一卷》，题目就标明配有图。虽然此图并未能被保存下来，但原本有图则无可置疑。特别是 P.4524 的《降魔变》，正面为 6 幅图，背面是与画图内容相应的唱辞，是变文配合画图的实证。P.5019 正面为孟姜女唱词，背面有图一幅，张涌泉拟名为《孟姜女变相》。P.3627《汉将王陵变》尾题又作《汉八年楚灭汉兴王陵变一铺》，文中也有"从此一铺，便是变初"的语句。P.2533《王昭君变文》中也有"上卷立铺毕，此入下卷"的话。这里的"铺"，正是画的单位。唐人文籍，佛塑一尊、佛菩萨画一幅或多幅，都称一铺。如《大唐陇西李府君修功德碑记》："素涅槃像一铺，如意轮菩萨、不空罥索菩萨各一铺，画报恩、天请问、普贤菩萨、文殊师利菩萨、东方药师、西方净土、千手千眼观世音菩萨、弥勒上生、下生、如意轮、不空罥索等变各一铺，贤劫千佛一千躯。"所以程毅中《关于变文的几点探索》指出：变文里常用的"处"字，如《李陵变文》在唱词之前有"看李陵共单于火中战处""且看李陵共兵士别处，若为陈说"这样的话，显然是按图讲唱，很像近代的拉洋片。在讲唱故事时如果不具体指明讲到何"处"，恐怕听众会弄不清楚，所以每一段唱词都要说明讲到何处，便于听众按图索骥。这也是变文与变相密切配合的一个确证[①]。

  按照变文形制上的以上两个特征，我们可以确定原题没有标明"变"或"变文"，但实际上是变文的作品还有：《伍子胥变文》《李陵变文》《王昭君变

---

① 程毅中《关于变文的几点探索》，收于《文学遗产增刊》第 10 辑，北京：作家出版社，1963 年。

文《孟姜女变文》《张议潮变文》《张淮深变文》等。

第四节　上古时期的看图讲诵与
变文的源头

变文的来源,大致有源于本土说和源于古印度说两种①。但是本土说之所以至今不被许多学者,尤其是国际汉学界所认可,一个重要的原因是:变文是一种看图讲故事的文艺形式,而源于本土说者主要从语言形式上探讨变文的源头,忽视了对"看图讲故事"起源的揭示。

程毅中曾著文讨论敦煌俗赋的渊源,认为秦汉杂赋是敦煌俗赋的源头②。本文认为,秦汉杂赋主要以讲诵的形式传播,其中看图讲诵是其形式之一。下文通过先秦两汉时期的故事图像和面对图像的讲故事、诵诗赋两个问题的考证,以说明类似于变文的看图讲诵早在我国先秦两汉时期就已存在。

一、先秦两汉时期的故事图画考述

首先要解决的问题是,先秦两汉时期到底有没有故事图画? 回答是肯定的。

据传大禹时期所铸之九鼎,上面就有各种图像。《左传》宣公三年:"昔夏之方有德也,远方图物,贡金九牧。铸鼎象物,百物而为之备,使民知神奸。"③毕沅《山海经新校正序》云:"《海外经》四篇、《海内经》四篇,周、秦所述也。禹铸鼎象物,使民知神奸。按其文,有国名,有山川,有神灵奇怪之所

---

① 如向达《唐代俗讲考》认为变文当源自南朝清商旧乐;程毅中《关于变文的几点探索》认为变文源自中国固有的赋体。郑振铎《中国俗文学史》(上海:商务印书馆,1938 年)、周一良《读唐代俗讲考》、关德栋《略说"变"字的来源》、孙楷第《读变文》等认为变文源自佛典翻译或梵文元典或佛家变相(以上论文皆收录在周绍良、白化文编《敦煌变文论文录》,上海:上海古籍出版社,1982 年)。国际汉学界更是以源自印度说为主,如美国汉学家梅维恒(Victor H. Mair)教授的《绘画与表演》(Painting and Performance),其副标题就叫"中国的看图讲故事和它的印度起源"(中文版有王邦维、荣新江、钱文忠译本,季羡林审定,北京:燕山出版社,2000 年)。

② 程毅中《敦煌俗赋的渊源及其与变文的关系》,《文学遗产》1989 年第 1 期。

③ 夏鼎铸于何时,历史上有两种说法:《墨子·耕柱》:"昔者夏后开使蜚廉折金于山川,而铸鼎之于昆吾。九鼎既成,迁于三国。"是说九鼎铸于夏启之时。《史记·楚世家》:"昔虞、夏之盛,远方皆至,贡金九牧,铸鼎象物。""虞、夏之盛",指大禹之时。《后汉书·明帝纪》:"昔禹收九牧之金,铸鼎以象物",《左传》云"夏之方有德也",也当指大禹之时。

际,是鼎所图也。鼎亡于秦,故其先时人犹能说其图,以著于册。"沈钦韩《山海经补注》亦云:"今《山海经》所说形状物色,殆鼎之所象也。"洪亮吉《山海经诂》亦云:"今《山海经·海内》《大荒》等篇,即后人录夏鼎之文也。"都认为今《山海经》中有禹鼎图像的说明文字。

商周时期,则把历史上的著名人物或重要故事图画于庙堂,供人瞻仰或引以为戒。《墨子》云:"纣为鹿台糟邱,酒池肉林,宫墙文画,雕琢刻镂。"①殷纣的"宫墙文画",具体内容不得而知,但不能排除历史故事的图像。《吕氏春秋·谕大》引《商书》曰:"五世之庙,可以观怪。"汤炳正据此认为:"似绘怪物于庙壁,其来久远。"②

《淮南子·主术》载:"文王周观得失,遍览是非,尧舜所以昌,桀纣所以亡者,皆著于明堂。"高诱注:"著,犹图也。"这里说文王时已经有"尧舜所以昌,桀纣所以亡"的故事画。《论语·八佾》载:"子入太庙,每事问。"鲁太庙即周公庙。每事问,问什么呢? 刘宝楠《论语正义》云:"事,谓牺牲服器及礼仪诸事也。"恐怕不仅是这些。周公庙中应当有诸多壁画,这也是孔子问的范围。《孔子家语》卷三"观周"条可以证明:"孔子观乎明堂,睹四门墉有尧、舜之容,桀、纣之象,而各有善恶之状,兴废之诫焉。又有周公相成王,抱之负斧扆,南面以朝诸侯之图焉。孔子徘徊而望之,谓从者曰:'此周之所以盛也。'"③据高诱《淮南子·本经》"明堂之制"注,蔡邕《明堂月令论》及清人阮元《研经室集·明堂论》的解释和考证,明堂与太庙实为一事。

周厉王时善夫山鼎铭文曰:"唯卅又七年正月初吉庚戌,王才(在)周,各(格)图室。"宣王时无专鼎铭文:"唯九月既望甲戌,王各于周庙,灰(贿)于图室。"这里的"图室",曲英杰《西周王庙考》认为即金文常见的"大室",因其中

---

① (清)孙诒让《墨子间诂》附录《墨子佚文》,北京:中华书局,2001年,第655页。
② 汤炳正《楚辞类稿》,成都:巴蜀书社,1988年,第272页。
③ 由于《孔子家语》一书,过去多疑为伪书,所以这段故事的真实性多受怀疑。1973年,河北定县八角廊汉墓和1977年安徽阜阳汉墓出土了一种和《孔子家语》形式内容相类似的书,李学勤认为就是《家语》的祖本(李学勤《新出简帛与学术史》,见《简帛佚籍与学术史》,台北:台湾时报文化出版企业有限公司,1994年,第9页)。可知《孔子家语》最晚到西汉前期已经流行,因而今传《家语》所记史事大都可信。

有先王先公图像,故又称"图室"①。

圣主明王、忠臣义士及昏君乱臣这种警示形式的图画,两汉时期一直非常流行。清人丁晏《楚辞天问笺叙》云:"壁之有画,汉世犹然。汉鲁殿石壁及《文翁礼殿图》,皆有先贤画像。武梁祠堂有伏戏、祝诵、夏桀诸人之像。《汉书·成帝纪》甲观画堂画九子母(引者按,应是《成帝纪》应劭注的记载),《霍光传》有《周公负成王图》,《叙传》有《纣醉踞妲己图》。《后汉·宋宏传》有屏风画《列女图》,《王景传》有《山海经》《禹贡》图。古画皆征诸实事。"曹植曾著有《画赞序》云:"观画者见三皇五帝,莫不仰戴;见三季暴主,莫不悲惋;见篡臣贼嗣,莫不切齿;见高节妙士,莫不忘食;见忠节死难,莫不抗首;见放臣斥子,莫不叹息;见淫夫妒妇,莫不侧目;见令妃顺后,莫不嘉贵。是知存乎鉴者,图画(原作"何如",据《太平御览》改)也。"②可见,直到曹魏时期都很盛行。

屈原的《天问》体裁奇特,东汉王逸《楚辞章句·天问序》:屈原放逐,彷徨山泽,"见楚有先王之庙及公卿祠堂,图画天地山川神灵,琦玮谲诡,及古圣贤怪物行事。周流罢倦,休息其下,仰见图画,因书其壁,呵而问之,以泄愤懑,舒泻愁思。"王逸所讲是对的,不然《天问》中的一些句子就无法理解。比如问嫦娥奔月时说:"白蜺婴茀,胡为此堂? 安得夫良药,不能固臧?"《章句》说:"蜺,云之有色似龙者也。茀,白云逶移若蛇者也。"是说"白蜺"是云霞缭绕。庙堂里怎么会云霞缭绕呢? 只能是说壁画上云霞缭绕。又"干协时舞,何以怀之? 平胁曼肤,何以肥之?""平胁曼肤"是指体态肥硕皮肤细嫩。这四句所写的具体故实学术界历来有不同看法,本文同意写殷王亥一说。四句问殷王亥常持盾而舞,为何如此思念有易之女;她丰满柔嫩,为何画得那样肥? 大概屈原的时代,楚国还是好细腰,以瘦为美,所以屈原对壁画的肥硕美人不理解。因此,孙作云说:"我们概括《天问》的文本,可以确信《天问》是根据壁画而作的。"③孙先生还考证了《天问》所写的楚先王庙就是

① 曲英杰《西周史论文集》,西安:陕西人民教育出版社,1993 年。
② 赵幼文《曹植集校注》,北京:人民文学出版社,1984 年,第 67—68 页。
③ 孙作云《从〈天问〉中所见的春秋末年楚宗庙壁画》,收入《孙作云文集·楚辞研究》,开封:河南大学出版社,2003 年,第 548 页。

春秋末年楚昭王十二年(前504年)从郢都(今湖北荆州)迁往都(今湖北宜城县东南)所建筑的楚宗庙。《天问》中所问的重要事项,一定见于这座宗庙的壁画。

而《天问》中所反映的壁画内容,异常丰富。画在宗庙主室天棚上的,有天象图及天上的神怪图。其中有九层天图,日中有乌、月中有蟾蜍图,群星图(其中包括尾星,即九子母星座图),嫦娥奔月图,王子乔死后化为大鸟图,雨师屏翳图,风神飞廉图。

在这以下的墙壁上,画"大地"图,其中有鲧、禹治水图(或鲧、禹像),昆仑山图,烛龙图,雄虺九首图,鲮鱼图,魃雀图等。

其次画人类起源及历史人物的画像,其中有女娲像,尧、舜像,夏禹王像(或禹娶涂山氏女图),伯益像,启像(或益、启争国图),后羿、浞、敖(浇)像,夏桀像。其后为商代人物画像,其中有简狄像,王亥、王恒像(或王亥、王恒至有狄部落买牛羊图,王亥舞双盾图,有狄之君杀王亥图)、商汤像(或商汤伐桀图),伊尹像,殷纣王像。其后为周代人物画像,其中有姜嫄像、太王像(或太王迁邠图)、周文王像(或文王伐崇图)、姜太公像、武王像、武王伐纣图、周公辅成王图、诸侯分殷器物图、周昭王像、周穆王像、周幽王像。其后为春秋时代人物画像,有齐桓公像,晋太子申生像,楚令尹子文像,楚成王像,吴太伯及仲雍像,吴王阖庐像,楚、吴战争图(或吴兵入郢图)。

以下为不按时代排列的四幅独立小画:彭祖像,厉王奔彘图,伯夷、叔齐采薇图,秦公子针与兄争犬图[①]。

王延寿《鲁灵光殿赋》对西汉景帝之子鲁恭王刘余所建灵光殿壁画的描绘[②],更是惟妙惟肖,生动传神:"图画天地,品类群生。杂物奇怪,山神海灵。

---

① 孙作云《从〈天问〉中所见的春秋末年楚宗庙壁画》,《孙作云文集》,第548—554页。
② 鲁灵光殿是西汉景帝之子鲁恭王刘余所建,《后汉书·光武十三王列传》东海恭王强传:"初,鲁恭王好宫室,起灵光殿,甚壮丽。是时犹存,故诏强都鲁。"李贤注:"恭王名余,景帝之子。殿在今兖州曲阜城中。故基东南二十丈,南北十二丈,高丈余也。"据《汉书》卷五三《景十三王传》,刘余徙王鲁,时在孝景前三年(前154),鲁灵光殿约建成于景帝前三年之后数年。然惠栋《后汉书补注》卷一八:"《博物志》曰:'鲁作灵光殿初成,逸语其子:汝定状归,吾欲为赋。文考遂以韵写简。其父曰:此即为赋,吾固不及矣。'"据此,则鲁灵光殿是东汉桓帝延熹年间的建筑。

写载其状,托之丹青,千变万化,事各缪形,随色象类,曲得其情。上纪开辟,遂古之初。五龙比翼,人皇九头。伏羲鳞身,女娲蛇躯。……下及三后,淫妃乱主。忠臣孝子,烈士贞女。贤愚成败,靡不载叙。"

民间故事画无法保存至今,但在当时应当是很多的。我们只要看山东武氏祠汉画像石中众多的历史故事画①,就不难发现汉代的绘画当以故事画为主。

20 世纪的田野考古,也发现了数量甚夥的先秦两汉时期的故事画。我们略举数例。

内蒙古阴山地区乌斯太沟附近发现的岩画有一幅战争场景,将作战的胜败双方表现得界限分明:胜方形体高大并且将士众多,败方形体矮小且寡不敌众;胜方前后夹击所向披靡,败方只有招架之功无还手之力;胜方首领带着长长的羽毛头饰,败方或首身异处,或落荒而逃;胜方的兵器有刀和箭,败方则只有腰刀②。岩画应是胜利者为纪功而作。我们可以想象,面对这幅岩画,胜方可以讲述多么惊心动魄的战争故事,败方则只能悲吟一曲《国殇》了。

河南临汝阎村出土了一件彩陶缸,陶缸上面的图像被命名为《鹳鱼石斧图》,是我国新石器时期幅面最大、内容最为丰富的图画。画面有三个图像:鹳、鱼、石斧。左面的白鹳短尾长腿,大圆眼,长喙粗颈,衔一鱼。鱼头向上,无鳞片。右面为一石斧,圆弧刃,中间有一穿,系有柄③。这幅画的内容,学术界有不同的意见,有人认为陶缸可能是部落酋长的瓮棺,白鹳是死者所属部落的图腾,雄壮有力而气势高昂。鱼则是敌对氏族的图腾,被画得奄奄一息。酋长生前英武善战,石斧是他权利和身份的标志④。也有人认为鹳衔鱼

---

①　武氏祠的人物故事画大致可分为以下几类:王侯类,如伏羲、女娲、神农、黄帝、齐桓、吴王、秦王、晋灵公等;圣贤名臣类,如孔子、老子、管仲、蔺相如、廉颇等;孝子类,如曾参、闵子骞、老莱子等;刺客类,如曹沫、专诸、聂政、荆轲等;列女类,如京师节女、齐义继母、梁节姑姊、鲁秋胡妻等;义士类,如义浆羊公、三州孝人、侯嬴、范雎、程婴等。

②　盖山林《内蒙阴山山脉狼山地区岩画》,《文物》1980 年第 6 期。

③　张绍文《原始艺术的瑰宝——记仰韶文化彩陶上的〈鹳鱼石斧图〉》,《中原文物》1981 年第 1 期。

④　严文明《〈鹳鱼石斧图〉跋》,《中原文物》1981 年第 12 期。

是氏族本身的象征,石斧是氏族权利的象征①。此外还有其他说法。不管如何,这是一幅包含着丰富故事因素的图画。

西周康王时的矢𣪘簋铭文曰:"惟四月辰在丁未,王省武王、成王伐商图,征(诞)省东国图。"郭沫若《矢𣪘铭考释》说:"两图字当即图绘之图。古代庙堂中每有壁画。此所画内容为武王、成王二代伐商并巡省东国时事。"②

1978 年发掘于湖北随州的曾侯乙墓,其中绘制在衣箱上的漆画有《后羿射日图》,画上还有用红漆书写的 20 个字(出土时已无法辨认)。这幅图,学术界都用《山海经》和《淮南子·本经》中"后羿射日"的记载进行诠释③。它旁边的题字是我国已知最早的榜题。

1987 年发掘了湖北荆门包山 2 号墓,这是一座战国中晚期的大型楚墓,其中出土的圆奁上有一幅现实生活题材的绘画,学者称它为《王孙亲迎图》④。

20 世纪 70 年代,在秦都咸阳的宫殿遗址中,出土了长卷轴式的壁画⑤。学术界认为,"这是至关重要的一大收获,它首次证实了《孔子家语》《天问》《韩非子·外储说》中有关战国时期宫殿、庙堂图绘壁画的记述"⑥。

《中国美术全集·绘画篇》载有汉画像贝(或以为战国时画),上面绘有驰骋的车马,弯弓持剑的勇士,狂奔的野兽。萧兵说:"这幅珍异的绘画不是很容易令人想起《招魂》结尾的描写吗?'青骊结驷兮,齐千乘。悬火延起兮,玄颜烝。步及骤处兮,诱骋先。抑骛若通兮,引车右还。'如战国绘画有此精美,楚祠庙壁画之繁富,可想而知。"⑦

---

　　① 许顺湛《中原远古文化》,郑州:河南人民出版社,1983 年,第 434 页。

　　② 郭沫若《矢𣪘铭考释》,《考古学报》1956 年第 1 期。

　　③ 祝建华、汤池《曾侯墓漆画初探》,《美术研究》1980 年第 2 期。

　　④ 彭德《屈原时代的一幅情节性绘画——荆门墓彩画王孙亲迎图》,《楚艺术研究》,武汉:湖北美术出版社,1991 年,第 175—177 页。

　　⑤ 《秦都咸阳第三号宫殿建筑遗址发掘简报》,《考古与文物》1980 年第 2 期。

　　⑥ 陈国英《秦都咸阳考古工作三十年》,《考古与文物》1988 年第 5、6 期,陕西省考古研究所成立三十周年纪念专号,第 129 页。

　　⑦ 萧兵《楚辞的文化破译——一个微宏观互渗的研究》,武汉:湖北人民出版社,1991 年,第 792—793 页。

　　1939 年,劳幹就对汉代石刻画像与绘画做过研究,他说:"汉代图画多为故事图画,固不仅墓室祠堂为然,前引汉代诸书涉及图画者,盖凡宫室之壮丽者莫不以图画为饰。"①

　　因此可以说,中国早期画以叙事、纪事为目的。张彦远《历代名画记》卷一《叙画之源流》云:"留乎形容,式昭盛德之事;具其成败,以传既往之踪。记传所以叙其事,不能载其容;赋颂有以咏其美,不能备其象;图画之制,所以兼之也。"这里特别强调图画的"叙事"作用,所谓"昭盛德之事""传既往之踪",而且兼有记传叙事与赋颂讲唱之功能。我们知道,《历代名画记》是张彦远对汉魏六朝以来画论的总结,所以他对图画叙事功能的论述自然不能仅仅算作是唐代人的意见。

二、按图讲诵初探

　　有了故事画像,是否会按画面讲诵呢?

　　追溯看图讲诵故事的源头,大致与古代祠庙的巫祝有关。《说文》:"祠,多文词也。"盖"祠"从"司"声,兼从"文词"之"词"得义。古代祠祀之官,只有祝和巫。《说文》:"祝,祭主赞词者。""巫,祝也。"古代祝巫,其职责中重要的一项是管理庙主,《大戴礼记·诸侯迁庙》有说明。祝巫面对新庙主的图像,叙其由来,颂其功烈,那么,讲述故事必是题中应有之意。所以,刘师培说:"韵语之文,虽匪一体,综其大要,恒由祀礼而生。"②在此基础上,史官就图像而讲史,也就自然形成了。

　　《史记·殷本纪》记载,伊尹初见商汤,就"言素王及九主之事"。裴骃《集解》引刘向《别录》说:"九主者,有法君、专君、授君、劳君、等君、寄君、破

---

①　劳幹《论鲁西画像三石——朱鲔石室、孝堂山、武氏祠》,《历史语言研究所集刊》第 8 本,1939 年,第 105 页。近五十年来出土的大量汉代画像更可证明劳氏说不误。如洛阳出土的西汉后期壁画墓,有《二桃杀三士》《鸿门宴》故事;内蒙古和林格尔东汉墓壁画绘有 80 多则圣贤、豪杰、孝子、列女和历史故事;河南唐河县郁平大尹冯君孺人墓,有狗咬赵盾、聂政自屠等画像石等。

②　刘师培《文学出于巫祝之官说》,《刘师培中古文学论集》,北京:中国社会科学出版社,1997 年,第 217 页。

君、国君、三岁社君，凡九品，图画其形。"①这条注是很启发人的，伊尹游说商汤时，是对着画好的素王和九主的图像进行讲述。可见，早在夏商之际，可能已经有面对圣主或昏君的图像讲述历史兴衰的形式。

《庄子·田子方》载："宋元君将画图，众史皆至，受揖而立，舐笔和墨，在外者半。有一史后至者，儃儃然不趋，受揖不立，因之舍。公使人视之，则解衣般礴，裸。君曰：'可矣，是真画者也。'"这里值得讨论的是把画师称为"史"。先秦史官的职掌是很复杂的，汪中《左氏春秋释疑》认为天道、鬼神、灾祥、卜筮、梦等五项是史官的基本职掌②。王国维有《释史》一文，于史之职掌论之甚详，他总结说："史之职专以藏书、读书、作书为事。"③他们都没有论及"史"还兼有画图的职责。实际上"作书""读书"与"画书"是紧密联系的。"读书"相当于"诵史"，"画书"就是"图史"，伊尹面对素王及九主的图像给商汤讲诵他们的故事，就把"读书"与"画书"联系在一起了。

读书与画书的结合，我们再说明一下。《尚书·夏书》有《禹贡》篇，是我国古代有名的地理学著作。本篇写于西周时期，可能到春秋战国时期略有增订④。本篇的著者，孔颖达《尚书正义》云："此篇史述时事，非是应对言语，当是水土既治，史即录此篇。"他认为是大禹时的作品，自不可信，说是史官所录，却极有见地。宋代以来，学者不断研究，大都认为《禹贡》不是成于一时一人，但出自史官却都无疑问。本篇前部分把全国的情况按九州分别加以介绍，每州的介绍顺序先是四至，接着是水利治理情况，然后是土质，再后是赋税的等级，最后是应该进贡的物品和贡道的路线。语句以四言为主，节奏感很强，有的段落还押韵，音韵铿锵，表现了早期史官之诵的形式，大约是

---

① 1973 年长沙马王堆汉墓出土了《伊尹·九主》，所说九主是：法君、专授之君、劳君、半君、寄君、破邦之主二、灭社之主二，所述与刘向所记不同。《九主》是一篇总结历史经验的文章，学者认为是战国中期黄老学派的著作（参凌襄《试论马王堆汉墓帛书〈伊尹·九主〉》，《文物》1974 年第 11 期；《帛书〈伊尹·九主〉与黄老之学》，《道家文化研究》第 3 辑，上海：上海古籍出版社，1993 年）。

② 汪中《述学·内篇》，沈阳：辽宁教育出版社，2000 年，第 25 页。

③ 王国维《观堂集林》卷七《释史》，北京：中华书局，1959 年，第 263 页。

④ 《尚书·禹贡》的写成时期，学术界有不同看法，分歧很大，本文采用王国维《古史新证》的说法。

西周瞽史诵给"国子"听的①。《禹贡》是有图的,《后汉书·王景传》就记载了汉代的《禹贡图》。考《山海经图》先秦时就已存在,那么汉代的《禹贡图》也完全可能是从先秦传下来的。

先秦时期有《山海经图》,毕沅《山海经新校正·篇目考》云:"《山海经》有古图,有汉所传图,有梁张僧繇等图,十三篇中,《海外》《海内经》所说之图,当是禹鼎也;《大荒经》已下五篇所说之图,当是汉时所传之图也,以其图有成汤、有王亥仆牛等知之,又微与古异也。"《山海经》古图今皆不传,但根据明清以来的《山海经图》和出土的战国两汉以来的图画,它们主要是带有故事性的人兽图。郭璞注《山海经》,有"亦在畏兽画中"等语,饶宗颐就认为"古实有《畏兽图》之书,《山海经》所谓怪兽者,多在其中"②。今出土的汉代画像中,就有这类图,如 1978 年洛阳金谷园发现的新莽时期的壁画墓,西壁就绘有虎首、双翼、翘尾的"风伯",鸟首人身、双翼、裸上身与龙相搏的"南方火星"。东壁与后壁的神异形象,有"青灵勾芒""金神蓐收""火神祝融"等,作人面鸟身或兽身。长沙马王堆一号西汉墓出土的四层套棺,第二层黑地彩绘棺和第三层朱地彩绘棺上,皆画云气和各种神怪异兽;黑地彩绘棺上,满绘流动漫卷的云气纹和一百多个体态生动的神怪异兽③。而长沙子弹库楚墓帛画中的那 12 个神像,学者已指出它们与《山海经》所述神物有关④。

山东丘安董家庄东汉墓有这样一幅图像,位于墓后室北壁。画面左端刻一凤鸟,周围有九只小鸟,其右一虎在捕食一小兽,虎下一仙人正与凤鸟嬉戏。中部一位怪神两手各操一蛇,其下刻一鱼。右端为一山峦,山左一人面虎身怪神背负一妇人向右奔跑,山右一人弯弓欲射。《山海经·西山经》:"西南四百里,曰昆仑之丘,是实惟帝之下都,神陆吾司之。其神状虎身而九

---

① 《禹贡》后部分从"五百里甸服"至"二百里流",所介绍的五服制度,学术界都认为是后世假托,故存而不论。

② 饶宗颐《澄心论萃》,上海:上海文艺出版社,1996 年,第 264 页。

③ 王伯敏主编《中国美术通史》第一卷,济南:山东教育出版社,1987 年,第 269 页、319 页。

④ 陈槃《先秦两汉帛书考》附录《长沙楚墓绢质彩绘照片小记》,《"中研院"历史语言研究所集刊》第 24 册,1954 年。陈梦家《战国楚帛书考》,《考古学报》1984 年第 2 期。李学勤《再论帛书十二神》,《简帛佚籍与学术史》,台北:时报文化出版企业有限公司,1994 年。

尾,人面而虎爪。是神也,司天之九部及帝之囿时。"又《大荒西经》:"西海之南,流沙之滨,赤水之后,黑水之前,有大山,名曰昆仑之丘。有神,人面虎身,有文有尾,皆白,处之。"根据这些记载,可初步判定画面上人面虎身怪神就是昆仑山的守护神陆吾。《山海经》记载的博父(即夸父)、巫咸皆双手持蛇,画面中部手握双蛇的怪神或为其中一位。画面左侧的凤鸟在《山海经》记载的昆仑山上多有之。因此,这幅画是昆仑山的仙界图①。

　　这些图像,或绘为壁画②,因为"古代神祠,首崇画壁","神祠所绘,必有名物可言,与师心写意者不同"③。而巫师解说壁画,或用散说,或用韵诵,袁珂说:"《山海经》尤其是以图画为主的《海经》部分所记的各种神怪异人,大约就是古代巫师招魂之时所述的内容大概。其初或者只是一些图画,图画的解说全靠巫师在作法事时根据祖师传授、自己也临时编凑一些的歌词。歌词自然难免半杂土语方言,而且繁琐,记录为难。但是这些都是古代文化宝贵遗产,有识之士不难知道(屈原、宋玉等人即其例证)。于是有那好事的文人根据巫师歌词的大意将这些图画作了简单的解说。""《山海经》的《海经》部分和古代招魂的巫术活动关系相当密切,当是根据巫师作法时所用图及歌词而成文者。"④

　　其实《山经》部分也有这类文字,如《西山经》中的这段文字:

　　　　又西北四百二十里,曰峚山,其上多丹木,员叶而赤茎,黄华而赤实,其味如饴,食之不饥。丹水出焉,西流注于稷泽,其中多白玉,是有玉膏,其原沸沸汤汤,黄帝是食是飨。是生玄玉。玉膏所出,以灌丹木。丹木五岁,五色乃清,五味乃馨。黄帝乃取峚山之玉荣,而投之钟山之阳。瑾瑜之玉为良,坚粟精密,浊泽而有光。五色发作,以和柔刚。天

---

　　① 《安丘董家庄汉画像石墓》,济南:济南出版社,1992 年;信立祥《汉代画像石综合研究》,北京:文物出版社,2000 年。

　　② 曾昭燏、蒋宝庚、黎忠义《沂南古画像石墓发掘报告》云:"我们揣测《山海经》原图,有一部分亦为大幅图画或雕刻,有类于今日所见画像石,故经文常云:某某国在某某国东,某某国在某某国北,某人方作某事,似专为纪述图画而成文者。"文化部文物管理局,1956 年,第 42 页。

　　③ 刘师培《古今画学变迁论》,见《刘申叔先生遗书》第 53 册《左盒外集》卷一三,宁武南氏校印,1934—1936 年。

　　④ 袁珂《袁珂神话论集》,成都:四川大学出版社,1996 年,第 15—16 页。

地鬼神,是食是飨;君子服之,以御不祥。①

这段文字用了节奏感很强的韵语写成:木、实、出、泽、玉,入声屋、质、物、铎合韵;汤、飨,阳部;玉、出、岁,入声屋、物、月合韵;清、馨、荣,耕部;阳、良、光、刚、飨、祥,阳部。说明讲述时是用特殊的"乐语"形式进行。

傅修延在《先秦叙事研究》中,对这种文本进行过深入探讨。《山海经》中几乎看不到时间的流逝,它的空间内容挤夺了时间的位置,书中大量堆砌名词及辅助词类,而动词(它与时间关系密切,因为行为要耗费时间)的出现率却相对较低。缺少动词意味着缺少叙事。这种平面静态的记叙,或者说只注意神的样子而不关心神的行动的原因,只能用《山海经》乃为某种图本的文字赞注才能解释得通。这种情况在诗、骚两经中都有自己的同类。这种现象说明先秦时代文字与图画之间存在着密切的"共生"关系,某些叙述中之所以缺乏行动,乃是因为它们的功能是图注画赞,因此我们不能脱离图画来对它们作出评判②。

王逸说《天问》之作,是屈原面对楚先王之庙及公卿祠堂中的壁画而用歌赋的形式呵而问之。这种形式,恐怕也不是屈子的独创。台静农把《天问》同 20 世纪早期流传在苗族中关于开天辟地的歌诗进行比较,认为二者在形式上同为问话体的长篇叙事诗,所不同者,一为单纯的发问,一则有问有答。而这种开天辟地歌,"原为远古人历史的教本"。因而《天问》是"采自当时民间的歌诗体"③。这是台先生的卓见。根据当代人类学家的研究,先民讲诵开天辟地或自己先祖的历史,是一个非常神圣的原始宗教仪式,仪式或在先王庙,或在宗族祠堂举行,实际是一种面对图画的讲诵。《天问》的写成当与此形式有关④。所以,有的学者分析《天问》的文体,认为是一种讲唱体。

①　袁珂《山海经校注》,上海:上海古籍出版社,1980 年,第 41 页。

②　傅修延《先秦叙事研究》,上海:东方出版社,1999 年,第 147 页。

③　台静农《屈原〈天问〉篇体制别解》,原刊《台湾文化》第 2 卷第 6 期(1947 年 9 月),收入《台静农论文集》,合肥:安徽教育出版社,2002 年。

④　凌纯声认为《天问》似与屈原无关,"是司祭的祭祝之词",未免说得有些绝对,但《天问》与祭祝是有关系的。见凌氏《中国的边疆民族与环太平洋文化·国殇礼魂与馘首祭枭》上册,台北:联经书局,1979 年,第 617 页。

方孝岳说:"单就《天问》这篇的体裁来讲,有些地方和荀卿《成相篇》的句调一样,出于'成相杂辞',和《逸周书·周祝解》的体裁相似。"①战国到西汉的"成相杂辞",学术界公认为是"后世弹词之祖"。而施淑女则认为从《天问》的产生背景看,"显示出它是熟悉四言诗的瞽史们的创作","在古代只有瞽史们可能具有那样多面的知识,而它简单的问句形式,正适合于口诵的或吟唱的游吟文学形式"②。萧兵则更从按图讲诵的性质分析《天问》内在思路的"迷乱":"'迷乱说'者一般不大了解这种来自口头传承的民间文学的'问句体'的原始文化背景,绘画题铭与题铭体文学的'对位'特征,以及所谓'推源史诗'对于《天问》式问句体长篇哲理诗的影响和制约,所以觉得它处处奇突混乱,不可理喻,无法理解。"③壁画出自工匠之手。他们作壁画世代相传,渊源古老。因此所绘壁画,在内容上有其古老的传统,甚至保存传说的较原始的面貌。而与这种画面相对应的正是歌谣式的《天问》。

　　《大招》《招魂》等招魂词,描绘了四面八方的可怖情景:吞象的大蛇,九头的雄虺,纵目的豺狼,象般的蚂蚁,虎头牛身的土伯等,往往可以同《山海经》对照来读。《招魂》中所描写的怪兽异物,王逸《楚辞章句》多处注明见于《山海经》。那么,当时楚国的招魂者(巫觋)手中可能也持有这种怪兽、怪物图,或者是在绘有此类壁画的宫室中,面对图画诵唱图上的内容④。长沙楚墓出土的《人物御龙舟帛画》《龙凤人物帛画》,特别是马王堆、金雀山等地出土的作为"引魂幡"的汉墓帛画,完全可能是招魂用的"画"。因为招魂有两种:一是招来精魂使人重生,还有一种是招引精魂使其早日升天。据此,《招魂》中所描写的怪兽异物,就不仅是屈原的想象,更主要的是原来民间招魂时就有这种面对《畏兽图》讲诵招魂词的形式,屈原也仅仅是改造而已。《招

---

① 方孝岳《关于屈原〈天问〉》,《中山大学学报》1955年第1期。
② 施淑女《〈九歌〉〈天问〉〈二招〉的成立背景与楚文化精神的探讨》,台湾大学文学院《文史丛刊》第31号,1969年,第53—55页。
③ 萧兵《楚辞的文化破译——一个微宏观互渗的研究》,武汉:湖北人民出版社,1991年,第779页。
④ 徐嘉瑞就认为"《大招》《招魂》为巫师所用之经典"(《大理古代文化史稿》,北京:中华书局,1978年,第286页)。陈多、谢明在《先秦古剧考》(《戏剧艺术》1978年第1期)一文中认为不仅《九歌》是歌舞剧,而且《招魂》《离骚》也都是"戏曲演出"。

魂》说："魂兮归来！君无上天些。虎豹九关，啄害下人些。一夫九首，拔木九千些。豺狼从目，往来侁侁些；悬人以娭，投之深渊些。致命于帝，然后得瞑些。归来！往恐危身些。"汉画研究专家信立祥认为，和这些唱词大体对应的图画在江苏铜山县洪楼村一号汉画像石墓中已经发现①。这些都可为面对画像讲诵提供旁证。

《九歌》本是祭祀天地山川诸神的巫歌。饶宗颐曾说："古代巫术必须借重于图画，《九歌》里的太一及鬼神，西汉时即被作为绘画的题材，用来致祭。""'太一'是有图的，在祭祀时悬挂出来。"②他还说："我怀疑《远游》和《九歌》之类都是因图而制文。"饶先生还把长沙马王堆出土的帛书《太一图》与《远游》《九歌》进行对比，以说明二者的对应关系③。

现代学者研究证明，《诗经·大雅》中的《大明》《绵》《皇矣》《生民》《公刘》等诗，就是西周宗庙祭典中述赞壁画的诗篇④。所说正是面对图画的讲诵。实际上，《诗经》中的一些《颂》诗也应当是这类按图讲诵的作品。如《周颂》第一篇《清庙》，郑玄笺就说："庙之言貌也，死者精神不可得而见，但以生时之居，立宫室象貌为之耳。"孔颖达正义认为郑玄本于《尚书大传》："周公升歌文王之功烈德泽，尊在庙中，尝见文王者，愀然如复见文王。"说明《清庙》是对着宗庙中所画的先王图像祭祀吟诵。

《韩非子·守道》有这样一段话："托天下于尧之法，则贞士不失分，奸人不侥幸。寄千金于羿之矢，则伯夷不得亡，而盗跖不敢取。尧明于不失奸，故天下无邪；羿巧于不失发，故千金不亡。邪人不寿而盗跖止。如此，故图不载宰予，不举六卿；书不著子胥，不明夫差。"王先慎《集解》引王先谦曰："此宰予谓齐简公臣，与田成争权而死者。……六卿，晋臣。言无争夺亡灭之祸，故图书不得而载著。"可见，韩非子这里用的是互文的句式，即用"图"

---

① 信立祥《汉代画像石综合研究》，北京：文物出版社，2000 年，第 166—172 页。
② 饶宗颐《楚辞与古西南夷之故事画》，见《选堂集林》，香港：中华书局，1982 年。
③ 饶宗颐《图诗与辞赋》，见《湖南省博物馆四十周年纪念论文集》，长沙：湖南教育出版社，1996 年。
④ 李山《〈诗·大雅〉若干诗篇图赞说及由此发现的〈雅〉〈颂〉间部分对应》，《文学遗产》2000 年第 4 期。

"书"的形式载录宰予、六卿、子胥、夫差的故事,说明当时按图讲故事很盛行。《晋书·束皙传》云:"太康二年,汲郡人不准盗发魏襄王墓,或言安釐王冢,得竹书数十车。……《图诗》一篇,画赞之属也。"可见在战国中期早有图诗相配的著作。《汉书·艺文志》中有不少带图的书,清人孙德谦《汉书艺文志举例》专有"书有图者须注出例"一节。

高亨也曾论及《周易》中文辞与图像并存的情况,《周易古经今注》中说:

> 余疑《周易》先有图像,后有文辞,若《山海经》《天问》之比。以乾卦言,初九云"潜龙勿用",初本绘一龙伏水中,后乃题其图曰"潜龙",断其占曰"勿用"。九二云"见龙在田,利见大人",初本绘一龙在田间,后乃题其图曰"见龙在田",断其占曰"利见大人"。……总之,凡取象之辞皆似原有图。即记事之辞亦或原有图,《山海经》《天问》,其图有若干故事,是其例。准此而论,则《周易》之成书,当有三阶段:有卦形,有图像,而无文辞,此第一阶段也;有卦形,有图像,兼系文辞,此第二阶段也;有卦形,有文辞,而删图像,此第三阶段也[①]。

高先生的推论,虽没有直接证据,但仍不失为一种科学的假设。近年出土的汉代占卜类书籍中,也有图文并列的,如马王堆帛书中有一幅带文字题记的图画,此图包括三层图像:上层,右边是"雨师",中间是"太一",左边是"雷公"。中层是四个武弟子,右起第一人执戈,第二人执剑,第三人未执兵器,第四人执戟;四人左右各二,中间"太一"胯下是一黄首青龙。下层,右边是"持炉"的黄龙,左边是"奉瓮"的青龙。[②] 每个图像的旁边有题记,题记残泐严重,保存较完整者是全图的总题记:"(前残)将,承弓禹先行,赤包白包,莫敢我乡,百兵莫敢我伤。□□狂,谓不诚,北斗为正。即左右唾,径行毋顾。大一祝曰:某今日且□□。"以四言韵语为主。此图的性质,李零认为是用来避兵的,因此当名为"避兵图"[③]。李家浩分析说,《周礼·春官·太师》

---

① 高亨《周易古经今注》,北京:中华书局,1984 年,第 51—52 页。
② 周世荣《马王堆汉墓的"神祇图"帛画》,《考古》1990 年第 10 期。
③ 李零《马王堆汉墓"神祇图"应属避兵图》,《考古》1991 年第 10 期。

郑玄注引《兵书》，战前要举行"吹律合音"的仪式，其中有王授将弓矢，将拉弓大呼。《墨子·迎敌祠》和《孔丛子·儒服》记载作战前举行"祈胜之礼"时，有操弓射矢的仪式。《史记·封禅书》记载有"兵祷"。《太一避兵图》当与此相关。在举行避兵仪式时，这些神是由人扮演的，类似于后世的跳神。这幅图，可为高先生的说法提供一条根据。

山东苍山县东汉元嘉元年(151)画像石墓中，有长达328字的题记，逐幅描绘了墓室中所有石刻画像的内容。比如有一首题记是：

> 室上帧，五子舆，僮女随后驾鲤鱼，前有白虎青龙车，后即被轮雷公君，从者推车，平梩(理)冤厨。

舆、鱼、车、厨叶韵。这是对前室顶部画像内容的描述，用的是乐府民歌的形式。可惜的前室顶部的画像已不复存在。但也有图文并存的，如西壁的横梁上有一幅车马出行图：一座大木桥横贯整个画面，桥上有三名骑吏和三辆軺车组成的墓主车马队伍正自右向左行进；木桥左侧，一名胡骑一边纵马向左奔跑，一边回头向车骑队伍弯弓射箭。木桥下的河水中，两叶扁舟向左驶，上面两名妇女，船周围有三渔夫。题记曰：

> 上卫桥，尉车马，前者功曹后主簿，亭长骑佐胡使弩，下有流水多鱼者，从儿刺舟渡诸母①。

马、簿、弩、鱼、母叶韵。由题记可知，三辆軺车中，前面是功曹，后面是主簿，中间是墓主，墓主生前的最高官职是"尉"。这些就是按图讲诵的形式在墓葬文化中的反映。

《别录》中，刘向有一段编辑《列女传》的说明，存于《初学记》卷二五："臣向与黄门侍郎歆所校《列女传》，种类相从为七篇，以著祸福荣辱之效，是非得失之分，画之于屏风四堵。"这段材料有重要的价值，刘向编辑《列女传》，并"画之于屏风四堵"，说明《列女传》的故事是可以按照图画来讲诵

---

① 山东省博物馆、苍山县博物馆《山东苍山元嘉元年画像石墓》，《考古》1975 年第 2 期；方鹏钧、张勋燎《山东苍山元嘉元年画像石题记的时代和有关问题论》，《考古》1980 年第 3 期。

的。刘向的"赞"辞,则相当于图画的"榜题",其散说部分,则是讲诵的内容。而在出土的尹湾汉简中,称《列女传》为《列女傅(赋)》,正说明它不歌而诵的形式。现存《列女传》中的一些片断,形式上仍然保留有讲诵的特征,并且可以和出土的汉画像相匹配。如卷六所载钟离春的故事,说她是一个极丑的女人,"臼头深目,长指大节,卬鼻结喉,肥项少发,折腰出胸,皮肤若漆"。所以已是四十岁了,还是嫁不出去。于是她自己找到了齐宣王,希望嫁给他。大臣听了,莫不掩口大笑:天下竟有这般没有自知之明的女人。

于是宣王乃召见之,谓曰:"昔者先王为寡人娶妃匹,皆已备有列位矣。今夫人不容于乡里布衣,而欲干万乘之主,亦有何奇能哉?"

钟离春对曰:"无有。特窃慕大王之美义耳。"王曰:"虽然,何喜?"良久曰:"窃尝喜隐。"宣王曰:"隐固寡人之所愿也,试一行之。"言未卒,忽然不见。宣王大惊,立发隐书而读之,退而推之,又未能得。

明日,又更召而问之,不以隐对,但扬目衔齿,举手拊膝,曰:"殆哉!殆哉!"如此者四。宣王曰:"愿遂闻命。"钟离春对曰:"今大王之君国也,西有衡秦之患,南有强楚之雠,外有二国之难。内聚奸臣,众人不附。春秋四十,壮男不立,不务众子而务众妇。尊所好,忽所恃。一旦山陵崩弛,社稷不定,此一殆也。渐台五重,黄金白玉,琅玕笼疏,翡翠珠玑,幕络连饰,万民罢极,此二殆也。贤者匿于山林,谄谀强于左右,邪伪立于本朝,谏者不得通入,此三殆也。饮酒沉湎,以夜继昼,女乐俳优,纵横大笑。外不修诸侯之礼,内不秉国家之治,此四殆也。故曰殆哉! 殆哉!"

于是宣王喟然而叹曰:"痛乎,无盐君之言! 乃今一闻。"于是拆渐台,罢女乐,退谄谀,去雕琢,选兵马,实府库,四辟公门,招进直言,延及侧陋。卜择吉日,立太子,进慈母,拜无盐君为后。而齐国大安者,丑女之力也。①

---

① （汉）刘向《列女传》,沈阳:辽宁教育出版社,1998 年,第 66 页,有校改。

　　山东武氏祠东壁就画有钟离春的故事画：画面右边，一冠服整齐、身佩长剑的人物面左而立，双手前伸，右手托着绢帛类礼品，题记"齐王"。画面左边，一妇女发绾高髻，拱手面右而立，左有"无盐丑女钟离春"的题记。从画面看，表现的是齐宣王聘钟离春为王后的场景。《列女传》这段，正可以作为配合图画讲述的文字。按照敦煌变文的体式，中间应当有一句"乃拜钟离春为后处，若为陈说"之类的话。

　　如果我们从韵脚字入手进行分析，发现这一节文字音韵非常和谐：第一段，匹（质部）、位（物部）、衣（微部），入平对转叶韵。主（侯部）、能（之部），邻韵相叶。第二段，有（之部）、耳（之部）、喜（之部）、之、之、之、得（职），之、职平入通叶。而且读（定母）、推（透母）、得（端母），皆舌头音。第三段，之、对（物部）、齿（之部）、膝（质部）、哉（之部）、四（质部）、对（物部）、患（元部）、难（元部）、附（侯部）、十（辑部）、立（辑部）、子（之部）、妇（之部）、恃（之部）、殆（之部）、玉（屋部）、疏（鱼部）、玑（脂部）、饰（职部）、极（职部）、右（之部）、殆（之部）、昼（侯部）、优（幽部）、笑（宵部）、礼（脂部）、治（之部）、殆（之部）、哉（之部）。第四段，言（元部）、闻（文部）、台（之部）、乐（药部）、谀（侯部）、琢（屋部）、马（鱼部）、库（鱼部）、门（文部）、言（元部）、陋（侯部）、日（质部）、子（之部）、母（之部）、后（侯部）、者（鱼部）、力（职部）。几乎都是同一部字或者先秦西汉文献中经常通叶的文字，那么它诉诸口吻而朗朗上口，自然是情理之中的事。

　　我们通过分析先秦两汉的有关史料，知道早在那个时期中国就有了看图讲故事的技艺，那么我们就可以理直气壮地说，变文是在中国固有文艺形式的基础上发展起来的，佛教传入中国后，借用这种形式诱导听众，宣传教义，因而促使其更加成熟，更加繁荣昌盛。

第十一章　敦煌婚仪文学

　　敦煌文献所见的婚仪及其相关诗文,有浓厚的敦煌地方色彩,与一般传世文献所见有差别。如就妇家成礼的情形,不论是在S.1725的问答体书仪记载有"近代之人,多不亲迎入室,即是遂就妇家成礼,累积寒暑,不向夫家",或是敦煌壁画的婚嫁图里也有"男跪女揖"的画面。但是,这样的记载是否即表明入赘婚仪在唐五代的敦煌是一种普遍的现象,抑或只是某一族群、区域或时期的特例?特别是敦煌壁画的婚嫁图里,"男跪女揖"的情形或许只是像宋人罗大经、高承所言,是武后以来风尚习俗的一种表现①。故是否可据此推测那些配合亲迎仪节的诗文的运用时机也都是在妇家

---

①　(宋)罗大经《鹤林玉露·甲编》卷四《男子妇人拜》,有云:"朱文公云:古者男子拜,两膝齐屈,如今之道拜。杜子春注《周礼》'奇拜',以为先屈一膝,如今之雅拜,即今拜也。古者妇女以肃拜为正,谓两膝齐跪,手至地,而头不下也,拜手亦然。南北朝有乐府诗说妇人曰:'伸腰再拜跪,问客今安否。'伸腰亦是头不下也。周宣帝令命妇相见皆跪,如男子之仪。不知妇人膝不跪地,而变为今之拜者,起于何时?程泰之(引者按:宋人)以为始于武后,不知是否。余观王建《宫词》云:'射生宫女尽红妆,请得新弓各自张。临上马时齐赐酒,男儿跪拜谢君王。'则唐时妇女不跪可证矣。"(《鹤林玉露》卷之四甲编,北京:中华书局,1997年)又(宋)高承《事物纪原》卷九《妇人拜》,云:"《礼》曰:男拜则尚左手,女拜则尚右手。又居丧之礼,男拜稽颡,女子则否。是古者,男女之拜一也。古诗曰:'长跽故夫前。'五言之作,自汉李陵,推此,则由汉而来,其拜犹同耳。孙甫《唐书》云:'唐武后欲尊妇人,始易今拜。'是则女屈膝而拜,始于唐武后也。"(《事物纪原》卷九,明弘治十八年魏氏仁实堂重刻正统本)

来进行的？这些恐怕仍有待做进一步的考究①。

第一节 敦煌婚仪文学的内涵

敦煌文献中有关婚仪与婚仪文学的写本，大致上可分为两种类型：一是有关婚嫁仪节的叙述及通婚书、贺婚书、嫁娶祭文等应用文书的范例的写本，二是那些在婚嫁仪节中口头赋诵的诗文写本。前者如 S.1725 的问答体书仪，P.2646、P.3284 张敖撰《新集吉凶书仪》，P.3502V 张敖撰《新集诸家九族尊卑书仪》，P.3442 杜友晋撰《吉凶书仪》，P.3637、P.2619V 杜友晋撰《新定书仪镜》，S.6537V 郑余庆《大唐新定吉凶书仪》，P.3691 的《新集书仪》，S.329＋S.361 的《书仪镜》。另外，还有 S.6215、S.5734 的《婚礼文》，虽是单篇抄行，但其与书仪所叙大抵不异。后者则有至少北大 D246 等 15 写本的《下女夫词》②，P.3909、S.6207 的《障车词》凡二篇，分见 P.3909、P.3350、P.3893、S.5515、Дx.3860、S.5949、S.9501＋S.9502V＋S.11419V＋S.13002、P.3252 等 8 个写本的婚仪诗凡 38 首及咒愿文 10 多篇③。至于册页装的

①　可参看杨明璋《敦煌文学与中国古代的谐隐传统》一书中的第 6 章第 1、2 节（台北：新文丰出版公司，2011 年），以及《论敦煌文献所见的婚仪及其诗文的实际运用情形》（《成大中文学报》，2011 年第 3 期）、《论唐五代的婚嫁仪式诗文——一般文献与敦煌文献所见之比较》（《出土文献研究视野与方法》第 2 辑，2011 年）、《从敦煌文献到日用类书：论宋元间日用类书中的婚仪及其诗文之源流》（《出土文献研究视野与方法》第 3 辑，2012 年）等篇章。

②　凡有北大 D246、P.3266V、P.3350、P.3893、P.3909、S.3877V、S.5515、S.5949、Дx.2654、Дx.3135＋Дx.3138、Дx.3860＋Дx.3860V、Дx.11049、"中研院"傅图 04、中国书店藏 ZSD068，以及简缩本的 P.2976 等 15 个写本。

③　咒愿文、婚礼文的部分，研究者如谭蝉雪（氏著《敦煌婚姻文化》，兰州：甘肃人民出版社，1993 年）已有颇为详尽的校理，唯晚近又有一些新见的文本，今以谭本为基础，加入新见的文本，重新表列如下：

篇　目　名	卷　　号	备　注
1.《咒愿壹本》——《咒愿新郎》（S.5546 的题名）	S.5546、P.3608（夹抄于《婚律》行与行间）、Dx01455、S.8336(1)、S.2049V（题名为《咒愿文》）	
2.《咒愿壹本》——《咒愿新妇》（S.5546 的题名）	S.5546、S.8336(3)（题名为《咒愿新妇文》）、S.2049V（题名为《咒愿新妇》）	

（转下页）

P.3909《今时礼书本》,其所抄写的内容则有通婚书三则,还有《障车词》《下女夫词》、诗、《咒愿文》等,是融合了上述二类文书的写本。

敦煌书仪写本中的通婚书、贺婚书、嫁娶祭文等应用文书的范例,其于婚嫁仪节之中来运用当毋庸置疑,故揽入婚仪文学本也没太大的问题。只是它们均为制式的文范,个别词句或有可观,整体而言却乏深刻的语言艺术之美,故本文并不打算对之有太多的讨论。

而那些多未与书仪合抄的《障车词》、《下女夫词》、诗、《咒愿文》等诗文,其可运用于婚嫁仪节的根据,除了可从诗文本身的标题、用字遣词、叙事的口吻及 P.3909 将它们与通婚书合抄等来加以判断外,常被引用的是晚唐张敖撰集《新集吉凶书仪》其中有一段记述男女成礼的文字①:

> 成礼夜儿家祭先灵文……三献讫,再拜,辞先灵了,儿郎即于堂前北面辞父母,如偏露,微哭三五声,即侍徒傃相引出,向女家戏谑,如夜深,即作催妆诗。女家铺设帐仪:凡成礼须于宅上西南角吉地安帐,铺设了,儿郎索果子、金钱撒帐,咒愿云:"今夜吉辰,厶氏女与儿结亲,伏

（接上页）　　　　　　　　　　　　　　　　　　　　　　　续表

篇　目　名	卷　号	备　注
3.《咒愿文》	P.3608V	
4.《咒愿新郎文》(今择良辰吉日)	P.3350	
5.《咒愿新妇文》	P.3350	
6.《咒愿女婿文》(P.3252V 的题名)	P.3252V、P.3893	
7.《女妇文》	P.3893	
8.《论咒愿新郎文》(P.3909 的题名)	P.3909、S.6207(题名为《咒愿新郎文第十二》)	
9.《咒愿新女婿》	P.2976	
10.《咒愿文》(拟)(盖闻夫妇之道)	P.4638V(1)	
11.《咒愿文》(拟)	P.4638V(2)	应为 10 之简本
12.《咒愿文》(拟)(则有婚姻)	S.8336(2)	
13.《咒愿新郎》(今择吉日)	S.329V+S.361V	
14.《咒愿小儿子意》	S.4992	

①　此书于敦煌文献虽有 P.2646、P.3284 等 8 个写本,以下引文,仅以 P.2646、P.3284 二写本抄录,今以 P.2646 为底本,P.3284 参校。

愿成纳之后,千秋万岁,保守吉昌。五男二女,奴婢成行。男愿总为卿相,女即尽聘公王。从兹咒愿已后,夫妻寿命延长。"(此略言其意,但临时雕饰,裁而行之)撒帐了,即以扇及行障遮女家于堂中,令女婿候相行礼。礼毕,升堂奠雁,令女坐马鞍上,以坐障隔之。女婿取雁,隔障掷入堂中,女家人承将……奠雁讫,遮女出堂,父母诫之曰:"勉之敬之,凤夜无违。"同牢盘、合卺杯:帐中夫妻左右坐,主馈设同牢盘,夫妻各饭三口,候相夹侍者饲之,则酌合卺杯……以五色绵系足连之……讫,则女婿起,侧近脱礼衣冠、清剑履等,具襕笏入。男东坐,女西坐,女以花扇遮面,候相帐前咏除花、去扇诗三五首。去扇讫,女婿即以笏约女花钗,于候相夹侍俱出,去烛成礼。

此段文字交代作"催妆诗"的时机是男方到女方家戏谑,如果夜深了就作"催妆诗","咒愿"则是于撒帐仪式时来进行的,而"除花诗""去扇诗"是赋诵于"同牢盘、合卺杯"此一组仪节的尾声。至于在进行"同牢盘"或"脱礼衣冠、清剑履"等仪节时,虽未指明也有赋诵诗歌的做法,但将敦煌文献所见的《咏同牢盘诗》《脱衣诗》与之互为参照,应该就可以推知"同牢盘""脱礼衣冠"的仪节也是有赋诵诗歌的。至于"障车词"也是运用于婚嫁仪节的直接依据,是 P.3909 于《论障车词法第八》的标题下有这样的说明文字:"凡儿家将烛到女家门,烛出,儿家灭。"

需要进一步讨论的是《下女夫词》,包括其涉及的范围,以及与婚嫁仪节的关系,学术界仍有不小的分歧。一般是将《下女夫词》视为婚礼仪式歌来看待①,之前,也曾被认为它或许与婚嫁仪式有所联系,但未必直接运用于婚嫁仪式之中,或视为对话体的变文②,或认为是对口词③,甚至以为是戏曲演

---

① 《敦煌学大辞典》的"下女夫词"一词条即是一例,见季羡林主编《敦煌学大辞典》,上海:上海辞书出版社,1998 年,第 582 页。按:此条由张鸿勋执笔。
② 王重民等编《敦煌变文集》,北京:人民出版社,1957 年,第 1 页。
③ 周绍良《读变文札记》,《敦煌语言文学研究》,北京:北京大学出版社,1988 年,第 56—61 页。

出的底本①。之所以有这些不同的见解，这和《下女夫词》有一特殊的结构形式相关。现在一般所称的《下女夫词》，指的是包括了由一儿答、一女答交替进行的以四言为主的应对词，以及近似咏物的五言或七言四句诗等两个部分。前者的应对词总是先标明"儿答""女答"，且每一问答也多有押韵，这样的形制在敦煌文献中是仅见的，又与后来的戏曲剧本近同，故自然有学者认定它是因应表演伎艺而生成的，故有视之为对话体的变文、对口词、歌舞小戏等的见解。至于后者，各本大抵均有《论女家大门词》《去扇诗》《合发诗》等题名，诗句吟咏的内容也与婚嫁仪节密切相关，加上前者的对应词的内容亦多少与婚仪相涉，因此，《下女夫词》也就被认为与婚嫁仪式脱不了干系。

　　而这两种结构形式不大相同的文本，是均为《下女夫词》所包含的内容，或者它们各自独立？一般提到《下女夫词》，之所以认定它包含了上述两个部分，是因为目前可见的 15 个写本之中有 P.3350、P.3893、S.5515、Дx.3860、S.5949 等 5 个写本将这两部分没有做任何区隔地接续抄录，就敦煌文献一般的写录情况来看，通常表明它们出自同一文本。只不过，这 5 个写本整体的抄写情形颇为杂乱，不只首数不一，先后次序、诗题等也相当混乱。兹将这 5 个写本所抄录的五、七言四句诗，连同亦抄有相同诗句的 P.3909、S.9501＋S.9502V＋S.11419V＋S.13002 两个写本的诗题依序一并标示如下：

卷　号	所抄四句诗之内容与次序	首数	儿女应对词的抄录情形
P.3350	《论女家大门词》《至中门》《至堆诗》《至堂基诗》《逢锁诗》《至堂门咏》《论开散（撒）张（帐）合诗》《去童男同女去行座障诗》二首、《去扇诗》二首、《去帽惑诗》《去花诗》《脱衣诗》《发合（合发）诗》《梳头诗》《咏系去虽（离）心人去情诗》《咏下帘诗》	18	前抄有儿女应对词，且有《下女词一本》的首题

―――――――

　　①　任光伟《敦煌石室古剧钩沈》，收入曲六乙、李肖冰《西域戏剧与戏剧的发生》，乌鲁木齐：新疆人民出版社，1992 年，第 71—87 页。

续表

卷　　号	所抄四句诗之内容与次序	首数	儿女应对词的抄录情形
P.3893	《论开撒帐合诗》《去行座障诗》二首、《去扇诗》二首、《咏同牢盘》《去帽或（惑）诗》《去花诗》《脱依（衣）诗》《合发诗》《疏（梳）头诗》《系指头诗》《去人情诗》《咏下帘诗》《逢锁诗》《咏大门》《至中门》《至堂基诗》《至堂户诗》《至堆诗》	20	前抄有儿女应对词
S.5515	《第一女婿至大门咏》《至中门》《至基诗》《逢镰》《至堂门咏》《开撒帐合诗》《第二去行座幛诗》二首、《去扇诗》二首、《咏同牢盘》《去帽惑诗》《去花诗》《脱衣诗》《合发诗》《疏（梳）头诗》《系指头诗》	17	前抄有儿女应对词
Дx.3860＋Дx.3860V	《论女家大门咏词》《至中门诗》《逢锁诗》《至堆诗》	4	前抄有儿女应对词
S.5949	《论女家大门词》	1	前抄有儿女应对词,且有"下女夫词一本"的首题
P.3909	《下至大门咏词》《至中门咏》《逢锁诗咏》《至墥（堆）诗》《至堂基诗》《至堂户诗》（首题作"论女婿"）	6	前抄有儿女应对词
S.9501＋S.9502V＋S.11419V＋S.13002	《去行座障诗》《去扇诗》《去花诗》《系指头诗》《箅发诗》《咏同牢盘诗》《开撒障合诗》《脱衣诗》《合发诗》《咏帘诗》《帐下去人诗》《下车词》《咏门词》《咏中门》《（论女家大门词）》、《牢领中诗》及《答》《□被诗》《姑嫂答》及《□答》《又催妆》及《儿答》	22	

　　其中的 P.3350、S.5949 二写本分别存有"下女词一本""下女夫词一本"的首题,但是,若据此就将它们概称为"下女夫词",则又值得讨论。

　　抄有多种婚嫁仪式相关文书的册页本 P.3909《今时礼书本》,或提供了一项颇为重要的线索。在其抄录的多种文书当中,其中一种即是《下女夫词》,虽然其起首部分已因此一册页本脱页而未得见,作品的题名遂无由得见,但此本在抄录完最后一儿答词后,先是空一格才题写"论女婿"三字,接下来依序抄写《下至大门咏词》《至中门咏》《逢锁诗咏》《至墥（堆）诗》《至堂基诗》《至堂户诗》等六首近似咏物的五言四句诗,后再抄《论咒愿新郎文》。依敦煌写本一般的抄写形制来看,抄写者在抄录不同文书时,总是会以空格或换行,甚至再加上题名的方式,将彼此区隔开来,因此,该写本此处的空格及"论女婿"的标题,正可用以说明《下女夫词》指的应该只是前述的第一部分——以四言为主的应对词。故谭蝉雪曾从作品的内容、地点、人物及体裁,将此一文本区分为《下女夫词》、《论女婿》、婚嫁诗等三个部分①,当可从之。

纵然《下女夫词》指涉的应是以四言为主的儿女应对词,但不可否认,它往往和《论女婿》、其他近似咏物的五七言四句诗等婚仪诗文常合抄在一起,其内容也时涉婚嫁之语,故与婚嫁仪式的关系当是显而易见的。而前文曾引用过的张敖撰《新集吉凶书仪》记述成礼夜——"即侍徒傧相引出,向女家戏谑",《下女夫词》大概就是因向女家戏谑而生成的文本②。也就是说,整体看来,《下女夫词》与表演伎艺的关系并不大。

本文接下来主要讨论的对象大抵就是包括《下女夫词》《论女婿》等诗、障车词、咒愿文在内的作品,除了它们有较深刻的语言艺术特质外,其实际运用情形及与一般传世文献所见的异同,仍有不少值得讨论。

第二节　敦煌文献与传世文献所见婚仪及其诗文的运用场合之比较

上一节所叙述的敦煌文献所见的婚嫁仪式,包括某一婚仪念诗诵文的做法,已有不少不见于《大唐开元礼》之类的礼书,所以学术界遂普遍认为敦煌文献中的书仪及诗文所反应的婚嫁仪式有相当的地方色彩。如周一良云:

《下女夫词》中所描述的这些细节,多不见于《开元礼》及书仪。如

① 谭蝉雪《敦煌婚姻文化》,兰州:甘肃人民出版社,1993 年,第 42 页。
② 二者的关系李正宇曾论及,见季羡林主编《敦煌学大辞典》(上海:上海辞书出版社,1998 年),"戏谑",第 438 页。

《脱衣诗》之后还有《合发诗》,也是如此。……这些细节习俗,可能只流行于民间,供士大夫家参考用的书仪就不予登录了。……整个婚礼过程都在女家,丝毫不见男子亲迎,新妇到男家交拜合卺的痕迹。这不也是反映书仪所载那种婚姻形式吗? 姑悬此解,以俟通人。①

周氏叙述的语气还是较含蓄的,其后的看法则愈益肯定。像姜伯勤就曾针对敦煌书仪所叙的婚仪与《大唐开元礼》比较,并总结说:"9 世纪中叶即张议潮时期,河西节度使掌书记儒林郎试太常寺协律郎张敖撰《新集吉凶书仪》,其中所记婚俗,不少超出了《开元礼》所记。……从敦煌文书得见,当时婚礼第一夜在女家举行。"②直接断言 9 世纪中叶的敦煌婚礼第一夜是在女家举行的。此后包括谭蝉雪、王三庆、吴丽娱等均有类似的看法③。也就是说,学界普遍认为唐五代的敦煌婚嫁是男就女家成礼的,这和一般传世文献所见以中原为代表的婚嫁仪式之差异很大。另外,还有此一说:"'奠鹰'是表示在胡人统治下汉族人民对自由强烈向往的心愿,又表示祝福新郎的前程'鹏程万里'之意。"④或者是说:"中原古礼'奠雁',而北地则改'奠鹰'。"⑤

相较之下,唐五代的北地、敦煌以"奠鹰"代"奠雁"之见,倒还比较容易解决。此一见解的提出,大概和 P.2646、P.3284 二写本在写录《新集吉凶书仪》有关奠雁一婚仪时,"雁"字均作"鴈"相关,此一字形与"鹰"字的形体颇为近似,事实上它是"雁"的俗体⑥。

而学界一般以为唐五代的敦煌普遍流行着男就女家成礼的情形,证据

---

① 周一良《敦煌写本书仪中所见的唐代婚丧礼俗》,《文物》1985 年第 7 期;又收入《周一良集》第三卷《佛教史与敦煌学》,沈阳:辽宁教育出版社,1998 年,第 362—383 页。

② 姜伯勤《敦煌社会文书导论》,台北:新文丰出版公司,1992 年,第 17—18 页。

③ 谭蝉雪《敦煌婚姻文化》,兰州:甘肃人民出版社,1993 年,第 168—169 页。谭蝉雪主编《敦煌石窟全集·民俗画卷》,香港:商务印书馆,1999 年,第 121 页。谭蝉雪《敦煌民俗:丝路明珠传风情》,兰州:甘肃教育出版社,2006 年,第 197 页。王三庆《敦煌写本记载的婚礼节目与程序》,收入《潘石禅先生九秩华诞敦煌学特刊》,台北:文津出版社,1996 年,第 533—564 页。吴丽娱《唐礼摭遗:中古书仪研究》,北京:商务印书馆,2002 年,第 365 页。

④ 高国藩《敦煌俗文化学》,上海:上海三联书店,1999 年,第 173 页。

⑤ 彭美玲等《深情相约——婚嫁礼俗面面观》,台北:国家出版社,2008 年,第 12 页。

⑥ (辽)释行均撰《龙龛手镜》(高丽本),北京:中华书局,2006 年,第 301 页。按语:此叶淑珍《敦煌写本书仪中的"用雁"婚俗商榷》一文已有详细的辨证,见《中华学苑》,1996 年第 3 期。

大抵有四：第一，《新集吉凶书仪》里提到"儿郎即于堂前北面辞父母，如偏露，微哭三五声"，遂径以为其与一般的婚仪不一，如有云："婚礼常规只有女子哭别父母，因为要离别父母到夫家了，而敦煌却是男的哭辞父母。"①第二，P.3502背面的张敖撰《新集诸家九族尊卑书仪》有一篇名为《嫁娶祭文》，提到"今因吉辰之日，遵礼仰之仪，〔辞〕父别亲，克就嘉筵之户。是以同牢结馔，合卺双瓢，各执一卮，□宜终始，某乙不敢专擅，谨荐先灵"②。学者以为"辞父别亲""克就嘉筵之户"的就是新郎③。第三，S.1725的问答体书仪在回应"何名妇人疏"的提问时，有这样的句子："近代之人，多不亲迎入室，即是遂就妇家成礼，累积寒暑，不向夫家。"第四，《新集吉凶书仪》中有"女家铺设帐仪"的句子，学者以为这就表明了它与一般设青庐于男家的做法大不相同。在此四则证据的支持下，男就女家成礼似乎已成确论。其实不然，今逐一细究之。

先就第一条证据来看，新郎之所以"微哭三五声"，前提是"如偏露"，因此，关键在"偏露"一词的解释，《汉语大词典·人部》云："偏露，谓父死。谓失去荫庇保护。"同时举了唐代孟浩然的《送莫甥兼诸昆弟从韩司马入西军》诗"平生早偏露，万里更飘零"作为例子。可见新郎悲泣并不是因为将离家往女家成礼，而是其父已不在人世，无法当面禀告自己将娶妻④。故第一条根据是无法成立的。

接着来看第二条，P.3502的《嫁娶祭文》基本上和《新集吉凶书仪》的《成礼夜儿家祭先灵文》是同一性质的文书，但从其题名"嫁娶"二字可知它一方面是可用于男家昭告先灵，另一方面也适合女家昭告先灵。因此，以为"辞父别亲，克就嘉筵之户"的一定是新郎，恐怕不是那么恰当。纵然它所叙的行动者确为新郎，那也只是表明新郎对先灵、对父母的崇敬，在亲迎前特地

① 谭蝉雪《敦煌民俗：丝路明珠传风情》，兰州：甘肃教育出版社，2006年，第197页。
② "辞"字据赵和平补。见赵和平《敦煌写本书仪研究》，台北：新文丰出版公司，1993年，第415页。
③ 谭蝉雪《敦煌民俗：丝路明珠传风情》，第197页。
④ 赵守俨《唐代婚姻礼俗考略》早就说过："新郎如已丧父，行礼完毕照例也要微哭三五声。"见《赵守俨文存》，北京：中华书局，1998年，第13—31页。

向先灵、向父母禀告，并不能成为当时婚礼是男就女家成礼的证据。

我们再看第三条，S.1725 的问答体书仪前引的那段话所叙，确实说明了当时的社会是有"不亲迎入室""就妇家成礼"的现象，但并不代表这样的做法就是流行于唐五代的敦煌，毕竟该文书并未确指何地有此一习俗，我们也不知道该书仪的撰者是谁。若只因此一文书目前仅见于敦煌文献，就认定它所叙述的内容、它的撰者皆与敦煌一地相关，似乎过于勉强了。

至于第四条，应该是男就女家成礼较为有力的证据。《新集吉凶书仪》的"女家铺设帐仪"及其后所叙，确实表明此帐是设在女家，和一般以为设帐、置青庐于男家的认知不大相同。如段成式《酉阳杂俎·续集》卷四"贬误"云：

> 又今士大夫家昏礼露施帐，谓之入帐，新妇乘鞍，悉北朝余风也。《聘北道记》云："北方婚礼必用青布幔为屋，谓之青庐，于此交拜。迎新妇，夫家百余人挟车，俱呼曰：'新妇子催出来。'其声不绝，登车乃止，今之催妆是也。以竹杖打婿为戏，乃有大委顿者。"江德藻记此为异，明南朝无此礼也。[①]

显然男家是设有毡帐、青庐的，但是不是就意味着女家在一般的情形下是不设帐的？其实，"女家铺设帐仪"的意思似乎也没那么简单，赵守俨就曾说："所谓'女家铺设帐仪'，不知是否也是女家替男家设帐的意思，存疑待考。"[②]若根据颜真卿请停当时流行的婚嫁习俗的上奏，将会发现那时恐怕不只男家别设有青庐、毡帐，此事《通典》是这么记载的：

> (德宗)建中元年十一月，礼仪使颜真卿等奏："郡县主见舅姑，请于礼会院过事。明日早，舅姑坐堂，行执笲之礼。其观华烛，伏以婚礼主敬，窃恐非宜。并请停障车、下婿、却扇等。行礼之夕，可以感思，至于声乐，窃恐非礼，并请禁断。相见仪制，近代设以毡帐，择地而置，此乃虏礼穹庐之制，合于堂室中置帐，请准礼施行。俗忌今时以子卯午酉

---

① 《唐五代笔记小说大观》，上海：上海古籍出版社，2000 年，第 750 页。
② 赵守俨《赵守俨文存》，第 13—31 页。

年,谓之当梁年,其年娶妇,舅姑不相见,盖理无所据,亦请禁断。"并从之。①

《册府元龟》则云:

> (德宗建中元年十一月)故事,朝廷三品以上清望官,定名赴婚会,谓之观花烛。又有障车、下婿及咏扇之诗,非宜也。请皆去之。又按《礼经》,婿执贽以相见也,当于奠雁时,男女相见,亲迎以归,然后同牢而食,合卺而酳。近代别设毡帐,择地而置,乃元魏穹庐之制,不可为准。当于室中施帐,以紫绫缦为之。②

二者所述或有异,但都指出男女相见是在毡帐之中,《通典》未能具体说明何谓"相见仪制",但据《册府元龟》的叙述,我们可以推知它应该包括了婿执贽奠雁、同牢而食、合卺而酳等仪节,因此,若仅男家设有毡帐,则在女家进行的婿执贽奠雁的仪节又如何在毡帐中为之?故女家应也有别设毡帐的情形。

这样的揣测可以在宋代司马光的《书仪》里获得证实,该书卷三《婚仪上》"亲迎"条云:"前期一日,女氏使人张陈其婿之室。(原注:俗谓之铺房,古虽无之,然今世俗所用,不可废也。)……乘马至于女氏之门外,下马俟于次(原注:女家必先设婿次于外)。"③上述引文的关键在"次"字。从上下文来看,"下马俟于次"及"女家必先设婿次于外",这两句话中的"次"字,应该都是名词,《经籍纂诂·去声·四寘》云:"次,谓幄也。"《汉语大词典·欠部》云:"次,临时搭的帐幕。用于祭祀、会同诸侯等活动。"这样的仪节也可在南宋朱熹所撰的《家礼》看到,该书卷三《昏礼》"亲迎"云:"前期一日,女氏使人张陈其婿之室。厥明,婿家设位于室中,女家设次于外。初昏,婿盛服,主人告于祠堂,遂醮其子而命之迎。婿出,乘马,至女家,俟于次。"其中有所谓的

① (唐)杜佑撰《通典》卷五八《礼十八》,北京:中华书局,1988年,第1654页。
② (宋)王钦若等撰《册府元龟》卷五八九,《景印文渊阁四库全书》,台北:商务印书馆,1986年,第912册第338页。
③ (宋)司马光撰《司马氏书仪》卷三,台北:新文丰出版公司,1984年,第33—34页。

"女家设次于外"及"婿出乘马,至女家俟于次",和《司马氏书仪》所叙大同小异,若再和《新集吉凶书仪》的"女家铺设帐仪"连接在一块,不但隐约可见它们彼此相承的关系,而且也透露此类为婚嫁而搭的帐幕女家亦有设之。事实上,于女家设帐幕之举在《大唐开元礼》也有记载,该书卷一二五《嘉礼》"六品以下婚"有云:"至于妇氏大门外,掌次者延入次,赞者布席于室户外之西。""次"字一样是作帐幕之义。因此,第四条恐怕也无法用来证明当时是普遍流行着男就女家成礼。

我们回头重新检视《新集吉凶书仪》所叙述婚礼的亲迎仪式,将发现大致上可按"成礼夜儿家祭先灵文""女家铺设帐仪""同牢盘合卺杯"等三个标题来加以区分。也就是说,当时的亲迎仪式可区分为分别以男家祭先灵、女家铺设帐仪、同牢盘合卺杯为主的三个阶段。第一阶段除了祭先灵外,还有新郎于堂前辞别父母出发至女家,以及男家初到女家向女家戏谑、咏催妆诗。第二阶段则除了交代女家应于其宅西南角安帐外,还有撒帐咒愿、男和女行礼(女方要遮以扇,行障于堂中)、升堂奠雁、女之父母于堂外诫女。第三阶段除了帐中进行同牢盘、合卺杯的重头戏之外,其后还有男换装、咏除花去扇诗三五首、男以笏约女花钗、去烛等节目。

而这样的婚礼亲迎流程和《大唐开元礼》所述,差异其实没那么大。例如《大唐开元礼》卷一二五《嘉礼》"六品以下婚"对亲迎所做的叙述云:

> (1) 其日大昕,婿之父、女之父各服其服,告于祢正寝。将行,父醮子于正寝。赞者布席于东序,西向,又设席于户牖之间,南向……父命之曰:"往迎尔相,承我宗事,勖率以敬。先妣之嗣,若则有常。"子再拜曰:"不敢忘命。"

> (2) 主人乘青偏幰犊车,从者公服,乘车以从。妇车及从车各准其夫。至于妇氏大门外,掌次者延入次,赞者布席于室户外之西……主人迎宾于大门外之东,西面再拜,宾答拜,主人揖宾,宾报揖,主人入,宾执雁从入,至于寝门,主人又揖入……跪奠雁,兴,再拜,降,出……姆导女出于母左,父少进,西面戒之,必有正焉,若衣若笄,命之曰:"戒之敬之,

夙夜无违。"母戒于西阶上，施衿结帨，戒之曰："勉之敬之，夙夜无
违。"……女出，至车，婿授绥。

（3）至于门外，下车以俟，妇至，降车，北面立。婿南面揖妇以
入……赞者以馔入设酱于席前，菹醢在其北……遂拜，执爵兴，夫妇答
拜，降奠爵于篚。主人出，脱服于房……妇脱服于室，衽于奥北趾，主人
入，烛出，妇从者馂夫之余，夫从者馂妇之余，赞者酳户外樽醑之，女从
者待于户外，呼则闻。

整个亲迎的过程同样是男先于男家祭先灵，接着是在女家奠雁、女之父母诚
女，之后再回到男家进行同牢盘、合卺杯的仪节，而且男家初到女家也是先
被"掌次者延入次"中等候。只是，《大唐开元礼》并没有赋诵催妆、去花、去
扇等诗的叙述，同牢盘、合卺杯也不是在帐中而是在堂室内举行。对此，我
们可以做这样的解释：这些婚嫁仪节习俗在唐代虽早已发展成"上自皇室，
下至士庶，莫不皆然"①，但仍有不少士大夫反对（如睿宗时的唐绍、德宗时的
颜真卿），因此，官修的《大唐开元礼》未将之载入，也就极为自然。

另外，《新集吉凶书仪》确实没有明确指出同牢盘、合卺杯是要回到男家
举行，但从它在叙述完奠雁之后，紧接着是女之父母诚女，而且还要先"遮女
出堂"，显然是表明了女将要与父母分离，故若依此认定接续其后的同牢盘、
合卺杯是要回男家举行，应该是可信的。而且《新集吉凶书仪》在陈述完婚
仪的种种流程后，有这么一段总结："右以前先王制礼，后代行之，是以男女
有婚姻之礼，以成夫妇之道，俾无紊于人伦。"因此，我们实在更没有理由说
其前所述的婚礼亲迎仪节全是在女家进行，因为那样的婚仪，非但不是先王
所制，恐怕在张敖眼里，更是有紊于人伦。

我们再补充一点，从那些敦煌婚仪诗所叙述的内容，也可以找到它们不
会全运用于女家或是入赘仪节，而应该是分别有运用于男家及女家的情形。
像《论女婿》一组诗中的《论女家大门》《去扇诗》，分别有"女是暂来客""侍娘

---

① 《封氏闻见记》卷五"花烛"："近代婚嫁，有障车、下婿、却扇及观花烛之事，又有卜地、
安帐并拜堂之礼，上自皇室，下至士庶，莫不皆然。"见（唐）封演撰，赵贞信校注《封氏闻见记校
注》，北京：中华书局，2005年，第43页。

不用相要勒,终归不免属他家"嘲诮女家地位的诗句,这些恐怕都不适合由赘婿一方来赋诵。而 S.9501＋S.9502V＋S.11419V＋S.13002 一合拼卷中的《下车词》则有"潘安小年躬躬立,暂请娘子下车来"的诗句,很明显,这首诗应该是运用于男家亲迎新妇,新郎先回到家,"至于门外,下车以俟,妇至,降车北面立"之际。

整体来看,敦煌书仪所见的婚嫁仪式或许确有超出于《大唐开元礼》者,只是,那些仪节又和封演、段成式、颜真卿、唐绍等人的记述基本上是相合的。

第三节　敦煌文献与传世文献
所见婚仪文学的异同

前文我们已比较讨论过敦煌文献与一般传世文献所见的婚仪及其诗文的运用场合,发现二者间事实上是大同小异的。此一节我们讨论的重点则在于二种文献所见的婚仪文学之形式、内容等的异同。

一、敦煌文献与传世文献均可见同一婚仪之诗文的异同

（一）敦煌本的障车词与司空图的《障车文》

敦煌本障车词与司空图的《障车文》研究者多以为它们是运用于不同的婚嫁仪式,如张艳云将司空图《障车文》的"障"字解释为"用来遮隔视线的帐幔",所以《障车文》是"新娘上车之际,要将车幔障在车上,在障围车幔时要读的",且是娘家所为①。谭蝉雪也指出,司空图的《障车文》与敦煌本的障车词除了都可用于婚礼中、都可以配合《儿郎伟》唱诵、都需要有财物的赏赐之外,包括运用的地点(前者在户内进行,后者在户外进行)、时间(前者在男家成礼时使用,后者是前往女家成礼的途中进行)、主要目的(前者以赞颂和祝

---

① 张艳云《唐代婚俗中的障车与障车文》,《历史月刊》1999 年 2 月号。

愿为主,后者则以邀取财物为主)等三项均大不相同①。他们都认为敦煌本障车词反映的其实就是唐绍所言"邀其酒食,以为戏乐"的障车习俗,而司空图的《障车文》则与之差距甚大。

的确,司空图的《障车文》与敦煌本的障车词二者是有一定的相异之处,像谭氏所言它们的主要目的不同,乍看之下确实是如此,前者主要是针对举行婚嫁的人家给予祝愿与称颂,如:

> 儿郎伟,且子细思量,内外端相,事事相称,头头相当。某甲郎不夸才韵,小娘子何暇调妆。也甚福德,也甚康强。二女则牙牙学语,五男则雁雁成行。自然绣画,总解文章。扠手子已为卿相,敲门来尽是丞郎。荣连九族,禄载千箱。见却你儿女婚嫁,特地显庆高堂。②

而类此的话语,在通篇几乎都是邀致财物的敦煌本障车词,仅偶然出现个一二句,如 P.3909 的"不是要君酒,图君且作荣华"。若以此段引文来看,司空图的《障车文》与在亲迎过程中前来遮障以求取财货食物的障车习俗似乎没有任何瓜葛,反倒和敦煌本咒愿文颇为相似。但司空图《障车文》的最末二段的叙述,则呈现的是另一种情景:

> 儿郎伟,重重祝愿,一一夸张。且看抛赏,必不寻常。帘下度开绣襆,帷中踊上牙床③。珍纤焕烂,龙麝馨香。金银器撒来雨点,钱绢堆高并坊墙。音乐嘈嘈,灯烛荧煌,满盘罗馅,大榼酒浆。
>
> 儿郎伟!总担将归去,教你喜气洋洋。更叩头神佛,拥护门户吉昌。最要夫人娘子贤和,会事安存,取个国家可畏忠良。④

原来此前的祝愿与赞颂,最终的目的还是希望得到为数不少的金银、绮罗、罗馅、酒浆等的抛赏,让他们能够满载而归。

---

① 谭蝉雪《敦煌民俗:丝路明珠传风情》,兰州:甘肃教育出版社,2006 年,第 201 页。

② (唐)司空图撰,祖保泉、陶礼天笺校《司空表圣诗文集笺校》,合肥:安徽大学出版社,2002 年,第 321 页。

③ 此句笺校本原作"阶前勇上牙床",恐怕不恰,今据《全唐文》改。参(清)唐诰等编《全唐文》卷八〇八,北京:中华书局,1987 年,第 8493—8494 页。

④ (唐)司空图撰,祖保泉、陶礼天笺校《司空表圣诗文集笺校》,第 321 页。

　　由此可知,司空图的《障车文》与敦煌本的障车词之主要目的其实是一样的,都是为了"邀其酒食,以为戏乐",连带的,它们运用的地点和时间也就没有太大的不同。只是它们呈现出来的篇章样貌截然不同,这又是基于什么样的缘故所致? 或与撰述者个人的才学素养、偏好不无关系,但更重要的应是讲述形态有异:司空图的《障车文》应当是以一组人进行吟诵为撰述基调,而敦煌本的障车词则恐怕是二人或二组人的讲述形态。如 P.3909 的障车词一开头作:

　　　　障车之法:吾是三台之位,卿相子孙,太元(原)王郭,郑州崔陈,河东裴柳,陇西牛羊,南阳张李,积世忠臣,障君车马,岂是凡人! 女答:今之圣化,养育苍生,何处年小,漫事踪横,急手避路,废我车行。

　　很明显的就是应答的语气,障车者表明自己的身份地位,举行婚嫁者则指责障车者恣意妄为,甚至还有标题作"女答"的。而另一篇的障车词S.6207所抄也是如此。也就是说,司空图的《障车文》与敦煌本的障车词,一者是独诵的讲述形态,另一者则为问答体,其所表现出来的篇章样貌不一,也就理所当然了。

　　(二)敦煌文献与传世文献的催妆诗

　　目前于一般传世文献所见的唐五代婚嫁仪式诗文以催妆诗最多,至少有 10 余首,敦煌文献则有 3 首。它们大抵盛赞新妇之美貌,且总是习惯于以花比喻,语气中带着调侃,要新妇不要对自己的妆饰过度琢磨,早早出来完成婚仪才是。如《玄怪录》的《袁洪儿夸郎》有一首夸郎所赋之催妆诗即是:

　　　　好花本自有春晖,不偶红妆乱玉姿。若用何郎面上粉,任将多少借光仪。①

这首诗和敦煌文献 P.3252 背面所书的二首《催妆》诗其一甚为相似,兹将二首诗引述如下:

　　　　今宵织女降人间,对镜匀妆计已闲。自有夭桃花菡苔,不须脂粉污

_____

① 《唐五代笔记小说大观》,上海:上海古籍出版社,2000 年,第 381—383 页。

容颜。

　　两心他自早相知，一过遮阑故作迟。更转只愁奔兔月，情来不要画
蛾眉。

夸郎所赋诵的"好花本自有春晖，不偶红妆乱玉姿"和 P.3252 所书的"自有
夭桃花菡颜，不须脂粉污容颜"，非但都是夸奖新妇的美貌，说其素颜已较花
娇，根本无须再施脂粉，而且句式结构也近同，虽然一首是该诗篇的头两句，一
首则为诗篇的末两句，但无损于二首诗叙述模式与叙述情调近同的事实。至
于 P.3252 的另一首催妆诗，也与唐代诗人徐安期之作暗合，徐诗有云：

　　传闻烛下调红粉，明镜台前别作春。不须面上浑妆却，留着双眉待
画人。①

此诗的末二句可说是为 P.3252 的第二首催妆诗末句——"情来不要画蛾
眉"未表述清楚的言外意做了补充说明，原来要新妇无须画蛾眉，固然是担心
婚仪时程延误了，其实，也是为新郎替新妇画眉以增添情趣预留了伏笔。

　　目前所见唐五代的催妆诗，其基本样貌大抵如前所述，只是，我们也可
看到因催促对象的不同，这些语带嘲弄的诗篇，有的变得谨严、含蓄，也有的
变本加厉，已入于艳情、讥诮。像唐顺宗女云安公主下嫁刘士泾，陆畅曾作
了数首催妆诗，《全唐诗》收录有《云安公主下降奉诏作催妆诗》与《云安公主
出降杂咏催妆二首》，诗云：

　　云安公主贵，出嫁五侯家。天母亲调粉，日兄怜赐花。催铺百子
帐，待障七香车。借问妆成未，东方欲晓霞。

　　天上琼花不避秋，今宵织女嫁牵牛。万人惟待乘鸾出，乞巧齐登明
月楼。

　　少妆银粉饰金钿，端正天花贵自然。闻道禁中时节异，九秋香满镜
台前。②

---

①　《全唐诗》卷七六九，北京：中华书局，1996 年，第 8733 页。以下简称卷数与页码。
②　《全唐诗》卷四七八，第 5441—5442 页。

虽也是以花比附将出嫁的云安公主,要公主及早出来,但催促的语气就较为缓和,只说"借问妆成未,东方欲晓霞",或者是"万人惟待乘鸾出",更不必说会有嘲弄新妇容貌之语,仅一本正经以"端正天花贵自然"含蓄地推崇公主的容貌。

至于已入于艳情、讥诮者,如五代马彦珪、陈峤之催妆诗,兹引述如下:

> 合州石镜宰马彦珪者……谬学滑稽,语多讥诮。因聘女,自为内相醉酬新郎催妆之诗,诗意风艳之甚,亲族闻者,莫不笑之。其诗曰:"莫飞篇翰苦相煎,款款容人帖翠钿。不是到来梳洗晚,却忧玉体未禁怜。"①

> 陈峤……数举不遂,蹉跎辇毂,至于暮年。逮获一名还乡,已耳顺矣。……至新婚,近八十矣,合卺之夕,文士竞集,悉赋催妆诗,咸有生黄之讽。峤亦自成一章,其末曰:"彭祖尚闻年八百,陈郎犹是小孩儿。"座客皆绝倒。②

马彦珪之作非但不避艳情,还借艳情以达到催促的目的。而陈峤之诗虽仅见末二句——人讽陈峤年纪一大把才娶妻宛如枯杨生稊,陈则以彭祖为自己开脱,借以推敲整首诗的格调,大概也是超逸于一般催妆诗的叙述模式了。而类此超逸于一般催妆诗叙述模式的,敦煌文献中也可见到,S.9501+S.9502V+S.11419V+S.13002 有一首署题"又催妆云"者,诗云:

> 还乘妙手作催妆,心中报道实不知(如)。即合刺史自身造,因何得遣宾郎书。

这首诗显然不但不同于一般催妆诗的叙述模式,而且赋诵者恐怕也不会是新郎或傧相,否则怎么可能会数落新郎不自为催妆之诗,而从该诗前后

---

① (五代)何光远撰《鉴诫录》卷八《非告勒》,见傅璇琮等主编《五代史书汇编》,杭州:杭州出版社,2004年,第5928—5929页。

② (宋)钱易撰《南部新书·戊》,《宋元笔记小说大观》,上海:上海古籍出版社,2001年,第333页。

尚有其他不同标题的诗句来看，此诗大概只是一连串问答体诗句其中的一环而已，且赋诵者应该是其前曾出现过女家的姑嫂。

（三）敦煌文献与传世文献的却扇诗及其他与之相近的婚仪诗

现在，我们于一般传世文献可以看到的唐五代却扇诗并不算多，大概就是前文曾提及的《玄怪录·袁洪儿夸郎》有之，再者陆畅、李商隐、黄滔等人有之而已，引述如下：

> 团扇画方新，金花照锦茵。那言灯下见，更值月中人。

（袁洪儿《咏花扇诗》）

> 宝扇持来入禁宫，本教花下动香风。姮娥须逐彩云降，不可通宵在月中。

（陆畅《扇》）①

> 莫将画扇出帷来，遮掩春山滞上才。若道团圆似明月，此中须放桂花开。

（李商隐《代董秀才却扇》）②

> 城上风生蜡炬寒，锦帷开处露翔鸾。已知秦女升仙态，休把圆轻隔牡丹。

（黄滔《去扇》）③

从上述诗句，我们可以推知唐五代的却扇诗主要内容是：运用花、月、扇等三种物象及其他与之相关的事物，叙述新妇以扇障面，而新郎或傧相则要新妇将扇挪移开。

在敦煌文献中，却扇诗至少也有3首，与《下女夫词》合抄的婚仪组诗有两首名为《去扇诗》者：

> 青春今夜正方新，红叶开时一朵花。分明宝树从人看，何劳玉扇更来遮。

---

① 《全唐诗》卷四七八，第5442页。
② 《全唐诗》卷五四〇，第6194页。
③ 《全唐诗》卷七〇六，第8131页。

千重罗扇不须遮，百美娇多见不奢。侍娘不用相要勒，终归不免属他家。①

P.3252 则有《去扇》一首，云：

闺里红颜如薜花，朝来行雨至人家。自有云依五色映，不须罗扇百重遮。②

虽然这 3 首诗均未运用到月这一物象，但还是将新妇比作花，要新妇无须矜持，早将扇移去，好让人欣赏其容貌。大抵而言，这样的叙述模式、格调和一般传世文献所见还是颇为相近，只是敦煌本所见仍有问答的痕迹，像"千重罗扇不须遮"一诗的末二句作"侍娘不用相要勒，终归不免属他家"，应该就是新郎或傧相响应侍娘才会有的。

接下来，我们要讨论的是咏行障（帐）诗及咏帘诗。这两种诗的赋诵时机，若根据敦煌文献中与《下女夫词》合抄的那组婚仪诗来看，它们分别是运用于却扇之前和整个亲迎婚礼结束之前。前文已提及的陆畅、黄滔，他们也都有此类婚仪的诗作：

碧玉为竿丁字成，鸳鸯绣带短长馨。强遮天上花颜色，不隔云中语笑声。

（陆畅《咏行障诗》）③

得人憎定绣芙蓉，爱锁嫦娥出月踪。侍女莫嫌抬素手，拨开珠翠待相逢。

（黄滔《启帐》）④

此二诗与陆、黄所写的却扇诗没什么太大的不同，只是将重点从要新妇挪去团扇，改为将障（帐）移去。敦煌文献与《下女夫词》合抄的婚仪诗也有三首这一类的作品，云：

---

① 潘重规《敦煌变文集新书》，台北：文津出版社，1994 年，第 1182 页。
② 徐俊《敦煌诗集残卷辑考》，北京：中华书局，2000 年，第 218 页。
③ （宋）计有功撰，王仲镛校笺《唐诗纪事》卷三五，北京：中华书局，2007 年，第 1181 页。
④ 《全唐诗》卷七〇六，第 8131 页。

　　一双青白鸽，绕帐三五匝。为言相郎道，绕帐三巡看。

（《论开撒帐合诗》）

　　夜久更阑月欲斜，绣障玲珑掩绮罗。为报侍娘浑擎却，从他驸马见青娥。

（《去行座障诗》）

　　锦幛重重掩，罗衣队队香。为言姑嫂道，去却有何妨。

（《去行座障诗》）①

　　它们与陆、黄之作最大的差异，仍是有明显的问答痕迹，诗句中均直接表述了言说的对象为相郎、侍娘、姑嫂。

　　而咏帘诗今于一般传世文献所见者，也是陆畅、黄滔之作，他们分别有诗云：

　　劳将素手卷虾须，琼室流光更缀珠。玉漏报来过夜半，可怜潘岳立踟蹰。

（陆畅《咏帘诗》）②

　　绿鬟侍女手纤纤，新捧嫦娥出素蟾。卫玠官高难久立，莫辞双卷水精帘。

（黄滔《卷帘》）③

　　虽说是不同的二首诗，但其所运用的素材差异不大，都是以素手、月光、珠帘及美男子等来勾勒要侍女赶紧将珠帘卷起，别让新郎苦苦守候的情境。而敦煌文献里，与《下女夫词》合抄的婚仪诗也有一首《咏下帘诗》，云：

　　宫人玉女白纤纤，娘子恒娥众里潜。微心欲拟观容貌，暂请傍人与下帘。④

---

① 潘重规《敦煌变文集新书》，台北：文津出版社，1994年，第1182页。
② 《全唐诗》卷四七八，第5442页。
③ 《全唐诗》卷七〇六，第8131页。
④ 潘重规《敦煌变文集新书》，第1183页。按：首句的"白"字，潘本校作"自"，检视P.3350作"帛"，P.3893则作"白"，"帛"应是"白"字的同音讹字，今据P.3893改之。

其非但叙述模式与陆、黄二氏所言一致,让人尤为惊艳的,是其起首二句"宫人玉女白纤纤,娘子恒娥众里潜"与黄滔《卷帘》的开头二句,使用的素材、叙述的情调均大同小异,而且也都是在整首诗的最末才带出此一仪节赋诵诗句最重要的诉求:速卷帘与新郎相见。不过,敦煌本《咏下帘诗》仍旧和其他敦煌本的却扇诗、咏行障诗一样,直接于诗句中表述其言说的对象,口头应答的痕迹还是较显著。

（四）敦煌文献与传世文献的咒愿文

"咒愿"本与宗教仪式,特别是佛教,脱不了干系,如宋代释元照撰《四分律行事钞资持记》卷下三《释计请篇》有云:"咒愿即为施主求愿也。"①就本质来说,咒愿是基于俗人与佛徒之间的施受关系而产生的用以表示谢意和祝福的一种佛事行仪②。而东晋三藏佛陀跋陀罗与法显一同翻译的《摩诃僧祇律》卷三四《明威仪法》即收录有为亡人施福者、生子设福者、入新舍设供者、估客欲行设福者、取妇施者、出家人布施者等 6 篇咒愿文,其中的取妇施者是这么说:

> 若取妇施者,不应作是说。枯河无有水,国空王无护,女有兄弟十,亦名无覆护,应作是咒愿。女人信持戒,夫主亦复然,由有信心,故能行修布施。二人俱持戒,修习正见行,欢喜共作福,诸天常随喜,此业之果报,如行不赍粮。③

很明显的,它是针对婚嫁而作的咒愿,故梁朝释僧佑所撰《出三藏记集》卷一二《杂录》将之名为"取妇设福咒愿文"④。而敦煌本咒愿文的宗教性已大大地削弱了,目前可见的 10 余篇,不但多与婚嫁仪式相关⑤,且宣扬佛法的意味甚为薄弱,大概就只有 P.3350 的《咒愿新郎文》于婚仪的表述外还有佛教的宣扬,该文有云:

---

① 《大正新修大藏经》第 40 册,No.1805《四分律行事钞资持记》(CBETA 电子佛典 2008)。
② 张慕华《论佛教咒愿文及其流变》,《中国文化研究》2011 年夏之卷,第 88—93 页。
③ 《大正新修大藏经》第 22 册,No.1425《摩诃僧祇律》(CBETA 电子佛典 2008)。
④ 《大正新修大藏经》第 55 册,No.2145《出三藏记集》(CBETA 电子佛典 2008)。
⑤ 著者目前掌握的大概就是 S.4992 的"咒愿小儿子意"与婚仪不相干。

内外贤良,善神齐心加被,日胜日昌,师子门前吼唤,百兽率舞,迎将内外。……并愿同修十善,不善波斯匿王。咒愿主人自矜良,未知赏何匹帛,亲家翁母,早来为将。贵言千秋永固,重赏莫辱文郎。

全文大部分的内容虽仍和其他敦煌本咒愿文一样,祝愿新人富贵盈门、子孙成材,却也穿插有如上所引述极富佛教色彩的文句。而这些极富佛教色彩的文句,与《摩诃僧祇律》《取妇设福咒愿文》所述容或有异,但主要诉求近同——都是要新人齐心持戒行善,终将获得福报。而该篇其他不具佛教色彩的叙述里,还有一段颇值得注意的,即最末的"咒愿主人自矜良,未知赏何匹帛? 亲家翁母,早来为将。贵言千秋永固,重赏莫辱文郎"等句,赋诵此咒愿之人——文郎,不但径自现身,还直接向主人讨赏,希望此次的咒愿能换得很不错的代价,口头表演的痕迹甚为明显。

（五）小结

通过前文的讨论,我们大致可归纳出敦煌文献与一般传世文献均可见同一婚仪之诗文的异同如下。先来看其相同之处:

第一,二类文献婚仪诗文的叙述情调大致上均是以谐戏之言表达对新人、对彼此某一事项的期许。也就是说,容或各种不同婚仪所赋诵的诗文主题并不大一样,但它们都展现了谐戏的特质,同是融舞文弄墨与喜庆欢乐于一体的唐五代婚礼谐隐文化的一种反应①。纵然有部分表述得稍微艳情了些,如马彦珪的催妆诗;或者稍微谨严了些,如陆畅的催妆诗;又或者已稍偏离了某婚仪原本的主要诉求,如 S.9501＋S.9502V＋S.11419V＋S.13002 的催妆诗,责怪新郎未能亲为催妆诗反成了主轴,但其叙述情调仍是偏于谐戏的,而其中的变异应该都是因应不同的对象、场合所做的调整。

第二,二类文献婚仪诗文的赋诵者,大抵都是以文士为主。一般传世文献自不必多言,因为唐五代的笔记杂著、传奇小说等除了载记某一婚仪诗文出自某一文士的手笔,且也有不少还详载某官某文士担负起婚礼傧相赋诵

---

① 杨明璋《敦煌文学与中国古代的谐隐传统》,台北:新文丰出版公司,2011 年,第 293—300 页。

诗文的职责。而敦煌文献中则较少直接表明婚仪诗文的赋诵者即为文士，但还是可以找到一些线索：如 P.3350 的《咒愿新郎文》文末有"重赏莫辱文郎"，"文郎"即文士，是该文赋诵者的自称；又如 P.3252 的《催妆》二首其一"今宵织女降人间"诗与《玄怪录》《袁洪儿夸郎》的"好花本自有春晖"诗近同，而与《下女夫词》合抄的婚仪诗之一的《咏下帘诗》也和黄滔的《卷帘》近同，这些都可用以说明敦煌文献的婚仪诗是有文士赋诵的倾向；再者，张敖撰《新集吉凶书仪》提及通婚阶段，男家送通婚书的函使"须于亲族中拣两儿郎有官及有才貌者充使及副使"①，而新郎前往亲迎时，也要有傧相陪同，其条件虽未交代得像函使那般详尽，但试想对于通婚阶段的函使要求都那么郑重其事了，更何况是得担负起咏除花、去扇诗三五首的傧相，只会更严谨罢了。若就敦煌写本的书写状况来看，抄录有婚仪诗文的写本里，也有充分展现文士性格的，如 S.9501＋S.9502V＋S.11419V＋S.13002 拼合卷，其整体的书迹甚是工整秀丽，且不少诗题乍看字迹似已不可辨，事实上却是施以朱笔，包括《合发诗》《咏帘诗》《下车词》《咏门词》《咏中门》《牢领中诗》《答云》《□被诗》《姑嫂答》《□答》《又催妆云》及《儿答》等，可见抄写者的慎重，应当出自文化素养较高的文士之手。而抄录有咒愿文的写本，也有文士性格极为浓厚的，如 S.2049 背所书即和李白、高适、刘希夷等文士诗赋抄写在一起；而 P.3608 背所书则与王泠然《夜光篇》、贾耽《上皇帝表》等文士诗文合抄；P.2976 所书则是与高适、刘瑕等文士诗赋合抄，而且除了 P.2976，其他写本的书写情况也都颇佳。因此，敦煌文献的婚仪诗文的赋诵者仍是以文士为主。

　　我们再来看其相异之处。一般传世文献与敦煌文献中的婚仪诗文，它们最大的不同是其讲述形态：一般传世文献所见是以独诵为主，敦煌文献所见则正好相反，是以问答为主，独诵为辅。障车文至为明显，司空图的《障车文》是独诵体，而敦煌本的障车词则为问答体。而一般传世文献所见大抵均为独诵的催妆诗、却扇诗、咏行障诗等，敦煌文献所见却往往有明显的口头

---

　　① 　赵和平《敦煌写本书仪研究》，台北：新文丰出版公司，1993 年，第 540 页。

应答痕迹，个别的婚仪诗应只是一连串问答体组诗中的一个环节而已，大概只有 P.3252 所抄之婚仪诗未见口头应答的痕迹。大抵而言，一般文献与敦煌文献均可见的同一婚嫁仪式之诗文，敦煌文献所见者，是更近于口头表演，尤其是往往展露了应答的语气。

二、敦煌文献中独见的婚仪诗之特点

敦煌文献的婚仪诗文，还有一部分是唐五代一般传世文献所未见的，如《下女夫词》，与《下女夫词》合抄的《论女婿》及其他的婚仪组诗，以及P.3252、S.9501＋S.9502V＋S.11419V＋S.13002 二写本中绝大多数的婚仪诗等。接下来，我们要讨论的，就是这些独见于敦煌文献的婚仪诗，与那些同时可见于敦煌文献、传世文献的婚仪诗文相较之下，有何特点值得注意。

先来看其叙述情调。它们大都也是以谐戏之言表达对新人、对彼此某一事项的期许。同样也有少数写得艳情了些，如 P.3252 的《去幪头》《脱衣诗》，或是合拼卷 S.9501＋S.9502V＋S.11419V＋S.13002 的《□被诗》(昨夜忽惊眠)及《□答》(脱衣神女立阳台)等，已不避闺阁之事，其目的仍旧是以为戏乐，与唐五代婚礼谐隐文化还是相应的。而其赋诵者应也是以文士为主体，前已论述过的 S.9501＋S.9502V＋S.11419V＋S.13002 拼合卷即是一个很好的例子。

我们可以再举一例。共有 15 个写本的《下女夫词》虽没有题记，我们却发现它除了常与其他的婚嫁仪式相关文书合抄之外，也常与作为童蒙读物的作品合抄。如北大 D246 正面抄《下女夫词》、背面抄杨满川《咏孝经》，P.3266背抄《下女夫词》、正面则抄一卷本王梵志诗，Дx.2654 一本则与某字书合抄，"中研院"傅斯年图书馆编号 04 一本则是与各种不同类型的文书杂抄于一处，其中有学郎诗，同时，这些写本的书迹只能算是中等，甚至还有点稚拙。种种迹象看来，它们当是学郎所书，而且应该是作为童蒙学习之用。而像《下女夫词》这样的婚仪诗文与作为童蒙读物的作品汇集一块的，在清末民初的刊刻本文书里也可看到。赵景深《北平的喜歌》一文就有云：

　　我所看到的刊本喜歌有学古堂本《后娘打孩子》和《小儿难孔子》后面所附的《念喜歌》。二本相同，惟后者多了一篇《八洞神仙贺寿》，这多出的一篇是否也是喜歌，颇是个疑问，我疑心它是大鼓调。以外相同的八篇，开始三篇是贺建屋歌，第二篇略与徐芳女士所录相同。①

　　也许二者的年代相去甚远，但那些运用于各种喜庆场合包括婚嫁在内的喜歌，之所以会和蒙学性质的《小儿难孔子》合刊②，大概也是作为蒙书之用而被流传着。因此，我们可以说，敦煌文献中抄录有《下女夫词》的若干写本其实是有学郎性格的。只是，学郎与真正的文士还是有一段距离，如何让二者的联结更为紧密？假若学郎所抄的《下女夫词》等婚仪诗文确实是作为童蒙读物之用，则令人好奇的，是谁教他们的？又为了什么目的而教？是否为往后作为婚礼的傧相预做准备？近人徐芳《北平的喜歌》有一段话或可带来一点启发，他说：

　　　　北平有一种人，专门靠着"唱唱儿"过活。他们不是在舞台上表演，也不是在游艺场里卖唱。他们只是走在街上或胡同里，挨着人家的门口唱。……这些歌也是有人传授的，不是随便胡诌的。……"念喜歌儿的"，其实是说"念喜歌儿"的对，要说"唱喜歌儿的"就不合适了。因为他们实在是在"念"，而不是在"唱"。③

　　虽然徐氏所论的喜歌之年代与敦煌文献有段不小的距离，但其中所提的念喜歌也是有人传授的，提醒了我们，较之更为雅致、繁复的敦煌本婚仪诗文理当也要有套传承的机制。换言之，学郎抄写婚仪诗文或许其中即有一个目的是为往后作为婚礼的傧相预做准备，而指导他们的则是才学、文化素养较他们更高的真正文士。

----

　　① 赵景深《北平的喜歌》，《大晚报》1936 年 11 月 18 日第 5 版。按，学古堂是民初北平打磨厂的一家书坊。
　　② 《小儿难孔子》所叙大概就是孔子与项橐的问答故事，它是广泛流传于传统社会之中。详参金文京《孔子的传说——〈孔子项托相问书〉考》，《俗文学学术研讨会论文集》，中研院历史语言研究所傅斯年图书馆，2006 年，第 1—22 页。
　　③ 徐芳《北平的喜歌》，收入舒兰编《中国地方歌谣集成·理论研究（四）》，台北：渤海堂文化公司，1989 年，第 1—7 页。

魏建功在吴晓铃的《撒帐词》一文有附识,云:

《清平山话本》《快嘴媳妇李翠莲》有撒帐词,致词的人称为"先生",似村学究所兼操副业也。中国农村中略识字通文的老学究先生地位实在是"巫""医"和"史""祝"的混合。或者撒帐词本是一种宗教性质的致辞,初由傧相"先生"任之,后来归成专门职业者讨好领赏的工具。吾乡(江苏如皋)此种喜歌由以傧相为职业的人唱念。"礼"与"俗"息息相通,此犹可概见云。①

魏建功以宋元话本《快嘴李翠莲记》里念诵婚嫁仪式诗的是读书人张宅为例,说明婚嫁仪式赋诵诗文的任务本是由这一类粗通文墨的文士先生担任,负起沟通礼与俗的桥梁,之后,这样的任务才有职业傧相的介入。而较《快嘴李翠莲记》更早的敦煌本婚仪诗文,从上述种种的迹象看来,它们应当也一如唐五代的传奇小说、笔记杂著所言,是由文士来主导婚嫁仪式赋诵诗文的事宜。

接着,我们来看其讲述形态。这些敦煌文献独见的婚仪诗,以问答体来表现的,最明显的莫过于《下女夫词》,其最主要的特点即是透过儿(相郎)与女(姑嫂)以四句韵语相互的应答来达到谑笑的目的。另外,像 S.9501＋S.9502V＋S.11419V＋S.13002 拼合卷中所抄的 20 余首婚仪诗,虽然其中有12 首与总和《下女夫词》合抄的婚仪组诗一样,但其抄写次序却和该组诗截然不同,尤其是其后半段的诗作已是问答的形式了,如先有宾郎赋诵《咏中门》说"女是暂时客",才有姑嫂于《领牢中诗》撂下"归去来,归去来"的话语,再有宾郎答云"且莫归,且莫归";又如,先有宾郎《□被诗》提到"唯将两个手,遮后复遮前",才有姑嫂答"去却双菩萨,死田正相当",或另一种更辛辣的应答词——"脱衣神女立阳台,夜久更阑玉漏催。欲作绫罗生千造,玉体从君任看来"。②

---

① 魏建功于吴晓铃《撒帐词》后的附识,见《歌谣》第 3 卷第 7 期,1937 年 5 月 15 日。
② 此诗的标题原卷已漫漶,仅能辨出"答"字,"答"字前应该还有一字,或许是"又"字,如是,则可解释为姑嫂响应宾郎《□被诗》的另一方式。

　　至于总与《下女夫词》合抄的《论女婿》及其他婚仪组诗,虽然它们不像《下女夫词》及 S.9501＋S.9502V＋S.11419V＋S.13002 拼合卷所抄的 20 余首婚仪诗有那么明显的问答形式,但《论女婿》显然是在测试准女婿的才学与机智,而之所以会针对大门、中门、堆、堂基、门锁、堂门等来赋诗,应该也是应女家要求的,只是我们现在看到的只剩男家的应答词而已;而《论开撒帐合诗》等诗篇的赋诵者应是相郎,不过,诗句中仍可见到姑嫂或侍娘于一旁试图阻止新郎接近新妇,因此,现在我们所见到的,大概也只是相郎与姑嫂或侍娘间应对词属于相郎的那一部分而已。而唯一较不具口头应答迹象的,是 P.3252 所抄的婚仪诗。

　　因此,我们可以说,这些独见于敦煌文献的婚仪诗大致和前文所言那些同时可见于敦煌文献、一般传世文献的婚仪诗文的特点是相同的,尤其同是出自敦煌文献的作品,它们都是更近于口头应答的。我们再举一个独见于敦煌文献的婚仪诗近口头表演的例子,仔细检视《下女夫词》,将发现它有许多程序化套语,如"本是何方君子……""本是长安君子……""……体内如何""……姑嫂如下……""○非公馆,实不停留""马上刺史……""○○○问,何惜时光""酒是蒲桃酒……""即问○○○,因何○○酒"等,屡屡重复出现于儿女问答词之中,这恐怕不能以偶然袭用成词来看待,应是帕里—洛德理论中所说的口头程序套语的运用。依此看来,《下女夫词》和口头传统应有极为密切的关系。

　　最后,我们再补充一点,即敦煌文献的婚仪诗文是否存有充分展现敦煌本地特色的文本? 在诸多的作品中,最具敦煌本地特色的大概就是《下女夫词》了,特别是其中有六段儿女的问答词直接涉及沙州、敦煌等地名,当女问"何方所管",儿答"炖煌县摄";女问"马上刺史,是何之州",儿答"马上刺史,本是沙州";女问"通问刺史,是何之乡",儿答"马上刺史,本是炖煌",可见《下女夫词》生成于沙州、敦煌一带应是毋庸置疑的。

三、形成独诵与问答两种不同的讲述形态之因由

　　前文我们曾归纳出一般传世文献与敦煌文献所见的婚仪诗文最大的不

同,是一般传世文献以独诵为主,而敦煌文献则以问答为主。让人好奇的,是基于什么样的因由,使得婚仪诗文于这二种文献的讲述形态有如是的差异? 若说前者较近于书面书写,体现的是精英书写文化,而后者较近于口头表演,与民间口传文化联结,似乎又过于简化。

事实上,这些诗文既然是运用于婚嫁仪式之中,不管是被一般传世文献,或者是敦煌文献所载录,它们已经近于口头表演①,只是与口头表演的关系有程度上的差异。敦煌文献所见的婚仪诗文的口头表演性,前文已有不少的讨论,至于一般传世文献所见者,也还可在如下的几个面向看到:一是用语通俗,这在司空图的《障车文》中尤为明显,包括"事事相称,头头相当""小娘子""也甚""扠手子已为卿相,敲门来尽是丞郎""教你喜气洋洋"等等都是。二是每一婚嫁仪式赋诵之诗,其叙述已有固定化的模式了,如催妆诗,固定将新妇比附花;却扇诗,则运用花、月、扇;咏帘诗,定有素手、月、珠帘等物象。三是袁洪儿夸郎催妆诗、黄滔咏帘诗,分别有敦煌本的同一仪节的诗作与之近似,我们或可说这些同是公式化、程序化的一种表现。

那么,还会有什么样的理由,使得这两种文献所记述的婚仪诗文之讲述形态迥异? 西方表演理论的说法或可作为借镜。表演理论对于口头艺术文本在特定语境中的动态形成过程及其形式的实际应用特别关注。具体地来说,像他们就很看重讲述人、听众和参与者之间的互动交流,因此,"故事如何被讲述? 为什么被讲述? 一个旧的故事文本为什么会在新的语境下被重新讲述(recontextualize)? 周围的环境如何? 谁在场参与? 讲述人如何根据具体讲述语境的不同和听众的不同需要而适时地创造、调整他的故事,使之适应具体的讲述语境?"②,等等,都是表演理论所关注的。换言之,口头表演者会因应讲述当时的语境而对他讲述的内容、语言有不同的调整,这在陆

---

① 表演对于仪式而言是相当重要的,是仪式的要素之一。亚历山大(Bobby Alexander)、谢克纳(Richard Schechner)、鲍伊(Fiona Bowie)等均相当看重仪式与表演的关系,像鲍伊就说:"仪式在某种意义上是一种表演或文化戏剧。"参(英)鲍伊(Fiona Bowie)著,金泽等译《宗教人类学导论》,北京:中国人民大学出版社,2004 年,第 175—184 页。

② 杨利慧、安德明《美国当代民俗学的主要理论和方法》,收入周星主编《民俗学的历史、理论与方法》,北京:商务印书馆,2006 年,第 595—638 页。

畅针对唐顺宗之女云安公主下嫁刘士泾所作之催妆诗，不若一般催妆诗那般谐戏、调侃，即可看出一些端倪来。所以像司空图的《障车文》与敦煌本的障车词，有独诵与问答两种不同的讲述形态，应该就是因应不同的语境所做的调整与改变。

还有一种可能，即是记录者的目的不同，而造成呈现出来的篇章样貌不尽相同。前文曾引述过的《玄怪录》卷三《袁洪儿夸郎》，在记叙催妆诗后，有云："其余吉礼，无不毕备，篇咏甚多，而不悉记得，唯忆得咏花扇诗。"对于传奇小说、笔记杂著的撰作者而言，婚仪诗文的载录只是他们在叙述故事、事件的穿插、点缀，不像敦煌文献所抄录的婚仪诗文是作为实际运用于婚礼而预做准备的，不管是学郎的学习过程所遗留，或者是文士担任婚礼傧相的备用本，都得对整个婚嫁仪式及其赋诵的各种诗文有较为全面的掌握。所以，传奇小说、笔记杂著等一般传世文献所记录下来的自然就较片面，呈现出来的篇章样貌也就较为单一，仿佛仅有独诵一体而已；而敦煌文献所书写的则较为全面，我们不但可以看到问答体的，也有独诵体的作品。

总之，我们并不能那么简单地就将一般传世文献所见的唐五代婚仪诗文与敦煌文献所见一分为二，一归于精英书写文化，一归于民间口传文化。像对中国婚嫁仪式文学有广泛讨论的谭达先，在《中国婚嫁仪式歌谣研究》一书里就曾这么说："在大量婚礼歌中，除了一部分作品风格仍和传统的民歌、民谣相似外，又出现了另一部分似歌非歌，似谣非谣，似文人诗非文人诗，或意是文言白话夹杂、诗句歌句夹杂，一句话，是一种雅俗结合的歌谣特殊形式。至于某歌是否民间婚礼歌，就必须进行具体的剖析，既剖析全篇总的倾向，也剖析某些特定的句子；也即要既剖析其思想，也剖析其艺术，还要检验它是否在民间流行过，只有属于民间的，才算它是人民大众的歌谣。"①因此，我们对于一般传世文献与敦煌文献所见的唐五代婚嫁仪式诗文的考察与论断，也应该更细致、谨慎地为之。

---

① 谭达先《中国婚嫁仪式歌谣研究》，台北：台湾商务印书馆，1990年，第63页。

第十二章 敦 煌 文

敦煌文,是指敦煌文献中除变文、曲子词、俗赋、诗歌、小说等文学形式以外的应用文,根据运用场合的不同,大致分为官私文书,碑铭赞祭文以及宗教应用文(本文主要讨论佛教应用文)三类。其中官私文书包括表、状、笺、启、书、疏、状、牒、契约等文书;碑铭赞祭文即碑文、墓志铭、邈真赞、祭文,其中碑文包括以"碑"命名和以"功德记"命名两种情况;佛事应用文包括愿文、印沙佛文、燃灯文、二月八日文、行城文、庆佛文、叹像文、天王文、庆经文、转经文等诸多名目。敦煌文多具范本性质,可大致归为书仪和文范两类。至于诸子散文、史传散文等,本文将其作为哺育敦煌文学的源泉看待,不作具体论述。前人所列敦煌文献中的"论、录、杂记"类文章,如《茶酒论》为俗赋,《启颜录》为小说;至于属于地志类的《敦煌录》,有的段落明显受到北魏郦道元《水经注》等类著作的影响,属于中国古代散文中的"小品文",均不在本章论述范围。

第一节 敦煌官私文书

敦煌文献中保存的表、状、书、疏、启、状、牒等官私文书,除极少数为文书原件外,绝大多数是出于学习和摹写目的而有意收集和传抄。僧团与官府、僧团与民众、僧团内部之间在处理各种事务以及宗教仪式中都会大量使用这类文书①。

一、《为肃州刺史刘臣璧答南蕃书》

初盛唐时期,河西节度使幕府和各军州人才济济。明胡震亨《唐音癸签》云:"盖唐制,新及第人,例就辟外幕,而布衣流落才士,更多因缘幕府,蹑级进身。要视其主之好文如何,然后同调萃,唱和广。"②"同调""唱和"是幕府文人进行文学创作的重要方式,而公文制作则是他们的本职所在,除做到符合官牍程式外,文学性的表达也是不可或缺的。

《为肃州刺史刘臣璧答南蕃书》(P.2555)是窦昊代肃州刺史刘臣璧所写,写于宝应元年(762)"首春尚寒"之时,是就吐蕃官员尚赞摩派人给刘臣璧送来书信和银盘等礼品的回信。该文透露了吐蕃占领河西前夕在河西各州的请和行动。佚名诗云"边城汉少犬戎多,数月僮团更索和"(P.2555),可能也是这一行动的反映。这是吐蕃即将对唐河西地区展开大规模进攻的前奏。

这封书信洋洋洒洒千余言,大致内容是讲唐蕃之间,和则双方安泰,斗则两败俱伤。信中涉及的历史事件有:金城公主和亲、赤岭竖碑、悉诺逻入侵、唐"安史之乱"、尚赞摩率大军突袭、尚赞摩遣使示和。以上事件环环相扣,从回顾五十年前唐蕃友好关系开始:双方缔结盟约,世代友好;公主下嫁,舅甥契合;四海寰廓,两国一心。"尽日照为天疆,穷沧溟为地界",然而,吐蕃将领悉诺逻违天背盟,暴振干戈,横行瓜州、玉门一带,为害滋深。而朝廷因此派哥舒翰领军西出,开地千里,筑城五所,所到之处,杀戮吐蕃数万,使"蕃不聊生"。"向若无悉诺逻先侵,岂见哥舒翰后患?"将责任归结于吐蕃发动的不义之战,以致最终受害的还是吐蕃自己。第二段是作者向尚赞摩陈述的"安两疆之长计",劝他向蕃王进谏,"罢甲兵于两疆,种奈于原野;止汉家之怨愤,通舅甥之义国"。因为吐蕃"平陆牛马万川群,国富兵众,土广而境远,自然方圆数万里之国,足可以为育养,何要攻城而求小利,贪地而损

---

① 用于佛教仪式如 S.4632《曹元忠请宾头卢疏》、S.663《水路无遮大会疏文》等。
② (明)胡震亨《唐音癸签》卷二十七,上海:上海古籍出版社,1981年,第285页。

人？此天道之所不容，神明之所必罚"。第三段陈述唐蕃国情。安史之乱后，唐朝虽蒙重挫，但依然雄风不减：仅仅数年便"逆党殄除，乾坤雾收，河洛云卷，百蛮稽颡而来贡，九夷匍匐而称臣"，暗示吐蕃不要轻举妄动；又说明肃州小郡，地方狭窄，境少泉泽，周围碛卤，不是兵马偃憩之所，吐蕃到此无利可图。文中还提到三年前尚赞摩曾率大军到达肃州境内，"泻金河单酌，论两国甲兵；倾东门淡杯，叙舅甥义好。一言道感，便沐回军。期不再来，果副明信"。又谈及河西节度使吕公好勇而至仁，体恤官兵作战之苦而不忍征伐，吐蕃此次请和正是时候，愿为铁石，永罢相侵。

从以上内容不难看出，在吐蕃气势正盛，而唐王朝自顾不暇、河西兵力势单力薄的情形下，作者仍在极力维护着唐王朝的尊严。由于对自我力量的抬高无法落到实处，于是借助夸张、排比等形式，试图从气势上压倒对方，也因此形成了文学气息浓郁的特点。如描述平定叛乱一段：

> 我乾坤大圣光文武孝感皇帝，麟跃凤翔，龙飞河朔；披日月而升九天，挂星辰而朝万国。帝于是乾扶桑弓，仗倚天剑；龙腾于九五，师出以六军；权扶风锐兵，驱大宛骁众。雷鼓一震，逆党殄除；乾坤雾收，河洛云卷。百蛮稽颡而来贡，九夷匍匐而称臣。休士马于函关，倒干戈于长府；率士（土）歌尧舜之年，海内乐成康之代。

"乾坤大圣光文武孝感皇帝"，应为"乾元大圣光天文武孝感皇帝"，是唐肃宗李亨之尊号。安史之乱爆发后，玄宗入蜀，太子李肃分兵北上，在灵武登基，后组织力量平复叛乱返回长安。文中对此事经过极尽渲染夸大之能：肃宗"麟跃凤翔，龙飞河朔""乾扶桑弓，仗倚天剑"，在"龙腾于九五，师出于六军"的气势之下，"雷鼓一震，逆党殄宗，乾坤雾收，河洛云卷"，几乎不费吹灰之力便平定了叛乱，之后"百蛮稽颡而来贡，九夷匍匐而称臣。休士马于函关，倒干戈于长府；率土歌尧舜之年，海内乐成康之代"。勾画出一片盛世图景，似乎连年战事丝毫没有影响唐王朝往日的天威。

又如对吐蕃将领悉诺逻入侵一事，多处运用反问手法加以斥责。"向若无悉诺逻先侵，岂见哥舒翰后患？"将不义一方归为吐蕃。"且天者，父也；地者,母也……爱其杀戮,违天之慈,得无祸乎?"更是把吐蕃杀戮掠夺的行为置于违背天理之境地。在力陈吐蕃之强盛后又加以质问:"何要攻城而求小利,贪他而损人?"对于吐蕃趁安史之乱侵占边州的行为,则直接加以斥责:"外生(甥)未能以兵助静乱,反更侵鱼,袭人之危,深不义也!"试图从气势上压倒对方的意图十分明显。

除增强气势之外,该文偏重于文学手法的运用,还在于作者窦昊是一个纯粹的文人。整篇书信交织着文人的盲目自信与间或流露的胆怯自卑。但不可否认的是正是这些因素,才使得《为肃州刺史刘臣璧答南蕃书》相比其他同类书信文学色彩更浓。从该文所在的 P.2555 所抄内容全部为诗文来看,似乎也说明这篇书信作为文学作品被敦煌人收集整理。该文又见于 Дx.5988 和 P.5037 两个写本,可见在敦煌地区流传较广,其受当地文人喜爱情况由此可知。

二、其他官私文书

广德二年(764),凉州在吐蕃重围下陷落,河西被阻断,河西节度使退至沙州,甘州、肃州危在旦夕。《河西节度使公文集》(P.2942)是在吐蕃步步逼近的情形下,河西节度使处理具体事务的公文汇抄。公文原状已不存,现存判文简短的叙述,展现了吐蕃攻占河西过程中,河西节度使内部、河西各军州,以及伊、西、北庭地区的某些重大事件。文中有军队粮草、衣物的紧缺与百姓税收加重的矛盾,有各州之间通绝商贸往来及维护各自利益的矛盾,有自顾不暇却又要作为唐王朝代表来处理与其他民族关系的矛盾,从中可以看出河西节度使在这样危急存亡的关键时刻,如何整治军纪、严明法度,以维持动荡的时局。通过这卷文书,公元 765 至 767 三年关键时刻的历史像浮雕一样突出起来①。

公文集行文流畅、表述准确,骈体句式和典故的运用,增加了公文的文

①　史苇湘《河西节度使覆灭的前夕——敦煌写本伯 2942 号残卷的研究》,《敦煌研究》创刊号,1983 年。

学性和内容深度,体现出作者较高的文学素养。如"瘠卤未能肥杞,截鹤岂能续凫",前句出于《左传》襄公二十九年,判文用来强调瓜州屯田的剩余物应纳入正仓,不宜用来填补别的亏损;后句出于《庄子·骈拇》,用来阐明不能用瓜州屯田的剩余物用作别处①。其他又如"侮法无惧三千,抟风妄期九万""《易》贵随时,《书》称议事;调弦理无胶柱,求剑不可刻舟"等典故的运用,使简洁的公文蕴含了更为丰富的内容。

吐蕃占领敦煌后,任用汉人为都督协助吐蕃节儿管理沙州。S.1438 背面抄有表、状、书、启及祭文等 40 余篇,是吐蕃统治初期沙州汉人都督的书信汇编②。据文中"自敦煌归化,向历八年""自归皇化,向历十年"等线索,可知部分文书作于 794—796 年或稍后,正值吐蕃统治敦煌初期。作者写给赞普、宰相的表状,写给同僚和亲友的书信、祭文等,集中体现了吐蕃统治时期官私文书的写作情况。这些文书言辞得当,体现了较高的文学素养,颇具感染力。如驿户氾国忠杀死蕃官一事,状云:

> 逆贼玉关驿户氾国忠等六人,衣甲器械全。……蓦大城入子城,煞却监使判咄等数人。……某见事急,遂走投龙兴寺,觅蕃大德告报,相将逐便回避。于时天明,某遂出招集得百姓十余人,并无尺铁寸兵可拒其贼。某誓众前行,拟救节儿、蕃使,及至子城南门下,其节儿等已纵火烧舍,伏剑自裁,投身火中,化为灰烬。

这段文字描绘事件经过生动形象,营造出令人身临其境的紧张气氛。又如写给同僚信云:"同志同官,惟兄惟弟;忽然分别,一东一西;恨以殊乡,各居异域;披豁未由,但益倾勤;瞻望云山,与时俱积。"写给押牙的信:"流沙一别,寒暑再移。……云山眇邈,音信难通;引领东瞻,心魂几断。珍重珍重。"传达的既有刻骨的思念,更有锥心的痛楚,体现了吐蕃统治时期亲友之间阻隔难见的现实。

---

① 李并成《河西节度使判集(P.2492)有关问题考》,《敦煌学辑刊》2005 年第 3 期。
② 据陆离考证,该汉人都督为索允,见陆离《敦煌写本 S.1438 背〈书仪〉残卷与吐蕃占领沙州的几个问题》,《中国史研究》2010 年第 1 期。

同类文书还有王锡的两篇《上赞普书》(P.3201)，不仅反映了"陷蕃官"在吐蕃任职的真实处境，也透露了吐蕃本土佛教的发展情况，具有鲜明的时代特色。第二篇论及赞普大力发展佛教一段云：

> 圣神兴兵战伐，开辟土宇，岂不是欲成勋绩，垂万代？□若如此者，是霸业之迹，非王道之术。夫王道者，销剑戟，放牛马；纳谏中朝，不闭外户。今圣神修道，是有为修，是着相修，是名闻修；理国者，是虐万姓，是危社稷，是反王道。何者？年年用兵，是危社稷之资，虐万姓之本。二事既尔，何有于王道哉？夫修道者，修之于内，不扬于外，轸慈悲于苍生，是内修也。圣神征战不歇，令非安业，父母兄弟，各在异所，道路既远，音信不接，目际天外，心溃肠断；更于战阵，务资煞戮，虽修塔建寺，邀请僧尼，写经设斋，运泥造佛，此只人天有漏有为之福，非真福田。

文章充分运用例证陈述观点，说理形象，论据充分，具有很强的说服力。长短句和排比句式的运用，读来抑扬顿挫，流畅自如。看似平易的语句，实则体现了儒、释思想的渗透和融汇，具有浓厚的文学色彩。

吐蕃势力退出后，敦煌地区进入长达近两百年的归义军统治时期。敦煌文献中保存了大量这一时期的官私文书，较为典型的有《张议潮进表》(S.6342)、《蕃汉百姓一万人上表》(S.4276)、《沙州百姓一万人上回鹘天可汗书》(P.3633)等。《张议潮进表》是张议潮就凉州事宜上呈中原朝廷的表文。有关归义军与凉州的关系，正史中仅有《通鉴》咸通四年下云："归义军节度使张义(议)潮奏自将蕃汉兵七千克复凉州。"记载十分简略，收复后的情况更是不见记载。表文正可补正史之不足。表文云：

> 张议潮奏：咸通二年收凉州，今不知却废，又杂蕃浑，近传嗢末隔勒往来，累询北人，皆云不谬。伏以凉州是国家边界，嗢末百姓本是河西陇右陷没子将，国家弃掷不收，变成部落。昨方解辨(辬)，只得抚柔，□□□□使为豺狼荆棘若□□□□运不充，比于赘疣，置□□□□弃掷与犷俗连耕，相率状(吷)尧，犯阙为寇，国家又须诛剪，不可任彼来侵。若征举兵戈，还挠州县。今若废凉州一境，则自灵武西□为羃幕所居，比年使

州县辛勤,却是为羯胡修造,言之可为痛惜。今凉州之界,咫尺帝乡。有兵为藩垣,有地为襟带;扼西戎冲要,为东夏关防;捉守则内有金汤之安,废指(置)则外无墙堑之固……

张议潮收复凉州后,由于中原王朝无力经营又不愿归义军插手,最终导致凉州被蕃浑各种势力占据。该文写于嗢末百姓犯阙为寇,凉州又废的紧张局势下。文中交代了嗢末百姓的由来:本是河西陇右陷没子将,国家弃掷不收,变成部落。因此"只得抚柔","不可任彼来侵,若征举兵戈,还挠州县"。文中陈述"今若废凉州一境,则自灵武西□为毳幕所居"的后果,并力陈凉州地形之重要:"扼西戎冲要,为东夏关防;捉守则内有金汤之安,废指(置)则外无堵堑之固。"为打消朝廷顾虑,他自表心迹云:"臣不可伏匿所知,偷安爵位,俾国家劳侵,忍霄(宵)旰忧勤。"这篇表文不仅反映了中原动乱之际凉州的紧张局势,而且表现了张议潮对凉州即将被废弃的无奈和痛惜之情,可看作一篇饱含情志的文学作品。

除归义军呈送中原王朝的公文外,还有河西各民族交往中留下的一些不乏文学性的文书。作于金山国时期的《沙州百姓一万人上回鹘天可汗书》(P.3633),是在甘州回鹘势力日渐强大,双方连年征战不已,最终张氏政权战败的情形下,以沙州百姓名义呈上回鹘的求和书。文章回顾归义军创业史,描述战乱造成的生灵涂炭,无辜百姓"死者骨埋□□,生者分离异土,号哭之声不绝,怨恨之气冲天,耆寿百姓等披诉无地"的惨状,不仅真实反映了特定历史时期河西地区的政治、军事和民族关系,也是具有鲜明时代特色的文学作品。

第二节　敦煌碑铭赞祭文

敦煌遗书中的碑铭主要是修窟建寺的功德记。由于功德主多为当地有名望者,撰写人又是当地知名文人,这类作品大多文辞讲究,句式骈散结合,大量使事用典,具有浓厚的文学色彩。

自前秦建元二年(366)沙门乐僔始建莫高窟,敦煌地区开窟造寺活动历代延续。当地大族如李氏、阴氏、翟氏、张氏、曹氏等都有修建石窟的传统。以李氏为例,现存敦煌文献中的《李君莫高窟佛龛碑并序》(P.2551)、《陇西李家先代碑记》(P.3608、P.4640、S.6203、敦煌莫高窟第148窟碑)、《唐宗子陇西李氏再修功德记》(P.4640、P.3608)①,都是该家族于不同时期修建石窟的功德记。

《李君莫高窟佛龛碑并序》,尾题"维大周圣历元年(698)岁次戊戌伍月庚申朔拾肆日癸酉敬造",简称"圣历碑",是敦煌文献中现存最早的莫高窟碑文。该文利用大量篇幅宣扬佛法,并回顾了莫高窟早期建窟历史,不仅提供了敦煌李氏家族的发展历史,而且为我们了解莫高窟性质和修建背景提供了重要的史料。此外,该碑文具有极高的文学色彩,是敦煌文中的代表作品。如叙述莫高窟营建史一段:

> 莫高窟者,厥初秦建元二年,有沙门乐僔,戒行清虚,执心恬静。尝仗锡林野,行至此山,忽见金光,状有千佛,遂架空凿险,造窟一龛。次有法良禅师,从东届此,又于僔师窟侧,更即营建。伽蓝之起,滥觞于二僧。复有刺史建平公、东阳王等,各修一大窟。而后合州黎庶,造作相仍。实神秀之幽岩,灵奇之净域也。西连九陇坂,鸣沙飞井擅其名。东接三危峰,法露翔云腾其美。左右形胜,前后显敞。川原丽,物色新。仙禽瑞兽育其阿,班羽毛而百彩。珍木嘉卉生其谷,绚花叶而千光。……每至景躔丹陛,节启朱明。四海士人,八方缁素。云趋兮艳赫,波香兮沸腾。如归鸡足之山,似赴鹫头之岭。升其栏槛,疑绝累于人间。窥其宫阙,似游神乎天上。岂异夫龙王散馥,化作金台。梵王飞花,变成云盖。幢幡五色而焕烂,钟磬八音而铿锵。香积之饼俱臻,纯陀之供齐至。极于无极,共喜芬馨,人及非人,咸歆晟馔。爰自秦建元

---

① 原卷无题,"唐宗子陇西李氏再修功德记"据敦煌莫高窟第148窟南厢碑额题"唐宗子陇西李氏再修功德记"而定,碑文与写本基本一致,不同之处在于写本无立碑时间和署名,而据碑文可知作于乾宁元年(894)。参见《敦煌碑铭赞辑释》,兰州:甘肃教育出版社,1992年,第78页。

之日,迄大周圣历之辰,乐僔、法良发其宗,建平、东阳弘其迹。推甲子
四百他岁,计窟室一千余龛。今见置僧徒,即为崇教寺也。①

短短四百余字,将莫高窟"爰自秦建元之日,迄大周圣历之辰,乐僔、法
良发其宗,建平、东阳弘其迹"的营建经过交代得清清楚楚。莫高窟所处地
形"西连九陇坂,鸣沙飞井擅其名。东接三危峰,泫露翔云腾其美。左右形
胜,前后显敞",且景色秀美,物种繁茂:"川原丽,物色新。仙禽瑞兽育其阿,
班羽毛而百彩。珍木嘉卉生其谷,绚花叶而千光。"每逢佳节,往来游人、信
徒如织:"云趋兮艳赫,波香兮沸腾。如归鸡足之山,似赴鹫头之岭。"语言隽
美,骈散结合,读来抑扬顿挫,使人仿佛置身三危奇峰、莫高圣迹,神游于"幽
岩""净域"之间;眼见五色幢幡、耳闻八音钟声,写尽了莫高窟作为佛教圣殿
的非凡气势,显示了作者高超的文学才能。

《陇西李家先代碑记》,是李大宾修建莫高窟第148窟的功德记。作者
"节度留后使朝议大夫尚书刑部郎中兼侍御史杨绶",因作于大历十一年
(776),故简称"大历碑"。该窟建于吐蕃攻占沙州前夕,碑文云:"属以贼臣
干纪,勃寇幸灾;磔裂地维,暴殄天物。东自陇坂,旧陌走狐兔之群;西尽阳
关,遗邑聚豺狼之窟。柝木夜惊,和门昼扃;塔中委尘,禅处生草。"将安史之
乱以来吐蕃乘势占领河西的历史作简要介绍,并述及当前"东自陇坂""西尽
阳关"的大片唐朝州县人烟寥落,佛塔佛窟荒凉破败的情形。文中描述的以
报恩经变为题材的壁画,反映了沙州人誓死抵抗吐蕃的决心②。

《唐宗子陇西李氏再修功德记》,是李明振重修第148窟的功德记,作于
乾宁元年(894),故简称"乾宁碑"。该文蕴含了丰富的历史文化信息。既有
父辈在吐蕃统治下的经历:"虽云流陷,居戎而不坠弓裘;暂冠蕃朝,犹次将

---

① 　原名《李君莫高窟佛龛碑并序》,学界简称"圣历碑"。原碑立于332窟前室南侧,后被
流窜至此的白俄旧部所毁,今余碑阳一方,现存敦煌研究院。北大图书馆、敦煌市博物馆及敦
煌研究院尚存该碑部分文字拓片,碑文抄本又见敦煌写本 P.2551 卷背。此碑录文最早见于徐
松《西域水道记》卷三"哈喇淖尔所受水"条。其后,罗振玉《西陲石刻录》、张维《陇右金石录》、
石璋如《敦煌千佛洞遗碑及其相关的石窟考》等有录文。王重民、李永宁、唐耕耦、宿白、郑炳
林、马德、赵红、吴浩军等均有校录、补录。
② 　史苇湘《敦煌历史与莫高窟艺术研究》,兰州:甘肃教育出版社,2002 年,第 72 页。

军之列",亡叔僧妙弁曾获"赞普追召,特留在内,兼假临坛供奉之号";又有归义军时期的重大历史事件。李明振为张议潮之婿,其家族参与了一系列与张氏政权关系密切的政治活动,如张议潮收复河西后,李明振曾亲拜彤庭,与宣宗联宗,反映了宣宗借李氏之力掣肘张氏、羁縻河西之意①,同时还简略记载了归义军的一段佚史:

> 夫人南阳郡君张氏,……温和雅畅,淑德令闻,深遵陶母之仁,至切齐眉之操。先君归觐,不得同赴于京华;外族流连,各分飞于南北。于是兄亡弟丧,社稷倾沦,假手托孤,几辛勤于苟免。所赖太保神灵,辜恩剿毙,重光嗣子,再整遗孙。虽手创大功,而心全弃致。见机取胜,不以为怀。乃义立侄男,秉持旄钺。总兵戎于旧府,树新勋于新墀。内外肃清,秋毫屏迹。

张议潮之子张淮鼎杀死族兄张淮深而自立为节度使,但不久即去世,死前把幼子张承奉托付给张议潮的女婿索勋。索勋乘机自立为节度使,但是引起了张议潮第十四女张氏的不满,当时她的丈夫李明振已死,于是张氏与诸子合力杀掉索勋,立侄男承奉为节度使②。第 148 窟便是为纪念这一胜利而建。该文语言精练、叙事清晰,刻画人物生动形象,是一篇颇具文学性的家族传记。

以上三篇碑文反映了敦煌李氏家族在不同时期建窟的政治、经济、文化等背景,既是敦煌李氏家族的发展史,也是敦煌地区不同时期碑文撰写水平的真实呈现。

敦煌文献中现存墓志铭有《刘金霞和尚迁神志铭并序》(P.3677)、《河西都僧统阴海晏墓志铭并序》(P.3720)、《李端公讳明振墓志铭》(P.4615、P.4010)、《张淮深墓志铭》(P.2913)等。相对于功德记既包含家族历史,又有具体修建内容来说,敦煌墓志铭作为个人生平事迹的简要概括,篇幅较为短小。敦煌文献中同为丧仪文学的还有邈真赞和祭亡文。

---

① 李永宁《敦煌莫高窟敦煌碑文录及有关问题》(一),《敦煌研究》1982 年第 1 期。
② 荣新江《归义军史研究》,上海:上海古籍出版社,2015 年,第 197 页。

　　"赞"这一文学形式与图像关系密切,即梁萧统《〈文选〉序》中所谓"图像则赞兴"。敦煌文献中的邈真赞大多是配合死者生前画像使用的一种文体①。"邈真"即描摹真容,往往是赞主生前请人画像,"预写生前之容""绘影生前"②,死后又请人撰写赞文,画赞结合,以达到睹其真容,怀想其生平的缅怀目的。我国春秋时期就认为画像与灵魂之间存在联系,屈原《招魂》云:"像设君室,静闲安些。"两汉时期以画像作为表彰的形式十分流行,如汉宣帝刘询令人画十一名功臣图像于麒麟阁,以示纪念和赞扬。关于敦煌本地画赞的历史,据《晋书》记载,曹魏时仓慈为敦煌太守,"数年卒官,吏民悲感如丧亲戚,图画其形,思其遗像"③。晋敦煌郡效谷人宋纤以品学称,太守画其像于阁上,并为作颂④。李暠于敦煌南门外,临水起堂,名曰靖恭之堂,图赞自古圣帝明王、忠臣孝子、烈士、贞女,"亲为序颂,以明鉴戒之义,当时文武群僚亦皆图焉"⑤。可见敦煌地区像赞历史由来已久。

　　敦煌邈真赞以"标范奉祀"为目的,为当时缅怀仪式的重要部分。这一形式可从敦煌藏经洞 17 窟得到较为立体的体现。关于该窟的性质,马世长根据画史和文献中对寺院里绘有壁画、配置碑刻、造像等物的纪念性堂屋建筑称为影堂,从而认为藏经洞(今编为 17 号洞窟)中壁画、立碑、造像都是纪念洪䛒的,因此是洪䛒的影窟(影堂)⑥。作为洪䛒的影窟,其中有洪䛒真身塑像和足以代表其一生荣耀的唐朝皇帝的敕封牒文,正是图像和赞文结合的形式。

　　现存敦煌文献中的邈真赞最早见于吐蕃统治时期,且均为僧人邈真赞,当与吐蕃统治者大力扶持佛教,僧人地位较高有关。其时多有佛像邈真,如

---

　　① 也有生前写成的赞文,如 P.3718《张良真生前写真赞并序》《阎子悦生前写真赞并序》《刘庆力和尚生前邈真赞并序》等。
　　② P.3718《清河郡张公(良真)生前写真赞并序》。
　　③ (晋)陈寿撰,(南朝宋)裴松之注《三国志》卷一六《魏书·仓慈传》,中华书局,1982年,第 512—513 页。
　　④ (唐)房玄龄等撰《晋书》卷九四《隐逸传》,北京:中华书局,1974 年,第 2453 页。
　　⑤ (唐)房玄龄等撰《晋书》卷八七《凉武昭王传》,第 2259 页。
　　⑥ 据马世长记载,365 窟北邻的第 362 窟内孤零零地放置着一身高僧塑像,该塑像与藏经洞北壁壁画的大小比例、相对位置和艺术风格都是协调一致的,因此认定这身高僧正是位于藏经洞的洪䛒影像。见马世长《关于敦煌藏经洞的几个问题》,《文物》1978 年第 12 期。

P.2854《祭四天王文》有"清宝地而列真仪"、P.2807 有"捧炉跪膝而届神前""或图像而瞻仰尊颜"等描写,以陈列天王真仪和瞻仰画像来体现对天王的恭敬和虔诚。又如甘肃省博物馆藏宋淳化二年(991)绘《报父母恩重经变》,下部左边绘引路菩萨一身,脚踩祥云,手持魂幡,右下绘比丘尼及三位侍女像,引路菩萨和比丘尼中间写有《绘佛邈真记》,该绢画形象地反映了敦煌地区佛像邈真的情形。由佛像邈真而及僧人,以"图文并存、序赞并具"的形式①,以示尊崇。敦煌僧人邈真赞以《炫阇梨赞》(P.4660)较为典型,除未署明作者外②,该赞文结构较完整,正文部分有序有赞,全文如下:

> 阇梨童年落发,学就三冬。先住居金光明寺伽蓝,依法秀律师受业。门第数广,独得升堂。戒行细微,蛾(鹅)珠谨护。上下慕德,请住乾元寺共阴和上(尚)同居。阐扬禅业,开化道俗,数十余年。阴和尚终,传灯不绝。为千僧轨模,柄一方教主。慈母丧目,向经数年。方术医治,竟不痊退。感子至孝,双目却明。复经数年,方尽其寿。幽两寺同院,此寺同餐,如同弟兄,念其情厚,略述本事,并赞德能。炫教授门弟诸贤请知旧事,因婆两目再朗,复是希奇,笔述因由,略批少分。

> 希哉我师,解行标奇。处众有异,当代白眉。量含江海,广运慈悲。戒珠圆洁,历落芳菲。孝过董永,母目精晖。一方法主,万国仍希。禅枝恒茂,性海澄漪。帝王崇重,节相钦推。都权僧柄,八藏蒙施。示疾方丈,世药难治。阎浮化毕,净土加滋。声闻有悟,忧苦生悲。菩萨了达,生死如之。灵神证果,留像威仪。名传万代,劫石难移。

日本学者竺沙雅章考证出炫阇梨俗姓张,法名金炫,为公元 810 年前后之都教授③。序文为散文,从赞主童年落发说起,"先住居金光明寺伽蓝,依

---

① 郑炳林《敦煌碑铭赞辑释》,兰州:甘肃教育出版社,1992 年,"前言"第 11 页。

② 据荣新江考证作者为"薛像幽"。见姜伯勤、项楚、荣新江《敦煌邈真赞校录并研究》,台北:新文丰出版公司,1994 年,第 145 页、356 页。

③ (日)竺沙雅章《敦煌吐蕃时期的僧官制度》,《布目潮沨博士古稀记念论集·东亚细亚的法与社会》,东京:汲古书院,1991 年,第 312—314 页。

法秀律师受业",后又"请住乾元寺共阴和上(尚)同居",后来"阴和尚终",遂
"为千僧轨模,柄一方教主",成为当时沙州释门地位最高的都教授。较之其
他多为空洞虚夸之词的赞文,该文有较为具体的生平事迹,这与作者薛像幽
与赞主"两寺同院,此寺同餐,如同兄弟"的特殊关系有关。文中叙述了炫阇
梨世俗生活中的故事:"慈母丧目,向经数年。方术医治,竟不痊退。感子至
孝,双目却明。复经数年,方尽其寿。"形象地描画出一位致力于"阐扬禅
业",而又有孝子美德的高僧形象。

到了张氏归义军时期,大量世俗人士邈真赞开始出现。如 P.4660《康通
信邈真赞》《令狐公邈真赞》《张兴信邈真赞》《康使君邈真赞并序》《阎英达邈
真赞并序》等。《康通信邈真赞》题"河西都僧统京城内外临坛供奉大德兼阐
扬三教大法师赐紫悟真[撰]",有"大唐中和元年(881)"题记,赞主康通信,
生平不详,据文中记载他是一位武将,在河陇一带英勇作战,历任兵马使、番
禾镇将,官至"甘州删丹镇遏充凉州西界游奕防采营田都知兵马使",中和元
年(881)冬以功调往镇凉州,未行而病卒。赞文如下:

> 懿哉哲人,与众不群。刚柔相伴,文质彬彬。尽忠奉上,尽孝安亲。
> 叶和众事,进退俱真。助开河陇,效职辕门。横戈阵面,骁勇虎贲。番
> 禾镇将,删丹治人。先公后私,长在军门。天庭奏事,荐以高勋。姑臧
> 守职,不行遭窀。他乡殒殁,孤捐子孙。怜(邻)人叕(辍)舂,闻者悲辛。
> 邈其影像,铭记千春。

康通信为归义军收复敦煌立下功勋,又因公而殉职,由都僧统悟真为他
撰写邈真赞,可见享有非同一般的殊荣。其他世俗人士如令狐公为"前河西
节度都押衙兼马步都知兵马使银青光禄大夫检校太子宾客监察御史右威卫
将军",曾"助收河陇,效职辕门";张兴信为"前河西节度都押衙银青光禄大
夫检校国子祭酒兼监察侍御沙州都押衙",均为立有军功的归义军官员。到
了曹氏归义军时期,僧俗邈真赞的篇幅不断增加,和吐蕃时期、张氏归义军
时期同类作品相比,这时的赞文前大多有较长的序文,详细介绍赞主生平事
迹,抒情的意味更加浓厚,如《马灵信和尚邈真赞并序》(P.3718)云:

时乃年逾耳顺,岁当从心之秋。性海无为,俄挎九泉之径。遂使门人荼毒,云雁叫而齐悲;俗眷攀号,泣泪沾于邻切。禅庭寥寂,交亏钟梵之声;莲花案前,唯留杖锡之影。四众顾恋,哀鸣绘睹生颜;二部同臻,呼嗟盼瞻故貌。

通过抒写对逝者的哀思,表达内心的悲痛和不舍,与祭文一样都是缅怀逝者,寄托哀思之作,都是丧葬仪式的重要部分。

敦煌祭文用途较广,除祭亡外,还用于敦煌地区官方和民间举办的祭川原、祭城隍、祭风伯、祭雨师、祭宅神、祭天王等各种祭祀仪式,但以祭亡文最具打动人心的力量。祭奠的对象包括父母、兄弟、夫妻、子女、叔侄、师徒等,多为文范,其中不乏感情真挚,语言平实之作。如 P.2255《祭文》云:"维(惟)岁次乙卯三月丙午朔十二日,侄女付一娘等,谨以清酌之奠,谨祭于故叔叔之灵。伏惟灵性怀谦,谨敬爱亲姻,济度孤独,行满四邻,何图忽闻凶变,使我心酸。昨晨见在,今晨寂然。男女号叩,雨泪分分……"回顾死者生前德行,有忽闻凶变的心酸和家人痛哭的场面,再现了普通敦煌民众的丧葬场景。《礼记·祭统》云:"凡治人之道,莫急于礼;礼有五经,莫重于祭。"敦煌文献中的祭文,反映了敦煌地区重礼重祭的民风民俗。除祭奠亲人外,还有《祭马文》《祭牛文》《祭犬文》《祭驴文》等祭奠牲畜的文字,反映了牲畜在百姓生活中的重要地位。如 S.1477《祭驴文》云:"小童子凌晨报来,道汝昨夜身亡。汝虽殒薨,吾亦悲伤。数年南北,同受恓惶。筋疲力尽,冒雪冲霜……"文中沉痛地追忆了主人与驴共同度过的艰苦历程,还嘱咐它来生不要投生于官人家、军将家、陆脚家、和尚家,而是"愿汝生于田舍汝家,且得共男女一般看"。文章构思精巧,感情充沛,音调铿锵,读来令人鼻酸,向来被称为敦煌祭文中最具文学性的典范,也可看作是一篇优秀的咏物俗赋。

第三节　敦煌佛事应用文

作为寺院文献的遗存,敦煌文献中存有大量由佚名僧人所写,用于佛教仪式上的应用性文字,有愿文、印沙佛文、燃灯文、庆窟文、庆寺文、佛堂文、二月八日文、行城文、庆佛文、叹像文、四天王文、天王文、庆经文、开经文、转经文、四门转经文、僧患文等。这些文字于赞叹佛德、叙述斋意、描绘道场及祈福发愿之际不乏文学性书写,完全可以当作文学作品来看。

一、敦煌文献中的佛事应用文

从现存敦煌文献来看,敦煌佛教仪式众多,此外还有融佛俗和民俗为一体的仪式。不同仪式所用文本名称不同,主要有受戒文、布萨文、二月八日文、行城文、结夏安居斋文、盂兰盆会斋文、燃灯文、印沙佛文、转经文、置伞文、患文、亡文、祭文、脱服文以及普遍适用于各种仪式上的发愿文等;同一仪式的不同程序所用文本名称也各不相同。下面结合相应的仪式进行考察。

(一) 佛教仪式与佛事应用文

布萨文,即布萨仪式上的应用文。布萨为佛教吸收古印度祭法而来,据《大智度论》载:"今日诚心忏悔。身清净、口清净、心清净,受行八戒,是则布萨。"每半月一次集会,沐浴、断食、各自忏悔以清净身心,包括说戒和八戒两重含义,前者为出家之法,每半月集众僧说戒经;后者为在家之法,于六斋日持八戒而增长善法。如《布萨文》(S.2146)云:"夫法王应现,威振大千;法教兴崇,弘通是务。况宣传戒藏,每月二时……于是撞钟召众,奏梵延僧……"

印沙佛文,即正月印沙佛会上的应用文,是一项向公众宣传普及佛教的活动。包括印沙、脱佛、脱塔等,《印沙佛文》(S.6417)云:"脱塔,则递新送故;印沙,乃九横离身。"印沙是把有佛像或塔形的模子(亦称形木)往沙上一按即可完成;脱佛、脱塔是用泥团打入佛像、塔形的模子中,然后脱出一个个小泥佛、小泥塔。敦煌研究院就保存了不少脱佛、脱塔的模子实物①。

燃灯文,即上元或腊八等佛教重大节日举行燃灯仪式上的应用文。敦

① 谭蝉雪《盛世遗风——敦煌的民俗》,兰州:甘肃教育出版社,2007 年,第 39 页。

煌研究院 0322 所抄《腊八燃灯分配窟名数》,记录了五代时期莫高窟腊八燃灯各区域的负责人和燃灯数量。当地官员亦积极参与这项盛大的佛事活动,如 P.2583 抄有"解毒药二两,充正月元夜燃灯……正月七日弟子节儿论莽热谨疏",是吐蕃官员施物的账目。当时举行燃灯仪式的情况,据《燃灯文》(P.2341)记载:"所以莫(沐)醍醐于雪顶,布甘露于香山,遂即屈请僧徒,转灯法之道场,加复倾心契虑,虔仰归依,建立灯轮,燃灯供养。"又如《燃灯文》(P.2058):"厥今坐前社众等,乃于新年上律,肇启嘉晨,[建]净轮于宝方,然(燃)俊灯于金地者,先奉为龙天八部,拥护疆场;国泰人安,田蚕善熟;令公延寿,宝祚长兴。次为合邑人等无诸灾障之福会也。"用于归义军时期敦煌社众参与的新年燃灯仪式上。

二月八日文,二月八日为太子得道之日,这是佛教非常隆重的节日。《二月八日》(P.3728)云:"赞普德道迈古今……今者属以韶年媚景,仲序始春,太子逾城之辰……于是宏开法座,广辟香筵。"节日活动还包括四门结坛、行城等仪式。四门结坛即《二月八日文》(S.4413)所说的"故于四门,诸佛因会"。行城活动见 P.2237 载:"父王留御,夜半逾城。且逋神踪,旋绕城阙。"用于这些活动的应用文又称《行城文》《二月八日逾城文》。行城仪式场景见《行城文》(S.2146):"隐隐振振,如旋白银之城;巍巍俄俄(峨峨),似绕迦维之阙。尊卑务(雾)集,大小云奔……"该文作于吐蕃时期,是敦煌文献中记载行城这一活动最早可追溯的文献。与此相关的有《二月十五日文》,是佛祖释迦牟尼涅槃纪念仪式上的应用文。又有四月八日佛诞日斋文,如《斋琬文》(P.2940):"四月八日,斯乃气移璇律,景绚朱躔。祥风荡吹于金园,瑞日融辉于宝树……"藏文写本 P.t.999 也是一件用于吐蕃统治时期四月八日法会的应用文①。

结夏安居斋文,夏安居,是印度佛教原有律制,古代印度雨季长达三个月,佛陀禁止僧人外出,认为此时万物滋长,外出行走易伤及虫蚁草木,应定居一处,坐禅修学,时间一般从四月十五日至七月十五日。敦煌僧徒沿袭此

---

① 黄维忠《8—9 世纪藏文发愿文研究——以敦煌藏文发愿文为中心》,北京:民族出版社,2007 年,第 176 页。

俗,《七月十五日夏终设斋文》(P.2807),用于僧众夏安居结束后"大建薰修功德"的设斋仪式。

盂兰盆道场斋文,盂兰盆,意为解救倒悬之苦的器物。盂兰盆会,由"目连救母"故事演变而来,于七月十五日用盆子装满百味五果供养佛陀和僧侣,以解救地狱、饿鬼和畜生三恶道中的苦难众生。由于这天也是僧人结夏安居的日子,所以又具有奉佛施僧的目的。P.3346《盂兰盆道场斋文》是吐蕃时期村舍百姓集体举办的盂兰盆道场。斋文云:"然今唯那村舍人等,故知九旬下末之际,三秋上朔之初,诸佛欢喜之时,罗汉腾空之日,谨依经教,仿习目连,奉为七世先亡,敬造盂兰盆供养。"

转经文,"转"为诵读的意思,转经文是诵读经典仪式上的应用文。敦煌文献中现存本地《转经文》最早见于吐蕃统治时期。《大乘经纂要义》(S.3966)题记云:"壬寅年(822),大蕃国有赞普印信并此十善经本,传诸州流行读诵。"羽673V(《敦煌秘笈》第9册)就有圣光寺关于僧人崇英、李教授、阴法律等请转经数目记录,藏文文献P.t.999也有关于洪䜣等僧人从龙兴寺取经用于四月八日仪式上的记载①。转经仪式除诵读经典、歌颂佛德外,还颂扬施主之功德,表明作道场的目的与愿望,如S.2140两篇《转经文》是吐蕃国相论掣浦为西征将士保愿功德所建之转经斋会。

天王文,又称天王意,是祈赛天王仪式上的应用文。据《大宋僧史略》载:"凡城门置天王者,为护世也。唐天宝元年壬子岁……帝因敕诸道节度,所在州府于城西北隅,各置天王形像部从供养……迄今朔日,州府上香花、食馔,动歌舞,谓之乐天王。"②盛唐时期的敦煌地区当已有此活动,吐蕃统治时期仍然保留这一传统。如《天王意》(P.2807)云:"淄侣颙颙,衣冠济济,捧炉跪膝而届神前。……又持景福奉资圣神赞普,惟愿如南山之寿,如北神之星,不褰,不崩,不移,不顷。"是吐蕃时期祈赛天王的场景。又如《天王文》

---

① 黄维忠《8—9世纪藏文发愿文研究——以敦煌藏文发愿文为中心》,北京:民族出版社,2007年,179页。
② (宋)赞宁《大宋僧史略》卷三,《大正新修大藏经》第54册,台北:新文丰出版公司,1983年,第254页上、第254页中。

(P.2854)云："先用庄严我当今皇帝：伏愿宝位永固，金石齐年……次用庄严尚书贵位：伏愿长承五福，永谢百尤……"是归义军时期祈赛天王仪式的应用文，发愿人物也变成了唐朝皇帝和归义军首领。

置伞文，用于佛寺举办重大典礼时置伞于佛像这一仪式上诵读。S.2146连抄三篇《置伞文》。其一云："今者春阳令月，寒色犹威；请二部之僧尼，建白幢于五所者，其谁施之？时则有节儿、都督为合邑黎元报愿功德之所建矣。……是以预修弘愿，建竖良因，行城将殄于妖氛，竖幢用臻乎福利。"

佛教传入中国后，佛教节日与中国传统民俗融合，形成了融佛俗和民俗为一体的节日。我国秦汉以来就有腊祭之俗，腊月八日是释迦牟尼成道之日，古俗与佛俗融汇，腊八节成为全民参与的活动。敦煌寺院举办盛大的腊八道场，腊八道场斋文即用于这一场合。《腊八道场斋文》(S.4191)云："厥冬类季月，如来沐浴之神（辰）……而邀请法公，同佛日而宣畅（唱）。"这是吐蕃统治敦煌时期的沙州监军论董没藏出资所设斋会上的应用文。

寒食节也被纳入佛教活动中，这一天敦煌寺院举办祭拜等活动。敦煌文书中有"粟叁斗五升卧酒，寒食祭拜用""粟壹斗，寒食买纸用"等记载，S.381灵验记写道："大蕃岁次辛巳（801）润（闰）二月十五日，因寒食，在城官寮百姓就龙兴寺设乐。"可见寒食设乐亦成为寺院活动之一。

上述活动多为官方组织，规模较大，广大民众积极参与。除此以外，还有个人出资设斋。P.2237《愿斋文》云："清信弟子……请佛延僧，谨就家庭，一中供养，惟愿斋主承此功德，香风佛（拂）体，法水盈襟……"又有《尼患文》(P.2449)、《患得损》(P.2237)，以及为已故亲人设斋追荐、祈福的各种亡文、祭文、脱服文等，都是普通民众出资的斋会上所用的文本。

（二）斋会与斋文

正如中国早期文体大都是在特定场合生成的礼仪文本，佛事应用文也是伴随佛教仪轨的需要，借助于具体的仪式而形成的。但中国传统文体已逐渐脱离仪式的痕迹，而佛事应用文仍然清晰地保存着与仪式的对应。关于这类文章的定名，现有的几种敦煌文献目录都没有统一的名称。学者们从不同角度对其进行定名。其中影响较大的主要有以下两种。一是黄征定为"愿文","主要用于表达人们心愿的文章"①,从其具有的祈愿性质来定名;一是郝春文定为"斋文"②,主要从其多用于各种斋会考虑。饶宗颐、张广达、方广锠、王书庆、湛如、汪娟、王三庆等都撰文参与讨论,从不同角度推进了对此问题的深入研究③。关于"斋文"和"愿文"的区别,湛如指出:"为了祈愿方设斋,这样斋会文书中以发愿为核心。相反,发愿则并不限于设斋。如因布施、持戒、精进而发愿;因转经、修福而发愿等。因此,愿文的范围与斋文的概念不能完全重合。"对于这类文章的具体定名,他主张首先应从文书的具体应用场所去定位,其次从文书的内容构成进行分析④。这一主张符合佛教仪式的多样性和灵活性。我们以斋会为例,考察斋会中的不同程序所用的不同文本。

从生成方式看,佛事文体是由佛教行法根据佛事活动的实际需要,并依照佛教律仪制度的行仪规范直接衍生而成的宗教仪文;从结构体式看,佛事文体的基本结构是由具有特定表意功能的仪文段落,按照佛事仪式的程序次第组合而成⑤。佛教仪式是佛教理念的具象化,佛事应用文则是将具象化了的仪式以文本的形式表现出来。据 P.3849V 所抄:

> 夫为受斋,先启告请诸佛;了,便道一文表叹使主;了,便说赞戒等七门事科;了,便说八戒;了,便发愿□施主;了,便作缘念佛;了,回向发愿取散。

---

① 黄征、吴伟《敦煌愿文集》,长沙:岳麓书社,1995 年。黄征《敦煌愿文研究述要》,《艺术百家》2009 年第 2 期。

② 郝春文《敦煌写本斋文及其样式的分类和定名》,《北京师范学院学报》1990 年第 3 期。郝春文《关于敦煌写本斋文的几个问题》,《首都师范大学学报》1996 年第 2 期。

③ 饶宗颐《谈佛教的发愿文》,《敦煌吐鲁番研究》第 4 卷,北京:北京大学出版社,1999 年。张广达《"叹佛"与"叹斋"》,《庆祝邓广铭教授九十华诞论文集》,石家庄:河北教育出版社,1997 年。方广锠《〈敦煌愿文集〉书评》,《敦煌吐鲁番研究》第 2 卷,1997 年,第 383—388 页。王书庆《敦煌文献中的〈斋琬文〉》,《敦煌研究》1997 年第 1 期,第 141—147 页。湛如《论敦煌斋文与佛教行事》,《敦煌学辑刊》1997 年第 1 期,第 66—70 页。汪娟《敦煌礼忏文研究》,台北:法鼓文化事业公司,1998 年。王三庆《敦煌佛教斋愿文本研究》,台北:新文丰出版公司,2009 年。

④ 湛如《敦煌佛教律仪制度研究》,北京:中华书局,2011 年,第 335 页、第 323—324 页。

⑤ 张慕华《敦煌写本佛事文体结构与佛教仪式关系之研究》,《中山大学学报》2013 年第 1 期。

这是八关斋受戒仪式上的仪轨，每一过程体现在具体文本上，便有祈请文、叹佛文、发愿文、回向发愿文等名目。斋会仪式由若干程序构成，一篇完整的斋文包含了与各具体程序对应的内容。据 S.2832 载：

> 夫叹斋分为段：爰夫金鸟旦上，逼夕暮而藏辉；玉兔霄（宵）明，临曙光而匿曜。春秋互立，冬夏递迁。观阴阳上（尚）有施谢之期，况人伦岂免去留？●者则今晨（辰）某公所陈意者何？奉为●考姚大祥之所设也。惟灵天资冲邈，秀气英灵；礼让谦和，忠孝俱备。已上叹德。●者为（惟）巨椿比寿，龟鹤齐年，何期皇天罔佑，掩降斯祸，日居月诸，大祥俄届。公乃奉为先贤之则，终服三年。素衣霸（罢）于今晨（辰），淡服仍于旬日。爰于此晨（辰），崇斋奉福。斋意。是日也，严清甲第，素幕横舒；像瞻金容，延僧白足；经开贝叶，梵奏鱼山；珍羞俱陈，炉香馣馥。道场。如上功德，奉用庄严亡灵：愿腾神妙境，生上品之莲台；宝殿楼前，闻真净之正法。庄严。

"●"处填入具体人物，这段"叹斋"包括四个段落，每段结尾处分别用小字注明"叹德""斋意""道场""庄严"，正是叹斋的四个组成部分。由于斋会目的、性质不同，施主身份和斋会规模大小的不同，斋会仪轨也有详略之分，文本内容也有繁简之不同。从一些较完整的文本来看，前面还有赞叹佛德的内容。因此，完整的设斋仪式应包括五个部分：赞佛（赞叹佛德）——叹德（赞叹斋主或施主功德）——斋意（设斋缘由、目的）——道场（斋会的盛况或时节）——庄严（祝祷、发愿）。如 P.3770：

> 某乙文（闻）：无崖（涯）真海，中有圣丈夫曰释迦牟尼，则娑婆世界之法王矣。其惠也日明，其智也霜利。相开卅有二，口演八万四千门。其门冲幽，修克者必达真境；其化廓邈，诱进者必脱世囗。阴炎于是解纷，苦海于焉息浪，往无不利者，斯焉取辞哉。
>
> 然今敷月殿，俨真场，崇胜因，列芳馔者，其谁施之？则有宰相论赞没热、何周（河州）节度尚乞悉加，为其宰相尚结力丝台阶益寿，荣位传新，及合家愿保平安之所为也。伏惟相公天降英灵，地资秀气；股肱

王室，匡赞邦家；弘化人伦，忧劳士庶。于是剖符千里，建节百城，露冕宣威，襄帷演化。则我宰相论赞没热，河岳降灵，风神秀逸，坏（怀）仁抱义，德迈神精，喜花□之长春，恶人生之倏忽。虑大名之难固，预并妖氛；罹崇叔之易倾，重修胜福。由是标情胜远，伏三危崇设无遮，广陈百味。诜诜释子，振金锡而来仪；济济衣冠，慕香餐而入会。是时也，霜林结吹，冻浦凝寒，风绪霄严，寒光晓映。考兹殊妙，最上福田，并用庄严宰相尚结力丝贵位，伏愿才智日新，福同山积，寿命遐远，镇压台阶。

赞佛："其惠也日明，其智也霜利。相开卅有二，口演八万四千……"叹德："夫惟相公天降英灵，地资秀气，股肱王室，匡赞邦家，弘化人伦，忧劳士庶……"描绘道场盛况和时节："崇设无遮，广陈百味，诜诜释子振金锡而来仪；济济衣冠，慕香餐而入会。时是也，霜林结吹，冻浦凝寒，风结霄严，寒光晓映。"在对仪式的文学性渲染之中，营造出庄严、虔诚、宏大而美好的斋会氛围。对斋主和其他参与者大加颂扬，从不同角度揣摩其心理，以迎合世俗人士以实用为目的的佛教信仰，如"宰相尚结力丝贵位，伏愿才智日新，福同山积，寿命遐远，镇压台阶"，充分体现了此类应用文的媚俗特征，也使得仪式文本具有较多文学色彩和世俗生活气息。

二、佛事应用文中的世俗生活内容

作为佛教仪式的产物，敦煌佛事应用文并非单纯地阐发佛教义理，还包涵了丰富的社会生活内容，具有鲜活生动的世俗生活气息。由于佛事活动有不同的参与者，僧人在撰写应用文时，从吐蕃统治阶级的利益出发，极力揣摩不同对象的世俗心理，并将其展示得淋漓尽致。其发愿内容可包括以下几个方面：

（一）祈愿护国匡邦，各民族和平相处

这类发愿大多出现在官方举办、僧俗民众参与的大型佛教仪式上。如吐蕃时期《祈福发愿文》（P.2255、P.2326）"四邻绝交诤之仇，两国结舅生（甥）

之好"，"五谷丰稔，千厢善盈；寮佐穆如，居人乐业"；《转经文》(S.2146)"愿使诸佛护念，使无伤损之忧；八部潜加，愿起降和之意。然后人马咸吉，仕(士)卒保康，各守[边]垂，永除征战"。归义军时期愿文(S.5639)："请佛延僧，披肝启愿者，有谁施作？时则有我河西节度使府主司徒、天公主先奉为国安人泰，风雨膺期；民有舜日之欢，野老拜尧年之庆。亦已躬清泰，甲子延祥。小娘子、尚书、郎君恒居禄位之福会也。"都体现了这一美好愿望。

（二）为统治者祈福

吐蕃时期愿文(P.3256)云：

> 复持此福，尽用庄严当今圣主，伏愿开南山之长劫，作镇坤仪；悬北极之枢星，继明乾像。凤历千载，龙颜万春，四神保长寿之徽，五老送延龄之算。皇太子前星永耀，少海澄兰(澜)。诸王作固维城，宠光盘石。朝庭(廷)将相助理和平，文武百官恒居禄位。……以此庄严太夫人等，浓梅发艳，桃李增荣。公主等月桂含春，星芳孕彩。节儿上论愿使天禄弥积，富位增高，常为大国之良臣，永作释门之信士。庄严都督形同大地，历千载而不倾；命等山河，跨万龄而永固。福禄惟盛，欢荣转新，常为明主之盐梅，镇作苍生之父母。

分别为赞普、皇太子、诸王、朝廷将相、文武百官、太夫人、公主，以及当地节儿上论、都督发愿。其中为都督发愿的内容占了较大篇幅，可见他是本次活动的实际组织者。又如《置伞文》(S.6417)：

> 先用庄严梵释四王、龙天八部：伏愿威光炽盛，福力弥增，兴运慈悲，救人护国。又持胜福，复用庄严我当今皇帝贵位：伏愿永安宇宙，舜日恒清；四海共纳于一家，十道咸欢无二域。又持胜福，次用庄严我河西节度使太保贵位：伏愿南山作寿，北极标尊……次用庄严曹常侍及张衙推贵位……次用庄严董别驾已下诸官寮等……

这是归义军时期的佛事应用文。河西地区重归中原王朝，因此文中发愿的对象出现了"我当今皇帝""河西节度使太保"及其下属官员。又如《国忌行香文》(P.2854)为"河西节度使臣张议潮奉为先圣某皇帝远忌行香之福事"。

（三）为家人祈福禳灾

这类文章包括大量与民众生活密切相关的各种亡文、难月文、远行文、患文等。《愿斋文》(P.2237)云：

> 清信弟子……请佛延僧；谨就家庭，一中供养。惟愿斋主承此功德，香风佛（拂）体，法水盈襟。……合门无横，同居欢喜之园；大小平安，共住弥陀之国。……大众运志诚心，为国、为家、为斋主念摩诃般若波罗蜜。庄严。一切普诵。

这是世俗人士延请僧人于家中设斋的发愿文。又如《患得损》(P.2237)：

> 请佛延僧，供养三宝。惟愿患者来承兹转经、设斋、梵香种种功德，天垂妙药，佛降神光；诸苦离身，永无灾障……又愿合家大小，常承之（诸）佛之恩；内外亲因（姻），常遇吉祥之庆。

充分体现了"危中告佛，厄乃求僧，投托三尊，乞垂加护"（见 S.343《患文》）的实用主义思想。

三、佛事应用文的文学性

由于仪式具有神圣、庄严的性质，用于这些场合的文章也必须具有庄重、典雅的特色；又由于讲诵的特殊形式，这些文章又必须具有和谐的音节、朗朗上口的句式，而文中大量运用的骈句、押韵，通过对偶、用典、铺排、渲染等手法，使文章具有雍容华贵的气势。因此，佛事应用文具有雅的一面，这在文章的内容和形式上都有体现。

首先，充分展现了佛教神圣、庄严的恢弘气象。如 P.2237《愿斋文》宣扬佛法无边："不生不灭，与庶品而作津梁；即色即空，拔群生于彼岸。登（澄）心净域，开八万四千之法门，入五浊而救苍生；分身百亿，睹三千之大地如观掌中，历万劫而旬不离于方寸。"又如 P.2341《燃灯文》铺叙法会的盛况："所以建净轮于宝坊，燃惠灯于金地。架迥耸七层之刹，兰炷炳而花鲜；陵虚构四照之台,桂烬焚而香散。笼悬写月,灯起星分,光耀九天,辉流百亿。"气势宏大,使人顿生敬仰之情。

其次,文章的体式往往韵、散、骈结合。特别是其中有大量骈句,运用了对偶、用典等多种修辞手法,使文章具有匀称的对称美、整齐的建筑美、典雅的含蓄美、华丽的色彩美、和谐的音乐美。如 P.2341 描述燃灯胜景:"云开(间)赫弈(奕),如丽月[之]开天;空里吟眬,若众星之炳汉。"又如 P.2341《临圹文》:"凶缘亘道,翳源(原)野而云愁;哀响盈衢,咽荒郊而雨泪。夜台将掩,痛万古之长辞;泉扃不开,恨千龄之永隔。"呈现出典雅华贵、凝重庄严的风格。

这些应用于各种佛教仪式上的作品,通常由主持活动的僧人以口头讲诵的形式向参与者进行传播;在撰写过程中又是在原有范本的基础上加入具体的背景和人物,而使用的范本往往经过了很多人的不断加工,因此具有集体创作的特点。可见,这些文章又是典型的俗文学。

雅俗两种文化是如何统一于佛事应用文之中的呢？兴盛于南北朝的骈文主要是庙堂之制和文人贵族的文学,以深覆典雅为其特征。佛事应用文是用来沟通人和神之间关系的,为了显示神灵的高不可测和佛国世界的神圣庄严,并使普通信众产生敬畏之情,这种典雅的文体正适合于表达这种情境。但是,佛事应用文都有固定模式,都是僧人们根据具体仪式在原有范本基础上的再创造,文本的抄写往往错讹较多,表明传抄者文化修养有限;而且仪式的参与者大多是文化水平较低的普通民众,所以这些文章实际上是普通民众的文学。文章虽然具有雅文学的使事用典,但所用的都是普通民众所能理解的典故,语言虽然不乏华丽之辞,但创新较少因袭较多,由于使用频繁而为民众所熟知。可见佛事应用文虽然借助了骈文"雅"的形式,具有仪式文学的庄严、神圣,但在作者和受众,以及表现的内容上却具有通俗性。这些作品的创作者大多是世俗化的僧人,传抄者仍然是普通的平民或下层文人,受众是一般老百姓,佛事应用文雅俗交融的特点在这里体现得淋漓尽致。

第四节　敦煌文的范本性质

除少数为原件或写作底稿外,敦煌文大多为当时写作的范本。如书仪,周一良认为"是写信的程式和范本,供人模仿和套用"①。此外还有碑文、墓志铭、邈真赞、祭文以及那些"诸杂斋文""诸杂程式"等佛事应用文范本。为了便于展开讨论,避免"书仪"以外的其他作文范本被忽略,本文将表、状、书、启、判、牒、帖等往来官私文书范本归为"书仪",将碑、铭、赞、祭文、佛事应用文及其它非书信范本归为"文范"。这些范本和敦煌文献中大量类书、节略本经文一样,都是作为民间写本注重实用的充分体现。

一、敦煌书仪

书仪的产生和发展与世家大族关系密切。中国历史上的世家大族出现于魏晋,兴盛于东晋南北朝,衰落于唐末五代。作为士大夫行为规范准则的书仪,兴衰与世家大族的命运相表里,几乎和世家大族的盛衰相始终②。北宋以后,书仪式微,流传下来的很少。

敦煌文献中保存了百余件书仪写本,撰写时间约在武则天执政时期至五代沙州曹氏归义军时期的近 300 年间。其内容涉及唐五代时期朋友间的往来书信、世族家礼、民俗礼仪、官场交往等内容。敦煌书仪包括中原书仪和本地书仪两种,后者是在前者基础上改造加工而成。早期中原书仪有《武则天时期书仪》(P.3900)③,杜友晋《吉凶书仪》(P.3442)、《书仪镜》(S.329+S.361)、《新定书仪镜》(P.3637)等。王重民叙录杜友晋《吉凶书仪》时说:"书仪随时代礼俗而变迁,故诸家纂述,不能行之久远。……上卷

---

① 周一良《书仪源流考》,《历史研究》1990 年第 5 期。
② 周一良、赵和平《唐五代书仪研究》,北京:中国社会科学出版社,1995 年,第 2 页。
③ 据赵和平考证定名。见赵和平《武则天时期的一种敦煌写本书仪》,《敦煌研究》1992 年第 1 期;后收入《赵和平敦煌书仪研究——当代敦煌学者自选集》,上海:上海古籍出版社,第 149 页。

吉仪,下卷凶仪,自天子至于庶人,各具一例,简而适用,故其书能传至敦煌。"①中原书仪是敦煌乃至河西地区接受汉文化影响的重要来源和具体表现,本地书仪则是为适应特殊历史条件下河西民众书信写作的要求而制作的。除了提供书信写作的范本以外,书仪的编制还有着保存人伦礼俗的重要意义。在书仪的固定套语和平阙之式的运用中,君臣、父子、长幼、尊卑之序豁然分明。

即使在吐蕃统治时期,敦煌本地书仪的制作也未间断。如王锡《上赞普书》(P.3201V)其一云:

> 外臣锡言:臣闻愚者不可考其智,老者不可备其力,贫者不可责其财,病者不可强其役,轮不可舒而直,辕不可轹而曲,此数者,各其分也。臣家不血食四百余年,更植□羸瘦,仍加冷疾。自到大蕃,不服水土,既无药饵,疾疢尤甚,忽恐一朝东征西伐,特乞不将臣随军而行。臣既婴疾疢,又的知欲到汉界,则杻手械足,驱驰道路,蒙犯霜雪,臣则死于是也。又臣虽愚,若得陪星使、鼓唇舌,俾邻国协和,杜绝猜贰,则臣之分也。若随军旅,犯封境,作威作福,乍寒乍暑,臣必缄其口而不能言,辖其舌而不能举,此者何也?犹虎虽猛而不能捕鼠矣,岂尺[无]所短而寸无所长哉?……锡干犯圣威,诚惶诚恐,顿首谨□。年月日破落官朝散大夫殿中侍御史臣王锡上。

上呈吐蕃统治者的表文,仍然严格遵守一定的礼仪规范。正是这种既能让吐蕃统治者欣然接受,又能有效保存并传承中原传统文化的方式,体现了吐蕃统治下汉族文人的良苦用心,也体现了书仪编制者根植于心的传统礼仪观念及主动传承的意识。

归义军初期,敦煌本地书仪的制作数量大大增加,这与张议潮收复瓜、沙等州后,大力恢复中原传统文化有很大关系。如大中年间由河西归义军节度使掌书记张敖所撰《新集吉凶书仪》(P.2646 等),序云:"今朝廷遵行元

---

① 王重民《敦煌古籍叙录》,北京:中华书局,1979 年,第 225 页。

和新定书仪,其间数卷,在于凡庶,固无使(所)施,不在于此;今采其的要,编其吉凶,录为两卷,所(使)童蒙易晓,一览无遗,故曰纂要书仪。"知该书仪是在郑余庆《吉凶书仪》基础上,选取适用于本地且"童蒙易晓"的篇章删减编集而成。张敖还编有《新集诸家九族尊卑书仪》(P.3502V 等),序云"夫书仪者,籍在简要,不在其多。……修从轻重,临时剪截……",是杂集诸家书仪而成,也是以适应本地需求而编集。敦煌文献中还有一种《新集书仪》一卷(P.3691、P.4699 等),其中吉仪卷上与张敖书仪相同,P.3691、P.3716V 尾题天福或天成纪年,同卷还抄有"司空""迎天使顿上送书"和"敕书到谢天使至"等文,可知五代时期仍在敦煌地区流传,同时随着实际需要,当地文人对原有书仪进行了不断补充和改造①。

晚唐归义军时期,书仪的数量大大增加。来自中原或其他地方的书仪有刘邺《甘棠集》(P.4093)、郁知言《记室备要》(P.3723)、佚名《新集杂别纸》(P.4092),以及诸家定为灵武节度使所作的《书状集》(P.2539V)、《表状集》(P.3931)等。本地书仪的制作也在继续,如《归义军僧官书仪》(P.3715＋P.2729＋P.5015)、《诸杂谢贺》(P.2652V)、《权知归义军节度兵马留后使状稿》(P.2945)等②,这表明当时敦煌地区对这类书仪的需求量很大。本地书仪是在中原书仪基础上不断改造、编写,进一步实用化的产物,时代特色和地方特色更加鲜明。

作为哺育敦煌文学的源泉,中原作品对本地文学创作的影响非常大。以 P.3620 和 P.3885 两个写本为例。P.3620 抄写了《封常清谢死表》《讽谏今上破鲜于叔明、令狐峘等请试僧尼即不许交易书》《邓县尉判》等文;P.3885 抄有《前大斗军使将军康太和书与吐蕃赞普》《前北庭节度[使]盖嘉运判副使符言事》《前河西陇右两节度使盖嘉运判廿九年燕支贼下事》等公文,均体现了抄写者对这类作品有意识地收集。这些文章内容完整且有具体事件和人物,都与诗歌同抄于一卷,尚未作为专门的写作范本收集,可视为敦煌文

---

① 吴丽娱《敦煌书仪与礼法》,兰州:甘肃教育出版社,2013 年,第 33 页。
② 本地书仪定名据赵和平《敦煌表状笺启书仪辑校》,南京:江苏古籍出版社,1997 年。

范本的早期形态。对本地文类作品的收集传抄，意味着真正意义上的敦煌文范本的形成。

敦煌文的本地范本以《河西观察处置使判文集》(P.2942)为较早，该集公文产生于公元765—767年，时值吐蕃由东向西攻占河西，而河西节度使步步退至沙州之时。该写本是河西节度使处理内部事务的文书汇抄，并非公文原件。除几件牒文外，其他均为对具体事件的判决处理结果，原状已不存。史苇湘认为"系河西观察使判文的誊清录存，可能出于判官、录事之手"①。马德认为"它可能是一卷存档文书，也可能是节度使政权内部某工作人员学习书写的公文范文"②。当以作为范本传抄保存的可能性最大。

二、敦煌文范

（一）碑铭赞祭文文范

功德记、墓志铭、邈真赞、祭文等也作为范本保存下来。这些作品出于当地名士之手，文辞讲究，完全可以作为典范收藏整理，以备写作之参考。以《报恩吉祥之窟记》(P.2991)为例，该文是慧苑为僧人镇国建窟所作功德记。该窟主题是报恩思想，这也是吐蕃统治中后期石窟中较常见的题材。通过仔细考察文本，我们认为该文应当是节略抄本。

首先，该文不符合功德记中人物、内容和结构上的内在联系。一般来说，功德记开头引出功德主后，往往历述其先祖生平经历事迹，结尾部分有子女或家族后代的简要介绍，全篇有较为完整的家族发展历程。《报恩吉祥之窟记》没有提及先祖、父母事迹，也没有介绍家族成员。除了对功德主镇国的经历有相对详细的介绍外，仅有"非但父之利智，其子比丘志坚者"一句，镇国究竟是"父"还是"子"，也无从寻绎。文中提及氾氏戚里，也仅有"盖乃金枝玉叶帝子帝孙"一句，过于简短。特别是该窟名为"报恩吉祥之窟记"，文中应当表现报恩主题，纵观全文除了"父母生我劬劳，欲报之恩，唯仗

---

① 史苇湘《河西节度使覆灭的前夕——敦煌遗书伯2942号残卷的研究》，《敦煌研究》创刊号，1983年。

② 马德《关于P.2942写卷的几个问题》，《西北师院学报》1984年增刊。

景福"一句外,没有涉及报恩内容。文章结尾有赞词:

> 其词曰:天中静天,务总良田。一心正定,众晕(昏)息扇。恒羁意马,永絷情猿。理存裁拔,广度无边。其一。三危雪迹,众望所钦。岩高百尺,河阔千寻。岫吐异色,鸟弄奇音。见善思及,易地布金。其二。居然待建,历代衣冠。三皇之裔,五帝之前。孝哉宗子,邈与先贤。传芳万代,祚继千年。其三。

一般来说,铭文是对前述内容的概括性总结。赞文中提到了镇国家族是"历代衣冠""三皇之裔,五帝之前",但正文却没有镇国家族的世系传承和先祖事迹。"孝哉宗子,邈与先贤",与正文对应的仅有"以慕祖宗之贞,不坠于家风;领孝悌之徒,修身于后代"一句,由于缺少具体人物和事件,也不能落到实处。可见文章是不完整的。

其次,该文所在写本 P.2991 抄写内容繁杂,是由写有不同内容、不同字迹的纸张粘成的一个长卷。有题名的包括《论法大师毗尼藏主赐紫沙门和尚写真赞并序》《敦煌社人平诎子一十人创于宕泉建窟一所功德记》《莫高窟素画功德赞文》《报恩吉祥之窟记》等,还有佛经和释门礼忏文、发愿文、亡文文范等内容。其中,《论法大师毗尼藏主赐紫沙门和尚写真赞并序》首句云"和尚俗姓张氏,香号灵俊",知为张灵俊写真赞,张灵俊卒年在清泰三年(936)左右,时在曹氏归义军时期①。《敦煌社人平诎子一十人创于宕泉建窟一所功德记》首题"西汉金山国头听大宰相清河张公撰",金山国存亡时间为公元 910—914 年之间②,本文即写于这一时期。《莫高窟素画功德赞文》首题"瓜沙境大行军都节度衙幕府判释门智照述",仅抄录首段,智照是吐蕃统治时期僧人;《报恩吉祥之窟记》接抄于其后,为同一人抄于同一张纸上,与前后各纸张字迹不同。这两篇功德记内容都不完整,可能抄于吐蕃时期,由归义军时期的收集者与其他内容粘为一卷,作为范本收集保存。从各纸内

---

① 郑炳林《敦煌碑铭赞辑释》,兰州:甘肃教育出版社,1992 年,第 325 页。
② 荣新江《归义军史研究——唐宋时代敦煌历史考索》,上海:上海古籍出版社,1996年,第 219—228 页。

容来看,未按照时间先后排列,也未严格按文体排列。

《报恩吉祥之窟记》首尾完整,中间则选抄了一部分,正如敦煌文献中的释门文范大多只有一小段,甚至只有一两句,都是僧人有选择性地抄写和收集,因此形成了我们现在所见到的节抄本。关于该文抄写不完整问题,张先堂曾经提出疑问。他根据文中记载的窟内塑像来考察相应洞窟时却遍寻不见,从而发现文中描述石窟中塑绘内容与其他功德记相比过于简略,在表述上也不一样,因此认为是抄写者对洞窟中特别留意之处加以抄写,却将其他记述造像内容的文字忽略漏抄了①。当我们将该文与整个写本结合来解释塑像内容之简略,才知并非抄写者忽略漏抄,而是这些内容对其写作没有参考价值,因而有意不抄,这是出于实用目的有所选择抄写的具体体现。

(二)佛事应用文文范

佛事应用文伴随着佛教仪式而产生,并随着佛教仪式的日趋世俗化得到更加广泛的应用。由于仪式本身具有的高度规范化和程序化,与之相应的文本也具有程序化特点。如祈请、赞叹、忏悔、发愿等最基本的行仪,在频繁的运用过程中,逐渐形成了一套各自完整而固定的文本形式。敦煌文献中的大量佛事应用文文范,极大地满足了敦煌地区"随事设斋"的需求。据《续高僧传》记载:"蜀土尤尚二月八日、四月八日,每至二时,四方大集,驰骋游遨。诸僧忙遽,无一闲者。"②所述虽是初唐蜀地的情形,也可见僧人们在各种仪式中的重要作用和忙碌情况。敦煌地区佛事活动众多,为了满足多种仪式场合的应用,佛事应用文的收集保存成为必然,大量文范应运而生。

《敦煌遗书总目索引》对佛事应用文有以下定名:释门杂文、礼佛杂文、礼佛文式、应用文范、实用文范、释子文范、释氏书仪、诸杂斋文、斋文程式、

---

① 张先堂《敦煌莫高窟"报恩吉祥之窟"三考——P.2991〈报恩吉祥之窟记〉新解》,《敦煌研究》2008年第5期。

② (唐)道宣《续高僧传》卷二七《益州天敕山释德山传》,北京:中华书局,2014年,第1061页。

诸杂斋文程式等。《敦煌遗书总目索引新编》和《敦煌遗书最新目录》也都大致沿袭以上名称,强调了这类文章"杂"和"程式"。"杂"和"诸杂",体现其名目之多,如前述愿文、斋文、受戒文、布萨文、二月八日文、行城文、结夏安居斋文、盂兰盆会斋文、燃灯文、印沙佛文、转经文、置伞文、患文、亡文、祭文、脱服文等诸多名目。"程式"体现了其作为仪式文本的特征。这些应用文也有中原本和敦煌本之分。

1. 中原斋仪

中原本以 P.2940《斋琬文一卷并序》最为典型。该卷斋琬文包括序、目录和正文三部分。"总有八十余条,撮一十等类",分别是叹佛德、庆皇献、序临官、隅受职、酬庆愿、报行道、悼亡灵、述功德、赛祈赞、祐诸畜十类,十大类又分各子目,下有相应段落。该写本清晰地呈现了以段落形式存在的文范,实际写作时可以根据具体内容参考、套用或组合。序文云:

> 故乃远代高德,先已刊制斋仪,庶陈奖(讲)道之规,冀启津梁之轨,虽并词惊掷地,辩架谭天;然载世事之未周,语俗缘而尚缺。致使来学者未受瞳蒙,外无绳准之规,内乏随机之巧。擢令唱导,多卷舌于宏筵;推任宣扬,竞缄唇于清众。岂直近招讥谤,抑亦远坠玄犹(猷),沉圣迹之威光,缺生灵之企望者。但缁林朽箨,寂路轻埃,学阙未闻,才多不敏,辄以课兹螺累偶木成,狂简斐然,裁为《叹佛文》一部。爰自和宣圣德,终乎庇祐群灵。于中兼俗兼真,半文半质,耳目之所历,窃形遗迹之所经。应有所祈者,并此详载。总有八十余条,撮一十等类。所删旧例,献替前规。分上、中、下目,用传末叶。

可知编者恐"来学者未受瞳(童)蒙,外无绳准之规,内乏随机之巧",于是在前代高僧大德已刊制斋仪基础上,根据当前实际"所删旧例,献替前规",精心编制而成,起到规范斋会仪式的作用。

除这类完整的斋仪写本外,还有一些流传在敦煌地区的单篇中原应用文。《东都发愿文》(P.2189)尾题"大统三年五月一日中京广平王大觉寺涅槃法师智睿供养东都发愿文一卷",可知是传至敦煌地区的中原写本。该愿文是梁武帝萧衍所作佛事应用文之一,敦煌文献中同类东晋、南朝文献达16件之多①。

　　敦煌文献中至少保存有三种武则天发愿文和序文②。其中一种分别抄于 P.3788、P.4621 和 P.2385V。诸家认为是武则天为父母所写发愿文③。三个写本中,P.3788"字体精严,雅近欧书皇甫诞、温大雅诸碑,而血脉腴润,故非石刻所能及"④。P.4621 字体、行款与 P.3788 相同,同为武则天写经发愿文的宫廷写经原件。P.2385V 与以上两种全然不同,该写卷正面抄有《灵真戒拔除生死济苦经》《太上大道玉清经》等道教经典,武则天写经发愿文抄于卷背,其前抄有"妻""妣"等祭文文范段落,其后抄有"娘子"祭文段落,前后内容为同一人笔迹,可能是利用武则天写经发愿文空白处来抄写的,因此形成武则天写经发愿文被夹在前后两段文字中间的情形。可见,传至敦煌的武则天写经发愿文与其他愿文文范抄写在一起,作为学习的范本加以保存。

　　《东都发愿文》《武则天发愿文》等中原发愿文,由于作者的帝王身份而流布到敦煌地区,成为当地人传抄和学习的范本,充分说明了敦煌和中原在佛教文化上一脉相承的关系。

　　2. 本地佛事应用文文范

　　敦煌地区本地佛事应用文的写作可以上溯至北魏时期。敦煌文献中保

---

　　①　王素、李方《魏晋南北朝敦煌文献编年》,台北:新文丰出版公司,1997 年,第 113—273 页。

　　②　赵和平《武则天为已逝父母写经发愿文及相关敦煌写卷综合研究》,《敦煌学辑刊》2006 年第 3 期。

　　③　P.3788《妙法莲华经序品第一》前所抄题记愿文,池田温先生最早录文并题为"妙法莲华经卷一首为先考工部尚书周忠孝公等题记",指出"年次未详,大约八世纪初期"。郑炳林先生将 P.4621 与 P.2385 背面所抄对比,认为两个写本文字完全相同,是武则天为其父母写的发愿文,其中 P.4621 为原件,P.2385 背为抄本;又从字体非武氏新造字,判断撰写于天授元年(690)十一月以前,咸亨元年(670)闰九月以后。此后,黄征先生全文录出,并进行解题和校记,拟题为《妙法莲华经武士護后裔题记愿文》。赵和平先生根据 P.3788 抄写特点,进一步从严格遵守"平阙之式",使用先考、先妣、严荫、慈严、先慈等只能是子女对父母的称呼等,判定该卷发愿文确为武则天发愿文。池田温:《中国古代写本识语集录》,东京:大藏出版株式会社,1990 年,第 280—281 页。郑炳林:《敦煌碑铭赞三篇证误与考释》,《敦煌学辑刊》1992 年第 1、2 期,第 98 页。启功:《启功丛稿·题跋卷》,北京:中华书局,1999 年,第 133—134 页。赵和平:《武则天为已逝父母写经发愿文及相关敦煌写卷综合研究》,《敦煌学辑刊》2006 年第 3 期。

　　④　启功《启功丛稿·题跋卷》,第 133—134 页。

存有东阳王元荣十余件写经发愿文,产生于公元 525—542 期间元荣担任瓜州刺史期间。其中 S.4528 云:

> 大代建明二年四月十五日,佛弟子元荣,既居末劫,生死是累,离乡已久,归慕常心,是以身及妻子、奴婢、六畜,悉用为比(毗)沙门天王布施三宝。以银钱千文赎:钱一千文赎身及妻子,一千文赎奴婢,一千文赎六畜。入法之钱,即用造经,愿天王成佛,弟子家眷、奴婢、六畜滋益护命,乃至菩提,悉蒙还阙。所愿如是。

该文由于佛经的保存而得以保存。于短小的篇幅中介绍了造经缘由和目的,其中包含了元荣为本人及其妻子、奴婢、六畜的祈福,体现了世俗实用目的。

除了元荣的这十余篇写经愿文外,能够确定作于敦煌本地的佛事应用文以吐蕃统治时期为较早[①]。如 P.3346,依次抄有《转经文》《二月八日文》《盂兰盆斋文》《赞阿弥陀佛序》《广愿文》等佛事应用文。其中第一篇前残,字体工整,字距较大,有句点,字体明显大于后面所抄内容,行间抄有藏文小字。文中有"愿以兹转经功德回向"等语,可见是"转经文"。又有"次用庄严我郡首史君等",查相关史料,唐时不见敦煌乃至河西有史姓郡首,且所在写本同抄内容均无吐蕃时常见的"赞普""节儿""都督"以及归义军时期的"尚书""太保"等内容,当是其他地区流入敦煌之作。《转经文》中"长为大国之重臣,永作释门之信士"一句,又见于吐蕃时期《愿文》(P.3256):"节儿上论,愿使天禄弥积,富位增高,常为大国之良臣,永作释门之信士。"另外,该写本所抄《盂兰盆斋文》,又见于吐蕃时期写本(P.2807)。综上所述,该写本当抄自中原地区,是吐蕃时期的学习范本。

吐蕃统治时期的模板在归义军时期继续使用。以分别抄于 P.2326 和 P.2854 的《四天王文》为例:

---

① 据粗略统计,这一时期的佛事应用文汉文写本不少于 30 个卷号,达 160 篇(种)左右(有的以段落形式存在)。据黄维忠统计的多达 92 篇的 8—9 世纪古藏文愿文写本中,绝大部分写于吐蕃时期。黄维忠:《8—9 世纪藏文发愿文研究——以敦煌藏文发愿文为中心》,北京:民族出版社,2007 年,第 15 页。

P.2326 第 1 篇	P.2854《四天王文》
（前残）猛之铧，净如[晓日；操旁徨]之戟，迅若流星；挂长彤之弓，曲犹钩月。或振(扼)腕而灵祇开辟，或嗔目而妖媚(魅)吞声。调风雨于人寰，降休祥于[天]界。我<u>圣神赞普</u>合如来之嘱付(咐)，登宇宙之雄[尊，远托明神，用]清邦国。故一月两祭，奠香乳兮动笙歌；三心重陈，焚海香而奏鱼梵。〜〜时日也，花繁鸟集，叶茂鹦喧(喧)，湄俗选选，冠衣翼翼。〜〜总斯多祉，莫限良缘，先用[庄严我当今]<u>圣神赞普</u>：伏愿宝位永固，金石齐年；四海澄清，万方朝贡。又持是福，此(次)用<u>节儿尚论、都督杜公</u>：[伏愿]长承五福，永谢百忧；荣班与劫石齐休，紫寿(下缺)。①	夫乾坤之间，万相咸育；日月之照，四生皆蒙。蠢蠢周流，非法王莫能自觉；攸攸患厉(疠)，非天主无以匡持。故诸佛兴嗟，降神千界；四王靡化，各王一方。将使魔鬼慑伏而潜藏，群品康灾(哉)而安乐。所以按智惠(慧)之剑，利可吹毛；带勇猛之铧，净如晓日；操旁徨之戟，迅若流星；挂长彤之弓，曲犹钩月。或扼腕而灵祇开辟，或嗔目而妖媚(魅)吞声。调风雨于人寰，降休祥于天界。我<u>圣神皇帝</u>合如来[之]嘱付(咐)，登宇宙之雄尊，远托明神，用清邦国。故一月两祭，奠香乳兮动笙歌；三心重陈，焚海香而奏鱼梵。总斯多善，莫限良缘，先用庄严我当今<u>皇帝</u>：伏愿宝位永固，金石齐年；四海澄清，万方朝贡。又持是福，次用庄严<u>尚书贵位</u>：伏愿长承五福，永谢百忧；荣班与劫石齐休，紫寿(绶)等金刚比古(固)。云云。②

通过对比明显可以看出，两篇文章几乎完全相同。前文中"圣神赞普""节儿尚论、都督杜公"处，后文以"圣神皇帝""尚书"与之对应，很明显是归义军时期直接套用吐蕃统治时期的佛事应用文。P.2854 抄写十分考究，可见吐蕃时期佛事应用文在归义军时期被精心编入范文集继续使用。从整体上指导写作的斋仪到独立成篇的具体斋文文本，再到更加具体的文本，说明佛事应用文范本的进一步细化和实用，更加贴近社会生活内容，同时具有了实用文本和文范的双重性质。

小　　结

本章所说的"敦煌文"，既有表、状、笺、启、状、牒等官私文书，碑、铭、赞、祭文等纪传类文章，又有愿文、印沙佛文、燃灯文、庆窟文、庆寺文、佛堂文、

---

① 表中录文以 IDP 图版为底本，以 P.2854《四天王文》为校本（《敦煌愿文集》有录文）。原卷有多处残缺，残缺部分据 P.2854《四天王文》补出，加方括号。两篇文章人称不同处以下划线标出，多出部分以波浪线标出。
② 黄征、吴伟《敦煌愿文集》，长沙：岳麓书社，1995 年，第 619 页。

二月八日文、行城文、庆佛文、叹像文等佛教应用文,共同特点是以实用为主,大多以范本的形式得以保存。

无论是官私文书还是碑、铭、赞、祭文,均秉承初盛唐以来同类文书重文学性的特点。从吐蕃攻占河西前夕的《为肃州刺史刘臣璧答南蕃书》,到吐蕃攻占时期的《河西节度使公文集》(P.2942)、吐蕃统治时期任职吐蕃的汉族官员所写表状等(S.1438V《书仪》、P.3201V 王锡《上赞普书》)等,以及归义军政权与中原王朝及周边民族的往来书信;从敦煌文献中的《常何墓碑》等中原碑文,到本地营建石窟的功德记,均体现了敦煌文与初盛唐以来同类文体之间的传承。以佛教为主的宗教应用文,出于传教布道、迎合世俗人士愿望的目的,往往极力颂赞佛德,描绘佛国世界的美好,营造出庄严、虔诚的斋会氛围。对斋主和其他参与者大加颂扬,以迎合世俗人士以实用为目的的佛教信仰,也使得仪式文本具有世俗生活气息,成为敦煌民众宣泄情感、寄托希望的重要方式。

作为原生态的写本文献,敦煌文在内容和形式方面都具有很强的模式化特点。书仪虽是写信的范本,其内容却包含了礼仪制度和规范;碑、铭、赞、祭文等应用于洞窟的修建、对亡者的纪念等仪式上;佛事应用文与佛教仪式一样具有规范化和程序化特点。在较为固定的仪轨下,在反复的实践过程中,自然会形成较为固定的文本模式。按照一定的规范完成人与人之间的交流、人与神鬼之间的交流,大致是这类文字的共同特点。因此,敦煌文是敦煌地区社会文化活动的组成部分,也是敦煌文学的重要组成部分。

结语：敦煌文学对中国文学史的重大贡献

　　敦煌文学是由于特殊原因保留下来的特定区域、特定时期、自成系统的文学。在中国文学史上，因偶然的出土，学界发现了以前没有见到过的文学材料，从而对文学史上一些现象重新作出解释，这是比较多的。比如，马王堆帛书《相马经》的发现，学者从其经、传、诂训的体式，认识到了赋与经学传播的关系，尤其是赋与"传"的关系，对赋的起源、赋的传播方式的认识更为明确。再比如，中国民间著名的"狸猫换太子"故事，过去认为源自佛经。我们通过对汲冢竹书《师春》中"玄鸟换王子"的研究，发现二者的故事情节和结构方式极为相似，它正是"狸猫换太子"故事的源头①。连云港出土的《神乌赋》、北大简《妄稽》的发现，使文学史上的"俗赋"在汉代的流行得到了证实。见于《昭明文选》和《古文苑》的"宋玉赋"，清代以来即遭部分否定，"五四"运动以后除《九辩》外其余的著作权被全部否定，其基本理由是先秦不会出现这种对问体的辞赋形式。银雀山汉简"唐勒赋"的发现，证明这种对问体形式是战国后期楚国文士常用的形式，从而颠覆了对"宋玉赋"的否定。但是，这些都是个别现象。而像敦煌写本这样保留了大量的文学作品和文学传播记录的材料，以前是没有的，因而在文学史上具有重要的价值和意义。

---

　　① 参见伏俊琏《俗赋研究》，北京：中华书局，2008 年，第 56—65 页。

一、敦煌文学为中国文学史提供了新的文学品种

敦煌文学为中国文学史提供了新的文学品种，填补了中国文学史一些空白。敦煌俗文学中最著名的是变文。南朝以来，大量的图画名字叫"变"，变文就是和图画对应的文本，图画是故事的关键情节或瞬间的图像，文本则是叙述故事。当故事讲到关键的时候，就展示图像，加以形象说明，并把讲的形式变为吟唱。如《王昭君变文》《伍子胥变文》等。变文的配图形式，让我们明白了中国文学史一些以前不被关注的现象。孔子当年曾领着学生到鲁国的周公庙里去观赏壁画，他面对宗庙的图像给学生讲历史。屈原放逐，瞻仰先公先王庙，庙里各种生动的画面吸引了多才多艺的贵族屈原，一幅幅历史传说、神话故事、现实故事的画面，令他感慨万端，创作了由一百七十多个问题构成的奇崛长诗《天问》。变文发现之前，我们不知道宋代以后那些众多的俗文学体裁，如讲史、词话、宝卷、弹词等是怎么来的，它们与六朝文学之间到底是什么关系，变文刚好存在于六朝与宋朝之间，把这个链条接上了，"这个发现使我们对中国文学史的探讨，面目为之一新"。再看"俗赋"。赋铺采摘文，大量用典，显示才学，比如汉赋四大家——司马相如、班固、扬雄、张衡，都是当时学问最大的人，同时还是语言文字学家。赋需要学问做基础，学问不大就不能作赋。一般认为赋就是"深覆典雅"，与"俗"是不沾边的。但是敦煌发现了《韩朋赋》《燕子赋》《晏子赋》《丑妇赋》这类名字叫"赋"的文章，大部分四字一句，讲说故事，语言通俗，大致押韵，不用典故，与传统的赋大不一样。这类赋的出现，令文学史家对赋的本来面目和赋史的全貌要重新进行思考。敦煌文学填补中国文学史空白的文类还有一些，比如以王梵志诗为代表的白话诗，以《云谣集》为代表的杂曲子等，不再一一陈述。

二、敦煌文学为解决文学史上的一些重大问题提供了新材料

文学的起源和生成问题，是文学史上的大问题，敦煌文学为我们提供了解决这一问题的原生态材料。分析这些材料，就会发现，文学实际上起源于各种生活仪式，包括民俗活动、民俗仪式，也包括宗教活动和宗教仪式。仪

式是文学的生成器具和储存器具,是文学传播的重要方式。这些仪式是劳动者思想和精神的程式化和高度集中化,归根到底,还是文学起源于劳动。文学自觉问题,也是文学史上的大问题。通过对敦煌文学材料的研究,发现文学自觉是很复杂的问题。就文学自觉的主体来说,文人的自觉要早得多,而一般民众实际上长期处于不自觉状态。

词是中国文学百花园的绚丽奇葩,集中展现了中国文学的情感之美、绘画之美、音乐之美、静态之美和流动之美。但词的起源,传统学者都是从唐人绝句、歌诗中寻找,再追溯到唐前乐府民歌。自从敦煌曲子词发现以后,学术界几乎都强调敦煌曲子词的民间性,这其实有以偏概全的不足。敦煌曲子词的作者,包括皇帝将相、文人学士、乐工妓女、民间艺人等社会不同阶层。曲子词本质上是贵族阶层的文化,不管是文人词还是民间词,它们都经过"酒筵竞唱"的陶冶,甚至经过王公大臣审美过滤和改造,其民间性或者消失,或者已经变味。词实际上是从酒筵歌唱来的。

三、敦煌写本为研究早期中国文学的传播方式提供了新材料

文学的传播,有口头传播和书面传播两种方式。从口头传播到书面传播是一个飞跃,而书面传播最重要的是以写本的形式传播,即结集传播。公元 5 世纪到 11 世纪的敦煌写本为我们保存了中古时期结集的原始形态。所以,写本研究的缺失,起码使七百年学术文化之依托难明!

一个文学写本,就是一次结集。这个结集与刻本时期的结集不一样,与经典文献的结集也不一样,我们可以叫作"民间文本结集"。这种民间文本结集的最大特点就是它的混杂性:不同类别的文献抄录在同一个写本上,表面看起来杂乱无章,其实有用意在其中。写本制作者的目的和用途,是我们解读这个写本生命体的关键。它由不同的个体组成,每个个体之间都存在着或这样或那样的关系。写本的制作者通过编辑和抄录来透露他的个人身份、情趣爱好、思想情感、知识信仰,通过写本中的各个组成部分呈现他的文学思想,吐露他的心声,展示其生命的运动。所以,在完整的诗文之外,那些随意的杂写、涂鸦,也是抄手彼时彼地心理活动的真实流露。

对文学写本的研究，就是对一个个文学个体的研究，对已经逝去的文学生命个体的感悟。摩挲千年前的写本，那些字里行间，有古人的脉搏和心跳，可以还原一幕幕历史场景。这些历史的、文化的、民俗的宝贵信息，在刻本中是很难保留的。

主要参考文献

胡适《白话文学史》,上海新月书店,1928年。

郑振铎《中国俗文学史》,上海商务印书馆,1938年。

任二北《敦煌曲初探》,上海文艺联合出版社,1954年。

周绍良《敦煌变文汇录》,上海出版公司,1954年。

任二北《敦煌曲校录》,上海文艺联合出版社,1955年。

姜亮夫《敦煌——伟大的文化宝藏》,上海古典文学出版社,1956年。

向达《唐代长安与西域文明》,三联书店,1957年。

王重民、王庆菽、向达、周一良、启功、曾毅公合编《敦煌变文集》,人民文学出版社,1957年。

王重民《敦煌古籍叙录》,商务印书馆,1958年。

潘重规《敦煌〈诗经〉卷子研究论文集》,香港新亚研究所,1970年。

潘重规《唐写本〈文心雕龙〉残本合校》,香港新亚研究所,1970年。

(日)金冈照光《敦煌出土汉文文学文献分类目录附解说》,日本东京东洋文库,1971年。

罗宗涛《敦煌讲经变文研究》,台北文史哲出版社,1972年。

谢海平《讲史性之变文研究》,台北嘉新文化基金会,1973年。

罗宗涛《敦煌变文社会风俗事物考》,台北文史哲出版社,1974年。

潘重规《敦煌〈云谣集〉新书》,台北石门图书公司,1977年。

张锡厚《敦煌文学》,上海古籍出版社,1980年。

傅璇琮《唐代诗人丛考》,中华书局,1980年。

冯沅君《冯沅君古典文学论文集》,山东人民出版社,1980年。

胡士莹《话本小说概论》,中华书局,1980年。

鲁迅《中国小说史略》,人民文学出版社,1982年。

周绍良、白化文编《敦煌变文论文录》,上海古籍出版社,1982年。

高嵩《敦煌唐人诗集残卷考释》,宁夏人民出版社,1982年。

潘重规《敦煌变文集新书》,台北中国文化大学中文研究所,1984年。

张锡厚《王梵志诗校辑》,中华书局,1983年。

王重民《敦煌遗书论文集》,中华书局,1984年。

林聪明《敦煌俗文学研究》,台北东吴大学中国学术著作奖助委员会,1984年。

林梅村、李均明《疏勒河流域出土汉简》,文物出版社,1984年。

甘肃省社会科学院文学研究所编《敦煌学论集》,甘肃人民出版社,1985年。

黄永武主编《〈敦煌丛刊〉初集》,台北新文丰出版公司,1985年。

敦煌文物研究所编《1983年全国敦煌学术讨论会文集》,甘肃人民出版社,1987年。

姜亮夫《莫高窟年表》,上海古籍出版社,1985年。

阎文儒、陈玉龙编《向达先生纪念论文集》,新疆人民出版社,1986年。

林玫仪《敦煌曲子词斠证初编》,台北东大股份有限公司,1986年。

朱凤玉《王梵志诗研究》(上、下),台北学生书局,1986年、1987年。

黄永武《敦煌的唐诗》,台北洪范书店,1987年。

姜亮夫《敦煌学论文集》,上海古籍出版社,1987年。

王庆菽《敦煌文学论文集》,吉林大学出版社,1987年。

张鸿勋《敦煌讲唱文学作品选注》,甘肃人民出版社,1987年。

李骞《敦煌变文话本研究》,辽宁大学出版社,1987年。

任半塘《敦煌歌辞总编》,上海古籍出版社,1987年。

中国敦煌吐鲁番学会语言文学分会编纂《敦煌语言文学研究》,北京大学出版社,1988年。

萧登福《敦煌俗文学论丛》，台北商务印书馆，1988年。

颜廷亮主编《敦煌文学》，甘肃人民出版社，1989年。

黄永武、施淑婷《敦煌的唐诗续编》，台北文史哲出版社，1989年。

周绍良、白化文、李鼎霞编《〈敦煌变文集〉补编》，北京大学出版社，1989年。

项楚《敦煌变文选注》，巴蜀书社1990年，中华书局，2006年增订本。

程毅中《唐代小说史话》，文化艺术出版社，1990年。

（日）金冈照光《敦煌的文学文献》，东京大东出版社，1990年。

张锡厚《王梵志诗研究汇录》，上海古籍出版社，1990年。

项楚《敦煌文学丛考》，上海古籍出版社，1991年。

林聪明《敦煌文书学》，台北新文丰出版公司，1991年。

项楚《王梵志诗校注》，上海古籍出版社，1991年，2010年增订本。

林其锬、陈凤金《敦煌写本〈文心雕龙〉残卷集校》，上海书店，1991年。

陈尚君《全唐诗补编》，中华书局，1992年。

周绍良《敦煌文学刍议及其他》，台北新文丰出版公司，1992年。

张鸿勋《敦煌话本词文俗赋导论》，台北新文丰出版公司，1993年。

颜廷亮主编《敦煌文学概论》，甘肃人民出版社，1993年。

赵和平《敦煌写本书仪研究》，台北新文丰出版公司，1993年。

王三庆《敦煌类书》，高雄丽文文化事业股份有限公司，1993年。

郑阿财《敦煌文献与文学》，台北新文丰出版公司，1993年。

张鸿勋《敦煌说唱文学概论》，台北新文丰出版公司，1993年。

李剑国《唐五代志怪传奇叙录》，南开大学出版社，1993年；中华书局，2017年增订本。

（法）谢和耐等著，耿昇译《法国学者敦煌学论文选萃》，中华书局，1993年。

伏俊琏《敦煌赋校注》，甘肃人民出版社，1994年。

金贤珠《唐五代敦煌民歌》，台北文史哲出版，1994年。

张锡厚《敦煌本唐集研究》，台北新文丰出版股份有限公司，1995年。

黄征、吴伟编校《敦煌愿文集》，岳麓书社，1995年。

傅璇琮、陈尚君、徐俊编《唐人选唐诗新编》，陕西人民出版社，1996年；

中华书局,2014年增订本。

王昆吾《隋唐五代燕乐杂言歌辞研究》,中华书局,1996年。

张锡厚《敦煌赋汇》,江苏古籍出版社,1996年。

李正宇《敦煌史地新论》,新文丰出版公司,1996年。

荣新江《归义军史研究》,上海古籍出版社,1996年。

黄征、张涌泉《敦煌变文校注》,中华书局,1997年。

傅璇琮主编《唐五代文学编年史》,辽海出版社,1998年。

王小盾《中国早期艺术与宗教》,东方出版中心,1998年。

郑阿财、颜廷亮、伏俊琏主编《中国敦煌学百年文库·文学卷》,甘肃文化出版社,1999年。

张锡厚《敦煌文学源流》,作家出版社,2000年。

柴剑虹《敦煌吐鲁番学论稿》,浙江教育出版社,2000年。

饶宗颐编《敦煌吐鲁番本〈文选〉》,中华书局,2000年。

项楚《〈敦煌歌辞总编〉匡补》,巴蜀书社,2000年。

徐俊《敦煌诗集残卷辑考》,中华书局,2000年。

孙其芳《大漠遗歌:敦煌诗歌选评》,甘肃人民出版社,2000年。

孙其芳《鸣沙遗音:敦煌词选评》,甘肃人民出版社,2000年。

伏俊琏、伏麒鹏《石室齐谐:敦煌小说选析》,甘肃人民出版社,2000年。

(美)梅维恒著,王邦维、荣新江、钱文忠译《绘画与表演:中国的看图讲故事和它的印度起源》,燕山出版社,2008年。

项楚《敦煌诗歌导论》,巴蜀书社,2001年。

李小荣《变文讲唱与华梵宗教艺术》,上海三联书店,2002年。

张鸿勋《敦煌俗文学研究》,甘肃教育出版社,2002年。

王昆吾《从敦煌学到域外汉文学》,北京商务印书馆,2003年。

林仁昱《敦煌佛教歌曲研究》,高雄佛光山文教基金会,2003年。

伏俊琏《敦煌文学文献丛稿》,中华书局,2004年,2011年增订本。

汤君《敦煌曲子词地域文化研究》,上海古籍出版社,2004年。

项楚、张子开、谭伟、何剑平《唐代白话诗研究》,巴蜀书社,2005年。

张锡厚主编、伏俊琏、汪泛舟副主编《全敦煌诗》，作家出版社，2006 年。

程毅中《程毅中文存》，中华书局，2006 年。

张弓主编《敦煌典籍与唐五代历史文化》，中国社科文献出版社，2006 年。

谭蝉雪《敦煌民俗：丝路明珠传风情》，甘肃教育出版社，2006 年。

邵文实《敦煌边塞文学研究》，甘肃教育出版社，2007 年。

伏俊琏《俗赋研究》，中华书局，2008 年。

颜廷亮《敦煌西汉金山国文学考述》，甘肃人民出版社，2009 年。

饶宗颐《饶宗颐二十世纪学术文集》，中国人民大学出版社，2009 年。

杨宝玉《敦煌本佛教灵验记校注并研究》，甘肃人民出版社，2009 年。

王三庆《敦煌佛教斋愿文本研究》，台湾新文丰出版公司，2009 年。

富世平《敦煌变文口头传统研究》，中华书局，2009 年。

窦怀永、张涌泉汇集校注《敦煌小说合集》，浙江文艺出版社，2010 年。

郑阿财《敦煌佛教灵验记研究》，台湾新文丰出版公司，2010 年。

（日）荒见泰史《敦煌讲唱文学写本研究》，中华书局，2010 年。

欧天发《俗赋之领域及类型研究》，台湾新文京开发出版公司，2010 年。

白化文《敦煌学与佛教杂稿》，中华书局，2013 年。

王志鹏《敦煌佛教歌辞研究》，高等教育出版社，2013 年。

钟书林、张磊《敦煌文研究与校注》，武汉大学出版社，2014 年。

徐俊《鸣沙习学集：敦煌吐鲁番文学文献丛考》，中华书局，2016 年。

后　记

　　本书第一版为"敦煌讲座书系"之一，2013年由甘肃教育出版社出版。2019年，本书的修订本由上海古籍出版社出版。这次是第二次修订，除了改正全书的错字之外，第七章、第十章、第十二章都做了较大的修订，有的章节重新撰写。本书由伏俊琏负责体例和提纲的制定，并对全书做了修改。第一版的书稿，承蒙柴剑虹先生、荣新江先生审阅，提出了宝贵的修改意见。

　　著名学者傅璇琮先生曾撰文对本书第一版进行了充分肯定（见《中华读书报》2016年3月16日第10版《新见迭出的〈敦煌文学总论〉》）。今天，我又重温了先生对我鼓励和鞭策的文字，感慨系之。先生虽然永远离开了这个世界，但他的著作永存，他百折不挠追求学术、追求真理的精神永存，他奖掖后学、诲人不倦的长者风范永远激励后学！谨把先生去世后，我撰写的挽联抄在后面，表达对傅璇琮先生的深切缅怀：

　　　　　　文章览胜，诗学探微，天下学人能有几；

　　　　　　师哲云亡，唐音寂寞，京城流水不堪听！

本书各章撰稿人名单：

第一章　敦煌文学概说　伏俊琏

第二章　敦煌文学的历史演进　伏俊琏

第三章　敦煌文学的作者队伍　李正宇　伏俊琏

第四章　敦煌的经典文学　伏俊琏

撰稿人简介如下：李正宇，敦煌研究院研究员。伏俊琏，西华师范大学教授。冷江山，贵州师范大学教授。巨虹，甘肃社会科学院副研究员。刘传启，乐山师范学院教授。喻忠杰，兰州大学副教授。计晓云，四川大学专职博士后。杨明璋，台湾政治大学教授。朱利华，西华师范大学副教授。其中有年近九十的著名敦煌学家李正宇先生，也有刚刚博士后出站的计晓云博士。特意邀请中国社会科学院杨宝玉研究员撰写了《敦煌文学的作者队伍》中的《张球》，谨致谢忱！特别感谢上海古籍出版社的毛承慈女士和张世霖先生，他们复核了数十幅敦煌写本图版，改正了书中诸多错误，其认真敬业的精神、严谨的治学态度令人感激、赞叹和钦佩！

伏俊琏

2022 年 8 月 16 日于间梁屋